## 作 者 简 介

孙文科，1956 年 5 月 9 日生，辽宁省抚顺市人，汉族，理学博士，"千人计划"入选者，现任中国科学院计算地球动力学重点实验室主任、中国科学院研究生院教授、博士生导师。1982 年毕业于武汉测绘学院（现武汉大学）大地测量系（地震班），1984 年取得中国地震局地震研究所地球物理学硕士学位，1992 年于日本东京大学获地球物理学博士学位，1993~1996 年在加拿大 New Brunswick 大学做博士后，1996~2000 年在瑞典皇家工学院从事研究工作并获大地测量学"Docent"终身称号，2000~2010 年在日本东京大学地震研究所任副教授，2010 年 1 月因入选"千人计划"归国工作。多年来从事大地测量学、地球物理学和地球动力学等领域的研究。目前主要研究兴趣为地震位错理论、重力观测与解释、重力卫星 GRACE 的应用以及青藏高原动力学变化等问题，发表 110 多篇科学论文，其中 SCI 收录约 50 篇。

中国科学院科学出版基金资助出版

# 地震位错理论

孙文科 著

科 学 出 版 社

北 京

# 内 容 简 介

本书是作者近20年来关于球形地球模型位错理论的一系列理论与应用研究成果的总结，具有系统性和原创性.

本书以理论为主，应用为辅. 主要以球形弹性地球模型内各种地震源在地表面产生变形的理论为核心进行论述，包括位错 Love 数的定义、各种同震变形物理量的格林函数的推导、数值计算方法与技巧的讨论、地球曲率和层状构造效应的研究、同震变形渐近解的介绍等，同时在第 5 章里介绍了最新的基于三维不均匀地球模型的位错理论，在第6章里介绍了上述理论在地球科学中的大量应用实例和研究成果.

本书可作为地震学、大地测量学、地球物理学等领域有关科研人员的专业参考书，也可以作为相关领域研究生的教材或教学参考书.

## 图书在版编目(CIP)数据

地震位错理论/孙文科著. —北京: 科学出版社，2012
ISBN 978-7-03-033009-3

Ⅰ. ① 地… Ⅱ. ① 孙… Ⅲ. ① 位错源（地震）-理论 Ⅳ. ① P315.3

中国版本图书馆 CIP 数据核字(2011) 第 258451 号

责任编辑：胡晓春 房 阳 / 责任校对：郑金红
责任印制：钱玉芬 / 封面设计：王 浩

**科学出版社** 出版
北京东黄城根北街 16 号
邮政编码：100717
http://www.sciencep.com

**中国科学院印刷厂**印刷
科学出版社发行 各地新华书店经销

*

2012 年 1 月第 一 版 开本：787×1092 1/16
2012 年 1 月第一次印刷 印张：17 1/2
字数：415 000
**定价：98.00 元**
(如有印装质量问题，我社负责调换)

# 序 一

自从 1901 年里德 (Reid) 发表弹性回跳理论以来, 人们发现地震发生与断层密切相关, 以断层为核心的地震观测技术与观测网络渐渐建立起来, 有力地促进了地球内部构造的观测与研究. 然而, 直到 1958 年 Steketee 才把位错理论引入地震学, 使得地表同震形变与震源之间建立了理论联系. 然后经过约 30 年的发展, 以 Okada (1985)、Wang (1991) 和 Okubo (1992) 为标志的半无限空间弹性均匀介质地球模型的位错理论得以完善, 用以计算地震产生的同震变形, 包括位移、倾斜、应变、大地水准面和重力变化, 解释大地测量观测的地壳形变数据, 对地震学的发展起到了重要作用.

近年来, 现代大地测量技术快速发展, 特别是 VLBI、GPS、卫星海洋测高、高精度重力测量以及重力卫星 (CHAMP、GRACE、GOCE) 等观测技术的出现和发展, 不仅使传统大地测量发生了革命性的变化, 也有力地促进了整个地球科学的快速进步, 人们已从时间变化和动力学角度去研究地球的内部构造和全球形变问题. 这些现代观测技术克服了传统大地测量方法固有的局限性, 具有全球、全气候、实时和连续的观测能力, 可以提供全球的、规则的、稠密的和高质量的测量数据, 并且具有精度和经济效益高的优点. 更重要的是, 这些现代技术在全球范围内可以监测到同震变形, 如位移、重力、大地水准面和应变等, 能以厘米甚至毫米的精度测定几千千米的基线, 能观测到毫米量级的同震位移或毫伽量级的同震重力变化等信息. 这些大地测量及地球物理信息可用来研究震源机制、地球内部构造、地震预报、断层反演、大地测量结果解释以及确定震源参数等. 这些研究需要建立在精细完善的位错理论之上, 而位错理论则是这些基本物理问题和各种大地测量和地球物理观测数据之间的连接纽带、理论基础. 因此, 位错理论的重要性不言而喻.

时至今日, 半无限空间介质模型的位错理论仍然被广泛使用, 尽管它具有数学上的简洁性和解析性, 然而由于这样的物理模型与球形地球差异太大, 完全忽略了地球的几何形状甚至层状构造, 其计算结果因忽略曲率和层状构造而产生较大误差, 同时在地球表面上的应用范围也是有限的.《地震位错理论》一书所提出和讨论的球形地球模型的位错理论正好解决了这些问题.

该书作者孙文科多年来对球形地球模型的位错理论进行了系统性和创造性的研究，并将该理论应用于近年来发生的几个大地震事件，进行了有效计算和合理解释. 他于 1992 年 3 月在日本东京大学获理学博士学位，师从世界著名大地测量学家大久保修平教授，其研究课题是"球形对称弹性地球模型位错产生的引力位和重力变化"，在世界上首次解决了球形地球模型的同震重力变化问题. 其后，把该理论推广到了位移和应变的研究. 更进一步给出了一组解析渐近解. 由于近似解是解析形式，并且考虑了地球的形状以及层状构造，所以无论是地球模型还是数学表达式可以认为都优于半无限空间模型的位错理论. 作者还通过比较半无限空间介质和球形地球模型位错理论，证明了考虑地球曲率和层状构造效应的重要性. 最近作者还给出了统一形式的同震变形格林函数. 近年来，通过指导学生，在理论上进一步研究了三维地球模型的同震变形问题，取得了重要进展. 另外对于 2004 年苏门答腊地震 ($M_w$9.3) 以及 2008 年汶川地震 ($M_s$8.0) 等也进行了一系列理论和应用研究，取得了重要成果.

该书共包括 6 章: 第 1 章介绍了半无限空间地球模型的位错理论; 第 2 章是该书的重点，主要介绍球形地球模型的位错理论; 第 3 章讨论了具体的数值计算及地球曲率和层状构造影响; 第 4 章推导了球形地球模型位错变形的渐近解; 第 5 章介绍了三维不均匀弹性地球模型的位错理论; 第 6 章是关于地震位错理论的应用研究，着重介绍了球形地球模型位错理论在卫星大地测量及几个地震实例中的应用.

作者在国际顶级专业期刊上发表了大量论文，在该领域里具有国际影响力. 该书是作者 20 年来关于球形地球位错理论的理论和应用研究成果的总结，具有很强的系统性和创造性. 该书也具有很强的可读性，可以作为专业参考书，也可以作为研究生教材.

应该指出，位错理论还在发展中，一些物理问题应该进一步加以考虑. 例如，更详细的三维构造模型、考虑时间变化的黏性构造、地形的影响等. 另外，现代大地测量观测研究将会更加深入并得到更广泛应用，特别是重力卫星 GRACE 观测技术的进一步发展将更加促进观测研究的进步. 这些理论与观测的发展和进步也将促进地球内部构造、地震断层反演以及各种大地测量数据解释等研究的提升和完善.

石耀霖

2011 年 2 月 25 日于北京

# 序 二

弹性回跳及相应的位错理论是断层地震震源机制解的核心. 根据位错理论, 地震的震源破裂模型可以正演出地震的同震形变, 反过来, 由观测到的地震同震形变又可以反演出震源的破裂过程和破裂模型, 因此位错理论是地震学, 特别是地震大地测量学的基础及核心内容.

地震位错理论最初是基于半无限空间弹性均匀介质地球模型解算的, 并且不考虑自引力影响, 其中最广泛应用的是 Okada (1985) 的表达式, 之后扩展为半无限空间成层介质的地球模型解, 并顾及自引力及黏弹性的影响, 在此基础上, 再进一步发展为球形成层弹性 (或黏弹) 地球模型的解, 乃至顾及侧向非均匀性的三维地球模型解. 解的形式即表示成点位错与同震形变量的格林函数的褶积形式, 而格林函数又由依赖于地球模型的位错勒夫数给出. 迄今已形成一整套严密完整的理论体系.

孙文科教授是我国 2009 年引进的 "千人计划" 学者, 他曾在著名的地球物理杂志 GJI 和 JGR 上连续发表多篇论文, 首次在国际上解决了球形地球模型的同震形变 (包括位移、重力、应变) 问题. 近几年来, 他又和他的博士团队一起, 利用变分方法研究了极为困难的三维地球模型的同震形变问题, 从而在地震位错导致的同震形变研究领域, 成为国际上一位有造诣和影响的科学家.

孙文科教授撰写的这一位错理论的专著是他本人以及国内外在这一领域研究成果的总结, 也是国内外在这一领域论述最全面的一本著作. 全书内容丰富、论述严谨、概念清晰, 除去经典理论的叙述之外, 在第5、第6章还介绍了最新发展的三维弹性地球模型的位错理论以及位错理论在苏门答腊 (2004 年)、汶川 (2008 年) 等地震的同震形变的应用. 该书既是从事地震学、大地测量学等研究的科研人员的重要专业参考书, 也是上述领域研究生的重要教材或教学基础.

许厚泽

2011 年 2 月 11 日于武汉

# 前　　言

20 世纪地震学的最大进展之一是发现地震发生在断层上. 相应地, 以断层为核心的震源机制描述以及地震学理论迅速地建立起来. 与此同时, 发展了适于研究同震变形的准静态位错理论 (不考虑时间变化), 简称位错理论. 由于它可以解析或者半解析表述而有别于以地球自由震荡简正模和震源函数张量为核心内容的地震波理论 (Aki and Richards, 1980; Dahlen and Tromp, 1998)(该理论不在本书讨论范围).

Steketee (1958) 最早把位错理论引入地震学. 他假设均匀地球介质内存在一个断层面上发生错动, 即不连续的位移向量, 导出了走滑断层的位移格林函数. 之后, 很多学者研究了半无限空间均匀介质地球模型的同震变形问题. Chinnery (1961; 1963) 利用上述格林函数给出了垂直断层走滑位错附近的位移和应力场的表达式, 并绘制了同震变形的分布图. Berry 和 Sales (1962) 导出了水平张裂断层的地表位移表达式. Maruyama (1964) 对垂直和水平引张断层所产生的地表位移场给出了完整解析解, 并且把 Chinnery (1961; 1963) 的结果扩展到倾滑断层. 1964 年阿拉斯加大地震 ($M_w$9.2) 的远区应变观测促进了位错理论应用研究的进一步发展. Press (1965) 计算了半无限空间介质内走滑与倾滑断层产生的位移、应变和倾斜场. 他发现同震变形非常大, 足可以被现代观测技术检测到. Yamazaki (1978) 研究了膨胀源产生的变形场. 陈运泰等 (1975; 1979) 讨论了结合半无限空间位错理论和地表形变资料进行震源反演的一般方法, 并实际反演了 1966 年邢台地震和 1976 年唐山地震的震源过程. Iwasaki 和 Sato (1979) 研究了倾斜剪滑断层在地球内部产生的应变场. Davis (1983) 推导出了倾斜张裂断层的垂直位移表达式. Jovanovich 等 (1974a; 1974b) 研究了半无限空间层状介质的弹性位错问题. Matsu'ura 和 Iwasaki (1983)、Fujii 和 Nakane (1983) 分别利用半空间位错理论研究了 1923 年日本关东大地震的同震和震后地壳变形. 特别需要提出的是, Okada (1985) 总结并整理了前人的工作, 给出了一套完整简洁实用的同震变形计算公式, 适用于计算任何剪切与张裂断层引起的位移、应变和倾斜变形. Okada (1992) 还给出了半无限空间介质内部的同震变形计算方法. Okada (1985) 的计算公式已经成为关于半无限空间均匀介质地球模型的位错理论的经典表达式, 被广泛使用.

位错理论的进一步发展是关于球形地球模型的研究. 20 世纪 60 年代后期, Ben-Menahem 和 Singh (1968)、Ben-Menahem 和 Solomon (1969)、Singh 和 Ben-Menahem (1969)、McGinley (1969) 以及 Ben-Menahem 和 Israel (1970) 等先后对于均质无自重球形地球模型进行了理论研究, 导出了位移和应变的解析解. 他们的计算表明对于浅源地震, 地球的曲率影响在震源距 20° 以内可以忽略不计, 但是地球的层状或者横向不均匀性可能有较大影响. 值得注意的是这个地球模型仍然比较简单. 尽管如此, 由于数值计算困难等原因他们没有给出震源距 2° 以内的结果, 很难使用. Smylie 和 Mansinha (1971) 也讨论了均质球形地球模型的位错理论的一些理论问题, 如边界条件和液核方程等. 另外值得一提的是, Saito (1967) 提出了球对称层状地球模型的点源自由震荡的理论. 同时给出了表达震源的所谓源函数, 为此后的球形地球位错理论的研究提供了理论基础. Kagan (1987a; 1987b) 进一步给出了各种震源的源函数的一般解.

考虑地球黏滞性是位错理论研究的又一进展. Rundle (1982) 研究了层状地球内矩形逆断层的黏弹变形问题. Pollitz (1992) 解决了黏弹无重力地球模型内位错在震源区域内产生的位移和应变场问题. Ma 和 Kusznir (1994) 改善弹性位错理论, 导出了 3 层弹性介质模型的位移计算公式, 并将其应用于计算张裂断层引起的同震和震后位移. Piersanti 等 (1995; 1997) 和 Sabadini 等 (1995) 研究了自重黏弹层状地球模型内位错产生的位移和位移变化率. 对于不同地幔黏滞性, 他们得出了近场和远场的地表位移和速度结果. Pollitz (1996) 应用自由震荡简正模方法对层状地球模型 (忽略自重) 研究和讨论了同震位移与应变问题. 他的研究表明对于地壳内发生的地震, 在震源距 100km 以内其地球的曲率影响一般小于 2%. 但是如果忽略地球的层状构造, 其误差可达 20%. 同样基于自由震荡简正模方法, Sabadini 和 Vermeerson (1997) 研究了全球同震和震后变形并讨论了岩石圈与地幔分层的影响. 他们发现地幔黏性构造对于远区的震后变形具有主要影响. Antonioli 等 (1998) 通过比较球形和平面地球模型的走滑地震的应力变化讨论了地球的曲率和层状影响. 而 Nostro 等 (1999; 2001) 也通过同震和震后变形研究了地球的曲率和层状影响. Banerjee 等 (2005)、Hearn 和 Burgmann (2005) 分别基于 2004 年苏门答腊地震 ($M_w$9.3) 和走滑断层研究了同样问题. Amelung 和 Wolf (1994) 研究了负荷问题的层状构造效应. 他们比较了考虑重力增量的球形地球模型和不考虑重力的平面地球模型, 发现忽略地球曲率和重力增量所带来的误差部分地互相补偿.

所有上述关于球形地球问题的研究都是基于自由震荡简正模方法. 这些研究是对于特定地球模型 (有无自重, 有限介质层状等, 如 Antonioli 等, 1998), Nostro 等, 1999) 或者特定震源 (走滑断层或张裂断层等, 如 Antonioli 等, 1998) 进行的. 另外, 自由震荡简正模方法由于其内在的数值计算困难而存在计算精度的问题, 同时它必须要求两个重要的人为假设: 不可压缩性和有限的层状构造 (Tanaka et al., 2006).

关于同震重力变化问题, Hagiwara (1977) 最早考虑了半无限空间介质内 Mogi 模型 (即膨胀或爆破源) 的重力变化, 并给出了解析解. Okubo (1989; 1991; 1992) 研究了半无限空间介质内剪切和张裂断层的重力变化问题. 用类似于 Okada (1985) 的方法, 他导出了点源和有限断层的同震重力位和重力变化的解析表达式. 该公式简洁, 便于使用, 同 Okada (1985) 的公式一样, 已经成为关于半无限介质地球模型的位错理论的经典表达式.

应该特别指出, 汪荣江等 (Wang et al., 2006) 全面发展了 Okada (1985) 和 Okubo (1992) 半无限空间模型的位错理论, 提出了关于层状黏弹介质模型的同震与震后变形的一般计算公式, 包括位移、应变、大地水准面和重力变化等. 他们提供的 PSGRN/PSCMP 计算程序目前已经逐渐被研究者采用. 该理论可以充分考虑地球的层状构造效应, 但是由于其半无限空间的几何特性, 地球的球形曲率效应则无法体现.

为了考虑地球的曲率和层状构造, 应该考虑更实际的地球模型, 如 SNREI (球对称、不旋转、弹性和各向同性) 地球模型. 因此, Sun (1992)、Sun 和 Okubo (1993) 基于 1066A

(Gilbert and Dziewonski, 1975) 以及 PREM 模型 (Dziewonski and Anderson, 1981) 发展了新的重力位和重力变化的位错理论. 定义了位错 Love 数并且给出了全部 4 个独立点源的格林函数. Sun 和 Okubo (1998) 将该格林函数应用于有限断层数值积分, 并且解释了 1964 年阿拉斯加大地震 ($M_w$9.2) 的同震重力变化. 其理论计算与观测的重力变化基本吻合. 为了简化球形地球的位错理论的数值计算, Okubo (1993) 提出了互换定理. 该定理表明, 地表的位错解可以由震源处的潮汐、剪切和负荷问题的解来表达. 其后 Sun 等 (1996; 2006a; 2006b) 又将他们的理论推广到了位移和应变的研究, 并给出了相应的格林函数. 为了简便计算, 他们把球形地球模型 (SNREI) 的理论进行简化, 给出了一组解析渐近解 (Sun, 2003; 2004a; 2004b). 由于近似解是解析形式, 因而, 与 Okada (1985) 和 Okubo (1992) 的解析解具有同样的计算效率, 并且考虑了地球的形状以及层状构造.

为了研究地球的曲率和层状构造的影响, Sun 和 Okubo (2002) 比较了半无限空间介质和球形地球模型位错理论的位移变化结果. 通过均质地球模型和半空间介质模型结果的比较, 得出曲率的影响; 而比较均质球和层状球的结果则得到层状构造的影响. 他们发现两者影响的大小与震源深度和震源类型计算点位置有关, 但是都不可忽视. 层状的影响更大一些, 可达 25%.

利用 Sun (1992a; 1992b)、Sun 和 Okubo (1993) 的位错 Love 数和格林函数的定义和计算方法, Wang (1999) 研究了黏弹地球模型的位错问题, 讨论了同震和震后重力变化问题. 其中同震重力变化与 Sun 和 Okubo (1993) 的结果一致. 考虑黏弹地球模型, 也就是考虑了重力 (或位移) 的时间变化问题. 此时微分方程的解算变得比较复杂. 通常是把平衡方程进行拉普拉斯变换, 使得变换后的拉普拉斯变量满足类似于弹性体时的微分方程, 可以用 Sun (1992a; 1992b)、Sun 和 Okubo (1993) 的方法解算. 然后再用拉普拉斯逆变换得到用自由震荡简正模解表达的重力变化公式. 如上所述, 基于自由震荡简正模的方法存在计算精度的问题, 通常它要求两个假设: 不可压缩性和有限的层状构造 (Tanaka et al., 2006). 虽然 Wang (1999) 考虑了地球介质的可压缩性, 但是地球模型只有 11 层. Tanaka 等 (2006) 改进了该方法, 对拉普拉斯逆变换直接进行数值积分, 积分时选择合适的路径使其包含所有可能 (对应于拉普拉斯解) 的极点. 该方法解决了上述两个难点, 既不需要假设不可压缩性也没有地球分层限制的问题. Tanaka 等 (2006) 应用其理论结果讨论了 2003 年北海道十胜冲地震 ($M$8.0) 的位移变化以及 2004 年苏门答腊 ($M_w$9.3) 所产生的重力变化问题.

位错理论研究的最新进展是考虑地球内部横向不均匀结构的影响. 在笔者的指导下, 作为博士论文课题, 付广裕 (Fu, 2007) 研究了三维不均匀地球模型内点位错产生的重力、重力潮汐及重力位变化问题. 由于横向不均匀构造的存在, 地球模型不再是球形对称, 此时的独立震源为六个. 他采用 Molodenskiy (1977; 1980) 研究重力固体潮因子的横向不均匀构造的影响时所使用的微小摄动方法, 提出了新的基于三维不均匀地球模型的位错理论. 平衡方程式比较复杂, 但是基本上可以将其转化成一个积分, 其积分核包括三项: 三维地球模型参数、辅助解和球对称模型解. 三维地球模型是这样得到的: 利用 Zhao (2001) 的三维 P 波速度模型 (空间解析度为 5°×5°, 对应于球函数展开至 36 阶) 作为初值, 根据岩石试验力学的经验公式, 得到 S 波速度模型以及地球介质密度模型; 这三个数值模型构成三维地球模型的基本参数. 对于实际物理问题, 付广裕等首先计算了地球三维不均匀构造对 2 阶重力固体潮因子的影响 (Fu, 2007; Fu and Sun, 2007). 他们发现该影响约为 0.16%, 比 Molodenskiy (1977; 1980) 的结果小大约一个量级. 说明 Molodenskiy (1977; 1980) 用 "海洋–陆地" 地球模型是不合理的. 同时也证明了三维密度模型和另外两个模型参数的影响达到同一个数量级. 而 Molodenskiy (1977; 1980) 在理论推导以及数值计算中假设其影响很小而将其忽略. 该研究结果与 Wang (1991) 的结论基本一致. 除了上述三维构造外, Wang (1991) 还考虑了地球的旋转与黏滞性.

对于位错问题, Fu (2007)、Fu 和 Sun (2008) 计算了六个独立震源的同震重力变化, 给出了二维及三维球形地球模型内所产生的同震重力变化结果, 结果表明其影响约为 1%. 应该指出, 这个影响是基于 36 阶地球模型计算的. 如果地球模型更详细 (其球谐阶数更高), 其最大影响如何? 为了回答此问题, 他们对现有的 36 阶地球模型进行分阶计算, 并观察其变化趋势, 给出了不同阶数 (对应于不同空间解析度) 的三维地球模型对同震重力变化的贡献, 得出如下结论: 地球模型的三维构造越详细, 其重力变化越大; 即, 实际地球的三维构造的影响应该大于 1%. 问题是, 即使有更详细的地球模型, 更高阶的计算也可能会遇到理论上的困难. 因为, 实际的地球横向不均匀性很大, 有时超过 100% (如地壳内 P 波速度变化); 地球黏滞参数变化更大, 可达 2~3 个数量级. 而上述微小摄动理论只适用于较小三维构造变化的情况. 该困难有待进一步的理论研究, 有限元方法也许是一个有效的解决途径.

现代大地测量技术 (VLBI、GPS、InSAR、海洋测高仪, 以及重力卫星等) 的发展使得全球范围内可以监测到同震变形, 如位移、重力、大地水准面和应变等. 这些大地测量及地球物理信息可用来研究震源机制、地球内部构造, 进行地震预报、断层反演、大地测量结果解释以及确定震源参数. 而这些研究需要建立在精细完善的位错理论之上. 因此, 位错理论的重要性不言而喻.

笔者于 1992 年 3 月在日本东京大学获理学博士学位, 研究课题是 "球形对称弹性地球模型位错产生的引力位和重力变化"(Sun, 1992), 在世界著名大地测量学家大久保修平教授的指导下, 在世界上首次解决了球形地球模型的同震重力变化问题 (Sun and Okubo, 1993), 以及同震位移 (Sun et al., 1996) 和同震应变 (Sun et al., 2006a) 问题. 借此, 对大久保修平恩师的长期指导与合作研究表示衷心的感谢! 最近, 又对球形地球模型位错理论作了总结, 给出了统一形式的同震变形格林函数 (Sun et al., 2009). 近年来, 通过和付广裕博士、王武星博士、周新等的合作, 不仅在理论上进一步研究了基于三维不均匀地球模型的同震变形问题, 取得了重要进展 (Fu, 2007; Fu and Sun, 2007, 2008, Fu et al., 2010), 还对于 2004 年苏门答腊地震 ($M_w$9.3) 和 2008 年汶川地震 ($M_s$8.0) 等进行了一系列应用研究, 取得了一些成果 (Sun et al., 2009; Wang et al., 2010; 周新等, 2011). 本书是笔者 20 年来关于球形地球位错理论的理论和应用研究成果的系统性总结, 包括和上述合作者的共同研究结果.

本书的结构和主要内容如下:

第 1 章简单介绍半无限空间地球模型的位错理论. 因为本书中几乎所有的研究都与半无限空间模型的位错理论 (Okada, 1985; Okubo, 1992) 进行比较, 同时也为了读者参考方便, 把 Okada (1985) 和 Okubo (1992) 的半无限空间地球模型的位错理论作简单介绍. 这里仅给出可以直接应用的最后计算公式, 省略其推导过程. 对其推导过程感兴趣的读者可以阅读他们的原文.

第 2 章是本书的重点, 主要介绍球形地球模型的位错理论. 在简单引出单位点力和基本平衡方程后, 介绍边界条件, 包括震源函数、球心的初始条件、内核–外核边界条件、外核–地幔边界条件和地表面自由边界条件. 接下来着重介绍微分方程组的数值积分方法, 以及关于 $n = 0$ 阶和 $n = 1$ 阶的特殊处理. 然后, 定义球坐标系下以及局部坐标系下的位错模型和源函数, 并根据球对称地球模型的四组独立解给出三类位错源的同震变形一般表达式. 进一步定义位错 Love 数和相应的四个独立解的同震变形格林函数, 包括同震位移、同震引力位、同震重力变化和同震应变变化. 再给出四个独立解的格林函数一般表达式. 通过四个独立解的组合给出北极任意断层的同震变形的计算式; 再把计算式推广到地球表面上任意点任意断层的同震变形的计算. 最后介绍计算位错 Love 数和格林函数中需要的各种实用数值计算技巧, 包括无穷级数的截断、圆盘因子、欧拉变换、插值和渐近解等.

第 3 章讨论具体的数值计算及地球曲率和层状构造影响. 首先介绍地球模型和基本单位; 然后, 针对均质地球模型进行数值计算, 并将结果与半无限空间模型的结果进行比较, 以证明球形地球模型位错理论的正确性. 接下来计算球对称地球模型的同震变形, 讨论其变形的分布特性. 进一步讨论如何利用点源位错格林函数在有限断层进行数值积分, 以便使理论应用于实际地震的计算. 作为有限断层数值积分的应用例, 计算了 1964 年阿拉斯加地震的同震变形. 本章还重点讨论了地球曲率和层状构造影响, 包括同震位移的比较、同震应变变化的比较、地球曲率和层状构造影响对震源深度的依赖性等.

第 4 章推导球形地球模型位错变形的渐近解. 首先引入 Okubo (1988; 1993) 互换定理和地球变形的渐近解, 然后将其扩展到位错变形问题, 推导出了同震位移的渐近解、同震大地水准面变化渐近解, 以及同震重力变化渐近解的具体表达式. 对于均质地球模型和层状构造地球模型都进行了具体的数值计算. 把几个地球模型的计算结果进行比较, 进而讨论地球曲率和层状构造的影响, 并对计算结果的可靠性进行了验证.

第 5 章介绍基于三维不均匀弹性地球模型的位错理论. 首先, 基于微扰理论, 在球对称地球模型的基本平衡方程的基础上进行变分, 得到基于三维不均匀地球模型的变形理论架构, 从而使三维模型的体积分解耦为从地心到地表的一维积分, 以及三个球函数乘积在各圈层球面上的积分, 其中后者经过处理后可进行解析运算. 然后讨论了该积分的处理方法, 推导了关于密度效应的计算公式, 给出了计算横向不均匀构造对重力影响的一般公式, 特别是地震位错产生的重力变化的计算公式. 进一步讨论了三维不均匀地球模型的六组独立震源的同震重力变化的计算. 利用地震波层析成像结果构建三维不均匀地球模型, 并对其产生的重力变化效应进行了计算和讨论. 还对三维构造介质参数、震源处三维介质参数对同震重力变化的扰动、地球模型的影响以及地震震源深度的影响都分别进行了讨论.

第 6 章是关于地震位错理论的应用研究, 着重介绍了球形地球模型位错理论在卫星大地测量及几个地震实例中的应用. 首先简单地介绍了重力卫星 CHAMP、GRACE 和

GOCE 及其在地球科学中的可能应用. 然后从理论模拟上讨论了重力卫星 GRACE 能否观测到同震重力变化, 主要通过位错理论的位错 Love 数在计算同震大地水准面和重力变化中的谱强分布, 并具体给出了四个独立解的谱强分布, 以及实例研究——1964 年和 2002 年阿拉斯加地震和 2003 年北海道地震, 得出了 GRACE 具有检测大地震同震变形能力的结论. 也对谱域–空间域 GRACE 检测同震变形能力、单阶同震大地水准面随震源距的变化以及截断同震大地水准面变化等问题作了讨论. 介绍了用重力卫星观测数据反演位错 Love 数的方法, 通过模拟计算证明该方法是可行的. 接下来对 2004 年苏门答腊地震 ($M_w 9.3$) 的同震变形进行了研究, 讨论了变形地球表面和空间固定点的同震重力变化的区别, 并计算和讨论了 2004 年苏门答腊地震 ($M_w 9.3$) 的全球、近场同震变形以及同震应变变化, 地球曲率和层状构造的影响, 地表面计算网格密度对同震变形的影响等. 同时介绍了最新研究结果, 即, 报告了重力卫星 GRACE 检测出 2010 年智利地震 ($M_w 8.8$) 的同震重力变化. 介绍了利用 GRACE 观测数据研究苏门答腊区域的黏滞性结构的方法和结果. 最后, 对 2008 年汶川地震 ($M_s 8.0$) 进行了探讨, 主要是比较由 GPS 观测得到的同震位移和利用汶川地震断层滑动模型计算的模拟结果, 证明球形地球模型位错理论的实用性, 以及不同断层模型对计算同震变形的影响, 利用球形模型位错理论计算了 2008 年汶川地震 ($M_s 8.0$) 的各种同震变形.

关于该理论的所有计算程序都可以共享, 感兴趣的读者可以与笔者联系.

最后, 石耀霖院士、许厚泽院士和陈运泰院士对本书结构和内容提出了宝贵修改意见, 付广裕博士、周新博士生和董杰硕士生通读了书稿, 仔细核对了计算公式和检查了文字错误, 在此一并表示衷心感谢!

孙文科

2011 年 1 月 10 日

# 目　　录

# 第1章 半无限空间地球模型的位错理论

如在前言中所述, 自从 Steketee (1958) 把位错理论引入地震学以来, 很多学者研究了半无限空间均匀介质地球模型的同震变形问题. Okada (1985) 总结并整理了前人的工作, 给出了一套完整简洁实用的同震变形计算公式, 适用于计算任何剪切与张裂断层引起的位移、应变和倾斜变形. Okubo (1991; 1992) 研究了半无限空间介质内剪切和张裂断层的重力变化问题. 用类似于 Okada (1985) 的方法, 他导出了点源和有限断层的同震重力位和重力变化的解析表达式. 他的公式简洁, 便于使用. 目前 Okada (1985) 和 Okubo (1991; 1992) 的解析计算公式已经成为关于半无限介质地球模型的位错理论的经典表达式, 至今被广泛使用. 本章对 Okada (1985) 和 Okubo (1991; 1992) 的理论和计算公式作简单介绍, 省略所有推导过程, 直接给出最终计算公式.

## 1.1 Okada (1985) 理论与计算公式

### 1.1.1 点 源 位 错

Steketee (1958) 表明在各向同性介质内穿过断层面 $\Sigma$ 的位错 $\Delta u_j(\xi_1, \xi_2, \xi_3)$ 所产生的位移场可以表示为

$$u_i = \frac{1}{F} \iint_{\Sigma} \Delta u_j \left[ \lambda \delta_{jk} \frac{\partial u_i^n}{\partial \xi_n} + \mu \left( \frac{\partial u_i^j}{\partial \xi_k} + \frac{\partial u_i^k}{\partial \xi_j} \right) \right] \nu_k \mathrm{d}\Sigma \tag{1.1.1}$$

式中, $\delta_{jk}$ 是 Kronecker 符号, $\lambda$ 和 $\mu$ 为介质弹性参数 (也称为拉梅 (Lamé) 常数), $\nu_k$ 为断层面法矢量分量. $u_i^j$ 为在点 $(\xi_1, \xi_2, \xi_3)$ 处振幅为 $F$ 的点震源的 $j$ 分量在点 $(x_1, x_2, x_3)$ 处产生的 $i$ 分量位移, 其表达式已由 Press (1965) 给出.

定义直角坐标系如图 1.1.1 所示, 弹性介质充满 $z \leqslant 0$ 的区域 (即半无限空间), 与断层走向平行的轴取为 $x$ 轴. 再定义基本位错分量 $U_1$、$U_2$ 和 $U_3$, 分别对应于任意位错的

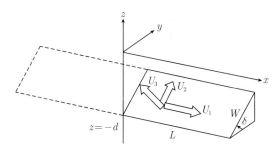

图 1.1.1 震源模型的几何关系

走滑、倾滑和引张位错分量, $\delta$ 为断层面倾角, $d$ 代表震源深度. 图中 $L$ 和 $W$ 分别表示断层面的长度和宽度. 图中每个分量都是上盘相对于下盘的滑动.

那么, 在这个坐标系下, 地表面的同震位移 $u_i^j$ 可以表示为

$$\begin{cases} u_1^1 = \dfrac{F}{4\pi\mu}\left\{\dfrac{1}{R} + \dfrac{(x_1-\xi_1)^2}{R^3} + \dfrac{\mu}{\lambda+\mu}\left[\dfrac{1}{R-\xi_3} - \dfrac{(x_1-\xi_1)^2}{R(R-\xi_3)^2}\right]\right\} \\[2mm] u_2^1 = \dfrac{F}{4\pi\mu}(x_1-\xi_1)(x_2-\xi_2)\left\{\dfrac{1}{R^3} - \dfrac{\mu}{\lambda+\mu}\dfrac{1}{R(R-\xi_3)^2}\right\} \\[2mm] u_3^1 = \dfrac{F}{4\pi\mu}(x_1-\xi_1)\left\{-\dfrac{\xi_3}{R^3} - \dfrac{\mu}{\lambda+\mu}\dfrac{1}{R(R-\xi_3)}\right\} \end{cases} \quad (1.1.2)$$

$$\begin{cases} u_1^2 = \dfrac{F}{4\pi\mu}(x_1-\xi_1)(x_2-\xi_2)\left\{\dfrac{1}{R^3} - \dfrac{\mu}{\lambda+\mu}\dfrac{1}{R(R-\xi_3)^2}\right\} \\[2mm] u_2^2 = \dfrac{F}{4\pi\mu}\left\{\dfrac{1}{R} + \dfrac{(x_2-\xi_2)^2}{R^3} + \dfrac{\mu}{\lambda+\mu}\left[\dfrac{1}{R-\xi_3} - \dfrac{(x_2-\xi_2)^2}{R(R-\xi_3)^2}\right]\right\} \\[2mm] u_3^2 = \dfrac{F}{4\pi\mu}(x_2-\xi_2)\left\{-\dfrac{\xi_3}{R^3} - \dfrac{\mu}{\lambda+\mu}\dfrac{1}{R(R-\xi_3)}\right\} \end{cases} \quad (1.1.3)$$

$$\begin{cases} u_1^3 = \dfrac{F}{4\pi\mu}(x_1-\xi_1)\left\{-\dfrac{\xi_3}{R^3} + \dfrac{\mu}{\lambda+\mu}\dfrac{1}{R(R-\xi_3)}\right\} \\[2mm] u_2^3 = \dfrac{F}{4\pi\mu}(x_2-\xi_2)\left\{-\dfrac{\xi_3}{R^3} + \dfrac{\mu}{\lambda+\mu}\dfrac{1}{R(R-\xi_3)}\right\} \\[2mm] u_3^3 = \dfrac{F}{4\pi\mu}\left\{\dfrac{1}{R} + \dfrac{\xi_3^2}{R^3} + \dfrac{\mu}{\lambda+\mu}\dfrac{1}{R}\right\} \end{cases} \quad (1.1.4)$$

式中, $R^2 = (x_1-\xi_1)^2 + (x_2-\xi_2)^2 + \xi_3^2$. 利用式 (1.1.1), 位错源在每个断层面元 $\Delta\Sigma$ 上的贡献可以写成

走滑位错:

$$\frac{1}{F}\mu U_1\Delta\Sigma\left[-\left(\frac{\partial u_i^1}{\partial\xi_2} + \frac{\partial u_i^2}{\partial\xi_1}\right)\sin\delta + \left(\frac{\partial u_i^1}{\partial\xi_3} + \frac{\partial u_i^3}{\partial\xi_1}\right)\cos\delta\right] \quad (1.1.5)$$

倾滑位错:

$$\frac{1}{F}\mu U_2\Delta\Sigma\left[\left(\frac{\partial u_i^2}{\partial\xi_3} + \frac{\partial u_i^3}{\partial\xi_2}\right)\cos 2\delta + \left(\frac{\partial u_i^3}{\partial\xi_3} - \frac{\partial u_i^2}{\partial\xi_2}\right)\sin 2\delta\right] \quad (1.1.6)$$

引张位错:

$$\frac{1}{F}U_3\Delta\Sigma\left[\lambda\frac{\partial u_i^n}{\partial\xi_n} + 2\mu\left(\frac{\partial u_i^2}{\partial\xi_2}\sin^2\delta + \frac{\partial u_i^3}{\partial\xi_3}\cos^2\delta\right) - \mu\left(\frac{\partial u_i^2}{\partial\xi_3} + \frac{\partial u_i^3}{\partial\xi_2}\right)\sin 2\delta\right] \quad (1.1.7)$$

这表明一个双力偶体力, 具有剪切位错地震矩 $\mu U_1\Delta\Sigma$ 或者 $\mu U_2\Delta\Sigma$, 引张位错地震矩 $\lambda U_3\Delta\Sigma$ 与 $2\mu U_3\Delta\Sigma$ 的组合. 把式 (1.1.2)~ 式 (1.1.4) 代入式 (1.1.5)~ 式 (1.1.7), 并令

$\xi_1 = \xi_2 = 0, \xi_3 = -d$, 可得位于 $(0, 0, -d)$ 的点震源在地表面产生的位移, 对其微分便可得应变和倾斜. 下面用 $(x, y, z)$ 代替 $(x_1, x_2, x_3)$, 并用上标 "0" 表示与点震源有关的量, 得到最终表达式.

#### 1.1.1.1 位移

走滑位错:

$$
\begin{cases}
u_x^0 = -\dfrac{U_1}{2\pi}\left[\dfrac{3x^2 q}{R^5} + I_1^0 \sin\delta\right]\Delta\Sigma \\[3mm]
u_y^0 = -\dfrac{U_1}{2\pi}\left[\dfrac{3xyq}{R^5} + I_2^0 \sin\delta\right]\Delta\Sigma \\[3mm]
u_z^0 = -\dfrac{U_1}{2\pi}\left[\dfrac{3xdq}{R^5} + I_4^0 \sin\delta\right]\Delta\Sigma
\end{cases} \tag{1.1.8}
$$

倾滑位错:

$$
\begin{cases}
u_x^0 = -\dfrac{U_2}{2\pi}\left[\dfrac{3xpq}{R^5} - I_3^0 \sin\delta\cos\delta\right]\Delta\Sigma \\[3mm]
u_y^0 = -\dfrac{U_2}{2\pi}\left[\dfrac{3ypq}{R^5} - I_1^0 \sin\delta\cos\delta\right]\Delta\Sigma \\[3mm]
u_z^0 = -\dfrac{U_2}{2\pi}\left[\dfrac{3dpq}{R^5} - I_5^0 \sin\delta\cos\delta\right]\Delta\Sigma
\end{cases} \tag{1.1.9}
$$

引张位错:

$$
\begin{cases}
u_x^0 = \dfrac{U_3}{2\pi}\left[\dfrac{3xq^2}{R^5} - I_3^0 \sin^2\delta\right]\Delta\Sigma \\[3mm]
u_y^0 = \dfrac{U_3}{2\pi}\left[\dfrac{3yq^2}{R^5} - I_1^0 \sin^2\delta\right]\Delta\Sigma \\[3mm]
u_z^0 = \dfrac{U_3}{2\pi}\left[\dfrac{3dq^2}{R^5} - I_5^0 \sin^2\delta\right]\Delta\Sigma
\end{cases} \tag{1.1.10}
$$

式中,

$$
\begin{cases}
I_1^0 = \dfrac{\mu}{\lambda + \mu} y\left[\dfrac{1}{R(R+d)^2} - x^2 \dfrac{3R+d}{R^3(R+d)^3}\right] \\[3mm]
I_2^0 = \dfrac{\mu}{\lambda + \mu} x\left[\dfrac{1}{R(R+d)^2} - y^2 \dfrac{3R+d}{R^3(R+d)^3}\right] \\[3mm]
I_3^0 = \dfrac{\mu}{\lambda + \mu}\left[\dfrac{x}{R^3}\right] - I_2^0 \\[3mm]
I_4^0 = \dfrac{\mu}{\lambda + \mu}\left[-xy\dfrac{2R+d}{R^3(R+d)^2}\right] \\[3mm]
I_5^0 = \dfrac{\mu}{\lambda + \mu}\left[\dfrac{1}{R(R+d)^2} - x^2 \dfrac{2R+d}{R^3(R+d)^2}\right]
\end{cases} \tag{1.1.11}
$$

$$
\begin{cases}
p = y\cos\delta + d\sin\delta \\
q = y\sin\delta - d\cos\delta \\
R^2 = x^2 + y^2 + d^2 = x^2 + p^2 + q^2
\end{cases} \tag{1.1.12}
$$

### 1.1.1.2  应变

走滑位错:

$$\begin{cases} \dfrac{\partial u_x^0}{\partial x} = -\dfrac{U_1}{2\pi}\left[\dfrac{3xq}{R^5}\left(2-\dfrac{5x^2}{R^2}\right)+J_1^0\sin\delta\right]\Delta\Sigma \\[3mm] \dfrac{\partial u_x^0}{\partial y} = -\dfrac{U_1}{2\pi}\left[-\dfrac{15x^2yq}{R^7}+\left(\dfrac{3x^2}{R^5}+J_2^0\right)\sin\delta\right]\Delta\Sigma \\[3mm] \dfrac{\partial u_y^0}{\partial x} = -\dfrac{U_1}{2\pi}\left[\dfrac{3yq}{R^5}\left(1-\dfrac{5x^2}{R^2}\right)+J_2^0\sin\delta\right]\Delta\Sigma \\[3mm] \dfrac{\partial u_y^0}{\partial y} = -\dfrac{U_1}{2\pi}\left[\dfrac{3xq}{R^5}\left(1-\dfrac{5y^2}{R^2}\right)+\left(\dfrac{3xy}{R^5}+J_4^0\right)\sin\delta\right]\Delta\Sigma \end{cases} \tag{1.1.13}$$

倾滑位错:

$$\begin{cases} \dfrac{\partial u_x^0}{\partial x} = -\dfrac{U_2}{2\pi}\left[\dfrac{3pq}{R^5}\left(1-\dfrac{5x^2}{R^2}\right)-J_3^0\sin\delta\cos\delta\right]\Delta\Sigma \\[3mm] \dfrac{\partial u_x^0}{\partial y} = -\dfrac{U_2}{2\pi}\left[\dfrac{3x}{R^5}\left(s-\dfrac{5ypq}{R^2}\right)-J_1^0\sin\delta\cos\delta\right]\Delta\Sigma \\[3mm] \dfrac{\partial u_y^0}{\partial x} = -\dfrac{U_2}{2\pi}\left[-\dfrac{15xypq}{R^7}-J_1^0\sin\delta\cos\delta\right]\Delta\Sigma \\[3mm] \dfrac{\partial u_y^0}{\partial y} = -\dfrac{U_2}{2\pi}\left[\dfrac{3pq}{R^5}\left(1-\dfrac{5y^2}{R^2}\right)+\dfrac{3ys}{R^5}-J_2^0\sin\delta\cos\delta\right]\Delta\Sigma \end{cases} \tag{1.1.14}$$

引张位错:

$$\begin{cases} \dfrac{\partial u_x^0}{\partial x} = \dfrac{U_3}{2\pi}\left[\dfrac{3q^2}{R^5}\left(1-\dfrac{5x^2}{R^2}\right)-J_3^0\sin^2\delta\right]\Delta\Sigma \\[3mm] \dfrac{\partial u_x^0}{\partial y} = \dfrac{U_3}{2\pi}\left[\dfrac{3xq}{R^5}\left(2\sin\delta-\dfrac{5yq}{R^2}\right)-J_1^0\sin^2\delta\right]\Delta\Sigma \\[3mm] \dfrac{\partial u_y^0}{\partial x} = \dfrac{U_3}{2\pi}\left[-\dfrac{15xyq^2}{R^7}-J_1^0\sin^2\delta\right]\Delta\Sigma \\[3mm] \dfrac{\partial u_y^0}{\partial y} = \dfrac{U_3}{2\pi}\left[\dfrac{3q}{R^5}\left(q+2y\sin\delta-\dfrac{5y^2q}{R^2}\right)-J_2^0\sin^2\delta\right]\Delta\Sigma \end{cases} \tag{1.1.15}$$

式中, $s = p\sin\delta + q\cos\delta$, 以及

$$\begin{cases} J_1^0 = \dfrac{\mu}{\lambda+\mu}\left[-3xy\dfrac{3R+d}{R^3(R+d)^3}+3x^3y\dfrac{5R^2+4Rd+d^2}{R^5(R+d)^4}\right] \\[3mm] J_2^0 = \dfrac{\mu}{\lambda+\mu}\left[\dfrac{1}{R^3}-\dfrac{3}{R(R+d)^2}+3x^2y^2\dfrac{5R^2+4Rd+d^2}{R^5(R+d)^4}\right] \\[3mm] J_3^0 = \dfrac{\mu}{\lambda+\mu}\left[\dfrac{1}{R^3}-\dfrac{3x^2}{R^5}\right]-J_2^0 \\[3mm] J_4^0 = \dfrac{\mu}{\lambda+\mu}\left[-\dfrac{3xy}{R^5}\right]-J_1^0 \end{cases} \tag{1.1.16}$$

### 1.1.1.3 倾斜

走滑位错：

$$\begin{cases} \dfrac{\partial u_z^0}{\partial x} = -\dfrac{U_1}{2\pi}\left[\dfrac{3dq}{R^5}\left(1-\dfrac{5x^2}{R^2}\right) + K_1^0\sin\delta\right]\Delta\Sigma \\ \dfrac{\partial u_z^0}{\partial y} = -\dfrac{U_1}{2\pi}\left[-\dfrac{15xydq}{R^7} + \left(\dfrac{3xd}{R^5} + K_2^0\right)\sin\delta\right]\Delta\Sigma \end{cases} \tag{1.1.17}$$

倾滑位错：

$$\begin{cases} \dfrac{\partial u_z^0}{\partial x} = -\dfrac{U_2}{2\pi}\left[-\dfrac{15xdpq}{R^7} - K_3^0\sin\delta\cos\delta\right]\Delta\Sigma \\ \dfrac{\partial u_z^0}{\partial y} = -\dfrac{U_2}{2\pi}\left[\dfrac{3d}{R^5}\left(s-\dfrac{5ypq}{R^2}\right) - K_1^0\sin\delta\cos\delta\right]\Delta\Sigma \end{cases} \tag{1.1.18}$$

引张位错：

$$\begin{cases} \dfrac{\partial u_z^0}{\partial x} = \dfrac{U_3}{2\pi}\left[-\dfrac{15xdq^2}{R^7} - K_3^0\sin^2\delta\right]\Delta\Sigma \\ \dfrac{\partial u_z^0}{\partial y} = \dfrac{U_3}{2\pi}\left[\dfrac{3dq}{R^5}\left(2\sin\delta - \dfrac{5yq}{R^2}\right) - K_1^0\sin^2\delta\right]\Delta\Sigma \end{cases} \tag{1.1.19}$$

式中，

$$\begin{cases} K_1^0 = -\dfrac{\mu}{\lambda+\mu}y\left[\dfrac{2R+d}{R^3(R+d)^2} - x^2\dfrac{8R^2+9Rd+3d^2}{R^5(R+d)^3}\right] \\ K_2^0 = -\dfrac{\mu}{\lambda+\mu}x\left[\dfrac{2R+d}{R^3(R+d)^2} - y^2\dfrac{8R^2+9Rd+3d^2}{R^5(R+d)^3}\right] \\ K_3^0 = -\dfrac{\mu}{\lambda+\mu}\left[\dfrac{3xd}{R^5}\right] - K_2^0 \end{cases} \tag{1.1.20}$$

## 1.1.2　有限矩形位错源

对于一个长和宽分别为 $L$ 和 $W$ (图 1.1.1) 的有限矩形断层，其形变场可以通过上述点源位错的计算公式函数替换而得到，即，把 $x$、$y$ 和 $d$ 分别用 $x-\xi'$、$y-\eta'\cos\delta$ 和 $d-\eta'\sin\delta$ 来替换，并进行如下积分：

$$\int_0^L \mathrm{d}\xi' \int_0^W \mathrm{d}\eta' \tag{1.1.21}$$

为了方便，再根据 Sato 和 Matsu'ura (1974) 的方法作下述变换：

$$\begin{cases} x-\xi' = \xi \\ p-\eta' = \eta \end{cases} \tag{1.1.22}$$

于是积分 (1.1.21) 变为

$$\int_x^{x-L} \mathrm{d}\xi \int_p^{p-W} \mathrm{d}\eta \tag{1.1.23}$$

利用 Chinnery (1961) 的双竖约定符号可以把最后结果表示为

$$f(\xi,\eta)\| = f(x,p) - f(x,p-W) - f(x-L,p) + f(x-L,p-W) \tag{1.1.24}$$

如果取断层边长为 $2L$ (图 1.1.1 中的虚线), 只要把上式右边第一和第二项中的 $x$ 替换为 $x + L$ 即可. 下面是最终结果.

### 1.1.2.1 位移

走滑位错:

$$\begin{cases}
u_x = -\dfrac{U_1}{2\pi}\left[\dfrac{\xi q}{R(R+\eta)} + \tan^{-1}\dfrac{\xi\eta}{qR} + I_1\sin\delta\right]\Big\|\\[3mm]
u_y = -\dfrac{U_1}{2\pi}\left[\dfrac{\tilde{y}q}{R(R+\eta)} + \dfrac{q\cos\delta}{R+\eta} + I_2\sin\delta\right]\Big\|\\[3mm]
u_z = -\dfrac{U_1}{2\pi}\left[\dfrac{\tilde{d}q}{R(R+\eta)} + \dfrac{q\sin\delta}{R+\eta} + I_4\sin\delta\right]\Big\|
\end{cases} \tag{1.1.25}$$

倾滑位错:

$$\begin{cases}
u_x = -\dfrac{U_2}{2\pi}\left[\dfrac{q}{R} - I_3\sin\delta\cos\delta\right]\Big\|\\[3mm]
u_y = -\dfrac{U_2}{2\pi}\left[\dfrac{\tilde{y}q}{R(R+\eta)} + \cos\delta\tan^{-1}\dfrac{\xi\eta}{qR} - I_1\sin\delta\cos\delta\right]\Big\|\\[3mm]
u_z = -\dfrac{U_2}{2\pi}\left[\dfrac{\tilde{d}q}{R(R+\xi)} + \sin\delta\tan^{-1}\dfrac{\xi\eta}{qR} - I_5\sin\delta\cos\delta\right]\Big\|
\end{cases} \tag{1.1.26}$$

引张位错:

$$\begin{cases}
u_x = \dfrac{U_3}{2\pi}\left[\dfrac{q^2}{R(R+\xi)} - I_3\sin^2\delta\right]\Big\|\\[3mm]
u_y = \dfrac{U_3}{2\pi}\left[\dfrac{-\tilde{d}q}{R(R+\xi)} - \sin\delta\left\{\dfrac{\xi q}{R(R+\eta)} - \tan^{-1}\dfrac{\xi\eta}{qR}\right\} - I_1\sin^2\delta\right]\Big\|\\[3mm]
u_z = \dfrac{U_3}{2\pi}\left[\dfrac{\tilde{y}q}{R(R+\xi)} + \cos\delta\left\{\dfrac{\xi q}{R(R+\eta)} - \tan^{-1}\dfrac{\xi\eta}{qR}\right\} - I_5\sin^2\delta\right]\Big\|
\end{cases} \tag{1.1.27}$$

式中,

$$\begin{cases}
I_1 = \dfrac{\mu}{\lambda+\mu}\left[\dfrac{-1}{\cos\delta}\dfrac{\xi}{R+\tilde{d}}\right] - \dfrac{\sin\delta}{\cos\delta}I_5\\[3mm]
I_2 = \dfrac{\mu}{\lambda+\mu}\left[-\ln(R+\eta)\right] - I_3\\[3mm]
I_3 = \dfrac{\mu}{\lambda+\mu}\left[\dfrac{1}{\cos\delta}\dfrac{\tilde{y}}{R+\tilde{d}} - \ln(R+\eta)\right] + \dfrac{\sin\delta}{\cos\delta}I_4\\[3mm]
I_4 = \dfrac{\mu}{\lambda+\mu}\dfrac{1}{\cos\delta}\left[\ln(R+\tilde{d}) - \sin\delta\ln(R+\eta)\right]\\[3mm]
I_5 = \dfrac{\mu}{\lambda+\mu}\dfrac{2}{\cos\delta}\tan^{-1}\dfrac{\eta(X+q\cos\delta) + X(R+X)\sin\delta}{\xi(R+X)\cos\delta}
\end{cases} \tag{1.1.28}$$

如果 $\cos\delta = 0$, 则

$$
\begin{cases}
I_1 = -\dfrac{\mu}{2(\lambda+\mu)}\dfrac{\xi q}{(R+\tilde{d})^2} \\[3mm]
I_3 = \dfrac{\mu}{2(\lambda+\mu)}\left[\dfrac{\eta}{R+\tilde{d}} + \dfrac{\tilde{y}q}{(R+\tilde{d})^2} - \ln(R+\eta)\right] \\[3mm]
I_4 = -\dfrac{\mu}{\lambda+\mu}\dfrac{q}{R+\tilde{d}} \\[3mm]
I_5 = -\dfrac{\mu}{\lambda+\mu}\dfrac{\xi\sin\delta}{R+\tilde{d}}
\end{cases}
\tag{1.1.29}
$$

$$
\begin{cases}
p = y\cos\delta + d\sin\delta \\
q = y\sin\delta - d\cos\delta \\
\tilde{y} = \eta\cos\delta + q\sin\delta \\
\tilde{d} = \eta\sin\delta - q\cos\delta \\
R^2 = \xi^2 + \eta^2 + q^2 = \xi^2 + \tilde{y}^2 + \tilde{d}^2 \\
X^2 = \xi^2 + q^2
\end{cases}
\tag{1.1.30}
$$

当 $\cos\delta = 0$ 时, 对于 $\sin\delta = \pm 1$ 的两种情况必须小心.

### 1.1.2.2　应变

走滑位错:

$$
\begin{cases}
\dfrac{\partial u_x^0}{\partial x} = \dfrac{U_1}{2\pi}\left[\xi^2 q A_\eta - J_1\sin\delta\right]\Big\| \\[3mm]
\dfrac{\partial u_x^0}{\partial y} = \dfrac{U_1}{2\pi}\left[\dfrac{\xi^3\tilde{d}}{R^3(\eta^2+q^2)} - \left(\xi^3 A_\eta + J_2\right)\sin\delta\right]\Big\| \\[3mm]
\dfrac{\partial u_y^0}{\partial x} = \dfrac{U_1}{2\pi}\left[\dfrac{\xi q}{R^3}\cos\delta + (\xi q^2 A_\eta - J_2)\sin\delta\right] \\[3mm]
\dfrac{\partial u_y^0}{\partial y} = \dfrac{U_1}{2\pi}\left[\dfrac{\tilde{y}q}{R^3}\cos\delta + \left\{q^3 A_\eta\sin\delta - \dfrac{2q\sin\delta}{R(R+\eta)} - \dfrac{\xi^2+\eta^2}{R^3}\cos\delta - J_4\right\}\sin\delta\right]\Big\|
\end{cases}
\tag{1.1.31}
$$

倾滑位错:

$$
\begin{cases}
\dfrac{\partial u_x^0}{\partial x} = \dfrac{U_2}{2\pi}\left[\dfrac{\xi q}{R^3} + J_3\sin\delta\cos\delta\right]\Big\| \\[3mm]
\dfrac{\partial u_x^0}{\partial y} = \dfrac{U_2}{2\pi}\left[\dfrac{\tilde{y}q}{R^3} - \dfrac{\sin\delta}{R} + J_1\sin\delta\cos\delta\right]\Big\| \\[3mm]
\dfrac{\partial u_y^0}{\partial x} = \dfrac{U_2}{2\pi}\left[\dfrac{\tilde{y}q}{R^3} + \dfrac{q\cos\delta}{R(R+\eta)} + J_1\sin\delta\cos\delta\right]\Big\| \\[3mm]
\dfrac{\partial u_y^0}{\partial y} = \dfrac{U_2}{2\pi}\left[\tilde{y}^2 q A_\xi - \left\{\dfrac{2\tilde{y}}{R(R+\xi)} + \dfrac{\xi\cos\delta}{R(R+\eta)}\right\}\sin\delta + J_2\sin\delta\cos\delta\right]\Big\|
\end{cases}
\tag{1.1.32}
$$

引张位错:

$$\left\{ \begin{aligned} \frac{\partial u_x}{\partial x} &= -\frac{U_3}{2\pi} \left[ \xi q^2 A_\eta + J_3 \sin^2 \delta \right] \Big\| \\ \frac{\partial u_x}{\partial y} &= -\frac{U_3}{2\pi} \left[ -\frac{\tilde{d}q}{R^3} - \xi^2 q A_\eta \sin \delta + J_1 \sin^2 \delta \right] \Big\| \\ \frac{\partial u_y}{\partial y} &= -\frac{U_3}{2\pi} \left[ \frac{q^2}{R^3} \cos \delta + q^3 A_\eta \sin \delta + J_1 \sin^2 \delta \right] \Big\| \\ \frac{\partial u_y^0}{\partial y} &= -\frac{U_3}{2\pi} \left[ \left( \tilde{y} \cos \delta - \tilde{d} \sin \delta \right) q^2 A_\xi - \frac{q \sin 2\delta}{R(R+\xi)} - \left( \xi q^2 A_\eta - J_2 \right) \sin^2 \delta \right] \Big\| \end{aligned} \right. \tag{1.1.33}$$

式中,

$$\left\{ \begin{aligned} J_1 &= \frac{\mu}{\lambda + \mu} \frac{1}{\cos \delta} \left[ \frac{\xi^2}{R(R+\tilde{d})^2} - \frac{1}{R+\tilde{d}} \right] - \frac{\sin \delta}{\cos \delta} K_3 \\ J_2 &= \frac{\mu}{\lambda + \mu} \frac{1}{\cos \delta} \left[ \frac{\xi \tilde{y}}{R(R+\tilde{d})^2} \right] - \frac{\sin \delta}{\cos \delta} K_1 \\ J_3 &= \frac{\mu}{\lambda + \mu} \left[ -\frac{\xi}{R(R+\eta)} \right] - J_2 \\ J_4 &= \frac{\mu}{\lambda + \mu} \left[ -\frac{\cos \delta}{R} - \frac{q \sin \delta}{R(R+\eta)} \right] - J_1 \end{aligned} \right. \tag{1.1.34}$$

式中, $K_1$ 和 $K_3$ 在式 (1.1.40) 中给出, 如果 $\cos \delta = 0$, 则

$$\left\{ \begin{aligned} J_1 &= \frac{\mu}{2(\lambda + \mu)} \frac{q}{(R+\tilde{d})^2} \left[ \frac{2\xi^2}{R(R+\tilde{d})} - 1 \right] \\ J_2 &= \frac{\mu}{2(\lambda + \mu)} \frac{\xi \sin \delta}{(R+\tilde{d})^2} \left[ \frac{2q^2}{R(R+\tilde{d})} - 1 \right] \end{aligned} \right. \tag{1.1.35}$$

$$\left\{ \begin{aligned} A_\xi &= \frac{2R+\xi}{R^3(R+\xi)^2} \\ A_\eta &= \frac{2R+\eta}{R^3(R+\eta)^2} \end{aligned} \right. \tag{1.1.36}$$

### 1.1.2.3 倾斜

走滑位错:

$$\left\{ \begin{aligned} \frac{\partial u_z}{\partial x} &= \frac{U_1}{2\pi} \left[ -\xi q^2 A_\eta \cos \delta + \left( \frac{\xi q}{R^3} - K_1 \right) \sin \delta \right] \Big\| \\ \frac{\partial u_z}{\partial y} &= \frac{U_1}{2\pi} \left[ \frac{\tilde{d}q}{R^3} \cos \delta + \left( \xi^2 q A_\eta \cos \delta - \frac{\sin \delta}{R} + \frac{\tilde{y}q}{R^3} - K_2 \right) \sin \delta \right] \Big\| \end{aligned} \right. \tag{1.1.37}$$

倾滑位错:

$$\left\{ \begin{aligned} \frac{\partial u_z}{\partial x} &= \frac{U_2}{2\pi} \left[ \frac{\tilde{d}q}{R^3} + \frac{q \sin \delta}{R(R+\eta)} + K_3 \sin \delta \cos \delta \right] \Big\| \\ \frac{\partial u_z}{\partial y} &= \frac{U_2}{2\pi} \left[ \tilde{y}\tilde{d}q A_\xi - \left\{ \frac{2\tilde{d}}{R(R+\xi)} + \frac{\xi \sin \delta}{R(R+\eta)} \right\} \sin \delta + K_1 \sin \delta \cos \delta \right] \Big\| \end{aligned} \right. \tag{1.1.38}$$

引张位错：

$$\begin{cases} \dfrac{\partial u_z}{\partial x} = -\dfrac{U_3}{2\pi}\left[\dfrac{q^2}{R^3}\sin\delta - q^3 A_\eta\cos\delta + K_3\sin^2\delta\right]\Bigg\| \\[3mm] \dfrac{\partial u_z}{\partial y} = -\dfrac{U_3}{2\pi}\left[\left(\tilde{y}\sin\delta + \tilde{d}\cos\delta\right)q^2 A_\xi + \xi q^2 A_\eta\sin\delta\cos\delta \right. \\[3mm] \qquad\qquad \left. -\left\{\dfrac{2q}{R(R+\xi)} - K_1\right\}\sin^2\delta\right]\Bigg\| \end{cases} \tag{1.1.39}$$

式中，

$$\begin{cases} K_1 = \dfrac{\mu}{\lambda+\mu}\dfrac{\xi}{\cos\delta}\left[\dfrac{1}{R(R+\tilde{d})} - \dfrac{\sin\delta}{R(R+\eta)}\right] \\[3mm] K_2 = \dfrac{\mu}{\lambda+\mu}\left[-\dfrac{\sin\delta}{R} + \dfrac{q\cos\delta}{R(R+\eta)}\right] - K_3 \\[3mm] K_3 = \dfrac{\mu}{\lambda+\mu}\dfrac{1}{\cos\delta}\left[\dfrac{q}{R(R+\eta)} - \dfrac{\tilde{y}}{R(R+\tilde{d})}\right] \end{cases} \tag{1.1.40}$$

如果 $\cos\delta = 0$，则

$$\begin{cases} K_1 = \dfrac{\mu}{\lambda+\mu}\dfrac{\xi q}{R(R+\tilde{d})^2} \\[3mm] K_3 = \dfrac{\mu}{\lambda+\mu}\dfrac{\sin\delta}{R+\tilde{d}}\left[\dfrac{\xi^2}{R(R+\tilde{d})} - 1\right] \end{cases} \tag{1.1.41}$$

在上述计算公式中，有些项在特殊条件下是奇异的. 利用如下规则可以避免这些奇异问题：(i) 当 $q = 0$ 时，在式 (1.1.25) 和式 (1.1.27) 中设定 $\tan^{-1}(\xi\eta/qR) = 0$; (ii) 当 $\xi = 0$ 时，在式 (1.1.28) 中设定 $I_5 = 0$; (iii) 当 $R + \eta = 0$ (当 $\sin\delta < 0$ 并且 $\xi = q = 0$) 时，在式 (1.1.25)～式 (1.1.40) 中设定所有分母中含 $R + \eta$ 的项为零，并且在式 (1.1.28) 和式 (1.1.29) 中用 $-\ln(R - \eta)$ 代替 $\ln(R + \eta)$.

另外，与 $z$ 方向有关的应变分量可以很简单地由下式计算：

$$\begin{cases} \dfrac{\partial u_x}{\partial z} = -\dfrac{\partial U_z}{\partial x} \\[3mm] \dfrac{\partial u_y}{\partial z} = -\dfrac{\partial U_z}{\partial y} \\[3mm] \dfrac{\partial u_z}{\partial z} = -\dfrac{\lambda}{\lambda+2\mu}\left(\dfrac{\partial u_x}{\partial x} + \dfrac{\partial u_y}{\partial y}\right) \end{cases} \tag{1.1.42}$$

## 1.2  Okubo (1991; 1992) 理论与计算公式

### 1.2.1  点 源 位 错

Okubo (1991; 1992) 的理论主要是计算同震引力位变化和重力变化. 值得注意的是，Okubo (1991; 1992) 定义的坐标系 (图 1.2.1) 与 Okada (1985)(图 1.1.1) 看上去有略微不同，但是实质上是一样的. 他假设 $(x_1, x_2, x_3)$ 直角坐标系，但是 $x_3$ 向下为正，使得弹性介质充满 $x_3 > 0$ 的区域为半无限空间模型，与断层走向平行的轴取为 $x_1$ 轴，另一轴为 $x_2$.

同样, Okubo (1991; 1992) 定义在点 $(0, 0, \xi_3)$ 处无限小断层面 $\Sigma$ 的位错分量 $(U_1, U_2, U_3)$,
分别对应于任意位错的走滑、倾滑和引张位错. 由于对称性, 一般位错源的九个分量中只有四个是独立的, Okubo (1991; 1992) 考虑如下四个独立解: 垂直断层沿 $x_1$ 方向的引张位错 $(ij = 11)$, 水平断层上下引张位错 $(ij = 33)$, 垂直断层走滑位错 $(ij = 12)$, 垂直断层倾滑位错 $(ij = 13)$. 于是, 他推导出了该位错在 $r = (x_1, x_2, x_3)$ 处产生的地表垂直位移、介质外地表面的引力位变化、空间固定点重力场变化和变形地表面重力场变化等计算公式. 下面仅列出最后结果.

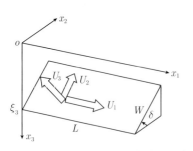

图 1.2.1　Okubo (1991; 1992) 定义的坐标系下的震源模型

地表面垂直位移:

$$\Delta h^{(11)} = \frac{1}{2\pi} \left\{ \frac{3\xi_3 x_1^2}{R_0^5} - (1 - 2\nu) \left[ \frac{1}{R_0(R_0 + \xi_3)} - \frac{x_2^2(2R_0 + \xi_3)}{R_0^3(R_0 + \xi_3)^2} \right] \right\} \tag{1.2.1}$$

$$\Delta h^{(33)} = \frac{1}{2\pi} \left\{ \frac{3\xi_3^3}{R_0^5} \right\} \tag{1.2.2}$$

$$\Delta h^{(12)} = \frac{1}{2\pi} \left\{ \frac{3\xi_3 x_1 x_2}{R_0^5} - (1 - 2\nu) \frac{x_1 x_2(2R_0 + \xi_3)}{R_0^3(R_0 + \xi_3)^2} \right\} \tag{1.2.3}$$

$$\Delta h^{(13)} = -\frac{1}{2\pi} \frac{3\xi_3^2 x_1}{R_0^5} \tag{1.2.4}$$

式中, $R_0 = \sqrt{x_1^2 + x_2^2 + \xi_3^2}$, $\nu$ 为泊松比.

引力位变化:

$$\psi^{(11)}(\boldsymbol{r}; \xi_3) = \rho G \xi_3 \left[ \frac{1}{R(R + \xi_3 - x_3)} - \frac{x_1^2(2R + \xi_3 - x_3)}{R^3(R + \xi_3 - x_3)^2} \right] \tag{1.2.5}$$

$$\psi^{(33)}(\boldsymbol{r}; \xi_3) = \rho G \frac{\xi_3(x_3 - \xi_3)}{R^3} \tag{1.2.6}$$

$$\psi^{(12)}(\boldsymbol{r}; \xi_3) = -\rho G \frac{\xi_3 x_1 x_2(2R + \xi_3 - x_3)}{R^3(R + \xi_3 - x_3)^2} \tag{1.2.7}$$

$$\psi^{(13)}(\boldsymbol{r}; \xi_3) = \rho G \frac{\xi_3 x_1}{R^3} \tag{1.2.8}$$

式中, $R = \sqrt{x_1^2 + x_2^2 + (x_3 - \xi_3)^2}$, $\rho$ 为介质密度, $G$ 为牛顿引力常数.

空间固定点重力场变化:

$$\Delta g^{(11)}(x_1, x_2; \xi_3) = -\rho G \xi_3 \left( \frac{1}{R_0^3} - \frac{3x_1^2}{R_0^5} \right) \tag{1.2.9}$$

$$\Delta g^{(33)}(x_1, x_2; \xi_3) = -\rho G \xi_3 \left( \frac{1}{R_0^3} - \frac{3\xi_3^2}{R_0^5} \right) \tag{1.2.10}$$

$$\Delta g^{(12)}(x_1, x_2; \xi_3) = \rho G \frac{3 x_1 x_2 \xi_3}{R_0^5} \tag{1.2.11}$$

$$\Delta g^{(13)}(x_1, x_2; \xi_3) = -\rho G \frac{3 x_1 \xi_3^2}{R_0^5} \tag{1.2.12}$$

变形地表面重力场变化:

$$\delta g^{(11)}(x_1, x_2; \xi_3) = \Delta g^{(11)}(x_1, x_2; \xi_3) - \beta \Delta h^{(11)}(x_1, x_2; \xi_3) \tag{1.2.13}$$

$$\delta g^{(33)}(x_1, x_2; \xi_3) = \Delta g^{(33)}(x_1, x_2; \xi_3) - \beta \Delta h^{(33)}(x_1, x_2; \xi_3) \tag{1.2.14}$$

$$\delta g^{(12)}(x_1, x_2; \xi_3) = \Delta g^{(12)}(x_1, x_2; \xi_3) - \beta \Delta h^{(12)}(x_1, x_2; \xi_3) \tag{1.2.15}$$

$$\delta g^{(13)}(x_1, x_2; \xi_3) = \Delta g^{(13)}(x_1, x_2; \xi_3) - \beta \Delta h^{(13)}(x_1, x_2; \xi_3) \tag{1.2.16}$$

式中, $\beta \approx 0.309\mathrm{mGal}^{①}/\mathrm{m}$ 为自由空气重力梯度.

## 1.2.2 有限矩形位错源

有了点位错结果, 就可以将其扩展为有限矩形断层震源计算. 如图 1.2.1 所示, 位错源的滑动矢量和其法矢量可以表示为

$$\Delta \boldsymbol{u} = (\Delta u_1, \Delta u_2, \Delta u_3) = (U_1, U_2 \cos \delta - U_3 \sin \delta, -U_2 \sin \delta - U_3 \cos \delta) \tag{1.2.17}$$

$$\boldsymbol{n} = (n_1, n_2, n_3) = (0, -\sin \delta, -\cos \delta) \tag{1.2.18}$$

再把式 (1.2.5)$\sim$ 式 (1.2.8) 中的变量 $x_1, x_2, \xi_3$ 分别替换为 $x_1 - \xi'$, $x_2 - \eta' \cos \delta$ 和 $d - \eta' \sin \delta$, 然后对断层面积分, 即

$$\int_0^L \mathrm{d}\xi' \int_0^W \mathrm{d}\eta' \Delta \psi^{ij}(x_1 - \xi_1', x_2 - \eta' \cos \delta, d - \eta' \sin \delta) \Delta u_i n_j \tag{12.19}$$

把上述积分式作变量变换: $\xi = x_1 - \xi'$ 和 $\eta = p - \eta'$, 其中, $p = x_2 \cos \delta + (d - x_3) \sin \delta$, 于是式 (1.2.19) 变为

$$\int_{x_1}^{x_1 - L} \mathrm{d}\xi \int_p^{p - W} \mathrm{d}\eta \tag{1.2.20}$$

最后结果用双竖约定符号标示为简洁形式 (Chinnery, 1961)

$$f(\xi, \eta)\| = f(x_1, p) - f(x_1, p - W) - f(x_1 - L, p) + f(x_1 - L, p - W) \tag{1.2.21}$$

所以得引力位变化和重力变化的最后计算公式如下:

引力位变化:

$$\begin{aligned} \Delta \psi(x_1, x_2, x_3) = \{ &\rho G \left[ U_1 S(\xi, \eta) + U_2 D(\xi, \eta) + U_3 T(\xi, \eta) \right] \\ &+ \Delta \rho G U_3 C(\xi, \eta) \} \| \end{aligned} \tag{1.2.22}$$

---

① 1Gal=1cm/s$^2$.

式中, $\Delta\rho = \rho' - \rho$, $\rho$ 为介质密度, $\rho'$ 为引张破裂后填充物质的密度. $S, D, T, C$ 则分别表示走滑、倾滑、引张和引张破裂填充物的贡献, 它们分别为

$$S(\xi, \eta) = -q_0 I_0 \sec^2 \delta + R \tan \delta + 2\xi I_1 \tan^2 \delta \tag{1.2.23}$$

$$D(\xi, \eta) = -\xi I_0 \tan \delta - 2x_3 I_2 \sin \delta - q_0 \left[\lg(R + \xi) + 2I_1 \tan \delta\right] \tag{1.2.24}$$

$$T(\zeta, \eta) - \xi I_0 \tan^2 \delta - x_3 \sin \delta \cdot \lg(R + \xi) + 2q_0 \left(I_1 \tan^2 \delta + I_2\right) + C(\xi, \eta) \tag{1.2.25}$$

$$C(\xi, \eta) = -\xi \lg(R + \eta) - \eta \lg(R + \xi) - 2q I_2 \tag{1.2.26}$$

式中,

$$I_0(\xi, \eta) = \lg(R + \eta) - \sin \delta \cdot \lg(R + \tilde{d}) \tag{1.2.27}$$

$$I_1(\xi, \eta) = \tan^{-1} \left(\frac{-q \cos \delta + (1 + \sin \delta)(R + \eta)}{\xi \cos \delta}\right) \tag{1.2.28}$$

$$I_2(\xi, \eta) = \tan^{-1} \left(\frac{R + \xi + \eta}{q}\right) \tag{1.2.29}$$

$$R = \sqrt{\xi^2 + \eta^2 + q^2} \tag{1.2.30}$$

$$q = x_2 \sin \delta - (d - x_3) \cos \delta \tag{1.2.31}$$

$$q_0 = q - x_3 \cos \delta \tag{1.2.32}$$

$$\tilde{d} = \eta \sin \delta - q \cos \delta \tag{1.2.33}$$

当 $\cos \delta = 0$ 时, 取

$$S(\xi, \eta) = \frac{q \sin \delta}{2} \left[\frac{2x_3 + \eta \sin \delta}{R + \tilde{d}} - 2 \sin \delta \lg(R + \eta) + \lg(R + \tilde{d})\right] \tag{1.2.34}$$

$$D(\xi, \eta) = -q_0 \lg(R + \xi) \tag{1.2.35}$$

$$T(\xi, \eta) = C(\xi, \eta) + 2q_0 I_2 + \frac{\xi(2x_3 \sin \delta + \eta)}{2(R + \tilde{d})}$$
$$+ \frac{\sin \delta}{2} \left[-2x_3 \lg(R + \xi) + \xi \lg(R + \tilde{d})\right] \tag{1.2.36}$$

空间固定点的重力变化:

$$\Delta g(x_1, x_2) = \left\{\rho G \left[U_1 S_g(\xi, \eta) + U_2 D_g(\xi, \eta) + U_3 T_g(\xi, \eta)\right] + \Delta\rho G U_3 C_g(\xi, \eta)\right\}\| \tag{1.2.37}$$

变形地表面的重力变化:

$$\delta g(x_1, x_2) = \Delta g(x_1, x_2) - \beta \Delta h(x_1, x_2) \tag{1.2.38}$$

式中,

$$\Delta h(x_1, x_2) = \frac{1}{2\pi} \left[U_1 S_h(\xi, \eta) + U_2 D_h(\xi, \eta) + U_3 T_h(\xi, \eta)\right]\Big\| \tag{1.2.39}$$

参数 $(S_g, D_g, T_g, C_g)$ 是对 $(S, D, T, C)$ 进行微分得到的, 即

$$(S_g, D_g, T_g, C_g) \equiv \Gamma(S, D, T, C) \tag{1.2.40}$$

$$\Gamma \equiv \left( -\frac{\partial}{\partial x_3}, -\frac{\partial q}{\partial x_3}\frac{\partial}{\partial q}, -\frac{\partial p}{\partial x_3}\frac{\partial}{\partial \eta} \right)\Bigg|_{x_3=0} \tag{1.2.41}$$

具体的表达式为

$$S_g(\xi, \eta) = -\frac{q \sin \delta}{R} + \frac{q^2 \cos \delta}{R(R + \eta)} \tag{1.2.42}$$

$$D_g(\xi, \eta) = 2I_2 \sin \delta - \frac{q\tilde{d}}{R(R + \xi)} \tag{1.2.43}$$

$$T_g(\xi, \eta) = 2I_2 \cos \delta + \frac{q\tilde{y}}{R(R + \xi)} + \frac{q\xi \cos \delta}{R(R + \eta)} \tag{1.2.44}$$

$$C_g(\xi, \eta) = 2I_2 \cos \delta - \sin \delta \cdot \lg(R + \xi) \tag{1.2.45}$$

同理,

$$S_h(\xi, \eta) = -\frac{\tilde{d}q}{R(R + \eta)} - \frac{q \sin \delta}{R + \eta} - I_4 \sin \delta \tag{1.2.46}$$

$$D_h(\xi, \eta) = -\frac{q\tilde{d}}{R(R + \xi)} - \sin \delta \tan^{-1}\left(\frac{\xi\eta}{qR}\right) + I_5 \sin \delta \cos \delta \tag{1.2.47}$$

$$T_h(\xi, \eta) = \frac{q\tilde{y}}{R(R + \xi)} + \cos \delta \left[ \frac{q\xi}{R(R + \eta)} - \tan^{-1}\left(\frac{\xi\eta}{qR}\right) \right] - I_5 \sin^2 \delta \tag{1.2.48}$$

式中,

$$\tilde{y} = \eta \cos \delta + q \sin \delta \tag{1.2.49}$$

$$I_4(\xi, \eta) = (1 - 2\nu)\left[\lg(R + \tilde{d}) - \sin \delta \lg(R + \eta)\right]\sec \delta \tag{1.2.50}$$

$$I_5(\xi, \eta) = 2(1 - 2\nu)I_1 \sec \delta \tag{1.2.51}$$

当 $\cos \delta = 0$ 时, 取

$$I_4(\xi, \eta) = -(1 - 2\nu)\frac{q}{R + \tilde{d}} \tag{1.2.52}$$

$$I_5(\xi, \eta) = -(1 - 2\nu)\frac{\xi \sin \delta}{R + \tilde{d}} \tag{1.2.53}$$

注意, 上述计算公式中, 有些项在一定条件下是奇异的. 这个问题可以在下述规定下得到解决:

(1) 当 $\xi = 0$ 时, 令 $I_1 = 0$;

(2) 当 $R + \eta = 0$ 时, 设定所有分母中含 $R + \eta$ 的项为零, 并且用 $-\ln(R - \eta)$ 代替 $\ln(R + \eta)$;

(3) 当 $q = 0$ 时, 令 $I_2 = 0$.

# 第 2 章    球形地球模型的位错理论

本章是全书的核心理论内容, 主要讨论在球对称弹性地球模型内存在一个单位点力时的平衡方程的建立、边界条件、方程求解方法和数值收敛技巧等. 定义了位错 Love 数和同震变形格林函数及其相应的数学表达式. 讨论了三种位错源的四个独立解的同震位移、同震重力变化、同震大地水准面变化、同震应变的统一形式的格林函数, 进而给出了任意震源在地球表面任意地点所产生同震变形的实际计算公式.

## 2.1    地球弹性变形的基本方程

首先考虑一个球对称、非旋转、弹性和各向同性的地球模型 (SNREI 模型, Dahlen, 1968) 的弹性变形问题. 采用球坐标系 $(r, \theta, \varphi)$, 其中 $r$ 是球心距, $\theta$ 是余纬, $\varphi$ 是经度. 在这个模型内, 假设在 $(r_0, \theta_0, \varphi_0)$ 处存在一个单位点力 $\boldsymbol{f}$ (点位错), 即

$$\rho(r)\boldsymbol{f} = \frac{\boldsymbol{\nu}}{r^2 \sin\theta} \delta(r - r_0)\delta(\theta - \theta_0)\delta(\varphi - \varphi_0) \tag{2.1.1}$$

式中, $\rho(r)$ 是密度场, $\boldsymbol{\nu}$ 是单位矢量. 该力对所有物理量产生扰动, 例如, 密度场 $\rho(r)$、重力场 $g(r)$ 以及引力位 $\Psi(r)$ 等, 而所有这些扰动都假设是微小量, 那么, 引力位变为 $\Psi(r) + \psi(r, \theta, \varphi)$; 密度场为 $\rho(r) + \delta\rho(r, \theta, \varphi)$, 其中, 位变化 $\psi(r, \theta, \varphi)$ 和密度变化 $\delta\rho(r, \theta, \varphi)$ 都是一阶无穷小量. 根据 Alterman 等 (1959)、Takeuchi 和 Saito (1972) 的研究, 由单位点力所激发产生的位移场 $\boldsymbol{u}(r, \theta, \varphi)$、应力场 $\boldsymbol{\tau}(r, \theta, \varphi)$ 和引力位变化 $\psi(r, \theta, \varphi)$ 满足应力-应变关系和泊松方程, 同时也满足平衡方程:

$$\nabla \cdot \boldsymbol{\tau} + \rho g \boldsymbol{e}_r (\nabla \cdot \boldsymbol{u}) - \rho \nabla(\psi + g u_r) + \rho \boldsymbol{f} = 0 \tag{2.1.2}$$

$$\boldsymbol{\tau} = \lambda \boldsymbol{I} \nabla \cdot \boldsymbol{u} + \mu(\nabla \boldsymbol{u} + (\nabla \boldsymbol{u})^{\mathrm{T}}) \tag{2.1.3}$$

$$\nabla^2 \psi = -4\pi G(\delta\rho) = 4\pi G \nabla \cdot (\rho \boldsymbol{u}) \tag{2.1.4}$$

式中, $\boldsymbol{I}$ 是单位张量, $\mu$ 和 $\lambda$ 是震源处的弹性介质常数, 即拉梅常数, 上标 "T" 表示转置, $G$ 是牛顿引力常数. 在泊松方程中, 用到了连续方程

$$\delta\rho = -\nabla \cdot (\rho \boldsymbol{u}) \tag{2.1.5}$$

同时, 重力的方向定义为向下为正, 即

$$g(r) = -\frac{\mathrm{d}\Psi}{\mathrm{d}r} \tag{2.1.6}$$

为了便于表达, 引入面矢量球谐函数

$$\boldsymbol{R}_n^m(\theta,\varphi) = \boldsymbol{e}_r Y_n^m(\theta,\varphi)$$

$$\boldsymbol{S}_n^m(\theta,\varphi) = \left[\boldsymbol{e}_\theta \frac{\partial}{\partial \theta} + \boldsymbol{e}_\varphi \frac{1}{\sin\theta} \frac{\partial}{\partial \varphi}\right] Y_n^m(\theta,\varphi)$$

$$\boldsymbol{T}_n^m(\theta,\varphi) = \left[\boldsymbol{e}_\theta \frac{1}{\sin\theta} \frac{\partial}{\partial \varphi} - \boldsymbol{e}_\varphi \frac{\partial}{\partial \theta}\right] Y_n^m(\theta,\varphi) \tag{2.1.7}$$

式中,

$$Y_n^m(\theta,\varphi) = P_n^m(\cos\theta)\mathrm{e}^{\mathrm{i}m\varphi},$$
$$Y_n^{-|m|}(\theta,\varphi) = (-1)^m P_n^{|m|}(\cos\theta)\mathrm{e}^{-\mathrm{i}|m|\varphi}, \qquad m = 0, \pm 1, \pm 2, \cdots, \pm n \tag{2.1.8}$$

$P_n^m(\cos\theta)$ 是缔合勒让德函数. 因为任何一个矢量在单位球面上都可以用这三个球谐函数来表达, 上述位移场 $\boldsymbol{u}(r,\theta,\varphi)$、应力张量 $\boldsymbol{\tau}(r,\theta,\varphi)$ 在 $\boldsymbol{e}_r(r,\theta,\varphi)$ 上的分量 $\boldsymbol{\tau} \cdot \boldsymbol{e}_r$ (traction vector) 和引力位变化 $\psi(r,\theta,\varphi)$ 可以写成

$$\boldsymbol{u}(r,\theta,\varphi) = \sum_{n,m} \left[y_1(r)\boldsymbol{R}_n^m(\theta,\varphi) + y_3(r)\boldsymbol{S}_n^m(\theta,\varphi) + y_1^{\mathrm{t}}(r)\boldsymbol{T}_n^m(\theta,\varphi)\right] \tag{2.1.9}$$

$$\boldsymbol{\tau} \cdot \boldsymbol{e}_r(r,\theta,\varphi) = \sum_{n,m} \left[y_2(r)\boldsymbol{R}_n^m(\theta,\varphi) + y_4(r)\boldsymbol{S}_n^m(\theta,\varphi) + y_2^{\mathrm{t}}(r)\boldsymbol{T}_n^m(\theta,\varphi)\right] \tag{2.1.10}$$

$$\psi(r,\theta,\varphi) = \sum_{n,m} y_5(r)Y_n^m(\theta,\varphi) \tag{2.1.11}$$

上标 "t" 表示环型变形. 式 (2.1.9)∼ 式 (2.1.11) 中的 $y_i$ 变量不仅是地球半径 $r$ 的函数, 还是球谐函数 $n$ 阶 $m$ 次的函数, 省略不写只是为了书写简单, 也不会引起混乱. 另外, 为了后面用到, 我们定义一个新的变量 $y_6(r)$ (Takeuchi and Saito, 1972) 如下:

$$y_6(r) = \frac{\mathrm{d}y_5(r)}{\mathrm{d}r} - 4\pi G\rho y_1(r) + \frac{n+1}{r}y_5(r) \tag{2.1.12}$$

这个定义与 Alterman 等 (1959) 的定义略有不同.

如果把位移矢量 (2.1.9) 代入应力–应变关系式 (2.1.3), 并且和式 (2.1.10) 比较可得以下关系式:

$$y_2(r) = (\lambda + 2\mu)\frac{\mathrm{d}y_1(r)}{\mathrm{d}r} + \frac{\lambda}{r}\left[2y_1(r) - n(n+1)y_3\right] \tag{2.1.13}$$

$$y_4(r) = \frac{\mu}{r}\left(y_1(r) - y_3(r) + r\frac{\mathrm{d}y_3(r)}{\mathrm{d}r}\right) \tag{2.1.14}$$

$$y_2^{\mathrm{t}}(r) = \frac{\mathrm{d}y_1^{\mathrm{t}}(r)}{\mathrm{d}r} - \frac{1}{r}y_1^{\mathrm{t}}(r) \tag{2.1.15}$$

同样, 单位点力 $\rho\boldsymbol{f}$ 也可以用如上球谐函数来表示,

$$\rho\boldsymbol{f} = \frac{\delta(r-r_0)}{r_0^2} \sum_{n,m} \left[F_2(r)\boldsymbol{R}_n^m(\theta,\varphi) + F_4(r)\boldsymbol{S}_n^m(\theta,\varphi) + F_2^{\mathrm{t}}(r)\boldsymbol{T}_n^m(\theta,\varphi)\right] \tag{2.1.16}$$

式中,

$$F_2(r) = \frac{2n+1}{4\pi} \frac{(n-m)!}{(n+m)!} \boldsymbol{R}_n^{m*}(\theta_0,\varphi_0) \cdot \boldsymbol{\nu} \tag{2.1.17}$$

$$F_4(r) = \frac{2n+1}{4\pi n(n+1)} \frac{(n-m)!}{(n+m)!} \boldsymbol{S}_n^{m*}(\theta_0, \varphi_0) \cdot \boldsymbol{\nu} \tag{2.1.18}$$

$$F_2^{\mathrm{t}}(r) = \frac{2n+1}{4\pi n(n+1)} \frac{(n-m)!}{(n+m)!} \boldsymbol{T}_n^{m*}(\theta_0, \varphi_0) \cdot \boldsymbol{\nu} \tag{2.1.19}$$

式中, 星号 "*" 表示复共轭.

在上述等式中, $y_1(r)$ 至 $y_6(r)$ 是球型变形因子; $y_1^{\mathrm{t}}(r)$ 和 $y_2^{\mathrm{t}}(r)$ 则是环型变形因子. 式中, $y_1(r)$ 和 $y_3(r)$ 是位移矢量的径向和水平向的分量; $y_2(r)$ 和 $y_4(r)$ 是应力的径向和水平向分量; $y_5(r)$ 和 $y_6(r)$ 是引力位和其导数的分量. $y_1^{\mathrm{t}}(r)$ 和 $y_2^{\mathrm{t}}(r)$ 则是环型变形的水平位移与应力分量.

把式 (2.1.9)∼ 式 (2.1.11) 和式 (2.1.16) 代入上面的平衡方程、应力–应变关系和泊松方程 (式 (2.1.2)∼ 式 (2.1.4)), 将径向和水平向变量分开 (即分离变量), 经过整理得到一组仅与径向有关的六阶线性方程组 (为了简洁, 下面把变量 $y_i(r)$ 简单的写成 $y_i$ 而不失一般性):

$$\frac{\mathrm{d}y_1}{\mathrm{d}r} = \frac{1}{\lambda + 2\mu} \left\{ y_2 - \frac{\lambda}{r} \left[ 2y_1 - n(n+1)y_3 \right] \right\} \tag{2.1.20}$$

$$\frac{\mathrm{d}y_2}{\mathrm{d}r} = \frac{2}{r} \left( \lambda \frac{\mathrm{d}y_1}{\mathrm{d}r} - y_2 \right) + \frac{1}{r} \left[ \frac{2(\lambda + \mu)}{r} - \rho g \right] \cdot \left[ 2y_1 - n(n+1)y_3 \right]$$
$$+ \frac{n(n+1)}{r} y_4 - \rho \left( y_6 - \frac{n+1}{r} y_5 + \frac{2g}{r} y_1 \right) - F_2 \frac{\delta(r - r_0)}{r_0^2} \tag{2.1.21}$$

$$\frac{\mathrm{d}y_3}{\mathrm{d}r} = \frac{1}{\mu} y_4 + \frac{1}{r} \left( y_3 - y_1 \right) \tag{2.1.22}$$

$$\frac{\mathrm{d}y_4}{\mathrm{d}r} = -\frac{\lambda}{r} \frac{\mathrm{d}y_1}{\mathrm{d}r} - \frac{\lambda + 2\mu}{r^2} \left[ 2y_1 - n(n+1)y_3 \right] + \frac{2\mu}{r^2} \left( y_1 - y_3 \right)$$
$$- \frac{3}{r} y_4 - \frac{\rho}{r} \left( y_5 - g y_1 \right) - F_4 \frac{\delta(r - r_0)}{r_0^2} \tag{2.1.23}$$

$$\frac{\mathrm{d}y_5}{\mathrm{d}r} = y_6 + 4\pi G \rho y_1 - \frac{n+1}{r} y_5 \tag{2.1.24}$$

$$\frac{\mathrm{d}y_6}{\mathrm{d}r} = \frac{n-1}{r} \left( y_6 + 4\pi G \rho y_1 \right) + \frac{4\pi G \rho}{r} \left[ 2y_1 - n(n+1)y_3 \right] \tag{2.1.25}$$

$$\frac{\mathrm{d}y_1^{\mathrm{t}}}{\mathrm{d}r} = \frac{1}{r} y_1^{\mathrm{t}} + \frac{1}{\mu} y_2^{\mathrm{t}} \tag{2.1.26}$$

$$\frac{\mathrm{d}y_2^{\mathrm{t}}}{\mathrm{d}r} = \frac{(n-1)(n+2)\mu}{r^2} y_1^{\mathrm{t}} - \frac{3}{r} y_2^{\mathrm{t}} - F_2^{\mathrm{t}} \frac{\delta(r - r_0)}{r_0^2} \tag{2.1.27}$$

式 (2.1.20)∼ 式 (2.1.27) 可以用矩阵的形式表示为

$$\frac{\mathrm{d}\boldsymbol{Y}}{\mathrm{d}r} = \boldsymbol{A}\boldsymbol{Y} - \boldsymbol{F} \frac{\delta(r - r_0)}{r_0^2} \tag{2.1.28}$$

式中,

$$\boldsymbol{Y} = (y_1, y_2, \cdots, y_6; y_1^{\mathrm{t}}, y_2^{\mathrm{t}})^{\mathrm{T}} \tag{2.1.29}$$

$$\boldsymbol{F} = (0, F_2, 0, F_4, 0, 0; 0, F_2^{\mathrm{t}})^{\mathrm{T}} \tag{2.1.30}$$

$\boldsymbol{A}$ 是依赖于地球模型的系数矩阵, 同时也是球谐函数 $n$ 阶的函数, 但不是 $m$ 次的函数, 因为解 $\boldsymbol{Y}$ 已经与 $m$ 无关. 值得注意的是, 在研究球对称模型时, 球型解和环型解是互相独立的, 即式 (2.1.28) 中的球型解和环型解是解耦的. 即, 可以把它们分为两组独立的方程组:

$$\dot{\boldsymbol{Y}}^{\mathrm{s}} = \boldsymbol{A}^{\mathrm{s}}\boldsymbol{Y}^{\mathrm{s}} - \boldsymbol{F}^{\mathrm{s}}\frac{\delta(r - r_0)}{r_0^2} \tag{2.1.31}$$

$$\dot{\boldsymbol{Y}}^{\mathrm{t}} = \boldsymbol{A}^{\mathrm{t}}\boldsymbol{Y}^{\mathrm{t}} - \boldsymbol{F}^{\mathrm{t}}\frac{\delta(r - r_0)}{r_0^2} \tag{2.1.32}$$

式中, $\boldsymbol{Y}^{\mathrm{s}} = (y_1, y_2, \cdots, y_6)^{\mathrm{T}}$, $\boldsymbol{Y}^{\mathrm{t}} = (y_1^{\mathrm{t}}, y_2^{\mathrm{t}})^{\mathrm{T}}$, $\boldsymbol{F}^{\mathrm{s}} = (0, F_2, 0, F_4, 0, 0)^{\mathrm{T}}$, $\boldsymbol{F}^{\mathrm{t}} = (0, F_2^{\mathrm{t}})^{\mathrm{T}}$; 同样, $\boldsymbol{A}^{\mathrm{s}}$ 和 $\boldsymbol{A}^{\mathrm{t}}$ 是依赖于地球模型的系数矩阵; 上标 "s" 和 "t" 分别表示球型和环型变形.

如果 $\boldsymbol{F}$ 项 (或者 $\boldsymbol{F}^{\mathrm{s}}$ 和 $\boldsymbol{F}^{\mathrm{t}}$) 为零, 即

$$\frac{\mathrm{d}\boldsymbol{Y}}{\mathrm{d}r} = \boldsymbol{A}\boldsymbol{Y} \tag{2.1.33}$$

便是我们熟知的关于地球自由震荡、潮汐、地表面负荷以及地表面剪切力等问题的基本方程, 只是边界条件不同而已. 而位错问题的复杂性或者难点在于基本方程组中包含了一个非齐次项. 另外还应该指出, 上述讨论中的力源是单力; 实际地震的力源应该是一个双力偶. 然而上述讨论并不失一般性, 实际计算中只要把上述单力用双力偶代替即可.

对于地球外核, 因为是液态, 剪切模量消失, 即 $\mu = 0$. 上述微分方程组便简化为

$$\frac{\mathrm{d}y_1}{\mathrm{d}r} = \frac{1}{\lambda}\left\{y_2 - \frac{\lambda}{r}\left[2y_1 - n(n+1)y_3\right]\right\} \tag{2.1.34}$$

$$\begin{aligned} \frac{\mathrm{d}y_2}{\mathrm{d}r} = & \frac{2}{r}\left(\lambda\frac{dy_1}{dr} - y_2\right) + \frac{1}{r}\left[\frac{2\lambda}{r} - \rho g\right] \cdot \left[2y_1 - n(n+1)y_3\right] \\ & - \rho\left(y_6 - \frac{n+1}{r}y_5 + \frac{2g}{r}y_1\right) - F_2\frac{\delta(r - r_0)}{r_0^2} \end{aligned} \tag{2.1.35}$$

$$y_2 = \rho\left(gy_1 - y_5\right) \tag{2.1.36}$$

$$\frac{\mathrm{d}y_5}{\mathrm{d}r} = y_6 + 4\pi G\rho y_1 - \frac{n+1}{r}y_5 \tag{2.1.37}$$

$$\frac{\mathrm{d}y_6}{\mathrm{d}r} = \frac{n-1}{r}\left(y_6 + 4\pi G\rho y_1\right) + \frac{4\pi G\rho}{r}\left[2y_1 - n(n+1)y_3\right] \tag{2.1.38}$$

注意, 在这个情况下, $y_3$ 是不能确定的. 很多学者对这个难点都进行了研究和讨论 (Longman, 1962; 1963; Jeffereys and Vincente, 1966), 他们通常假设液核是中性平衡的 (Adams-Wlliamson 条件) (Takeuchi, 1950), 这个条件仅在液核是化学均衡并且热绝缘时成立. 然而, 这个条件并不真实. 所以, Saito (1974) 通过导入一个新的变量解决了这个问题:

$$y_7 = y_6 + \frac{4\pi G\rho}{g}y_2 = \frac{\mathrm{d}y_5}{\mathrm{d}r} + \left(\frac{n+1}{r} - \frac{4\pi G\rho}{g}\right)y_5 \tag{2.1.39}$$

利用 $y_5$ 和 $y_7$, 他得到了一阶微分方程的标准形式

$$\frac{\mathrm{d}y_5}{\mathrm{d}r} = \left(\frac{4\pi G\rho}{g} - \frac{n+1}{r}\right) y_5 + y_7 \tag{2.1.40}$$

$$\frac{\mathrm{d}y_7}{\mathrm{d}r} = \frac{2(n-1)}{r}\frac{4\pi G\rho}{g} y_5 + \left(\frac{n-1}{r} - \frac{4\pi G\rho}{g}\right) y_7 \tag{2.1.41}$$

由于地震不可能发生在液核里, 故式 (2.1.40) 和式 (2.1.41) 不含点力源. 为了解算方程组 (2.1.20)~(2.1.27) 和 (2.1.40) 及 (2.1.41), 我们需要适当的边界条件.

## 2.2 边 界 条 件

### 2.2.1 震源函数 $(r = r_{\mathrm{s}})$

因为点力源的存在, 震源处是最重要的边界之一, 它使方程组的解 $\boldsymbol{Y}^{\mathrm{s}}$ 和 $\boldsymbol{Y}^{\mathrm{t}}$ 在震源处 $(r = r_{\mathrm{s}})$ 是不连续的 (Saito, 1967; Takeuchi and Saito, 1972), 即

$$\boldsymbol{S}^{\mathrm{s,t}} = \left[\boldsymbol{Y}^{\mathrm{s,t}}(r_{\mathrm{s}}+0) - \boldsymbol{Y}^{\mathrm{s,t}}(r_{\mathrm{s}}-0)\right]\delta(r - r_{\mathrm{s}}) \tag{2.2.1}$$

式中, 矢量 $\boldsymbol{S}^{\mathrm{s}}$ 和 $\boldsymbol{S}^{\mathrm{t}}$ 分别是球型和环型变形的震源函数 (简称源函数, Saito, 1967; Takeuchi and Saito, 1972). 注意, 球型变形和环型变形问题的边界条件和解算方法基本上是一样的, 下面主要讨论球型变形问题的边界条件. 对于 2.1 节中给出的单力而言, 由微分方程组可以得到

$$s_2 = -\frac{1}{r_0^2}F_2 \tag{2.2.2}$$

$$s_4 = -\frac{1}{r_0^2}F_4 \tag{2.2.3}$$

源函数 $s_5$ 和 $s_6$ 总是为零, 因为引力位 $\psi(r,\theta,\varphi)$ 和 $(\partial\psi(r,\theta,\varphi)/\partial r - 4\pi G\rho u_r)$ 跨越任何边界面都必须连续. 即使位移在内边界面有突变, $y_5$ 和 $y_6$ 也连续 (Saito, 1967), 即

$$y_5(r_0+0) = y_5(r_0-0) \tag{2.2.4}$$

$$y_6(r_0+0) = y_6(r_0-0) \tag{2.2.5}$$

注意, 目前为止, 我们都是讨论单位点力的情况, 用同样的方法可以讨论点位错产生的变形, 它是由双力偶定义的. 在下节里我们将给出点位错的源函数表达式.

### 2.2.2 球心的初始条件 $(r = 0)$

基本微分方程组 (2.1.33) 应该有六组独立解, 其中只有三组在 $r = 0$ 处是正则的, 其他三组则是奇异的. 因此为了开始数值积分, 积分初值不能选在球心, 只能在一个很小的半径处开始, 即 $r = r_1 \ll a$. 只要 $r_1$ 足够小, 就可以假设一个半径为 $r_1$ 的均质球. 均质球的解可以用球贝塞尔函数给出 (Love, 1911), 其中两组独立解的形式是相似的, 它们是

$$rx_1(r) = nhj_n(kr) - fkrj_{n+1}(kr) \tag{2.2.6}$$

$$r^2 x_2(r) = -(\lambda + 2\mu) f(kr)^2 j_n(kr)$$
$$+ 2\mu \{ n(n-1) h j_n(kr) + [2f + n(n+1)] kr j_{n+1}(kr) \} \tag{2.2.7}$$

$$rx_3(r) = h j_n(kr) + kr j_{n+1}(kr) \tag{2.2.8}$$

$$r^2 x_4(r) = \mu \left[ (kr)^2 j_n(kr) + 2(n-1) h j_n(kr) - 2(f+1) kr j_{n+1}(kr) \right] \tag{2.2.9}$$

$$x_5(r) = 3\gamma f j_n(kr) \tag{2.2.10}$$

$$rx_6(r) = (2n+1) x_5(r) - 3n\gamma h j_n(kr) \tag{2.2.11}$$

式中,

$$k^2 = \frac{1}{2} \left\{ \frac{4\gamma}{\alpha^2} \mp \left[ \left( \frac{4\gamma}{\alpha^2} \right)^2 + \frac{4n(n+1)\gamma^2}{\alpha^2 \beta^2} \right]^{\frac{1}{2}} \right\} \tag{2.2.12}$$

$$\gamma = \frac{4\pi G \rho}{3} \tag{2.2.13}$$

$$f = \frac{\beta^2}{\gamma} k^2 \tag{2.2.14}$$

$$h = f - (n+1) \tag{2.2.15}$$

式中, $\alpha$ 和 $\beta$ 是地震波的纵波和横波的波速. 注意, 两组解的差异仅在式 (2.2.12) 中的正负号体现出来.

第三组独立解是

$$rx_1(r) = nr^n \tag{2.2.16}$$

$$r^2 x_2(r) = 2\mu n(n-1) r^n \tag{2.2.17}$$

$$rx_3(r) = r^n \tag{2.2.18}$$

$$r^2 x_4(r) = 2\mu(n-1) r^n \tag{2.2.19}$$

$$x_5(r) = n\gamma r^n \tag{2.2.20}$$

$$rx_6(r) = (2n+1) x_5(r) - 3n\gamma r^n \tag{2.2.21}$$

### 2.2.3 内核–外核边界条件 $(r = c)$

在固体内核里共有三组独立解, $y_{ij}^{\mathrm{s}}$ $(i = 1, 2, \cdots, 6; j = 1, 2, 3)$; 而在液体外核里只有一组解 $y_i^{\mathrm{l}}$, 这里上标 "s" 和 "l" 分别表示固体和液体. 为了在内核–外核边界处 $(r = c)$ 把三组接传到一组解, 我们采用 Saito (1974) 的方法. 由于液核内剪切应力为零, 有

$$y_4^{\mathrm{s}}(c) = \sum_{j=1}^{3} Q_j y_{4j}^{\mathrm{s}}(c) = 0 \tag{2.2.22}$$

而法向应力具有连续性, 即

$$y_2^{\mathrm{s}}(c) = \sum_{j=1}^{3} Q_j y_{2j}^{\mathrm{s}}(c) = y_2^{\mathrm{l}}(c)$$

$$=\rho^{\mathrm{l}}(c)\left[g(c)y_1^{\mathrm{l}}(c)-y_5^{\mathrm{l}}(c)\right]$$

$$=\rho^{\mathrm{l}}(c)\sum_{j=1}^{3}Q_j\left[g(c)y_{1j}^{\mathrm{s}}(c)-y_{5j}^{\mathrm{s}}(c)\right] \tag{2.2.23}$$

式中, $Q_j$ 是任意待定系数. 由式 (2.2.22) 和式 (2.2.23) 可以确定系数 $Q_j$ 的比值关系: $Q_2/Q_1$ 和 $Q_3/Q_1$. 那么, 除了 $Q_1$ 是待定以外, 所有的 $y_i$ 在边界处就可以确定了, 而 $Q_1$ 将由地表面自由边界条件确定.

### 2.2.4 外核–地幔边界条件 $(r=b)$

在外核–地幔边界处, 除了 $y_3$ 以外, 所有的 $y_i$ 都应该连续, 于是, 边界条件可以表示为三组独立解的组合, 即

$$\left[y_{ij}^{\mathrm{s}}(b)\right]=\begin{pmatrix} 0 & 1 & 0 \\ -\rho^{\mathrm{l}}y_{51}^{\mathrm{l}}(b) & \rho^{\mathrm{l}}g & 0 \\ 0 & 0 & 1 \\ 0 & 0 & 0 \\ y_{51}^{\mathrm{l}}(b) & 0 & 0 \\ y_{71}^{\mathrm{l}}(b)+\dfrac{4\pi G\rho^{\mathrm{l}}}{g}y_{51}^{\mathrm{l}}(b) & -4\pi G\rho^{\mathrm{l}} & 0 \end{pmatrix}\begin{pmatrix} Q_1 \\ Q_2 \\ Q_3 \end{pmatrix}\quad\begin{pmatrix} i=1,2,\cdots,6 \\ j=1,2,3 \end{pmatrix}$$

$$\tag{2.2.24}$$

式中的 $y_{51}^{\mathrm{l}}(b)$ 和 $y_{71}^{\mathrm{l}}(b)$ 由上述内核微分方程 (2.1.40) 及 (2.1.41) 的积分得到, 待定常数 $Q_j$ 将由地表自由边界条件确定.

### 2.2.5 地表面自由边界条件 $(r=a)$

在地表面需要满足自由边界条件, 即在地表面应力分量应该为零:

$$y_2(a)=y_4(a)=0 \tag{2.2.25}$$

下面导出球形解的第三个边界条件. 如果用 $\psi_{\mathrm{e}}(r)$ 代表地球外部的引力位变化, 因为它满足拉普拉斯方程, 一定是一个调和函数, 那么它的解具有如下形式:

$$\psi_{\mathrm{e}}(r,\theta,\varphi)=D\left(\frac{a}{r}\right)^{n+1}Y_n(\theta,\varphi),\quad r\geqslant a \tag{2.2.26}$$

式中 $D$ 等于 $y_5(a)$, 因为位在地表面是连续的. 把 $\psi_{\mathrm{e}}(r)$ 代入下面的地表面边界条件

$$\frac{\partial\psi(r,\theta,\varphi)}{\partial r}-4\pi G\rho u_r=\frac{\partial\psi_{\mathrm{e}}(r,\theta,\varphi)}{\partial r},\quad r=a \tag{2.2.27}$$

可得最后一个边界条件为

$$y_6(a)=0 \tag{2.2.28}$$

### 2.2.6 微分方程组的数值积分方法

接下来是数值解算基本方程组 (2.1.31) (对环型方程组 (2.1.32) 也一样) 以求得 $y$ 解, 这是一个关键步骤. 方程组 (2.1.31) 不是齐次的, 因为它含有一个力源项. 积分的目的是

求解这个非齐次方程并在地表面满足自由边界条件. 具体求解方法许多学者都作了讨论, 如 Smylie 和 Mansinha (1971)、Takeuchi 和 Saito (1972) 以及 Okubo (1993), 这些方法的应用细节请见 Sun (1992)、Sun 和 Okubo (1993). 这里我们采用 Takeuchi 和 Saito (1972) 的方法, 即把含点源的位错问题简化成解算一个边值问题.

常微分方程理论表明, 一个非齐次方程组的解矢量可以分解成两部分:

$$Y = X + Z \tag{2.2.29}$$

式中, $X$ 是齐次方程 (2.1.33) 的通解; 而 $Z$ 则是非齐次方程 (2.1.31) 的一个特解, 使得

$$z_j(r_0) = s_j \tag{2.2.30}$$

$$z_j(r) = 0, \quad r < r_0 \tag{2.2.31}$$

在实际计算中, 可以对齐次方程式 (2.1.33) 进行积分 (而不是式 (2.1.31)), 把源函数 $s_j(r_0)$ 作为积分初值, 从震源开始积分到地球表面. $X$ 部分的解可以表示为

$$x_j(r) = \sum_{i=1}^{3} \beta_i x_j^i(r), \quad j = 1, 2, \cdots, 6 \tag{2.2.32}$$

式中, $x_j^i(r)$ 是在球心处正则的三组一般解. $\beta_i$ 是三个待定任意常数. 把 $X$ 的通解和 $Z$ 的特解的第 2、4、6 行加在一起, 并且满足地表边界条件式 (2.2.25) 和式 (2.2.28), 就可以确定常数 $\beta_i$, 即

$$y_2(a) = \sum_{i=1}^{3} \beta_i x_2^i(a) + z_2(a) = 0 \tag{2.2.33}$$

$$y_4(a) = \sum_{i=1}^{3} \beta_i x_4^i(a) + z_4(a) = 0 \tag{2.2.34}$$

$$y_6(a) = \sum_{i=1}^{3} \beta_i x_6^i(a) + z_6(a) = 0 \tag{2.2.35}$$

或者

$$\begin{pmatrix} x_2^1(a) & x_2^2(a) & x_2^3(a) \\ x_4^1(a) & x_4^2(a) & x_4^3(a) \\ x_6^1(a) & x_6^2(a) & x_6^3(a) \end{pmatrix} \begin{pmatrix} \beta_1 \\ \beta_2 \\ \beta_3 \end{pmatrix} = - \begin{pmatrix} z_2(a) \\ z_4(a) \\ z_6(a) \end{pmatrix} \tag{2.2.36}$$

一旦从式 (2.2.36) 计算出 $\beta_i$, 再回代到式 (2.2.29) 的第 1、3、5 行就可以得到最后的解 $(y_1, y_3, y_5)$, 即

$$y_1(r) = \sum_{i=1}^{3} \beta_i x_1^i(r) + z_1(r) \tag{2.2.37}$$

$$y_3(r) = \sum_{i=1}^{3} \beta_i x_3^i(r) + z_3(r) \tag{2.2.28}$$

$$y_5(r) = \sum_{i=1}^{3} \beta_i x_5^i(r) + z_5(r) \tag{2.2.39}$$

至此, 非齐次微分方程式 (2.1.31) 通过对齐次方程式 (2.1.33) 积分两次得以求解.

最后提一下, 环型变形方程组 (2.1.26)~(2.1.27) 的解算方法基本上和球型变形方程的解法是一样的, 而且还要简单些, 只需从核幔边界开始积分即可, 其解在震源处满足源函数, 并在地表满足自由边界条件 $y_2^t(a) = 0$. 不再赘述.

### 2.2.7  关于 $n = 0$ 阶和 $n = 1$ 阶的特殊处理

对 $n = 0, 1$ 的情况必须给与特殊考虑, 因为它们的解不能按照上述方法 $(n \geqslant 2)$ 得到. 对于有限半径的地球在一个不平衡力的作用下是不能维持静态平衡的, 特别当 $n = 1$ 时解是发散的. 下面分别加以讨论.

$n = 0$: 一个正比于 $P_0(\cos\theta)$ 的力在 $r$ 等于常数的球表面上是均匀一样的, 它只在径向产生位移, 而不产生水平位移或者引力位的变化, 即 $y_3 = y_5 = 0$. 下面讨论 $y_1$ 的求解方法. 当 $n = 0$ 时, 方程组 (2.1.31) 可以简写成

$$\frac{\mathrm{d}y_1}{\mathrm{d}r} = -\frac{2\lambda}{\lambda + 2\mu}\frac{y_1}{r} + \frac{1}{\lambda + 2\mu}y_2 \tag{2.2.40}$$

$$\frac{\mathrm{d}y_2}{\mathrm{d}r} = \left[-4\rho gr + \frac{4\mu(3\lambda + 2\mu)}{\lambda + 2\mu}\right]\frac{y_1}{r^2} - \frac{4\mu}{\lambda + 2\mu}\frac{y_2}{r} - F_2\frac{\delta(r - r_0)}{r_0^2} \tag{2.2.41}$$

$$\frac{\mathrm{d}y_5}{\mathrm{d}r} = 4\pi G\rho y_1 \tag{2.2.42}$$

$$\frac{\mathrm{d}y_6}{\mathrm{d}r} = 0 \tag{2.2.43}$$

在液核里 $(\mu = 0)$, 方程组变为

$$\frac{\mathrm{d}y_1}{\mathrm{d}r} = -\frac{2y_1}{r} + \frac{y_2}{\lambda} \tag{2.2.44}$$

$$\frac{\mathrm{d}y_2}{\mathrm{d}r} = -4\rho g\frac{y_1}{r} \tag{2.2.45}$$

$$\frac{\mathrm{d}y_5}{\mathrm{d}r} = 4\pi G\rho y_1 \tag{2.2.46}$$

$$\frac{\mathrm{d}y_6}{\mathrm{d}r} = 0 \tag{2.2.47}$$

实际上, 只需要对式 (2.2.40) 和式 (2.2.41) 进行积分便可求得 $y_1$, 因为 $(y_5, y_6)$ 与 $(y_1, y_2)$ 是解耦的. 另外, 环型变形在 $n = 0$ 时是没有意义的, 即 $y_1^t = 0$.

$n = 1$: Ben-Menahem 和 Singh (1968) 发现在均质球的情况下 $n = 1$ 的项是发散的. 这是因为有限半径的地球在一个不平衡力的作用下是不能维持静态平衡的. 为了对位错问题找到合适的解, 他们首先求在一个无穷大 (没有边界) 介质内一个位错源所产生的解, 然后再推进到半径为 $a$ 的球体内. 他们采用了角动量和质心守恒的原理, 即

$$\iiint r\boldsymbol{e}_r \times \boldsymbol{u}\mathrm{d}\tau = 0 \tag{2.2.48}$$

$$\iiint \boldsymbol{u}\mathrm{d}\tau = 0 \tag{2.2.49}$$

式中, $\mathrm{d}\tau = r^2 \sin\theta \mathrm{d}r\mathrm{d}\theta\mathrm{d}\varphi$; 积分是对地球进行体积分. 式 (2.2.48) 表明地球的角动量相对于球心等于零, 该条件用于环型变形问题. 而式 (2.2.49) 指地球的质心不发生位移, 该条件用于球型变形平衡问题.

负荷变形研究中也存在类似问题, 许多学者对此都进行了讨论 (Farrell, 1972; Saito, 1974; Okubo and Endo, 1986). 他们发现 $n = 1$ 的解改变地球的质心; 而地球和负荷总质量的质心在空间应该保持不变, 这取决于坐标原点的选取. 他们令变形后地球质量的质心为原点, 其本质和条件 (2.2.49) 是一致的.

实际计算时, 在方程组 (2.1.33) 的三组解中选取任意两组, 并把它们从地心积分到地表. 然后在地表面把两组解进行组合, 并使其满足三个边界条件中的任意两个. 而内符合关系式

$$y_2 + 2y_4 + \frac{g}{4\pi G}y_6 = 0 \tag{2.2.50}$$

将自动满足第三个边界条件, 它说明三个边界条件中只有两个是独立的. 于是, 只需要两个独立解, 令它们分别为 $y_k^1$ 和 $y_k^2$. 为了使地球质心保持不动, 再引入一个刚性平移量, 即

$$y^r = \left(1, 0, 1, 0, \frac{1}{g}, 0\right)^{\mathrm{T}} \tag{2.2.51}$$

这样上面的两个独立解和一个刚性解的线性组合便可以给出一个任意解

$$y_k = c_1 y_k^1 + c_2 y_k^2 + c_3 y_k^r \tag{2.2.52}$$

式中的三个待定常数可以由三个边界条件 (即 $y_2 = y_4 = y_6 = 0$) 中的任意两个以及 $y_5 = 0$ (因为式 (2.2.48)) 来确定.

关于环型变形的问题, 可以从基本方程式而得到其解. 当 $n = 1$, 基本方程组变为

$$\frac{\mathrm{d}y_1^{\mathrm{t}}}{\mathrm{d}r} = \frac{1}{r}y_1^{\mathrm{t}} + \frac{1}{\mu}y_2^{\mathrm{t}} \tag{2.2.53}$$

$$\frac{\mathrm{d}y_2^{\mathrm{t}}}{\mathrm{d}r} = -\frac{3}{r}y_2^{\mathrm{t}} \tag{2.2.54}$$

注意, 式 (2.2.54) 有下面的解:

$$y_2^{\mathrm{t}} = \frac{c}{r^3} \tag{2.2.55}$$

考虑到地球表面 ($r = a$) 的自由边界条件, 以及在核幔边界 ($r = b$), $y_2^{\mathrm{t}}(a) = y_2^{\mathrm{t}}(b) = 0$, 可得 $y_2^{\mathrm{t}}(r) \equiv 0$, 于是, 式 (2.2.53) 给出如下的解:

$$y_1^{\mathrm{t}}(r) = \begin{cases} c_1 r, & r_{\mathrm{s}} < r \leqslant a \\ c_2 r, & b \leqslant r < r_{\mathrm{s}} \\ 0, & 0 < r < b \end{cases} \tag{2.2.56}$$

式 (2.2.56) 中有两个常数待定. 一个可以从震源函数得到, 即

$$c_1 - c_2 = \frac{s_1^{\mathrm{t}}}{r_{\mathrm{s}}} \tag{2.2.57}$$

而另一个可以从上面的角动量守恒条件 (2.2.48) 得到, 即

$$c_1 \left( a^5 - r_{\mathrm{s}}^5 \right) + c_2 \left( r_{\mathrm{s}}^5 - b^5 \right) = 0 \tag{2.2.58}$$

从式 (2.2.57) 和式 (2.2.58) 解出常数 $c_1$ 和 $c_2$ 后, 再代入式 (2.2.56) 中, 可以得到

$$y_1^{\mathrm{t}}(r) = \begin{cases} \dfrac{r s_1^{\mathrm{t}}}{r_{\mathrm{s}}} \dfrac{r_{\mathrm{s}}^5 - b^5}{a^5 - b^5}, & r_s < r \leqslant a \\[2mm] \dfrac{r s_1^{\mathrm{t}}}{r_{\mathrm{s}}} \dfrac{r_{\mathrm{s}}^5 - a^5}{a^5 - b^5}, & b \leqslant r < r_{\mathrm{s}} \\[2mm] 0, & 0 < r < b \end{cases} \tag{2.2.59}$$

注意, 对于给定的震源, $y_1^{\mathrm{t}}(r)$ 是半径 $r$ 的线性函数, 并且是解析解.

## 2.3　位错模型和源函数

本节讨论三种位错源 (剪切、引张和膨胀), 给出源函数表达式, 以及推导四个独立震源的同震变形解的一般表达式.

### 2.3.1　球坐标系下位错模型

在球坐标系 $(e_r, e_\theta, e_\varphi)$ 下的任意点定义一个位错模型 (图 2.3.1), 其中, $e_r$ 为径向坐标基矢量, $e_\theta$ 为余纬度坐标基矢量, $e_\varphi$ 为经度坐标基矢量. 考虑距球心 $r_{\mathrm{s}}$ 处 (或者震源深度 $d = a - r_{\mathrm{s}}$) 有一个微分面元 $\mathrm{d}S$ 的位错. 位错的坐标位置是 $(e_{r_{\mathrm{s}}}, e_{\theta_0}, e_{\varphi_0})$; 断层线 (断层面上边缘线) 在地球表面上的方位角为 $\alpha$ (北极开始顺时针方向为正). 该位错由下面几个参数所确定: 单位位错滑动矢量 $\nu$, 断层面的法线单位矢量 $n$, 滑动角 $\lambda$ (在断层面上滑动矢量 $\nu$ 与坐标轴 $e_{\theta_0}$ 的夹角, 顺时针方向为正), 断层面的倾角 $\delta$ (断层面与水平面的夹角, 小于 $90°$). 上下盘断层面的相对错动定义为 $(U/2) - (-U/2) = U$.

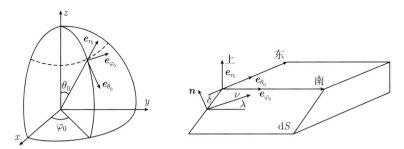

图 2.3.1　球形地球的球坐标系下 $(e_r, e_\theta, e_\varphi)$ 的任意位错模型

于是, 位错滑动矢量 $\nu$ 和断层面法线矢量 $n$ 可以用球坐标分量表示为

$$\begin{aligned} \nu =\; & e_{r_{\mathrm{s}}} \sin\delta \sin\lambda + e_{\theta_0} \left( \cos\alpha \cos\lambda - \sin\alpha \cos\delta \sin\lambda \right) \\ & + e_{\varphi_0} \left( \sin\alpha \cos\lambda + \cos\alpha \cos\delta \sin\lambda \right) \end{aligned} \tag{2.3.1}$$

$$n = e_{r_{\mathrm{s}}} \cos\delta + e_{\theta_0} \sin\alpha \sin\delta - e_{\varphi_0} \cos\alpha \sin\delta \tag{2.3.2}$$

上述位错模型是关于剪切型地震破裂而言的. 对于一个引张型地震破裂, 滑动矢量和法矢量是互相平行的: $\boldsymbol{\nu} = \boldsymbol{n}$.

### 2.3.2 局部坐标系下位错模型与源函数

为了方便讨论并且不失一般性, 考虑位于北极轴上的特殊位错问题 (图 2.3.2), 即, 假设 $\theta_0 = \varphi_0 = \alpha = 0$, 可以使问题的讨论显著简化. 假设 $\alpha = 0$ 意味着断层线与格林尼治子午线相重合. 对于任意位错模型, 只要把这个特殊解通过球面坐标转换即可得到.

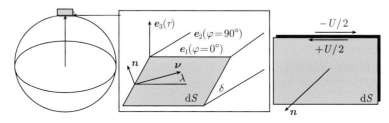

图 2.3.2　局部坐标系下 $(\boldsymbol{e}_1, \boldsymbol{e}_2, \boldsymbol{e}_3)$ 的位错模型

这样, 滑动矢量 $\boldsymbol{\nu}$ 和法线矢量 $\boldsymbol{n}$ 可以简化成

$$\boldsymbol{\nu} = \boldsymbol{e}_{r_s} \sin\delta \sin\lambda + \boldsymbol{e}_{\theta_0} \cos\lambda + \boldsymbol{e}_{\varphi_0} \cos\delta \sin\lambda \tag{2.3.3}$$

$$\boldsymbol{n} = \boldsymbol{e}_{r_s} \cos\delta - \boldsymbol{e}_{\varphi_0} \sin\delta \tag{2.3.4}$$

另一方面, 用空间固定的基矢量 $(\boldsymbol{e}_1, \boldsymbol{e}_2, \boldsymbol{e}_3)$ 来表示滑动矢量 $\boldsymbol{\nu}$ 和法线矢量 $\boldsymbol{n}$. 坐标轴 $\boldsymbol{e}_1$ 和 $\boldsymbol{e}_2$ 定义在赤道面上, 其方向分别为 $\varphi = 0$ 和 $\pi/2$; 而 $\boldsymbol{e}_3$ 则与北极轴 $r$ 相重合. 其他断层面参数的定义和以上相同. 因此, 对于一个剪切滑动型地震, 断层面的位移滑动矢量和法线矢量可以表示为

$$\begin{cases} U\boldsymbol{\nu} = U(\nu_1\boldsymbol{e}_1 + \nu_2\boldsymbol{e}_2 + \nu_3\boldsymbol{e}_3) \\ \boldsymbol{n} = n_1\boldsymbol{e}_1 + n_2\boldsymbol{e}_2 + n_3\boldsymbol{e}_3 \end{cases} \tag{2.3.5}$$

式中, $\nu_1, \nu_2, \nu_3$ 和 $n_1, n_2, n_3$ 是 $\boldsymbol{\nu}$ 和 $\boldsymbol{n}$ 在局部坐标系下的三个分量. 此时, 滑动矢量和法矢量是互相垂直的. 引张型地震破裂时, 滑动矢量和法矢量便是互相平行的.

Takeuchi 和 Saito (1972) 给出了用球函数表示的点位错的震源函数. 下面是关于球谐函数 $n$ 阶 $m$ 次的源函数表达式: $\boldsymbol{S}^{s} = (s_{1,m}^{n,ij}, \cdots, s_{6,m}^{n,ij})^{\mathrm{T}}$ 和 $\boldsymbol{S}^{t} = (s_{1,m}^{t,n,ij}, s_{2,m}^{t,n,ij})^{\mathrm{T}}$

$$s_{1,m}^{n,ij} = \frac{2n+1}{4\pi r_s^2} \left[ \nu_3 n_3 + \frac{\lambda}{\lambda+2\mu} (\nu_1 n_1 + \nu_2 n_2) \right] \delta_{m0} \tag{2.3.6}$$

$$s_{2,m}^{n,ij} = -\frac{2n+1}{2\pi r_s^3} \frac{\mu(3\lambda+2\mu)}{\lambda+2\mu} (\nu_1 n_1 + \nu_2 n_2) \delta_{m0} \tag{2.3.7}$$

$$s_{3,m}^{n,ij} = \frac{2n+1}{4\pi n(n+1)r_s^2} \frac{1}{2} \left[ (\nu_1 n_3 + \nu_3 n_1)(\delta_{m1} - \delta_{m,-1}) - i(\nu_3 n_2 + \nu_2 n_3)\delta_{|m|1} \right] \tag{2.3.8}$$

$$s_{4,m}^{n,ij} = -\frac{1}{2} s_{2,m}^{n,ij} + \frac{2n+1}{4\pi n(n+1)r_s^3} \frac{\mu}{2}$$

$$\times \left[ (-\nu_1 n_1 + \nu_2 n_2) \delta_{|m|2} + i (\nu_2 n_1 + \nu_1 n_2)(\delta_{m2} - \delta_{m,-2}) \right] \tag{2.3.9}$$

$$s_{5,m}^{n,ij} = 0 \tag{2.3.10}$$

$$s_{6,m}^{n,ij} = 0 \tag{2.3.11}$$

$$s_{1,m}^{t,n,ij} = \frac{2n+1}{8\pi n(n+1)r_{\mathrm{s}}^2} \left[ (\nu_2 n_3 + \nu_3 n_2)(\delta_{m1} - \delta_{m,-1}) - i(\nu_3 n_1 + \nu_1 n_3)\delta_{|m|1} \right] \tag{2.3.12}$$

$$s_{2,m}^{t,n,ij} = \frac{(2n+1)\mu}{8\pi n(n+1)r_{\mathrm{s}}^3} \left[ (\nu_1 n_2 + \nu_2 n_1)\delta_{|m|2} + i(\nu_1 n_1 - \nu_2 n_2)(\delta_{m2} - \delta_{m,-2}) \right] \tag{2.3.13}$$

式 (2.3.6)~ 式 (2.3.11) 为球型源函数; 式 (2.3.12) 和式 (2.3.13) 是环型源函数. 式中变量的定义和上面相同. $\mu$ 和 $\lambda$ 是震源处的弹性介质常数. 因为我们考虑北极轴上的震源, 只有当 $|m| \leqslant 2$ 时, 源函数不等于零, 所以, 解算式 (2.1.33) 时, 只需计算 $|m| \leqslant 2$ 的解即可.

### 2.3.2.1 垂直走滑断层的源函数

该源函数是由 $\boldsymbol{\nu} = \boldsymbol{e}_1$ 和 $\boldsymbol{n} = -\boldsymbol{e}_2$ 定义的, 除了 $\nu_1 = 1$ 和 $n_2 = -1$ 并且 $m = \pm 2$ 以外, 其他分量都为零. 源函数 $\boldsymbol{S}^{\mathrm{s}} = (s_{1,m}^{n,ij}, \cdots, s_{6,m}^{n,ij})^{\mathrm{T}}$ 和 $\boldsymbol{S}^{\mathrm{t}} = (s_{1,m}^{t,n,ij}, s_{2,m}^{t,n,ij})^{\mathrm{T}}$ 的具体表达式变为

$$s_{j,m}^{n,12} = -i \frac{(2n+1)\mu}{8\pi n(n+1)r_{\mathrm{s}}^3} \delta_{j4}(\delta_{m2} - \delta_{m,-2}) \tag{2.3.14}$$

$$s_{j,m}^{t,n,12} = -\frac{(2n+1)\mu}{8\pi n(n+1)r_{\mathrm{s}}^3} \delta_{j2}\delta_{|m2|} \tag{2.3.15}$$

### 2.3.2.2 垂直倾滑断层的源函数

此时只需选取 $\boldsymbol{\nu} = \boldsymbol{e}_3$ 和 $\boldsymbol{n} = -\boldsymbol{e}_2$ 即可, 只有 $m = \pm 1$ 时源函数存在. 把 $\nu_i = \delta_{i3}$ 和 $n_j = -\delta_{j2}$ 代入上面的源函数得到

$$s_{j,m}^{n,32} = i \frac{2n+1}{8\pi n(n+1)r_{\mathrm{s}}^2} \delta_{j3}\delta_{|m|1} \tag{2.3.16}$$

$$s_{j,m}^{t,n,32} = -\frac{(2n+1)\mu}{8\pi n(n+1)r_{\mathrm{s}}^3} \delta_{j1}(\delta_{m1} - \delta_{m,-1}) \tag{2.3.17}$$

### 2.3.2.3 垂直断层水平引张的源函数

这个断层的滑动矢量和法矢量定义为 $\boldsymbol{\nu} = \boldsymbol{e}_2$ 和 $\boldsymbol{n} = \boldsymbol{e}_2$. 值得注意的是这个源函数比较特殊, 球型源函数在 $m = 0$ 和 $m = \pm 2$ 时都要考虑; 而环型源函数只有在 $m = \pm 2$ 的情况下有意义. 当 $m = 0$, 把 $\nu_i = n_i = \delta_{i2}$ 代入上面源函数的一般表达式给出

$$s_{j,0}^{n,22} = \frac{2n+1}{4\pi r_{\mathrm{s}}^2} \frac{\lambda}{\lambda + 2\mu} \delta_{j1} - \frac{2n+1}{2\pi r_{\mathrm{s}}^3} \frac{\mu(3\lambda + 2\mu)}{\lambda + 2\mu} \delta_{j2}$$
$$+ \frac{2n+1}{4\pi r_{\mathrm{s}}^3} \frac{\mu(3\lambda + 2\mu)}{\lambda + 2\mu} \delta_{j4} \tag{2.3.18}$$

当 $m = \pm 2$ 时, 源函数变为

$$s_{j,m}^{n,22} = \frac{(2n+1)\mu}{8\pi n(n+1)r_{\mathrm{s}}^3} \delta_{j4}\delta_{|m|2} \tag{2.3.19}$$

$$s_{j,m}^{\mathrm{t},n,22} = -i\frac{(2n+1)\mu}{8\pi n(n+1)r_\mathrm{s}^3}\delta_{j2}\left(\delta_{m2} - \delta_{m,-2}\right) \tag{2.3.20}$$

比较式 (2.3.19) 及式 (2.3.20) 和式 (2.3.14) 及式 (2.3.15) 得知, 此时的源函数与垂直断层走滑破裂的源函数有如下关系:

$$s_{j,m}^{n,22} = \mp is_{j,m}^{n,12} \tag{2.3.21}$$

$$s_{j,m}^{\mathrm{t},n,22} = \mp is_{j,m}^{\mathrm{t},n,12} \tag{2.3.22}$$

#### 2.3.2.4 水平断层上下引张的源函数

这个断层的滑动矢量和法矢量定义为 $\boldsymbol{\nu} = \boldsymbol{n} = \boldsymbol{e}_3$. 注意, 这样的断层不存在环型源函数和相应的解. 因此只需考虑球型源函数即可. 把 $\nu_i = n_i = \delta_{i3}$ 代入上面源函数, 得到

$$s_{j,0}^{n,33} = \frac{2n+1}{4\pi r_\mathrm{s}^2}\delta_{j1}\delta_{m0} \tag{2.3.23}$$

值得注意的是, 源函数是在复变域里定义的. 而上节中的微分方程组 (2.1.33) 是在实域里给出的. 实际解算该方程组时应该注意源函数的复域或实域.

### 2.3.3 四组独立解

由方程组 (2.1.33) 和源函数可知, 因为 $i = 1, 2, 3$ 和 $j = 1, 2, 3$, $i$ 和 $j$ 的组合有九种, 即方程组 (2.1.33) 的解应该是九个. 如果假设 $\boldsymbol{Q}$ 代表任意一个同震变形的物理量, 如位移、引力位、重力、应变等; $\boldsymbol{Q}^{ij}$ 是对应于滑动分量 $\nu_i$ 和法矢量分量 $n_j$ 的同震变形解的分量, 那么, 任意位错所产生的变形场就可以写成 $\boldsymbol{Q}^{ij}$ 的组合

$$\boldsymbol{Q} = \boldsymbol{Q}^{ij}\nu_i n_j U\mathrm{d}S \tag{2.3.24}$$

由于源函数 $\boldsymbol{S}^{\mathrm{s,t}}$ 的对称性, 即 $\boldsymbol{S}^{\mathrm{s,t}}$ 不因 $i$ 和 $j$ 的对换而改变, 有 $y_{k,m}^{n,ij}(a) = y_{k,m}^{n,ji}(a)$ 和 $y_{k,m}^{\mathrm{t},n,ij}(a) = y_{k,m}^{\mathrm{t},n,ji}(a)$, 于是, 解的数量减为六个. 进一步, 因为断层面的固有对称性, 解 $y_{k,m}^{n,11}(a)$, $y_{k,m}^{n,31}(a)$, $y_{k,m}^{\mathrm{t},n,11}(a)$ 和 $y_{k,m}^{\mathrm{t},n,31}(a)$ 可以通过把解 $y_{k,m}^{n,12}(a)$, $y_{k,m}^{n,32}(a)$, $y_{k,m}^{\mathrm{t},n,22}(a)$ 和 $y_{k,m}^{\mathrm{t},n,32}(a)$ 分别相对于坐标轴作旋转变换而得到. 最后, 变量 $y_{k,m}^{n,ij}(a)$ 和 $y_{k,m}^{\mathrm{t},n,ij}(a)$ 的独立解为四个. 也就是说, 如果求出任意四个独立解, 其他解便可以由此而容易地得到. 在下面的讨论中, 我们选取 $(y_{k,m}^{n,12}, y_{k,m}^{n,32}, y_{k,m}^{n,22}, y_{k,m}^{n,33})$(和相应的环型解) 来作为四个独立解 (图 2.3.3). 它们分别是垂直断层水平走滑破裂、垂直断层上下倾滑破裂、垂直断层水平引张破裂和水平断层垂直引张破裂的解. 当方程组 (2.1.33) 的解 $y_{k,m}^{n,ij}(a)$(和 $y_{k,m}^{\mathrm{t},n,ij}(a)$) 计算出来后, 同震变形 (如位移、重力等) 的表达式就可以推导出来并进行数值计算. 下面章节将分别讨论.

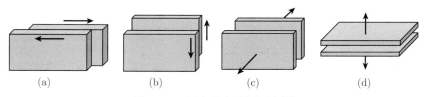

图 2.3.3 四个独立震源示意图.

(a) 水平走滑震源; (b) 垂直倾滑震源; (c) 水平引张震源; (d) 垂直引张震源

## 2.3.4 三类位错源的表达式

### 2.3.4.1 剪切位错

如果位错矢量 $\boldsymbol{\nu}$ 与断层面平行, 便是剪切位错问题, 此时从式 (2.3.3) 和式 (2.3.4), 有

$$\boldsymbol{\nu} \cdot \boldsymbol{n} = 0 \tag{2.3.25}$$

和如下的并矢 (dyad):

$$\begin{aligned}
\boldsymbol{\nu}\boldsymbol{n} = \cos\lambda \left[ (-\boldsymbol{e}_{\theta_0}\boldsymbol{e}_{\varphi_0}) \sin\delta + \boldsymbol{e}_{\theta_0}\boldsymbol{e}_{r_s} \cos\delta \right] \\
+ \sin\lambda \left[ \frac{1}{2} (\boldsymbol{e}_{r_s}\boldsymbol{e}_{r_s} - \boldsymbol{e}_{\varphi_0}\boldsymbol{e}_{\varphi_0}) \sin 2\delta - (-\boldsymbol{e}_{r_s}\boldsymbol{e}_{\varphi_0}) \cos 2\delta \right]
\end{aligned} \tag{2.3.26}$$

其中 $-\boldsymbol{e}_{\theta_0}\boldsymbol{e}_{\varphi_0}$ 对应于第一个独立解 $y_{k,m}^{n,12}$ (对 $n$ 和 $m$ 求和后的最终解为 $\boldsymbol{Y}^{12}$) 的震源; $-\boldsymbol{e}_{r_s}\boldsymbol{e}_{\varphi_0}$ 对应于第二个独立解 $y_{k,m}^{n,32}$ (最终解为 $\boldsymbol{Y}^{32}$) 的震源; $\boldsymbol{e}_{\varphi_0}\boldsymbol{e}_{\varphi_0}$ 为第三个独立解 $y_{k,m}^{n,22}$ (最终解为 $\boldsymbol{Y}^{22}$) 的震源; $\boldsymbol{e}_{r_s}\boldsymbol{e}_{r_s}$ 是第四个独立解 $y_{k,m}^{n,33}$ (最终解为 $\boldsymbol{Y}^{33}$) 的震源. 而 $\boldsymbol{e}_{\theta_0}\boldsymbol{e}_{r_s}$ 可以用 $-\boldsymbol{e}_{r_s}\boldsymbol{e}_{\varphi_0}$ 的复共轭表示, 即

$$\boldsymbol{e}_{\theta_0}\boldsymbol{e}_{r_s}(\varphi) = \boldsymbol{e}_{r_s}\boldsymbol{e}_{\varphi_0}\left(\varphi + \frac{\pi}{2}\right) \tag{2.3.27}$$

如果用 $\boldsymbol{Y}^{(\mathrm{s})}$ 代表剪切震源 $(\boldsymbol{\nu}\boldsymbol{n})$ 的一般解, 它可以表示为四个独立解的组合, 即

$$\begin{aligned}
\boldsymbol{Y}^{(\mathrm{s})} = \cos\lambda \left[ \boldsymbol{Y}^{12} \sin\delta - \boldsymbol{Y}^{32*} \cos\delta \right] \\
+ \sin\lambda \left[ \frac{1}{2} \left( \boldsymbol{Y}^{33} - \boldsymbol{Y}^{22} \right) \sin 2\delta - \boldsymbol{Y}^{32} \cos 2\delta \right]
\end{aligned} \tag{2.3.28}$$

### 2.3.4.2 引张位错

如果位错滑动矢量 $\boldsymbol{\nu}$ 与断层面相垂直, 即与断层面法矢量一致, 便是引张位错问题. 此时有

$$\boldsymbol{\nu} = \boldsymbol{n} = \boldsymbol{e}_{r_s} \cos\delta - \boldsymbol{e}_{\varphi_0} \sin\delta \tag{2.3.29}$$

$$\boldsymbol{\nu}\boldsymbol{n} = \boldsymbol{e}_{r_s}\boldsymbol{e}_{r_s} - (\boldsymbol{e}_{r_s}\boldsymbol{e}_{r_s} - \boldsymbol{e}_{\varphi_0}\boldsymbol{e}_{\varphi_0}) \sin^2\delta - \frac{1}{2}(\boldsymbol{e}_{r_s}\boldsymbol{e}_{\varphi_0} - \boldsymbol{e}_{\varphi_0}\boldsymbol{e}_{r_s}) \sin 2\delta \tag{2.3.30}$$

同样, 根据上面独立解的定义, 并令 $\boldsymbol{Y}^{(\mathrm{t})}$ 代表引张震源 $(\boldsymbol{\nu}\boldsymbol{n})$ 的一般解, 它可以表示为

$$\boldsymbol{Y}^{(\mathrm{t})} = \boldsymbol{Y}^{33} - \left( \boldsymbol{Y}^{33} - \boldsymbol{Y}^{22} \right) \sin^2\delta + \boldsymbol{Y}^{32} \sin 2\delta \tag{2.3.31}$$

### 2.3.4.3 膨胀源位错

膨胀源位错的并矢可以表示为

$$\boldsymbol{\nu}\boldsymbol{n} = \boldsymbol{e}_{r_s}\boldsymbol{e}_{r_s} + \boldsymbol{e}_{\theta_0}\boldsymbol{e}_{\theta_0} + \boldsymbol{e}_{\varphi_0}\boldsymbol{e}_{\varphi_0} \tag{2.3.32}$$

同样, 令 $\boldsymbol{Y}^{(\mathrm{e})}$ 代表膨胀源 $(\boldsymbol{\nu}\boldsymbol{n})$ 的一般解, 它可以简单地表示为

$$\boldsymbol{Y}^{(\mathrm{e})} = \boldsymbol{Y}^{33} + 2\boldsymbol{Y}^{22} \tag{2.3.33}$$

## 2.4 位错 Love 数

一旦独立解 $(y_{1,m}^{n,ij}, y_{3,m}^{n,ij}, y_{5,m}^{n,ij}$ 和 $y_{1,m}^{t,n,ij})$ 计算出来了, 把它们代回同震位移和引力位的表达式 (2.1.9) 和式 (2.1.11) 中可以得到任意位错产生的同震位移和引力位变化

$$\boldsymbol{u}(r,\theta,\varphi) = \sum_{n,m,i,j} \left[ y_{1,m}^{n,ij}(r)\boldsymbol{R}_n^m(\theta,\varphi) + y_{3,m}^{n,ij}(r)\boldsymbol{S}_n^m(\theta,\varphi) + y_{1,m}^{t,n,ij}(r)\boldsymbol{T}_n^m(\theta,\varphi) \right]$$
$$\cdot \nu_i n_j \cdot U\mathrm{d}S \tag{2.4.1}$$

$$\psi(r,\theta,\varphi) = \sum_{n,m,i,j} y_{5,m}^{n,ij}(r) Y_n^m(\theta,\varphi) \cdot \nu_i n_j \cdot U\mathrm{d}S \tag{2.4.2}$$

为了使变量 $y_{k,m}^{n,ij}(a)$ 和 $y_{k,m}^{t,n,ij}(a)$ 变成量纲为一的, 定义位错 Love 数如下:

$$h_{nm}^{ij} = y_{1,m}^{n,ij}(a) \cdot a^2 \tag{2.4.3}$$

$$l_{nm}^{ij} = y_{3,m}^{n,ij}(a) \cdot a^2 \tag{2.4.4}$$

$$l_{nm}^{t,ij} = y_{1,m}^{t,n,ij}(a) \cdot a^2 \tag{2.4.5}$$

$$k_{nm}^{ij} = y_{5,m}^{n,ij}(a) \cdot \frac{a^2}{g_0} \tag{2.4.6}$$

式中, $a$ 为地球半径, $g_0$ 是地球表面的平均重力. 于是, 式 (2.4.1) 和 (2.4.2) 变成 $(r = a)$

$$\boldsymbol{u}(a,\theta,\varphi) = \sum_{n,m,i,j} \left[ h_{nm}^{ij}\boldsymbol{R}_n^m(\theta,\varphi) + l_{hm}^{ij}\boldsymbol{S}_n^m(\theta,\varphi) + l_{nm}^{t,ij}\boldsymbol{T}_n^m(\theta,\varphi) \right] \cdot \nu_i n_j \cdot \frac{U\mathrm{d}S}{a^2} \tag{2.4.7}$$

$$\psi(a,\theta,\varphi) = \sum_{n,m,i,j} k_{nm}^{ij} Y_n^m(\theta,\varphi) \cdot \nu_i n_j \cdot \frac{g_0 U\mathrm{d}S}{a^2} \tag{2.4.8}$$

位错 Love 数是量纲为一的, 并且与位错大小 $(U\mathrm{d}S/a^2)$ 和 $(g_0 U\mathrm{d}S/a^2)$ 无关. 和前面一样, 上标和下标 $i = 1,2,3$ 和 $j = 1,2,3$ 分别表示滑动矢量 $\boldsymbol{\nu}$ 和法矢量 $\boldsymbol{n}$ 的分量. $U\mathrm{d}S/a^2$ 可以叫做 "地震因子", 因为它直接给出地震的大小. 为了方便, 在以下的讨论中, 我们令该因子为单位因子, 即 $U\mathrm{d}S = 1$. 在实际应用中, 格林函数应该乘上该因子.

实际上, "Love" 数经常用于描述地球在外力作用下的变形特性. 例如, 人们用固体潮 Love 数 $(h_n, l_n, k_n)$ 表日月引力位在地球表面产生的位移和引力位变化特征; 它们也是量纲为一的 (Melchior, 1978). 人们还用负荷 Love 数描述地球表面质量负荷产生的弹性变形特征 (Longman, 1962, 1963; Farell, 1972). Saito (1978) 定义了剪切力 Love 数来表达因地表面剪切力所产生的变形特征. 这些 Love 数在研究地球因外力作用下变形中起到了重要作用. 我们上面定义的位错 Love 数也有类似的功能, 只是因为位错力源是任意的而更复杂一些.

当 $n = 0$ 时, 由上述讨论可知, 变形只发生在径向上, 而水平向上没有变形, 所以 $l_{00}^{ij} = l_{00}^{t,ij} = 0$. 另外, 由于该变形是质量守恒的, 它不改变位的变化, 所以, $k_{00}^{ij} = 0$. 因此, 只有 $h_{00}^{ij} \neq 0$.

当 $n = 1$ 时, 由前面的讨论可得

$$h_{1m}^{ij} = \left( y_{1,m}^{1,ij}(a) - \frac{y_{5,m}^{1,ij}}{g_0} \right) \cdot a^2 \tag{2.4.9}$$

$$l_{1m}^{ij} = \left( y_{3,m}^{1,ij}(a) - \frac{y_{5,m}^{1,ij}}{g_0} \right) \cdot a^2 \tag{2.4.10}$$

$$k_{1m}^{ij} = \left( y_{5,m}^{1,ij}(a) - y_{5,m}^{1,ij} \right) \cdot \frac{a^2}{g_0} = 0 \tag{2.4.11}$$

为了便于读者参考, 下面给出一个数值计算例. 假设在 1066A 地球模型 (Gilbert and Dziewonski, 1975) 内 100km 的深处有四个独立震源. 通过对基本方程组 (2.1.33) 积分并满足边界条件, 再分别乘上 $n^{m-2}(a/r_{\rm s})^n$, $n^{m-1}(a/r_{\rm s})^n$, $n^{m-1}(a/r_{\rm s})^n$ 和 $n^m(a/r_{\rm s})^n$, 我们得到正规化的位错 Love 数. 表 2.4.1 列出 $n \leqslant 5$ 的数值结果.

**表 2.4.1　1066A 地球模型内 100km 深处四个独立震源的位错 Love 数算例 ($n \leqslant 5$)**

| $n$ | $h_{n2}^{12}$ | $l_{n2}^{12}$ | $k_{n2}^{12}$ | $l_{n2}^{{\rm t},12}$ |
|---|---|---|---|---|
| 2 | $2.036 \times 10^{-3}$ | $1.397 \times 10^{-2}$ | $4.492 \times 10^{-3}$ | $5.721 \times 10^{-2}$ |
| 3 | $-8.779 \times 10^{-4}$ | $1.078 \times 10^{-2}$ | $1.406 \times 10^{-3}$ | $5.414 \times 10^{-2}$ |
| 4 | $-7.805 \times 10^{-4}$ | $8.963 \times 10^{-3}$ | $1.272 \times 10^{-3}$ | $5.591 \times 10^{-2}$ |
| 5 | $-5.348 \times 10^{-4}$ | $7.600 \times 10^{-3}$ | $1.302 \times 10^{-3}$ | $5.843 \times 10^{-2}$ |
| $n$ | $h_{n1}^{32}$ | $l_{n1}^{32}$ | $k_{n1}^{32}$ | $l_{n1}^{{\rm t},32}$ |
| 1 | $-3.892 \times 10^{-4}$ | $6.174 \times 10^{-2}$ | $0.0$ | $-5.851 \times 10^{-2}$ |
| 2 | $7.255 \times 10^{-4}$ | $3.458 \times 10^{-2}$ | $1.072 \times 10^{-3}$ | $-7.025 \times 10^{-2}$ |
| 3 | $8.012 \times 10^{-4}$ | $2.390 \times 10^{-2}$ | $1.096 \times 10^{-3}$ | $-7.399 \times 10^{-2}$ |
| 4 | $7.492 \times 10^{-4}$ | $1.821 \times 10^{-2}$ | $1.010 \times 10^{-3}$ | $-7.627 \times 10^{-2}$ |
| 5 | $7.047 \times 10^{-4}$ | $1.467 \times 10^{-2}$ | $9.421 \times 10^{-4}$ | $-7.780 \times 10^{-2}$ |
| $n$ | $h_{n0}^{22,0}$ | $l_{n0}^{22,0}$ | $k_{n0}^{22,0}$ | $l_{n0}^{{\rm t},22,0}$ |
| 0 | $4.860 \times 10^{-2}$ | $0.0$ | $0.0$ | $0.0$ |
| 1 | $1.494 \times 10^{-1}$ | $-1.473 \times 10^{-1}$ | $0.0$ | $0.0$ |
| 2 | $9.384 \times 10^{-2}$ | $-6.937 \times 10^{-2}$ | $2.887 \times 10^{-2}$ | $0.0$ |
| 3 | $5.293 \times 10^{-2}$ | $-5.464 \times 10^{-2}$ | $1.099 \times 10^{-2}$ | $0.0$ |
| 4 | $3.383 \times 10^{-2}$ | $-4.244 \times 10^{-2}$ | $3.006 \times 10^{-3}$ | $0.0$ |
| 5 | $2.435 \times 10^{-2}$ | $-3.434 \times 10^{-2}$ | $-5.333 \times 10^{-6}$ | $0.0$ |
| $n$ | $h_{n0}^{33}$ | $l_{n0}^{33}$ | $k_{n0}^{33}$ | $l_{n0}^{{\rm t},33}$ |
| 0 | $8.186 \times 10^{-2}$ | $0.0$ | $0.0$ | $0.0$ |
| 1 | $2.477 \times 10^{-1}$ | $-6.542 \times 10^{-3}$ | $0.0$ | $0.0$ |
| 2 | $1.060 \times 10^{-1}$ | $-3.411 \times 10^{-3}$ | $2.565 \times 10^{-3}$ | $0.0$ |
| 3 | $6.689 \times 10^{-2}$ | $-3.191 \times 10^{-3}$ | $2.380 \times 10^{-3}$ | $0.0$ |
| 4 | $4.907 \times 10^{-2}$ | $-3.055 \times 10^{-3}$ | $2.316 \times 10^{-3}$ | $0.0$ |
| 5 | $3.895 \times 10^{-2}$ | $-2.978 \times 10^{-3}$ | $2.296 \times 10^{-3}$ | $0.0$ |

## 2.5　四个独立解的同震变形格林函数

有了位错 Love 数, 或者 $(y_{1,m}^{n,ij}, y_{3,m}^{n,ij}, y_{5,m}^{n,ij}$ 和 $y_{1,m}^{{\rm t},n,ij})$, 各种物理量的格林函数也就可以容易得到. 本节将推导出四个独立点源函数产生的同震变形的格林函数, 包括位移、位变化 (大地水准面)、重力和应变等.

### 2.5.1 同震位移的格林函数

首先, 令 $(u_r^{ij}, u_\theta^{ij}, u_\varphi^{ij})$ 为在 $n_j$ 方向 $\nu_i$ 分量的位错在球坐标系三个坐标轴 $(r, \theta, \varphi)$ 方向所产生的同震位移的分量. 那么, 同震位移可以写成如下形式:

$$\boldsymbol{u}(a, \theta, \varphi) = \sum_{i,j} \left[ u_r^{ij} \boldsymbol{e}_r + u_\theta^{ij} \boldsymbol{e}_\theta + u_\varphi^{ij} \boldsymbol{e}_\varphi \right] \cdot \nu_i n_j \frac{U \mathrm{d}S}{a^2} \tag{2.5.1}$$

式中,

$$u_r^{ij}(a, \theta, \varphi) = \sum_{n,m} h_{nm}^{ij} Y_n^m(\theta, \varphi) \tag{2.5.2}$$

$$u_\theta^{ij}(a, \theta, \varphi) = \sum_{n,m} l_{nm}^{ij} \frac{\partial Y_n^m(\theta, \varphi)}{\partial \theta} + \sum_{n,m} l_{nm}^{\mathrm{t},ij} \frac{1}{\sin \theta} \frac{\partial Y_n^m(\theta, \varphi)}{\partial \varphi} \tag{2.5.3}$$

$$u_\varphi^{ij}(a, \theta, \varphi) = \sum_{n,m} l_{nm}^{ij} \frac{1}{\sin \theta} \frac{\partial Y_n^m(\theta, \varphi)}{\partial \varphi} - \sum_{n,m} l_{nm}^{\mathrm{t},ij} \frac{\partial Y_n^m(\theta, \varphi)}{\partial \theta} \tag{2.5.4}$$

下面我们分别导出四个独立解的位移三分量.

#### 2.5.1.1 垂直断层水平走滑破裂的位移格林函数

首先来讨论第一个独立解, 即垂直断层水平走滑破裂的情况. 此时, 滑动角 $\lambda = 0°$, 断层倾角 $\delta = 90°$. 而滑动矢量和法矢量分别为 $\boldsymbol{\nu} = \boldsymbol{e}_1$ 和 $\boldsymbol{n} = -\boldsymbol{e}_2$, 即除了 $\nu_1 = 1$ 和 $n_2 = -1$, 并且 $m = 2$ (或者 $m = -2$) 以外, 其他分量都为零. 源函数 $\boldsymbol{S}^{\mathrm{s}} = (s_{1,m}^{n,ij}, \cdots, s_{6,m}^{n,ij})^{\mathrm{T}}$ 和 $\boldsymbol{S}^{\mathrm{t}} = (s_{1,m}^{\mathrm{t},n,ij}, s_{2,m}^{\mathrm{t},n,ij})^{\mathrm{T}}$ 的具体表达式变为

$$s_{j,2}^{n,12} = -i \frac{(2n+1)\mu}{8\pi n(n+1)r_{\mathrm{s}}^3} \delta_{j4} \tag{2.5.5}$$

$$s_{j,2}^{\mathrm{t},n,12} = -\frac{(2n+1)\mu}{8\pi n(n+1)r_{\mathrm{s}}^3} \delta_{j2} \tag{2.5.6}$$

按上述积分方法解算基本微分方程组 (2.1.33), 并满足所有边界条件, 可以得到位错 Love 数 $ih_{n2}^{12}$, $il_{n2}^{12}$ 和 $l_{n2}^{\mathrm{t},12}$, 同时相应的 $y$ 解在地球内部满足

$$y_{j,2}^{n,12}(r_{\mathrm{s}}^+) - y_{j,2}^{n,12}(r_{\mathrm{s}}^-) = -i s_{j,2}^{n,12} \tag{2.5.7}$$

$$y_{j,2}^{\mathrm{t},n,12}(r_{\mathrm{s}}^+) - y_{j,2}^{\mathrm{t},n,12}(r_{\mathrm{s}}^-) = s_{j,2}^{\mathrm{t},n,12} \tag{2.5.8}$$

于是, 地球表面的位移分量可以表示为

$$u_r^{12}(a, \theta, \varphi) = \sum_{n=2}^{\infty} ih_{n2}^{12} \left[ Y_n^2(\theta, \varphi) - Y_n^{-2}(\theta, \varphi) \right] = -2 \sum_{n=2}^{\infty} h_{n2}^{12} P_n^2(\cos \theta) \sin 2\varphi \tag{2.5.9}$$

$$u_\theta^{12}(a, \theta, \varphi) = \sum_{n=2}^{\infty} \left\{ il_{n2}^{12} \left[ \frac{\partial Y_n^2(\theta, \varphi)}{\partial \theta} - \frac{\partial Y_n^{-2}(\theta, \varphi)}{\partial \theta} \right] \right.$$
$$\left. + l_{n2}^{\mathrm{t},12} \frac{1}{\sin \theta} \left[ \frac{\partial Y_n^2(\theta, \varphi)}{\partial \varphi} + \frac{Y_n^{-2}(\theta, \varphi)}{\partial \varphi} \right] \right\}$$

$$= -2\sum_{n=2}^{\infty}\left[l_{n2}^{12}\frac{\partial P_n^2(\cos\theta)}{\partial\theta} + 2l_{n2}^{\mathrm{t},12}\frac{P_n^2(\cos\theta)}{\sin\theta}\right]\sin 2\varphi \tag{2.5.10}$$

$$u_\varphi^{12}(a,\theta,\varphi) = \sum_{n=2}^{\infty}\left\{il_{n2}^{12}\frac{1}{\sin\theta}\left[\frac{\partial Y_n^2(\theta,\varphi)}{\partial\varphi} - \frac{\partial Y_n^{-2}(\theta,\varphi)}{\partial\varphi}\right]\right.$$
$$\left. -l_{n2}^{\mathrm{t},12}\left[\frac{\partial Y_n^2(\theta,\varphi)}{\partial\theta} + \frac{Y_n^{-2}(\theta,\varphi)}{\partial\theta}\right]\right\}$$
$$= -2\sum_{n=2}^{\infty}\left[2l_{n2}^{12}\frac{P_n^2(\cos\theta)}{\sin\theta} + l_{n2}^{\mathrm{t},12}\frac{\partial P_n^2(\cos\theta)}{\partial\varphi}\right]\cos 2\varphi \tag{2.5.11}$$

如果定义下面的等式为同震位移格林函数:

$$\hat{u}_r^{12}(a,\theta) = -2\sum_{n=2}^{\infty}h_{n2}^{12}P_n^2(\cos\theta) \tag{2.5.12}$$

$$\hat{u}_\theta^{12}(a,\theta) = -2\sum_{n=2}^{\infty}\left[l_{n2}^{12}\frac{\partial P_n^2(\cos\theta)}{\partial\theta} + 2l_{n2}^{\mathrm{t},12}\frac{P_n^2(\cos\theta)}{\sin\theta}\right] \tag{2.5.13}$$

$$\hat{u}_\varphi^{12}(a,\theta) = -2\sum_{n=2}^{\infty}\left[2l_{n2}^{12}\frac{P_n^2(\cos\theta)}{\sin\theta} + l_{n2}^{\mathrm{t},12}\frac{\partial P_n^2(\cos\theta)}{\partial\theta}\right] \tag{2.5.14}$$

那么, 同震位移表达式则变为

$$u_r^{12}(a,\theta,\varphi) = \hat{u}_r^{12}(a,\theta)\sin 2\varphi \tag{2.5.15}$$

$$u_\theta^{12}(a,\theta,\varphi) = \hat{u}_\theta^{12}(a,\theta)\sin 2\varphi \tag{2.5.16}$$

$$u_\varphi^{12}(a,\theta,\varphi) = \hat{u}_\varphi^{12}(a,\theta)\cos 2\varphi \tag{2.5.17}$$

式 (2.5.12)~(2.5.14) 是位移格林函数, 是沿震中距方向变化的函数. 一旦地球模型确定, 它们就可以通过数值计算而得到. 式 (2.5.15)~(2.5.17) 是第一种独立解的同震位移计算公式. 注意, 公式中的因子 $\sin 2\varphi$ (或者 $\cos 2\varphi$) 表明同震变形在空间上是四象限分布的. 如果 $u_i^{12}(a,\theta,\varphi)$ 在第 1 和第 3 象限是正位移的话, 在第 2 和第 4 象限就是负位移.

作为特殊情况, 讨论一下 $\theta = 0$ 和 $\theta = \pi$ 时的变形. 由球谐函数的极限可知

$$\lim_{\theta\to 0}Y_n^m(\theta,\varphi) = \mathrm{e}^{im\varphi}\delta_{0m} = \begin{cases} 1, & m=0 \\ 0, & m\neq 0 \end{cases} \tag{2.5.18}$$

$$\lim_{\theta\to\pi}Y_n^m(\theta,\varphi) = (-1)^n\mathrm{e}^{im\varphi}\delta_{0m} = \begin{cases} 1, & m=0, n \text{ 为奇数} \\ -1, & m=0, n \text{ 为偶数} \\ 0, & m\neq 0 \end{cases} \tag{2.5.19}$$

因为对于第一个独立解, $m = 2$, 所以, 上述径向分量的格林函数及其相应的变形在 $\theta = 0$ 和 $\theta = \pi$ 时都为零. 另外两个分量的证明比较复杂, 因为它们含有角度的导数. 为了简单起见, 我们可以观察公式中的因子 $\sin 2\varphi$ (或者 $\cos 2\varphi$). 因为是四象限分布, 同时变形应该是连续的, 那么它们在 $\theta = 0$ 和 $\theta = \pi$ 处必为零. 所以有

$$u_r^{12}(a,0,\varphi) = u_r^{12}(a,\pi,\varphi) = 0 \tag{2.5.20}$$

$$u_\theta^{12}(a, 0, \varphi) = u_\theta^{12}(a, \pi, \varphi) = 0 \tag{2.5.21}$$

$$u_\phi^{12}(a, 0, \varphi) = u_\phi^{12}(a, \pi, \varphi) = 0 \tag{2.5.22}$$

这个结论对下面讨论的其他物理量 (引力位、重力、应变等) 也都适用. 这个特性在数值计算中很有帮助, 因为在 $\theta = 0$ 和 $\theta = \pi$ 时数值积分有收敛问题的困难, 实际数值计算时可以用这些极限值代替.

### 2.5.1.2 垂直断层倾滑破裂的位移格林函数

第二个独立解是垂直断层倾滑破裂. 此时, 滑动角 $\lambda = 90°$, 断层倾角 $\delta = 90°$. 滑动矢量和法矢量分别为 $\boldsymbol{\nu} = \boldsymbol{e}_3$ 和 $\boldsymbol{n} = -\boldsymbol{e}_2$, 即除了 $\nu_i = \delta_{i3}$ 和 $n_j = -\delta_{j2}$, 并且 $m = 1$ 以外, 其他分量都为零. 源函数 $\boldsymbol{S}^{\mathrm{s}} = (s_{1,m}^{n,ij}, \cdots, s_{6,m}^{n,ij})^{\mathrm{T}}$ 和 $\boldsymbol{S}^{\mathrm{t}} = (s_{1,m}^{\mathrm{t},n,ij}, s_{2,m}^{\mathrm{t},n,ij})^{\mathrm{T}}$ 的具体表达式变为

$$s_{j,1}^{n,32} = i\frac{2n+1}{8\pi n(n+1)r_{\mathrm{s}}^2}\delta_{j3} \tag{2.5.23}$$

$$s_{j,1}^{\mathrm{t},n,32} = -\frac{(2n+1)\,\mu}{8\pi n(n+1)r_{\mathrm{s}}^3}\delta_{j1} \tag{2.5.24}$$

解算基本微分方程组 (2.1.33), 并满足所有边界条件, 可以得到位错 Love 数 $ih_{n1}^{32}$, $il_{n1}^{32}$ 和 $l_{n1}^{\mathrm{t},32}$, 同时相应的 $y$ 解在地球内部满足

$$y_{j,1}^{n,32}(r_{\mathrm{s}}^+) - y_{j,1}^{n,32}(r_{\mathrm{s}}^-) = -is_{j,1}^{n,32} \tag{2.5.25}$$

$$y_{j,1}^{\mathrm{t},n,32}(r_{\mathrm{s}}^+) - y_{j,1}^{\mathrm{t},n,32}(r_{\mathrm{s}}^-) = s_{j,1}^{\mathrm{t},n,32} \tag{2.5.26}$$

于是, 地球表面的位移分量可以表示为

$$u_r^{32}(a, \theta, \varphi) = \sum_{n=1}^{\infty} ih_{n1}^{32}\left[Y_n^1(\theta, \varphi) - Y_n^{-1}(\theta, \varphi)\right] = -2\sum_{n=1}^{\infty} h_{n1}^{32}P_n^1(\cos\theta)\sin\varphi \tag{2.5.27}$$

$$
\begin{aligned}
u_\theta^{32}(a, \theta, \varphi) &= \sum_{n=1}^{\infty}\left\{il_{n1}^{32}\left[\frac{\partial Y_n^1(\theta, \varphi)}{\partial\theta} - \frac{\partial Y_n^{-1}(\theta, \varphi)}{\partial\theta}\right]\right.\\
&\quad\left. + l_{n1}^{\mathrm{t},32}\frac{1}{\sin\theta}\left[\frac{\partial Y_n^1(\theta, \varphi)}{\partial\varphi} + \frac{\partial Y_n^{-1}(\theta, \varphi)}{\partial\varphi}\right]\right\}\\
&= -2\sum_{n=1}^{\infty}\left[l_{n1}^{32}\frac{\partial P_n^1(\cos\theta)}{\partial\theta} + l_{n1}^{\mathrm{t},32}\frac{P_n^1(\cos\theta)}{\sin\theta}\right]\sin\varphi
\end{aligned} \tag{2.5.28}
$$

$$
\begin{aligned}
u_\varphi^{32}(a, \theta, \varphi) &= \sum_{n=1}^{\infty}\left\{il_{n1}^{32}\frac{1}{\sin\theta}\left[\frac{\partial Y_n^1(\theta, \varphi)}{\partial\varphi} - \frac{\partial Y_n^{-1}(\theta, \varphi)}{\partial\varphi}\right]\right.\\
&\quad\left. - l_{n1}^{\mathrm{t},32}\left[\frac{\partial Y_n^1(\theta, \varphi)}{\partial\theta} + \frac{\partial Y_n^{-1}(\theta, \varphi)}{\partial\theta}\right]\right\}\\
&= -2\sum_{n=1}^{\infty}\left[l_{n1}^{32}\frac{P_n^1(\cos\theta)}{\sin\theta} + l_{n1}^{\mathrm{t},32}\frac{\partial P_n^1(\cos\theta)}{\partial\varphi}\right]\cos\varphi
\end{aligned} \tag{2.5.29}
$$

定义如下格林函数:

$$\hat{u}_r^{32}(a,\theta) = -2\sum_{n=1}^{\infty} h_{n1}^{32} P_n^1(\cos\theta) \tag{2.5.30}$$

$$\hat{u}_\theta^{32}(a,\theta) = -2\sum_{n=1}^{\infty} \left[ l_{n1}^{32} \frac{\partial P_n^1(\cos\theta)}{\partial\theta} + l_{n1}^{\text{t},32} \frac{P_n^1(\cos\theta)}{\sin\theta} \right] \tag{2.5.31}$$

$$\hat{u}_\varphi^{32}(a,\theta) = -2\sum_{n=1}^{\infty} \left[ l_{n1}^{32} \frac{P_n^1(\cos\theta)}{\sin\theta} + l_{n1}^{\text{t},32} \frac{\partial P_n^1(\cos\theta)}{\partial\varphi} \right] \tag{2.5.32}$$

则得同震位移表达式为

$$u_r^{32}(a,\theta,\varphi) = \hat{u}_r^{32}(a,\theta)\sin\varphi \tag{2.5.33}$$

$$u_\theta^{32}(a,\theta,\varphi) = \hat{u}_\theta^{32}(a,\theta)\sin\varphi \tag{2.5.34}$$

$$u_\varphi^{32}(a,\theta,\varphi) = \hat{u}_\varphi^{32}(a,\theta)\cos\varphi \tag{2.5.35}$$

式 (2.5.30)~式 (2.5.32) 是沿震中距方向变化的位移格林函数. 式 (2.5.33)~式 (2.5.35) 是第二种独立解的同震位移计算公式. 式中的因子 $\sin\varphi$ (或者 $\cos\varphi$) 表明同震变形在空间上是关于断层线的反对称分布. 如果 $u_i^{32}(a,\theta,\varphi)$ 在第 1、2 象限是正位移的话, 在第 3、4 象限就是负位移. 另外, 数值结果表明 $u_\varphi^{32}(a,\theta,\varphi) = \hat{u}_\varphi^{32}(a,\theta) = 0$.

同样, 作为特殊情况, 根据 2.5.1.1 节的讨论可知, 第二个独立解的所有格林函数及其相应的变形在 $\theta = 0$ 和 $\theta = \pi$ 时也都为零, 即

$$u_r^{32}(a,0,\varphi) = u_r^{32}(a,\pi,\varphi) = 0 \tag{2.5.36}$$

$$u_\theta^{32}(a,0,\varphi) = u_\theta^{32}(a,\pi,\varphi) = 0 \tag{2.5.37}$$

$$u_\varphi^{32}(a,0,\varphi) = u_\varphi^{32}(a,\pi,\varphi) = 0 \tag{2.5.38}$$

### 2.5.1.3 垂直断层水平引张破裂的位移格林函数

这是第三个独立解——垂直断层水平引张破裂. 此时, 断层倾角 $\delta = 90°$, 断层的滑动矢量和法矢量定义为 $\boldsymbol{\nu} = \boldsymbol{e}_2$ 和 $\boldsymbol{n} = \boldsymbol{e}_2$. 如上所述, 球型源函数在 $m = 0$ 和 $m = \pm 2$ 时都要考虑; 而环型源函数只有在 $m = \pm 2$ 的情况下有意义. 于是把 $m = 0$ 和 $\nu_i = n_i = \delta_{i2}$ 代入上面源函数得具体表达式为 (注意, 环型源函数不存在)

$$s_{j,0}^{n,22} = \frac{2n+1}{4\pi r_s^2} \frac{\lambda}{\lambda+2\mu} \delta_{j1} - \frac{2n+1}{2\pi r_s^3} \frac{\mu(3\lambda+2\mu)}{\lambda+2\mu} \delta_{j2} + \frac{2n+1}{4\pi r_s^3} \frac{\mu(3\lambda+2\mu)}{\lambda+2\mu} \delta_{j4} \tag{2.5.39}$$

同样, 解算基本微分方程组 (2.1.33), 并满足所有边界条件, 我们可以得到位错 Love 数 $h_{n0}^{22}$ 和 $l_{n0}^{22}$, 相应的 $y$ 解在震源处满足

$$y_{j,0}^{n,22}(r_s^+) - y_{j,0}^{n,22}(r_s^-) = s_{j,0}^{n,22} \tag{2.5.40}$$

于是, 地球表面的位移分量可以表示为

$$u_r^{22,0}(a,\theta,\varphi) = \hat{u}_r^{22,0}(a,\theta) = \sum_{n=0}^{\infty} h_{n0}^{22} P_n(\cos\theta) \tag{2.5.41}$$

$$u_\theta^{22,0}(a,\theta,\varphi) = \hat{u}_\theta^{22,0}(a,\theta) = \sum_{n=0}^{\infty} l_{n0}^{22} \frac{\partial P_n(\cos\theta)}{\partial \theta} \tag{2.5.42}$$

$$u_\varphi^{22,0}(a,\theta,\varphi) = \hat{u}_\varphi^{22,0}(a,\theta) = 0 \tag{2.5.43}$$

式中, $\hat{u}_r^{22,0}(a,\theta)$, $\hat{u}_\theta^{22,0}(a,\theta)$ 和 $\hat{u}_\varphi^{22,0}(a,\theta)$ 是第三个独立位移解 ($m=0$) 的格林函数. 式 (2.5.41)～式 (2.5.43) 表明这个解与方位角无关, 即同震位移是以震中为中心的同心圆变形.

对于 $\theta=0$ 和 $\theta=\pi$ 的特殊情况, 由球谐函数的极限可知

$$\lim_{\theta\to 0} Y_n^0(\theta,\varphi) = \lim_{\theta\to 0} P_n(\theta,\varphi) = 1 \tag{2.5.44}$$

$$\lim_{\theta\to\pi} Y_n^0(\theta,\varphi) = (-1)^n \tag{2.5.45}$$

$$\lim_{\theta\to 0} \frac{\partial P_n(\theta,\varphi)}{\partial\theta} = \lim_{\theta\to\pi} \frac{\partial P_n(\theta,\varphi)}{\partial\theta} = 0 \tag{2.5.46}$$

于是三个位移分量变为

$$u_r^{22,0}(a,0,\varphi) = \lim_{\theta\to 0} \hat{u}_r^{22,0}(a,\theta) = \sum_{n=0}^{\infty} h_{n0}^{22} \tag{2.5.47}$$

$$u_r^{22,0}(a,\pi,\varphi) = \lim_{\theta\to\pi} \hat{u}_r^{22,0}(a,\theta) = \sum_{n=0}^{\infty} (-1)^n h_{n0}^{22} \tag{2.5.48}$$

$$u_\theta^{22,0}(a,0,\varphi) = u_\theta^{22,0}(a,\pi,\varphi) = 0 \tag{2.5.49}$$

当 $m=\pm 2$ 时, 可以只考虑 $m=2$ 的情况 ($m=-2$ 的解与 $m=2$ 的解具有对称性, 可以在解算出 $m=2$ 的位错 Love 数后再加以考虑), 源函数变为

$$s_{j,2}^{n,22} = \frac{(2n+1)\mu}{8\pi n(n+1)r_s^3} \delta_{j4} \tag{2.5.50}$$

$$s_{j,2}^{t,n,22} = -i\frac{(2n+1)\mu}{8\pi n(n+1)r_s^3} \delta_{j2} \tag{2.5.51}$$

比较式 (2.5.50), (2.5.51) 和式 (2.5.5), (2.5.6) 得知, 此时的源函数与垂直断层走滑破裂的源函数有如下关系:

$$s_{j,2}^{n,22} = \mp i s_{j,2}^{n,12} \tag{2.5.52}$$

$$s_{j,2}^{t,n,22} = \mp i s_{j,2}^{t,n,12} \tag{2.5.53}$$

那么, 可以利用第一个独立解来表示这个解为

$$u_r^{22,2}(a,\theta,\varphi) = -\hat{u}_r^{12}(a,\theta)\cos 2\varphi \tag{2.5.54}$$

$$u_\theta^{22,2}(a,\theta,\varphi) = -\hat{u}_\theta^{12}(a,\theta)\cos 2\varphi \tag{2.5.55}$$

$$u_\varphi^{22,2}(a,\theta,\varphi) = \hat{u}_\varphi^{12}(a,\theta)\sin 2\varphi \tag{2.5.56}$$

最后只要把 $m=0$ 和 $m=\pm 2$ 解加起来即可

$$u_r^{22}(a, \theta, \varphi) = u_r^{22,0}(a, \theta, \varphi) + u_r^{22,2}(a, \theta, \varphi) \tag{2.5.57}$$

$$u_\theta^{22}(a, \theta, \varphi) = u_\theta^{22,0}(a, \theta, \varphi) + u_\theta^{22,2}(a, \theta, \varphi) \tag{2.5.58}$$

$$u_\varphi^{22}(a, \theta, \varphi) = u_\varphi^{22,0}(a, \theta, \varphi) + u_\varphi^{22,2}(a, \theta, \varphi) \tag{2.5.59}$$

#### 2.5.1.4  水平断层上下引张破裂的位移格林函数

这个断层比较简单, 它的滑动矢量和法矢量定义为 $\boldsymbol{\nu} = \boldsymbol{n} = \boldsymbol{e}_3$. 这个断层不存在环型源函数和相应的解, 因此只需考虑球型变形即可. 把 $\nu_i = n_i = \delta_{i3}$ 和 $m = 0$ 代入上面源函数, 得到

$$s_{j,0}^{n,33} = \frac{2n+1}{4\pi r_{\mathrm{s}}^2} \delta_{j1} \tag{2.5.60}$$

解基本微分方程组 (2.1.33), 并满足所有边界条件, 可以得到位错 Love 数 $h_{n0}^{33}$ 和 $l_{n0}^{33}$. 相应的 $y$ 解在震源处满足

$$y_{j,0}^{n,33}(r_{\mathrm{s}}^+) - y_{j,0}^{n,33}(r_{\mathrm{s}}^-) = s_{j,0}^{n,33} \tag{2.5.61}$$

于是, 地球表面的位移分量及其格林函数可以表示为

$$u_r^{33}(a, \theta, \varphi) = \hat{u}_r^{33}(a, \theta) = \sum_{n=0}^{\infty} h_{n0}^{33} P_n(\cos\theta) \tag{2.5.62}$$

$$u_\theta^{33}(a, \theta, \varphi) = \hat{u}_\theta^{33}(a, \theta) = \sum_{n=0}^{\infty} l_{n0}^{33} \frac{\partial P_n(\cos\theta)}{\partial \theta} \tag{2.5.63}$$

$$u_\varphi^{33}(a, \theta, \varphi) = \hat{u}_\varphi^{33}(a, \theta) = 0 \tag{2.5.64}$$

同样, 式中 $\hat{u}_r^{33}(a, \theta)$, $\hat{u}_\theta^{33}(a, \theta)$ 和 $\hat{u}_\varphi^{33}(a, \theta)$ 是第四个独立位移解的格林函数. 这些解与方位角无关, 是以震中为中心的同心圆变形.

对于 $\theta = 0$ 和 $\theta = \pi$ 的特殊情况, 由上述球谐函数的极限 (2.5.44)~(2.5.46) 可得三个位移分量变为

$$u_r^{33}(a, 0, \varphi) = \sum_{n=0}^{\infty} h_{n0}^{33} \tag{2.5.65}$$

$$u_r^{33}(a, \pi, \varphi) = \sum_{n=0}^{\infty} (-1)^n h_{n0}^{33} \tag{2.5.66}$$

$$u_\theta^{33}(a, 0, \varphi) = u_\theta^{33}(a, \pi, \varphi) = 0 \tag{2.5.67}$$

### 2.5.2  同震引力位变化的格林函数

地震发生同时地球产生形变, 使得地球质量再分布, 于是地球引力位也必然发生变化. 引力位的变化通常是通过大地水准面的变化来描述的. 我们从同震引力位变化的公式开始

$$\psi(a, \theta, \varphi) = \sum_{n,m,i,j} k_{nm}^{ij} Y_n^m(\theta, \varphi) \cdot \nu_i n_j \cdot \frac{g_0 U \mathrm{d}S}{a^2} \tag{2.5.68}$$

式中, $k_{nm}^{ij}$ 是量纲为一的引力位位错 Love 数, 也有四个独立解. 因为所有四个独立解的讨论和位移完全相同, 而且每个独立解只有一个变量 (位移是三分量), 比较简单. 这里仅给出它们的最后表达式. 按照和位移同样的方式, 我们定义如下引力位格林函数

$$\hat{\psi}^{12}(a,\theta) = -2\sum_{n=2}^{\infty} y_{5,2}^{n,12}(a) P_n^2(\cos\theta) \tag{2.5.69}$$

$$\hat{\psi}^{32}(a,\theta) = -2\sum_{n=1}^{\infty} y_{5,1}^{n,32}(a) P_n^1(\cos\theta) \tag{2.5.70}$$

$$\hat{\psi}^{22,0}(a,\theta) = \sum_{n=0}^{\infty} y_{5,0}^{n,22}(a) P_n(\cos\theta) \tag{2.5.71}$$

$$\hat{\psi}^{33}(a,\theta) = \sum_{n=0}^{\infty} y_{5,0}^{n,33}(a) P_n(\cos\theta) \tag{2.5.72}$$

于是引力位变化的四个独立解变为

$$\psi^{12}(a,\theta,\varphi) = \hat{\psi}^{12}(a,\theta)\sin 2\varphi \tag{2.5.73}$$

$$\psi^{32}(a,\theta,\varphi) = \hat{\psi}^{32}(a,\theta)\sin\varphi \tag{2.5.74}$$

$$\psi^{22,0}(a,\theta,\varphi) = \hat{\psi}^{22,0}(a,\theta) \tag{2.5.75}$$

$$\psi^{33}(a,\theta,\varphi) = \hat{\psi}^{33}(a,\theta) \tag{2.5.76}$$

垂直断层水平引张位错的解应该为

$$\begin{aligned}\psi^{22}(a,\theta,\varphi) &= \psi^{22,0}(a,\theta,\varphi) + \psi^{22,2}(a,\theta,\varphi)\\ &= \psi^{22,0}(a,\theta,\varphi) - \hat{\psi}^{12}(a,\theta)\cos 2\varphi\end{aligned} \tag{2.5.77}$$

有了引力位变化, 就可以很简单地计算大地水准面变化 $\zeta$, 只要把引力位变化除以地球表面平均重力值 $g_0$ 即可

$$\zeta^{ij}(a,\theta,\varphi) = \frac{\psi^{ij}(a,\theta,\varphi)}{g_0} \tag{2.5.78}$$

## 2.5.3  同震重力变化的格林函数

### 2.5.3.1  地表面重力变化理论

为了推导出变形地球表面的重力变化公式, 需要先讨论基本重力变化理论. 如上所述, 反映地球质量再分布的引力位变化可以表示为

$$\psi(a,\theta,\varphi) = \sum_{i,j} \psi^{ij} \cdot \nu_i n_j \frac{g_0 U \mathrm{d}S}{a^2} \tag{2.5.79}$$

式中, 对应于位错分量的引力位变化分量的表达式为

$$\psi^{ij}(a,\theta,\varphi) = \sum_{n,m} k_{nm}^{ij} Y_n^m(\theta,\varphi) \tag{2.5.80}$$

在空间固定点上由引力位可以计算重力变化

$$\Delta g(r,\theta,\varphi) = -\frac{\partial \psi(r,\theta,\varphi)}{\partial r} \tag{2.5.81}$$

而固定在变形地球表面上的重力变化则为

$$\delta g(a+u_r,\theta,\varphi) = \Delta g(a,\theta,\varphi) - \beta u_r(a,\theta,\varphi) \tag{2.5.82}$$

式中 $\beta \approx 3.08\mu\text{Gal/cm}$ 为自由空气重力梯度, 而 $u_r(a,\theta,\varphi)$ 则是计算点的径向位移, 其表达式为

$$u_r(a,\theta,\varphi) = \sum_{i,j} u_r^{ij} \cdot \nu_i n_j \frac{U\mathrm{d}S}{a^2} \tag{2.5.83}$$

$$u_r^{ij}(a,\theta,\varphi) = \sum_{n,m} h_{nm}^{ij} Y_n^m(\theta,\varphi) \tag{2.5.84}$$

特别值得注意的是, 在地球表面处因位移而产生的质量层 (假设为很薄的层), $4\pi G\rho u_r(a,\theta,\varphi)$, 必须给予考虑. 在穿越这个质量层时, 重力是不连续的. 在质量层下面的重力为

$$\Delta g_-(a,\theta,\varphi) = -\left.\frac{\partial \psi(a,\theta,\varphi)}{\partial r}\right|_{r=a-0} \tag{2.5.85}$$

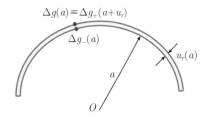

图 2.5.1　地球表面上几个重力定义的
关系示意图

我们感兴趣的是质量层外面的重力变化, 也就是固定在地球表面上的点的重力变化为 $\Delta g_+(a,\theta,\varphi)$. 不失一般性, 令

$$\Delta g(a,\theta,\varphi) = \Delta g_+(a+u_r,\theta,\varphi) \tag{2.5.86}$$

这几个变量之间的关系, 请参见图 2.5.1.

根据位理论, 变形地表面上的重力变化可以表示为

$$\Delta g(a,\theta,\varphi) = \Delta g_-(a,\theta,\varphi) + 4\pi G\rho u_r(a,\theta,\varphi) \tag{2.5.87}$$

因为在地表面, $y_6(a) = 0$, 从式 (2.1.24), 有

$$\left.\frac{\mathrm{d}y_5}{\mathrm{d}r}\right|_{r=a-0} = 4\pi G\rho y_1(a) - \frac{n+1}{a} y_5(a) \tag{2.5.88}$$

于是式 (2.5.85) 可重写为

$$\begin{aligned}
\Delta g_-(a,\theta,\varphi) &= -\sum_{i,j}\sum_{n=2}^{\infty} \left.\frac{\mathrm{d}y_5}{\mathrm{d}r}\right|_{r=a-0} Y_n^m(\theta,\varphi) \cdot \nu_i n_j \frac{U\mathrm{d}S}{a^2} \\
&= \sum_{i,j}\sum_{n=2}^{\infty}\sum_{m=-n}^{n} \left[\frac{g_0}{a^3}(n+1)k_{nm}^{ij}Y_n^m(\theta,\varphi) - \frac{4\pi G\rho}{a^2}h_{nm}^{ij}Y_n^m(\theta,\varphi)\right] \cdot \nu_i n_j U\mathrm{d}S \\
&= \frac{g_0}{a^3}\sum_{i,j}\sum_{n=2}^{\infty}\sum_{m=-n}^{n}(n+1)k_{nm}^{ij}Y_n^m(\theta,\varphi) \cdot \nu_i n_j U\mathrm{d}S - 4\pi G\rho u_r(r,\theta,\varphi) \tag{2.5.89}
\end{aligned}$$

把式 (2.5.89) 代回式 (2.5.87) 得

$$\Delta g(a,\theta,\varphi) = \frac{g_0}{a^3} \sum_{i,j} \sum_{n=2}^{\infty} \sum_{m=-n}^{n} (n+1) k_{nm}^{ij} Y_n^m(\theta,\varphi) \cdot \nu_i n_j U \mathrm{d}S \tag{2.5.90}$$

最后, 我们得到变形地球表面的重力变化为

$$\delta g(a+u_r,\theta,\varphi) = \Delta g(a,\theta,\varphi) - \beta u_r(a,\theta,\varphi) \tag{2.5.91}$$

或者

$$\delta g(a+u_r,\theta,\phi) = \Delta g_-(a,\theta,\phi) - (\beta - 4\pi G\rho) u_r(a,\theta,\phi) \tag{2.5.92}$$

式中, $\beta$ 是自由空气重力梯度, 其一般表达式为

$$\beta = \frac{\mathrm{d}g(r)}{\mathrm{d}r} = \frac{2g(a)}{a} \tag{2.5.93}$$

关于 $\delta g(a+u_r,\theta,\varphi)$ 和 $\Delta g(a,\theta,\varphi)$ 的关系很重要, 它们可以用于不同的目的. 为了简单明了起见, 令 $\delta g(a,\theta,\varphi) \equiv \delta g(a+u_r,\theta,\varphi)$, 这不会对理解造成混乱. 再强调一遍, $\delta g(a,\theta,\varphi)$ 表示在变形地表面的同震重力变化, 它比较常用, 因为通常重力观测是在地球表面进行的. 地震发生后, 重力仪也随着地表变形而一起移动, 观测到的重力变化包含了地表位移所产生的质量层和自由空气梯度的影响. 要解释这个重力变化, 只能用 $\delta g(a,\theta,\varphi)$. 但是, 有时候我们也会用到空间固定点的重力变化. 例如, 在讨论卫星重力观测数据时, 用重力模型计算得到的重力变化也应该对应于空间固定点的重力值, 此时的重力变化包含了地表位移所产生的质量层的影响, 但是不包含自由空气梯度的影响. 解释这个重力变化时应该使用 $\Delta g(a,\theta,\varphi)$. 为了便于理解, 图 2.5.2 给出了 $\delta g(a+u_r,\theta,\varphi)$ 和 $\Delta g(a,\theta,\varphi)$ 关系的示意图.

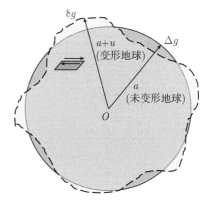

图 2.5.2 变形地球表面重力变化 $\delta g(a,\theta,\varphi)$ 和空间固定点重力变化 $\Delta g(a,\theta,\varphi)$ 的关系示意图

### 2.5.3.2 同震重力变化的格林函数

根据上面的重力变化理论, 我们同样得到四个独立解的格林函数. 因为源函数以及推导过程和位移格林函数的推导完全一样, 这里省略其过程, 直接给出结果. 首先, 根据式 (2.5.90) 定义空间固定点的重力变化格林函数如下:

$$\Delta \hat{g}^{12}(a,\theta) = -2 \sum_{n=2}^{\infty} (n+1) k_{n2}^{12}(a) P_n^2(\cos\theta) \tag{2.5.94}$$

$$\Delta \hat{g}^{32}(a,\theta) = -2 \sum_{n=1}^{\infty} (n+1) k_{n1}^{32}(a) P_n^1(\cos\theta) \tag{2.5.95}$$

$$\Delta\hat{g}^{22,0}(a,\theta) = \sum_{n=0}^{\infty}(n+1)y_{n0}^{22}(a)P_n(\cos\theta) \tag{2.5.96}$$

$$\Delta\hat{g}^{33}(a,\theta) = \sum_{n=0}^{\infty}(n+1)k_{n0}^{33}(a)P_n(\cos\theta) \tag{2.5.97}$$

于是有四个独立解的空间固定点的重力变化计算公式为

$$\Delta g^{12}(a,\theta,\varphi) = \Delta\hat{g}^{12}(a,\theta)\sin 2\varphi \tag{2.5.98}$$

$$\Delta g^{32}(a,\theta,\varphi) = \Delta\hat{g}^{32}(a,\theta)\sin\varphi \tag{2.5.99}$$

$$\Delta g^{22,0}(a,\theta,\varphi) = \Delta\hat{g}^{22,0}(a,\theta) \tag{2.5.100}$$

$$\Delta g^{33}(a,\theta,\varphi) = \Delta\hat{g}^{33}(a,\theta) \tag{2.5.101}$$

同样, 根据式 (2.5.91), 定义变形地球表面的重力变化格林函数如下:

$$\delta\hat{g}^{12}(a,\theta) = \Delta\hat{g}^{12}(a,\theta) - \beta\hat{u}_r^{12}(a,\theta) \tag{2.5.102}$$

$$\delta\hat{g}^{32}(a,\theta) = \Delta\hat{g}^{32}(a,\theta) - \beta\hat{u}_r^{32}(a,\theta) \tag{2.5.103}$$

$$\delta\hat{g}^{22,0}(a,\theta) = \Delta\hat{g}^{22,0}(a,\theta) - \beta\hat{u}_r^{22,0}(a,\theta) \tag{2.5.104}$$

$$\delta\hat{g}^{33}(a,\theta) = \Delta\hat{g}^{33}(a,\theta) - \beta\hat{u}_r^{33}(a,\theta) \tag{2.5.105}$$

相应地, 变形地球表面的重力变化的四个独立解的计算公式为

$$\delta g^{12}(a,\theta,\varphi) = \delta\hat{g}^{12}(a,\theta)\sin 2\varphi \tag{2.5.106}$$

$$\delta g^{32}(a,\theta,\varphi) = \delta\hat{g}^{32}(a,\theta)\sin\varphi \tag{2.5.107}$$

$$\delta g^{22,0}(a,\theta,\varphi) = \delta\hat{g}^{22,0}(a,\theta) \tag{2.5.108}$$

$$\delta g^{33}(a,\theta,\varphi) = \delta\hat{g}^{33}(a,\theta) \tag{2.5.109}$$

式 (2.5.108) 中的 $\Delta g^{22,0}(a,\theta,\varphi)$ 和 $\delta g^{22,0}(a,\theta,\varphi)$ 只是 $m=0$ 的结果, $m=\pm 2$ 的结果可以按讨论位移时的同样方法得到.

值得注意的是, 如上定义的格林函数意味着最后的重力计算公式为

$$\Delta g(a,\theta,\varphi) = \sum_{i,j}\Delta g^{ij}\cdot\nu_i n_j\frac{g_0 U \mathrm{d}S}{a^3} \tag{2.5.110}$$

$$\delta g(a,\theta,\varphi) = \sum_{i,j}\delta g^{ij}\cdot\nu_i n_j\frac{g_0 U \mathrm{d}S}{a^3} \tag{2.5.111}$$

式中的 $(g_0 U \mathrm{d}S/a^3)$ 因子在格林函数计算时并不被包含在内, 但是在最后计算时必须加以考虑.

### 2.5.4 同震应变变化的格林函数

由于现代大地测量技术的发展, 特别是应变仪的观测精度大大提高, 地震引起的地表面应变变化也可以被观测到. 例如, 日本研发的激光反馈式应变计的精度达到 $1 \times 10^{-11}$, 在日本本土记录到了 2004 年苏门答腊大地震产生的应变变化, 其震中距超过 5000km (Araya et al., 2006; Sun et al., 2009). 为了解释这样的同震应变变化, 球形地球的位错理论是必要的. 本节将给出同震应变的格林函数和计算公式.

#### 2.5.4.1 球坐标系中的应变表达公式

按照上面类似的方法, 可以把同震应变 $\boldsymbol{E}(a, \theta, \varphi)$ 表示为应变张量 $(e_{kl})^{ij}$ 对应于位错分量 $\nu_i n_j$ 的求和关系, 即

$$\boldsymbol{E}(a, \theta, \varphi) = \sum_{i,j} (e_{kl})^{ij} \cdot \nu_i n_j \frac{U \mathrm{d} S}{a^3} \tag{2.5.112}$$

式中, $e_{kl}$ $(k, l = r, \theta, \varphi)$ 是应变张量, 含有九个分量. 由于对称性, 其中六个是独立的. 根据弹性理论 (Takeuchi and Saito, 1972), 同震应变张量的六个独立分量在球坐标系下表示为

$$e_{rr} = \frac{\partial u_r}{\partial r} \tag{2.5.113}$$

$$e_{\theta\theta} = \frac{1}{r} \frac{\partial u_\theta}{\partial \theta} + \frac{1}{r} u_r \tag{2.5.114}$$

$$e_{\varphi\varphi} = \frac{1}{r \sin\theta} \frac{\partial u_\varphi}{\partial \varphi} + \frac{1}{r} u_\theta \cdot \cot\theta + \frac{1}{r} u_r \tag{2.5.115}$$

$$e_{\theta\varphi} = \frac{1}{r} \frac{\partial u_\varphi}{\partial \theta} - \frac{1}{r} u_\varphi \cot\theta + \frac{1}{r \sin\theta} \frac{\partial u_\theta}{\partial \varphi} \tag{2.5.116}$$

$$e_{\varphi r} = \frac{1}{r \sin\theta} \frac{\partial u_r}{\partial \varphi} + \frac{\partial u_\varphi}{\partial r} - \frac{1}{r} u_\varphi \tag{2.5.117}$$

$$e_{r\theta} = \frac{\partial u_\theta}{\partial r} - \frac{1}{r} u_\theta + \frac{1}{r} \frac{\partial u_r}{\partial \theta} \tag{2.5.118}$$

注意, 如上应变表达式在地球内部任意点都适用, 共有六个分量. 但是如果研究对象是地表面的话, 最后的两个分量 $e_{r\theta}$ 和 $e_{r\varphi}$ 将消失. 有意义的分量变成四个 $(e_{rr}, e_{\theta\theta}, e_{\varphi\varphi}, e_{\theta\varphi})$. 下面我们推导出这四个应变分量的各自的四个独立解, 即格林函数和相应的计算公式, 一共有 16 个格林函数.

#### 2.5.4.2 同震应变的格林函数

格林函数的推导思路和上述位移的推导过程是一样的, 所以在此省略其烦琐的数学过程, 直接给出结果, 下面是 16 个格林函数分量 $\hat{e}_{kl}^{ij}(a, \theta)$ 的表达式 (其中 2 个为零的分量未列出):

$$\hat{e}_{rr}^{12}(a, \theta) = \frac{2\lambda}{\lambda + 2\mu} \sum_{n=2}^{\infty} \left(2h_{n2}^{12} - n(n+1)l_{n2}^{12}\right) P_n^2(\cos\theta) \tag{2.5.119}$$

$$\hat{e}_{rr}^{32}(a, \theta) = \frac{2\lambda}{\lambda + 2\mu} \sum_{n=1}^{\infty} \left(2h_{n1}^{32} - n(n+1)l_{n1}^{32}\right) P_n^1(\cos\theta) \tag{2.5.120}$$

$$\hat{e}_{rr}^{22,0}(a,\theta) = \frac{\lambda}{\lambda+2\mu} \sum_{n=0}^{\infty} \left(-h_{n0}^{22} + n(n+1)l_{n0}^{22}\right) P_n(\cos\theta) \tag{2.5.121}$$

$$\hat{e}_{rr}^{33}(a,\theta) = \frac{\lambda}{\lambda+2\mu} \sum_{n=0}^{\infty} \left(-h_{n0}^{33} + n(n+1)l_{n0}^{33}\right) P_n(\cos\theta) \tag{2.5.122}$$

$$\hat{e}_{\theta\theta}^{12}(a,\theta) - 2\sum_{n=2}^{\infty} \left[ -l_{n2}^{12} \frac{\mathrm{d}^2 P_n^2(\cos\theta)}{\mathrm{d}\theta^2} - h_{n2}^{12} P_n^2(\cos\theta) \right.$$
$$\left. -2l_{n2}^{t,12} \left( \frac{1}{\sin\theta} \frac{\mathrm{d}P_n^2(\cos\theta)}{\mathrm{d}\theta} - \frac{\cos\theta}{\sin^2\theta} P_n^2(\cos\theta) \right) \right] \tag{2.5.123}$$

$$\hat{e}_{\theta\theta}^{32}(a,\theta) = 2\sum_{n=1}^{\infty} \left[ -l_{n1}^{32} \frac{\mathrm{d}^2 P_n^1(\cos\theta)}{\mathrm{d}\theta^2} - h_{n1}^{32} P_n^1(\cos\theta) \right.$$
$$\left. -l_{n1}^{t,32} \left( \frac{1}{\sin\theta} \frac{\mathrm{d}P_n^1(\cos\theta)}{\mathrm{d}\theta} - \frac{\cos\theta}{\sin^2\theta} P_n^1(\cos\theta) \right) \right] \tag{2.5.124}$$

$$\hat{e}_{\theta\theta}^{22,0}(a,\theta) = \sum_{n=0}^{\infty} \left[ l_{n0}^{22} \frac{\mathrm{d}^2 P_n(\cos\theta)}{\mathrm{d}\theta^2} + h_{n0}^{22} P_n(\cos\theta) \right] \tag{2.5.125}$$

$$\hat{e}_{\theta\theta}^{33}(a,\theta) = \sum_{n=0}^{\infty} \left[ l_{n0}^{33} \frac{\mathrm{d}^2 P_n(\cos\theta)}{\mathrm{d}\theta^2} + h_{n0}^{33} P_n(\cos\theta) \right] \tag{2.5.126}$$

$$\hat{e}_{\varphi\varphi}^{12}(a,\theta) = 2\sum_{n=2}^{\infty} \left\{ \frac{l_{n2}^{12}}{\sin\theta} \left( \frac{4P_n^2(\cos\theta)}{\sin\theta} - \cos\theta\frac{\mathrm{d}P_n^2(\cos\theta)}{\mathrm{d}\theta} \right) - h_{n2}^{12} P_n^2(\cos\theta) \right.$$
$$\left. + \frac{2l_{n2}^{t,12}}{\sin\theta} \left[ \frac{\mathrm{d}P_n^2(\cos\theta)}{\mathrm{d}\theta} - \cot\theta P_n^2(\cos\theta) \right] \right\} \tag{2.5.127}$$

$$\hat{e}_{\varphi\varphi}^{32}(a,\theta) = 2\sum_{n=1}^{\infty} \left\{ \frac{l_{n1}^{32}}{\sin\theta} \left( \frac{P_n^1(\cos\theta)}{\sin\theta} - \cos\theta\frac{\mathrm{d}P_n^1(\cos\theta)}{\mathrm{d}\theta} \right) - h_{n1}^{32} P_n^1(\cos\theta) \right.$$
$$\left. + \frac{l_{n1}^{t,32}}{\sin\theta} \left[ \frac{\mathrm{d}P_n^1(\cos\theta)}{\mathrm{d}\theta} - \cot\theta P_n^1(\cos\theta) \right] \right\} \tag{2.5.128}$$

$$\hat{e}_{\varphi\varphi}^{22,0}(a,\theta) = \sum_{n=0}^{\infty} \left[ \cot\theta l_{n0}^{22} \frac{\mathrm{d}P_n(\cos\theta)}{\mathrm{d}\theta} + h_{n0}^{22} P_n(\cos\theta) \right] \tag{2.5.129}$$

$$\hat{e}_{\varphi\varphi}^{33}(a,\theta) = \sum_{n=0}^{\infty} \left[ \cot\theta l_{n0}^{33} \frac{\mathrm{d}P_n(\cos\theta)}{\mathrm{d}\theta} + h_{n0}^{33} P_n(\cos\theta) \right] \tag{2.5.130}$$

$$\hat{e}_{\theta\varphi}^{12}(a,\theta) = 2\sum_{n=2}^{\infty} \left\{ \frac{4l_{n2}^{12}}{\sin\theta} \left[ -\frac{\mathrm{d}P_n^2(\cos\theta)}{\mathrm{d}\theta} + \cot\theta P_n^2(\cos\theta) \right] \right.$$
$$\left. + l_{n2}^{t,12} \left[ \cot\theta\frac{\mathrm{d}P_n^2(\cos\theta)}{\mathrm{d}\theta} - \frac{4P_n^2(\cos\theta)}{\sin^2\theta} - \frac{\mathrm{d}^2 P_n^2(\cos\theta)}{\mathrm{d}\theta^2} \right] \right\} \tag{2.5.131}$$

$$\hat{e}_{\theta\varphi}^{32}(a,\theta) = 2 \sum_{n=1}^{\infty} \left\{ \frac{2l_{n1}^{32}}{\sin\theta} \left( -\frac{\mathrm{d}P_n^1(\cos\theta)}{\mathrm{d}\theta} + \cot\theta P_n^1(\cos\theta) \right) \right.$$
$$\left. + l_{n1}^{\mathrm{t},32} \left( \cot\theta \frac{\mathrm{d}P_n^1(\cos\theta)}{\mathrm{d}\theta} - \frac{P_n^1(\cos\theta)}{\sin^2\theta} - \frac{\mathrm{d}^2 P_n^1(\cos\theta)}{\mathrm{d}\theta^2} \right) \right\} \quad (2.5.132)$$

所以, 各应变分量的计算公式为

$$e_{rr}^{12}(a,\theta,\varphi) = \sin 2\varphi \hat{e}_{rr}^{12}(a,\theta) \quad (2.5.133)$$

$$e_{rr}^{32}(a,\theta,\varphi) = \sin\varphi \hat{e}_{rr}^{32}(a,\theta) \quad (2.5.134)$$

$$e_{rr}^{22,0}(a,\theta,\varphi) = \hat{e}_{rr}^{22,0}(a,\theta) \quad (2.5.135)$$

$$e_{rr}^{33}(a,\theta,\varphi) = \hat{e}_{rr}^{33}(a,\theta) \quad (2.5.136)$$

$$e_{\theta\theta}^{12}(a,\theta,\varphi) = \sin 2\varphi \hat{e}_{\theta\theta}^{12}(a,\theta) \quad (2.5.137)$$

$$e_{\theta\theta}^{32}(a,\theta,\varphi) = \sin\varphi \hat{e}_{\theta\theta}^{32}(a,\theta) \quad (2.5.138)$$

$$e_{\theta\theta}^{22,0}(a,\theta,\varphi) = \hat{e}_{\theta\theta}^{22,0}(a,\theta) \quad (2.5.139)$$

$$e_{\theta\theta}^{33}(a,\theta,\varphi) = \hat{e}_{\theta\theta}^{33}(a,\theta) \quad (2.5.140)$$

$$e_{\varphi\varphi}^{12}(a,\theta,\varphi) = \sin 2\varphi \hat{e}_{\varphi\varphi}^{12}(a,\theta) \quad (2.5.141)$$

$$e_{\varphi\varphi}^{32}(a,\theta,\varphi) = \sin\varphi \hat{e}_{\varphi\varphi}^{32}(a,\theta) \quad (2.5.142)$$

$$e_{\varphi\varphi}^{22,0}(a,\theta,\varphi) = \hat{e}_{\varphi\varphi}^{22,0}(a,\theta) \quad (2.5.143)$$

$$e_{\varphi\varphi}^{33}(a,\theta,\varphi) = \hat{e}_{\varphi\varphi}^{33}(a,\theta) \quad (2.5.144)$$

$$e_{\theta\varphi}^{12}(a,\theta,\varphi) = \cos 2\varphi \hat{e}_{\theta\varphi}^{12}(a,\theta) \quad (2.5.145)$$

$$e_{\theta\varphi}^{32}(a,\theta,\varphi) = \cos\varphi \hat{e}_{\theta\varphi}^{32}(a,\theta) \quad (2.5.146)$$

$$e_{\theta\varphi}^{22,0}(a,\theta,\varphi) = \hat{e}_{\theta\varphi}^{22,0}(a,\theta) = 0 \quad (2.5.147)$$

$$e_{\theta\varphi}^{33}(a,\theta,\varphi) = \hat{e}_{\theta\varphi}^{33}(a,\theta) = 0 \quad (2.5.148)$$

同样, $e_{kl}^{22}(a,\theta,\varphi)$ 是特殊情况, 包含 $m=0$ 和 $m=2$ 的解. $m=2$ 的解可以从 $e_{kl}^{12}(a,\theta,\varphi)$ 得到, 因为源函数存在下面关系:

$$\forall j = 1, \cdots, 6 \quad \mathrm{s.t.} \quad s_{j,\pm2}^{n,22} = \mp i s_{j,\pm2}^{n,12}$$
$$\forall j = 1, 2 \quad \mathrm{s.t.} \quad s_{j,\pm2}^{\mathrm{t},n,22} = \mp i s_{j,\pm2}^{\mathrm{t},n,12} \quad (2.5.149)$$

即

$$e_{rr}^{22,2}(a,\theta,\varphi) = \hat{e}_{rr}^{12}(a,\theta) \cos 2\varphi \quad (2.5.150)$$

$$e_{\theta\theta}^{22,2}(a,\theta,\varphi) = \hat{e}_{\theta\theta}^{12}(a,\theta) \cos 2\varphi \quad (2.5.151)$$

$$e_{\varphi\varphi}^{22,2}(a,\theta,\varphi) = \hat{e}_{\varphi\varphi}^{12}(a,\theta) \cos 2\varphi \quad (2.5.152)$$

$$e_{\theta\varphi}^{22,2}(a,\theta,\varphi) = -\hat{e}_{\theta\varphi}^{12}(a,\theta)\sin 2\varphi \tag{2.5.153}$$

所以, 最后的解 $e_{kl}^{22}(a,\theta,\varphi)$ 可以写为

$$e_{rr}^{22}(a,\theta,\varphi) = e_{rr}^{22,0}(a,\theta,\varphi) + \hat{e}_{rr}^{12}(a,\theta)\cos 2\varphi \tag{2.5.154}$$

$$e_{\theta\theta}^{22}(a,\theta,\varphi) = e_{\theta\theta}^{22,0}(a,\theta,\varphi) + \hat{e}_{\theta\theta}^{12}(a,\theta)\cos 2\varphi \tag{2.5.155}$$

$$e_{\varphi\varphi}^{22}(a,\theta,\varphi) = e_{\varphi\varphi}^{22,0}(a,\theta,\varphi) + \hat{e}_{\varphi\varphi}^{12}(a,\theta)\cos 2\varphi \tag{2.5.156}$$

$$e_{\theta\varphi}^{22}(a,\theta,\varphi) = -\hat{e}_{\theta\varphi}^{12}(a,\theta)\sin 2\varphi \tag{2.5.157}$$

## 2.6　四个独立解的格林函数一般表达式

至此, 我们讨论了各种物理量的同震变形, 包括位移、引力位 (大地水准面)、重力和应变等, 并相应地给出了四个独立解的格林函数和同震变形计算公式. 仔细观察可知, 这些格林函数具有很强的相似性. 所以我们可以把它们归纳成统一的形式, 一方面便于理解, 另一方面也便于应用. 和上面讨论的一样, 四个独立解分别为: ① 垂直断层水平走滑破裂 (上标 $ij = 12$); ② 垂直断层倾滑破裂 (上标 $ij = 32$); ③ 垂直断层水平引张破裂 (上标 $ij = 22$); ④ 水平断层上下引张破裂 (上标 $ij = 33$). 由于这四个独立解的相关性或者一致性, 很多分量的形式是一样的. 例如, 第一个独立解的所有物理分量都是格林函数乘上一个 $\sin 2\varphi$ $(\cos 2\varphi)$ 因子. 为了简单, 令 $\hat{\varPhi}^{12}(a,\theta)$ $(\hat{\varPsi}^{12}(a,\theta))$ 代表格林函数, 同时令 $\varPhi^{12}(a,\theta,\varphi)$ $(\varPsi^{12}(a,\theta,\varphi))$ 代表相应的变形. 那么, 前几节中得到的同震变形可以简单地概括为

$$\varPhi^{12}(a,\theta,\varphi) = \sin 2\varphi\,\hat{\varPhi}^{12}(a,\theta) \tag{2.6.1}$$

$$\varPsi^{12}(a,\theta,\varphi) = \cos 2\varphi\,\hat{\varPsi}^{12}(a,\theta) \tag{2.6.2}$$

$$\varPhi^{32}(a,\theta,\varphi) = \sin\varphi\,\hat{\varPhi}^{32}(a,\theta) \tag{2.6.3}$$

$$\varPsi^{32}(a,\theta,\varphi) = \cos\varphi\,\hat{\varPsi}^{32}(a,\theta) \tag{2.6.4}$$

$$\varPhi^{22,0}(a,\theta,\varphi) = \hat{\varPhi}^{22,0}(a,\theta) \tag{2.6.5}$$

$$\varPhi^{33}(a,\theta,\varphi) = \hat{\varPhi}^{33}(a,\theta) \tag{2.6.6}$$

式中, 公式左侧的各个变量所代表的物理含义为

$$\varPhi^{12} = \left\{ u_r^{12}, u_\theta^{12}, \psi^{12}, \delta g^{12}, e_{rr}^{12}, e_{\theta\theta}^{12}, e_{\varphi\varphi}^{12} \right\} \tag{2.6.7}$$

$$\varPhi^{32} = \left\{ u_r^{32}, u_\theta^{32}, \psi^{32}, \delta g^{32}, e_{rr}^{32}, e_{\theta\theta}^{32}, e_{\varphi\varphi}^{32} \right\} \tag{2.6.8}$$

$$\varPhi^{22,0} = \left\{ u_r^{22,0}, u_\theta^{22,0}, u_\varphi^{22,0}, \psi^{22,0}, \delta g^{22,0}, e_{rr}^{22,0}, e_{\theta\theta}^{22,0}, e_{\varphi\varphi}^{22,0}, e_{\theta\varphi}^{22,0} \right\} \tag{2.6.9}$$

$$\varPhi^{33} = \left\{ u_r^{33}, u_\theta^{33}, u_\varphi^{33}, \psi^{33}, \delta g^{33}, e_{rr}^{33}, e_{\theta\theta}^{33}, e_{\varphi\varphi}^{33}, e_{\theta\varphi}^{33} \right\} \tag{2.6.10}$$

$$\varPsi^{12} = \left\{ u_\varphi^{12}, e_{\theta\varphi}^{12} \right\} \tag{2.6.11}$$

$$\Psi^{32} = \left\{ u_\varphi^{32}, e_{\theta\varphi}^{32} \right\} \tag{2.6.12}$$

而右侧各变量代表如下格林函数：

$$\hat{\Phi}^{12} = \left\{ \hat{u}_r^{12}, \hat{u}_\theta^{12}, \hat{\psi}^{12}, \delta\hat{g}^{12}, \hat{e}_{rr}^{12}, \hat{e}_{\theta\theta}^{12}, \hat{e}_{\varphi\varphi}^{12} \right\} \tag{2.6.13}$$

$$\hat{\Phi}^{32} = \left\{ \hat{u}_r^{32}, \hat{u}_\theta^{32}, \hat{\psi}^{32}, \delta\hat{g}^{32}, \hat{e}_{rr}^{32}, \hat{e}_{\theta\theta}^{32}, \hat{e}_{\varphi\varphi}^{32} \right\} \tag{2.6.14}$$

$$\hat{\Phi}^{22,0} = \left\{ \hat{u}_r^{22,0}, \hat{u}_\theta^{22,0}, \hat{u}_\varphi^{22,0}, \hat{\psi}^{22,0}, \delta\hat{g}^{22,0}, \hat{e}_{rr}^{22,0}, \hat{e}_{\theta\theta}^{22,0}, \hat{e}_{\varphi\varphi}^{22,0}, \hat{e}_{\theta\varphi}^{22,0} \right\} \tag{2.6.15}$$

$$\hat{\Phi}^{33} = \left\{ \hat{u}_r^{33}, \hat{u}_\theta^{33}, \hat{u}_\varphi^{33}, \hat{\psi}^{33}, \delta\hat{g}^{33}, \hat{e}_{rr}^{33}, \hat{e}_{\theta\theta}^{33}, \hat{e}_{\varphi\varphi}^{33}, \hat{e}_{\theta\varphi}^{33} \right\} \tag{2.6.16}$$

$$\hat{\Psi}^{12} = \left\{ \hat{u}_\varphi^{12}, \hat{e}_{\theta\varphi}^{12} \right\} \tag{2.6.17}$$

$$\hat{\Psi}^{32} = \left\{ \hat{u}_\varphi^{32}, \hat{e}_{\theta\varphi}^{32} \right\} \tag{2.6.18}$$

这些格林函数包含了球型变形和环型变形. 它们的具体表达式已经在上面各节中给出.

对于第三个解，即垂直断层水平引张破裂 (上标 $ij = 22$)，如上所述，由于源函数 $s_{j,m}^{n,22}$ 和 $s_{j,m}^{\mathrm{t},n,22}$ 的相关性，是比较特殊的. 因为 $m = 2$ 的解可以表示为

$$\Phi^{22,2}(a, \theta, \varphi) = \cos 2\varphi\, \hat{\Phi}^{12}(a, \theta) \tag{2.6.19}$$

$$\Psi^{22,2}(a, \theta, \varphi) = -\sin 2\varphi\, \hat{\Psi}^{12}(a, \theta) \tag{2.6.20}$$

式中，

$$\Phi^{22,2} = \left\{ u_r^{22,2}, u_\theta^{22,2}, \psi^{22,2}, \delta g^{22,2}, e_{rr}^{22,2}, e_{\theta\theta}^{22,2}, e_{\varphi\varphi}^{22,2} \right\} \tag{2.6.21}$$

$$\Psi^{22,2} = \left\{ u_\varphi^{22,2}, e_{\theta\varphi}^{22,2} \right\} \tag{2.6.22}$$

$$\hat{\Phi}^{12} = \left\{ \hat{u}_r^{12}, \hat{u}_\theta^{12}, \hat{\psi}^{12}, \delta\hat{g}^{12}, \hat{e}_{rr}^{12}, \hat{e}_{\theta\theta}^{12}, \hat{e}_{\varphi\varphi}^{12} \right\} \tag{2.6.23}$$

$$\hat{\Psi}^{12} = \left\{ \hat{u}_\varphi^{12}, \hat{e}_{\theta\varphi}^{12} \right\} \tag{2.6.24}$$

一般地，这个解可以表示如下：

$$\Lambda^{22}(a, \theta, \varphi) = \Lambda^{22,0}(a, \theta, \varphi) + \Lambda^{22,2}(a, \theta, \varphi) \tag{2.6.25}$$

至此，我们得到了所有格林函数和同震变形的计算公式，以及它们的一般表达式. 但是具体计算格林函数时存在很多数学上的困难，如收敛等. 这些都将在后面的章节中讨论.

## 2.7 北极任意断层的同震变形

上述位错模型的同震变形是基于极轴上四个独立震源函数进行讨论的，各个独立解也仅对四个特殊的震源有效，在这节里我们讨论如何通过四个独立解的线性组合来表示北极上任意断层模型所产生的同震变形.

## 2.7.1 剪切位错

在 2.3 节里根据位错矢量 $\boldsymbol{\nu}$ 和法矢量 $\boldsymbol{n}$ 的关系和定义

$$\boldsymbol{\nu} = \boldsymbol{e}_1 \cos\lambda + \boldsymbol{e}_2 \cos\delta\sin\lambda + \boldsymbol{e}_3 \sin\delta\sin\lambda \tag{2.7.1}$$

$$\boldsymbol{n} = -\boldsymbol{e}_2 \sin\delta + \boldsymbol{e}_3 \cos\delta \tag{2.7.2}$$

已经推导出了剪切震源 $(\boldsymbol{\nu n})$ 的一般解 $\boldsymbol{Y}^{(\mathrm{s})}$, 即四个独立解的组合式 (为了方便起见, 这里再次列出)

$$\begin{aligned}
\boldsymbol{Y}^{(\mathrm{s})} = {} & \cos\lambda \left[ \boldsymbol{Y}^{12}\sin\delta - \boldsymbol{Y}^{32*}\cos\delta \right] \\
& + \sin\lambda \left[ \frac{1}{2}\left(\boldsymbol{Y}^{33} - \boldsymbol{Y}^{22}\right)\sin 2\delta - \boldsymbol{Y}^{32}\cos 2\delta \right]
\end{aligned} \tag{2.7.3}$$

上式中的符号是因为四个独立解的定义 (分别为 $(\nu_1 = 1;\ n_2 = -1)$, $(\nu_3 = 1;\ n_2 = -1)$, $(\nu_2 = n_2 = 1)$ 和 $(\nu_3 = n_3 = 1)$) 的不同而决定的. 特别是前两个独立解因定义而代入了一个负号. 如果考虑具体物理变量, 我们有如下的计算表达式 (分别为位移矢量、引力位变化、空间固定点重力变化、变形地表面重力变化和应变张量):

$$\begin{aligned}
\boldsymbol{u}^{\mathrm{s}}(a,\theta,\varphi) = {} & \sum_{i=1}^{3}\sum_{j=1}^{3} u_{r,\theta,\varphi}^{ij}(a,\theta,\varphi)\nu_i n_j \frac{U\mathrm{d}S}{a^2} \\
= {} & \left\{ \cos\lambda \left[ u_{r,\theta,\varphi}^{12}(a,\theta,\varphi)\sin\delta - u_{r,\theta,\varphi}^{13}(a,\theta,\varphi)\cos\delta \right] \right. \\
& + \sin\lambda \left[ \frac{1}{2}\left( u_{r,\theta,\varphi}^{33}(a,\theta,\varphi) - u_{r,\theta,\varphi}^{22}(a,\theta,\varphi) \right)\sin 2\delta \right. \\
& \left. \left. - u_{r,\theta,\varphi}^{32}(a,\theta,\varphi)\cos 2\delta \right] \right\} \frac{U\mathrm{d}S}{a^2}
\end{aligned} \tag{2.7.4}$$

$$\begin{aligned}
\psi^{\mathrm{s}}(a,\theta,\varphi) = {} & \sum_{i=1}^{3}\sum_{j=1}^{3} \psi^{ij}(a,\theta,\varphi)\nu_i n_j \frac{g_0 U\mathrm{d}S}{a^2} \\
= {} & \left\{ \cos\lambda \left[ \psi^{12}(a,\theta,\varphi)\sin\delta - \psi^{13}(a,\theta,\varphi)\cos\delta \right] \right. \\
& + \sin\lambda \left[ \frac{1}{2}\left( \psi^{33}(a,\theta,\varphi) - \psi^{22}(a,\theta,\varphi) \right)\sin 2\delta \right. \\
& \left. \left. - \psi^{32}(a,\theta,\varphi)\cos 2\delta \right] \right\} \frac{g_0 U\mathrm{d}S}{a^2}
\end{aligned} \tag{2.7.5}$$

$$\begin{aligned}
\Delta g^{\mathrm{s}}(a,\theta,\varphi) = {} & \sum_{i=1}^{3}\sum_{j=1}^{3} \Delta g^{ij}(a,\theta,\varphi)\nu_i n_j \frac{g_0 U\mathrm{d}S}{a^3} \\
= {} & \left\{ \cos\lambda \left[ \Delta g^{12}(a,\theta,\varphi)\sin\delta - \Delta g^{13}(a,\theta,\varphi)\cos\delta \right] \right. \\
& + \sin\lambda \left[ \frac{1}{2}\left( \Delta g^{33}(a,\theta,\varphi) - \Delta g^{22}(a,\theta,\varphi) \right)\sin 2\delta \right. \\
& \left. \left. - \Delta g^{32}(a,\theta,\varphi)\cos 2\delta \right] \right\} \frac{g_0 U\mathrm{d}S}{a^3}
\end{aligned} \tag{2.7.6}$$

$$\delta g^{\mathrm{s}}(a,\theta,\varphi) = \sum_{i=1}^{3}\sum_{j=1}^{3}\delta g^{ij}(a,\theta,\varphi)\nu_i n_j \frac{g_0 U \mathrm{d}S}{a^3}$$

$$=\left\{\cos\lambda\left[\delta g^{12}(a,\theta,\varphi)\sin\delta - \delta g^{13}(a,\theta,\varphi)\cos\delta\right]\right.$$

$$+\sin\lambda\left[\frac{1}{2}\left(\delta g^{33}(a,\theta,\varphi) - \delta g^{22}(a,\theta,\varphi)\right)\sin 2\delta\right.$$

$$\left.\left.-\delta g^{32}(a,\theta,\varphi)\cos 2\delta\right]\right\}\frac{g_0 U \mathrm{d}S}{a^3} \tag{2.7.7}$$

$$\boldsymbol{e}^{\mathrm{s}}(a,\theta,\varphi) = \sum_{i=1}^{3}\sum_{j=1}^{3}e_{kl}^{ij}(a,\theta,\varphi)\nu_i n_j \frac{U \mathrm{d}S}{a^3}$$

$$=\left\{\cos\lambda\left[e_{kl}^{12}(a,\theta,\varphi)\sin\delta - e_{kl}^{13}(a,\theta,\varphi)\cos\delta\right]\right.$$

$$+\sin\lambda\left[\frac{1}{2}\left(e_{kl}^{33}(a,\theta,\varphi) - e_{kl}^{22}(a,\theta,\varphi)\right)\sin 2\delta\right.$$

$$\left.\left.-e_{kl}^{32}(a,\theta,\varphi)\cos 2\delta\right]\right\}\frac{U \mathrm{d}S}{a^3} \tag{2.7.8}$$

另外, 式 (2.7.4)∼ 式 (2.7.8) 中所有上标为 "13" 的分量都满足如下关系式:

$$\Theta^{13}(a,\theta,\varphi) = \Theta^{32*}(a,\theta,\varphi) = \Theta^{32}\left(a,\theta,\varphi + \frac{\pi}{2}\right) \tag{2.7.9}$$

### 2.7.2　引张位错

如果位错滑动矢量 $\boldsymbol{\nu}$ 与断层面相垂直 (但是与法矢量 $\boldsymbol{n}$ 平行), 便是引张位错问题. 此时有

$$\boldsymbol{\nu} = \boldsymbol{n} = -\boldsymbol{e}_2\sin\delta + \boldsymbol{e}_3\cos\delta \tag{2.7.10}$$

根据 2.3 节的讨论和独立解的定义, 引张破裂震源的一般解 $\boldsymbol{Y}^{(\mathrm{t})}$ 可以表示为

$$\boldsymbol{Y}^{(\mathrm{t})} = \boldsymbol{Y}^{33} - \left(\boldsymbol{Y}^{33} - \boldsymbol{Y}^{22}\right)\sin^2\delta + \boldsymbol{Y}^{32}\sin 2\delta$$

$$= \boldsymbol{Y}^{33}\cos^2\delta + \boldsymbol{Y}^{22}\sin^2\delta + \boldsymbol{Y}^{32}\sin 2\delta \tag{2.7.11}$$

式中负号是由三个独立解的选取而产生的, 即 $(\nu_3 = 1;\ n_2 = -1)$, $(\nu_2 = n_2 = 1)$ 和 $(\nu_3 = n_3 = 1)$. 把 2.7.1 得到的计算表达式代入式 (2.7.11), 可得位移矢量、引力位变化、空间固定点重力变化、变形地表面重力变化和应变张量的最后计算公式为

$$\boldsymbol{u}^{\mathrm{t}}(a,\theta,\varphi) = \sum_{i=1}^{3}\sum_{j=1}^{3}u_{r,\theta,\varphi}^{ij}(a,\theta,\varphi)\nu_i n_j \frac{U \mathrm{d}S}{a^2}$$

$$= \left(u_{r,\theta,\varphi}^{33}(a,\theta,\varphi)\cos^2\delta + u_{r,\theta,\varphi}^{22}(a,\theta,\varphi)\sin^2\delta\right.$$

$$\left.+u_{r,\theta,\varphi}^{32}(a,\theta,\varphi)\sin 2\delta\right)\frac{U \mathrm{d}S}{a^2} \tag{2.7.12}$$

$$\psi^{\mathrm{t}}(a,\theta,\varphi) = \sum_{i=1}^{3}\sum_{j=1}^{3}\psi^{ij}(a,\theta,\varphi)\nu_i n_j \frac{g_0 U\mathrm{d}S}{a^2}$$

$$= \left(\psi^{33}(a,\theta,\varphi)\cos^2\delta + \psi^{22}(a,\theta,\varphi)\sin^2\delta\right.$$

$$\left. + \psi^{32}(a,\theta,\varphi)\sin 2\delta\right)\frac{g_0 U\mathrm{d}S}{a^2} \tag{2.7.13}$$

$$\Delta g^{\mathrm{t}}(a,\theta,\varphi) = \sum_{i=1}^{3}\sum_{j=1}^{3}\Delta g^{ij}(a,\theta,\varphi)\nu_i n_j \frac{g_0 U\mathrm{d}S}{a^3}$$

$$= \left(\Delta g^{33}(a,\theta,\varphi)\cos^2\delta + \Delta g^{22}(a,\theta,\varphi)\sin^2\delta\right.$$

$$\left. + \Delta g^{32}(a,\theta,\varphi)\sin 2\delta\right)\frac{g_0 U\mathrm{d}S}{a^3} \tag{2.7.14}$$

$$\delta g^{\mathrm{t}}(a,\theta,\varphi) = \sum_{i=1}^{3}\sum_{j=1}^{3}\delta g^{ij}(a,\theta,\varphi)\nu_i n_j \frac{g_0 U\mathrm{d}S}{a^3}$$

$$= \left(\delta g^{33}(a,\theta,\varphi)\cos^2\delta + \delta g^{22}(a,\theta,\varphi)\sin^2\delta\right.$$

$$\left. + \delta g^{32}(a,\theta,\varphi)\sin 2\delta\right)\frac{g_0 U\mathrm{d}S}{a^3} \tag{2.7.15}$$

$$\boldsymbol{e}^{\mathrm{t}}(a,\theta,\varphi) = \sum_{i=1}^{3}\sum_{j=1}^{3}e_{kl}^{ij}(a,\theta,\varphi)\nu_i n_j \frac{U\mathrm{d}S}{a^3}$$

$$= \left(e_{kl}^{33}(a,\theta,\varphi)\cos^2\delta + e_{kl}^{22}(a,\theta,\varphi)\sin^2\delta\right.$$

$$\left. + e_{kl}^{32}(a,\theta,\varphi)\sin 2\delta\right)\frac{U\mathrm{d}S}{a^3} \tag{2.7.16}$$

### 2.7.3　膨胀源位错

膨胀源位错的并矢可以表示为

$$\boldsymbol{\nu}\boldsymbol{n} = \boldsymbol{e}_{r_\mathrm{s}}\boldsymbol{e}_{r_\mathrm{s}} + \boldsymbol{e}_{\theta_0}\boldsymbol{e}_{\theta_0} + \boldsymbol{e}_{\varphi_0}\boldsymbol{e}_{\varphi_0} \tag{2.7.17}$$

同样, 膨胀源的一般解 $\boldsymbol{Y}^{(\mathrm{e})}$ 可以简单地表示为

$$\boldsymbol{Y}^{(\mathrm{e})} = \boldsymbol{Y}^{33} + \boldsymbol{Y}^{22} + \boldsymbol{Y}^{11} = \boldsymbol{Y}^{33} + 2\boldsymbol{Y}^{22} \tag{2.7.18}$$

那么, 位移矢量、引力位变化、空间固定点重力变化、变形地表面重力变化和应变张量的最后计算公式为

$$\boldsymbol{u}^{\mathrm{e}}(a,\theta,\varphi) = \sum_{i=1}^{3}\sum_{j=1}^{3}u_{r,\theta,\varphi}^{ij}(a,\theta,\varphi)\nu_i n_j \frac{U\mathrm{d}S}{a^2}$$

$$= \left(u_{r,\theta,\varphi}^{33}(a,\theta,\varphi) + 2u_{r,\theta,\varphi}^{22}(a,\theta,\varphi)\right)\frac{U\mathrm{d}S}{a^2} \tag{2.7.19}$$

$$\psi^{\mathrm{e}}(a,\theta,\varphi) = \sum_{i=1}^{3}\sum_{j=1}^{3}\psi^{ij}(a,\theta,\varphi)\nu_i n_j \frac{g_0 U\mathrm{d}S}{a^2}$$

$$= \left(\psi^{33}(a,\theta,\varphi) + 2\psi^{22}(a,\theta,\varphi)\right)\frac{g_0 U\mathrm{d}S}{a^2} \tag{2.7.20}$$

$$\Delta g^{e}(a,\theta,\varphi) = \sum_{i=1}^{3}\sum_{j=1}^{3}\Delta g^{ij}(a,\theta,\varphi)\nu_i n_j \frac{g_0 U \mathrm{d}S}{a^3}$$

$$= \left(\Delta g^{33}(a,\theta,\varphi) + 2\Delta g^{22}(a,\theta,\varphi)\right)\frac{g_0 U \mathrm{d}S}{a^3} \qquad (2.7.21)$$

$$\delta g^{e}(a,\theta,\varphi) = \sum_{i=1}^{3}\sum_{j=1}^{3}\delta g^{ij}(a,\theta,\varphi)\nu_i n_j \frac{g_0 U \mathrm{d}S}{a^3}$$

$$= \left(\delta g^{33}(a,\theta,\varphi) + 2\delta g^{22}(a,\theta,\varphi)\right)\frac{g_0 U \mathrm{d}S}{a^3} \qquad (2.7.22)$$

$$\boldsymbol{e}^{e}(a,\theta,\varphi) = \sum_{i=1}^{3}\sum_{j=1}^{3}e_{kl}^{ij}(a,\theta,\varphi)\nu_i n_j \frac{U \mathrm{d}S}{a^3}$$

$$= \left(e_{kl}^{33}(a,\theta,\varphi) + 2e_{kl}^{22}(a,\theta,\varphi)\right)\frac{U \mathrm{d}S}{a^3} \qquad (2.7.23)$$

## 2.8　任意断层在地表面任意点产生的同震变形

到目前为止, 都是对在北极轴上典型断层或者任意断层的情况进行讨论的. 而实际上, 地震可能发生在地球的任意位置. 本节我们来讨论并给出在地球任意位置发生任意断层破裂时的同震变形计算公式. 我们不需要重新推导公式, 只要把 2.7 节中得到的公式在地表面进行几何旋转变换即可. 图 2.8.1 给出了任意位错点 $D(\theta_1,\varphi_1)$ 与观测点 $P(\theta_2,\varphi_2)$ 的几何关系示意图. 因为是任意情况, 有的坐标表示符号需要作一些调整. 图 2.8.1 中断层面的实线表示段层面的上边缘; $\phi$ 代表位错点 $D(\theta_1,\varphi_1)$ 与观测点 $P(\theta_2,\varphi_2)$ 之间的球面距离; $z_1$ 是断层线由北极起算的方位角 (strike azimuth); $z_2$ 则表示观测点 $P(\theta_2,\varphi_2)$ 相对于震源 $D(\theta_1,\varphi_1)$ 的方位角 (由北极顺时针方向起算), 那么, 定义计算点相对于断层线的方位角 $z$ 为

$$z = z_1 - z_2 \qquad (2.8.1)$$

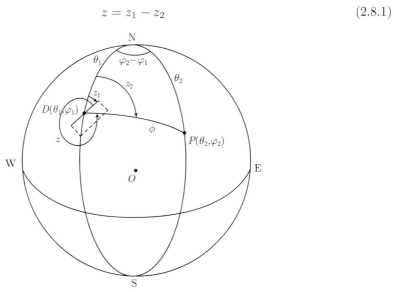

图 2.8.1　地球表面上任意位错点 $D(\theta_1,\varphi_1)$ 与观测点 $P(\theta_2,\varphi_2)$ 的几何关系

于是, $\phi$ 和 $z_2$ 可由下面的球面三角关系式求得:

$$\cos\phi = \cos\theta_1 \cos\theta_2 + \sin\theta_1 \sin\theta_2 \cos(\varphi_2 - \varphi_1) \tag{2.8.2}$$

$$\sin z_2 = \frac{1}{\sin\phi} \sin\theta_2 \sin(\varphi_2 - \varphi_1) \tag{2.8.3}$$

我们只要在 2.7 节公式中把坐标调换一下, 就可以得到各个物理变量的计算表达式 (分别为位移矢量、引力位变化、空间固定点重力变化、变形地表面重力变化和应变张量) 为

剪切位错:

$$\begin{aligned}
\boldsymbol{u}^{\mathrm{s}}(a,\phi,z) = \Bigg\{ &\cos\lambda \left[ u_{r,\theta,\phi}^{12}(a,\phi,z) \sin\delta - u_{r,\theta,\phi}^{13}(a,\phi,z) \cos\delta \right] \\
&+ \sin\lambda \bigg[ \frac{1}{2} \left( u_{r,\theta,\phi}^{33}(a,\phi,z) - u_{r,\theta,\phi}^{22}(a,\phi,z) \right) \sin 2\delta \\
&- u_{r,\theta,\phi}^{32}(a,\phi,z) \cos 2\delta \bigg] \Bigg\} \frac{U \mathrm{d}S}{a^2}
\end{aligned} \tag{2.8.4}$$

$$\begin{aligned}
\psi^{\mathrm{s}}(a,\phi,z) = \Bigg\{ &\cos\lambda \left[ \psi^{12}(a,\phi,z) \sin\delta - \psi^{13}(a,\phi,z) \cos\delta \right] \\
&+ \sin\lambda \bigg[ \frac{1}{2} \left( \psi^{33}(a,\phi,z) - \psi^{22}(a,\phi,z) \right) \sin 2\delta \\
&- \psi^{32}(a,\phi,z) \cos 2\delta \bigg] \Bigg\} \frac{g_0 U \mathrm{d}S}{a^2}
\end{aligned} \tag{2.8.5}$$

$$\begin{aligned}
\Delta g^{\mathrm{s}}(a,\phi,z) = \Bigg\{ &\cos\lambda \left[ \Delta g^{12}(a,\phi,z) \sin\delta - \Delta g^{13}(a,\phi,z) \cos\delta \right] \\
&+ \sin\lambda \bigg[ \frac{1}{2} \left( \Delta g^{33}(a,\phi,z) - \Delta g^{22}(a,\phi,z) \right) \sin 2\delta \\
&- \Delta g^{32}(a,\phi,z) \cos 2\delta \bigg] \Bigg\} \frac{g_0 U \mathrm{d}S}{a^3}
\end{aligned} \tag{2.8.6}$$

$$\begin{aligned}
\delta g^{\mathrm{s}}(a,\phi,z) = \Bigg\{ &\cos\lambda \left[ \delta g^{12}(a,\phi,z) \sin\delta - \delta g^{13}(a,\phi,z) \cos\delta \right] \\
&+ \sin\lambda \bigg[ \frac{1}{2} \left( \delta g^{33}(a,\phi,z) - \delta g^{22}(a,\phi,z) \right) \sin 2\delta \\
&- \delta g^{32}(a,\phi,z) \cos 2\delta \bigg] \Bigg\} \frac{g_0 U \mathrm{d}S}{a^3}
\end{aligned} \tag{2.8.7}$$

$$\begin{aligned}
\boldsymbol{e}^{\mathrm{s}}(a,\phi,z) = \Bigg\{ &\cos\lambda \left[ e_{kl}^{12}(a,\phi,z) \sin\delta - e_{kl}^{13}(a,\phi,z) \cos\delta \right] \\
&+ \sin\lambda \bigg[ \frac{1}{2} \left( e_{kl}^{33}(a,\phi,z) - e_{kl}^{22}(a,\phi,z) \right) \sin 2\delta \\
&- e_{kl}^{32}(a,\phi,z) \cos 2\delta \bigg] \Bigg\} \frac{U \mathrm{d}S}{a^3}
\end{aligned} \tag{2.8.8}$$

引张位错:

$$\boldsymbol{u}^{\mathrm{t}}(a,\phi,z) = \big(u^{33}_{r,\theta,\phi}(a,\phi,z)\cos^2\delta + u^{22}_{r,\theta,\phi}(a,\phi,z)\sin^2\delta$$
$$+ u^{32}_{r,\theta,\phi}(a,\phi,z)\sin 2\delta\big)\frac{U\mathrm{d}S}{a^2} \tag{2.8.9}$$

$$\psi^{\mathrm{t}}(a,\phi,z) = \big(\psi^{33}(a,\phi,z)\cos^2\delta + \psi^{22}(a,\phi,z)\sin^2\delta$$
$$+ \psi^{32}(a,\phi,z)\sin 2\delta\big)\frac{g_0 U\mathrm{d}S}{a^2} \tag{2.8.10}$$

$$\Delta g^{\mathrm{t}}(a,\phi,z) = \big(\Delta g^{33}(a,\phi,z)\cos^2\delta + \Delta g^{22}(a,\phi,z)\sin^2\delta$$
$$+ \Delta g^{32}(a,\phi,z)\sin 2\delta\big)\frac{g_0 U\mathrm{d}S}{a^3} \tag{2.8.11}$$

$$\delta g^{\mathrm{t}}(a,\phi,z) = \big(\delta g^{33}(a,\phi,z)\cos^2\delta + \delta g^{22}(a,\phi,z)\sin^2\delta$$
$$+ \delta g^{32}(a,\phi,z)\sin 2\delta\big)\frac{g_0 U\mathrm{d}S}{a^3} \tag{2.8.12}$$

$$\boldsymbol{e}^{\mathrm{t}}(a,\phi,z) = \big(e^{33}_{kl}(a,\phi,z)\cos^2\delta + e^{22}_{kl}(a,\phi,z)\sin^2\delta$$
$$+ e^{32}_{kl}(a,\phi,z)\sin 2\delta\big)\frac{U\mathrm{d}S}{a^3} \tag{2.8.13}$$

膨胀源位错:

$$\boldsymbol{u}^{\mathrm{e}}(a,\phi,z) = \big(u^{33}_{r,\theta,\phi}(a,\phi,z) + 2u^{22}_{r,\theta,\phi}(a,\phi,z)\big)\frac{U\mathrm{d}S}{a^2} \tag{2.8.14}$$

$$\psi^{\mathrm{e}}(a,\phi,z) = \big(\psi^{33}(a,\phi,z) + 2\psi^{22}(a,\phi,z)\big)\frac{g_0 U\mathrm{d}S}{a^2} \tag{2.8.15}$$

$$\Delta g^{\mathrm{e}}(a,\phi,z) = \big(\Delta g^{33}(a,\phi,z) + 2\Delta g^{22}(a,\phi,z)\big)\frac{g_0 U\mathrm{d}S}{a^3} \tag{2.8.16}$$

$$\delta g^{\mathrm{e}}(a,\phi,z) = \big(\delta g^{33}(a,\phi,z) + 2\delta g^{22}(a,\phi,z)\big)\frac{g_0 U\mathrm{d}S}{a^3} \tag{2.8.17}$$

$$\boldsymbol{e}^{\mathrm{e}}(a,\phi,z) = \big(e^{33}_{kl}(a,\phi,z) + 2e^{22}_{kl}(a,\phi,z)\big)\frac{U\mathrm{d}S}{a^3} \tag{2.8.18}$$

另外, 式子中所有上标为 "13" 的分量都满足如下关系式:

$$\Theta^{13}(a,\phi,z) = \Theta^{32*}(a,\phi,z) = \Theta^{32}\left(a,\phi,z + \frac{\pi}{2}\right) \tag{2.8.19}$$

同时, 也要把所有物理量各个分量 (包括格林函数) 的坐标变量加以变换. 例如, 以重力变化为例

$$\delta g^{12}(a,\phi,z) = \delta\hat{g}^{12}(a,\phi)\sin 2z \tag{2.8.20}$$

$$\delta g^{32}(a,\phi,z) = \delta\hat{g}^{32}(a,\phi)\sin z \tag{2.8.21}$$

$$\delta g^{22,0}(a,\phi,z) = \delta\hat{g}^{22,0}(a,\phi) \tag{2.8.22}$$

$$\delta g^{33}(a,\phi,z) = \delta\hat{g}^{33}(a,\phi) \tag{2.8.23}$$

其他以此类推.

## 2.9　数值计算技巧

在上面各节中的微分方程组的积分和格林函数的球谐函数求和时都存在着数值计算上的困难. 例如, 如何截断、如何加快收敛等. 本节将讨论一些必要并实用的数值计算技巧.

### 2.9.1　无穷级数的截断

上述格林函数表达式都含有位错 Love 数的无穷级数求和, 实际数值计算时, 是不可能计算无穷个位错 Love 数的, 必须适当截断, 如下式的计算:

$$\sum_{n=0}^{\infty} h_{n0}^{ij} P_n(\cos\theta) = \sum_{n=0}^{N} h_{n0}^{ij} P_n(\cos\theta) \tag{2.9.1}$$

式中, $N$ 是截断阶数. 下面讨论如何选取合适的 $N$.

Okubo (1988) 在讨论渐近解时表明, 所有的 Love 数都正比于 $(r_\mathrm{s}/a)^n$ 因子, 其中 $r_\mathrm{s}$ 是震源深度, $a$ 是地球半径, 即

$$\left\{ \begin{array}{c} h_n \\ l_n \\ k_n \end{array} \right\} \propto \left(\frac{r_\mathrm{s}}{a}\right)^n \tag{2.9.2}$$

根据级数性质, 式 (2.9.2) 表明震源越深, $(r_\mathrm{s}/a)^n$ 随着 $n$ 增加而衰减越快, 所以, 级数 (2.9.1) 收敛加快. 因为

$$\left(\frac{r_\mathrm{s}}{a}\right)^n = \mathrm{e}^{-n \cdot \frac{d_\mathrm{s}}{a}} \cdot \left(1 + o\left(\frac{1}{n}\right)\right) \tag{2.9.3}$$

式中, $d_\mathrm{s} = a - r_\mathrm{s}$ 是震源深度. 那么, 如果

$$\mathrm{e}^{-N \cdot \frac{d_\mathrm{s}}{a}} \ll 1 \tag{2.9.4}$$

或者

$$N \gg \frac{a}{d_\mathrm{s}} \tag{2.9.5}$$

截断级数 $\displaystyle\sum_{n=0}^{N} h_{n0}^{ij} P_n(\cos\theta)$ 便可以给出足够精确的结果. 实际计算时, 取

$$N = 10\frac{a}{d_\mathrm{s}} \tag{2.9.6}$$

因为

$$\left(\frac{r_\mathrm{s}}{a}\right)^N \approx \mathrm{e}^{-10} \approx 10^{-5} \tag{2.9.7}$$

可以保证 $10^{-5}$ 的精度. 表 2.9.1 给出一些实际计算时的截断值, 震源越浅, 截断阶数就越高.

表 **2.9.1** 位错 Love 数计算时的截断值 $N$

| $d_s/\mathrm{km}$ | $a/d_s$ | $N$ | $d_s/\mathrm{km}$ | $a/d_s$ | $N$ |
|---|---|---|---|---|---|
| 637 | 10 | 100 | 10 | 637 | 6371 |
| 64 | 100 | 1000 | 5 | 1274 | 12742 |
| 32 | 199 | 1990 | 1 | 6371 | 63710 |
| 20 | 319 | 3185 | | | |

## 2.9.2 圆盘因子

所谓圆盘因子 (disk factor), 是 Farrell (1972) 在讨论负荷问题时给出的一个加快级数收敛的数值技巧. 例如, 在计算如下位移格林函数时:

$$\hat{u}_r^{12}(a,\theta) = -2\sum_{n=2}^{\infty} h_{n2}^{12} P_n^2(\cos\theta) \tag{2.9.8}$$

为了加快级数收敛, 可以乘上一个圆盘因子 $D_n$:

$$D_n = -\frac{1+\cos\alpha}{n(n+1)\sin\alpha}\frac{\partial P_n(\cos\alpha)}{\partial\alpha} \tag{2.9.9}$$

因为它的极限值是 1

$$\lim_{\alpha\to 0} D_n \to \frac{2J_1(n\alpha)}{n\alpha} \to 1 \quad \text{for } n \gg 1 \tag{2.9.10}$$

于是式 (2.9.8) 可以写成

$$\hat{u}_r^{12}(a,\theta) = -2\lim_{\alpha\to 0}\sum_{n=2}^{\infty} h_{n2}^{12} D_n P_n^2(\cos\theta) \tag{2.9.11}$$

实际计算时, 并不需要取 $\alpha$ 的极限值. 数值计算表明, 只要 $\theta/\alpha > 10$, $-2\sum_{n=2}^{\infty} h_{n2}^{12} D_n P_n^2(\cos\theta)$ 就可以给出足够精确的估算. 圆盘因子具有它的物理含义 (Farrell, 1972): 令 $\gamma$ 是一个单位质量, 均匀地分布在一个半径为 $\alpha$ 的圆盘上, 使得

$$\gamma(\theta;\alpha) = \begin{cases} \dfrac{1}{\pi\alpha^2}, & \theta \ll \alpha \\ 0, & \theta > \alpha \end{cases} \tag{2.9.12}$$

把 $\gamma$ 展成勒让德级数

$$\gamma(\theta;\alpha) = \sum_{n=0}^{\infty} \frac{2n+1}{4\pi\alpha^2} D_n P_n(\cos\theta) \tag{2.9.13}$$

## 2.9.3 欧拉变换

欧拉 (Euler) 变换在计算交错级数时具有明显的加快收敛的作用. 欧拉变换理论表

明, 如果交错级数 $\sum\limits_{n=0}^{\infty} (-1)^n x_n (x_n \geqslant 0)$ 收敛, 它就可以作如下变换:

$$\sum_{n=0}^{\infty} (-1)^n x_n = \frac{1}{2} \sum_{n=0}^{\infty} \left(-\frac{1}{2}\right)^n \Delta^n x_0 \tag{2.9.14}$$

式中, $\Delta^n$ 是 $x_n$ 的 $n$ 阶差分:

$$\Delta^1 x_n = x_{n+1} - x_n$$
$$\Delta^2 x_n = \Delta^1 \left(\Delta^1 x_n\right)$$
$$\cdots\cdots \tag{2.9.15}$$
$$\Delta^r x_n = \Delta^{r-1} x_{n+1} - \Delta^{r-1} x_n$$
$$\cdots\cdots$$

计算中, 可以先计算一个级数前几项的和, 然后应用欧拉变换于后面其余的项. 对于很多级数欧拉变换都可以大大加快收敛. 例如, 下列级数:

$$S = \sum_{n=1}^{\infty} \frac{(-1)^{n-1}}{\sqrt{n}} = 1 - \frac{1}{\sqrt{2}} + \frac{1}{\sqrt{3}} - \frac{1}{\sqrt{4}} + \frac{1}{\sqrt{5}} - \cdots \tag{2.9.16}$$

先计算前五项, 后面的项应用欧拉变换. 当我们计算到 $\Delta^7$ 时, 结果是 $S = 0.6049$; 其精度为 $10^{-4}$. 然而, 如果不用欧拉变换, 并且要求达到同样精度的话, 需要计算到 $n = 10^8$ 项. 可见收敛效果之明显.

实际的级数有时候不是严格的交错变化的. 对于这样的级数, 只要事先把它变换成交错级数即可应用欧拉变换. 例如, 同样考虑上面位移格林函数 (2.9.8) 的计算. 它乘上圆盘因子后为

$$\hat{u}_r^{12}(a, \theta) = -2 \sum_{n=2}^{\infty} h_{n2}^{12} D_n P_n^2(\cos\theta) \tag{2.9.17}$$

现在它还不能直接应用欧拉变换, 因为它不是严格的随 $n$ 正负交错变化的. 可以把它变换成一个交错变化的分部级数为 (图 2.9.1)

$$\hat{u}_r^{12}(a, \theta) = \left[-2 \sum_{n=2}^{n_1 - 1} h_{n2}^{12} D_n P_n^2(\cos\theta)\right]$$
$$+ \left[-2 \sum_{n=n_1}^{n_2 - 1} h_{n2}^{12} D_n P_n^2(\cos\theta)\right]$$
$$+ \left[-2 \sum_{n=n_2}^{n_3 - 1} h_{n2}^{12} D_n P_n^2(\cos\theta)\right]$$
$$+ \cdots \tag{2.9.18}$$

式中, 右侧第 1 项 $x_0 > 0$, 第 2 项 $x_1 < 0$, 第 3 项 $x_2 > 0$, 等等. 这样有

$$\hat{u}_r^{12}(a, \theta) = \sum_{j=0}^{\infty} (-1)^j |x_j| \qquad (2.9.19)$$

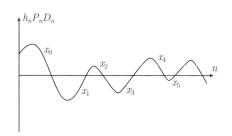

图 2.9.1　格林函数变换成交错级数的示意图

这时候就可以应用欧拉变换了. 计算中, 按如下的计算进行:

$$\hat{u}_r^{12K}(a, \theta) = \sum_{k=0}^{K} (-1)^k |x_k| + \frac{1}{2} \sum_{m=K+1}^{K+19} \left(-\frac{1}{2}\right)^m \Delta^m |x_{K+1}| \qquad (2.9.20)$$

直到满足以下的相对精度:

$$\left| \frac{u_r^{K_0+1} - u_r^{K_0}}{u_r^{K_0}} \right| \leqslant \varepsilon = 0.00001 \qquad (2.9.21)$$

$\hat{u}_r^{12K_0}(a, \theta)$ 可以比较好的近似 $\hat{u}_r^{12}(a, \theta)$, 其精度为 $10^{-5}$.

## 2.9.4　插　　值

插值方法用于位错 Love 数的计算. 有时候, 特别是震源较浅的时候, 需要计算到很高阶的 Love 数. 实际上, 可以不必计算所有球谐阶数 $n$ 的每一个位错 Love 数. 可以先计算得到一个稀疏分布的位错 Love 数表, 然后对该表进行插值即可. 不过因为位错 Love 数随着 $n$ 的增加而变化很大, 例如有时可以从 1 变化到 $10^9$, 这时简单的插值便会带来较大的误差.

从 Okubo (1988) 的渐近理论可知, 所有的 Love 数都与 $(a/r_s)^n$ 成正比关系. 所以, 可以把位错 Love 数乘上这个因子而使它们变得非常平缓, 即, 可以作如下变换 (正规化):

$$\bar{h}_{nm}^{ij} = h_{nm}^{ij} n^{m-2} \left(\frac{a}{r_s}\right)^n \qquad (2.9.22)$$

$$\bar{l}_{nm}^{ij} = l_{nm}^{ij} n^{m-1} \left(\frac{a}{r_s}\right)^n \qquad (2.9.23)$$

$$\bar{k}_{nm}^{ij} = k_{nm}^{ij} n^{m-1} \left(\frac{a}{r_s}\right)^n \qquad (2.9.24)$$

$$\bar{l}_{nm}^{t,ij} = l_{nm}^{t,ij} n^{m-1} \left(\frac{a}{r_s}\right)^n \qquad (2.9.25)$$

式中, $m=2$ 对应于走滑解; $m=1$ 对应于倾滑解; $m=0$ 对应于两个引张破裂的解. 通过这样变换的 Love 数随着 $n$ 的增加而起伏不大, 就很容易进行插值了. 表 2.9.2 给出了一个实例: 震源深度 32km 处垂直断层水平走滑破裂所产生的位错 Love 数. 表中结果表明经过正规化以后的位错 Love 数变得很平滑. 当然, 在计算格林函数时必须考虑到上述正规化因子.

**表 2.9.2** 正规化前后的球型变形位错 Love 数 (震源深度 32km; 走滑破裂)

| $n$ | $h_{n2}^{12}$ | $l_{n2}^{12}$ | $k_{n2}^{12}$ | $\bar{h}_{n2}^{12}$ | $\bar{l}_{n2}^{12}$ | $\bar{k}_{n2}^{12}$ |
|---|---|---|---|---|---|---|
| 2 | $2.749 \times 10^{-3}$ | $6.806 \times 10^{-3}$ | $2.204 \times 10^{-3}$ | $2.777 \times 10^{-3}$ | $1.375 \times 10^{-2}$ | $4.453 \times 10^{-3}$ |
| 3 | $-2.198 \times 10^{-4}$ | $3.473 \times 10^{-3}$ | $4.426 \times 10^{-4}$ | $-2.232 \times 10^{-4}$ | $1.058 \times 10^{-2}$ | $1.348 \times 10^{-3}$ |
| 4 | $-2.854 \times 10^{-4}$ | $2.166 \times 10^{-3}$ | $2.837 \times 10^{-4}$ | $-2.912 \times 10^{-4}$ | $8.839 \times 10^{-3}$ | $1.158 \times 10^{-3}$ |
| 5 | $-1.689 \times 10^{-4}$ | $1.472 \times 10^{-3}$ | $2.236 \times 10^{-4}$ | $-1.732 \times 10^{-4}$ | $7.549 \times 10^{-3}$ | $1.147 \times 10^{-3}$ |
| 6 | $-1.115 \times 10^{-4}$ | $1.066 \times 10^{-3}$ | $1.766 \times 10^{-4}$ | $-1.149 \times 10^{-4}$ | $6.595 \times 10^{-3}$ | $1.092 \times 10^{-3}$ |
| 8 | $-9.114 \times 10^{-5}$ | $6.354 \times 10^{-4}$ | $1.129 \times 10^{-4}$ | $-9.489 \times 10^{-5}$ | $5.292 \times 10^{-3}$ | $9.404 \times 10^{-4}$ |
| 9 | $-9.427 \times 10^{-5}$ | $5.118 \times 10^{-4}$ | $9.239 \times 10^{-5}$ | $-9.864 \times 10^{-5}$ | $4.819 \times 10^{-3}$ | $8.701 \times 10^{-4}$ |
| 10 | $-9.887 \times 10^{-5}$ | $4.206 \times 10^{-4}$ | $7.675 \times 10^{-5}$ | $-1.040 \times 10^{-4}$ | $4.424 \times 10^{-3}$ | $8.071 \times 10^{-4}$ |
| 15 | $-1.206 \times 10^{-4}$ | $1.933 \times 10^{-4}$ | $3.563 \times 10^{-5}$ | $-1.301 \times 10^{-4}$ | $3.127 \times 10^{-3}$ | $5.764 \times 10^{-4}$ |
| 20 | $-1.310 \times 10^{-4}$ | $1.093 \times 10^{-4}$ | $1.960 \times 10^{-5}$ | $-1.448 \times 10^{-4}$ | $2.418 \times 10^{-3}$ | $4.336 \times 10^{-4}$ |
| 30 | $-1.169 \times 10^{-4}$ | $4.769 \times 10^{-5}$ | $8.223 \times 10^{-6}$ | $-1.359 \times 10^{-4}$ | $1.664 \times 10^{-3}$ | $2.869 \times 10^{-4}$ |
| 40 | $-8.485 \times 10^{-5}$ | $2.577 \times 10^{-5}$ | $4.630 \times 10^{-6}$ | $-1.038 \times 10^{-4}$ | $1.261 \times 10^{-3}$ | $2.265 \times 10^{-4}$ |
| 50 | $-5.403 \times 10^{-5}$ | $1.563 \times 10^{-5}$ | $3.100 \times 10^{-6}$ | $-6.951 \times 10^{-5}$ | $1.006 \times 10^{-3}$ | $1.994 \times 10^{-4}$ |
| 70 | $-9.539 \times 10^{-6}$ | $7.001 \times 10^{-6}$ | $1.800 \times 10^{-6}$ | $-1.357 \times 10^{-5}$ | $6.971 \times 10^{-4}$ | $1.793 \times 10^{-4}$ |
| 100 | $2.503 \times 10^{-5}$ | $2.709 \times 10^{-6}$ | $1.041 \times 10^{-6}$ | $4.141 \times 10^{-5}$ | $4.482 \times 10^{-4}$ | $1.722 \times 10^{-4}$ |
| 200 | $4.427 \times 10^{-5}$ | $2.237 \times 10^{-7}$ | $3.087 \times 10^{-7}$ | $1.212 \times 10^{-4}$ | $1.225 \times 10^{-4}$ | $1.690 \times 10^{-4}$ |
| 300 | $3.424 \times 10^{-5}$ | $9.860 \times 10^{-11}$ | $1.236 \times 10^{-7}$ | $1.551 \times 10^{-4}$ | $1.340 \times 10^{-7}$ | $1.679 \times 10^{-4}$ |
| 500 | $1.579 \times 10^{-5}$ | $-1.718 \times 10^{-8}$ | $2.780 \times 10^{-8}$ | $1.958 \times 10^{-4}$ | $-1.065 \times 10^{-4}$ | $1.724 \times 10^{-4}$ |
| 700 | $6.598 \times 10^{-6}$ | $-6.667 \times 10^{-9}$ | $7.609 \times 10^{-9}$ | $2.240 \times 10^{-4}$ | $-1.584 \times 10^{-4}$ | $1.808 \times 10^{-4}$ |
| 1000 | $1.635 \times 10^{-6}$ | $-1.316 \times 10^{-9}$ | $1.246 \times 10^{-9}$ | $2.515 \times 10^{-4}$ | $-2.023 \times 10^{-4}$ | $1.916 \times 10^{-4}$ |
| 1200 | $6.240 \times 10^{-7}$ | $-4.361 \times 10^{-10}$ | $3.885 \times 10^{-10}$ | $2.626 \times 10^{-4}$ | $-2.203 \times 10^{-4}$ | $1.962 \times 10^{-4}$ |
| 1400 | $2.344 \times 10^{-7}$ | $-1.445 \times 10^{-10}$ | $1.235 \times 10^{-10}$ | $2.701 \times 10^{-4}$ | $-2.331 \times 10^{-4}$ | $1.993 \times 10^{-4}$ |
| 1600 | $8.721 \times 10^{-8}$ | $-4.800 \times 10^{-11}$ | $3.986 \times 10^{-11}$ | $2.751 \times 10^{-4}$ | $-2.423 \times 10^{-4}$ | $2.012 \times 10^{-4}$ |
| 1800 | $3.224 \times 10^{-8}$ | $-1.602 \times 10^{-11}$ | $1.301 \times 10^{-11}$ | $2.784 \times 10^{-4}$ | $-2.490 \times 10^{-4}$ | $2.022 \times 10^{-4}$ |

## 2.9.5 渐 近 解

渐近解也是一个实用的加快收敛的方法. 从上面的讨论中得知, 当震源非常浅, 或者 $d_s \to 0$ 时, 截断阶数 $N$ 变得非常大. 这里我们引入渐近解技术来克服这个困难.

Okubo (1988) 给出了球型变形的六组独立解的渐近解. 后来 Okubo (1993) 进一步发现同震位错解可以用潮汐、负荷以及切向力解来表达, 这些在后面还要作详细讨论. 本节引入它们是为了加快格林函数计算中级数的收敛.

例如, 计算下面的垂直位移格林函数时, 可以作一个变换, 即, 加上和减去一个渐近解 $\tilde{h}_{n2}^{12}$, 而等式关系保持不变

$$\hat{u}_r^{12}(a, \theta) = -2 \sum_{n=2}^{\infty} h_{n2}^{12} P_n^2(\cos\theta)$$

$$= -2 \sum_{n=2}^{\infty} \tilde{h}_{n2}^{12} P_n^2(\cos\theta) + 2 \sum_{n=2}^{\infty} \left( \tilde{h}_{n2}^{12} - h_{n2}^{12} \right) P_n^2(\cos\theta) \qquad (2.9.26)$$

根据 Okubo (1988; 1993) 研究, 这个渐近解 $\tilde{h}_{n2}^{12}$ 可以表达为

$$\tilde{h}_{n2}^{12} = \frac{3\mu_s}{4\pi\rho\xi r_s} y_3^{\text{Press}}(r_s; n)$$

$$= \left(\frac{r_{\mathrm{s}}}{a}\right)^{n-1} y_{230}^{12} + \frac{1}{n}\left(\frac{r_{\mathrm{s}}}{a}\right)^{n-1} y_{231}^{12} + \frac{1}{n^2}\left(\frac{r_{\mathrm{s}}}{a}\right)^{n-1} y_{232}^{12} + o\left(\frac{1}{n^3}\right) \qquad (2.9.27)$$

式中, $y_3^{\mathrm{Press}}(r_{\mathrm{s}};n)$ 是地球表面压力源所产生的水平位移解, $\xi = \dfrac{3g_0}{4\pi G\rho a}$, 而 $y_{230}^{12}$, $y_{231}^{12}$ 和 $y_{232}^{12}$ 则是与地球模型有关的常数, 在第 4 章里将详细介绍它们, 这里省去细节. 渐近解表达式 (2.9.27) 中的误差因子 $o(n^{-3})$ 表明, 这个近似解的精度是非常高的. 例如, $n < 10$ 的 Love 数只影响最后结果不到千分之一. 也就是说, 在式 (2.9.26) 的第二个求和项中, 我们只需要计算前十项的和, 其误差就小于千分之一了. 如果该求和项计算到 $n = 100$, 其精度可达 $10^{-6}$. 这意味着, 用了渐近解, 我们只需要考虑很少的低阶 $n$ 的位错 Love 数即可, 其截断阶数 $N$ 可视精度要求而定.

重要的是, 式 (2.9.26) 中的第一项求和中的渐近解是由常数和 $\dfrac{1}{n^i}\left(\dfrac{r_{\mathrm{s}}}{a}\right)^{n-1}$ 因子组成的, 即式 (2.9.27), 它使得该级数求和项可以解析地得到. 把式 (2.9.27) 代入式 (2.9.26) 中给出

$$\hat{u}_r^{12}(a,\theta) = -2\sum_{n=2}^{\infty}\left[\left(\frac{r_{\mathrm{s}}}{a}\right)^{n-1} y_{230}^{12} + \frac{1}{n}\left(\frac{r_{\mathrm{s}}}{a}\right)^{n-1} y_{231}^{12} + \frac{1}{n^2}\left(\frac{r_{\mathrm{s}}}{a}\right)^{n-1} y_{232}^{12}\right]$$

$$\cdot P_n^2(\cos\theta) + 2\sum_{n=2}^{N}\left(\tilde{h}_{n2}^{12} - h_{n2}^{12}\right)P_n^2(\cos\theta) + o\left(\frac{1}{n^3}\right) \qquad (2.9.28)$$

再把求和项分开, 常数项提出来, 变成

$$\hat{u}_r^{12}(a,\theta) = -2y_{230}^{12}\sum_{n=2}^{\infty}\left(\frac{r_{\mathrm{s}}}{a}\right)^{n-1} P_n^2(\cos\theta) - 2y_{231}^{12}\sum_{n=2}^{\infty}\frac{1}{n}\left(\frac{r_{\mathrm{s}}}{a}\right)^{n-1} P_n^2(\cos\theta)$$

$$- 2y_{232}^{12}\sum_{n=2}^{\infty}\frac{1}{n^2}\left(\frac{r_{\mathrm{s}}}{a}\right)^{n-1} P_n^2(\cos\theta) + 2\sum_{n=2}^{N}\left(\tilde{h}_{n2}^{12} - h_{n2}^{12}\right)P_n^2(\cos\theta)$$

$$+ o\left(\frac{1}{n^3}\right) \qquad (2.9.29)$$

最后, 利用球谐函数的求和公式, 得如下计算公式:

$$\begin{aligned} \hat{u}_r^{12}(a,\theta) = -2\Bigg\{ & y_{230}^{12}\left[\frac{2c}{w^3} - \frac{1}{w^5}\left(2c - \varepsilon(3 + c^2 - 2\varepsilon c)\right)\right] \\ & + y_{231}^{12}\frac{1}{\varepsilon}\left[\frac{2}{s^2} - 1 - \frac{1 - \varepsilon c}{w^3} + \frac{2c(\varepsilon - c)}{s^2 w}\right] \\ & + y_{232}^{12}\Bigg[\frac{\varepsilon s^2}{2}\left(\frac{1}{w^3} + \frac{2(1 + w^{-1}) + w^{-3}\varepsilon c}{1 + w - \varepsilon c} + \frac{\varepsilon c(1 + w^{-1})^2}{(1 + w - \varepsilon c)^2}\right) \\ & - \frac{c}{\varepsilon^2 s^2} - \frac{1}{2\varepsilon^2 s^2 w}\left(\varepsilon(1 + c^2) - 2c + w^{-2}\varepsilon s^2(\varepsilon c - 1)\right)\Bigg]\Bigg\} \\ & + 2\sum_{n=2}^{N}\left(\tilde{h}_{n2}^{12} - h_{n2}^{12}\right)P_n^2(\cos\theta) + o\left(\frac{1}{n^3}\right) \qquad (2.9.30) \end{aligned}$$

式中, $w = \sqrt{1 - 2r\cos\theta + r^2}$, $c = \cos\theta$, $s = \sin\theta$, $\varepsilon = r_{\mathrm{s}}/a$ 和 $\varepsilon \leqslant 1$.

# 第3章 数值计算及地球曲率和层状构造影响

本章对一个地球模型进行实际数值计算. 一方面, 验证计算的正确性; 另一方面, 观察其变形特性, 同时, 研究球形地球模型相对于半无限空间模型的地球曲率影响和径向层状构造影响.

## 3.1 地球模型和基本单位

地球模型通常是通过地震波或者地球自由震荡数据所确定的, 至少需要三个独立参数表示, 例如, 地球介质密度 $\rho(r)$ 和两个弹性参数 $\mu(r)$ 和 $\lambda(r)$; 或者, 地球介质密度 $\rho(r)$ 和两个地震波速参数 $V_P(r)$ 和 $V_S(r)$. 图 3.1.1 给出的是 1066A 地球模型 (Gilbert and Dziewonski, 1975) 的三个参数的径向分布. 它是由 1066 个地球自由震荡数据确定的, 故曰 "1066". 由图可见, 它含有一个液体外核和固体内核. 另外, 地球内部重力值不是独立参数, 可以由密度分布值而确定. 但是为了使用方便, 重力值通常也独立地给出. Gilbert 和 Dziewonski (1975) 还给出了数值化的模型结果, 按径向共分 160 层. 另一个比较常用的地球模型是 PREM 模型 (Dziewonski and Anderson, 1981), 后面也会用到.

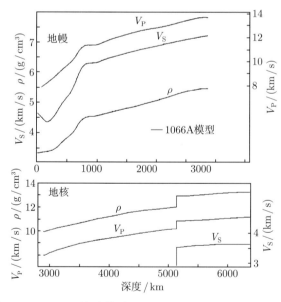

图 3.1.1 1066A 地球模型 (Gilbert and Dziewonski, 1975)

在这章里, 关于球对称地球模型, 我们考虑两种情况: 均质球和层状球. 在最后的章节里, 我们还将讨论三维不均匀构造地球模型等.

在第 2 章里, 我们所讨论的格林函数或者各个物理量的计算公式都是量纲为一的. 那么, 变形分量计算出来之后, 必须乘上相应的因子才能得到实际物理量的大小和量纲. 正如第 2 章公式中所表明的一样, 这些因子分别为

位移 $u(a, \theta, \varphi)$: $\dfrac{U \mathrm{d} S}{a^2}$;

引力位 $\psi(a, \theta, \varphi)$: $\dfrac{g_0 U \mathrm{d} S}{a^2}$;

空间固定点重力变化 $\Delta g(a, \theta, \varphi)$: $\dfrac{g_0 U \mathrm{d} S}{a^3}$;

变形地表面重力变化 $\delta g(a, \theta, \varphi)$: $\dfrac{g_0 U \mathrm{d} S}{a^3}$;

应变变化 $e(a, \theta, \varphi)$: $\dfrac{U \mathrm{d} S}{a^3}$.

另外, 在所有数值计算中, 关于地表面平均重力加速度 $g$, 牛顿引力常数 $G$ 和地球半径 $a$, 取如下一些参数:

$$g = 982 \mathrm{cm/s}^2$$
$$G = 6.67 \times 10^{-8} \mathrm{cm}^3/(\mathrm{gs}^2)$$
$$a = 6.371 \times 10^8 \mathrm{cm}$$

## 3.2    均质地球模型的结果

我们首先计算均质地球模型的同震变形结果. 均质地球模型的参数取自于上述 1066A 模型的地球表面层的数据, 即, 地球密度 $\rho(r)$ 和两个弹性参数 $\mu(r)$ 和 $\lambda(r)$ 为

$$\rho(r) = 2.183 \mathrm{g/cm}^3$$
$$\mu(r) = 1.45 \times 10^6 \mathrm{N/cm}^2$$
$$\lambda(r) = 1.90 \times 10^6 \mathrm{N/cm}^2$$

或者, 地球密度 $\rho(r)$ 和两个地震波速参数 $V_{\mathrm{P}}(r)$ 和 $V_{\mathrm{S}}(r)$ 为

$$\rho(r) = 2.183 \mathrm{g/cm}^3$$
$$V_{\mathrm{P}}(r) = 4.698 \mathrm{km/s}$$
$$V_{\mathrm{S}}(r) = 2.582 \mathrm{km/s}$$

我们用龙格–库塔 (Runge-Kutta) 方法积分基本微分方程组 (1.1.33), 并满足边界条件, 得到位错 Love 数. 作为例子, 表 3.2.1~ 表 3.2.4 列出了震源深度为 637km 的四个独立解的部分位错 Love 数. 注意, 两个引张型位错 ($m = 0$) 的环型位错 Love 数不存在.

由位错 Love 数就可以计算各种物理量的同震变形, 如位移、引力位、重力和应变等. 考虑一个与 1964 年阿拉斯加大地震 ($M_{\mathrm{w}} 9.2$) 所释放能量相同的地震震源, 即, 地震矩为 $M_0 = 3.61 \times 10^{25} \mathrm{N \cdot cm}$. 假设这个震源位于北极轴上, 深度为 32km. 于是可以计算出地表面上的各种变化. 图 3.2.1 给出了垂直断层水平走滑破裂在变形地表面所产生的重力变化 (单位是微伽 ($10^{-6} \mathrm{cm/s}^2$)). 图 3.2.1(a) 和 (b) 分别为震中距 1° 和 90° 内的结果, 都是

表 3.2.1　均质地球模型的位错 Love 数 (震源深度 637km; 走滑破裂)

| $n$ | $\bar{h}_{n2}^{12}$ | $\bar{l}_{n2}^{12}$ | $\bar{k}_{n2}^{12}$ | $\bar{l}_{n2}^{t,12}$ |
|---|---|---|---|---|
| 2 | $9.099\times10^{-3}$ | $2.649\times10^{-2}$ | $8.019\times10^{-3}$ | $1.474\times10^{-1}$ |
| 3 | $3.985\times10^{-3}$ | $1.479\times10^{-2}$ | $4.740\times10^{-3}$ | $1.161\times10^{-1}$ |
| 4 | $3.143\times10^{-3}$ | $9.863\times10^{-3}$ | $3.764\times10^{-3}$ | $1.061\times10^{-1}$ |
| 5 | $3.016\times10^{-3}$ | $7.003\times10^{-3}$ | $3.333\times10^{-3}$ | $1.013\times10^{-1}$ |
| 6 | $3.066\times10^{-3}$ | $5.104\times10^{-3}$ | $3.105\times10^{-3}$ | $9.855\times10^{-2}$ |
| 7 | $3.162\times10^{-3}$ | $3.745\times10^{-3}$ | $2.970\times10^{-3}$ | $9.674\times10^{-2}$ |
| 8 | $3.265\times10^{-3}$ | $2.721\times10^{-3}$ | $2.885\times10^{-3}$ | $9.546\times10^{-2}$ |
| 9 | $3.362\times10^{-3}$ | $1.921\times10^{-3}$ | $2.827\times10^{-3}$ | $9.453\times10^{-2}$ |
| 10 | $3.451\times10^{-3}$ | $1.278\times10^{-3}$ | $2.788\times10^{-3}$ | $9.381\times10^{-2}$ |
| 15 | $3.775\times10^{-3}$ | $-6.697\times10^{-4}$ | $2.702\times10^{-3}$ | $9.180\times10^{-2}$ |
| 20 | $3.969\times10^{-3}$ | $-1.656\times10^{-3}$ | $2.679\times10^{-3}$ | $9.088\times10^{-2}$ |
| 25 | $4.094\times10^{-3}$ | $-2.251\times10^{-3}$ | $2.671\times10^{-3}$ | $9.034\times10^{-2}$ |
| 30 | $4.181\times10^{-3}$ | $-2.650\times10^{-3}$ | $2.669\times10^{-3}$ | $8.998\times10^{-2}$ |
| 35 | $4.246\times10^{-3}$ | $-2.936\times10^{-3}$ | $2.669\times10^{-3}$ | $8.974\times10^{-2}$ |
| 40 | $4.295\times10^{-3}$ | $-3.151\times10^{-3}$ | $2.670\times10^{-3}$ | $8.954\times10^{-2}$ |
| 50 | $4.365\times10^{-3}$ | $-3.452\times10^{-3}$ | $2.672\times10^{-3}$ | $8.928\times10^{-2}$ |
| 60 | $4.411\times10^{-3}$ | $-3.652\times10^{-3}$ | $2.673\times10^{-3}$ | $8.908\times10^{-2}$ |
| 70 | $4.445\times10^{-3}$ | $-3.794\times10^{-3}$ | $2.674\times10^{-3}$ | $8.896\times10^{-2}$ |
| 80 | $4.466\times10^{-3}$ | $-3.893\times10^{-3}$ | $2.672\times10^{-3}$ | $8.888\times10^{-2}$ |
| 90 | $4.456\times10^{-3}$ | $-3.910\times10^{-3}$ | $2.649\times10^{-3}$ | $8.919\times10^{-2}$ |
| 100 | $4.297\times10^{-3}$ | $-3.594\times10^{-3}$ | $2.507\times10^{-3}$ | $9.149\times10^{-2}$ |

表 3.2.2　均质地球模型的位错 Love 数 (震源深度 637km; 倾滑破裂)

| $n$ | $\bar{h}_{n1}^{32}$ | $\bar{l}_{n1}^{32}$ | $\bar{k}_{n1}^{32}$ | $\bar{l}_{n1}^{t,32}$ |
|---|---|---|---|---|
| 1 | $-1.116\times10^{-3}$ | $5.931\times10^{-2}$ | $0.0$ | $-5.193\times10^{-2}$ |
| 2 | $8.701\times10^{-3}$ | $3.127\times10^{-2}$ | $3.695\times10^{-3}$ | $-7.370\times10^{-2}$ |
| 3 | $9.170\times10^{-3}$ | $1.856\times10^{-2}$ | $4.099\times10^{-3}$ | $-7.738\times10^{-2}$ |
| 4 | $9.292\times10^{-3}$ | $1.195\times10^{-2}$ | $4.335\times10^{-3}$ | $-7.959\times10^{-2}$ |
| 5 | $9.330\times10^{-3}$ | $7.888\times10^{-3}$ | $4.493\times10^{-3}$ | $-8.107\times10^{-2}$ |
| 6 | $9.342\times10^{-3}$ | $5.133\times10^{-3}$ | $4.607\times10^{-3}$ | $-8.212\times10^{-2}$ |
| 7 | $9.345\times10^{-3}$ | $3.141\times10^{-3}$ | $4.694\times10^{-3}$ | $-8.291\times10^{-2}$ |
| 8 | $9.344\times10^{-3}$ | $1.632\times10^{-3}$ | $4.764\times10^{-3}$ | $-8.352\times10^{-2}$ |
| 9 | $9.343\times10^{-3}$ | $4.499\times10^{-4}$ | $4.820\times10^{-3}$ | $-8.401\times10^{-2}$ |
| 10 | $9.341\times10^{-3}$ | $-5.020\times10^{-4}$ | $4.867\times10^{-3}$ | $-8.442\times10^{-2}$ |
| 15 | $9.336\times10^{-3}$ | $-3.391\times10^{-3}$ | $5.019\times10^{-3}$ | $-8.567\times10^{-2}$ |
| 20 | $9.334\times10^{-3}$ | $-4.857\times10^{-3}$ | $5.103\times10^{-3}$ | $-8.633\times10^{-2}$ |
| 25 | $9.333\times10^{-3}$ | $-5.742\times10^{-3}$ | $5.156\times10^{-3}$ | $-8.672\times10^{-2}$ |
| 30 | $9.332\times10^{-3}$ | $-6.335\times10^{-3}$ | $5.192\times10^{-3}$ | $-8.698\times10^{-2}$ |
| 40 | $9.332\times10^{-3}$ | $-7.080\times10^{-3}$ | $5.239\times10^{-3}$ | $-8.732\times10^{-2}$ |
| 50 | $9.332\times10^{-3}$ | $-7.528\times10^{-3}$ | $5.269\times10^{-3}$ | $-8.751\times10^{-2}$ |
| 60 | $9.330\times10^{-3}$ | $-7.827\times10^{-3}$ | $5.287\times10^{-3}$ | $-8.763\times10^{-2}$ |
| 70 | $9.331\times10^{-3}$ | $-8.043\times10^{-3}$ | $5.302\times10^{-3}$ | $-8.771\times10^{-2}$ |
| 80 | $9.336\times10^{-3}$ | $-8.217\times10^{-3}$ | $5.318\times10^{-3}$ | $-8.771\times10^{-2}$ |
| 90 | $9.394\times10^{-3}$ | $-8.471\times10^{-3}$ | $5.375\times10^{-3}$ | $-8.735\times10^{-2}$ |
| 100 | $9.732\times10^{-3}$ | $-9.321\times10^{-3}$ | $5.669\times10^{-3}$ | $-8.493\times10^{-2}$ |

表 3.2.3　均质地球模型的位错 Love 数 (震源深度 637km; 水平引张破裂)

| $n$ | $\bar{h}_{n0}^{22}$ | $\bar{l}_{n0}^{22}$ | $\bar{k}_{n0}^{22}$ |
|---|---|---|---|
| 0 | $1.727\times10^{-1}$ | 0.0 | 0.0 |
| 1 | $4.228\times10^{-1}$ | $-4.425\times10^{-1}$ | 0.0 |
| 2 | $1.636\times10^{-1}$ | $-1.610\times10^{-1}$ | $1.050\times10^{-2}$ |
| 3 | $8.539\times10^{-2}$ | $-9.598\times10^{-2}$ | $4.170\times10^{-3}$ |
| 4 | $5.359\times10^{-2}$ | $-6.575\times10^{-2}$ | $1.225\times10^{-3}$ |
| 5 | $3.700\times10^{-2}$ | $-4.863\times10^{-2}$ | $-4.198\times10^{-4}$ |
| 6 | $2.701\times10^{-2}$ | $-3.771\times10^{-2}$ | $-1.449\times10^{-3}$ |
| 7 | $2.042\times10^{-2}$ | $-3.019\times10^{-2}$ | $-2.145\times10^{-3}$ |
| 8 | $1.578\times10^{-2}$ | $-2.470\times10^{-2}$ | $-2.643\times10^{-3}$ |
| 9 | $1.234\times10^{-2}$ | $-2.054\times10^{-2}$ | $-3.015\times10^{-3}$ |
| 10 | $9.710\times10^{-3}$ | $-1.727\times10^{-2}$ | $-3.302\times10^{-3}$ |
| 15 | $2.423\times10^{-3}$ | $-7.813\times10^{-3}$ | $-4.105\times10^{-3}$ |
| 20 | $-8.732\times10^{-4}$ | $-3.297\times10^{-3}$ | $-4.470\times10^{-3}$ |
| 30 | $-3.931\times10^{-3}$ | $1.070\times10^{-3}$ | $-4.806\times10^{-3}$ |
| 40 | $-5.371\times10^{-3}$ | $3.196\times10^{-3}$ | $-4.964\times10^{-3}$ |
| 50 | $-6.206\times10^{-3}$ | $4.451\times10^{-3}$ | $-5.054\times10^{-3}$ |
| 60 | $-6.747\times10^{-3}$ | $5.277\times10^{-3}$ | $-5.111\times10^{-3}$ |
| 70 | $-7.127\times10^{-3}$ | $5.861\times10^{-3}$ | $-5.150\times10^{-3}$ |
| 80 | $-7.399\times10^{-3}$ | $6.279\times10^{-3}$ | $-5.172\times10^{-3}$ |
| 90 | $-7.548\times10^{-3}$ | $6.468\times10^{-3}$ | $-5.144\times10^{-3}$ |
| 100 | $-7.329\times10^{-3}$ | $5.879\times10^{-3}$ | $-4.871\times10^{-3}$ |

表 3.2.4　均质地球模型的位错 Love 数 (震源深度 637km; 上下引张破裂)

| $n$ | $\bar{h}_{n0}^{33}$ | $\bar{l}_{n0}^{33}$ | $\bar{k}_{n0}^{33}$ |
|---|---|---|---|
| 0 | $1.143\times10^{-1}$ | 0.0 | 0.0 |
| 1 | $3.009\times10^{-1}$ | $-7.722\times10^{-2}$ | 0.0 |
| 2 | $1.451\times10^{-1}$ | $-2.713\times10^{-2}$ | $1.175\times10^{-2}$ |
| 3 | $9.567\times10^{-2}$ | $-2.321\times10^{-2}$ | $1.118\times10^{-2}$ |
| 4 | $7.368\times10^{-2}$ | $-2.161\times10^{-2}$ | $1.096\times10^{-2}$ |
| 5 | $6.136\times10^{-2}$ | $-2.079\times10^{-2}$ | $1.086\times10^{-2}$ |
| 6 | $5.352\times10^{-2}$ | $-2.030\times10^{-2}$ | $1.080\times10^{-2}$ |
| 7 | $4.809\times10^{-2}$ | $-1.999\times10^{-2}$ | $1.077\times10^{-2}$ |
| 8 | $4.412\times10^{-2}$ | $-1.977\times10^{-2}$ | $1.076\times10^{-2}$ |
| 9 | $4.109\times10^{-2}$ | $-1.961\times10^{-2}$ | $1.075\times10^{-2}$ |
| 10 | $3.870\times10^{-2}$ | $-1.949\times10^{-2}$ | $1.074\times10^{-2}$ |
| 15 | $3.174\times10^{-2}$ | $-1.917\times10^{-2}$ | $1.073\times10^{-2}$ |
| 20 | $2.837\times10^{-2}$ | $-1.903\times10^{-2}$ | $1.074\times10^{-2}$ |
| 30 | $2.506\times10^{-2}$ | $-1.890\times10^{-2}$ | $1.075\times10^{-2}$ |
| 40 | $2.344\times10^{-2}$ | $-1.884\times10^{-2}$ | $1.076\times10^{-2}$ |
| 50 | $2.247\times10^{-2}$ | $-1.880\times10^{-2}$ | $1.076\times10^{-2}$ |
| 60 | $2.182\times10^{-2}$ | $-1.877\times10^{-2}$ | $1.076\times10^{-2}$ |
| 70 | $2.136\times10^{-2}$ | $-1.875\times10^{-2}$ | $1.076\times10^{-2}$ |
| 80 | $2.101\times10^{-2}$ | $-1.871\times10^{-2}$ | $1.075\times10^{-2}$ |
| 90 | $2.063\times10^{-2}$ | $-1.846\times10^{-2}$ | $1.065\times10^{-2}$ |
| 100 | $1.978\times10^{-2}$ | $-1.706\times10^{-2}$ | $1.007\times10^{-2}$ |

从北极看下去的在赤道面上的投影. 图中的中心点是震中, 而每一个点的震中距是等距投影的. 这样纬度 $\varphi$ 都是逆时针方向变化的. 颜色棒给出重力变化的大小, 暖色表示正重力变化; 而冷色则为负重力变化. 图 3.2.1 表明重力变化呈四象限分布. 第 1、3 象限因为地表面下沉而重力增加; 相反, 第 2、4 象限地表隆起而重力减少. 但是, 随着震中距增加超过界限以后, 则变化相反. 注意, 在震中距 $0.9°$ 处有一个零线. 也就是说, 重力变化在震中距 $0.9°$ 和大约 $70°$ 处有两次符号变化.

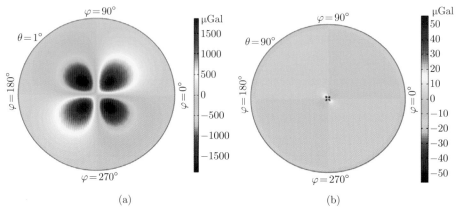

图 3.2.1 均质地球模型内 32km 深处垂直断层走滑破裂在变形地表面所产生的重力变化. 单位是微伽 ($10^{-6}\mathrm{cm/s^2}$). 地震矩为 $M_0 = 3.61 \times 10^{25}\mathrm{N \cdot cm}$, 或者, $U\mathrm{d}S = 2.49 \times 10^{19}\mathrm{cm^3}$. (a) 和 (b) 分别为震中距 $1°$ 和 $90°$ 内的结果

为了证明如上计算结果的正确性, 把图 3.2.1 中的重力变化结果和用 Okubo (1991) 的半无限空间理论所计算的结果进行比较. 为此, 令半无限空间地表面的距离 $x$ 和球面上的角距 $\theta$ 建立如下关系:

$$x = a\theta \tag{3.2.1}$$

当然, 假设同样的震源大小和深度, 我们计算半无限空间变形地表面的重力变化. 在震中距等于 $1°$ (相当于 111km) 和 $90°$ (相当于 $a\pi\mathrm{km}$) 的结果分别在图 3.2.2(a) 和 (b) 中

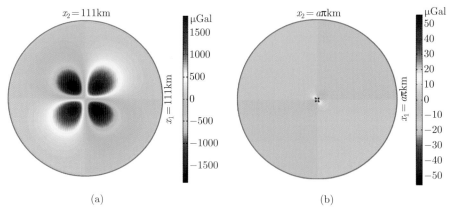

图 3.2.2 均质半无限空间地球模型内 32km 深处垂直断层走滑破裂在变形地表面所产生的重力变化 (Okubo, 1991). 单位是微伽 ($10^{-6}\mathrm{cm/s^2}$). 地震位错的大小为 $U\mathrm{d}S = 2.49 \times 10^{19}\mathrm{cm^3}$. (a) $1°$ (111km) 以内的重力变化结果; (b) $x < a\pi$ 的重力变化结果

给出. 比较图 3.2.2(a) 和图 3.2.1(a) 可见, 两者符合得非常好. 这说明我们球形地球的位错理论是正确的. 同时也说明, 在震源附近地区, 两个理论应该给出比较一致的结果. 进一步, 比较图 3.2.2(b) 和图 3.2.1(b) 得知, 两者在分布形状和量级上是一致的, 只是在震中距方向上有所不同. 这个不同可以认为是地球的曲率所产生的.

同样, 图 3.2.3(a) 绘出了均质地球模型内 32km 深处垂直断层倾滑破裂在变形地表面 $\theta < 1°$ 范围内所产生的重力变化; 3.2.3(b) 为 $\theta < 90°$ 范围内的倾滑断层的重力变化结果. 单位是微伽 ($10^{-6}\text{cm/s}^2$). 地震矩为 $M_0 = 3.61 \times 10^{25}\text{N} \cdot \text{cm}$, 或者, $U\text{d}S = 2.49 \times 10^{19}\text{cm}^3$. 由图 3.2.3 可见, 重力变化形状和走滑断层的情况不一样, 呈关于断层线反对称分布.

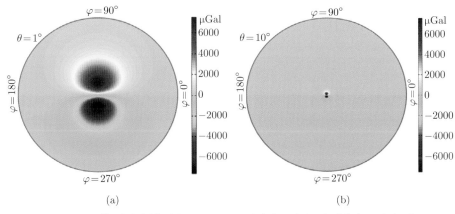

图 3.2.3  均质地球模型内 32km 深处垂直断层倾滑破裂在变形地表面
$\theta < 1°$ (a) 和 $\theta < 90°$ (b) 范围内所产生的重力变化

## 3.3  径向不均质地球模型的结果

本节计算层状对称地球模型 (SNREI), 即, 1066A (Dahlen, 1968) 地球模型的同震变形. 利用前述相同的方法, 首先计算位错 Love 数, 其结果列于表 3.3.1~ 表 3.3.4 中. 值得说明的是, 作为例子, 这些表中只是给出了部分 $n$ 的结果. 由于现代计算机技术的发展, 计算速度和内存都已经不是问题. 实际计算时, 可以计算所有 $n$ 的位错 Love 数, 这样做可以减少对位错 Love 进行数值插值所带来的误差.

然后, 利用上述位错 Love 数计算了同震变形, 包括位移、引力位变化、重力变化和应变等. 下面仅给出一些重力变化结果进行讨论. 图 3.3.1 给出了 1066A 地球模型内 32km 深处垂直断层走滑破裂在变形地表面所产生的重力变化. 单位是微伽 ($10^{-6}\text{cm/s}^2$). 地震矩为 $M_0 = 3.61 \times 10^{25}\text{N} \cdot \text{cm}$, 或者, $U\text{d}S = 2.49 \times 10^{19}\text{cm}^3$. (a) 和 (b) 分别为震中距 1° 和 90° 内的结果.

比较 1066A 地球模型的结果 (图 3.3.1) 和 3.2 节中均质球的结果, 可以看到两个模型之间的结果整体上的分布趋势是一致的. 然而仔细观察发现有些地方的差别是很大的. 例如, 两者之间的节线位置表现出很大的差别. 它意味着在节线附近的重力分布甚至会出现符号相反的变化. 在 $0° < \theta < 0.5°$ 范围内, 两者看上去基本一致. 关于地球曲率和层状

**表 3.3.1　1066A 地球模型的位错 Love 数** (震源深度 637km; 走滑破裂)

| $n$ | $\bar{h}_{n2}^{12}$ | $\bar{l}_{n2}^{12}$ | $\bar{k}_{n2}^{12}$ | $\bar{l}_{n2}^{\mathrm{t},12}$ |
|---|---|---|---|---|
| 2 | $1.146\times10^{-2}$ | $2.099\times10^{-2}$ | $1.549\times10^{-2}$ | $1.074\times10^{-1}$ |
| 3 | $2.833\times10^{-3}$ | $1.350\times10^{-2}$ | $6.478\times10^{-3}$ | $9.532\times10^{-2}$ |
| 4 | $1.936\times10^{-3}$ | $1.012\times10^{-2}$ | $5.155\times10^{-3}$ | $9.407\times10^{-2}$ |
| 5 | $2.059\times10^{-3}$ | $7.701\times10^{-3}$ | $4.864\times10^{-3}$ | $9.493\times10^{-2}$ |
| 6 | $2.255\times10^{-3}$ | $5.934\times10^{-3}$ | $4.707\times10^{-3}$ | $9.638\times10^{-2}$ |
| 7 | $2.420\times10^{-3}$ | $4.609\times10^{-3}$ | $4.578\times10^{-3}$ | $9.797\times10^{-2}$ |
| 8 | $2.560\times10^{-3}$ | $3.580\times10^{-3}$ | $4.472\times10^{-3}$ | $9.955\times10^{-2}$ |
| 9 | $2.688\times10^{-3}$ | $2.752\times10^{-3}$ | $4.389\times10^{-3}$ | $1.010\times10^{-1}$ |
| 10 | $2.810\times10^{-3}$ | $2.065\times10^{-3}$ | $4.327\times10^{-3}$ | $1.024\times10^{-1}$ |
| 15 | $3.383\times10^{-3}$ | $-2.022\times10^{-4}$ | $4.234\times10^{-3}$ | $1.077\times10^{-1}$ |
| 20 | $3.901\times10^{-3}$ | $-1.544\times10^{-3}$ | $4.319\times10^{-3}$ | $1.112\times10^{-1}$ |
| 25 | $4.347\times10^{-3}$ | $-2.479\times10^{-3}$ | $4.453\times10^{-3}$ | $1.137\times10^{-1}$ |
| 30 | $4.710\times10^{-3}$ | $-3.179\times10^{-3}$ | $4.579\times10^{-3}$ | $1.154\times10^{-1}$ |
| 35 | $5.020\times10^{-3}$ | $-3.741\times10^{-3}$ | $4.700\times10^{-3}$ | $1.170\times10^{-1}$ |
| 40 | $5.276\times10^{-3}$ | $-4.202\times10^{-3}$ | $4.803\times10^{-3}$ | $1.184\times10^{-1}$ |
| 50 | $5.657\times10^{-3}$ | $-4.915\times10^{-3}$ | $4.949\times10^{-3}$ | $1.207\times10^{-1}$ |
| 60 | $5.916\times10^{-3}$ | $-5.444\times10^{-3}$ | $5.034\times10^{-3}$ | $1.226\times10^{-1}$ |
| 70 | $6.110\times10^{-3}$ | $-5.872\times10^{-3}$ | $5.088\times10^{-3}$ | $1.244\times10^{-1}$ |
| 80 | $6.265\times10^{-3}$ | $-6.255\times10^{-3}$ | $5.124\times10^{-3}$ | $1.257\times10^{-1}$ |
| 90 | $6.538\times10^{-3}$ | $-6.937\times10^{-3}$ | $5.250\times10^{-3}$ | $1.249\times10^{-1}$ |
| 100 | $7.547\times10^{-3}$ | $-9.470\times10^{-3}$ | $5.883\times10^{-3}$ | $1.117\times10^{-1}$ |

**表 3.3.2　1066A 地球模型的位错 Love 数** (震源深度 637km; 倾滑破裂)

| $n$ | $\bar{h}_{n1}^{32}$ | $\bar{l}_{n1}^{32}$ | $\bar{k}_{n1}^{32}$ | $\bar{l}_{n1}^{\mathrm{t},32}$ |
|---|---|---|---|---|
| 1 | $-1.315\times10^{-3}$ | $7.038\times10^{-2}$ | $0.0$ | $-5.193\times10^{-2}$ |
| 2 | $8.746\times10^{-3}$ | $4.127\times10^{-2}$ | $9.963\times10^{-3}$ | $-9.350\times10^{-2}$ |
| 3 | $9.580\times10^{-3}$ | $2.579\times10^{-2}$ | $1.041\times10^{-2}$ | $-1.007\times10^{-1}$ |
| 4 | $9.069\times10^{-3}$ | $1.769\times10^{-2}$ | $9.661\times10^{-3}$ | $-1.060\times10^{-1}$ |
| 5 | $8.619\times10^{-3}$ | $1.277\times10^{-2}$ | $9.055\times10^{-3}$ | $-1.102\times10^{-1}$ |
| 6 | $8.439\times10^{-3}$ | $9.349\times10^{-3}$ | $8.739\times10^{-3}$ | $-1.136\times10^{-1}$ |
| 7 | $8.446\times10^{-3}$ | $6.744\times10^{-3}$ | $8.610\times10^{-3}$ | $-1.165\times10^{-1}$ |
| 8 | $8.552\times10^{-3}$ | $4.671\times10^{-3}$ | $8.581\times10^{-3}$ | $-1.189\times10^{-1}$ |
| 9 | $8.705\times10^{-3}$ | $2.977\times10^{-3}$ | $8.599\times10^{-3}$ | $-1.209\times10^{-1}$ |
| 10 | $8.876\times10^{-3}$ | $1.568\times10^{-3}$ | $8.640\times10^{-3}$ | $-1.226\times10^{-1}$ |
| 15 | $9.733\times10^{-3}$ | $-2.979\times10^{-3}$ | $8.937\times10^{-3}$ | $-1.282\times10^{-1}$ |
| 20 | $1.049\times10^{-2}$ | $-5.525\times10^{-3}$ | $9.270\times10^{-3}$ | $-1.309\times10^{-1}$ |
| 25 | $1.112\times10^{-2}$ | $-7.220\times10^{-3}$ | $9.577\times10^{-3}$ | $-1.323\times10^{-1}$ |
| 30 | $1.163\times10^{-2}$ | $-8.457\times10^{-3}$ | $9.831\times10^{-3}$ | $-1.330\times10^{-1}$ |
| 40 | $1.237\times10^{-2}$ | $-1.019\times10^{-2}$ | $1.019\times10^{-2}$ | $-1.339\times10^{-1}$ |
| 50 | $1.284\times10^{-2}$ | $-1.137\times10^{-2}$ | $1.040\times10^{-2}$ | $-1.345\times10^{-1}$ |
| 60 | $1.315\times10^{-2}$ | $-1.225\times10^{-2}$ | $1.050\times10^{-2}$ | $-1.352\times10^{-1}$ |
| 70 | $1.337\times10^{-2}$ | $-1.294\times10^{-2}$ | $1.055\times10^{-2}$ | $-1.360\times10^{-1}$ |
| 80 | $1.350\times10^{-2}$ | $-1.343\times10^{-2}$ | $1.054\times10^{-2}$ | $-1.371\times10^{-1}$ |
| 90 | $1.332\times10^{-2}$ | $-1.318\times10^{-2}$ | $1.032\times10^{-2}$ | $-1.404\times10^{-1}$ |
| 100 | $1.163\times10^{-2}$ | $-9.186\times10^{-3}$ | $9.084\times10^{-3}$ | $-1.555\times10^{-1}$ |

表 3.3.3　1066A 地球模型的位错 Love 数 (震源深度 637km; 水平引张破裂)

| $n$ | $\bar{h}_{n0}^{22}$ | $\bar{l}_{n0}^{22}$ | $\bar{k}_{n0}^{22}$ |
|---|---|---|---|
| 0 | $7.079\times10^{-2}$ | $0.0$ | $0.0$ |
| 1 | $2.121\times10^{-1}$ | $-2.841\times10^{-1}$ | $0.0$ |
| 2 | $1.549\times10^{-1}$ | $-1.200\times10^{-1}$ | $6.097\times10^{-2}$ |
| 3 | $8.494\times10^{-2}$ | $-9.141\times10^{-2}$ | $2.345\times10^{-2}$ |
| 4 | $5.164\times10^{-2}$ | $-6.758\times10^{-2}$ | $6.306\times10^{-3}$ |
| 5 | $3.530\times10^{-2}$ | $-5.188\times10^{-2}$ | $-4.566\times10^{-4}$ |
| 6 | $2.638\times10^{-2}$ | $-4.164\times10^{-2}$ | $-3.153\times10^{-3}$ |
| 7 | $2.090\times10^{-2}$ | $-3.457\times10^{-2}$ | $-4.297\times10^{-3}$ |
| 8 | $1.716\times10^{-2}$ | $-2.938\times10^{-2}$ | $-4.830\times10^{-3}$ |
| 9 | $1.440\times10^{-2}$ | $-2.537\times10^{-2}$ | $-5.110\times10^{-3}$ |
| 10 | $1.226\times10^{-2}$ | $-2.216\times10^{-2}$ | $-5.278\times10^{-3}$ |
| 15 | $5.803\times10^{-3}$ | $-1.224\times10^{-2}$ | $-5.711\times10^{-3}$ |
| 20 | $2.248\times10^{-3}$ | $-6.944\times10^{-3}$ | $-6.106\times10^{-3}$ |
| 30 | $-1.976\times10^{-3}$ | $-1.055\times10^{-3}$ | $-6.920\times10^{-3}$ |
| 40 | $-4.579\times10^{-3}$ | $2.386\times10^{-3}$ | $-7.654\times10^{-3}$ |
| 50 | $-6.320\times10^{-3}$ | $4.713\times10^{-3}$ | $-8.193\times10^{-3}$ |
| 60 | $-7.533\times10^{-3}$ | $6.404\times10^{-3}$ | $-8.561\times10^{-3}$ |
| 70 | $-8.452\times10^{-3}$ | $7.745\times10^{-3}$ | $-8.841\times10^{-3}$ |
| 80 | $-9.169\times10^{-3}$ | $8.892\times10^{-3}$ | $-9.049\times10^{-3}$ |
| 90 | $-1.010\times10^{-2}$ | $1.070\times10^{-2}$ | $-9.467\times10^{-3}$ |
| 100 | $-1.268\times10^{-2}$ | $1.673\times10^{-2}$ | $-1.108\times10^{-2}$ |

表 3.3.4　1066A 地球模型的位错 Love 数 (震源深度 637km; 上下引张破裂)

| $n$ | $\bar{h}_{n0}^{33}$ | $\bar{l}_{n0}^{33}$ | $\bar{k}_{n0}^{33}$ |
|---|---|---|---|
| 0 | $9.262\times10^{-2}$ | $0.0$ | $0.0$ |
| 1 | $2.867\times10^{-1}$ | $-4.023\times10^{-2}$ | $0.0$ |
| 2 | $1.377\times10^{-1}$ | $-2.357\times10^{-2}$ | $1.659\times10^{-2}$ |
| 3 | $9.288\times10^{-2}$ | $-2.300\times10^{-2}$ | $1.644\times10^{-2}$ |
| 4 | $7.311\times10^{-2}$ | $-2.303\times10^{-2}$ | $1.686\times10^{-2}$ |
| 5 | $6.217\times10^{-2}$ | $-2.332\times10^{-2}$ | $1.729\times10^{-2}$ |
| 6 | $5.525\times10^{-2}$ | $-2.363\times10^{-2}$ | $1.762\times10^{-2}$ |
| 7 | $5.050\times10^{-2}$ | $-2.389\times10^{-2}$ | $1.786\times10^{-2}$ |
| 8 | $4.707\times10^{-2}$ | $-2.411\times10^{-2}$ | $1.808\times10^{-2}$ |
| 9 | $4.450\times10^{-2}$ | $-2.430\times10^{-2}$ | $1.828\times10^{-2}$ |
| 10 | $4.253\times10^{-2}$ | $-2.448\times10^{-2}$ | $1.847\times10^{-2}$ |
| 15 | $3.739\times10^{-2}$ | $-2.543\times10^{-2}$ | $1.953\times10^{-2}$ |
| 20 | $3.555\times10^{-2}$ | $-2.648\times10^{-2}$ | $2.054\times10^{-2}$ |
| 30 | $3.433\times10^{-2}$ | $-2.835\times10^{-2}$ | $2.196\times10^{-2}$ |
| 40 | $3.383\times10^{-2}$ | $-2.976\times10^{-2}$ | $2.267\times10^{-2}$ |
| 50 | $3.342\times10^{-2}$ | $-3.081\times10^{-2}$ | $2.295\times10^{-2}$ |
| 60 | $3.304\times10^{-2}$ | $-3.162\times10^{-2}$ | $2.299\times10^{-2}$ |
| 70 | $3.272\times10^{-2}$ | $-3.232\times10^{-2}$ | $2.293\times10^{-2}$ |
| 80 | $3.248\times10^{-2}$ | $-3.305\times10^{-2}$ | $2.284\times10^{-2}$ |
| 90 | $3.277\times10^{-2}$ | $-3.490\times10^{-2}$ | $2.304\times10^{-2}$ |
| 100 | $3.573\times10^{-2}$ | $-4.326\times10^{-2}$ | $2.493\times10^{-2}$ |

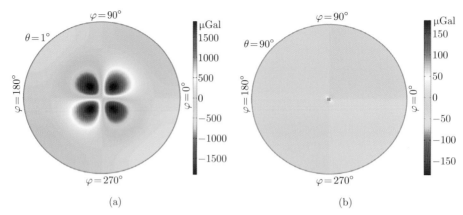

图 3.3.1 1066A 地球模型内 32km 深处垂直断层走滑破裂在变形地表面分别为震中距
(a) 1° 和 (b) 90° 内的结果所产生的重力变化

构造的影响将在第 4 章中详细讨论.

下面给出一些任意断层在地表面所产生的同震变形计算结果, 可以表明同震变形空间分布的复杂性, 见图 3.3.2 ~ 图 3.3.6.

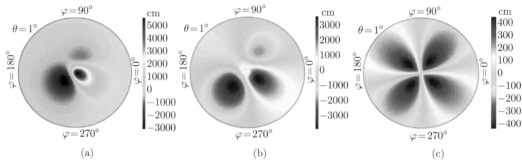

图 3.3.2    1066A 地球模型内 32km 深处一个任意滑动破裂震源 ($\delta = 60°, \lambda = 30°$) 在变形地表面所产生的垂直位移和水平位移. 单位是 cm; $UdS = 2.49 \times 10^{19} \text{cm}^3$. 图 (a)、(b) 和 (c) 分别为近场 1° 以内的垂直位移、水平 $\theta$ 分量位移和水平 $\lambda$ 分量位移的结果

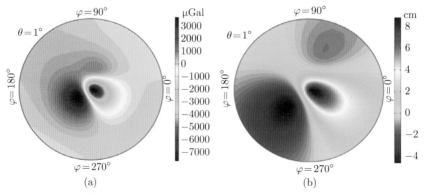

图 3.3.3    1066A 地球模型内 32km 深处一个任意滑动破裂震源 ($\delta = 60°, \lambda = 30°$) 在变形地表面上所产生的重力变化 (a) 和大地水准面变化 (b). 单位: 重力变化是微伽 ($10^{-6} \text{cm/s}^2$); 大地水准面为 cm; $UdS = 2.49 \times 10^{19} \text{cm}^3$

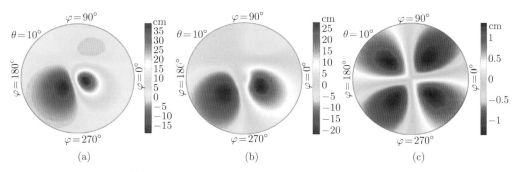

图 3.3.4　1066A 地球模型内 400km 深处一个任意滑动破裂震源 ($\delta = 50°, \lambda = 20°$) 在变形地表面所产生的垂直位移和水平位移. 单位是 cm; $U\mathrm{d}S = 2.49 \times 10^{19}\mathrm{cm}^3$. 图 (a)、(b) 和 (c) 分别为近场 $10°$ 以内的垂直位移、水平 $\theta$ 分量位移和水平 $\lambda$ 分量位移的结果

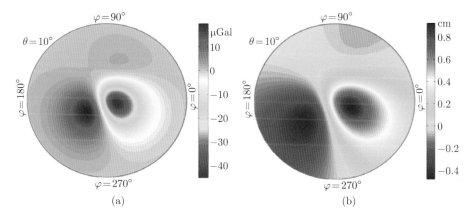

图 3.3.5　1066A 地球模型内 400km 深处一个任意滑动破裂震源 ($\delta = 50°, \lambda = 20°$) 在变形地表面上所产生的近场 $10°$ 以内的重力变化 (a) 和大地水准面变化 (b). 单位: 重力变化是微伽 ($10^{-6}\mathrm{cm/s}^2$); 大地水准面变化为 cm; $U\mathrm{d}S = 2.49 \times 10^{19}\mathrm{cm}^3$

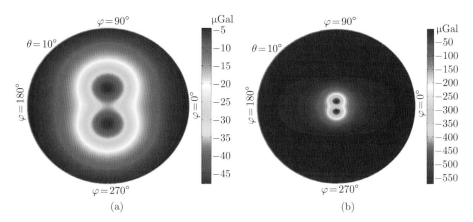

图 3.3.6　1066A 地球模型内 (a) 400km 和 (b) 100km 深处垂直断层水平引张破裂震源 ($\delta = 90°$) 在变形地表面上震源距 $10°$ 以内所产生的重力变化 $\delta g(a)$. 单位是微伽 ($10^{-6}\mathrm{cm/s}^2$); $U\mathrm{d}S = 2.49 \times 10^{19}\mathrm{cm}^3$

## 3.4　有限断层的数值积分

　　上述所有理论和计算结果都是关于点震源的. 当震源距远远大于断层面的几何尺寸时, 震源可以近似为点震源, 上述理论可以直接应用. 然而, 在计算近场同震变形或者震源距接近或小于断层面尺度时, 不能把震源简单的考虑成点震源, 在应用上述点源理论时, 必须考虑实际断层面的空间几何分布以及断层面上的位错滑动分布, 通过对断层面上滑动分布进行数值积分来实现. 考虑到实际断层模型通常是以离散网格状的滑动分量形式给出的, 数值积分可以相应的简化为数值求和来计算. 下面对具体数值计算作一简单讨论.

　　图 3.4.1 给出位于点 $(\theta_1, \phi_1; d_s)$ 处的有限断层模型, 断层的总长度和宽度分别为 $L$ 和 $W$, 倾角和方位角分别为 $\delta$ 和 $z_1$. 为了方便, 取断层面的左上角为坐标原点 $D(\theta_0, \phi_0; d_s)$, 其中 $d_s = a - r_1$ 是该原点的震源深度. 把断层面划分成 $P \times Q$ 块的小断层面元, 每个小断层面元的中心点坐标为 $D(\theta_1^{PQ}, \phi_1^{PQ}; d_s^{PQ})$. 令任意位错点 $D(\theta_1, \phi_1)$ 与观测点 $P(\theta_2, \phi_2)$ 之间的球面距离为 $\Phi$; $z_1$ 是断层线由北极起算的方位角; $z_2$ 则表示观测点 $P(\theta_2, \phi_2)$ 相对于震源 $D(\theta_1, \phi_1)$ 的方位角, 那么, 定义计算点相对于断层线的方位角 $z$ 为 $z = z_1 - z_2$, 于是, $\varphi$ 和 $z_2$ 可由球面三角关系式求得.

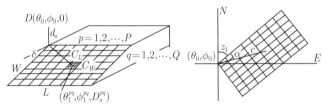

图 3.4.1　有限断层模型的几何示意图. (a) 表示球坐标系下的划分为 $P \times Q$ 块的断层面, $\delta$ 是倾角, $d_s = a - r_1$ 是震源深度; (b) 表示断层在地球表面上的投影

由于点位错的一般解可以表达为

$$\boldsymbol{Q} = \boldsymbol{Q}^{ij} \nu_i n_j U \mathrm{d}S \tag{3.4.1}$$

我们可以得到各个物理变量的计算表达式 (分别为位移向量、引力位变化、空间固定点重力变化、变形地表面重力变化和应变张量) 为

$$u_r(a, \theta, \lambda) = \int_S u_r^{ij}(a, \Phi, \Xi; D_s)\, \nu_i(r_1, \theta_1, \lambda_1)\, n_j \mathrm{d}S(r_1, \theta_1, \lambda_1) \tag{3.4.2}$$

$$\psi(a, \theta, \lambda) = \int_S \psi_r^{ij}(a, \Phi, \Xi; D_s)\, \nu_i(r_1, \theta_1, \lambda_1)\, n_j \mathrm{d}S(r_1, \theta_1, \lambda_1) \tag{3.4.3}$$

$$\Delta g(a, \theta, \lambda) = \int_S \Delta g_r^{ij}(a, \Phi, \Xi; D_s)\, \nu_i(r_1, \theta_1, \lambda_1)\, n_j \mathrm{d}S(r_1, \theta_1, \lambda_1) \tag{3.4.4}$$

$$\delta g(a, \theta, \lambda) = \int_S \delta g_r^{ij}(a, \Phi, \Xi; D_s)\, \nu_i(r_1, \theta_1, \lambda_1)\, n_j \mathrm{d}S(r_1, \theta_1, \lambda_1) \tag{3.4.5}$$

$$\boldsymbol{e}(a, \theta, \lambda) = \int_S \boldsymbol{e}^{ij}(a, \Phi, \Xi; D_s)\, \nu_i(r_1, \theta_1, \lambda_1)\, n_j \mathrm{d}S(r_1, \theta_1, \lambda_1) \tag{3.4.6}$$

式中, $S$ 表示断层面, $\Phi$ 为 $\mathrm{d}S(r_1, \theta_1, \phi_1)$ 和计算点之间的角距, $\Xi$ 是计算点相对于断层线的方位角, $D_s$ 为每个小面元中心点的震源深度; 而积分核 $(u_r^{ij}, \psi^{ij}, \Delta g^{ij}, \delta g^{ij}, e^{ij})$ 的 $3 \times 3 = 9$ 个分量表示四个独立解的线性组合. 注意, 式 (3.4.2)~ 式 (3.4.6) 中都用到了对 $i$ 和 $j$ 的隐性求和. 另外, 式中只给出了位移的法向分量 $u_r^{ij}$, 其他两个位移分量也有类似的表达式; 而 $e(a, \theta, \lambda)$ 表示四个应变分量, 每个分量的计算是一样的.

如上所述, 由于无法得到 $(u_r^{ij}, \psi^{ij}, \Delta g^{ij}, \delta g^{ij}, e^{ij})$ 的解析解, 同时断层模型通常也使离散化的, 我们不得不对式 (3.4.2)~ 式 (3.4.6) 进行数值计算. 小断层面元应该划分得足够小, 使得每个小面元可以认为是近似点震源. 最后, 关于有限断层的数值计算公式为

$$u_r(a, \theta, \lambda) = \left( \sum_{p=1}^{P} \sum_{q=1}^{Q} u_r^{(\mathrm{st})} \left(a, \Phi^{pq}, \Xi^{pq}; D_s^{pq}\right) \right) US \tag{3.4.7}$$

$$\psi(a, \theta, \lambda) = \left( \sum_{p=1}^{P} \sum_{q=1}^{Q} \psi^{(\mathrm{st})} \left(a, \Phi^{pq}, \Xi^{pq}; D_s^{pq}\right) \right) US \tag{3.4.8}$$

$$\Delta g(a, \theta, \lambda) = \left( \sum_{p=1}^{P} \sum_{q=1}^{Q} \Delta g^{(\mathrm{st})} \left(a, \Phi^{pq}, \Xi^{pq}; D_s^{pq}\right) \right) US \tag{3.4.9}$$

$$\delta g(a, \theta, \lambda) = \left( \sum_{p=1}^{P} \sum_{q=1}^{Q} \delta g^{(\mathrm{st})} \left(a, \Phi^{pq}, \Xi^{pq}; D_s^{pq}\right) \right) US \tag{3.4.10}$$

$$e(a, \theta, \lambda) = \left( \sum_{p=1}^{P} \sum_{q=1}^{Q} e^{(\mathrm{st})} \left(a, \Phi^{pq}, \Xi^{pq}; D_s^{pq}\right) \right) US \tag{3.4.11}$$

式 (3.4.7)~ 式 (3.4.11) 中的上标 (st) 表示或者取 (s) (剪切位错) 或者取 (t) (引张位错). 实际计算时, 参数 $P$ 和 $Q$ 可以通过断层边长 $L$ 和 $W$ 确定为

$$P = \frac{L}{d/k} \tag{3.4.12}$$

$$Q = \frac{W}{d/k} \tag{3.4.13}$$

式中, $d$ 为计算点到断层面的最近距离, 而 $k$ 是给定经验参数, 用来决定断层面的划分个数; 原则上 $k$ 应该选取得足够大, 使得每一个小断层元可以近似为一个点源, 经验表明 $k$ 应该大于 10. 这样每个小断层元的边长分别为

$$C_L = \frac{L}{P} \tag{3.4.14}$$

$$C_W = \frac{W}{Q} \tag{3.4.15}$$

那么, 每个断层元的中心点球坐标 $(\theta_1^{pq}, \phi_1^{pq}, D_s^{pq})$ 可以表示为

$$\theta_1^{pq} = \theta_0 - \frac{c}{a} \cos(z_1 + \alpha) \tag{3.4.16}$$

$$\phi_1^{pq} = \phi_0 + \frac{c}{a \sin \theta_1^{pq}} \sin (z_1 + \alpha) \qquad (3.4.17)$$

$$D_{\mathrm{s}}^{pq} = d_{\mathrm{s}} + \left( Q - \frac{1}{2} \right) C_W \sin \delta \qquad (3.4.18)$$

式中, $p = 1, 2, \cdots, P$; $q = 1, 2, \cdots, Q$, 并且

$$c = \left\{ \left[ \left( P - \frac{1}{2} \right) C_W \cos \delta \right]^2 + \left[ \left( Q - \frac{1}{2} \right) C_L \right]^2 \right\}^{1/2} \qquad (3.4.19)$$

$$\alpha = \arctan \frac{\left( P - \frac{1}{2} \right) C_W \cos \delta}{\left( Q - \frac{1}{2} \right) C_L} \qquad (3.4.20)$$

断层面元 $\mathrm{d}S$ 中心点和计算点 $(\theta_2, \phi_2)$ 之间的角距 $\Phi^{pq}$, 以及这两点连线的方位角 $z_2^{pq}$ 可以用下面的球面三角函数计算公式求得:

$$\cos \Phi^{pq} = \cos \theta_1^{pq} \cos \theta_2 + \sin \theta_1^{pq} \sin \theta_2 \cos (\phi_2 - \phi_1^{pq}) \qquad (3.4.21)$$

$$\sin z_2^{pq} = \frac{1}{\sin \phi^{pq}} \sin \theta_2 \sin (\phi_2 - \phi_1^{pq}) \qquad (3.4.22)$$

$$\cos z_2^{pq} = \frac{1}{\sin \theta_1^{pq} \sin \phi^{pq}} (\cos \theta_2 - \cos \theta_1^{pq} \cos \phi^{pq}) \qquad (3.4.23)$$

以及

$$\Xi^{pq} = z_1 - z_2^{pq} \qquad (3.4.24)$$

当每个断层元的中心点球坐标 $(\theta_1^{pq}, \phi_1^{pq}, D_{\mathrm{s}}^{pq})$ 求出后, 上述式 (3.4.7)~ 式 (3.4.11) 中的积分核可以计算如下:

对于倾滑形断层:

$$
\begin{aligned}
u_r^{(\mathrm{s})} (a, \Phi^{pq}, \Xi^{pq}; D_{\mathrm{s}}^{pq}) ={}& u_r^{ij} (a, \Phi^{pq}, \Xi^{pq}; D_{\mathrm{s}}^{pq}) \nu_i n_j \\
={}& \cos \lambda \left[ \hat{u}_r^{12}(a, \Phi^{pq}) \sin \delta \sin 2\Xi^{pq} \right. \\
& \left. - \hat{u}_r^{32}(a, \Phi^{pq}) \cos \delta \cos \Xi^{pq} \right] \\
& + \sin \lambda \left\{ \frac{1}{2} \sin 2\delta [ \hat{u}_r^{33}(a, \Phi^{pq}) - \hat{u}_r^{22,0}(a, \Phi^{pq}) \right. \\
& - \hat{u}_r^{12}(a, \Phi^{pq}) \cos 2\Xi^{pq} ] \\
& \left. - \hat{u}_r^{32}(a, \Phi^{pq}) \cos 2\delta \sin \Xi^{pq} \right\} \qquad (3.4.25)
\end{aligned}
$$

$$
\begin{aligned}
\psi^{(\mathrm{s})} (a, \Phi^{pq}, \Xi^{pq}; D_{\mathrm{s}}^{pq}) ={}& \psi^{ij} (a, \Phi^{pq}, \Xi^{pq}; D_{\mathrm{s}}^{pq}) \nu_i n_j \\
={}& \cos \lambda \left[ \hat{\psi}^{12}(a, \Phi^{pq}) \sin \delta \sin 2\Xi^{pq} \right. \\
& \left. - \hat{\psi}^{32}(a, \Phi^{pq}) \cos \delta \cos \Xi^{pq} \right] \\
& + \sin \lambda \left\{ \frac{1}{2} \sin 2\delta \left[ \hat{\psi}^{33}(a, \Phi^{pq}) - \hat{\psi}^{22,0}(a, \Phi^{pq}) \right. \right.
\end{aligned}
$$

$$-\hat{\psi}^{12}(a,\,\Phi^{pq})\cos 2\Xi^{pq}\Big]$$

$$-\hat{\psi}^{32}(a,\,\Phi^{pq})\cos 2\delta\sin\Xi^{pq}\Big\} \tag{3.4.26}$$

$$\begin{aligned}
\Delta g^{(\mathrm{s})}\left(a,\,\Phi^{pq},\,\Xi^{pq};D_{\mathrm{s}}^{pq}\right)=&\,\Delta g^{ij}\left(a,\,\Phi^{pq},\,\Xi^{pq};D_{\mathrm{s}}^{pq}\right)\nu_i n_j\\
=&\cos\lambda\left[\Delta\hat{g}^{12}(a,\,\Phi^{pq})\sin\delta\sin 2\Xi^{pq}\right.\\
&\left.-\Delta\hat{g}^{32}(a,\,\Phi^{pq})\cos\delta\cos\Xi^{pq}\right]\\
&+\sin\lambda\left\{\frac{1}{2}\sin 2\delta\left[\Delta\hat{g}^{33}(a,\,\Phi^{pq})-\Delta\hat{g}^{22,0}(a,\,\Phi^{pq})\right.\right.\\
&\left.-\Delta\hat{g}^{12}(a,\,\Phi^{pq})\cos 2\Xi^{pq}\right]\\
&\left.-\Delta\hat{g}^{32}(a,\,\Phi^{pq})\cos 2\delta\sin\Xi^{pq}\right\}
\end{aligned} \tag{3.4.27}$$

$$\begin{aligned}
\delta g^{(\mathrm{s})}\left(a,\,\Phi^{pq},\,\Xi^{pq};D_{\mathrm{s}}^{pq}\right)=&\,\delta g^{ij}\left(a,\,\Phi^{pq},\,\Xi^{pq};D_{\mathrm{s}}^{pq}\right)\nu_i n_j\\
=&\cos\lambda\left[\delta\hat{g}^{12}(a,\,\Phi^{pq})\sin\delta\sin 2\Xi^{pq}\right.\\
&\left.-\delta\hat{g}^{32}(a,\,\Phi^{pq})\cos\delta\cos\Xi^{pq}\right]\\
&+\sin\lambda\left\{\frac{1}{2}\sin 2\delta\left[\delta\hat{g}^{33}(a,\,\Phi^{pq})-\delta\hat{g}^{22,0}(a,\,\Phi^{pq})\right.\right.\\
&\left.-\delta\hat{g}^{12}(a,\,\Phi^{pq})\cos 2\Xi^{pq}\right]\\
&\left.-\delta\hat{g}^{32}(a,\,\Phi^{pq})\cos 2\delta\sin\Xi^{pq}\right\}
\end{aligned} \tag{3.4.28}$$

$$\begin{aligned}
e^{(\mathrm{s})}\left(a,\,\Phi^{pq},\,\Xi^{pq};D_{\mathrm{s}}^{pq}\right)=&\,e^{ij}\left(a,\,\Phi^{pq},\,\Xi^{pq};D_{\mathrm{s}}^{pq}\right)\nu_i n_j\\
=&\cos\lambda\left[\hat{e}^{12}(a,\,\Phi^{pq})\sin\delta\sin 2\Xi^{pq}\right.\\
&\left.-\hat{e}^{32}(a,\,\Phi^{pq})\cos\delta\cos\Xi^{pq}\right]\\
&+\sin\lambda\left\{\frac{1}{2}\sin 2\delta\left[\hat{e}^{33}(a,\,\Phi^{pq})-\hat{e}^{22,0}(a,\,\Phi^{pq})\right.\right.\\
&\left.-\hat{e}^{12}(a,\,\Phi^{pq})\cos 2\Xi^{pq}\right]\\
&\left.-\hat{e}^{32}(a,\,\Phi^{pq})\cos 2\delta\sin\Xi^{pq}\right\}
\end{aligned} \tag{3.4.29}$$

对于引张形断层：

$$\begin{aligned}
u_r^{(\mathrm{t})}\left(a,\,\Phi^{pq},\,\Xi^{pq};D_{\mathrm{s}}^{pq}\right)=&\,u_r^{ij}\left(a,\,\Phi^{pq},\,\Xi^{pq};D_{\mathrm{s}}^{pq}\right)\nu_i n_j\\
=&\,\hat{u}_r^{33}(a,\,\Phi^{pq})\cos^2\delta\\
&+\left[\hat{u}_r^{22,0}(a,\,\Phi^{pq})+\hat{u}_r^{12}(a,\,\Phi^{pq})\cos 2\Xi^{pq}\right]\sin^2\delta\\
&+\hat{u}_r^{32}(a,\,\Phi^{pq})\sin 2\delta\sin\Xi^{pq}
\end{aligned} \tag{3.4.30}$$

$$\begin{aligned}
\psi^{(\mathrm{t})}\left(a,\,\Phi^{pq},\,\Xi^{pq};D_{\mathrm{s}}^{pq}\right)=&\,\psi^{ij}\left(a,\,\Phi^{pq},\,\Xi^{pq};D_{\mathrm{s}}^{pq}\right)\nu_i n_j\\
=&\,\hat{\psi}^{33}(a,\,\Phi^{pq})\cos^2\delta\\
&+\left[\hat{\psi}^{22,0}(a,\,\Phi^{pq})+\hat{\psi}^{12}(a,\,\Phi^{pq})\cos 2\Xi^{pq}\right]\sin^2\delta\\
&+\hat{\psi}^{32}(a,\,\Phi^{pq})\sin 2\delta\sin\Xi^{pq}
\end{aligned} \tag{3.4.31}$$

$$\Delta g^{(\mathrm{t})}\left(a, \Phi^{pq}, \Xi^{pq}; D_{\mathrm{s}}^{pq}\right) = \Delta g^{ij}\left(a, \Phi^{pq}, \Xi^{pq}; D_{\mathrm{s}}^{pq}\right) \nu_i n_j$$
$$= \Delta \hat{g}^{33}(a, \Phi^{pq}) \cos^2 \delta$$
$$+ \left[\Delta \hat{g}^{22,0}(a, \Phi^{pq}) + \Delta \hat{g}^{12}(a, \Phi^{pq}) \cos 2\Xi^{pq}\right] \sin^2 \delta$$
$$+ \Delta \hat{g}^{32}(a, \Phi^{pq}) \sin 2\delta \sin \Xi^{pq} \tag{3.4.32}$$

$$\delta g^{(\mathrm{t})}\left(a, \Phi^{pq}, \Xi^{pq}; D_{\mathrm{s}}^{pq}\right) = \delta g^{ij}\left(a, \Phi^{pq}, \Xi^{pq}; D_{\mathrm{s}}^{pq}\right) \nu_i n_j$$
$$= \delta \hat{g}^{33}(a, \Phi^{pq}) \cos^2 \delta$$
$$+ \left[\delta \hat{g}^{22,0}(a, \Phi^{pq}) + \delta \hat{g}^{12}(a, \Phi^{pq}) \cos 2\Xi^{pq}\right] \sin^2 \delta$$
$$+ \delta \hat{g}^{32}(a, \Phi^{pq}) \sin 2\delta \sin \Xi^{pq} \tag{3.4.33}$$

$$e^{(\mathrm{t})}\left(a, \Phi^{pq}, \Xi^{pq}; D_{\mathrm{s}}^{pq}\right) = e^{ij}\left(a, \Phi^{pq}, \Xi^{pq}; D_{\mathrm{s}}^{pq}\right) \nu_i n_j$$
$$= \hat{e}^{33}(a, \Phi^{pq}) \cos^2 \delta$$
$$+ \left[\hat{e}^{22,0}(a, \Phi^{pq}) + \hat{e}^{12}(a, \Phi^{pq}) \cos 2\Xi^{pq}\right] \sin^2 \delta$$
$$+ \hat{e}^{32}(a, \Phi^{pq}) \sin 2\delta \sin \Xi^{pq} \tag{3.4.34}$$

公式中四个独立变量解 $\left[u_r^{ij}(a, \Phi^{pq}), \hat{\psi}^{ij}(a, \Phi^{pq}), \Delta \hat{g}^{ij}(a, \Phi^{pq}), \delta \hat{g}^{ij}(a, \Phi^{pq}), \hat{e}^{ij}(a, \Phi^{pq})\right]$ 已经在上面给出.

# 3.5  有限断层数值积分的应用实例
## ——阿拉斯加大地震的同震变形计算

作为 3.4 节有限断层数值积分的应用例, 本节计算 1964 年阿拉斯加大地震 ($M_{\mathrm{w}}9.2$) 产生的重力变化和大地水准面变化. 然后把计算结果和实际观测结果比较, 以此证明上述计算公式的正确性.

在这个大地震前后, 在南阿拉斯加地区都进行过流动水准和重力测量 (Plafker, 1965; Barnes, 1966; Stauder and Bollinger, 1966). 重力测量所使用的仪器为 LaCoste & Romberg 重力仪, 读数精度为 $10 \times 10^{-6} \mathrm{cm/s}^2$. 在该地震断层上下盘 (隆起和沉降区域) 共 10 个观测点上进行了重力测量. 由震前和震后重力观测得到的重力差, 即同震重力变化表示在图 3.5.1 中. 而由水准测量或海岸线研究得到的垂直位移和重力变化的对比表示在图 3.5.2 中.

为了解释这些观测到的同震重力变化, 采用由 Savage 和 Hastie (1966) 给出的该地震断层参数 (表 3.5.1) 和 1066A 地球模型的格林函数计算了上述 10 个观测点上的重力变化, 数值计算结果表示在图 3.5.3 中. 同样, 该地震产生的垂直位移和重力变化的对比表示在图 3.5.4 中. 比较图 3.5.1 和图 3.5.3, 观测和计算的重力变化在分布形态上基本上是一致的, 说明上述球形地球位错理论是正确的. 为了更清晰地比较, 图 3.5.5 中给出了该地震产生的重力变化的观测值与理论值 (纵轴) 的比较, 横轴表示实际的观测值, 而纵轴表示理论计算值. 图中结果显示两者具有较好的线性关系, 即理论值可以较好地解释观测结果.

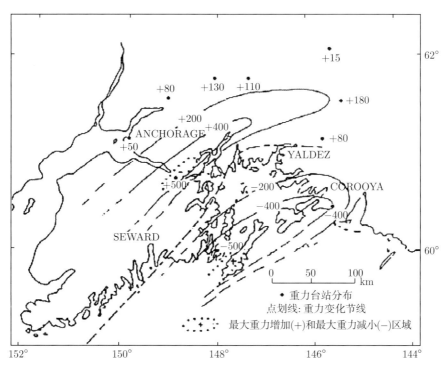

图 3.5.1　1964 年阿拉斯加地震断层线 (沿海岸的虚线) 位置以及震前震后
重力测量得到的同震重力变化 (Barnes, 1966)

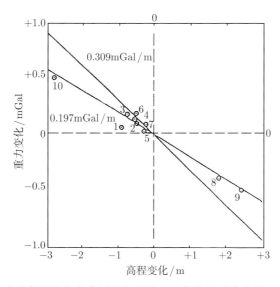

图 3.5.2　流动重力测量和水准测量得到的重力变化与垂直位移 (Barnes, 1966)

表 3.5.1　1964 年阿拉斯加地震 ($M_w 9.2$) 断层参数

| 长度 | $L$ | 600km | 长度 | $L$ | 600km |
|------|-----|-------|------|-----|-------|
| 宽度 | $W$ | 200km | 方位角 | $z_1$ | N35°E |
| 深度 | $d_s$ | 20km | 位错量 | $U$ | 10m |
| 倾角 | $\delta$ | 9° | 地震矩 | $M_0$ | $0.82 \times 10^{25} \mathrm{N} \cdot \mathrm{cm}$ |

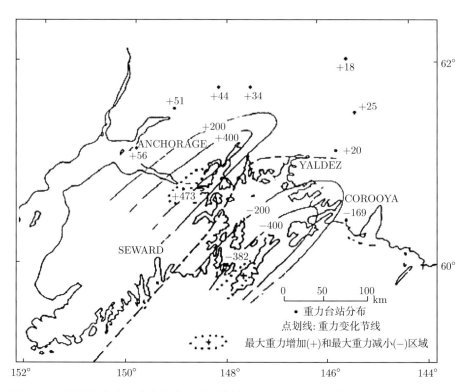

图 3.5.3　利用上述球形地球位错理论计算的 1964 年阿拉斯加大地震产生的重力变化

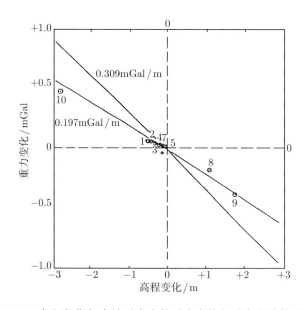

图 3.5.4　1964 年阿拉斯加大地震产生的重力变化与垂直位移的理论模拟值

　　下面进一步计算和比较远场的重力变化结果. 由于远场的震中距远远大于断层面的几何大小, 可以直接利用上面的点源位错理论, 可以节省大量计算时间且不影响计算精度. 我们计算了两个方向上的重力变化: 沿断层线方向 ($\delta g_0 = 0°$) 和与断层线相垂直的方向

$(\delta g_0 = 90^\circ)$. 沿着两个方向的重力变化计算结果绘于图 3.5.6. 结果表明, 在震中距 $\theta < 6^\circ$ 以内, 重力变化的绝对值大于 $10 \times 10^{-6} \text{cm/s}^2$; $\theta < 16^\circ$ 以内, 重力变化大于 $1 \times 10^{-6} \text{cm/s}^2$; $\theta < 40^\circ$ 以内, 重力变化大于 $0.1 \times 10^{-6} \text{cm/s}^2$; 而全球重力变化均大于 $0.01 \times 10^{-6} \text{cm/s}^2$. 这些模拟结果意味着阿拉斯加大地震可以在全球表面产生足以被现代重力仪 (如超导重力仪或绝对重力) 观测到的重力变化.

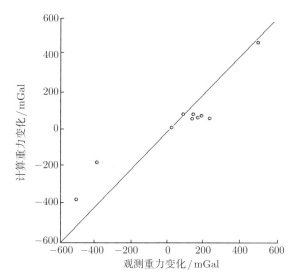

图 3.5.5　1964 年阿拉斯加大地震产生的重力变化的观测值 (横轴) 与理论值 (纵轴) 的比较

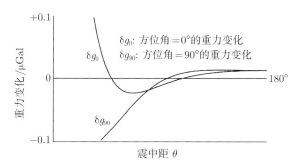

图 3.5.6　1964 年阿拉斯加大地震在远场产生重力变化的理论计算值. 横轴表示震中距 ($0^\circ \sim 180^\circ$), 纵轴表示沿断层线方向 ($\delta g_0 = 0^\circ$) 和与断层线相垂直的方向 ($\delta g_0 = 90^\circ$) 的同震重力变化

　　作为同震引力位变化的应用, 下面讨论该地震产生的大地水准面变化 $\zeta$. 大地水准面变化的原理很简单, 只要把上面得到的同震引力位变化除以地球表面的重力值即可, 即 $\zeta = \psi/g_0$. 首先计算该地震断层模型 (表 3.5.1) 在通过断层面中心点且与断层线平行和正交的两个剖面上的大地水准面变化, 结果分别在图 3.5.7 和图 3.5.8 中给出. 结果表明, 在跨断层面处大地水准面发生非常明显的变化, 变化幅度达到 0.8cm, 但是, 随着震中距加大而迅速衰减. 如此大的大地水准面变化是完全可以被现代大地测量检测出来 (如重力卫星 GRACE).

　　进一步, 考虑一个带有障碍体的断层模型 (图 3.5.9): 一个面 ($L \times W$) 与阿拉斯加地震的地震矩相同, 但是断层的深度和倾角作了一点调整: 深度 $d_s = 2km$; 倾角 $\delta = 60°$; 在这个断层面的中间假设存在一个没有破裂的障碍体 200km×50km, 其目的是观察其障碍体的存在产生多大扰动, 并且能否被现代大地测量技术检测出来. 利用前面的位错理论和上述断层模型, 分别计算图 3.5.9 中沿两个剖面 $AB$ 和 $CD$ 的大地水准面变化, 其数值结果分别在图 3.5.10 和图 3.5.11 中给出. 结果表明, 在跨断层处大地水准面发生非常明显的

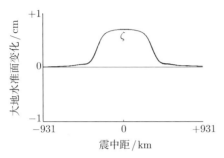

图 3.5.7　1964 年阿拉斯加地震在平行断层线且通过断层面中心点的剖面上产生的大地水准面变化

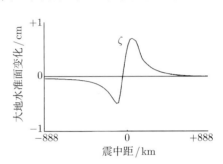

图 3.5.8　1964 年阿拉斯加地震在垂直断层线且通过断层面中心点的剖面上产生的大地水准面变化

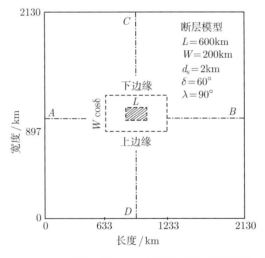

图 3.5.9　2130km×2130km 区域内的 1964 年阿拉斯加地震模型 (断层参数稍加修改); 另外, 假设断层中间有一个障碍体

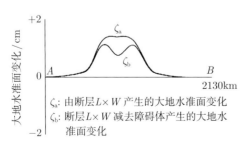

图 3.5.10　断层模型 (图 3.5.9) 在 $AB$ 剖面上产生的大地水准面变化

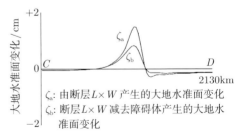

图 3.5.11　断层模型 (图 3.5.9) 在 $CD$ 剖面上产生的大地水准面变化

变化, 变化幅度达到 1.5cm. 结果还表明, 中间障碍体的存在对大地水准面产生了明显的扰动, 其幅度也非常大, 完全可能被实际观测到, 有利于研究或反演地震断层破裂形态.

## 3.6　地球曲率和层状构造的影响

在很多情况下, 我们仅对同震变形感兴趣, 弹性介质地球模型的位错理论足够了. Okada (1985) 关于半无限空间模型的同震位移、应变的位错理论和 Okubo (1991; 1992) 同震重力变化的理论以及上述球形地球模型的位错理论都是弹性介质模型的理论. 由于半无限空间介质模型的位错理论 (Okada; 1985; Okubo, 1991; 1992) 是以非常简单的解析表达式形式给出的, 这些计算公式至今仍然被广泛使用, 用于解释地震火山活动产生的同震位移、应变或者重力变化. 例如, Okubo 等 (1991) 利用他的理论成功地解释了 1989 年日本伊豆半岛海底群发地震产生的重力变化.

然而, 由于实际地球更接近于一个均质球或者层状球, 至少在远场变形的计算中, 忽略地球曲率和层状构造会产生较大的误差. 显而易见, 上述球形地球模型的位错理论至少在地球模型上更为合理, 因为该理论考虑了地球的曲率和层状构造. Amelung 和 Wolf (1994) 研究了表面负荷的球面效应问题. 他们比较了考虑重力的球形模型和无重力的半无限空间模型, 发现忽略曲率和自重的影响部分相抵消. Sabadini 和 Vermeerson (1997) 基于简正模方法考察了岩石圈和地幔分层对全球同震和震后变形的影响. 他们发现地幔黏滞结构对远场形变有较大影响. 但是他们的讨论仅限于倾滑断层. 另外, 由于该方法固有的缺陷, 对于近场的讨论是比较困难的.

本书讨论的位错理论 (Sun and Okubo, 1993; 1998; Sun et al., 1996a; 2009) 是建立在更接近真实地球的球形层状地球模型上的 [如 1066A (Gilbert and Dziewonski, 1975) 或者 PREM (Dziewonski and Anderson, 1981)], 它包含了地球的曲率和层状构造. 从物理模型上讲, 其位错理论在全球任何地方均有效; 然而, 地球的曲率和层状构造的影响究竟有多大, 是值得注意和研究的问题.

为了检验球形地球模型位错理论数学表达式的有效性, 以及考察地球的曲率和层状构造的影响, 下面应用上述几个关于弹性介质模型的位错理论计算地震位错在地表面产生的同震变形并进行比较. 为了简化讨论且不失一般性, 这里的讨论主要针对点震源所产生的同震位移和应变来进行, 其他关于引力位和重力等的讨论都是类似的. 为了进行比较, 我们分别考虑下述三个地球模型 (图 3.6.1): 一个半无限空间地球模型 (a)、一个均质球地球模型 (b) 和一个层状球形地球模型 (c). 半无限空间地球模型用 Okada (1985) 的解析公式

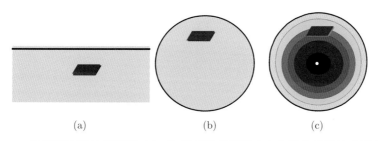

(a)　　　　　　　(b)　　　　　　　(c)

图 3.6.1　半无限空间地球模型 (a)、均质球地球模型 (b) 和层状球形地球模型 (c)

计算; 而均质球地球模型和层状球形地球模型则用上述球形地球模型位错理论来计算. 通过计算和比较半无限空间地球模型和均质球地球模型的结果, 可以得到地球曲率的影响; 比较均质球地球模型和层状球形地球模型的结果便可以得知地球层状构造的影响.

### 3.6.1 同震位移的比较

首先, 作为一般情况, 我们比较一个均质半无限空间模型和一个 SNREI 模型的同震位移结果. 采用 1066A 地球模型, 用上述球形地球模型位错理论计算同震垂直位移; 而均质半无限空间采用与 1006A 模型地表层相同的介质参数, 并用 Okada (1985) 的解析公式计算同震垂直位移. 震源深度均为 32km. 数值计算结果在图 3.6.2 中给出, 图中实线表示 1066A 地球模型的垂直位移, 而虚线则代表均质半无限空间模型的垂直位移. 其中上图给出近场 2° 以内的结果, 而下图则给出远场 50° ~ 180° 的结果.

图 3.6.2 表明, 两个地球模型的同震位移在近场的分布形态基本一致, 但是具有较大的差异. 整体上, 两者之间的差异均超过 20%. 在震源距 0.9° 和 1.4° 之间两者的符号甚至是相反的, 意味着在这个区间用两个位错理论进行理论计算, 至少有一个是错误的. 在远场 60° 和 180° 之间, 两个模型的结果也是符号相反的. 可想而知, 理论上球形地球模型应该好于半无限空间模型, 所以, 由图 3.6.2 可知, 即使在近场, 如果要得到误差小于 20% 的结果, 一个 SNREI 地球模型的位错理论是必要的. 图 3.6.2 中两个地球模型的结果的差, 其实包含地球曲率 (加上介质自重) 和地球层状构造的影响, 下面将分别讨论它们.

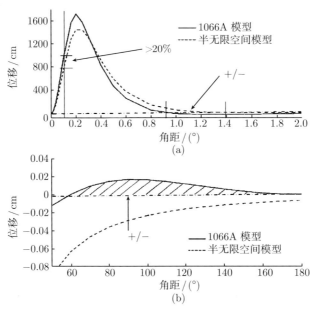

图 3.6.2 1066A 地球模型的法向位移 (实线) 与均质半无限空间模型的垂直位移 (虚线) 的比较. 震源深度为 32km

下面考虑半无限空间地球模型 (图 3.6.1(a)) 和均质球地球模型 (图 3.6.1(b)) 的比较, 讨论地球曲率的影响. 所谓半无限空间地球模型是把地球简化为一个充满均匀弹性介质的半无限空间, 该模型非常简单, 能够用解析表达式表示介质的同震变形. 例如, Okada (1985) 在总结前人工作的基础上给出了一组简洁的计算公式, 用以计算同震位移、倾斜和应变变化, 而 Okubo (1991; 1992) 提出了一组计算地球引力位和重力变化的计算表达式. 由于它们在数学上非常简单, 这些表达式被广泛地应用于同震变形的计算和断层反演的研究. 然而, 由于这个模型没有考虑地球的曲率和层状构造, 其有效性应该仅限于地震震源附近的近场内. 由于现代大地测量技术能够以高精度检测出全地球表面的地震变形, 为了解释这些全球形变, 一个能够反映出地球曲率和层状构造的位错理论是必要的. 至少, 一个均质球地球模型在物理上比半无限空间模型更合理, 因为它包含了地球的曲率. 因为它不包含地球的径向层状构造, 通过比较介质参数相同均质半无限空间模型和均质球模型的计算结果, 我们可以观察地球曲率的影响.

在实际数值计算中, 两个地球模型的介质参数都选取 1066A 地球模型的最上层介质参数 (Gilbert and Dziewonski, 1975). 利用 Okada (1985) 的解析计算公式和上述球形地球模型的位错理论分别对这两个地球模型进行计算并比较.

值得注意的是, 球形地球模型位错理论采用球坐标, 而半无限空间地球模型的理论采用直角坐标. 相应的各个变形分量, 如水平位移分量的定义则是不同的, 对两个不同模型的结果进行比较时, 必须正确考虑两个坐

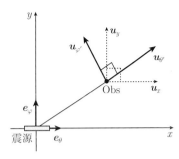

图 3.6.3 在球坐标系 (本研究) 和直角坐标系下 (Okada, 1985) 水平位移分量 $u_{\theta'}$, $u_{\varphi'}$ 和 $u_x$, $u_y$ 之间的关系示意图

标系统之间的关系. 例如, 图 3.6.3 中给出在球坐标系 (本研究) 和直角坐标系下 (Okada, 1985) 水平位移分量 $u_{\theta'}$, $u_{\varphi'}$ 和 $u_x$, $u_y$ 之间的关系示意图.

为了比较所有可能性, 我们考虑四个独立震源: 两个剪切源和两个引张源, 即一个垂直走滑断层、一个垂直倾滑断层、一个水平引张断层 ($\delta = 90°$) 和一个垂直引张断层 ($\delta = 0°$). 断层面和位错乘积的大小假设为 $L \times W \times U = 10^9 \text{m}^3$. 震源深度也选取不同的值, 以便可以观察这些效应随深度的变化. 图 3.6.4 是四种独立震源的同震垂直位移的比较. 从上至下四个子图分别表示走滑、倾滑、水平引张和垂直引张破裂的结果. 横轴 ($x$) 表示震中距至 200km, 纵轴表示位移的大小. 结果表明, 对于浅源地震, 地球曲率的影响是比较小的.

然而, 随着震源深度的增加, 其曲率影响也随之变大. 图 3.6.5 给出四种独立震源的同震垂直位移的比较. 该图表明对于所有震源都存在差异, 而引张性震源的差异更大一些, 特别是垂直断层上水平破裂的震源 ($\delta = 90°$), 其差异最大, 出现在震中处. 另外, 结果表明, 地球曲率效应随深度增加而增加; 引张震源的曲率效应比剪切震源的大.

值得注意的是, 由于半无限空间地球模型没有考虑地球的自重, 而上述均质球模型则包含了地球自重, 所以上述两者的差值实际上包含了地球曲率和地球自重的影响. 如果要区分这两种效应, 需要进一步分别作两个独立的计算和比较, 即比较半无限空间模型和无自重均质球模型的结果而得到地球曲率的影响; 再比较一个无自重均质球和一个考虑

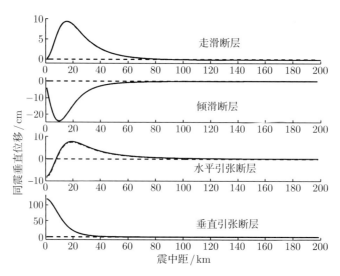

图 3.6.4　地球曲率效应：四种独立震源的同震垂直位移的比较. 震源深度为 20km. 实线表示均质球的结果；点划线表示均质半无限空间模型的结果 (注意，因为两者互相重叠，点划线看不清楚)

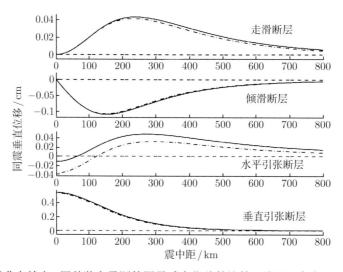

图 3.6.5　地球曲率效应：四种独立震源的同震垂直位移的比较. 震源深度为 300km. 实线表示均质球的结果；点划线表示均质半无限空间模型的结果

自重的均质球, 从而得到地球自重的影响. 然而, 我们假设地球自重的影响小于地球曲率的影响 (有待验证), 并且简化讨论, 如上讨论暂且假设为地球曲率的影响.

下面来讨论地球层状构造的影响. 为此, 我们考虑一个均质球和一个层状构造球 (1066A 模型), 分别计算其同震位移并比较之. 利用上述地球模型参数进行数值计算, 图 3.6.6 给出四种独立震源的同震垂直位移的结果比较. 由图可见, 两个地球模型之间的差非常大, 包括震中距, 任何地方的差异均超过 25%. 这表明, 地球层状构造的影响远远大于地球曲率效应. 进而可以推断, 半无限空间模型的位错理论可以产生 25% 的误差.

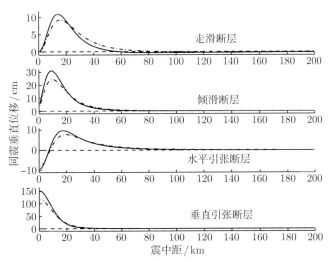

图 3.6.6 地球层状构造效应: 四种独立震源的同震垂直位移的结果比较. 震源深度为 20km.
实线表示 1066A 地球模型的结果; 点划线表示均质球模型的结果

同样, 随着震源深度的增加, 两个模型之间的差值也越来越大 (图 3.6.7). 图 3.6.7 给出地球层状构造效应: 四种独立震源的同震垂直位移的结果比较. 震源深度为 300km. 实线表示 1066A 地球模型的结果; 点划线表示均质球模型的结果. 结果表明, 引张震源的层状构造效应非常大, 在震中处甚至反号.

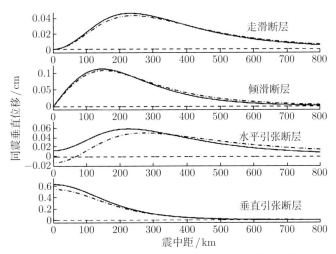

图 3.6.7 地球层状构造效应: 四种独立震源的同震垂直位移的结果比较. 震源深度为 300km.
实线表示 1066A 地球模型的结果; 点划线表示均质球模型的结果

作为特例, 下面把震中 ($\theta = 0°$) 处的曲率效应和层状构造效应总结在表 3.6.1 中. 对于剪切震源, 曲率效应和层状构造效应都为零. 这个结论对于任何地球介质模型都成立, 因为一个垂直断层的走滑位错产生四象限的同震变形分布, 并在震中处相交一定为零; 而垂直断层的倾滑位错产生两象限的同震变形分布, 并在震中处为节线, 也一定为零. 然而, 对于一个引张型震源, 其曲率效应在浅源处几乎不存在, 但是随着震源深度增加而增加;

但是地球层状构造效应对于任何震源深度都存在.

**表 3.6.1   震中 ($\theta = 0°$) 处的曲率效应和层状构造效应总结**

|        | 曲率效应 | 层状效应 |
|--------|---------|---------|
| 剪切位错 | 无 | 无 |
| 引张位错 | 无 (浅源) 有 (深源) | 有 |

### 3.6.2   同震应变变化的比较

利用上述数值计算技巧, 对于一个具体的地球模型进行求解 (计算方法及数值结果也可参见 Sun 和 Okubo (1993)、Sun 等 (1996)), 可以求得 $y$ 解 $y_{k,m}^{n,ij}(a)$ 和 $y_{k,m}^{t,n,ij}(a)$. 得到这些 $y$ 解以后, 利用勒让德函数及其导数并通过级数求和便可以计算应变格林函数. 我们推导了一些必要的勒让德函数递推公式, 列在本章附录中. 在震中区级数收敛非常慢, 使得在近场的计算要比远场的计算困难. 第 2 章中给出的计算技巧是必要的. 另一方面, 近场的同震变形非常大, 通常远远大于远场的变形, 因此, 下面的计算与讨论基本上限于近场.

首先假设在一个均质球内 32km 深处存在四个独立点震源, 计算出 $y$ 解 $y_{k,m}^{n,ij}(a)$ 和 $y_{k,m}^{t,n,ij}(a)$. 然后, 按照第 2 章中公式计算出应变格林函数 $\hat{e}_{kl}^{ij}(a,\theta)$, 其中假设 $UdS/a^2 = 1$ 以及地球半径取为 $a = 6371km$. 这个假设意味着 $UdS$ 和地球半径 $a$ 应该用相同的单位, 使得实际计算结果中的应变分量是量纲为一的.

一旦这些格林函数计算出来, 便很容易计算出实际地震产生的同震应变分量. 图 3.6.8 给出的是均质球形地球模型内 32km 深处四种独立震源在地球表面产生的同震应变分量 $e_{rr}^{ij}(a,\theta,\varphi)$ 的格林函数. 横坐标轴表示经纬度至 2°; 纵坐标则表示应变振幅, 单位是 1/km. 如理论期望一样, 垂直断层走滑震源的应变分量 $e_{rr}^{12}(a,\theta,\varphi)$ 表现为四象限分布, 垂直断层倾滑震源的应变分量 $e_{rr}^{32}(a,\theta,\varphi)$ 表现为以断层线为分界的反对称 (两限) 分布, 而引张型震源的应变分量 $e_{rr}^{22,0}(a,\theta,\varphi)$ 和 $e_{rr}^{33}(a,\theta,\varphi)$ 具有球对称分布. 为了比较, 利用 Okada 关于半无限空间模型的理论 (Okada, 1985) 计算了相应的同震应变, 结果绘于图 3.6.9, 其定义和图标与图 3.6.8 完全相同. 比较图 3.6.8 和图 3.6.9 可知, 无论是应变振幅还是分布形状, 两者符合得非常好.

为了更仔细的观察其地球曲率效应, 图 3.6.10 分别给出两种地球模型的同震应变分量 $e_{\theta\theta}^{ij}(a,\theta,\varphi)$ (对于其他分量也是一样的) 的比较. 远于震中距 90° 的结果没有画出来, 因为水平应变分量随着震中距增加而快速衰减, 几乎小十个数量级以上.

在每一个子图中, 都分别给出了四个独立位错源的结果: 从上至下为垂直断层走滑位错、垂直断层倾滑位错、垂直断层水平引张位错和水平断层径向引张位错. 结果表明, 由于两个曲线基本重叠, 很难区分两者之间的差异, 特别是在震中区附近 (图 3.6.10(a)). 随着震中距的增大, 所有应变分量都表现出了差异, 例如, 垂直断层水平引张分量达到了超过 30% 的差异.

值得指出的是, 这些结果仅仅是关于四个独立震源给出的. 虽然剪切震源给出较小

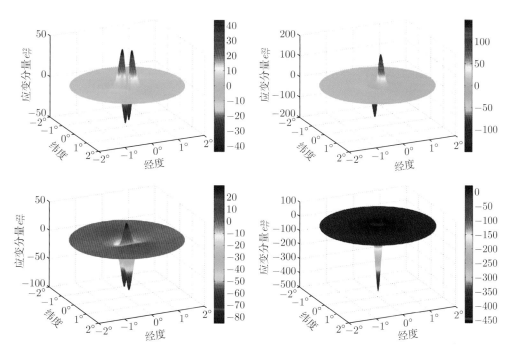

图 3.6.8　均质球形地球模型内 32km 深处四种独立震源在地球表面产生的
同震应变分量 $e_{rr}^{ij}(a,\theta,\varphi)$ 的格林函数

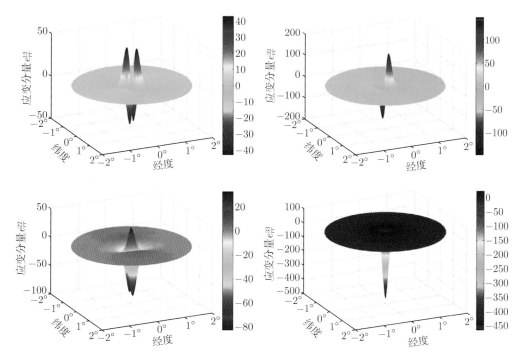

图 3.6.9　半无限空间地球模型内 32km 深处四种独立震源在地球表面产生的同震应变分量
$e_{rr}^{ij}(a,\theta,\varphi)$ 的格林函数 (利用 Okada (1985) 解析公式计算)

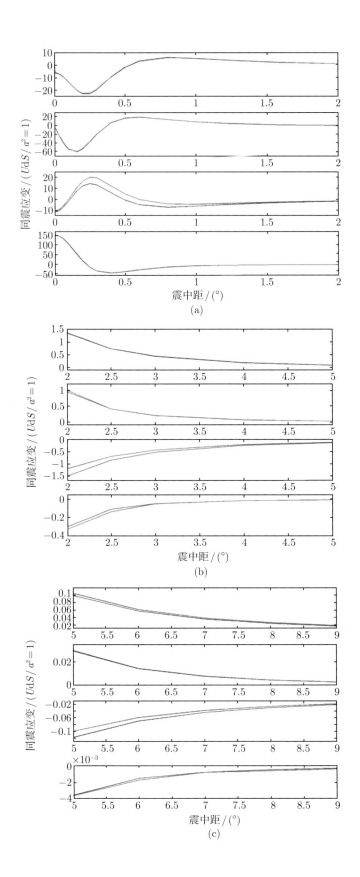

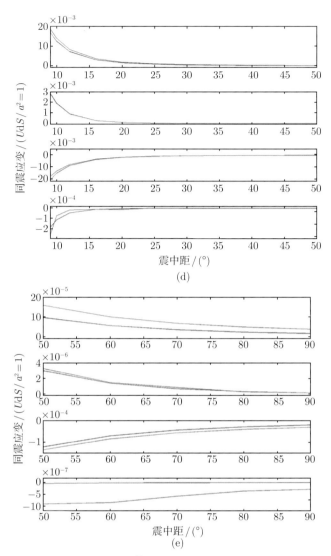

图 3.6.10　两种地球模型的同震应变分量 $e_{\theta\theta}^{ij}(a,\theta,\varphi)$ 的比较, 红线代表均质球的结果, 蓝线则表示半无限空间的结果, 震源深度为 50km. 按照震中距分为五段, 分别绘于 (a) $0° \sim 2°$, (b) $2° \sim 5°$, (c) $5° \sim 9°$, (d) $9° \sim 50°$ 和 (e) $50° \sim 90°$ 子图中. 每一个子图都给出四种独立震源的相应结果

的差异, 但是它并不意味着其球形效应小, 因为一个任意震源 (特别是任意倾滑震源) 的同震变形通常包含所有四个独立震源分量的解, 取决于不同的倾角和滑动角, 也就是说, 差异较大的垂直断层水平引张分量也对任意剪切震源的同震变形结果产生影响 (Sun and Okubo, 2004a).

　　总结上述讨论, 对于垂直断层的剪切位错源和水平断层垂直方向引张震源来说, 地球曲率效应是比较小的, 在近场小于 1%, 但是随着震中距的增加而变大; 而对于垂直断层水平引张震源来说, 地球曲率效应非常大, 超过最大变形的 30%. Pollitz (1996) 曾利用简正模方法研究过类似的问题 (但是他没有考虑过地球的自重). 他的结果表明, 对于地壳深度内的剪切震源, 地球曲率的影响在震中距 100km 以内小于 2%. 这和如上结论基本一致.

接下来, 通过比较均质球和层状球的同震应变结果, 我们考察地球层状构造的影响. 假设在 1066A 地球模型 (Gilbert and Dziewonski, 1975) 内 32km 深处存在四种独立震源, 我们首先计算四种震源所产生的应变格林函数 $\tilde{e}_{kl}^{ij}(a, \theta)$, 数值计算中假设 $UdS/a^2 = 1$, 并且地球半径为 $a = 6371$km. 图 3.6.11 给出 1066A 地球模型内 32km 深处四种独立震源的同震应变格林函数分量 $e_{rr}^{ij}(a, \theta, \varphi)$. 关于其他应变分量 $e_{\theta\theta}^{ij}(a, \theta, \varphi)$, $e_{\varphi\varphi}^{ij}(a, \theta, \varphi)$ 和 $e_{\theta\varphi}^{ij}(a, \theta, \varphi)$ 分别在图 3.6.12~ 图 3.6.14 中给出, 它们在分布形态上与 $e_{rr}^{ij}(a, \theta, \varphi)$ 相同, 只是振幅不同而已.

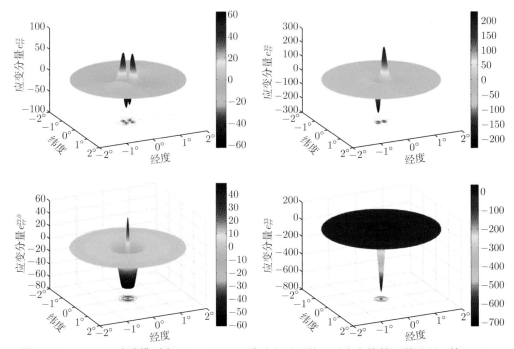

图 3.6.11　1066A 地球模型内 32km 深处四种独立震源的同震应变格林函数分量 $e_{rr}^{ij}(a, \theta, \varphi)$

为了观察地球层状构造的影响, 我们把上述 1066A 地球模型的结果和前节中的均质球的结果进行比较, 结果绘于图 3.6.15. 该图给出了震源深度为 32km 的所有四种独立震源的在震源距为 $1°$ 之内的所有应变分量 $e_{kl}^{ij}(a, \theta, \varphi)$ 的比较结果. 蓝色曲线表示 1066A 地球模型的结果, 红线表示均质球的结果. 由图可见, 包括震中在内的任何地方两个模型结果的差值都大于 30%, 这个层状构造的影响远远大于地球曲率的影响. 因此可以说, 半无限空间模型的位错理论在计算应变时会产生大于 30% 的误差.

为了进一步观察地球层状构造的影响, 考虑一个新地球模型, 即把 1066A 地球模型的地表层 11km 的介质用地下 30km 深处的介质参数替代, 用上述相同方法进行数值计算, 并将结果也绘于图 3.6.15 中 (用绿线表示). 结果表明, 这个新模型的结果与均质球和 1066A 地球模型都有较大的差异. 它再一次证明在计算同震应变时, 地球径向构造的影响非常显著.

因为同震应变变化随着震中距的增加衰减很快, 很难观察远场差异. 另外, 由于应变

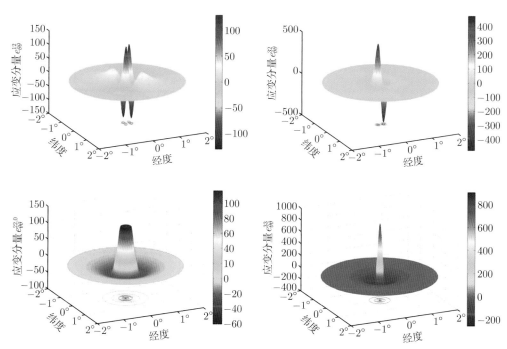

图 3.6.12 1066A 地球模型内 32km 深处四种独立震源的同震应变格林函数分量 $e_{\theta\theta}^{ij}(a,\theta,\varphi)$

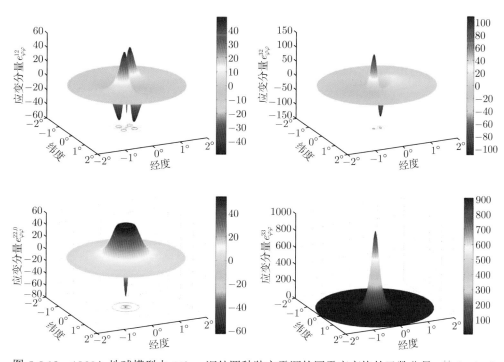

图 3.6.13 1066A 地球模型内 32km 深处四种独立震源的同震应变格林函数分量 $e_{\varphi\varphi}^{ij}(a,\theta,\varphi)$

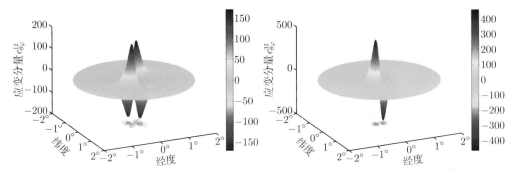

图 3.6.14 1066A 地球模型内 32km 深处四种独立震源的同震应变格林函数分量 $e_{\theta\varphi}^{ij}(a,\theta,\varphi)$.
注意下列分量为零: $e_{\theta\varphi}^{22,0}(a,\theta,\varphi) = e_{\theta\varphi}^{33}(a,\theta,\varphi) = 0$

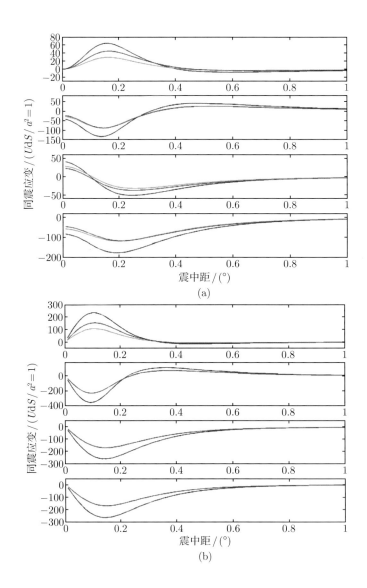

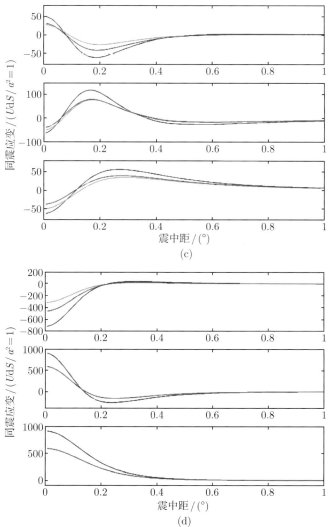

图 3.6.15　三种地球模型的同震应变分量 $e_{kl}^{ij}(a,\theta,\varphi)$ 的比较: 均质球 (红线)、1066A 地球模型 (蓝线) 和地表层经过修改的 1066A 模型 (绿线). 子图 (a)、(b)、(c) 和 (d) 分别表示四个应变 分量的结果: $e_{rr}^{ij}(a,\theta,\varphi)$, $e_{\theta\theta}^{ij}(a,\theta,\varphi)$, $e_{\varphi\varphi}^{ij}(a,\theta,\varphi)$ 和 $e_{\theta\varphi}^{ij}(a,\theta,\varphi)$. 每个子图从上至下又分别 给出四种独立震源的结果: 走滑、倾滑、水平引张和垂直引张, 震源深度均为 32km

有时也呈正负号变化, 就不能用对数的形式来表现. 为了克服这个困难, 下面用分段的形式来展示其结果. 为了节省文章长度, 这里仅以应变分量 $e_{\theta\theta}^{ij}(a,\theta,\varphi)$ 为例 (其他分量基本上是类似的). 图 3.6.16 给出了三种地球模型的全球同震应变分量 $e_{\theta\theta}^{ij}(a,\theta,\varphi)$ 的比较.

　　图 3.6.16 表明, 几个地球模型之间的差异非常大, 所有分量在任何地方均大于 30%. 这个差异似乎大于 Pollitz (1996) 的结论, 他认为如果忽略地球的层状构造将导致 20% 的误差. 我们的结果和 Pollitz (1996) 结果不同的原因之一可能是因为 Pollitz (1996) 没有考虑地球的自重; 另一个原因可能是由于两个研究采用了不同的地球模型.

　　图 3.6.16 还表明, 修改后的 1066A 地球模型的结果 (绿线) 在近场似乎更接近于均质

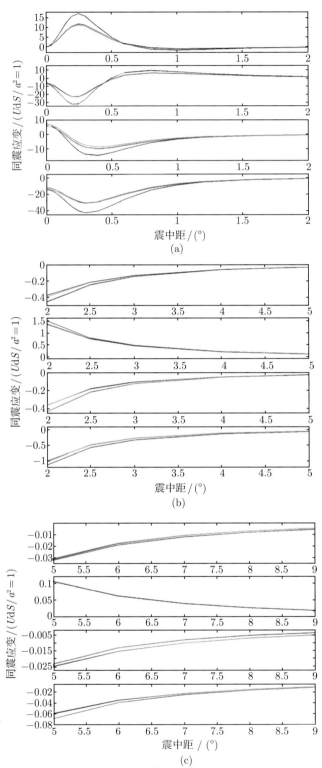

图 3.6.16 三种地球模型的全球同震应变分量 $e_{\theta\theta}^{ij}(a,\theta,\varphi)$ 的比较: 均质球 (红线)、1066A 地球模型

(c) $5°\sim 9°$, (d) $9°\sim 50°$, (e) $50°\sim 90°$ 和 (f) $90°\sim 180°$. 每个子图从上至下又分别给出四种独

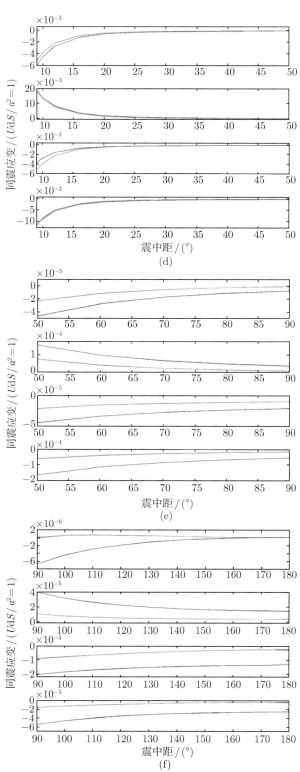

(蓝线) 和地表层经过修改的 1066A 模型 (绿线). 按照震中距分为 6 个子图: (a) 0°~2°, (b) 2°~5°,
立震源的结果: 走滑、倾滑、水平引张和垂直引张, 震源深度均为 50km. 单位为 nanostrain

球的结果 (a; 红线). 而随着震中距的增加, 它逐渐趋近于 1066A 模型的结果; 最后完全重合 (从 2° 到 180°). 这个事实表明, 不同的地壳结构主要在近场产生影响, 而对远场影响不大. 地壳与地幔的结构差异似乎对同震应变产生重要影响. 另外, 震源深度也是一个重要因素 (下面将讨论). 另一方面, 均质球的结果 (红线) 和层状球模型的结果具有较大的差异, 几乎任何地方都超过 30%, 在远场甚至超过 100%. 因此可以说, 地球层状构造的影响不仅在近场有较大的影响, 同时对远场的影响也很大.

### 3.6.3 地球曲率和层状构造影响对震源深度的依赖性

前两小节讨论了地球曲率和层状构造的影响, 本小节进一步考虑它们对于震源深度

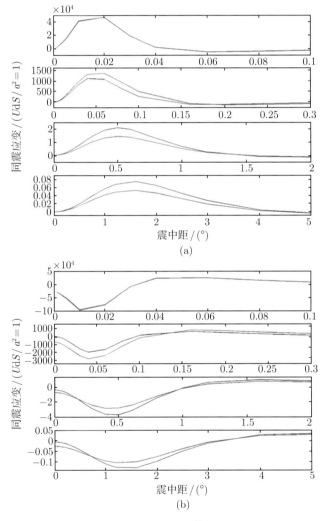

图 3.6.17　同震应变分量 $e_{rr}^{ij}(a,\theta,\varphi)$ (a) 和 $e_{\theta\theta}^{ij}(a,\theta,\varphi)$ (b) 的比较. 地球模型为 1066A (蓝线) 和半无限空间 (红线). 每个子图 ((a) 和 (b)) 中从上至下分别给出

不同震源深度: 3km、10km、100km 和 300km

的依赖性. 为此, 我们计算半无限空间和 1066A 地球模型的不同震源深度的同震应变的结果并比较之. 这样计算的结果同时包含曲率和层状构造的两种效应. 图 3.6.17 给出了同震应变分量 $e_{rr}^{ij}(a, \theta, \varphi)$ (a) 和 $e_{\theta\theta}^{ij}(a, \theta, \varphi)$ (b) 的比较. 比较结果表明, 对于浅源地震几乎没有差异 (3km 深), 但是对于深源地震, 呈现出较大差异. 一般而言, 地球曲率效应和层状构造效应均随震源深度增加而增加. 上面已经证明, 曲率效应较小, 所以可以说, 对于深源地震的较大差异主要来源于地球层状构造的影响.

### 3.6.4 应变格林函数的应用实例 ——1994 年三陆冲地震 ($M7.5$)

作为格林函数的应用实例, 在这节里, 我们计算实际地震产生的同震应变变化. 1994 年 12 月 28 日, 日本清森县八户东 180km 处的三陆冲发生了 $M7.5$ 的地震 (Faculty of Science, Tohoku University, 1994). 该地震由两块断层构成, 断层参数列于表 3.6.2. 该地震产生了大面积的地壳形变; GPS 检测到了较大的位移; 安装在 HSK 和 FDA 观测点的伸缩仪记录到了较大的应变变化. 仪器观测精度为 $1 \times 10^{-9}$. 图 3.6.18 给出了三陆冲地震 ($M7.5$) 断层 (投影在地表面) 以及两个观测点 (HSK 和 FDA) 位置图 (Faculty of Science, Tohoku University, 1994). 下面用上述应变格林函数计算该地震产生的应变变化.

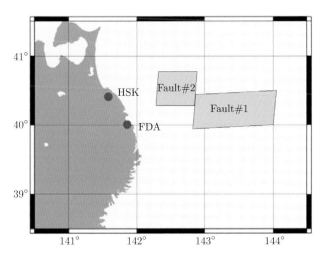

图 3.6.18 三陆冲地震 ($M7.5$) 断层 (投影在地表面) 以及两个观测点 (HSK 和 FDA) 位置图
(Faculty of Science, Tohoku University, 1994)

点震源位错理论不能直接应用, 因为计算点非常靠近断层面, 会产生非常大的误差. 为此, 计算时, 利用 Fu 和 Sun (2004) 的分段求和的计算技术, 针对断层面进行数值积分. 首先, 利用半无限空间和均质球地球模型的位错理论计算该地震产生的同震应变变化. 结果列于表 3.6.3 中 (第二和第三行). 结果基本上一致, 并且和观测结果 (第一行) 相吻合, 说明球形地球位错理论是正确的.

接下来, 我们利用球对称地球模型 1066A 地球模型 (Gilbert and Dziewonski, 1975) 计算相应的应变变化, 结果列于表 3.6.3 的第四行. 结果表明与均质球的结果具有 20% 的差异. 最后, 为了考察地壳层的影响, 我们考虑一个修改的 1066A 模型, 即把它的地壳层用 30km 处的物质参数替换. 计算结果列在表的第五行, 它显示体积有较大的变化, 意味着地球模型结构的不同对实际应用计算具有较大的影响.

**表 3.6.2　1994 年三陆冲地震断层参数** (Faculty of Science, Tohoku University, 1994)

| 参数 | 断层#1 | 断层#2 |
|---|---|---|
| $M_0$ | $3.4 \times 10^{27}$ dyne* $\times$ cm | $1.7 \times 10^{27}$ dyne $\times$ cm |
| $M_w$ | | 7.8 |
| 方位角 | N184°E | N184°E |
| 倾角 | 8° | 35° |
| 滑动角 | 70° | 90° |
| 长 $\times$ 宽 | 60km $\times$ 100km | 50km $\times$ 60km |
| 位错 | 1.57m | 1.57m |
| 纬度 | 40.24°N | 40.55°N |
| 经度 | 144.04°N | 142.85°N |
| 深度 | 10km | 24km |

\* 1dyne$=10^{-5}$N.

**表 3.6.3　观测和计算的观测点 HSK 和 FDA 的应变变化**

| | 观测点 FDA 处的体积变化 | 方向角 N87°E 的应变 (HSK) | 方向角 N132°E 的应变 (HSK) | 方向角 N177°E 的应变 (HSK) |
|---|---|---|---|---|
| 观测值 | $7.7\times10^{-7}$ | $7.7\times10^{-7}$ | $-8.0\times10^{-7}$ | $-6.6\times10^{-7}$ |
| Okada | $2.0\times10^{-7}$ | $1.1\times10^{-6}$ | $3.0\times10^{-7}$ | $-8.0\times10^{-7}$ |
| 均质球 | $2.0\times10^{-7}$ | $1.2\times10^{-6}$ | $4.1\times10^{-7}$ | $-9.6\times10^{-7}$ |
| 1066A 模型 | $1.6\times10^{-7}$ | $1.3\times10^{-6}$ | $4.0\times10^{-7}$ | $-1.03\times10^{-5}$ |
| 1066A 新地表层模型 | $2.5\times10^{-7}$ | $1.2\times10^{-6}$ | $4.4\times10^{-7}$ | $-8.8\times10^{-7}$ |
| 1066A 新地表层模型新断层模型 | $-1.2\times10^{-7}$ | $1.2\times10^{-6}$ | $5.9\times10^{-7}$ | $-8.4\times10^{-7}$ |

　　虽然上述理论结果与观测值吻合得较好, 但多少还存在一些差异, 主要有两个原因: ① 断层模型不准确; ② 地形的影响. 第二个原因被认为是主要的, 因为这次地震发生在太平洋深海沟, 而理论上忽略了复杂的地形的影响, 该影响需要在未来进一步研究. 关于第一个原因, 我们把第二个断层面 (图 3.6.18 中断层# 2) 向南调整 50km, 但其他参数保持不变. 计算结果也在表 3.6.3 中列出 (最后一行). 在 FDA 观测点, 体应变的变化较大, 从 $0.25 \times 10^{-6}$ 变为 $-0.12 \times 10^{-6}$. 但是, HSK 点的线应变的三成分改变不多. 这种现象是可以理解的, 因为断层 (断层# 2) 南北向移动几乎不改变与 HSK 点的相对距离, 但靠近了 FDA 点, 并引起较大的变化. 这一事实表明断层建模的准确性发挥着重要的作用.

# 附录　勒让德函数递推公式

$$P_0(\cos\theta) = 1 \tag{3.A.1}$$

$$P_1(\cos\theta) = \cos\theta \tag{3.A.2}$$

$$P_n(\cos\theta) = \frac{2n-1}{n}\cos\theta P_{n-1}(\cos\theta) - \frac{n-1}{n}P_{n-2}(\cos\theta) \qquad (3.A.3)$$

$$P_{n+1}(\cos\theta) = \frac{2n+1}{n+1}\cos\theta P_n(\cos\theta) - \frac{n}{n+1}P_{n-1}(\cos\theta) \qquad (3.A.4)$$

$$\frac{\mathrm{d}P_n(\cos\theta)}{\mathrm{d}\theta} = \frac{n}{\sin\theta}\left[\cos\theta P_n(\cos\theta) - P_{n-1}(\cos\theta)\right] \qquad (3.A.5)$$

$$\frac{\mathrm{d}^2 P_n(\cos\theta)}{\mathrm{d}\theta^2} = \frac{n}{\sin^2\theta}\left[\cos\theta P_{n-1}(\cos\theta) - \left(1 + n\sin^2\theta\right)P_n(\cos\theta)\right] \qquad (3.A.6)$$

$$P_n^1(\cos\theta) = -\frac{\mathrm{d}P_n(\cos\theta)}{\mathrm{d}\theta} = -\frac{n}{\sin\theta}\left[\cos\theta P_n(\cos\theta) - P_{n-1}(\cos\theta)\right] \qquad (3.A.7)$$

$$\frac{\mathrm{d}P_n^1(\cos\theta)}{\mathrm{d}\theta} = \frac{n}{\sin^2\theta}\left[\left(1 + n\sin^2\theta\right)P_n(\cos\theta) - \cos\theta P_{n-1}(\cos\theta)\right] \qquad (3.A.8)$$

$$\frac{\mathrm{d}^2 P_n^1(\cos\theta)}{\mathrm{d}\theta^2} = \frac{n}{\sin^3\theta}\Big[\left(-2 + n^2\sin^2\theta\right)\cos\theta P_n(\cos\theta)$$
$$+ \left(1 - n - n^2 + (1 + n + n^2)\cos^2\theta\right)P_{n-1}(\cos\theta)\Big] \qquad (3.A.9)$$

$$P_n^2(\cos\theta) = \frac{n}{\sin^2\theta}\Big[-\left((n+1)\sin^2\theta + 2\cos^2\theta\right)P_n(\cos\theta)$$
$$+2\cos\theta P_{n-1}(\cos\theta)\Big] \qquad (3.A.10)$$

$$\frac{\mathrm{d}P_n^2(\cos\theta)}{\mathrm{d}\theta} = \frac{n}{\sin^3\theta}\Big[\left(n(1-n)\sin^2\theta + 4\right)\cos\theta P_n(\cos\theta)$$
$$+ \left((n^2 + n + 2)\sin^2\theta - 4\right)P_{n-1}(\cos\theta)\Big] \qquad (3.A.11)$$

$$\frac{\mathrm{d}^2 P_n^2(\cos\theta)}{\mathrm{d}\theta^2} = \frac{n}{\sin^4\theta}\Big[\left(-4(n+1) + n(n+1)^2\sin^2\theta\right.$$
$$\left. +4(n-2)\cos^2\theta - n^2(n-1)\cos^2\theta\sin^2\theta\right)P_n(\cos\theta)$$
$$+ \left(2\left(1 + 3n - n^2\right) + (8 - 9n - n^2)\sin^2\theta\right.$$
$$\left. +2\left(n^2 - 3n + 5\right)\cos^2\theta\right)\cdot\cos\theta P_{n-1}(\cos\theta)\Big] \qquad (3.A.12)$$

# 第4章　同震变形的渐近解

为了研究地球对于地震位错的响应, 通常把地球简化为三种简单的模型: 半无限空间介质模型、均质球形模型和层状球形模型. 对于两个球形模型, 通常考虑地球的自重. 对于不同的地球模型存在不同的位错理论, 然而, 不同的理论具有不同的优点和缺点. 半无限空间介质模型的位错理论 (如 Okada, 1985; Okubo, 1991) 最主要的优点是数学上非常简单, 可以用解析表达式给出其解, 因而被广泛采用; 可是, 半无限空间介质模型在物理上过于简单, 没有反映出地球的曲率和地球的层状构造. 另外, 球形地球模型的位错理论在物理上比半无限空间介质模型更加合理, 但是在数学上非常复杂, 无法给出简洁的数学解析式, 必须通过数值方法进行计算 (如 Sun and Okubo, 1993; 1996). 所以, 为了克服上述两种情况的缺点, 本章讨论一种新的渐近解的方法来表示同震变形. 渐近解方法最大的优点是既在数学上简单, 同时又保证物理上合理.

应该指出的是, 同震变形还可以通过简正模方法求解, 例如, Gilbert (1970)、Dahlen (1971; 1973) 的研究. Chao 和 Gross (1987) 正是利用该方法给出了计算地表同震形变的计算公式. 该方法通常根据一个地球模型 (如 SNREI 模型) 首先计算出简正模, 实际计算时, 将其与地震距张量乘积求和即可. 该方法也可以反映地球曲率和层状构造的影响, 然而, 由于在计算简正模时的高阶截断和一些简正模的数值计算困难, 通常在近场 (例如震中距 100km 内) 计算时会遇到收敛慢等困难. 在实际大地测量应用中, 人们往往关注全球范围的地表同震变形问题. 另一方面, 简正模的解通常要求对所有球谐谱域 (即所有的阶 $n$ 和次 $m$) 给予考虑; 然而本研究中的位错 Love 数仅需要计算三种球谐次数: $m = 0, 1, 2$. 进而, 下面讨论的渐近解方法仅仅通过一组简洁的数学表达式即可计算同震变形.

为了推导出球形地球模型的位错理论的渐近表达式, 两项先期研究结果起到重要作用, 一个是互换定理 (Okubo, 1993), 一个是潮汐、负荷和剪切力源解的渐近解理论 (Okubo, 1988). 利用这两个理论以及勒让德函数无限求和的技巧, 球对称地球内点位错所产生的同震变形便可以很简单地用数学解析式来表示. 下面仅给出弹性地球模型的渐近表达式, 必要时可以比较容易的扩展到黏弹地球模型. 在接下来的各节中, 我们将分别给出同震位移、同震重力以及同震大地水准面的渐近表达式.

## 4.1　互换定理和渐近解

Okubo (1993) 提出了计算点源位错产生的静态变形的互换定理. 他发现在 SNREI 地球内点震源所产生的静态变形与外部力 (如潮汐力、面负荷和剪切力) 所产生的变形存在着互换关系. 这个关系可以减少计算球对称地球的同震变形的工作量. 另外, 由潮汐力、面负荷和剪切力所产生变形的解可以进一步表示为渐近解 (Okubo, 1988). 于是, 作为近似, 同震变形便可以最终用渐近解来表示. 渐近解的最大好处是计算变为非常简单, 因为不再需要作任何数值积分和求和. 使得球形地球的同震变形计算和半空间地球模型的同震变形计算同样简单 (Okada, 1985; Okubo, 1991). 关于渐近解计算的有效性、数值计算和讨论将在后面给出.

### 4.1.1 互换定理

在第 2 章中已经指出, 无论是潮汐问题、负荷问题、剪切问题, 还是地震位错问题, 它们所产生的变形均满足同样的地球响应系统. 因此, 对于球型变形问题, 我们取两组径向函数 $\{x_i^s(r; n, m); i = 1, 2, \cdots, 6\}$ 和 $\{y_j^s(r; n, m); j = 1, 2, \cdots, 6\}$, 它们都满足基本微分方程 (2.1.33), 于是, 如下一组方程式成立 (Takeuchi and Saito, 1972; Okubo and Saito, 1983):

$$
r^2 \left[ x_1^s y_2^s + n(n+1) x_3^s y_4^s + \frac{1}{4\pi G} x_5^s y_6^s \right]_{r_0}^{r_1}
$$
$$
= \int_{r_0}^{r_1} L^s \left( x_i^s, \dot{x}_i^s, y_j^s, \dot{y}_j^s; \rho, \lambda, \mu, n \right) \mathrm{d}r, \quad i = 1, 3, 5 \tag{4.1.1}
$$

式中, 字母上方的点 $(\cdot)$ 代表导数 $\mathrm{d}/\mathrm{d}r$, $\rho, \lambda, \mu$ 为地球模型参数, $G$ 是牛顿引力常数, 符号 $|_{r_0}^{r_1}$ 表示

$$
F(r)|_{r_0}^{r_1} \equiv F(r_1) - F(r_0) \tag{4.1.2}
$$

式中的 $L^s$ 是拉格朗日算子, 由下式定义:

$$
\begin{aligned}
L^s ={} & (\lambda + 2\mu) r^2 \dot{x}_1^s \dot{y}_1^s + \lambda r (\dot{x}_1^s Y + \dot{y}_1^s X) + (\lambda + \mu) XY \\
& + n(n+1)\mu \left[ (r\dot{y}_3^s + y_1^s - y_3^s)(r\dot{x}_3^s + x_1^s - x_3^s) \right. \\
& \left. + (n-1)(n+2) x_3^s y_3^s \right] \\
& + (n+1)\rho r \left[ y_5^s (x_1^s - n x_3^s) + x_5^s (y_1^s - n y_3^s) \right] \\
& - \rho g r (x_1^s Y + y_1^s X) \\
& + \frac{1}{4\pi G} \left[ r\dot{y}_5^s - 4\pi G \rho r y_1^s + (n+1) y_5^s \right] \\
& \times \left[ r\dot{x}_5^s - 4\pi G \rho r x_1^s + (n+1) x_5^s \right]
\end{aligned} \tag{4.1.3}
$$

式中,

$$
X \equiv 2 x_1^s - n(n+1) x_3^s \tag{4.1.4}
$$

$$
Y \equiv 2 y_1^s - n(n+1) y_3^s \tag{4.1.5}
$$

由于 $L^s$ 相对于 $x_j^s$ 和 $y_j^s$ 是对称的, 即, 对换 $x_j^s$ 和 $y_j^s$ 不改变关系式 (4.1.1), 我们有如下互换关系式:

$$
r^2 \left[ x_1^s y_2^s + n(n+1) x_3^s y_4^s + \frac{1}{4\pi G} x_5^s y_6^s \right]_{r_0}^{r_1} = r^2 \left[ y_1^s x_2^s + n(n+1) y_3^s x_4^s + \frac{1}{4\pi G} y_5^s x_6^s \right]_{r_0}^{r_1} \tag{4.1.6}
$$

式 (4.1.6) 是球型变形的互换关系. 注意, 式中 $r_0, r_1$ 可以任意取, 只要 $x_i^s$ 和 $y_j^s$ 在区间 $r_0 < r < r_1$ 是连续的.

对于环型变形问题也有类似的关系式. 令两组径向函数 $\{x_i^{\mathrm{t}}(r;n,m); i=1,2\}$ 和 $\{y_j^{\mathrm{t}}(r;n,m); j=1,2\}$ 都满足基本微分方程 (2.1.33). 如果 $x_i^{\mathrm{t}}$ 和 $y_j^{\mathrm{t}}$ 在区间 $r_0 < r < r_1$ 连续, 于是考虑 $\mathrm{d}\left[r^2 x_1^{\mathrm{t}} y_2^{\mathrm{t}}(r;n,m)\right]/\mathrm{d}r$ 在区间 $r_0 < r < r_1$ 内的积分, 得到如下一组关于环型变形问题的关系式:

$$r^2 x_1^{\mathrm{t}} y_2^{\mathrm{t}}\Big|_{r_0}^{r_1} = \int_{r_0}^{r_1} L^{\mathrm{t}}\left(x_1^{\mathrm{t}}, \dot{x}_1^{\mathrm{t}}, y_1^{\mathrm{t}}, \dot{y}_1^{\mathrm{t}}; \rho, \mu, n\right) \mathrm{d}r, \quad i = 1, 3, 5 \tag{4.1.7}$$

式中, 拉格朗日算子 $L^{\mathrm{t}}$ 由 Takeuchi 和 Saito (1972) 给出:

$$L^{\mathrm{t}} = \mu\left[\left(r\dot{x}_1^{\mathrm{t}} - x_1^{\mathrm{t}}\right)\left(r\dot{y}_1^{\mathrm{t}} - y_1^{\mathrm{t}}\right) + (n-1)(n+2)x_1^{\mathrm{t}}y_1^{\mathrm{t}}\right] \tag{4.1.8}$$

由于对换 $x_1^{\mathrm{s}}$ 和 $y_2^{\mathrm{s}}$ 不改变上述关系式 (4.1.7), 我们有如下环型变形的互换关系式:

$$r^2 x_1^{\mathrm{t}} y_2^{\mathrm{t}}\Big|_{r_0}^{r_1} = r^2 y_1^{\mathrm{t}} x_2^{\mathrm{t}}\Big|_{r_0}^{r_1} \tag{4.1.9}$$

上面已经导出了球型变形和环型变形的基本互换关系式 (4.1.6) 和 (4.1.9), 下面利用这些关系式给出以潮汐 $x_i^{\mathrm{Tide}}(r;n)$、负荷 $x_i^{\mathrm{Load}}(r;n)$ 和剪切力 $x_i^{\mathrm{Shear}}(r;n)$ 变形的解来表示点震源位错解 $y_i^{\mathrm{s}}(r;n,m)$. 所有这些解都满足基本方程 (2.1.33). 这三个经典问题的地表面边界条件分别由下式给出 (Saito, 1974; Saito, 1978; Okubo and Saito, 1983):

$$x_2^{\mathrm{Tide}}(a;n) = 0, \quad x_4^{\mathrm{Tide}}(a;n) = 0, \quad x_6^{\mathrm{Tide}}(a;n) = \frac{2n+1}{a} \tag{4.1.10}$$

$$x_2^{\mathrm{Load}}(a;n) = -\frac{(2n+1)g_0}{4\pi Ga}, \quad x_4^{\mathrm{Load}}(a;n) = 0, \quad x_6^{\mathrm{Load}}(a;n) = \frac{2n+1}{a} \tag{4.1.11}$$

$$x_2^{\mathrm{Shear}}(a;n) = 0, \quad x_4^{\mathrm{Shear}}(a;n) = \frac{(2n+1)g_0}{4\pi Gan(n+1)}, \quad x_6^{\mathrm{Shear}}(a;n) = 0 \tag{4.1.12}$$

式中, $g = 9.82\mathrm{m/s}^2$, 为地表面的重力加速度.

虽然变量 $y_j^{\mathrm{s}}(r;n,m)$ 在震源处 $(r = r_{\mathrm{s}})$ 不连续, 但是我们可以把变量 $y_j^{\mathrm{s}}(r;n,m)$ 分两段处理, 即

(1) $0 \leqslant r < r_{\mathrm{s}}^-$;

(2) $r_{\mathrm{s}}^+ < r \leqslant a$.

这样, 由上面的球型变形互换关系式 (4.1.6) 可得到这两个区间的具体关系式:

$$r_{\mathrm{s}}^2\left[x_1^{\mathrm{s}}(r_{\mathrm{s}})y_2^{\mathrm{s}}(r_{\mathrm{s}}^-) + n(n+1)x_3^{\mathrm{s}}(r_{\mathrm{s}})y_4^{\mathrm{s}}(r_{\mathrm{s}}^-) + \frac{1}{4\pi G}x_5^{\mathrm{s}}(r_{\mathrm{s}})y_6^{\mathrm{s}}(r_{\mathrm{s}}^-)\right]$$

$$= r_{\mathrm{s}}^2\left[y_1^{\mathrm{s}}(r_{\mathrm{s}}^-)x_2^{\mathrm{s}}(r_{\mathrm{s}}) + n(n+1)y_3^{\mathrm{s}}(r_{\mathrm{s}}^-)x_4^{\mathrm{s}}(r_{\mathrm{s}}) + \frac{1}{4\pi G}y_5^{\mathrm{s}}(r_{\mathrm{s}}^-)x_6^{\mathrm{s}}(r_{\mathrm{s}})\right] \tag{4.1.13}$$

和

$$r^2\left[x_1^{\mathrm{s}}y_2^{\mathrm{s}} + n(n+1)x_3^{\mathrm{s}}y_4^{\mathrm{s}} + \frac{1}{4\pi G}x_5^{\mathrm{s}}y_6^{\mathrm{s}}\right]_{r_{\mathrm{s}}^+}^{a}$$

$$= r^2\left[y_1^{\mathrm{s}}x_2^{\mathrm{s}} + n(n+1)y_3^{\mathrm{s}}x_4^{\mathrm{s}} + \frac{1}{4\pi G}y_5^{\mathrm{s}}x_6^{\mathrm{s}}\right]_{r_{\mathrm{s}}^+}^{a} \tag{4.1.14}$$

在式 (4.1.13) 和式 (4.1.14) 中, 变量 $(x_j^{\mathrm{s}}(r), y_j^{\mathrm{s}}(r))$ 在原点 $(r=0)$ 是正则的. 值得注意的是, $x_j^{\mathrm{s}}(r)$ 在震源处 $r=r_{\mathrm{s}}$ 是连续的, 而 $y_j^{\mathrm{s}}(r)$ 不连续. 球型变形 $y_j^{\mathrm{s}}(r)$ 以及环型变形 $y_j^{\mathrm{t}}(r)$ 在震源处的不连续条件可以表示为

$$y_i^{\mathrm{s}}(r_{\mathrm{s}}^+; n, m) - y_i^{\mathrm{s}}(r_{\mathrm{s}}^-; n, m) = s_i^{\mathrm{s}}(r_{\mathrm{s}}; n, m) U \mathrm{d}S \tag{4.1.15}$$

$$y_i^{\mathrm{t}}(r_{\mathrm{s}}^+; n, m) - y_i^{\mathrm{t}}(r_{\mathrm{s}}^-; n, m) = s_i^{\mathrm{t}}(r_{\mathrm{s}}; n, m) U \mathrm{d}S \tag{4.1.16}$$

式中, $r_{\mathrm{s}}^{\pm} = r_{\mathrm{s}} \pm 0$, $s_i^{\mathrm{s}}(r_{\mathrm{s}}; n, m)$ 和 $s_i^{\mathrm{t}}(r_{\mathrm{s}}; n, m)$ 是源函数, 由式 (2.3.6)~ 式 (2.3.13) 给出. 因此, 按照式 (4.1.15) 的原则, 把式 (4.1.13) 和式 (4.1.14) 相加后给出

$$a^2 \left[ (x_1^{\mathrm{s}} y_2^{\mathrm{s}} - x_2^{\mathrm{s}} y_1^{\mathrm{s}}) + n(n+1)(x_3^{\mathrm{s}} y_4^{\mathrm{s}} - x_4^{\mathrm{s}} y_3^{\mathrm{s}}) + \frac{1}{4\pi G}(x_5^{\mathrm{s}} y_6^{\mathrm{s}} - x_6^{\mathrm{s}} y_5^{\mathrm{s}}) \right]\bigg|_{r=a}$$
$$= r_{\mathrm{s}}^2 \left[ (x_1^{\mathrm{s}} s_2^{\mathrm{s}} - x_2^{\mathrm{s}} s_1^{\mathrm{s}}) + n(n+1)(x_3^{\mathrm{s}} s_4^{\mathrm{s}} - x_4^{\mathrm{s}} s_3^{\mathrm{s}}) + \frac{1}{4\pi G}(x_5^{\mathrm{s}} s_6^{\mathrm{s}} - x_6^{\mathrm{s}} s_5^{\mathrm{s}}) \right]\bigg|_{r=r_{\mathrm{s}}} \tag{4.1.17}$$

再把自由边界条件式 (2.2.25)、式 (2.2.28) 以及源函数代入上式, 我们得到

$$a^2 \left[ -x_2^{\mathrm{s}}(a; n) y_1^{\mathrm{s}}(a, n, m) - n(n+1) x_4^{\mathrm{s}} y_3^{\mathrm{s}} - \frac{1}{4\pi G} x_6^{\mathrm{s}}(a, n) y_5^{\mathrm{s}}(a, n, m) \right]$$
$$= r_{\mathrm{s}}^2 [x_1^{\mathrm{s}}(r_{\mathrm{s}}; n) s_2^{\mathrm{s}} - x_2^{\mathrm{s}}(r_{\mathrm{s}}; n) s_1^{\mathrm{s}} + n(n+1)(x_3^{\mathrm{s}}(r_{\mathrm{s}}; n) s_4^{\mathrm{s}} - x_4^{\mathrm{s}}(r_{\mathrm{s}}; n) s_3^{\mathrm{s}})] U \mathrm{d}S \tag{4.1.18}$$

式 (4.1.18) 给出了点震源 $\{x_1^{\mathrm{s}}(r_{\mathrm{s}}), x_2^{\mathrm{s}}(r_{\mathrm{s}}), x_3^{\mathrm{s}}(r_{\mathrm{s}}), x_4^{\mathrm{s}}(r_{\mathrm{s}})\}$ 与在地表面产生变形 $\{y_1^{\mathrm{s}}(a), y_3^{\mathrm{s}}(a),$ $y_5^{\mathrm{s}}(a)\}$ 的关系式. 换句话说, 这三个未知量 $\{y_1^{\mathrm{s}}(a), y_3^{\mathrm{s}}(a), y_5^{\mathrm{s}}(a)\}$ 是可解的, 只要在式 (4.1.18) 给定三组独立的 $\{x_j^{\mathrm{s}}(r_{\mathrm{s}}); j = 1, 2, \cdots, 6\}$ 即可. 下面将证明, 潮汐、负荷以及剪切力变形解是一个适当的选择.

首先考虑潮汐变形, 即把边界条件 (4.1.10) 代入式 (4.1.18), 我们得到

$$y_5^{\mathrm{s}}(a; n, m) = -\frac{4\pi G}{2n+1} \cdot \left(\frac{r_{\mathrm{s}}^2}{a}\right) \left[ x_1^{\mathrm{Tide}}(r_{\mathrm{s}}; n) s_2^{\mathrm{s}} - x_2^{\mathrm{Tide}}(r_{\mathrm{s}}; n) s_1^{\mathrm{s}} \right.$$
$$\left. + n(n+1)(x_3^{\mathrm{Tide}}(r_{\mathrm{s}}; n) s_4^{\mathrm{s}} - x_4^{\mathrm{Tide}}(r_{\mathrm{s}}; n) s_3^{\mathrm{s}}) \right] U \mathrm{d}S \tag{4.1.19}$$

或者代入源函数, 得到

$$y_5^{\mathrm{s}}(a; n, 0) = \frac{G}{a} \cdot \left\{ (n_1 \nu_1 + n_2 \nu_2) \left[ \frac{3 K_{\mathrm{s}} \mu_{\mathrm{s}}}{\sigma_{\mathrm{s}} r_{\mathrm{s}}} X^{\mathrm{Tide}}(r_{\mathrm{s}}; n) + \frac{\lambda_{\mathrm{s}}}{\sigma_{\mathrm{s}}} x_2^{\mathrm{Tide}}(r_{\mathrm{s}}; n) \right] \right.$$
$$\left. + n_3 \nu_3 x_2^{\mathrm{Tide}}(r_{\mathrm{s}}; n) \right\} U \mathrm{d}S \tag{4.1.20}$$

$$y_5^{\mathrm{s}}(a; n, \pm 1) = \frac{G}{2a} \cdot [\pm(n_3 \nu_1 + n_1 \nu_3) - \mathrm{i}(n_2 \nu_3 + n_3 \nu_2)] x_4^{\mathrm{Tide}}(r_{\mathrm{s}}; n) U \mathrm{d}S \tag{4.1.21}$$

$$y_5^{\mathrm{s}}(a; n, \pm 2) = -\frac{G \mu_{\mathrm{s}}}{2 a r_{\mathrm{s}}} \cdot [(-n_1 \nu_1 + n_2 \nu_2) \pm \mathrm{i}(n_1 \nu_2 + n_2 \nu_1)] x_3^{\mathrm{Tide}}(r_{\mathrm{s}}; n) U \mathrm{d}S \tag{4.1.22}$$

式中,

$$X^{\mathrm{Tide}} = 2 x_1^{\mathrm{Tide}} - n(n+1) x_3^{\mathrm{Tide}} \tag{4.1.23}$$

$$K_{\mathrm{s}} = \lambda_{\mathrm{s}} + \frac{2 \mu_{\mathrm{s}}}{3} \tag{4.1.24}$$

$$\sigma_s = \lambda_s + 2\mu_s \tag{4.1.25}$$

如果把压力变形解 $x_j^{\text{Press}} = x_j^{\text{Load}} - x_j^{\text{Tide}}$ 代入式 (4.1.18), 可以得到

$$y_1^s(a;n,0) = -\frac{G}{g_0 a} \cdot \left\{ (n_1\nu_1 + n_2\nu_2) \left[ \frac{3K_s\mu_s}{\sigma_s r_s} X^{\text{Press}}(r_s;n) + \frac{\lambda_s}{\sigma_s} x_2^{\text{Press}}(r_s;n) \right] \right.$$
$$\left. + n_3\nu_3 x_2^{\text{Press}}(r_s;n) \right\} U \mathrm{d}S \tag{4.1.26}$$

$$y_1^s(a;n,\pm1) = -\frac{G}{2g_0 a} \cdot \left[ \pm(n_3\nu_1 + n_1\nu_3) - \mathrm{i}(n_2\nu_3 + n_3\nu_2) \right] x_4^{\text{Press}}(r_s;n) U \mathrm{d}S \tag{4.1.27}$$

$$y_1^s(a;n,\pm2) = \frac{G\mu_s}{2g_0 a r_s} \cdot \left[ (-n_1\nu_1 + n_2\nu_2) \pm \mathrm{i}(n_1\nu_2 + n_2\nu_1) \right] x_3^{\text{Press}}(r_s;n) U \mathrm{d}S \tag{4.1.28}$$

式中,

$$\begin{aligned} X^{\text{Press}} &= 2x_1^{\text{Press}} - n(n+1)x_3^{\text{Press}} \\ &= 2\left( x_1^{\text{Load}} - x_1^{\text{Tide}} \right) - n(n+1)\left( x_3^{\text{Load}} - x_3^{\text{Tide}} \right) \end{aligned} \tag{4.1.29}$$

同理, 把剪切力变形解代入式 (4.1.18) 给出

$$y_3^s(a;n,0) = \frac{G}{g_0 a} \cdot \left\{ (n_1\nu_1 + n_2\nu_2) \left[ \frac{3K_s\mu_s}{\sigma_s r_s} X^{\text{Shear}}(r_s;n) + \frac{\lambda_s}{\sigma_s} x_2^{\text{Shear}}(r_s;n) \right] \right.$$
$$\left. + n_3\nu_3 x_2^{\text{Shear}}(r_s;n) \right\} U \mathrm{d}S \tag{4.1.30}$$

$$y_3^s(a;n,\pm1) = \frac{G}{2g_0 a} \cdot \left[ \pm(n_3\nu_1 + n_1\nu_3) - \mathrm{i}(n_2\nu_3 + n_3\nu_2) \right] x_4^{\text{Shear}}(r_s;n) U \mathrm{d}S \tag{4.1.31}$$

$$y_3^s(a;n,\pm2) = -\frac{G\mu_s}{2g_0 a r_s} \cdot \left[ (-n_1\nu_1 + n_2\nu_2) \pm \mathrm{i}(n_1\nu_2 + n_2\nu_1) \right] x_3^{\text{Shear}}(r_s;n) U \mathrm{d}S \tag{4.1.32}$$

式中,

$$X^{\text{Shear}} = 2x_1^{\text{Shear}} - n(n+1)x_3^{\text{Shear}} \tag{4.1.33}$$

式 (4.1.20)～ 式 (4.1.22) 的物理意义是明显的, 即如果位错矢量和方向矢量分别为 $\boldsymbol{\nu} = (1,0,0)$ 和 $\boldsymbol{n} = (0,1,0)$, 并将其代入式 (4.1.22), 则有

$$y_5^s(a;n,\pm2) = \mp\mathrm{i}\frac{G\mu_s}{2a r_s} x_3^{\text{Tide}}(r_s;n) U \mathrm{d}S \tag{4.1.34}$$

它表明, 垂直断层走滑位错在地表产生的引力位变化可以用潮汐变形在震源处的切向位移解来计算, 其引力位变化可以进一步表达为

$$\psi(a,\theta,\varphi) = \frac{G\mu_s}{a r_s} \sin 2\varphi \sum_{n=0}^{\infty} x_3^{\text{Tide}}(r_s;n) P_n^2(\cos\theta) U \mathrm{d}S \tag{4.1.35}$$

另一方面, 式 (4.1.26)～ 式 (4.1.28) 表示同震垂直位移可以用压力变形解来计算. 同样, 式 (4.1.30)～ 式 (4.1.32) 的意义是用剪切变形解来计算同震切向位移分量. 因此, 上述互换定理为我们提供了另一条途径来计算同震变形问题.

同理, 对于环型变形问题, 我们可以得到两个积分域 ($0 \leqslant r < r_s^-$ 和 $r_s^- < r \leqslant a$) 的变形互换关系

$$r_s^2 x_1^t(r_s) y_2^t(r_s^-) = r_s^2 y_1^t(r_s^-) x_2^t(r_s) \tag{4.1.36}$$

$$r^2 x_1^t y_2^t \Big|_{r_s^+}^a = r^2 y_1^t x_2^t \Big|_{r_s^+}^a \tag{4.1.37}$$

根据震源处边界条件 (4.1.16), 上述两式相加后得

$$a^2 \left( x_1^t y_2^t - x_2^t y_1^t \right) \big|_{r=a} = r_s^2 \left( x_1^t s_2^t - x_2^t s_1^t \right) \big|_{r=r_s} U \mathrm{d}S \tag{4.1.38}$$

再把边界条件 $y_2^t(a; n, m) = 0$ 以及源函数代入式 (4.1.38) 得

$$y_1^t(a; n, m) = -\frac{G}{2g_0 a} \cdot \left\{ \frac{\mu_s}{r_s} x_1^t(r_s; n) \left[ (n_1 \nu_2 + n_2 \nu_1) \pm \mathrm{i}(n_1 \nu_1 - n_2 \nu_2) \right] \delta_{m,\pm 2} \right.$$
$$\left. - x_2^t(r_s; n) \left[ \pm(n_2 \nu_3 + n_3 \nu_2) - \mathrm{i}(n_3 \nu_1 + n_1 \nu_3) \right] \delta_{m,\pm 1} \right\} U \mathrm{d}S \tag{4.1.39}$$

式 (4.1.39) 说明地表面环型同震变形可以一个外部力在震源处的解来表示.

## 4.1.2 潮汐、负荷、剪切力变形渐近解

前面已经指出, 基本方程组 (1.1.33) 存在六组独立解, 其中三组在球心处是正则的, 对于均质球, Love (1911) 已经给出了解析解, 见 2.2.2 小节. 将这三组解积分到地表面, 然后利用三组边界条件便可以确定其解. 所以, 无论对于潮汐变形、负荷变形还是剪切力变形问题, 它们均可以表示为

$$y_i^{(m)} = C_1(n) r^n + C_2(n) j_n \left[ k^+(n) r \right] + C_3(n) j_n \left[ k^-(n) r \right] \tag{4.1.40}$$

式中, $j_n$ 表示球贝塞尔函数, 把 $C_i(n)$ 和 $j_n [k^\pm(n) r]$ 关于 $n^{-1}$ 进行展开, 就可得渐近解. Okubo (1988) 对展开给出了详细推导, 下面据此给予简单介绍.

### 4.1.2.1 均质球渐近解

关于均质球模型的推导比较简单, 下面列出其结果.

潮汐解:

$$r y_1^{(1)} = \frac{1}{n} \frac{a^2}{2\beta^2} \left( \frac{r}{a} \right)^n \left( 1 + x + O(n^{-1}) \right) \tag{4.1.41}$$

$$r^2 y_2^{(1)} = \rho a^2 \left( \frac{r}{a} \right)^n \left( x + O(n^{-2}) \right) \tag{4.1.42}$$

$$r y_3^{(1)} = \frac{1}{n^2} \frac{a^2}{2\beta^2} \left( \frac{r}{a} \right)^n \left( x + O(n^{-1}) \right) \tag{4.1.43}$$

$$r^2 y_4^{(1)} = \frac{1}{n} \rho a^2 \left( \frac{r}{a} \right)^n \left( x + O(n^{-1}) \right) \tag{4.1.44}$$

$$y_5^{(1)} = \left( \frac{r}{a} \right)^n \left( 1 + \frac{1}{n^2} \frac{3\gamma a^2}{4\beta^2} + O(n^{-3}) \right) \tag{4.1.45}$$

$$r y_6^{(1)} = \left( \frac{r}{a} \right)^n \left( 2n + 1 - \frac{1}{n} \frac{3\gamma a^{2x}}{2\beta^2} + O(n^{-2}) \right) \tag{4.1.46}$$

式中, $\beta$ 为 S 波地震波速, $\gamma = 4\pi G\rho/3$, 而 $x$ 是正规化地球半径, 定义为

$$x = \frac{a-r}{a/n} \qquad (4.1.47)$$

负荷解:

$$ry_1^{(2)} = \frac{a^2}{6\beta^2} \left(\frac{r}{a}\right)^n \left(-2x - \frac{2}{N} + O(n^{-1})\right) + ry_1^{(1)} \qquad (4.1.48)$$

$$r^2 y_2^{(2)} = n\frac{\rho a^2}{3} \left(\frac{r}{a}\right)^n \left(-2x - 2 + O(n^{-1})\right) + r^2 y_2^{(1)} \qquad (4.1.49)$$

$$ry_3^{(2)} = \frac{1}{n}\frac{a^2}{6\beta^2} \left(\frac{r}{a}\right)^n \left(-2x + 2M + O(n^{-1})\right) + ry_3^{(1)} \qquad (4.1.50)$$

$$r^2 y_4^{(2)} = \frac{\rho a^2}{3} \left(\frac{r}{a}\right)^n \left(-2x + O(n^{-1})\right) + r^2 y_4^{(1)} \qquad (4.1.51)$$

$$y_5^{(2)} = \frac{1}{n}\frac{g_0 a}{2\beta^2} \left(\frac{r}{a}\right)^n \left(2Mx - 1 + O(n^{-1})\right) + y_5^{(1)} \qquad (4.1.52)$$

$$ry_6^{(2)} = \frac{g_0 a}{2\beta^2} \left(\frac{r}{a}\right)^n \left(2\Lambda x + O(n^{-1})\right) + ry_6^{(1)} \qquad (4.1.53)$$

并且

$$N = 1 - \frac{\beta^2}{\alpha^2}, \quad M = \frac{\beta^2}{\alpha^2 - \beta^2}, \quad \Lambda = \frac{\alpha^2 + \beta^2}{\alpha^2 - \beta^2} \qquad (4.1.54)$$

式中, $\alpha$ 为 P 波地震波速.

剪切力解:

$$ry_1^{(3)} = \frac{1}{n}\frac{a^2}{6\beta^2} \left(\frac{r}{a}\right)^n \left(-2x - 2M + O(n^{-1})\right) \qquad (4.1.55)$$

$$r^2 y_2^{(3)} = \frac{\rho a^2}{3} \left(\frac{r}{a}\right)^n \left(-2x + O(n^{-2})\right) \qquad (4.1.56)$$

$$ry_3^{(3)} = \frac{1}{n^2}\frac{a^2}{6\beta^2} \left(\frac{r}{a}\right)^n \left(-2x + \frac{2}{N} + O(n^{-1})\right) \qquad (4.1.57)$$

$$r^2 y_4^{(3)} = \frac{1}{n}\frac{\rho a^2}{3} \left(\frac{r}{a}\right)^n \left(2 - 2x + O(n^{-1})\right) \qquad (4.1.58)$$

$$y_5^{(3)} = \frac{1}{n^2}\frac{g_0 a}{2\beta^2} \left(\frac{r}{a}\right)^n \left(2Mx + O(n^{-1})\right) \qquad (4.1.59)$$

$$ry_6^{(3)} = \frac{1}{n}\frac{g_0 a}{2\beta^2} \left(\frac{r}{a}\right)^n \left(2\Lambda x + O(n^{-1})\right) \qquad (4.1.60)$$

#### 4.1.2.2　径向非均质球渐近解

作为渐近解, 主要是在高阶部分 (即 $n \geqslant 1$) 非常有效. 而高阶部分主要反映局部地区或者地球浅部构造的影响. 所以, 在大部分情况下, 均质球模型的渐近解可以比较好地描述同震变形. 然而作为理论上的完整性, 下面推导径向不均匀 (SNREI) 模型的渐近解, 只要把上述公式稍作变换就可以做到.

可以证明, 均质球模型的渐近解是 SNREI 模型渐近解的主项, 而考虑其径向不均匀仅是高阶项, 这些高阶项应该反映 SNREI 模型相对于均质球在径向的变化, 即

$$\frac{\rho(r) - \rho(a)}{\rho(a)} = -\frac{1}{n}\Delta\rho \cdot x + O\left(n^{-2}\right) \tag{4.1.61}$$

$$\frac{\lambda(r) - \lambda(a)}{\lambda(a)} = -\frac{1}{n}\Delta\lambda \cdot x + O\left(n^{-2}\right) \tag{4.1.62}$$

$$\frac{\mu(r) - \mu(a)}{\mu(a)} = -\frac{1}{n}\Delta\mu \cdot x + O\left(n^{-2}\right) \tag{4.1.63}$$

$$g(r) - \gamma r = \Delta g + O\left(n^{-1}\right) \tag{4.1.64}$$

式中, $\Delta\rho = \dfrac{a}{\rho}\dfrac{\mathrm{d}\rho}{\mathrm{d}r}\Big|_{r=a}$, $\Delta\lambda = \dfrac{a}{\lambda}\dfrac{\mathrm{d}\lambda}{\mathrm{d}r}\Big|_{r=a}$, $\Delta\mu = \dfrac{a}{\mu}\dfrac{\mathrm{d}\mu}{\mathrm{d}r}\Big|_{r=a}$, $\Delta g = \dfrac{4\pi G \displaystyle\int_0^a \rho(r)r^2\mathrm{d}r}{a^2} - \gamma a$. 假设这些高阶项与 $x^m$ 成正比, 例如, $y_i^{(1)}$ 可以表示为

$$ry_i^{(1)} = rw_i^{(1)} + \frac{1}{n^2}\left(\frac{r}{a}\right)^n \left(\Delta\rho \sum_{m=0}^{2} a_m x^m + \Delta\lambda \sum_{m=0}^{2} b_m x^m\right.$$
$$\left. + \Delta\mu \sum_{m=0}^{2} c_m x^m + \Delta g \sum_{m=0}^{2} d_m x^m\right) + O(n^{-3}) \tag{4.1.65}$$

式中, 第一项 $w_i^{(1)}$ 为 4.1.2.1 小节中得到的均质球渐近解. 将式 (4.1.61)~ 式 (4.1.65) 代入基本方程 (1.1.33), 保留至 $n^{-1}$ 的一阶近似项, 便可以得到关于 $(a_m, b_m, c_m, d_m)$ 的线性方程组. 这些系数可以比较容易的求解出来, 然后就可以得到关于 SNREI 地球模型的渐近解如下:

潮汐解:

$$ry_1^{(1)} = \frac{1}{n}\frac{a^2}{2\beta^2}\left(\frac{r}{a}\right)^n \left\{1 + x + \frac{1}{2n}\left[-P\left(x^2 - 2x\right)\right.\right.$$
$$\left.\left. - \left(4 + \frac{2\alpha t}{\beta}\right)(x+1) + 3\Delta\nu(2x+1) + 2 + T\right] + O(n^{-2})\right\} \tag{4.1.66}$$

$$r^2 y_2^{(1)} = \rho a^2 \left(\frac{r}{a}\right)^n \left[x + \frac{1}{2n}\left(-P - 2\Delta\mu\right)x^2 + O(n^{-2})\right] \tag{4.1.67}$$

$$ry_3^{(1)} = \frac{1}{n^2}\frac{a^2}{2\beta^2}\left(\frac{r}{a}\right)^n \left\{x + \frac{1}{2n}\left[-Px^2 + \left(-\frac{2\alpha t}{\beta} + 2\right)x\right.\right.$$
$$\left.\left. + \Delta\nu(2x-1) + 4 - T\right] + O(n^{-2})\right\} \tag{4.1.68}$$

$$r^2 y_4^{(1)} = \frac{1}{n}\rho a^2 \left(\frac{r}{a}\right)^n \left\{x + \frac{1}{2n}\left[(-P - 2\Delta\mu)x^2 - N\left(2\frac{\alpha t}{\beta} - \Delta\nu\right)x\right] + O(n^{-2})\right\} \tag{4.1.69}$$

$$y_5^{(1)} = \left(\frac{r}{a}\right)^n \left\{1 + \frac{1}{n^2}\frac{3\gamma a^2}{4\beta^2} + \frac{1}{n^3}\frac{3\gamma a^2}{4\beta^2}\left[\left(-\frac{\beta t}{\alpha} - \frac{\Delta\rho}{2} + \frac{\beta^2}{2\alpha^2}\Delta\nu\right)\right.\right.$$
$$\left.\left. + \left(1 - T - \frac{3}{2}\Delta\rho\right)x - 1 - \frac{\alpha t}{\beta} + \frac{3}{2}\Delta\nu\right] + O(n^{-4})\right\} \tag{4.1.70}$$

$$ry_6^{(1)} = \left(\frac{r}{a}\right)^n \left[2n + 1 - \frac{1}{n}\frac{3\gamma a^{2x}}{2\beta^2} + O(n^{-2})\right] \tag{4.1.71}$$

式中,

$$\begin{cases} \Delta\nu = \Delta\mu - \dfrac{\Delta\rho}{2} \\[2mm] t = \dfrac{g_0 a}{2\alpha\beta} \\[2mm] T = \left(1 + \dfrac{\beta t}{\alpha}\right) \Big/ \left(1 - \dfrac{\beta^2}{\alpha^2}\right) \\[2mm] P = 1 + \dfrac{\beta t}{\alpha} - \left(1 + \dfrac{\beta^2}{\alpha^2}\right)\Delta\nu \end{cases} \tag{4.1.72}$$

负荷解:

$$ry_1^{(2)} = \frac{\xi a^2}{6\beta^2}\left(\frac{r}{a}\right)^n \left\{ -2x - \frac{2}{N} + \frac{1}{n}\left[ (P-Q)x^2 + 2\frac{\alpha t}{\beta}(2-\varLambda)\left(x + \frac{1}{N}\right) \right. \right.$$
$$\left. + (\varLambda - S - 2N\Delta\mu - 2\Delta\mu)x + 2M^2\left(-1 + \frac{\alpha t}{\beta}\right) - \frac{S}{N} - 3\Delta\mu\right]$$
$$+ O(n^{-2})\Big\} + ry_1^{(1)} \tag{4.1.73}$$

$$r^2 y_2^{(2)} = n\frac{\xi\rho a^2}{3}\left(\frac{r}{a}\right)^n \left\{ -2x - 2 + \frac{1}{n}[(P-Q+2\Delta\mu)x^2 + (5-2T)x - 1] \right.$$
$$+ O(n^{-2})\Big\} + r^2 y_2^{(1)} \tag{4.1.74}$$

$$ry_3^{(2)} = \frac{1}{n}\frac{\xi a^2}{6\beta^2}\left(\frac{r}{a}\right)^n \left\{ -2x + 2M + \frac{1}{n}\left[ (P-Q)x^2 + \left(2\frac{\alpha t}{\beta} - 3\varLambda - 2\Delta\mu\right)x \right. \right.$$
$$\left. + 1 + \frac{2T + S - 6}{N} + \Delta\mu\right] + O(n^{-2})\Big\} + ry_3^{(1)} \tag{4.1.75}$$

$$r^2 y_4^{(2)} = \frac{\xi\rho a^2}{3}\left(\frac{r}{a}\right)^n x \left\{ -2 + \frac{1}{n}\left[ (P-Q+2\Delta\mu)(x-2) \right. \right.$$
$$\left. + 2\frac{\alpha t}{\beta}(1-M) + 1 - 2M\right] + O(n^{-2})\Big\} + r^2 y_4^{(1)} \tag{4.1.76}$$

$$y_5^{(2)} = \frac{1}{n}\frac{g_0 a}{2\beta^2}\left(\frac{r}{a}\right)^n \left\{ 2Mx - 1 + \frac{1}{n}\left[ \left( -\frac{2+\Delta\rho}{N} + T + P - Q + \Delta\mu + \frac{3}{2}\Delta\rho\right)x^2 \right. \right.$$
$$+ \left(\frac{\beta t \varLambda}{\alpha N} - 2M + M\varLambda + \frac{S}{N} + \frac{3}{2}\Delta\rho\right)x + \frac{3}{2}\frac{\alpha t}{\beta} + 1 - \frac{1}{2N} - \frac{\alpha t}{2\beta N}$$
$$\left. - \frac{3}{2}\Delta\nu\right] + O(n^{-2})\Big\} + y_5^{(1)} \tag{4.1.77}$$

$$ry_6^{(2)} = \frac{g_0 a}{2\beta^2}\left(\frac{r}{a}\right)^n x \left\{ 2\varLambda + \frac{1}{n}\left[ (2T - 3 + S + N\Delta\mu - 4M - \varLambda\Delta\rho)x \right. \right.$$
$$\left. - \frac{2\alpha t}{\beta N}\left(N - 2\varLambda + \frac{2}{N}\right) - \varLambda + \frac{4M + 2S}{N} + 4\Delta\mu\right] + O(n^{-2})\Big\} + ry_6^{(1)} \tag{4.1.78}$$

式中,

$$\xi = \frac{g_0}{\gamma a}, \quad S = \frac{\beta^2}{\alpha^2} \frac{a}{\lambda + \mu} \left.\frac{\mathrm{d}(\lambda + \mu)}{\mathrm{d}r}\right|_{r=a}, \quad Q = \frac{\beta t}{\alpha} - S + \left(1 + \frac{\beta^2}{\alpha^2}\right)\frac{\Delta\rho}{2} \tag{4.1.79}$$

剪切力解:

$$ry_1^{(3)} = \frac{1}{n}\frac{\xi a^2}{6\beta^2}\left(\frac{r}{a}\right)^n \left\{ -2x - 2M + \frac{1}{n}\left[(P - Q)x^2 - (P - Q + 2\Delta\mu - 1 + 2T)\right.\right.$$
$$\left.\left. \cdot \left(2x + \frac{1}{N}\right) + \left(1 + \frac{6}{N}\right)(x + 1) - 2\right] + O(n^{-2})\right\} \tag{4.1.80}$$

$$r^2 y_2^{(3)} = \frac{\xi\rho a^2}{3}\left(\frac{r}{a}\right)^n \left\{ -2x + \frac{1}{n}\left[(P - Q + 2\Delta\mu)x^2\right.\right.$$
$$\left.\left. + \left(5 - \frac{2\alpha t}{\beta N} - 2M\right)x\right] + O(n^{-2})\right\} \tag{4.1.81}$$

$$ry_3^{(3)} = \frac{1}{n^2}\frac{\xi a^2}{6\beta^2}\left(\frac{r}{a}\right)^n \left\{ -2x + \frac{2}{N} + \frac{1}{n}\left[(P - Q)x^2 + (-1 - 6M)x - 4\Lambda\right.\right.$$
$$\left.\left. + \frac{2T + S}{N} + \Delta\mu\right] + O(n^{-2})\right\} \tag{4.1.82}$$

$$r^2 y_4^{(3)} = \frac{1}{n}\frac{\xi\rho a^2}{3}\left(\frac{r}{a}\right)^n \left\{ 2 - 2x + \frac{1}{n}\left[(P - Q + 2\Delta\mu)x^2\right.\right.$$
$$\left.\left. + (3 - 2T - 2S - 2N\Delta\mu)x - 1\right] + O(n^{-2})\right\} \tag{4.1.83}$$

$$y_5^{(3)} = \frac{1}{n^2}\frac{g_0 a}{2\beta^2}\left(\frac{r}{a}\right)^n \left\{ 2Mx + \frac{1}{n}\left[\left(T - \Lambda + S - \frac{\beta^2}{\alpha^2}\Delta\mu + \frac{\Delta\rho}{2} - M\Delta\rho\right)x^2\right.\right.$$
$$\left.\left. + \left(\frac{\beta t\Lambda}{\alpha N} + \frac{M(2 - 5N) + S}{N} + \frac{\Delta\rho}{2}\right)x - \frac{T}{2} + 2 - \frac{\Delta\nu}{2}\right] + O(n^{-2})\right\} \tag{4.1.84}$$

$$ry_6^{(3)} = \frac{1}{n}\frac{g_0 a}{2\beta^2}\left(\frac{r}{a}\right)^n x\left\{ 2\Lambda + \frac{1}{n}\left[\left(\frac{2\beta t}{\alpha N} - \Lambda - \Lambda\Delta\rho + S + N\Delta\mu\right)x\right.\right.$$
$$\left.\left. + \frac{4T + 2S - 10}{N} + 3 + 2\Delta\mu\right] + O(n^{-2})\right\} \tag{4.1.85}$$

### 4.1.3 同震变形渐近解

上面已经介绍了互换定理和弹性地球变形问题的渐近解, 只要把这两个理论结合起来就可以得到同震变形问题的渐近解. 为了求出实际的同震变形问题的渐近解, 需要结合上述变形问题的 $y$ 解和勒让德函数级数并进行级数求和. 为此目的, 需要把上述渐近解作形式上的变换, 使得渐近解表示为一些常数 $y_{kmn}^{ij}$ 和 $n$ 因子的乘积, 而常数 $y_{kmn}^{ij}$ 由地球模型确定. 结合上面的互换定理和稍作修改的渐近解, 并用 "Tide", "Press" 和 "Shear" 分别代表潮汐解、负荷解和剪切力解, 地震位错变形问题的四组独立解的渐近解可以给出如下.

垂直断层水平走滑破裂:

$$y_{1,2}^{n,12}(a) = -\frac{3\mu}{8\pi\rho\xi r_{\mathrm{s}}} y_3^{\mathrm{Press}}(r_{\mathrm{s}};n)$$

$$= \varepsilon^{n-1}\left[y_{230}^{12} + \frac{1}{n}y_{231}^{12} + \frac{1}{n^2}y_{232}^{12} + o\left(\frac{1}{n^3}\right)\right] \qquad (4.1.86)$$

$$y_{3,2}^{n,12}(a) = \frac{3\mu}{8\pi\rho\xi r_{\mathrm{s}}} y_3^{\mathrm{Shear}}(r_{\mathrm{s}};n)$$

$$= \frac{1}{n}\varepsilon^{n-1}\left[y_{330}^{12} + \frac{1}{n}y_{331}^{12} + \frac{1}{n^2}y_{332}^{12} + o\left(\frac{1}{n^3}\right)\right] \qquad (4.1.87)$$

$$y_{5,2}^{n,12}(a) = \frac{Ga\mu}{2g_0 r_{\mathrm{s}}} y_3^{\mathrm{Tide}}(r_{\mathrm{s}};n)$$

$$= \frac{1}{n}\varepsilon^{n-1}\left[y_{130}^{12} + \frac{1}{n}y_{131}^{12} + \frac{1}{n^2}y_{132}^{12} + o\left(\frac{1}{n^3}\right)\right] \qquad (4.1.88)$$

$$y_{1,2}^{\mathrm{t},n,12}(a) = \frac{3\mu}{8\pi\rho\xi r_{\mathrm{s}}} y_1^{\mathrm{t}}(r_{\mathrm{s}};n)$$

$$= \frac{1}{n(n+1)}\varepsilon^{n-1}\left[y_{t10}^{12} + \frac{1}{n}y_{t11}^{12} + \frac{1}{n^2}y_{t12}^{12} + o\left(\frac{1}{n^3}\right)\right] \qquad (4.1.89)$$

式中, $\varepsilon = r_{\mathrm{s}}/a$, $\xi = 3g_0/4\pi aG\rho$; $G$ 是牛顿引力常数, $a$ 是地球半径, $\alpha$ 和 $\beta$ 分别是 P 波和 S 波速度, $\rho$ 为震源处的质量密度, $\mu$ 是震源处的拉梅常数, $d$ 是震源深度, $r_{\mathrm{s}}$ 是震源的球心距.

垂直断层倾滑破裂:

$$y_{1,1}^{n,32}(a) = -\frac{3}{8\pi\rho\xi} y_4^{\mathrm{Press}}(r_{\mathrm{s}};n) = n\varepsilon^{n-2}\left[y_{240}^{23} + \frac{1}{n}y_{241}^{23} + o\left(\frac{1}{n^2}\right)\right] \qquad (4.1.90)$$

$$y_{3,1}^{n,32}(a) = \frac{3}{8\pi\rho\xi} y_4^{\mathrm{Shear}}(r_{\mathrm{s}};n) = \varepsilon^{n-2}\left[y_{340}^{23} + \frac{1}{n}y_{341}^{23} + \frac{1}{n^2}y_{342}^{23} + o\left(\frac{1}{n^3}\right)\right] \qquad (4.1.91)$$

$$y_{5,1}^{n,32}(a) = \frac{Ga}{2g_0} y_4^{\mathrm{Tide}}(r_{\mathrm{s}};n) = \varepsilon^{n-2}\left[y_{140}^{23} + \frac{1}{n}y_{141}^{23} + o\left(\frac{1}{n^2}\right)\right] \qquad (4.1.92)$$

$$y_{1,1}^{\mathrm{t},n,32}(a) = \frac{3}{8\pi\rho\xi} y_2^{\mathrm{t}}(r_{\mathrm{s}};n) = \frac{1}{n+1}\varepsilon^{n-1}\left[y_{t20}^{23} + \frac{1}{n}y_{t21}^{23} + o\left(\frac{1}{n^2}\right)\right] \qquad (4.1.93)$$

垂直断层水平引张破裂 $(m=0)$:

$$y_{1,0}^{n,22}(a) = -\frac{3}{4\pi\rho\xi}\left[\frac{\lambda}{\sigma} y_2^{\mathrm{Press}}(r_{\mathrm{s}},n)\right.$$

$$+ \frac{3K\mu}{\sigma r_{\mathrm{s}}}\left(2y_1^{\mathrm{Press}}(r_{\mathrm{s}},n) - n(n+1)y_3^{\mathrm{Press}}(r_{\mathrm{s}},n)\right)\Bigg]$$

$$= n^2\varepsilon^{n-1}\left[\left(y_{220}^{22} + y_{230}^{22}\right) + \frac{1}{n}\left(y_{210}^{22} + y_{221}^{22} + y_{230}^{22} + y_{231}^{22}\right)\right.$$

$$\left. + \frac{1}{n^2}\left(y_{211}^{22} + y_{222}^{22} + y_{231}^{22} + y_{232}^{22}\right) + \frac{1}{n^3}\left(y_{212}^{22} + y_{232}^{22}\right) + o\left(\frac{1}{n^4}\right)\right] \qquad (4.1.94)$$

$$y_{3,0}^{n,22}(a) = \frac{3}{4\pi\rho\xi}\left[\frac{\lambda}{\sigma}y_2^{\text{Shear}}(r_{\text{s}}, n)\right.$$
$$\left. + \frac{3K\mu}{\sigma r_{\text{s}}}\left(2y_1^{\text{Shear}}(r_{\text{s}}, n) - n(n+1)y_3^{\text{Shear}}(r_{\text{s}}, n)\right)\right]$$
$$= n\varepsilon^{n-1}\left[\left(y_{320}^{22} + y_{330}^{22}\right) + \frac{1}{n}\left(y_{310}^{22} + y_{321}^{22} + y_{330}^{22} + y_{331}^{22}\right)\right.$$
$$\left. + \frac{1}{n^2}\left(y_{311}^{22} + y_{331}^{22} + y_{332}^{22}\right) + o\left(\frac{1}{n^3}\right)\right] \tag{4.1.95}$$

$$y_{5,0}^{n,22}(a) = \frac{Ga}{g_0}\left[\frac{\lambda}{\sigma}y_2^{\text{Tide}}(r_{\text{s}}, n) + \frac{3K\mu}{\sigma r_{\text{s}}}\left(2y_1^{\text{Tide}}(r_{\text{s}}, n) - n(n+1)y_3^{\text{Tide}}(r_{\text{s}}, n)\right)\right]$$
$$= n\varepsilon^{n-1}\left[\left(y_{120}^{22} + y_{130}^{22}\right) + \frac{1}{n}\left(y_{110}^{22} + y_{130}^{22} + y_{131}^{22}\right)\right.$$
$$\left. + \frac{1}{n^2}\left(y_{111}^{22} + y_{131}^{22} + y_{132}^{22}\right) + o\left(\frac{1}{n^3}\right)\right] \tag{4.1.96}$$

$$y_{1,0}^{\text{t},n,22}(a) = 0 \tag{4.1.97}$$

式中, $\lambda$ 是震源处的拉梅常数, $\sigma = \lambda + 2\mu$ 和 $K = \lambda + 2\mu/3$.

水平断层上下引张破裂:

$$y_{1,0}^{n,33}(a) = -\frac{3}{4\pi\rho\xi}y_2^{\text{Press}}(r_{\text{s}}; n)$$
$$= n^2\varepsilon^{n-2}\left[y_{220}^{33} + \frac{1}{n}y_{221}^{33} + \frac{1}{n^2}y_{222}^{33} + o\left(\frac{1}{n^3}\right)\right] \tag{4.1.98}$$

$$y_{3,0}^{n,33}(a) = \frac{3}{4\pi\rho\xi}y_2^{\text{Shear}}(r_{\text{s}}; n) = n\varepsilon^{n-2}\left[y_{320}^{33} + \frac{1}{n}y_{321}^{33} + o\left(\frac{1}{n^2}\right)\right] \tag{4.1.99}$$

$$y_{5,0}^{n,33}(a) = \frac{Ga}{g_0}y_2^{\text{Tide}}(r_{\text{s}}; n) = n\varepsilon^{n-2}\left[y_{120}^{33} + o\left(\frac{1}{n}\right)\right] \tag{4.1.100}$$

$$y_{1,0}^{\text{t},n,33}(a) = 0 \tag{4.1.101}$$

注意, 上述渐近解表达式对于 $n \geqslant 1$ 有效. 而对于 $n = 0$ 可以忽略不计. 这样做基于两个理由: ① Okubo (1988) 的渐近解本来就是针对 $n \gg 1$ 来讨论的, 也就是说, 当 $n$ 越大时渐近解的近似性就越好, 它自然对低阶带来误差; ② $n = 0$ 的贡献相对于近场的变形是非常小的, 后面的数值结果也证明了这一点. 另外, 这些渐近解看上去好像对不同物理量截断的 $n$ 指数是不同的. 其实, 这些解 ($y$ 变量) 是地球模型参数 (如 $\rho, \mu, \lambda$ 等) 的非线性函数, 在推导它们时都取了关于这些参数的相同精度的 1 阶导数来截断的. 而最终的精度取决于不同的分量和震源类型 (详细讨论见 Okubo, 1988).

上述渐近表达式表明同震变形可以用非常简单的公式来近似表达. 其中只有两个变量, 即震源深度 $d$ 和球函数阶数 $n$. 注意, 符号 $y_{kmn}^{ij}$ 对于给定的地球模型来说是常数. 一旦地球模型和震源深度 (或者震源球心距) 给定, 这些 $y$ 变量对于每个球谐阶数 $n$ 的常数系数就可以简单的计算出来. 4.2 节中, 我们将给出这些常数 $y_{kmn}^{ij}$ 的具体表达式.

## 4.2   渐近解系数

在 4.1 节中, 出现了大量有关 $y$ 变量的系数 $y_{kmn}^{ij}$; 它们是由 Okubo (1988) 的渐近理论推导出的由地球模型所决定的常数. 本节给出 $y_{kmn}^{ij}$ 的具体表达式, 以便在后面使用. 上下标 $ijkmn$ 的含义是: $ij$ 表示四个独立位错解; $k$ 代表三种辅助解 (潮汐、压力和横向剪切力) 的渐近解; $m$ 为六个 $y$ 变量; $n$ 给出每个常数的 $n$ 阶指数 (由低至高排列). 这些常数适用于径向不均质球. 而对于一个均质球, 只要稍加简化即可. 省去大量烦琐的简单数学推导, 下面直接给出这些系数的表达式.

$$y_{230}^{12} = -\frac{\mu d}{16\pi\rho\beta^2 r_{\rm s}}\left[-2 + \delta(P-Q)\right] \tag{4.2.1}$$

$$y_{231}^{12} = -\frac{a\mu}{16\pi\rho\beta^2 r_{\rm s}}\left[2M + \delta\left(2\frac{\alpha t}{\beta} - 3\Lambda - 2\Delta\mu\right)\right] \tag{4.2.2}$$

$$y_{232}^{12} = -\frac{a\mu}{16\pi\rho\beta^2 r_{\rm s}}\left[1 + \frac{1}{N}(2T+S-6) + \Delta\mu\right] \tag{4.2.3}$$

$$y_{330}^{12} = \frac{\mu d}{16\pi\rho\beta^2 r_{\rm s}}\left[-2 + \delta(P-Q)\right] \tag{4.2.4}$$

$$y_{331}^{12} = \frac{a\mu}{16\pi\rho\beta^2 r_{\rm s}}\left[\frac{2}{N} - \delta(1+6M)\right] \tag{4.2.5}$$

$$y_{332}^{12} = \frac{a\mu}{16\pi\rho\beta^2 r_{\rm s}}\left(-4\Lambda + \frac{2T+S}{N} + \Delta\mu\right) \tag{4.2.6}$$

$$y_{130}^{12} = \frac{Ga\mu d}{4g_0\beta^2 r_{\rm s}}\left(1 - \frac{\delta P}{2}\right) \tag{4.2.7}$$

$$y_{131}^{12} = \frac{Ga\mu d}{4g_0\beta^2 r_{\rm s}}\left(1 - \frac{\alpha t}{\beta} + \Delta v\right) \tag{4.2.8}$$

$$y_{132}^{12} = \frac{Ga^2\mu}{8g_0\beta^2 r_{\rm s}}\left(4 - T - \Delta v\right) \tag{4.2.9}$$

$$y_{240}^{23} = -\frac{d}{8\pi a}\left[-2 + \delta(P-Q+2\Delta\mu)\right] \tag{4.2.10}$$

$$y_{241}^{23} = -\frac{d}{8\pi a}\left[-1 - 2(P-Q+M+2\Delta\mu) + \frac{2\alpha t}{\beta}(1-M)\right] \tag{4.2.11}$$

$$y_{340}^{23} = \frac{\delta}{8\pi}\left[-2 + \delta(P-Q+2\Delta\mu)\right] \tag{4.2.12}$$

$$y_{341}^{23} = \frac{1}{8\pi}\left[2 + \delta(3 - 2T - 2S - 2N\Delta\mu)\right] \tag{4.2.13}$$

$$y_{342}^{23} = -\frac{1}{8\pi} \tag{4.2.14}$$

$$y_{140}^{23} = \frac{1}{2g_0}G\rho d\left[1 - \frac{\delta}{2}(P+2\Delta\mu)\right] \tag{4.2.15}$$

$$y_{141}^{23} = -\frac{G\rho dN}{4g_0}\left(\Delta v - \frac{2\alpha t}{\beta}\right) \tag{4.2.16}$$

$$y_{210}^{22} = -\frac{3K\mu d}{4\pi\rho\beta^2\sigma r_{\rm s}} \left[ -2 + \delta(P - Q) \right] \tag{4.2.17}$$

$$y_{211}^{22} = -\frac{3aK\mu}{4\pi\rho\beta^2\sigma r_{\rm s}} \left\{ -\frac{2}{N} + \frac{2\alpha t\delta}{\beta}(2 - \Lambda) + \delta[\Lambda - S - 2\Delta\mu(N + 1)] \right\} \tag{4.2.18}$$

$$y_{212}^{22} = -\frac{3aK\mu}{4\pi\rho\beta^2\sigma r_{\rm s}} \left[ -\frac{S}{N} - 3\Delta\mu + \frac{2\alpha t}{\beta N}(2 - \Lambda) + 2M^2 \left( \frac{\alpha t}{\beta} - 1 \right) \right] \tag{4.2.19}$$

$$y_{220}^{22} = -\frac{\lambda d}{4\pi\sigma r_{\rm s}} \left[ -2 + \delta(P - Q + 2\Delta\mu) \right] \tag{4.2.20}$$

$$y_{221}^{22} = -\frac{\lambda a}{4\pi\sigma r_{\rm s}} \left[ -2 + \delta(5 - 2T) \right] \tag{4.2.21}$$

$$y_{222}^{22} = \frac{\lambda a}{4\pi\sigma r_{\rm s}} \tag{4.2.22}$$

$$y_{230}^{22} = \frac{3K\mu d}{8\pi\rho\beta^2\sigma r_{\rm s}} \left[ -2 + \delta(P - Q) \right] \tag{4.2.23}$$

$$y_{231}^{22} = \frac{3aK\mu}{8\pi\rho\beta^2\sigma r_{\rm s}} \left[ 2M + \delta \left( \frac{2\alpha t}{\beta} - 3\Lambda - 2\Delta\mu \right) \right] \tag{4.2.24}$$

$$y_{232}^{22} = \frac{3aK\mu}{8\pi\rho\beta^2\sigma r_{\rm s}} \left[ 1 + \Delta\mu + \frac{1}{N}(2T + S - 6) \right] \tag{4.2.25}$$

$$y_{310}^{22} = \frac{3K\mu d}{4\pi\rho\beta^2\sigma r_{\rm s}} \left[ -2 + \delta(P - Q) \right] \tag{4.2.26}$$

$$y_{311}^{22} = \frac{3aK\mu}{4\pi\rho\beta^2\sigma r_{\rm s}} \left[ -2M + \delta \left( 1 + \frac{6}{N} \right) - 2\delta(P - Q - 1 + 2T + 2\Delta\mu) \right] \tag{4.2.27}$$

$$y_{312}^{22} = \frac{3aK\mu}{4\pi\rho\beta^2\sigma r_{\rm s}} \left[ -1 + \frac{6}{N} - \frac{1}{N}(P - Q - 1 + 2T + 2\Delta\mu) \right] \tag{4.2.28}$$

$$y_{320}^{22} = \frac{\lambda d}{4\pi\sigma r_{\rm s}} \left[ -2 + \delta(P - Q + 2\Delta\mu) \right] \tag{4.2.29}$$

$$y_{321}^{22} = \frac{\lambda d}{4\pi\sigma r_{\rm s}} \left( 5 - 2M - \frac{2\alpha t}{\beta N} \right) \tag{4.2.30}$$

$$y_{330}^{22} = -\frac{3K\mu d}{8\pi\rho\beta^2\sigma r_{\rm s}} \left[ -2 + \delta(P - Q) \right] \tag{4.2.31}$$

$$y_{331}^{22} = -\frac{3aK\mu}{8\pi\rho\beta^2\sigma r_{\rm s}} \left[ \frac{2}{N} - \delta(1 + 6M) \right] \tag{4.2.32}$$

$$y_{332}^{22} = -\frac{3aK\mu}{8\pi\rho\beta^2\sigma r_{\rm s}} \left( -4\Lambda + \frac{2T + S}{N} + \Delta\mu \right) \tag{4.2.33}$$

$$y_{110}^{22} = \frac{3aGK\mu d}{2g_0\beta^2\sigma r_{\rm s}} (2 - \delta P) \tag{4.2.34}$$

$$y_{111}^{22} = \frac{3a^2GK\mu}{2g_0\beta^2\sigma r_{\rm s}} \left[ 2 + \delta \left( 2P - 4 - \frac{2\alpha t}{\beta} + 6\Delta\upsilon \right) \right] \tag{4.2.35}$$

$$y_{112}^{22} = \frac{3a^2GK\mu}{2g_0\beta^2\sigma r_{\rm s}} \left( -2 + T - \frac{2\alpha t}{\beta} + 3\Delta\upsilon \right) \tag{4.2.36}$$

$$y_{120}^{22} = \frac{Ga\lambda\rho d}{g_0\sigma r_{\rm s}}\left(1 - \frac{\delta P}{2}\right) \tag{4.2.37}$$

$$y_{130}^{22} = -\frac{3GaK\mu d}{2g_0\beta^2\sigma r_{\rm s}}\left(1 - \frac{\delta P}{2}\right) \tag{4.2.38}$$

$$y_{131}^{22} = -\frac{3GaK\mu d}{2g_0\beta^2\sigma r_{\rm s}}\left(1 - \frac{\alpha t}{\beta} + \Delta v\right) \tag{4.2.39}$$

$$y_{132}^{22} = -\frac{3Ga^2K\mu}{4g_0\beta^2\sigma r_{\rm s}}\left(4 - T - \Delta v\right) \tag{4.2.40}$$

$$y_{220}^{33} = -\frac{\delta}{4\pi}\left[-2 + \delta(P - Q + 2\Delta\mu)\right] \tag{4.2.41}$$

$$y_{221}^{33} = -\frac{1}{4\pi}\left[-2 + \delta\left(5 - 2T\right)\right] \tag{4.2.42}$$

$$y_{222}^{33} = \frac{1}{4\pi} \tag{4.2.43}$$

$$y_{320}^{33} = \frac{\delta}{4\pi}\left[-2 + \delta(P - Q + 2\Delta\mu)\right] \tag{4.2.44}$$

$$y_{321}^{33} = \frac{\delta}{4\pi}\left(5 - 2M - \frac{2\alpha t}{\beta N}\right) \tag{4.2.45}$$

$$y_{120}^{33} = \frac{G\rho d}{g_0}\left[1 - \frac{\delta}{2}(P + 2\Delta\mu)\right] \tag{4.2.46}$$

$$y_{t10}^{12} = \frac{1}{4\pi} \tag{4.2.47}$$

$$y_{t11}^{12} = \frac{3}{8\pi} \tag{4.2.48}$$

$$y_{t12}^{12} = \frac{1}{8\pi} \tag{4.2.49}$$

$$y_{t20}^{23} = \frac{1}{4\pi} \tag{4.2.50}$$

$$y_{t21}^{23} = \frac{1}{8\pi} \tag{4.2.51}$$

式中, $G$ 是牛顿引力常数, $a$ 是地球半径, $\alpha$ 和 $\beta$ 分别是 P 波和 S 波速度, $\rho$ 为地球质量密度, $\lambda$ 和 $\mu$ 是拉梅常数, $d$ 是震源深度, $r_{\rm s}$ 是震源的球心距, 以及

$$\delta = \frac{d}{a} \tag{4.2.52}$$

$$\sigma = \lambda + 2\mu \tag{4.2.53}$$

$$K = \lambda + \frac{2\mu}{3} \tag{4.2.54}$$

$$N = 1 - \frac{\beta^2}{\alpha^2} \tag{4.2.55}$$

$$M = \frac{\beta^2}{\alpha^2 - \beta^2} \tag{4.2.56}$$

$$\Lambda = \frac{\alpha^2 + \beta^2}{\alpha^2 - \beta^2} \tag{4.2.57}$$

$$\gamma = \frac{4\pi G\rho}{3} \tag{4.2.58}$$

$$t = \frac{g_0 a}{2\alpha\beta} \tag{4.2.59}$$

$$T = \frac{(\alpha + \beta t)\alpha}{(\alpha^2 - \beta^2)} \tag{4.2.60}$$

$$\Delta\mu = \frac{a}{\mu}\frac{\mathrm{d}\mu}{\mathrm{d}r}\bigg|_{r=a} \tag{4.2.61}$$

$$\Delta\rho_0 = \frac{a}{\rho_0}\frac{\mathrm{d}\rho}{\mathrm{d}r}\bigg|_{r=a} \tag{4.2.62}$$

$$\Delta\upsilon = \Delta\mu - \frac{\Delta\rho_0}{2} \tag{4.2.63}$$

$$P = 1 + \frac{\beta t}{\alpha} - \left(1 + \frac{\beta^2}{\alpha^2}\right)\Delta\upsilon \tag{4.2.64}$$

$$S = \frac{\beta^2}{\alpha^2}\frac{a}{\lambda + \mu}\frac{\mathrm{d}(\lambda + \mu)}{\mathrm{d}r}\bigg|_{r=a} \tag{4.2.65}$$

$$Q = \frac{\beta t}{\alpha} - S + \left(1 + \frac{\beta^2}{\alpha^2}\right)\frac{\Delta\rho_0}{2} \tag{4.2.66}$$

$$\xi = \frac{g_0}{\gamma a} \tag{4.2.67}$$

注意, 当研究对象是均质球时, 一些变量变为零, 例如, $\Delta\mu = 0$, $\Delta\rho_0 = 0$, $\Delta\upsilon = 0$, $S = 0$. 同时一些变量得以简化, 例如, $P = 1 + \frac{\beta t}{\alpha}$, $Q = \frac{\beta t}{\alpha}$. 一些 $y$ 系数也同时简化.

## 4.3  勒让德级数求和公式

为了具体计算渐近变形, 在 4.4 节中要用到大量的勒让德级数求和. 为了方便, 本节先推导出这些公式. 大部分公式都是第一次推导出来的, 其他教科书中很难找到. 下面的勒让德函数表达式 (或者叫做勒让德函数母函数) 在渐近解计算中起到非常重要的作用, 在其他球函数公式推导中也非常有用.

$$F(r, \theta) \equiv \sum_{n=0}^{\infty} r^n P_n(\cos\theta) = \frac{1}{\sqrt{1 - 2r\cos\theta + r^2}} \tag{4.3.1}$$

对这个基本等式反复微分或者积分, 并且结合下列基本关系式:

$$P_n^1(\cos\theta) = -\frac{\mathrm{d}P_n(\cos\theta)}{\mathrm{d}\theta} \tag{4.3.2}$$

$$P_n^2(\cos\theta) = -2\cot\theta\frac{\mathrm{d}P_n(\cos\theta)}{\mathrm{d}\theta} - n(n+1)P_n(\cos\theta) \tag{4.3.3}$$

$$P_n^2(x) = (1 - x^2) \frac{\mathrm{d}^2 P_n(x)}{\mathrm{d}x^2} \tag{4.3.4}$$

我们就可以得到如下级数求和公式, 其中, $w = \sqrt{1 - 2r\cos\theta + r^2}$, $c = \cos\theta$, $s = \sin\theta$ 和 $\varepsilon \leqslant 1$:

$$\sum_{n=0}^{\infty} \varepsilon^{n-2} n^2 P_n(c) = \frac{1}{\varepsilon w^5} \left[ c(1 - \varepsilon^2) + \varepsilon(c^2 - 2 + \varepsilon^2) \right] \tag{4.3.5}$$

$$\sum_{n=0}^{\infty} \varepsilon^{n-2} n P_n(c) = \frac{1}{\varepsilon w^3} (c - \varepsilon) \tag{4.3.6}$$

$$\sum_{n=0}^{\infty} \varepsilon^{n-2} P_n(c) = \frac{1}{\varepsilon^2 w} \tag{4.3.7}$$

$$\sum_{n=1}^{\infty} \varepsilon^n \frac{1}{n} P_n(c) = \ln 2 - \ln(1 - \varepsilon c + w) \tag{4.3.8}$$

$$\sum_{n=2}^{\infty} \varepsilon^{n-1} \frac{1}{n-1} P_n(c) = \frac{1}{\varepsilon} (1 - w) - c \ln(1 - \varepsilon c + w) + c(\ln 2 - 1) \tag{4.3.9}$$

$$\sum_{n=0}^{\infty} \varepsilon^n \frac{1}{n+1} P_n(c) = \frac{1}{\varepsilon} \left[ \ln(\varepsilon - c + w) - \ln(1 - c) - \varepsilon \right] \tag{4.3.10}$$

$$\sum_{n=0}^{\infty} \varepsilon^n \frac{1}{n(n+1)} P_n(c) = \sum_{n=0}^{\infty} \varepsilon^n \frac{1}{n} P_n(c) - \sum_{n=0}^{\infty} \varepsilon^n \frac{1}{n+1} P_n(c) \tag{4.3.11}$$

$$\sum_{n=2}^{\infty} \varepsilon^n \frac{1}{n^2} P_n(c) \approx \sum_{n=2}^{\infty} \varepsilon^n \frac{1}{2(n-1)} P_n(c) - \sum_{n=2}^{\infty} \varepsilon^n \frac{1}{2(n+1)} P_n(c) \tag{4.3.12}$$

$$\sum_{n=2}^{\infty} \varepsilon^n \frac{1}{n(n^2-1)} P_n(c) = \sum_{n=2}^{\infty} \varepsilon^n \frac{1}{2(n+1)} P_n(c) + \sum_{n=2}^{\infty} \varepsilon^n \frac{1}{2(n-1)} P_n(c)$$
$$- \sum_{n=2}^{\infty} \varepsilon^n \frac{1}{n} P_n(c) \tag{4.3.13}$$

$$\sum_{n=0}^{\infty} \varepsilon^{n-2} n \frac{\partial P_n(c)}{\partial \theta} = -\frac{s}{\varepsilon w^5} (1 + \varepsilon c - 2\varepsilon^2) \tag{4.3.14}$$

$$\sum_{n=0}^{\infty} \varepsilon^{n-2} \frac{\partial P_n(c)}{\partial \theta} = -\frac{s}{\varepsilon w^3} \tag{4.3.15}$$

$$\sum_{n=0}^{\infty} \varepsilon^{n-1} \frac{1}{n} \frac{\partial P_n(c)}{\partial \theta} = -\frac{s(1+w)}{w(1 - \varepsilon c + w)} \tag{4.3.16}$$

$$\sum_{n=0}^{\infty} \varepsilon^{n-1} \frac{1}{n+1} \frac{\partial P_n(c)}{\partial \theta} = \frac{1}{\varepsilon^2 s} \left( -1 + \frac{1 - \varepsilon c}{w} \right) \tag{4.3.17}$$

$$\sum_{n=1}^{\infty} \varepsilon^{n-2} n P_n^1(c) = \frac{s}{\varepsilon w^5} (1 + \varepsilon c - 2\varepsilon^2) \tag{4.3.18}$$

$$\sum_{n=1}^{\infty} \varepsilon^{n-2} P_n^1(c) = \frac{s}{\varepsilon w^3} \tag{4.3.19}$$

$$\sum_{n=1}^{\infty} \varepsilon^{n-2} \frac{\partial P_n^1(c)}{\partial \theta} = \frac{1}{\varepsilon w^5} \left[ c \left( 1 + \varepsilon^2 \right) + \varepsilon \left( c^2 - 3 \right) \right] \tag{4.3.20}$$

$$\sum_{n=1}^{\infty} \varepsilon^{n-2} \frac{1}{n} \frac{\partial P_n^1(c)}{\partial \theta} = \frac{1}{\varepsilon w^2 (1 - \varepsilon c + w)^2} \left[ \left( cw(1+w) + \varepsilon s^2 \right) \left( 1 - \varepsilon c + w \right) \right.$$
$$\left. - \varepsilon s^2 (1+w) \left( w + \varepsilon + \frac{1}{w} (1 - \varepsilon c + w) \right) \right] \tag{4.3.21}$$

$$\sum_{n=1}^{\infty} \varepsilon^{n-2} \frac{1}{n(n+1)} \frac{\partial P_n^1(c)}{\partial \theta} = \frac{1}{\varepsilon^3} \left[ \varepsilon \left( \frac{1}{w} - 1 \right) - \frac{c}{s^2} \left( \varepsilon c - 1 + w \right) \right] \tag{4.3.22}$$

$$\sum_{n=1}^{\infty} \varepsilon^{n-2} \frac{1}{n} P_n^1(c) = \frac{(1+w)s}{\varepsilon w(1 - \varepsilon c + w)} \tag{4.3.23}$$

$$\sum_{n=1}^{\infty} \varepsilon^{n-2} \frac{1}{n(n+1)} P_n^1(c) = \frac{1}{\varepsilon^3 s} \left( \varepsilon c - 1 + w \right) \tag{4.3.24}$$

$$\sum_{n=1}^{\infty} \varepsilon^{n-1} \frac{1}{n+1} P_n^1(c) = -\frac{1}{\varepsilon^2 s} \left( -1 + \frac{1 - \varepsilon c}{w} \right) \tag{4.3.25}$$

$$\sum_{n=1}^{\infty} \varepsilon^{n-1} \frac{1}{n+1} \frac{\partial P_n^1(c)}{\partial \theta} = -\frac{1}{\varepsilon^2 s^2} \left\{ c + \frac{1}{w} \left[ \varepsilon s^2 - (1 - \varepsilon c) \left( c + \frac{\varepsilon s^2}{w^2} \right) \right] \right\} \tag{4.3.26}$$

$$\sum_{n=2}^{\infty} \varepsilon^{n-1} P_n^2(c) = \frac{2c}{w^3} - \frac{1}{w^5} \left( 2c - \varepsilon(3 + c^2 - 2\varepsilon c) \right) \tag{4.3.27}$$

$$\sum_{n=2}^{\infty} \varepsilon^{n-1} \frac{1}{n} P_n^2(c) = \frac{1}{\varepsilon} \left[ \frac{2}{s^2} - 1 - \frac{1 - \varepsilon c}{w^3} + \frac{2c(\varepsilon - c)}{s^2 w} \right]$$
$$= \frac{1}{\varepsilon} \left[ 1 - \frac{1}{w} + \frac{\varepsilon(\varepsilon - c)}{w^3} + \frac{2c}{s^2} \left( c + \frac{\varepsilon - c}{w} \right) \right] \tag{4.3.28}$$

$$\sum_{n=2}^{\infty} \varepsilon^{n-1} \frac{1}{n-1} P_n^2(c) = \varepsilon s^2 \left[ \frac{1}{w^3} + \frac{2 \left( 1 + w^{-1} \right) + w^{-3} \varepsilon c}{1 + w - \varepsilon c} + \frac{\varepsilon c \left( 1 + w^{-1} \right)^2}{(1 + w - \varepsilon c)^2} \right] \tag{4.3.29}$$

$$\sum_{n=2}^{\infty} \varepsilon^{n-1} \frac{1}{n+1} P_n^2(c) = \frac{2c}{\varepsilon^2 s^2} + \frac{1}{\varepsilon^2 s^2 w} \left[ \varepsilon \left( 1 + c^2 \right) - 2c + w^{-2} \varepsilon s^2 \left( \varepsilon c - 1 \right) \right] \tag{4.3.30}$$

$$\sum_{n=2}^{\infty} \varepsilon^{n-1} \frac{1}{n(n+1)} P_n^2(c) = \frac{1}{\varepsilon} \left[ 1 - \frac{1}{w} - \frac{2c}{\varepsilon s^2} \left( 1 - \varepsilon c - w \right) \right] \tag{4.3.31}$$

$$\sum_{n=2}^{\infty} \varepsilon^n \frac{1}{n^2} P_n^2(c) \approx \sum_{n=2}^{\infty} \varepsilon^n \frac{1}{2(n-1)} P_n^2(c) - \sum_{n=2}^{\infty} \varepsilon^n \frac{1}{2(n+1)} P_n^2(c) \tag{4.3.32}$$

$$\sum_{n=2}^{\infty} \varepsilon^n \frac{1}{n(n^2-1)} P_n^2(c) = \sum_{n=2}^{\infty} \varepsilon^n \frac{1}{2(n+1)} P_n^2(c) + \sum_{n=2}^{\infty} \varepsilon^n \frac{1}{2(n-1)} P_n^2(c)$$

$$-\sum_{n=2}^{\infty}\varepsilon^n\frac{1}{n}P_n^2(c) \tag{4.3.33}$$

$$\sum_{n=2}^{\infty}\varepsilon^{n-1}\frac{1}{n}\frac{\partial P_n^2(c)}{\partial\theta}=\frac{2s}{w^3}-\frac{3}{w^5}\varepsilon s\left(\varepsilon-c\right)-\frac{2}{\varepsilon s^3}\left(2-s^2\right)\left(c+\frac{\varepsilon-c}{w}\right)$$
$$+\frac{2c}{\varepsilon s}\left(-1+\frac{1}{w}-\frac{\varepsilon(\varepsilon-c)}{w^3}\right) \tag{4.3.34}$$

$$\sum_{n=2}^{\infty}\varepsilon^{n-1}\frac{1}{n-1}\frac{\partial P_n^2(c)}{\partial\theta}=2\varepsilon sc\left[\frac{1}{w^3}+\frac{2\left(1+w^{-1}\right)+w^{-3}\varepsilon c}{1+w-\varepsilon c}+\frac{\varepsilon c\left(1+w^{-1}\right)^2}{\left(1+w-\varepsilon c\right)^2}\right]$$
$$-\varepsilon^2 s^3\left\{\frac{3}{w^5}+\left[\left(\frac{2}{w^3}+\frac{3\varepsilon c}{w^5}\right)(1+w-\varepsilon c)\right.\right.$$
$$\left.+\left(2+\frac{2}{w}+\frac{\varepsilon c}{w^3}\right)\left(1+\frac{1}{w}\right)\right]\frac{1}{\left(1+w-\varepsilon c\right)^2}$$
$$+\left[\left(1+\frac{1}{w}+\frac{2\varepsilon c}{w^3}\right)(1+w-\varepsilon c)+2\varepsilon c\left(1+\frac{1}{w}\right)^2\right]$$
$$\left.\cdot\frac{1+w^{-1}}{\left(1+w-\varepsilon c\right)^3}\right\} \tag{4.3.35}$$

$$\sum_{n=2}^{\infty}\varepsilon^{n-1}\frac{1}{n+1}\frac{\partial P_n^2(c)}{\partial\theta}=-\frac{2\left(1+c^2\right)}{\varepsilon^2 s^3}-\frac{2cs^{-2}+\varepsilon w^{-2}}{\varepsilon^2 sw}$$
$$\cdot\left[\varepsilon\left(1+c^2\right)-2c+w^{-2}\varepsilon s^2\left(\varepsilon c-1\right)\right]$$
$$+\frac{1}{\varepsilon^2 sw}\left[2\left(\varepsilon c-1\right)\left(-1+\frac{\varepsilon c}{w^2}-\frac{\varepsilon^2 s^2}{w^4}\right)-\frac{\varepsilon^2 s^2}{w^2}\right] \tag{4.3.36}$$

$$\sum_{n=2}^{\infty}\varepsilon^{n-1}\frac{1}{n(n+1)}\frac{\partial P_n^2(c)}{\partial\theta}=\frac{s}{w^3}+\frac{2(2-s^2)}{\varepsilon^2 s^3}\left(1-\varepsilon c-w\right)-\frac{2c}{\varepsilon s}\left(1-\frac{1}{w}\right) \tag{4.3.37}$$

## 4.4 同震位移的渐近解

前面我们已经给出了同震位移的计算公式, 方便起见, 这里再次把它们列出:

$$\boldsymbol{u}(a,\theta,\varphi)=\sum_{i,j}\left[u_r^{ij}\boldsymbol{e}_r+\left(u_\theta^{\mathrm{s},ij}+u_\theta^{\mathrm{t},ij}\right)\boldsymbol{e}_\theta+\left(u_\varphi^{\mathrm{s},ij}+u_\varphi^{\mathrm{t},ij}\right)\boldsymbol{e}_\varphi\right]\cdot\nu_i n_j\frac{U\mathrm{d}S}{a^2} \tag{4.4.1}$$

式中,

$$u_r^{ij}(a,\theta,\varphi)=\sum_{n,m}y_{1,m}^{n,ij}(a)Y_n^m(\theta,\varphi) \tag{4.4.2}$$

$$u_\theta^{\mathrm{s},ij}(a,\theta,\varphi)=\sum_{n,m}y_{3,m}^{n,ij}(a)\frac{\partial Y_n^m(\theta,\varphi)}{\partial\theta} \tag{4.4.3}$$

$$u_\varphi^{\mathrm{s},ij}(a,\theta,\varphi)=\sum_{n,m}y_{3,m}^{n,ij}(a)\frac{1}{\sin\theta}\frac{\partial Y_n^m(\theta,\varphi)}{\partial\varphi} \tag{4.4.4}$$

$$u_\theta^{\mathrm{t},ij}(a,\theta,\varphi) = \sum_{n,m} y_{1,m}^{\mathrm{t},n,ij}(a) \frac{1}{\sin\theta} \frac{\partial Y_n^m(\theta,\varphi)}{\partial \varphi} \tag{4.4.5}$$

$$u_\varphi^{\mathrm{t},ij}(a,\theta,\varphi) = -\sum_{n,m} y_{1,m}^{\mathrm{t},n,ij}(a) \frac{\partial Y_n^m(\theta,\varphi)}{\partial \theta} \tag{4.4.6}$$

下面先分别导出各个球型和环型位移分量的表达式, 然后求和, 就可以得到沿三个坐标分量 $(a,\theta,\varphi)$ 的位移分量. 由于 $y_{k,m}^{n,ij}(a)$ 和 $y_{k,m}^{\mathrm{t},n,ij}(a)$ 的渐近表达式已经在 4.3 节中给出, 我们可以很简单地推导出它们的解析解. 作为例子, 下面通过详细推导 $u_r^{33}(a)$ 的计算公式来演示如何得到渐近位移解. 先把式 (4.1.98) 中 $y_{1,m}^{n,33}(a)$ 的表达式代入式 (4.4.2), 得到

$$u_r^{33}(a,\theta,\varphi) = \sum_{n=0}^{\infty} y_{1,0}^{n,33}(a) P_n(\cos\theta)$$

$$= \sum_{n=0}^{\infty} \varepsilon^{n-2} \left[ y_{220}^{33} n^2 + y_{221}^{33} n + y_{222}^{33} \right] P_n(\cos\theta) \tag{4.4.7}$$

由于 $y_{220}^{33}$, $y_{221}^{33}$ 和 $y_{222}^{33}$ 都是常数 (已在 4.2 节里给出), 可以移到求和号外边, 式 (4.4.7) 则变为三个关于 $n$ 的级数求和计算

$$u_r^{33}(a,\theta,\varphi) = y_{220}^{33} \sum_{n=0}^{\infty} \varepsilon^{n-2} n^2 P_n(\cos\theta) + y_{221}^{33} \sum_{n=0}^{\infty} \varepsilon^{n-2} n P_n(\cos\theta)$$

$$+ y_{222}^{33} \sum_{n=0}^{\infty} \varepsilon^{n-2} P_n(\cos\theta) \tag{4.4.8}$$

再利用 4.3 节给出的勒让德无穷级数计算公式, 式 (4.4.8) 便给出如下解析计算公式:

$$u_r^{33}(a,\theta,\varphi) = y_{220}^{33} \frac{1}{\varepsilon w^5} \left[ \cos\theta(1-\varepsilon^2) + \varepsilon(\cos^2\theta - 2 + \varepsilon^2) \right]$$

$$+ y_{221}^{33} \frac{1}{\varepsilon w^3} (\cos\theta - \varepsilon) + y_{222}^{33} \frac{1}{\varepsilon^2 w} \tag{4.4.9}$$

其他位移分量的推导是类似的. 省去烦琐的推导过程, 下面仅列出最后结果:

$$u_r^{12}(a,\theta,\varphi) = -\sum_{n=2}^{\infty} i y_{1,2}^{n,12}(a) \left[ Y_n^2(\theta,\varphi) - Y_n^{-2}(\theta,\varphi) \right]$$

$$= 2\sin 2\varphi \sum_{n=2}^{\infty} \varepsilon^{n-1} \left[ y_{230}^{12} + y_{231}^{12} \frac{1}{n} + y_{232}^{12} \frac{1}{n^2} \right] P_n^2(c)$$

$$= 2\sin 2\varphi \left\{ y_{230}^{12} \left[ \frac{2c}{w^3} - \frac{1}{w^5} \left( 2c - \varepsilon(3 + c^2 - 2\varepsilon c) \right) \right] \right.$$

$$+ y_{231}^{12} \frac{1}{\varepsilon} \left[ \frac{2}{s^2} - 1 - \frac{1-\varepsilon c}{w^3} + \frac{2c(\varepsilon - c)}{s^2 w} \right]$$

$$\left. + y_{232}^{12} \left[ \frac{\varepsilon s^2}{2} \left( \frac{1}{w^3} + \frac{2(1+w^{-1}) + w^{-3}\varepsilon c}{1 + w - \varepsilon c} + \frac{\varepsilon c(1 + w^{-1})^2}{(1 + w - \varepsilon c)^2} \right) \right.$$

$$-\frac{c}{\varepsilon^2 s^2}-\frac{1}{2\varepsilon^2 s^2 w}\left(\varepsilon\left(1+c^2\right)-2c+w^{-2}\varepsilon s^2\left(\varepsilon c-1\right)\right)\Big]\Big\}\qquad(4.2.10)$$

注意, 上式中的求和项

$$\sum_{n=2}^{\infty}\varepsilon^{n-1}\frac{1}{n^2}P_n^2(c)\qquad(4.4.11)$$

比较难于求出, 可以采用下面的近似:

$$\frac{1}{n^2}\approx\frac{1}{2(n-1)}-\frac{1}{2(n+1)}\qquad(4.4.12)$$

这个近似仅产生高阶小项的误差, 可以忽略不计. 所以, (4.4.11) 就可以容易的得到, 即

$$\sum_{n=2}^{\infty}\varepsilon^{n-1}\frac{1}{n^2}P_n^2(c)\approx\sum_{n=2}^{\infty}\varepsilon^{n-1}\left[\frac{1}{2(n-1)}-\frac{1}{2(n+1)}\right]P_n^2(c)$$

$$=\sum_{n=2}^{\infty}\varepsilon^{n-1}\frac{1}{2(n-1)}P_n^2(c)-\sum_{n=2}^{\infty}\varepsilon^{n-1}\frac{1}{2(n+1)}P_n^2(c)\qquad(4.4.13)$$

这个技巧在下面的公式推导过程中经常用到:

$$u_\theta^{s,12}(a,\theta,\varphi)=-\sum_{n=2}^{\infty}iy_{3,2}^{n,12}(a)\left[\frac{\partial Y_n^2(\theta,\varphi)}{\partial\theta}-\frac{\partial Y_n^{-2}(\theta,\varphi)}{\partial\theta}\right]$$

$$=2\sin 2\varphi\sum_{n=2}^{\infty}\frac{1}{n}\varepsilon^{n-1}\left[y_{330}^{12}+y_{331}^{12}\frac{1}{n}+y_{332}^{12}\frac{1}{n^2}\right]\frac{\partial P_n^2(c)}{\partial\theta}$$

$$=2\sin 2\varphi\left\{y_{330}^{12}\left[\frac{2s}{w^3}-\frac{3}{w^5}\varepsilon s\left(\varepsilon-c\right)\right.\right.$$

$$-\frac{2}{\varepsilon s^3}\left(2-s^2\right)\left(c+\frac{\varepsilon-c}{w}\right)+\frac{2c}{\varepsilon s}\left(-1+\frac{1}{w}-\frac{\varepsilon(\varepsilon-c)}{w^3}\right)\Big]$$

$$+y_{331}^{12}\frac{1}{\varepsilon}\left[\frac{\varepsilon s}{w^3}+\frac{2(2-s^2)}{\varepsilon s^3}\left(1-\varepsilon c-w\right)-\frac{2c}{s}\left(1-\frac{1}{w}\right)\right]\Big\}\qquad(4.4.14)$$

式 (4.4.14) 中的第三项 $y_{332}^{12}$ (类似地, 下面的公式中也有类似的情况) 省略掉了, 因为前面的两个主项可以给出足够的近似 (后面的数值计算可以证明). 若要求很高的精度, 该项可以类似地加上.

$$u_\varphi^{s,12}(a,\theta,\varphi)=-\sum_{n=2}^{\infty}iy_{3,2}^{n,12}(a)\frac{1}{s}\left[\frac{\partial Y_n^2(\theta,\varphi)}{\partial\varphi}-\frac{\partial Y_n^{-2}(\theta,\varphi)}{\partial\varphi}\right]$$

$$=\frac{4\cos 2\varphi}{s}\sum_{n=2}^{\infty}\frac{1}{n}\varepsilon^{n-1}\left[y_{330}^{12}+y_{331}^{12}\frac{1}{n}+y_{332}^{12}\frac{1}{n^2}\right]P_n^2(c)$$

$$=\frac{4\cos 2\varphi}{s}\left\{y_{330}^{12}\frac{1}{\varepsilon}\left[1-\frac{1}{w}+\frac{\varepsilon(\varepsilon-c)}{w^3}+\frac{2c}{s^2}\left(c+\frac{\varepsilon-c}{w}\right)\right]\right.$$

$$+y_{331}^{12}\frac{1}{\varepsilon s}\left(1-\frac{1}{w}-\frac{2c}{\varepsilon s^2}\left(1-\varepsilon c-w\right)\right)$$

$$+ \left( y_{331}^{12} + y_{332}^{12} \right) \left[ \left( \frac{c}{\varepsilon^2 s^3} + \frac{1}{2\varepsilon^2 s^3 w} \left( \varepsilon \left( 1 + c^2 \right) - 2c + \frac{\varepsilon s^2}{w^2} \left( \varepsilon c - 1 \right) \right) \right) \right.$$

$$+ \frac{\varepsilon s}{2} \left( \frac{1}{w^3} + \frac{2 \left( 1 + w^{-1} \right) + w^{-3} \varepsilon c}{1 + w - \varepsilon c} + \frac{\varepsilon c \left( 1 + w^{-1} \right)^2}{\left( 1 + w - \varepsilon c \right)^2} \right)$$

$$\left. \left. - \frac{1}{\varepsilon s} \left( 1 - \frac{1}{w} + \frac{\varepsilon(\varepsilon - c)}{w^3} + \frac{2c}{s^2} \left( c + \frac{\varepsilon - c}{w} \right) \right) \right] \right\} \qquad (4.4.15)$$

$$u_\theta^{t,12}(a, \theta, \varphi) = \sum_{n=2}^{\infty} y_{1,2}^{t,n,12}(a) \frac{1}{s} \left[ \frac{\partial Y_n^2(\theta, \varphi)}{\partial \varphi} + \frac{\partial Y_n^{-2}(\theta, \varphi)}{\partial \varphi} \right]$$

$$= -4 \sin 2\varphi \sum_{n=2}^{\infty} \frac{1}{n(n+1)} \varepsilon^{n-1} \left( y_{t10}^{12} + \frac{1}{n} y_{t11}^{12} + \frac{1}{n^2} y_{t12}^{12} \right) \frac{P_n^2(c)}{s}$$

$$= -4 \sin 2\varphi \left\{ y_{t10}^{12} \frac{1}{\varepsilon s} \left[ 1 - \frac{1}{w} - \frac{2c}{\varepsilon s^2} \left( 1 - \varepsilon c - w \right) \right] \right.$$

$$+ y_{t11}^{12} \left[ \left( \frac{c}{\varepsilon^2 s^3} + \frac{1}{2\varepsilon^2 s^3 w} \left( \varepsilon \left( 1 + c^2 \right) - 2c + \frac{\varepsilon s^2}{w^2} \left( \varepsilon c - 1 \right) \right) \right) \right.$$

$$+ \frac{\varepsilon s}{2} \left( \frac{1}{w^3} + \frac{2 \left( 1 + w^{-1} \right) + w^{-3} \varepsilon c}{1 + w - \varepsilon c} + \frac{\varepsilon c \left( 1 + w^{-1} \right)^2}{\left( 1 + w - \varepsilon c \right)^2} \right)$$

$$\left. \left. - \frac{1}{\varepsilon s} \left( 1 - \frac{1}{w} + \frac{\varepsilon(\varepsilon - c)}{w^3} + \frac{2c}{s^2} \left( c + \frac{\varepsilon - c}{w} \right) \right) \right] \right\} \qquad (4.4.16)$$

$$u_\varphi^{t,12}(a, \theta, \varphi) = -\sum_{n=2}^{\infty} y_{1,2}^{t,n,12}(a) \left[ \frac{\partial Y_n^2(\theta, \varphi)}{\partial \theta} + \frac{\partial Y_n^{-2}(\theta, \varphi)}{\partial \theta} \right]$$

$$= -2 \cos 2\varphi \sum_{n=2}^{\infty} y_{1,2}^{t,n,12}(a) \frac{\partial P_n^2(c)}{\partial \theta}$$

$$= -2 \cos 2\varphi \sum_{n=2}^{\infty} \frac{1}{n(n+1)} \varepsilon^{n-1} \left( y_{t10}^{12} + \frac{1}{n} y_{t11}^{12} + \frac{1}{n^2} y_{t12}^{12} \right) \cdot \frac{\partial P_n^2(c)}{\partial \theta}$$

$$= -2 \cos 2\varphi y_{t10}^{12} \frac{1}{\varepsilon s} \cdot \left[ \frac{\varepsilon s^2}{w^3} + \frac{2}{\varepsilon s^2} \left( 2 - s^2 \right) \left( 1 - \varepsilon c - w \right) - 2c \left( 1 - \frac{1}{w} \right) \right] \quad (4.4.17)$$

$$u_r^{32}(a, \theta, \varphi) = -\sum_{n=1}^{\infty} i y_{1,1}^{n,32}(a) \left[ Y_n^1(\theta, \varphi) + Y_n^{-1}(\theta, \varphi) \right]$$

$$= 2 \sin \varphi \sum_{n=1}^{\infty} \varepsilon^{n-2} \left[ y_{240}^{23} n + y_{241}^{23} \right] P_n^1(c)$$

$$= 2 \sin \varphi \left[ y_{240}^{23} \frac{s \left( 1 + \varepsilon c - 2\varepsilon^2 \right)}{\varepsilon w^5} + y_{241}^{23} \frac{s}{\varepsilon w^3} \right] \qquad (4.4.18)$$

$$u_\theta^{s,32}(a, \theta, \varphi) = -\sum_{n=1}^{\infty} i y_{3,1}^{n,32}(a) \left[ \frac{\partial Y_n^1(\theta, \varphi)}{\partial \theta} + \frac{\partial Y_n^{-1}(\theta, \varphi)}{\partial \theta} \right]$$

$$=2\sin\varphi \sum_{n=1}^{\infty} \varepsilon^{n-2}\left[y_{340}^{23}+\frac{1}{n}y_{341}^{23}+\frac{1}{n^2}y_{342}^{23}\right]\frac{\partial P_n^1(c)}{\partial\theta}$$

$$=2\sin\varphi\left\{y_{340}^{23}\frac{1}{\varepsilon w^5}\left[c\left(1+\varepsilon^2\right)+\varepsilon\left(c^2-3\right)\right]\right.$$

$$+y_{341}^{23}\frac{1}{\varepsilon w^2(1-\varepsilon c+w)^2}\left[\left(cw(1+w)+\varepsilon s^2\right)(1-\varepsilon c+w)\right.$$

$$\left.-\varepsilon s^2(1+w)\left(w+\varepsilon+\frac{1}{w}(1-\varepsilon c+w)\right)\right]$$

$$\left.+y_{342}^{23}\frac{1}{\varepsilon^3}\left[\varepsilon\left(\frac{1}{w}-1\right)-\frac{c}{s^2}(\varepsilon c-1+w)\right]\right\} \qquad (4.4.19)$$

$$u_\varphi^{s,32}(a,\theta,\varphi)=-\sum_{n=1}^{\infty}iy_{3,1}^{n,32}(a)\frac{1}{s}\left[\frac{\partial Y_n^1(\theta,\varphi)}{\partial\varphi}+\frac{\partial Y_n^{-1}(\theta,\varphi)}{\partial\varphi}\right]$$

$$=2\cos\varphi\sum_{n=1}^{\infty}\varepsilon^{n-2}\left(y_{340}^{23}+\frac{1}{n}y_{341}^{23}+\frac{1}{n^2}y_{342}^{23}\right)\frac{P_n^1(c)}{s}$$

$$=2\cos\varphi\left[y_{340}^{23}\frac{1}{\varepsilon w^3}+y_{341}^{23}\frac{1+w}{\varepsilon w(1-\varepsilon c+w)}\right.$$

$$\left.+y_{342}^{23}\frac{1}{\varepsilon^3 s^2}(\varepsilon c-1+w)\right] \qquad (4.4.20)$$

$$u_\theta^{t,32}(a,\theta,\varphi)=\sum_{n=1}^{\infty}y_{1,1}^{t,n,32}(a)\frac{1}{s}\left[\frac{\partial Y_n^1(\theta,\varphi)}{\partial\varphi}-\frac{\partial Y_n^{-1}(\theta,\varphi)}{\partial\varphi}\right]$$

$$=-2\sin\varphi\sum_{n=1}^{\infty}\frac{1}{n+1}\varepsilon^{n-1}\left(y_{t20}^{23}+\frac{1}{n}y_{t21}^{23}\right)\frac{P_n^1(c)}{s}$$

$$=-2\sin\varphi\left\{y_{t20}^{23}\frac{1}{\varepsilon^2 s^2}\left(1-\frac{1-\varepsilon c}{w}\right)\right.$$

$$\left.+y_{t21}^{23}\left[\frac{-1}{\varepsilon^2 s^2}(1-\varepsilon c-w)\right]\right\} \qquad (4.4.21)$$

$$u_\varphi^{t,32}(a,\theta,\varphi)=-\sum_{n=1}^{\infty}y_{1,1}^{t,n,32}(a)\left[\frac{\partial Y_n^1(\theta,\varphi)}{\partial\theta}-\frac{\partial Y_n^{-1}(\theta,\varphi)}{\partial\theta}\right]$$

$$=-2\cos\varphi\sum_{n=1}^{\infty}\frac{1}{n+1}\varepsilon^{n-1}\left(y_{t20}^{23}+\frac{1}{n}y_{t21}^{23}\right)\frac{\partial P_n^1(c)}{\partial\theta}$$

$$=-2\cos\varphi\left\{y_{t20}^{23}\frac{-1}{\varepsilon^2 s^2}\left[c+\frac{1}{w}\left(\varepsilon s^2-(1-\varepsilon c)\left(c+\frac{\varepsilon s^2}{w^2}\right)\right)\right]\right.$$

$$\left.+y_{t21}^{23}\left[\frac{c}{\varepsilon^2 s^2}(1-\varepsilon c-w)-\frac{1}{\varepsilon}\left(1-\frac{1}{w}\right)\right]\right\} \qquad (4.4.22)$$

$$u_r^{22,0}(a,\theta,\varphi)=\sum_{n=0}^{\infty}y_{1,0}^{n,22}(a)P_n(c)$$

$$
\begin{aligned}
=&\sum_{n=0}^{\infty}\varepsilon^{n-1}\left[n^2\left(y_{220}^{22}+y_{230}^{22}\right)+n\left(y_{210}^{22}+y_{221}^{22}+y_{230}^{22}+y_{231}^{22}\right)\right.\\
&\left.+\left(y_{211}^{22}+y_{222}^{22}+y_{231}^{22}+y_{232}^{22}\right)+\frac{1}{n}\left(y_{212}^{22}+y_{232}^{22}\right)\right]P_n(c)\\
=&\left(y_{220}^{22}+y_{230}^{22}\right)\frac{1}{w^5}\left[c(1-\varepsilon^2)+\varepsilon(c^2-2+\varepsilon^2)\right]\\
&+\left(y_{210}^{22}+y_{221}^{22}+y_{230}^{22}+y_{231}^{22}\right)\frac{1}{w^3}(c-\varepsilon)\\
&+\left(y_{211}^{22}+y_{222}^{22}+y_{231}^{22}+y_{232}^{22}\right)\frac{1}{\varepsilon w}\\
&+\left(y_{212}^{22}+y_{232}^{22}\right)\frac{1}{\varepsilon}\left[\ln 2-\ln\left(1-\varepsilon c+w\right)\right]
\end{aligned}
\tag{4.4.23}
$$

$$
\begin{aligned}
u_\theta^{\mathrm{s},22,0}(a,\theta,\varphi)=&\sum_{n=0}^{\infty}y_{3,0}^{n,22}(a)\frac{\partial P_n(c)}{\partial\theta}\\
=&\sum_{n=0}^{\infty}\varepsilon^{n-1}\left[n\left(y_{320}^{22}+y_{330}^{22}\right)+\left(y_{310}^{22}+y_{321}^{22}+y_{330}^{22}+y_{331}^{22}\right)\right.\\
&\left.+\frac{1}{n}\left(y_{311}^{22}+y_{331}^{22}+y_{332}^{22}\right)\right]\frac{\partial P_n(c)}{\partial\theta}\\
=&\left(y_{320}^{22}+y_{330}^{22}\right)\frac{-s}{w^5}\left(1+\varepsilon c-2\varepsilon^2\right)\\
&+\left(y_{310}^{22}+y_{321}^{22}+y_{330}^{22}+y_{331}^{22}\right)\frac{-s}{w^3}\\
&+\left(y_{311}^{22}+y_{331}^{22}+y_{332}^{22}\right)\frac{-s(1+w)}{w(1-\varepsilon c+w)}
\end{aligned}
\tag{4.4.24}
$$

$$
u_\varphi^{\mathrm{s},22,0}(a,\theta,\varphi)=u_\theta^{\mathrm{t},22,0}(a,\theta,\varphi)=u_\varphi^{\mathrm{t},22,0}(a,\theta,\varphi)=0
\tag{4.4.25}
$$

$$
\begin{aligned}
u_r^{33}(a,\theta,\varphi)=&\sum_{n=0}^{\infty}y_{1,0}^{n,33}(a)P_n(c)=\sum_{n=0}^{\infty}\varepsilon^{n-2}\left(y_{220}^{33}n^2+y_{221}^{33}n+y_{222}^{33}\right)P_n(c)\\
=&y_{220}^{33}\frac{1}{\varepsilon w^5}\left[c(1-\varepsilon^2)+\varepsilon(c^2-2+\varepsilon^2)\right]+y_{221}^{33}\frac{1}{\varepsilon w^3}(c-\varepsilon)\\
&+y_{222}^{33}\frac{1}{\varepsilon^2 w}
\end{aligned}
\tag{4.4.26}
$$

$$
\begin{aligned}
u_\theta^{\mathrm{s},33}(a,\theta,\varphi)=&\sum_{n=0}^{\infty}y_{3,0}^{n,33}(a)\frac{\partial P_n(c)}{\partial\theta}=\sum_{n=0}^{\infty}\varepsilon^{n-2}\left(ny_{320}^{33}+y_{321}^{33}\right)\frac{\partial P_n(c)}{\partial\theta}\\
=&y_{320}^{33}\frac{-s}{\varepsilon w^5}\left(1+\varepsilon c-2\varepsilon^2\right)+y_{321}^{33}\frac{-s}{\varepsilon w^3}
\end{aligned}
\tag{4.4.27}
$$

$$
u_\varphi^{\mathrm{s},33}(a,\theta,\varphi)=u_\theta^{\mathrm{t},33}(a,\theta,\varphi)=u_\varphi^{\mathrm{t},33}(a,\theta,\varphi)=0
\tag{4.4.28}
$$

关于两个剪切震源的求和计算一般是从 $n=0$ 开始, 但是对于带有 $1/n$ 因子的项, 其求和应该改成从 $n=1$ 开始. 这样做并不影响在近场的结果, 因为它只是比较小的长周期项. 事实上, $n=0$ 时渐近解是不确定的. 如果要求高精度, 零阶渐近 Love 数可以用积分

值 (真值) 来代替.

同第 3 章中同震位移解一样, 渐近位移解 $u^{22}(a,\theta,\varphi)$ 是比较特殊的, 因为源函数中包括 $m=0$ 和 $m=\pm2$ 两项. 上面的渐近表达式只是给出了 $m=0$ 的结果; 而 $m=\pm2$ 的结果可以从垂直断层走滑破裂的解 $u^{12}(a,\theta,\varphi)$ 得到, 因为它们的源函数有如下关系:

$$\forall j=1,\cdots,6: s_{j,\pm2}^{n,22} = \mp \mathrm{i} s_{j,\pm2}^{n,12}$$
$$\forall j=1,2: s_{j,\pm2}^{\mathrm{t},n,22} = \mp \mathrm{i} s_{j,\pm2}^{\mathrm{t},n,12} \tag{4.4.29}$$

因此 $u^{22}(a,\theta,\varphi)$ 的完整渐近表达式为

$$u_r^{22}(a,\theta,\varphi) = u_r^{22,0}(a,\theta,\varphi) + u_r^{12}(a,\theta,\varphi)\cot 2\varphi \tag{4.4.30}$$

$$u_\theta^{\mathrm{s},22}(a,\theta,\varphi) = u_\theta^{22,0}(a,\theta,\varphi) + u_\theta^{12}(a,\theta,\varphi)\cot 2\varphi \tag{4.4.31}$$

$$u_\varphi^{\mathrm{s},22}(a,\theta,\varphi) = -u_\varphi^{12}(a,\theta,\varphi)\tan 2\varphi \tag{4.4.32}$$

$$u_\theta^{\mathrm{t},22}(a,\theta,\varphi) = -u_\theta^{\mathrm{t},12}(a,\theta,\varphi)\cot 2\varphi \tag{4.4.33}$$

$$u_\varphi^{\mathrm{t},22}(a,\theta,\varphi) = u_\varphi^{\mathrm{t},12}(a,\theta,\varphi)\tan 2\varphi \tag{4.4.34}$$

至此我们得到了用来计算四种独立解的渐近位移分量. 它们的组合便可以计算任意地震源所产生的位移场. 这和第 3 章中同震变形的计算是一样的, 不再赘述. 上述渐近解表明我们不再需要数值积分, 也不需要求和计算. 所有公式都是解析解. 只要地球模型一定, 同震位移便可以解析地得到. 这便是渐近解的优点所在. 值得注意的是, 上述公式是对于点震源而言的. 对于一个有限断层的计算, 把这些点震源的结果在断层面上进行积分是必要的.

## 4.5 数值计算: 均质地球模型

本节考虑一个均质球模型, 其介质参数采用 1066A 地表层的参数. 通过数值计算和比较来验证上述渐近解理论的正确性. 为此, 我们首先计算位错 Love 数, 它们与 $y$ 解 $y_{k,m}^{n,ij}(a)$ 和 $y_{k,m}^{\mathrm{t},n,ij}(a)$ 具有简单的关系 (Sun and Okubo, 1993; Sun et al., 1996). 假设均质球内 32km 深处存在一个点震源, 利用第 2 章中的数值积分技巧和上述渐近解公式, 计算位错 Love 数. 作为例子, 图 4.5.1 给出均质球内震源深度为 32km 的走滑震源的积分位错 Love 数和渐近位错 Love 数的数值结果比较. 图中给出的是球型 Love 数 $h_n, l_n$ 和环型 Love 数 $l_n^{\mathrm{t}}$, 而 Love 数 $k_n$ 没有给出, 因为它对位移没有贡献. 关于两个引张型位错, 不存在环型 Love 数, 因为理论上它们不存在. 比较两组位错 Love 数可知, 球谐阶数 10 阶以后符合得非常好, 其差异小于 1%. 因为 Love 数在低阶部分的误差仅对远场产生影响, 而高阶部分主要对近场形变产生影响, 所以, 渐近解将会很好的描述近场位移, 可能达 $20°\sim30°$. 因此, 考虑到球谐阶数 10 阶以内的差异, 对应于震中距离约为 $18°$, 并且 10 阶以内的渐近 Love 数也被考虑了 (尽管精度较低), 我们推断用渐近 Love 数计算的位移场在震中 $20°\sim30°$ 甚至更远的距离内将给出一个很好的近似.

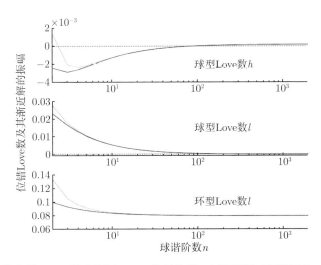

图 4.5.1  积分位错 Love 数和渐近 Love 数的比较, 走滑震源, 震源深度 32km, 均质球. $x$ 轴表示球谐阶数; $y$ 轴给出位错 Love 数的振幅. 实线 (红色) 代表渐近位错 Love 数; 点线 (绿色) 代表积分位错 Love 数

　　然后, 利用上述计算的渐近位错 Love 数以及上面推导的位移渐近解解析表达式, 来计算渐近同震位移, 结果绘于图 4.5.2, 即, 均质球内 32km 深处走滑位错在地表产生同震位移的比较: 数值积分位移和渐近解位移. 图中走滑位错的同震位移是当 $\sin 2\varphi = 1$ 和 $\cos 2\varphi = 1$ 时的结果. 为了方便起见, 分别给出 5 个位移分量, 即法向位移 $u_r$、球型水平位移沿 $\varphi = 0(x)$ 和 $\varphi = \pi/2(y)$ 方向的分量和环型水平位移沿 $\varphi = 0(x)$ 和 $\varphi = \pi/2(y)$ 方向的分量. 注意, 由于球对称性水平位移分量 $u_\varphi(m = 0)$ 不存在; 为了计算实际的位移振幅, 还应该乘上因子 $U\mathrm{d}S/a^2$. 结果表明, 位移渐近解和数值积分计算得到的位移符合得非常好, 两者的差异几乎看不出来.

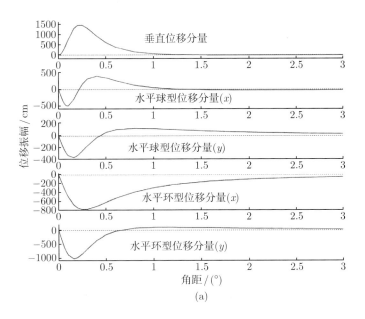

(a)

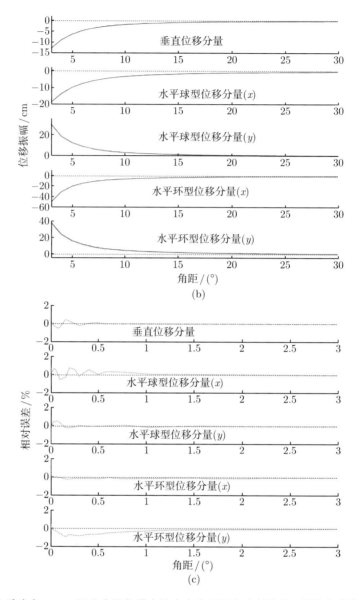

图 4.5.2　均质球内 32km 深处走滑位错在地表产生同震位移的比较: 数值积分位移和渐近解位移. $x$ 轴表示震中距; $y$ 轴给出同震位移的振幅. 实线 (红色) 代表渐近解位移; 点线 (绿色) 代表积分位移. 注意, 由于两条线基本重合, 点线很难分辨. 图 (a) 给出震中距 0°~3° 的结果; 图 (b) 给出震中距 3°~30° 的结果; 而图 (c) 给出震中距 0°~3° 的渐近位移和积分位移的差值相对于最大振幅的比值

　　为了仔细观察渐近解和积分解之间的差异, 图 4.5.2 (c) 给出震中距 0°~3° 的渐近位移和积分位移的差与最大振幅的比值. 可见, 几乎所有的地方该比值都小于 1%, 有些分量甚至小于 0.1%. 同时, 在震源距 30° 以内几乎所有的分量的差值都很小. 这表明, 渐近解可以非常精确地表示实际的同震位移场. 图 4.5.2 (c) 的差值应该主要由两部分组成: 一个是由于渐近 Love 数低阶成分的不准确性; 一个是计算位错 Love 数的计算误差. 无论

是哪一种原因, 其 1% 的误差在实际应用计算时是可以忽略的. 另外, 图 4.5.2 (c) 给出的是渐近位移和积分位移的差值相对于最大振幅的比值, 之所以没有用任意点的相对误差来表示, 是因为位移变化有正有负, 相对误差在零值附近会产生放大甚至奇异.

为了进一步观察积分和渐近结果的差异, 图 4.5.3 分段给出了全部震中距的垂直位移 (a) 和水平位移 (包含了球型解和环型解)(b) 的比较结果. 结果表明, 渐近解与积分 (理论) 解吻合得很好. 在震中距 30° 之后也仅有稍微差别, 甚至震中距 90° 之内差值 (特别是

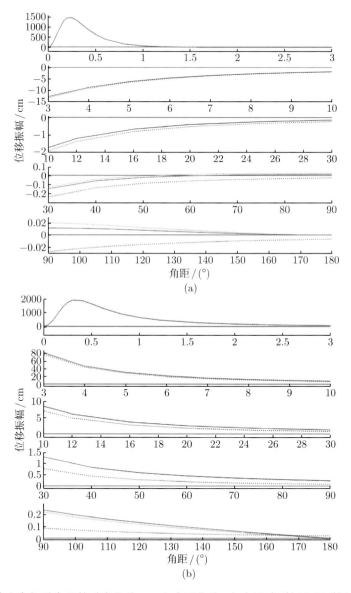

图 4.5.3 分段给出全部震中距的垂直位移 (a) 和水平位移 (包含了球型解和环型解)(b) 的比较结果, 震源类型为走滑位错, 震源深度为 32km. 图中三种曲线的含义为: 对于均质球模型利用位错理论计算的结果 (绿点线), 渐近位错理论计算的结果 (红实线), 以及半无限空间模型的结果 (蓝点划线).

图 (a) 和 (b) 给出同样的震中距分段: 0°∼3°, 3°∼10°, 10°∼30°, 30°∼90° 和 90°∼180°

水平位移分量) 也不太明显 (注意, 两条线是重叠的). 它意味着对于垂直断层剪切滑动而言, 渐近解在全球都适用. 如果渐近解公式中增加更高阶的近似项, 将会对同震位移场给出更精确地描述.

另一方面, 图 4.5.3 还显示一个重要的现象, 即, 渐近解比半无限空间解更好的近似精确 (积分) 解, 而半无限空间的解与精确解的差异随着震中距的增加而加大. 在震中距 60° 处, 半无限空间的垂直位移解已经给出了错误的结果. 这是很容易理解的, 因为半无限空间解不包含地球曲率的效应.

为了进一步考察曲率影响, 图 4.5.4 给出均质球内 637km 深处走滑位错产生的水平位移的结果比较. 由图可见, 渐近解基本上与积分解吻合得非常好, 包括远场, 但是, 半无限空间解却显示了较大差异. 震中距 50° 以后半无限空间解甚至给出了符号相反的错误结果. 这和以前发表的结果是一致的 (Sun and Okubo, 2002), 即, 半无限空间和均质球模型的同震位移相差明显, 并且震源深度越深, 曲率影响越大. 因为上述渐近解包含了曲率效应 (还有自重效应), 一个均质球的渐近解在理论上比半无限空间理论 (Okada, 1985) 更加合理. 同时, 渐近理论在地球表面任何地方都优于半无限空间解, 而后者被认为仅在近场是有效的. 进一步, 渐近解理论同样具有数学上的简单性, 在使用上也和半无限空间理论同样简单.

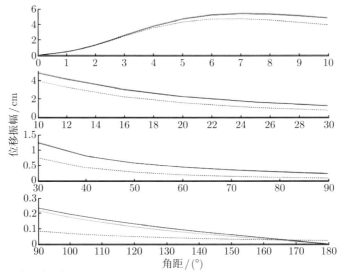

图 4.5.4 均质球内 637km 深处走滑位错产生的水平位移的结果比较: 均质球模型利用位错理论计算的结果 (绿点线), 渐近位错理论计算的结果 (红实线), 以及半无限空间模型的结果 (蓝点划线). 震中距分段: 0°~10°, 10°~30°, 30°~90° 和 90°~180°

## 4.6 数值计算: 层状构造地球模型

本研究提出的渐近解理论对于任何球对称地球模型都是有效的, 只要地球模型参数是连续和光滑的, 因为在地球表面需要对地球参数求导数. 然而, 地球参数连续的模型实际上是不存在的. 例如, 1066A 地球模型是以 160 层的层状构造形式给出的, 其中顶层

11km 是均质的, 其径向导数为零. 为了使渐近理论能够应用于层状地球模型, 我们可以对模型参数作平滑处理, 或者取模型参数的差分来替代导数.

作为例子, 下面考虑 1066A 地球模型. 在实际计算中, 该模型可以分为两部分: 一个均质球和在地表面介质参数的差异. 取 1066A 模型顶层介质参数为均质球的介质参数. 则模型介质参数的差分可以取为: $\Delta\rho/\Delta r = 0.01\mathrm{g}/(\mathrm{cm}^3 \cdot \mathrm{km})$, $\Delta\mu/\Delta r = 4.6\mathrm{kbar}^{①}/\mathrm{km}$ 和 $\Delta\lambda/\Delta r = 5.1\mathrm{kbar/km}$. 渐近解系数 $y_{k,m}^{n,ij}(a)$ 和 $y_{k,m}^{\mathrm{t},n,ij}(a)$ 可以按照 4.2 节中的公式比较简单地计算出来. 然后按照 4.1 节中的计算公式计算渐近同震位移. 计算时, 我们考虑 32km 深处的走滑震源. 为了便于比较, 我们也用第 2 章中的数字计算方法计算法向位移 (Sun et al., 1996). 用渐近解方法和数值计算方法得到的同震位移结果绘于图 4.6.1 中, 地球模型: 1066A; 位错类型: 走滑; 震源深度: 32km. 图 4.6.1(a) 为数值积分结果, (b) 为渐近解结果. 由图可见, 它们基本上是一样的. 这表明, 渐近解可以很好地近似同震变形. 另一方面, 数值结果表明, 渐近解对模型地表参数差异非常敏感, 即, 模型参数比较小的差异可以产生较大的结果变化. 它意味着, 在利用渐近解计算同震变形时, 一个比较完善的地球模型是必要的. 另外, 从另一种意义上说, 这也为研究地球内部构造提供了一个新的可能性, 即, 通过比较观测的同震位移场和相应的渐近解, 并适当调节模型参数, 便可以研究地球内部的径向构造.

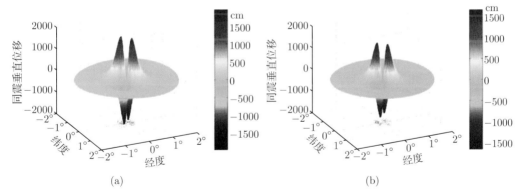

图 4.6.1 同震位移渐近解和数值积分解的比较. 地球模型: 1066A; 位错类型: 走滑; 震源深度: 32km. (a) 数值积分结果; (b) 渐近解结果

还应该指出的是, 在渐近解中, 地球模型参数的导数仅为地球表面上的, 可以想象地球内部的不连续性很难被反映到结果中来. 然而, 由于比较大的不连续性出现在地球的深部, 如核幔边界, 其影响应该出现在远场, 在近场相对较小, 而渐近解主要在近场有效.

接下来讨论渐近解所反映的地球曲率效应. 为此, 我们分别计算了均质球和半无限空间模型的同震垂直位移和相应的渐近解. 其结果在图 4.6.2 中给出. 地球模型: 1066A; 位错类型: 走滑; 震源深度: 32km (图 4.6.2(a)) 和 637km (图 4.6.2(b)). 由图可见, 特别是 637km 深度时, 渐近解与理论结果符合很好, 但是与半无限空间解差别非常大. 这意味着渐近解和均质球一样, 很好地反映了地球的曲率效应. 图 4.6.2 还显示, 曲率效应随着深度增加而变大, 对于 637km 深度的震源, 其效应可达 20%. 所以, 当计算同震变形或者反

---

① 1bar=$10^5$Pa.

演断层模型时, 应该考虑地球曲率的效应, 而渐近理论就提供了这样的有效途径.

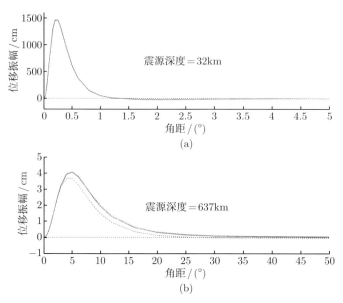

图 4.6.2　同震垂直位移的比较: 均质球模型利用位错理论计算的结果 (绿点线), 渐近位错理论计算的结果 (红实线), 以及半无限空间模型的结果 (蓝点划线). 地球模型: 1066A; 位错类型: 走滑; 震源深度: 32km (a) 和 637km (b)

作为球形地球模型位错理论 (Sun et al., 1996) 的近似, 本研究提出了关于点震源的同震位移的渐近理论. 该理论依据于互换定理 (Okubo, 1993) 和潮汐、负荷和剪切力问题的渐近解 (Okubo, 1988) 而得到. 得到如下主要结论:

(1) 点震源的渐近解是解析解, 不需要数值积分和求和, 所以它和 Okada (1985) 关于半无限空间模型的位错理论一样, 具有使用方便的特性. 并且具有物理意义上的合理性, 因为它考虑了地球的曲率, 以及介质参数的径向变化.

(2) 均质球的渐近结果非常好地近似了均质球的精确 (积分) 解, 明显好于半无限空间模型的解, 特别是, 由于水平引张性断层存在的较大的曲率影响, 渐近解明显地优于半无限空间理论. 渐近解理论对于所有的震源分量至少在 20° 以内有效, 相对误差小于 1%. 对于垂直断层水平走滑位错, 其渐近解在全地球表面均有效. 注意, 这个有效性依据震源深度而变化.

(3) 该渐近解理论原则上对于任何球对称模型均有效, 只要地球模型的参数可以表示为地球半径的连续函数. 对于一个层状地球模型, 如 1066A, 可以平滑其介质参数, 使其适用于渐近解公式. 但是必须指出的是, 该理论只要求地球表面处的介质参数的径向导数, 地球内部的较大的结构变化很难在该理论中体现.

(4) 渐近解的数值结果表明它包含了地球的曲率效应; 对于 637km 震源, 其曲率效应达 20%, 并且震源越深曲率影响越大, 这与第 3 章中的结论基本一致. 所以, 在实际计算同震变形或者反演断层参数时, 地球曲率的影响应该加以考虑. 而渐近解理论可以起到这样的作用.

(5) 该渐近解也可以作为一个更实际的地球模型的解的一阶近似, 即, 在它的基础上加上一个改正项而得到该地球模型的精确解, 参见 Sun 和 Okubo (1993).

(6) 如果渐近解公式中考虑更多渐近项, 渐近结果会更精确.

## 4.7 同震大地水准面变化渐近解

全球变暖或者大地震的发生都会使海平面上升, 并对人类多方面产生重要影响. 因此要求科学家建立理论并利用空间大地测量技术, 如 GPS、海洋测高以及重力卫星等对绝对海平面变化深入研究. 这样, 由冰川融化、海水膨胀或者同震变形等发出的信号便可以有效地识别.

为了实现上述目标, 现代空间大地测量技术起到了重要作用. 海洋测高技术以非常高的精度观测全球绝对海平面高度, 并且可以将其转化为海洋域重力场. 而卫星重力观测技术, 如 CHAMP、GRACE 和 GOCE, 更是以前所未有的精度观测到全球重力场. 这两种观测技术在大地测量学、海洋学以及地球动力学中具有非常广泛的应用. 其中重要的应用之一是可以检测出由地震引起的大地水准面 (或平均海平面) 变化 (该变化在 2004 年苏门答腊地震之前从未被观测到过), 因为卫星观测以一定的周期进行连续重复测量. 有关1964 年阿拉斯加大地震的研究表明, 该地震所产生的重力变化信号可以在震中距 5000km以外测量到 (Sun and Okubo, 1998). 该研究还表明, 这个地震产生的大地水准面变化可以达到 1.5cm, 这个变化完全可以被重力卫星检测出来. 为了确认能否被重力卫星检测出, 或者为了解释观测到的大地水准面变化, 有关的同震大地水准面变化理论是必要的.

在第 2 章中我们已经给出了关于球形地球模型的计算同震引力位的计算公式, 但是对于计算大地水准面的计算讨论得不多. 本节首先阐述计算点源位错的同震大地水准面的格林函数, 接下来讨论计算同震大地水准面渐近解公式. 这些计算公式在全球表面均有效; 而渐近解至少在区域范围内有效. 注意, 大地水准面和海平面的定义不同, 但是它们的同震变化可以认为是一样的. 所以, 在本研究中, 大地水准面变化也意味着海平面变化.

根据第 2 章的讨论, 一旦用数值方法计算出 $y$ 解 $y_{k,m}^{n,ij}(a)$, 地球引力位变化就可以由下式计算而得到:

$$\psi(a,\theta,\varphi) = \sum_{n,m,i,j} k_{nm}^{ij} Y_n^m(\theta,\varphi) \cdot \nu_i n_j \frac{g_0 U \mathrm{d}S}{a^2} \tag{4.7.1}$$

式中, $k_{nm}^{ij}$ 为与引力位有关的位错 Love 数 (Sun and Okubo, 1993), 定义为

$$k_{nm}^{ij} = y_5^{ij}(a,n,m)a^2/g_0 \tag{4.7.2}$$

位错 Love 数的上下标 $i$ 和 $j$ 分别取三个坐标的分量, 其组合为 9 个分量解 $\psi^{ij}$, 总引力位变化 $\psi$ 可以表示为如下的求和形式:

$$\psi(a,\theta,\varphi) = \sum_{i=1}^3 \sum_{j=3}^3 \psi^{ij}(a,\theta,\varphi) \cdot \nu_i n_j \frac{g_0 U \mathrm{d}S}{a^2} \tag{4.7.3}$$

式中,

$$\psi^{ij}(a,\theta,\varphi) = \sum_{n,m} k_{nm}^{ij} Y_n^m(\theta,\varphi) \tag{4.7.4}$$

### 4.7.1 四个独立震源的大地水准面格林函数

把引力位变化除以地球表面重力值 $g_0$, 令 $\zeta$ 为位错引起的大地水准面变化, 根据布隆斯 (Bruns) 公式, 便可以得大地水准面为

$$\zeta(a,\theta,\varphi) = \frac{\zeta(a,\theta,\varphi)}{g_0} = \sum_{i=1}^{3}\sum_{j=3}^{3} \zeta^{ij}(a,\theta,\varphi) \cdot \nu_i n_j \frac{U\mathrm{d}S}{a^2} \tag{4.7.5}$$

式中,

$$\zeta^{ij}(a,\theta,\varphi) = \sum_{n,m} k_{nm}^{ij} Y_n^m(\theta,\varphi) \tag{4.7.6}$$

为单位位错分量 $\nu_i n_j$ 在 $U\mathrm{d}S/a^2 = 1$ 时所产生的同震大地水准面变化. 实际计算时, 最后结果应该乘上因子 $U\mathrm{d}S/a^2$.

如在第 2 章中所述, 对于走滑断层 ($\boldsymbol{\nu} = \boldsymbol{e}_1$, $\boldsymbol{n} = \boldsymbol{e}_2$, 即 $\nu_i = \delta_{i1}$, $n_j = \delta_{j2}$), 其原函数为

$$s_{j,m}^{n,12} = \mathrm{i}\frac{(2n+1)\mu}{8\pi n(n+1)r_\mathrm{s}^3}\delta_{j4}\left(\delta_{m2} - \delta_{m,-2}\right) \tag{4.7.7}$$

它所产生的大地水准面变化 $\zeta^{12}(a,\theta,\varphi)$ 可以写成

$$\begin{aligned}
\zeta^{12}(a,\theta,\varphi) &= -\sum_{n=2}^{\infty} \mathrm{i}k_{n2}^{12}\left[P_n^2(\cos\theta)\mathrm{e}^{2\mathrm{i}\varphi} - P_n^{-2}(\cos\theta)\mathrm{e}^{-2\mathrm{i}\varphi}\right] \\
&= 2\sum_{n=2}^{\infty} k_{n2}^{12} P_n^2(\cos\theta)\sin 2\varphi
\end{aligned} \tag{4.7.8}$$

式中, $k_{n2}^{12}$ 由 $y_{5,2}^{n,12}(a)a^2/g_0$ 给出, 而 $\left\{y_{j,2}^{n,12}(r); j=1,2,\cdots,6\right\}$ 为位错激发的形变, 在震源处满足

$$y_{j,2}^{n,12}(r_\mathrm{s}^+) - y_{j,2}^{n,12}(r_\mathrm{s}^-) = -\frac{(2n+1)\mu}{8\pi n(n+1)r_\mathrm{s}^3}\delta_{j4} \tag{4.7.9}$$

为了方便, 定义

$$\hat{\zeta}^{12}(a,\theta) = 2\sum_{n=2}^{\infty} k_{n2}^{12} P_n^2(\cos\theta) \tag{4.7.10}$$

为大地水准面变化格林函数, 大地水准面分量 $\zeta^{12}(a,\theta,\varphi)$ 则可以表示为

$$\zeta^{12}(a,\theta,\varphi) = \hat{\zeta}^{12}(a,\theta)\sin 2\varphi \tag{4.7.11}$$

式中, 因子 $\sin 2\varphi$ 表明其变形为空间四象限分布. 注意, 大地水准面格林函数与引力位格林函数具有如下简单关系 (Sun and Okubo, 1993):

$$\hat{\zeta}^{12}(a,\theta) = \frac{1}{g_0}\hat{\psi}^{12}(a,\theta) \tag{4.7.12}$$

同样, 对于倾滑断层, $\boldsymbol{\nu} = \boldsymbol{e}_3$, $\boldsymbol{n} = \boldsymbol{e}_2$, 即 $\nu_i = \delta_{i3}$, $n_j = \delta_{j2}$, 其源函数为

$$s_{j,m}^{n,32} = -\mathrm{i}\frac{2n+1}{8\pi n(n+1)r_{\mathrm{s}}^2}\delta_{j3}\delta_{|m|1} \tag{4.7.13}$$

如果定义如下格林函数:

$$\hat{\zeta}^{32}(a,\theta) = 2\sum_{n=1}^{\infty} k_{n1}^{12} P_n^1(\cos\theta) \tag{4.7.14}$$

大地水准面变化分量 $\zeta^{32}(a,\theta,\varphi)$ 可以表示为

$$\begin{aligned}
\zeta^{32}(a,\theta,\varphi) &= -\sum_{n=1}^{\infty} \mathrm{i}k_{n1}^{32}\left[P_n^1(\cos\theta)\mathrm{e}^{\mathrm{i}\varphi} - P_n^{-1}(\cos\theta)\mathrm{e}^{-\mathrm{i}\varphi}\right] \\
&= 2\sum_{n=1}^{\infty} k_{n1}^{12} P_n^1(\cos\theta)\sin\varphi \\
&= \hat{\zeta}^{32}(a,\theta)\sin\varphi
\end{aligned} \tag{4.7.15}$$

式中, 因子 $\sin\varphi$ 表明其变形为相对于断层线 ($\varphi = 0$, $\varphi = \pi$) 的反对称分布.

第三个独立震源是垂直断层水平引张破裂, $\boldsymbol{\nu} = \boldsymbol{e}_2$, $\boldsymbol{n} = \boldsymbol{e}_2$, 即 $\nu_i = \delta_{i2}$, $n_j = \delta_{j2}$, 其源函数由两部分组成 ($m = 0$ 和 $m = \mp 2$)

$$\begin{aligned}
s_{j,m}^{n,22} = {}&\frac{2n+1}{4\pi r_{\mathrm{s}}^2}\frac{\lambda}{\lambda+2\mu}\delta_{j1} - \frac{2n+1}{2\pi r_{\mathrm{s}}^3}\frac{\mu(3\lambda+2\mu)}{\lambda+2\mu}\delta_{j2} \\
&+ \frac{2n+1}{4\pi r_{\mathrm{s}}^3}\frac{\mu(3\lambda+2\mu)}{\lambda+2\mu}\delta_{j4}
\end{aligned} \tag{4.7.16}$$

$$s_{j,m}^{n,22} = \frac{(2n+1)\mu}{8\pi n(n+1)r_{\mathrm{s}}^3}\delta_{j4}\delta_{|m|2} = \mp\mathrm{i}s_j^{12}(n,m) \tag{4.7.17}$$

其相应的大地水准面可以表示为

$$\zeta^{22}(a,\theta,\varphi) = \zeta^{22,0}(a,\theta,\varphi) + \zeta^{22,2}(a,\theta,\varphi) \tag{4.7.18}$$

当 $m = 0$ 时, 大地水准面变化与 $\varphi$ 无关, 在地表面的变形分布是以震源为中心的同心圆, 其表达式为

$$\zeta^{22,0}(a,\theta,\varphi) = \hat{\zeta}^{22,0}(a,\theta) = \sum_{n=0}^{\infty} k_{n0}^{22} P_n(\cos\theta) \tag{4.7.19}$$

当 $m = \mp 2$ 时, 大地水准面变化分量 $\zeta^{22,2}(a,\theta,\varphi)$ 可以用走滑位错的解来表示, 即

$$\zeta^{22,2}(a,\theta,\varphi) = -\hat{\zeta}^{12}(a,\theta)\cos 2\varphi \tag{4.7.20}$$

把前两项相加得

$$\zeta^{22}(a,\theta,\varphi) = \hat{\zeta}^{22,0}(a,\theta) - \hat{\zeta}^{12}(a,\theta)\cos 2\varphi \tag{4.7.21}$$

最后, 第四个独立震源, 即水平断层垂直引张位错, $\boldsymbol{\nu} = \boldsymbol{e}_3$, $\boldsymbol{n} = \boldsymbol{e}_3$, 或者 $\nu_i = \delta_{i3}$, $n_j = \delta_{j3}$, 其源函数为

$$s_j^{33}(n,m) = \frac{2n+1}{4\pi r_{\mathrm{s}}^2}\delta_{j1}\delta_{m0} \tag{4.7.22}$$

相应的大地水准面变化分量为

$$\zeta^{33}(a,\theta,\varphi) = \hat{\zeta}^{33}(a,\theta) = \sum_{n=0}^{\infty} k_{n0}^{33} P_n(\cos\theta) \tag{4.7.23}$$

式 (4.7.23) 表明, 大地水准面变化与 $\varphi$ 无关, 在地表面的变形分布是以震源为中心的同心圆.

### 4.7.2 北极任意位错源产生的大地水准面变化

根据第 2 章中的定义, 震源位于极轴上, 断层线与 $\varphi = 0$ 重合, 此时, 断层面上的滑动矢量 $\boldsymbol{\nu}$ 和法向矢量 $\boldsymbol{n}$ 可以用滑动角和断层倾斜角 $\delta$ 来表达. 对于一个剪切位错、滑动矢量与断层面平行, 可以表示为

$$\begin{cases} \boldsymbol{\nu} = \boldsymbol{e}_1 \cos\lambda + \boldsymbol{e}_2 \cos\delta \sin\lambda + \boldsymbol{e}_3 \sin\delta \sin\lambda \\ \boldsymbol{n} = -\boldsymbol{e}_2 \sin\delta + \boldsymbol{e}_3 \cos\delta \end{cases} \tag{4.7.24}$$

这样, 一个任意断层所产生的大地水准面变化可以写成

$$\begin{aligned} \zeta(a,\theta,\varphi) = \Big\{ & \cos\lambda \left[ -\zeta^{12}(a,\theta,\varphi)\sin\delta + \zeta^{13}(a,\theta,\varphi)\cos\delta \right] \\ & + \sin\lambda \Big[ \frac{1}{2} \left( \zeta^{33}(a,\theta,\varphi) - \zeta^{22}(a,\theta,\varphi) \right) \sin 2\delta \\ & + \zeta^{32}(a,\theta,\varphi)\cos 2\delta \Big] \Big\} U \mathrm{d}S/a^2 \end{aligned} \tag{4.7.25}$$

对于一个引张性断层, 其滑动矢量与断层面相垂直, 并且

$$\boldsymbol{\nu} = \boldsymbol{n} = -\boldsymbol{e}_2 \sin\delta + \boldsymbol{e}_3 \cos\delta \tag{4.7.26}$$

其相应的大地水准面变化为

$$\begin{aligned} \zeta(a,\theta,\varphi) = \big\{ & \zeta^{33}(a,\theta,\varphi)\cos^2\delta + \zeta^{22}(a,\theta,\varphi)\sin^2\delta \\ & - \zeta^{32}(a,\theta,\varphi)\sin 2\delta \big\} U \mathrm{d}S/a^2 \end{aligned} \tag{4.7.27}$$

### 4.7.3 球面任意点任意断层产生的同震大地水准面变化

上面是关于典型断层或者任意断层在北极轴上的情况进行讨论的. 下面给出地球表面任意位置任意断层所产生同震大地水准面变化的计算公式. 不需要重新推导公式, 只要把 4.7.2 节中得到的公式在地表面进行几何变换即可. 根据图 2.8.1 中任意位错点 $D(\theta_1,\varphi_1)$ 与观测点 $P(\theta_2,\varphi_2)$ 的几何关系, 断层面的实线表示段层面的上边缘; $\phi$ 代表位错点 $D(\theta_1,\varphi_1)$ 与观测点 $P(\theta_2,\varphi_2)$ 之间的球面距离; $z_1$ 是断层线由北极起算的方位角 (strike azimuth); $z_2$ 则表示观测点 $P(\theta_2,\varphi_2)$ 相对于震源 $D(\theta_1,\varphi_1)$ 的方位角 (由北极顺时针方向起算), 那么, 我们定义计算点相对于断层线的方位角 $z$ 为

$$z = z_1 - z_2 \tag{4.7.28}$$

于是, $\phi$ 和 $z_2$ 可由下面的球面三角关系式求得

$$\cos\phi = \cos\theta_1 \cos\theta_2 + \sin\theta_1 \sin\theta_2 \cos(\varphi_2 - \varphi_1)$$

$$\sin z_2 = \frac{1}{\sin\phi} \sin\theta_2 \sin(\varphi_2 - \varphi_1) \tag{4.7.29}$$

$$\cos z_2 = \frac{1}{\sin\theta_1 \sin\phi} (\cos\theta_2 - \cos\theta_1 \cos\phi)$$

那么, 剪切位错矢量 $\boldsymbol{\nu}$ 和法向矢量 $\boldsymbol{n}$ 可以表示为断层线方位角 $z_1$、倾斜角 $\delta$ 和滑动角 $\lambda$ 的函数, 即

$$\boldsymbol{\nu} = \boldsymbol{e}_1 (\cos z_1 \cos\lambda - \sin z_1 \cos\delta \sin\lambda)$$
$$+ \boldsymbol{e}_2 (\sin z_1 \cos\lambda + \cos z_1 cso\delta \sin\lambda) + \boldsymbol{e}_3 \sin\delta \sin\lambda \tag{4.7.30}$$

$$\boldsymbol{n} = \boldsymbol{e}_1 \sin z_1 \sin\delta - \boldsymbol{e}_2 \cos z_1 \sin\delta + \boldsymbol{e}_3 \cos\delta \tag{4.7.31}$$

令 $\zeta^{(\text{Shear})}$ 为任意剪切源所产生的同震大地水准面变化, 则有

$$\zeta^{(\text{Shear})}(a, \phi, z) = \left[ \left( \zeta^{11} \sin z_1 \sin\delta - \zeta^{12} \cos z_1 \sin\delta + \zeta^{13} \cos\delta \right) \right.$$
$$\cdot (\cos z_1 \cos\lambda - \sin z_1 \cos\delta \sin\lambda)$$
$$+ \left( \zeta^{21} \sin z_1 \sin\delta - \zeta^{22} \cos z_1 \sin\delta + \zeta^{23} \cos\delta \right)$$
$$\cdot (\sin z_1 \cos\lambda + \cos z_1 \cos\delta \sin\lambda)$$
$$+ \left( \zeta^{31} \sin z_1 \sin\delta - \zeta^{32} \cos z_1 \sin\delta + \zeta^{33} \cos\delta \right)$$
$$\left. \cdot \sin\delta \sin\lambda \right] \frac{U \mathrm{d}S}{a^2} \tag{4.7.32}$$

对于引张型位错, 滑动矢量和法矢量相同, 即

$$\boldsymbol{\nu} = \boldsymbol{n} = \boldsymbol{e}_1 \sin z_1 \sin\delta - \boldsymbol{e}_2 \cos z_1 \sin\delta + \boldsymbol{e}_3 \cos\delta \tag{4.7.33}$$

此时, 任意引张型震源所产生的大地水准面变化 $\zeta^{(\text{Tensile})}$ 可以表示为

$$\zeta^{(\text{Tensile})}(a, \phi, z) = \left[ \zeta^{11} \sin^2 z_1 \sin^2\delta + \zeta^{22} \cos^2 z_1 \sin^2\delta + \zeta^{33} \cos^2\delta \right.$$
$$- 2\zeta^{12} \sin z_1 \cos z_1 \sin^2\delta + 2\zeta^{13} \sin z_1 \sin\delta \cos\delta$$
$$\left. - 2\zeta^{23} \cos z_1 \sin\delta \cos\delta \right] \frac{U \mathrm{d}S}{a^2} \tag{4.7.34}$$

再把所有大地水准面分量 $\zeta^{(ij)}$ 代入式 (4.7.33) 和 (4.7.34), 最后得

剪切位错:

$$\zeta^{(\text{Shear})}(a, \phi, z) = \left\{ \frac{1}{2} \left[ \hat\zeta^{33}(a, \phi) - \hat\zeta^{22,0}(a, \phi) \right] \sin 2\delta \sin\lambda \right.$$
$$+ \hat\zeta^{12}(a, \phi) \sin\delta (\sin 2z_2 \cos\lambda + \cos 2z_2 \cos\delta \sin\lambda)$$
$$\left. + \hat\zeta^{32}(a, \phi) (\cos z_2 \cos\delta \cos\lambda - \sin z_2 \cos 2\delta \sin\lambda) \right\} \frac{U \mathrm{d}S}{a^2} \tag{4.7.35}$$

引张位错:

$$\zeta^{(\text{Tensile})}(a,\phi,z) = \left\{ \left[ \hat{\zeta}^{22,0}(a,\phi) - \hat{\zeta}^{12}(a,\phi) \cos 2z_2 \right] \sin^2 \delta \right.$$
$$\left. + \hat{\zeta}^{33}(a,\phi) \cos^2 \delta + \hat{\zeta}^{32}(a,\phi) \sin z_2 \sin 2\delta \right\} \frac{U \mathrm{d}S}{a^2} \quad (4.7.36)$$

式 (4.7.35) 和式 (4.7.36) 就是球对称地球模型内点位错所产生的同震大地水准面变化的最终表达式. 注意, 在实际应用中, 上述点震源位错结果还需要对有限断层进行数值积分.

### 4.7.4  同震大地水准面变化的渐近解

由式 (4.7.35) 和式 (4.7.36) 可知, 计算大地水准面格林函数 $\hat{\zeta}^{ij}(a,\theta)$ 是基本的和重要的. 它分为两个步骤来完成: 计算位错 Love 数和计算格林函数. 位错 Love 数通常是对地球模型进行数值积分而得到, 而格林函数则要通过位错 Love 数的无限求和而得到. 实际计算时还需要一些计算技巧来加快收敛 (参见第 2 章、Sun 和 Okubo (1993)). 本节讨论的渐近解方法提供了更简洁的计算技巧. 为了说明其原理, 下面以计算 $\hat{\zeta}^{33}(a,\theta)$ 为例, 即

$$\hat{\zeta}^{33}(a,\theta) = \sum_{n=0}^{\infty} k_{n0}^{33} P_n(\cos\theta) \quad (4.7.37)$$

根据 Okubo (1993) 的互换定理, 在地球表面的位错解 $y_{5,0}^{n,33}(a)$ 可以用震源处 $r_\mathrm{s}$ 的潮汐解 $y_2^{\text{Tide}}(r_\mathrm{s}; n)$ 来表示, 所以, 相应的位错 Love 数 $k_{n0}^{33}$ 便可以表示为

$$k_{n0}^{33} = \frac{Ga}{g_0} y_2^{\text{Tide}}(r_\mathrm{s}; n) \quad (4.7.38)$$

再用关于 $y_2^{\text{Tide}}(r_\mathrm{s}; n)$ 的渐近解 (Okubo, 1988), 式 (4.7.38) 就可以进一步表示为

$$\tilde{k}_{n0}^{33} = n \left( \frac{r_\mathrm{s}}{a} \right)^{n-2} \left[ y_{120}^{33} + o\left( \frac{1}{n} \right) \right] \quad (4.7.39)$$

式中, $y_{120}^{33}$ 是一个常数, 只要提供一定的地球模型. 这样式 (4.7.37) 的计算变成

$$\hat{\zeta}^{33}(a,\theta) \approx \sum_{n=0}^{\infty} \tilde{k}_{n0}^{33} P_n(\cos\theta) + \sum_{n=0}^{\infty} \left( k_{n0}^{33} - \tilde{k}_{n0}^{33} \right) P_n(\cos\theta)$$
$$= \sum_{n=0}^{\infty} n \left( \frac{r_\mathrm{s}}{a} \right)^{n-2} y_{120}^{33} P_n(\cos\theta) + \sum_{n=0}^{\infty} \left( k_{n0}^{33} - \tilde{k}_{n0}^{33} \right) P_n(\cos\theta) \quad (4.7.40)$$

注意, 式 (4.7.40) 中右边第一项是主项, 可以通过勒让德级数求和而得到解析表达式

$$\sum_{n=0}^{\infty} t^{n-2} n P_n(\cos\theta) = \frac{1}{t \left( 1 - 2t\cos\theta + t^2 \right)^{\frac{3}{2}}} (\cos\theta - t), \quad t < 1 \quad (4.7.41)$$

式 (4.7.40) 则变成

$$\hat{\zeta}^{33}(a,\theta) \approx y_{120}^{33} \frac{1}{\varepsilon w^3} (\cos\theta - \varepsilon) + \sum_{n=0}^{\infty} \left( k_{n0}^{33} - \tilde{k}_{n0}^{33} \right) P_n(\cos\theta) \quad (4.7.42)$$

式中, $\varepsilon = r_\mathrm{s}/a$ 和 $w = (1 - 2\varepsilon\cos\theta + \varepsilon^2)^{\frac{1}{2}}$. 因为式 (4.7.42) 右边第二项相对于主项是小项, 它的计算非常简单. 如果我们仅对局部地区的形变感兴趣, 第二项可以忽略不计, 因为在近场其主项起着主导作用. 如果在主项中包含更多的关于 $n$ 的项, 忽略其求和项仅对远场结果有影响. 所以, 下面仅用其主项来近似同震变形. 渐近解最大的益处是数学上的简单性以及物理上的合理性 (相对于半无限空间模型而言).

根据 Okubo (1993) 的互换定理, 四个独立解均可以用在震源 $r = r_\mathrm{s}$ 处的潮汐解来表示, 即

$$k_{n2}^{12} = -\frac{Ga\mu}{2g_0 r_\mathrm{s}} y_3^{\mathrm{Tide}}(r_\mathrm{s}; n) \tag{4.7.43}$$

$$k_{n1}^{32} = -\frac{Ga}{2g_0} y_4^{\mathrm{Tide}}(r_\mathrm{s}; n) \tag{4.7.44}$$

$$k_{n0}^{22,0} = \frac{Ga}{g_0}\left\{\frac{\lambda}{\sigma} y_2^{\mathrm{Tide}}(r_\mathrm{s}; n) + \frac{3K\mu}{\sigma r_\mathrm{s}}\left[2y_1^{\mathrm{Tide}}(r_\mathrm{s}; n) - n(n+1)y_3^{\mathrm{Tide}}(r_\mathrm{s}; n)\right]\right\} \tag{4.7.45}$$

$$k_{n0}^{33} = \frac{Ga}{g_0} y_2^{\mathrm{Tide}}(r_\mathrm{s}; n) \tag{4.7.46}$$

式中, $G$ 是牛顿引力常数, $\lambda$ 和 $\mu$ 为拉梅常数, $\sigma = \lambda + 2\mu$, $K = \lambda + 2\mu/3$. 这里, $y_i^{\mathrm{Tide}}(r_\mathrm{s}; n)$ 表示震源处的通常的潮汐解, 它要比计算位错解容易一些.

进一步, Okubo (1988) 还导出了地球球型变形的六组解的渐近解. 利用这些渐近解, 上述位错 Love 数可以相应地写成渐近解形式:

$$k_{n2}^{12} = \frac{1}{n}\left(\frac{r_\mathrm{s}}{a}\right)^{n-1}\left[y_{130}^{12} + \frac{1}{n}y_{131}^{12} + \frac{1}{n^2} + o\left(\frac{1}{n^3}\right)\right] \tag{4.7.47}$$

$$k_{n1}^{32} = \left(\frac{r_\mathrm{s}}{a}\right)^{n-2}\left[y_{140}^{23} + \frac{1}{n}y_{141}^{23} + o\left(\frac{1}{n^2}\right)\right] \tag{4.7.48}$$

$$k_{n0}^{22,0} = n\left(\frac{r_\mathrm{s}}{a}\right)^{n-1}\left[\left(y_{120}^{22} + y_{130}^{22}\right) + \frac{1}{n}\left(y_{110}^{22} + y_{130}^{22} + y_{131}^{22}\right)\right.$$
$$\left. + \frac{1}{n^2}\left(y_{111}^{22} + y_{131}^{22} + y_{132}^{22}\right) + \frac{1}{n^3}y_{132}^{22} + o\left(\frac{1}{n^4}\right)\right] \tag{4.7.49}$$

$$k_{n0}^{33} = n\left(\frac{r_\mathrm{s}}{a}\right)^{n-2}\left[y_{120}^{33} + o\left(\frac{1}{n}\right)\right] \tag{4.7.50}$$

式中, $y$ 符号 $y_{ijk}^{lm}$ 是与地球模型有关的常数, 已经在 4.2 节里给出. 根据 Okubo (1988) 的研究, 这些解对均质球或者非均质球都适用, 本节讨论仅限于均质球的情况.

把式 (4.7.43) 代入上述大地水准面计算公式, 可以得到大地水准面变化格林函数的解析表达式为

$$\hat{\zeta}^{12}(a, \theta) = 2\sum_{n=2}^{\infty} k_{n2}^{12} P_n^2(\cos\theta)$$

$$= 2\sum_{n=2}^{\infty}\frac{1}{n}\varepsilon^{n-1}\left[y_{130}^{12} + y_{131}^{12}\frac{1}{n} + y_{132}^{12}\frac{1}{n^2}\right]P_n^2(\cos\theta)$$

$$= 2y_{130}^{12}\frac{1}{\varepsilon}\left[\frac{2}{\sin^2\theta} - 1 - \frac{1 - \varepsilon\cos\theta}{w^3} + \frac{2\cos\theta(\varepsilon - \cos\theta)}{\sin^2\theta w}\right]$$

$$+ 2y_{131}^{12} \frac{1}{\varepsilon} \left[ 1 - \frac{1}{w} - \frac{2\cos\theta}{\varepsilon \sin^2\theta} \left( 1 - \varepsilon\cos\theta - w \right) \right]$$

$$+ 2 \left( y_{131}^{12} + y_{132}^{12} \right) \left[ -\frac{1}{\varepsilon} \left( 1 - \frac{1}{w} + \frac{\varepsilon(\varepsilon - \cos\theta)}{w^3} \right. \right.$$

$$\left. \left. + \frac{2\cos\theta}{\sin^2\theta} \left( \cos\theta + \frac{\varepsilon - \cos\theta}{w} \right) \right) \right.$$

$$+ \frac{\varepsilon \sin^2\theta}{2w^3} \left( 1 + \frac{2w^3 + 2w^2 + \varepsilon\cos\theta}{1 - \varepsilon\cos\theta + w} + \frac{\varepsilon\cos\theta w \left(1 + w\right)^2}{\left(1 - \varepsilon\cos\theta + w\right)^2} \right)$$

$$+ \frac{\cos\theta}{\varepsilon^2 \sin^2\theta} + \frac{1}{2\varepsilon^2 \sin^2\theta w} \left( \varepsilon \left( 1 + \cos^2\theta \right) \right.$$

$$\left. \left. - 2\cos\theta + \frac{\varepsilon \sin^2\theta}{w^2} \left( \varepsilon\cos\theta - 1 \right) \right) \right] \tag{4.7.51}$$

$$\hat{\zeta}^{32}(a,\theta) = 2 \sum_{n=1}^{\infty} k_{n1}^{32} P_n^1(\cos\theta)$$

$$= 2 \sum_{n=1}^{\infty} \varepsilon^{n-2} \left( y_{140}^{23} + \frac{1}{n} y_{141}^{23} \right) P_n^1(\cos\theta)$$

$$= 2 \sin\theta \left[ y_{140}^{23} \frac{1}{\varepsilon w^3} + y_{141}^{23} \frac{1+w}{\varepsilon w(1 - \varepsilon\cos\theta + w)} \right] \tag{4.7.52}$$

$$\hat{\zeta}^{22,0}(a,\theta) = \sum_{n=0}^{\infty} k_{n0}^{22} P_n(\cos\theta)$$

$$= \sum_{n=0}^{\infty} \varepsilon^{n-1} \left[ n \left( y_{120}^{22} + y_{130}^{22} \right) + \left( y_{110}^{22} + y_{130}^{22} + y_{131}^{22} \right) \right.$$

$$\left. + \frac{1}{n} \left( y_{111}^{22} + y_{131}^{22} + y_{132}^{22} \right) + \frac{1}{n^2} y_{132}^{22} \right] P_n(\cos\theta)$$

$$= \left( y_{120}^{22} + y_{130}^{22} \right) \frac{1}{w^3} \left( \cos\theta - \varepsilon \right) + \left( y_{110}^{22} + y_{130}^{22} + y_{131}^{22} \right) \frac{1}{\varepsilon w}$$

$$+ \left( y_{111}^{22} + y_{131}^{22} + y_{132}^{22} \right) \frac{1}{\varepsilon} \left[ \ln 2 - \ln \left( 1 - \varepsilon\cos\theta + w \right) \right]$$

$$+ y_{132}^{22} \left[ -\frac{1}{2\varepsilon^2} \left( \ln \left( w + \varepsilon - \cos\theta \right) - \ln \left( 1 - \cos\theta \right) - \varepsilon \right) \right.$$

$$\left. + \frac{1}{2\varepsilon} \left( 1 - w \right) - \frac{\cos\theta}{2} \ln \left( 1 - \varepsilon\cos\theta + w \right) + \frac{\cos\theta}{2} \left( \ln 2 - 1 \right) \right] \tag{4.7.53}$$

$$\hat{\zeta}^{33}(a,\theta) = \sum_{n=0}^{\infty} k_{n0}^{33} P_n(\cos\theta) = \sum_{n=0}^{\infty} n \varepsilon^{n-2} y_{120}^{33} P_n(\cos\theta)$$

$$= y_{120}^{33} \frac{1}{\varepsilon w^3} \left( \cos\theta - \varepsilon \right) \tag{4.7.54}$$

式中，

$$w = \sqrt{1 - 2\varepsilon\cos\theta + \varepsilon^2} \text{ 和 } \varepsilon = \frac{r_s}{a}$$

利用如上渐近解公式, 计算同震大地水准面变化时就不再需要进行数值积分和求和了. 如 4.8 节的数值结果所表明, 渐近大地水准面可以非常好地描述同震变形场.

### 4.7.5 均质球模型的计算例与比较

下面考虑一个均质地球模型, 通过数值计算来验证上述渐近大地水准面变化理论的正确性. 在该地球模型内 32km 深处考虑四种独立点震源, 首先计算渐近位错 Love 数, 结果绘于图 4.7.1 中. 结果表明, 大约 10 阶以后, 渐近解与积分解就基本上一致了. 而 10 阶以内的差异理论上仅应该对远场变形有影响.

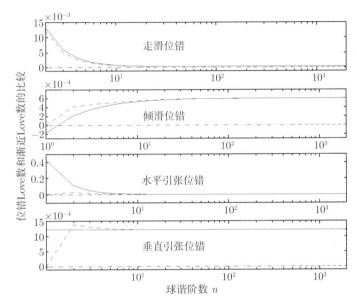

图 4.7.1 引力位位错 Love 数的积分解和渐近解的比较. 子图中从上至下分别为均质球内 32km 深处四种独立震源所产生的引力位 Love 数. 红实线表示渐近解; 绿虚线代表积分解; 蓝线为横坐标轴线

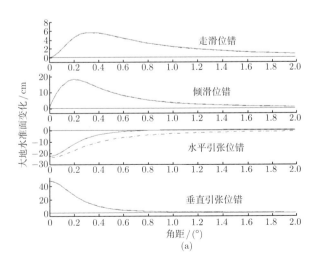

(a)

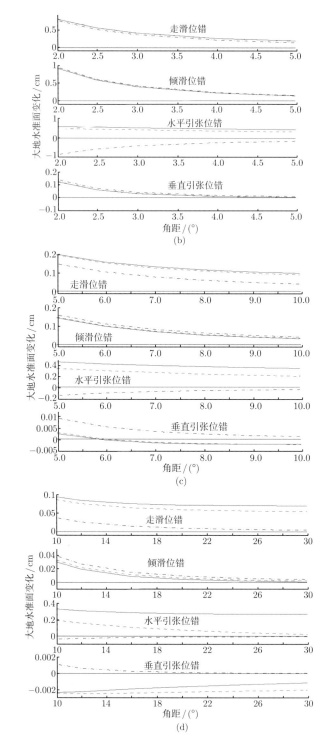

图 4.7.2 均质球内 32km 深处四种独立震源所产生的同震大地水准面变化的结果比较. 红实线: 均质球渐近大地水准面变化; 绿虚线: 均质球数值积分大地水准面变化; 蓝点划线: 半无限空间 模型的大地水准面变化. 分段震中距分别为: (a) 0~2°, (b) 2°~5°, (c) 5°~10°, (d) 10°~30°

再根据上面的公式计算同震大地水准面变化的渐近解. 为了比较, 计算三种大地水准面变化, 结果在图 4.7.2 中给出. 由图可见, 渐近解与真值 (积分结果) 符合得非常好. 但是半无限空间的结果与另外两个结果差异较大, 特别是水平引张震源. 这是因为半无限空间模型没有考虑地球的曲率影响.

## 4.8  同震重力变化渐近解

目前关于各种地球模型的位错理论 (Okada, 1985; Okubo, 1991; 1992; Sun and Okubo, 1993) 具有不同的优点和缺点. 对于半无限空间模型, 其理论具有数学上简单应用方便的特点, 然而, 其物理模型过于简单, 没有考虑地球的曲率和层状构造. 另一方面, 球模型的理论物理上合理, 但是数学上比较烦琐, 需要竖直积分和级数求和. 所以, 为了克服上述两种情形的缺点, 本章中提出的渐近解理论具有独特的优点. 本节进一步讨论点位错产生重力变化的渐近解.

### 4.8.1  同震重力变化

地震位错产生地球质量的再分布, 使地球上任何一点均发生位移, 并且伴随着重力变化. 变形地球表面上的重力变化包含三种成分: 全球质量再分布产生的重力变化 $\delta g_1$, 地球表面位移产生的重力变化 $\delta g_2$, 以及地球表面由于位移所伴随的自由空气改正的重力变化 $\delta g_3$. 第一项 $\delta g_1$ 可以由引力位变化 $\psi$ 而直接求出 (Sun and Okubo, 1993):

$$\delta g_1(a, \theta, \varphi) = \sum_{n, m, i, j} (n+1) \, k_{nm}^{ij} Y_n^m(\theta, \varphi) \cdot \nu_i n_j \frac{g_0 U \mathrm{d}S}{a^3} - 4\pi G \rho u_r(a, \theta, \varphi) \qquad (4.8.1)$$

式中, $G$ 为牛顿引力常数, $a$ 为地球半径, $\rho$ 代表地球表面介质密度, $u_r$ 是地表面垂直位移, $U$ 为断层面 $\mathrm{d}S$ 上的位错滑动量. 而地表面位移产生的布格层所产生的重力变化为 $\delta g_2(a, \theta, \varphi) = 4\pi G \rho u_r(a, \theta, \varphi)$. 注意, $\delta g_2(a, \theta, \varphi)$ 与 $\delta g_1(a, \theta, \varphi)$ 中的最后一项相同, 但是符号相反, 它们求和后互相约掉. 自由空气改正部分可以表示为 $\delta g_3(a, \theta, \varphi) = -\beta u_r(a, \theta, \varphi)$, 其中, $\beta$ 是线性自由空气重力梯度, 它可以表示为 $\beta = 2g_0/a$. 最后, 把这三项相加, 得变形地球表面的同震重力变化公式为

$$\delta g(a, \theta, \varphi) = \sum_{n, m, i, j} \left[ (n+1) \, k_{nm}^{ij} - 2h_{nm}^{ij} \right] Y_n^m(\theta, \varphi) \cdot \nu_i n_j \frac{g_0 U \mathrm{d}S}{a^3} \qquad (4.8.2)$$

方程 (4.8.2) 表明, 同震重力变化是地球质量位和垂直位移的函数. 位错 Love 数 $h_{nm}^{ij}$ 和 $k_{nm}^{ij}$ 由数值积分得到; 而重力变化由位错 Love 数的数值求和得到. 理论上和技术上这些计算是可行的 (Sun and Okubo, 1993), 然而, 计算工作非常烦琐, 导致应用不便. 所以, 下面给出同震重力变化的渐近解.

### 4.8.2  同震重力变化的渐近解

按照前几节同样的方法, 把渐近位错 Love 数代入方程 (4.8.2), 经过简单但是烦琐的数学处理, 可得四种位错源的同震重力变化的渐近解如下:

$$\delta g^{12}(a,\theta,\varphi) = 2\sin 2\varphi \left\{ \left(y^{12}_{130} - 2y^{12}_{230}\right)\left[\frac{2c}{w^3} - \frac{1}{w^5}\left(2c - \varepsilon(3 + c^2 - 2\varepsilon c)\right)\right]\right.$$

$$+ \left(y^{12}_{130} + y^{12}_{131} - 2y^{12}_{231}\right)\frac{1}{\varepsilon}\left[\frac{2}{s^2} - 1 - \frac{1 - \varepsilon c}{w^3} + \frac{2c(\varepsilon - c)}{s^2 w}\right]$$

$$+ \left(y^{12}_{131} + y^{12}_{132} - 2y^{12}_{232}\right)\frac{1}{\varepsilon}\left[1 - \frac{1}{w} - \frac{2c}{\varepsilon s^2}\left(1 - \varepsilon c - w\right)\right]$$

$$+ \left(y^{12}_{131} + 2y^{12}_{132} - 2y^{12}_{232}\right)\left[-\frac{1}{\varepsilon}\left(1 - \frac{1}{w} + \frac{\varepsilon(\varepsilon - c)}{w^3}\right.\right.$$

$$\left.+ \frac{2c}{s^2}\left(c + \frac{\varepsilon - c}{w}\right)\right)$$

$$+ \frac{\varepsilon s^2}{2w^3}\left(1 + \frac{2w^3 + 2w^2 + \varepsilon c}{1 - \varepsilon c + w} + \frac{\varepsilon c w(1 + w)^2}{(1 - \varepsilon c + w)^2}\right)$$

$$\left.\left.+ \frac{c}{\varepsilon^2 s^2} + \frac{1}{2\varepsilon^2 s^2 w}\left(\varepsilon\left(1 + c^2\right) - 2c + \frac{\varepsilon s^2}{w^2}\left(\varepsilon c - 1\right)\right)\right]\right\} \cdot \frac{g_0 U \mathrm{d}S}{a^3} \tag{4.8.3}$$

$$\delta g^{32}(a,\theta,\varphi) = 2\sin\varphi\left[\left(y^{23}_{140} - 2y^{23}_{240}\right)\frac{s\left(1 + \varepsilon c - 2\varepsilon^2\right)}{\varepsilon w^5}\right.$$

$$+ \left(y^{23}_{140} + y^{23}_{141} - 2y^{23}_{241}\right)\frac{s}{\varepsilon w^3}$$

$$\left.+ y^{23}_{141}\frac{1 + w}{\varepsilon w(1 - \varepsilon c + w)}\right] \cdot \frac{g_0 U \mathrm{d}S}{a^3} \tag{4.8.4}$$

$$\delta g^{22,0}(a,\theta,\varphi) = \left\{\left[\left(y^{22}_{120} + y^{22}_{130}\right) - 2\left(y^{22}_{220} + y^{22}_{230}\right)\right]\frac{1}{w^5}\left[c\left(1 - \varepsilon^2\right)\right.\right.$$

$$\left.+ \varepsilon\left(c^2 - 2 + \varepsilon^2\right)\right] + \left[\left(y^{22}_{110} + y^{22}_{120} + 2y^{22}_{130} + y^{22}_{131}\right)\right.$$

$$\left.- 2\left(y^{22}_{210} + y^{22}_{221} + y^{22}_{230} + y^{22}_{231}\right)\right]\frac{1}{w^3}(c - \varepsilon)$$

$$+ \left[\left(y^{22}_{110} + y^{22}_{111} + 2y^{22}_{131} + y^{22}_{132}\right)\right.$$

$$\left.- 2\left(y^{22}_{211} + y^{22}_{222} + y^{22}_{231} + y^{22}_{232}\right)\right]\frac{1}{\varepsilon w}$$

$$+ \left[\left(y^{22}_{111} + y^{22}_{131} + y^{22}_{132}\right) - 2\left(y^{22}_{212} + y^{22}_{232}\right)\right]$$

$$\cdot \frac{1}{\varepsilon}\left(\ln 2 - \ln\left(1 - \varepsilon c + w\right)\right)$$

$$+ y^{22}_{132}\left[\left[-\frac{1}{2\varepsilon^2}\left(\ln\left(w + \varepsilon - c\right) - \ln\left(1 - c\right) - \varepsilon\right)\right.\right.$$

$$\left.\left.\left.+ \frac{1}{2\varepsilon}\left(1 - w\right) - \frac{c}{2}\ln\left(1 - \varepsilon c + w\right) + \frac{c}{2}\left(\ln 2 - 1\right)\right]\right\} \cdot \frac{g_0 U \mathrm{d}S}{a^3} \tag{4.8.5}$$

$$\delta g^{33}(a,\theta,\varphi) = \left\{\left(y^{33}_{120} - 2y^{33}_{220}\right)\frac{1}{\varepsilon w^5}\left[c\left(1 - \varepsilon^2\right) + \varepsilon\left(c^2 - 2 + \varepsilon^2\right)\right]\right.$$

$$\left.+ \left(y^{33}_{120} - 2y^{33}_{221}\right)\frac{1}{\varepsilon w^3}(c - \varepsilon) + \left(-2y^{33}_{222}\right)\frac{1}{\varepsilon^2 w}\right\} \cdot \frac{g_0 U \mathrm{d}S}{a^3} \tag{4.8.6}$$

式中, $w = \left(1 - 2\varepsilon\cos\theta + \varepsilon^2\right)^{\frac{1}{2}}$, $c = \cos\theta$, $s = \sin\theta$, $\varepsilon = r_\mathrm{s}/a$, 符号 $y^{ij}_{kmn}$ 是由地球模型决

定的常数, 已经在 4.2 节中给出. 上述计算公式是本小节的主要结果, 下面的数值结果表明, 渐近重力解非常好地描述了同震重力变化场. 一旦地球模型给定, 其同震重力场便可以解析的得到, 这是渐近解的最大益处. 上述计算公式是关于位错源位于极轴上的情形给出的四个独立震源分量. 其组合可以计算任意震源所产生的重力变化. 另外, 对于有限断层, 可以通过对断层面的数值积分而得.

### 4.8.3 重力变化渐近解的数值验证

考虑一个均质地球模型, 取 1066A 地球模型 (Gilbert and Dziewonski, 1975) 地表层的介质参数, 通过数值计算来验证渐近重力变化理论的正确性. 根据地球模型介质参数,

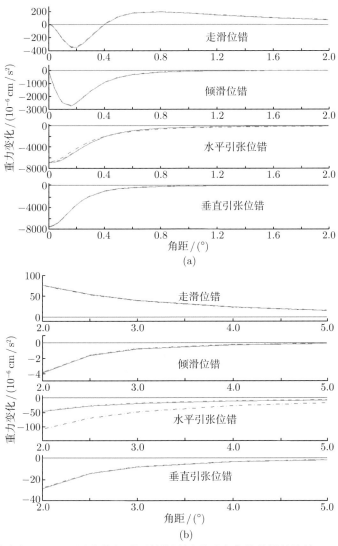

图 4.8.1 均质球内 32km 深四种独立震源所伴随同震重力变化结果的比较, (a) 震中距 0~2°; (b) 震中距 2°~5°. 红实线: 均质球渐近重力变化; 绿虚线: 均质球数值积分重力变化; 蓝点划线: 半无限空间模型的重力变化

点震源深度假设为 32km, 利用 4.2 节给出的计算公式求出常数 $y^{ij}_{kmn}$, 便可以计算出同震重力变化的渐近解. 同时, 利用第 2 章中的位错理论计算出同样震源的数值积分解. 为了比较, 还计算了半无限空间模型的同震重力变化. 四种独立震源的渐近解和积分解的结果都绘于图 4.8.1 中. 由图可见, 渐近解与真值 (积分结果) 符合得非常好, 两者之间的差异几乎看不出来, 因为重合在一起. 但是半无限空间的结果与另外两个结果差异较大, 特别是水平引张震源. 这是自然的, 因为半无限空间模型没有考虑地球的曲率影响.

为了进一步考察曲率效应随深度变化的影响, 图 4.8.2 给出了三个位错理论计算的均质地球模型内垂直断层水平引张位错所产生同震重力变化随深度变化的结果比较. 可见, 渐近解与积分解基本上符合得很好, 但是半无限空间模型的结果呈现出较大的差异. 值得注意的是, 在 637km 深处, 渐近解与积分解也存在着较大的差异, 这是低阶渐近 Love 数不精确所致, 但是仍然好于半无限空间模型的结果.

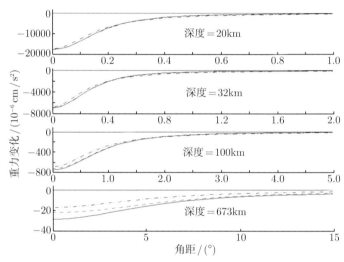

图 4.8.2　均质地球模型内垂直断层水平引张位错所产生同震重力变化随深度变化的结果比较. 震源深度分别为 (从上至下): 20km、32km、100km 和 637km. 震中距为 0~15°. 红实线: 均质球渐近重力变化; 绿虚线: 均质球数值积分重力变化; 蓝点划线: 半无限空间模型的重力变化

# 第5章 三维不均匀弹性地球模型的位错理论

无论引潮力还是地震位错均可以产生地球的重力场变化 (Hagiwara, 1977; Molodenskiy, 1977; 1980; Molodenskiy and Kramer, 1980; Wahr, 1981; Hagiwara et al., 1985; Okubo, 1991; 1992; Sun and Okubo, 1993; 1998; Imanishi et al., 2004). 本章的主要目的是讨论三维不均匀地球模型内地震位错产生的同震重力变化问题.

对于三维不均匀地球模型, Dahlen (1968; 1974; 1976) 研究了横向不均匀构造对于本征模的影响. Molodenskiy (1977; 1980) 利用微扰法提出了研究地幔横向不均匀性对地震波速的影响以及重力固体潮变化问题, 但是他忽略了密度变化的影响. 利用 Molodenskiy (1977; 1980) 的方法, Wang (1991) 研究了更真实的地球模型 (包括旋转、黏滞性以及横向不均匀性) 的潮汐变形问题. Dehant 等 (1999) 计算了两个旋转、非球对称的地球模型的潮汐位移及潮汐质量再分布所产生的潮汐重力因子和潮汐 Love 数. Metivier 等 (2005) 提出了新理论计算带有横向不均匀性的弹性自重地球模型的重力时间变化.

那么, 考虑地球横向不均匀性为什么重要? 由半无限空间模型到球对称地球模型, 虽然位错理论在不断地发展和完善, 然而, 这些理论的计算值仍然很难很好地解释大地测量观测结果. 尽管理论值与观测值之间的差异可能来自于多种因素, 但地球模型中缺少横向不均匀构造被认为是主要原因之一. 现代地震学, 特别是层析成像技术的发展, 表明地球内部存在较大的横向不均匀性. 例如, 亚洲东部地区地幔内存在较大的 S 波速异常 (Friederich, 2003); 而 P 波相对于球对称地球模型存在至少 1%的扰动 (Zhao, 2001); 如果用新的有限频率方法 (Dahlen et al., 2000; Hung et al., 2000) 反演地球内部三维构造的话, 横向不均匀性增量比用经典射线理论得到的结果大 30% (Montelli et al., 2004). 所有这些结果表明地球模型中应该考虑三维不均匀构造. 因而, 相应的三维不均匀模型位错理论在解释大地测量数据甚至震源反演中也是必要的.

另一方面, 现代大地测量观测技术的测量精度越来越高, 如 GPS、海洋测高、卫星重力测量、绝对重力和超导重力测量等. 因此, 地球的横向不均匀构造的影响也可以被观测和检测出来. 例如, 1964 年阿拉斯加地震产生了大约 $500\mu$Gal 的重力变化 (Barnes, 1966); 2004 年苏门答腊地震则产生约 $400\mu$Gal 的重力变化 (Sun et al., 2009). 理论研究结果表明 (Fu, 2007; Fu and Sun, 2007), 这样的大地震有可能导致因横向不均匀性而产生约 $10\mu$Gal 的重力变化, 这是完全可以被超导重力仪、绝对重力仪、甚至相对重力仪观测到的.

关于三维不均匀地球模型, Geller 和 Ohminato (1994) 提出了用直接解方法 (direct solution method) 计算合成地震波. 其想法是在弹性运动方程的弱式 (Galerkin formulation) 基础上加上适当的面积分, 来加强自然边界和连续条件, 以及不均匀边界条件. Pollitz (2003a; 2003b) 提出了震后松弛理论来计算横向不均匀黏弹地球模型的位移和应变变化. 他利用了黏弹简正模所构成的横向不均匀地球模型, 给出了震后变形的半解析解, 然后应用模耦合理论把非球对称地球的解联系起来, 并对局部构造进行了应用计算. 然而他的方法不适于一般全球三维不均匀构造模型.

Molodenskiy (1977; 1980) 提出了微扰理论研究地幔内横向不均匀构造的影响. 根据他的理论, Molodenskiy 和 Kramer (1980) 计算了 Love 数的变化和地表面重力潮汐因子变化. 然而, 该理论是不完整的, Molodenskiy (1977; 1980) 既没有给出介质密度变化的影响也没有计算其结果, 他们认为密度的影响非常小. 另外, 他们的计算仅限于非常简单的三维不均匀模型, 这是可以理解的, 因为在 20 世纪 80 年代人们还无法得到比较现实的三维不均匀构造模型. 可想而知, 相对于有地震波数据得到的三维构造模型而言, "海洋–陆地" 模型过于简单, 甚至是不可靠的. 另外, Molodenskiy (1977; 1980) 仅给出了二阶球函数相对应的计算公式, 对于高阶的地震问题的计算, 其理论和计算公式还要扩展和完善.

Fu (2007)、Fu 和 Sun (2008) 利用 Molodenskiy (1977; 1980) 的研究固体潮的微扰理论研究了三维不均匀地球模型的地震位错问题. 本章主要介绍该理论以及相应的计算结果. 为此, 必须克服一些困难: 震源的适当处理、高阶解的计算、六个独立解的计算等. 同震重力变化可以表示为球对称地球模型的解 (Sun, 1992; Sun and Okubo, 1993) 加上横向不均匀构造增量的扰动解.

## 5.1   三维不均匀弹性地球模型的变形理论

三维不均匀地球模型的变形可以分解为球对称地球模型 (如 PREM 模型, Dziewonski and Anderson, 1981) 的解和横向不均匀性增量产生的扰动解的和. 一般而言, 这样地球模型的变形理论可以适用于任意内力或者外力产生的物理量变化, 如位移、重力、引力位变化等. 本章着重讨论地震位错产生的同震重力变化问题.

### 5.1.1   球对称地球模型的基本方程

虽然在第 2 章中已经讨论了球对称地球模型的变形问题, 为了本章使用方便起见, 这里再简述其主要内容. 假设一个 SNREI (球对称、无旋、完全弹性、各向同性) 地球模型, 其物理参数均为地球半径的函数: 密度 $\rho(r)$, 弹性参数 $\lambda(r)$ 和 $\mu(r)$. 于是, 内部或者外部力所产生的变形满足下述基本平衡方程、本构关系和泊松方程 (Alterman et al., 1959; Farrell, 1972; Takeuchi and Saito, 1972):

$$L(\boldsymbol{u},\psi) = \rho g \boldsymbol{e}_r(\nabla \cdot \boldsymbol{u}) - \rho\nabla(\psi + g u_r) + \nabla \cdot \boldsymbol{\tau} = 0 \tag{5.1.1}$$

$$\boldsymbol{\tau} = \lambda \boldsymbol{I}\nabla \cdot \boldsymbol{u} + 2\mu(\nabla\boldsymbol{u} + (\nabla\boldsymbol{u})^{\mathrm{T}}) \tag{5.1.2}$$

$$\nabla^2\psi = -4\pi G(\delta\rho) = 4\pi G\nabla \cdot (\rho\boldsymbol{u}) \tag{5.1.3}$$

式中, $\boldsymbol{u}$ 是位移矢量, $\psi(r)$ 是地球引力位变化, $\boldsymbol{\tau}$ 是应力张量, $\boldsymbol{I}$ 为单位矢量, $G$ 为牛顿引力常数. 上述方程中的变量可以展开为球函数 (Takeuchi and Saito, 1972) (为了后面使用方便, 有些变量在表述上与前几章略有不同)

$$\boldsymbol{u}^0 = \sum_{n_0=0}^{\infty}\sum_{m_0=-n_0}^{n_0} \boldsymbol{u}^{n_0 m_0} = \sum_{n_0=0}^{\infty}\sum_{m_0=-n_0}^{n_0}[y_1(r)\boldsymbol{R}_{n_0}^{m_0}(\theta,\varphi) + y_3(r)\boldsymbol{S}_{n_0}^{m_0}(\theta,\varphi)] \tag{5.1.4}$$

$$\boldsymbol{\tau} \cdot \boldsymbol{e}_r = \sum_{n_0=0}^{\infty} \sum_{m_0=-n_0}^{n_0} \boldsymbol{T}^{n_0 m_0} = \sum_{n_0=0}^{\infty} \sum_{m_0=-n_0}^{n_0} [y_2(r) \boldsymbol{R}_{n_0}^{m_0}(\theta,\varphi) + y_4(r) \boldsymbol{S}_{n_0}^{m_0}(\theta,\varphi)] \qquad (5.1.5)$$

$$\psi^0 = \sum_{n_0=0}^{\infty} \sum_{m_0=-n_0}^{n_0} \psi^{n_0 m_0} = \sum_{n_0=0}^{\infty} \sum_{m_0=-n_0}^{n_0} y_5(r) Y_{n_0}^{m_0}(\theta,\varphi) \qquad (5.1.6)$$

式中的球函数以及 $y$ 变量的物理意义与第 2 章完全相同, 只是上下标 "0" 代表 SNREI 模型变形的解 ($\boldsymbol{u}^0$ 和 $\psi^0$), 以区别于后面讨论的三维不均匀构造模型的解. 而前几章中得到的关于 SNREI 模型的解在讨论三维不均匀构造模型变形问题时是作为已知初值来使用的.

### 5.1.2　三维不均匀模型的变形理论

因为地球横向不均匀性相对于径向构造模型的变化通常认为是一个小量, 我们可以用扰动方法研究其影响. 此时, 地球介质参数的横向不均匀增量构造可以用其微小变化量表示, 即 $\delta\rho(r,\theta,\varphi)$、$\delta\lambda(r,\theta,\varphi)$ 和 $\delta\mu(r,\theta,\varphi)$, 此时, 变形场 $(\boldsymbol{u},\psi)$ 可以近似表示为球对称解 ($\boldsymbol{u}^0$ 和 $\psi^0$) 和扰动解 ($\delta\boldsymbol{u}$ 和 $\delta\psi$) 之和 (Molodenskiy, 1977; 1980; Molodenskiy and Kramer, 1980), 二者分别对应 SNREI 地球模型以及相应的横向增量结构对变形场的响应. 其表达式如下:

$$\boldsymbol{u} = \boldsymbol{u}^0 + \delta\boldsymbol{u} \qquad (5.1.7)$$

$$\psi = \psi^0 + \delta\psi \qquad (5.1.8)$$

式中,

$$\delta\boldsymbol{u} = \sum_{n_0=0}^{\infty} \sum_{m_0=-n_0}^{n_0} \delta\boldsymbol{u}^{n_0 m_0} \qquad (5.1.9)$$

$$\delta\psi = \sum_{n_0=0}^{\infty} \sum_{m_0=-n_0}^{n_0} \delta\psi^{n_0 m_0} \qquad (5.1.10)$$

进一步, 这些变量的球函数表达式为

$$\boldsymbol{u}^{n_0 m_0} = y_1(r) \boldsymbol{R}_{n_0}^{m_0}(\theta,\varphi) + y_3(r) \boldsymbol{S}_{n_0}^{m_0}(\theta,\varphi) \qquad (5.1.11)$$

$$\psi^{n_0 m_0} = y_5(r) Y_{n_0}^{m_0}(\theta,\varphi) \qquad (5.1.12)$$

$$\delta\boldsymbol{u}^{n_0 m_0} = \sum_{n=0}^{\infty} \sum_{m=-n}^{n} [y_1^*(r;n,m) \boldsymbol{R}_n^m(\theta,\varphi) + y_3^*(r;n,m) \boldsymbol{S}_n^m(\theta,\varphi)] \qquad (5.1.13)$$

$$\delta\psi^{n_0 m_0} = \sum_{n=0}^{\infty} \sum_{m=-n}^{n} y_5^*(r;n,m) Y_n^m(\theta,\varphi) \qquad (5.1.14)$$

注意, $y_i(r)$ 是球对称地球模型的解, 而 $y_i^*(r;n,m)$ 表示横向不均匀效应. 一旦求出所有的 $y_i^*(r;n,m)$, 相应的位移和引力位变化就可以由 (5.1.13) 和 (5.1.14) 计算.

对基本平衡方程 (5.1.1) 取变分给出

$$L_i(\delta\boldsymbol{u},\delta\psi) + \delta L_i(\boldsymbol{u}^0,\psi^0) = 0 \qquad (5.1.15)$$

式中, 下标 $i = 1, 2, 3$ 表示坐标的三分量. 为了求解扰动解 $(\delta\boldsymbol{u}, \delta\psi)$, 必须借助于辅助解 $(\boldsymbol{u}^j, \psi^j)$, 它们分别是三种外力在球对称模型产生的位移和引力位变化: 压力 $(j = 1)$、剪切力 $(j = 2)$ 和潮汐力 $(j = 3)$. $j$ 的选择根据计算分量而定, $y_1^*(r; n, m)$、$y_3^*(r; n, m)$ 或 $y_5^*(r; n, m)$. 当然, 辅助解也满足平衡方程和泊松方程

$$L(\boldsymbol{u}^j, \psi^j) = 0 \tag{5.1.16}$$

$$\Delta\psi^j = 4\pi G \nabla \cdot (\rho\boldsymbol{u}^j) \tag{5.1.17}$$

把式 (5.1.15) 乘上辅助解 $u_i^j$, 把式 (5.1.16) 乘上 $-\delta u_i$, 然后相加, 并将其对 $i$ $(i = 1, 2, 3)$ 求和, 再对地球体积积分, 我们得到

$$\iiint\limits_{(v)} [u_i^j L_i(\delta\boldsymbol{u}, \delta\psi) - \delta u_i L_i(\boldsymbol{u}^j, \psi^j) + u_i^j \delta L_i(\boldsymbol{u}^0, \psi^0)] \mathrm{d}\tau = 0 \tag{5.1.18}$$

下面取 Einstein 求和约定, 省去烦琐的数学过程, 可以得到如下重要关系式, 它把球对称地球模型的解、三维构造模型的解以及辅助解联系在一起.

$$\begin{aligned} F^j(\delta\rho, \delta\mu, \delta\lambda) = \frac{4\pi(n+m)!}{\varepsilon_m(2n+1)(n-m)!} \Big[ & y_1^*(1; n, m) y_2^j(1) \\ & + n(n+1) y_3^*(1; n, m) y_4^j(1) + \frac{1}{4\pi G} y_5^*(1; n, m) y_6^j(1) \Big] \end{aligned} \tag{5.1.19}$$

式中,

$$\begin{aligned} F^j(\delta\rho, \delta\mu, \delta\lambda) = \iiint\limits_V \Big[ & -\delta\rho(\boldsymbol{u}^0, \nabla\psi^j) + u_i^j \delta L_{i\rho}(\boldsymbol{u}^0, \psi^0) \\ & - \delta\mu \left( \frac{\partial u_i^0}{\partial x_k} + \frac{\partial u_k^0}{\partial x_i} \right) \frac{\partial u_i^j}{\partial x_k} - \delta\lambda \nabla \cdot \boldsymbol{u}^0 \nabla \cdot \boldsymbol{u}^j \Big] \mathrm{d}\tau \end{aligned} \tag{5.1.20}$$

$$\begin{aligned} \delta L_{i\rho}(\boldsymbol{u}^0, \psi^0) = & \delta\rho\{g e_r(\nabla \cdot \boldsymbol{u}^0) - \nabla_i(\psi^0 + g u_r^0)\} \\ & + \rho[\delta g e_r(\nabla \cdot \boldsymbol{u}^0) - \nabla_i(\delta g u_r^0)] \end{aligned} \tag{5.1.21}$$

在这些方程中, $\delta g$ 是由横向密度变化 $\delta\rho$ 产生的重力扰动; $(\boldsymbol{u}^0, \nabla\psi^j)$ 代表内积. 式 (5.1.19) 的详细推导参见 (Fu and Sun, 2009). 假设辅助解是由下面边界条件得到的, 分别为压力、剪切力和潮汐力变形问题:

$$\begin{cases} (1) \quad j = 1, \quad y_2^j(1) = 1, \quad y_4^j(1) = 0, \qquad\quad y_6^j(1) = 0 \\ (2) \quad j = 2, \quad y_2^j(1) = 0, \quad y_4^j(1) = \dfrac{1}{n(n+1)}, \quad y_6^j(1) = 0 \\ (3) \quad j = 3, \quad y_2^j(1) = 0, \quad y_4^j(1) = 0, \qquad\quad y_6^j(1) = 4\pi G \end{cases} \tag{5.1.22}$$

关于角变量积分后, 得到如下结果:

$$F_{nm}^j(\delta\rho, \delta\mu, \delta\lambda) = c(n, m) \begin{cases} y_1^*(1; n, m), \quad j = 1 \\ y_3^*(1; n, m), \quad j = 2 \\ y_5^*(1; n, m), \quad j = 3 \end{cases} \tag{5.1.23}$$

$$c(n,m) = \iint\limits_S (Y_n^m(\theta,\varphi))^2 \, \mathrm{d}S = \frac{4\pi(n+m)!}{\varepsilon_m(2n+1)(n-m)!} \tag{5.1.24}$$

$$\varepsilon_m = \begin{cases} 1, & m = 0 \\ 2, & m \neq 0 \end{cases} \tag{5.1.25}$$

式 (5.1.23) 右边的 $y$ 符号 $y_1^*(1;n,m)$、$y_3^*(1;n,m)$ 和 $y_5^*(1;n,m)$ 是由边界条件 (5.1.22) 确定的. 如果位移分量 $y_1^*(1;n,m)$ 和位扰动 $y_5^*(1;n,m)$ 的径向展开系数已知的话, 地幔横向不均匀性对于重力变化的影响便可以计算出来. 所以, 计算三维不均匀构造地球模型变形就归结于计算球对称地球模型的变形以及计算 $F^j(\delta\rho,\delta\mu,\delta\lambda)$.

### 5.1.3 $n=0$ 和 $n=1$ 时的特殊处理

如在第 2 章中讨论的一样, 当 $n=0$ 和 $n=1$, 计算 $y_1^*(1;n,m)$ 和 $y_5^*(1;n,m)$ 时需要特殊处理.

对于 $n=0$, $y_1^*(1;0,0)$ 可以通过 (5.1.22) 中 $j=1$ 的边界条件计算的辅助解 $(\boldsymbol{u}^j,\psi^j)$ 而得到. 然而, 由于 $n=0$ 仅产生径向变化, 由 $j=3$ 所定义的辅助解没有意义. 为了克服这个困难, 可以利用地球质量守恒来直接得到 $y_5^*(1;0,0) = 0$.

对于 $n=1$, 辅助解 $(\boldsymbol{u}^j,\psi^j)$ 需要特别加以注意, 因为它必须满足如下关系式 (Farrell, 1972):

$$y_2(r) + 2y_4(r) + \frac{g(r)}{4\pi G}y_6(r) = 0 \tag{5.1.26}$$

然而, 由边界条件 (5.1.22) 计算的辅助解 $(\boldsymbol{u}^j,\psi^j)$ 并不满足式 (5.1.26). 例如, 当 $j=1$ 时, $y_2^j(1;1) = 1$, $y_4^j(1;1) = 0$, $y_6^j(1;1) = 0$, 它们不满足式 (5.1.26). 为了克服这个困难, 不用边界条件 (5.1.22) 分别计算 $y_1^*(1;1,m)$ 和 $y_5^*(1;1,m)$, 而是假设 $y_4^j(1;1) = 0$, 来确定 $g(1)y_1^*(1;1,m) - y_5^*(1;1,m)$. 另外, 假设地球质心为坐标原点, 即球体外部不存在一阶位, 它意味着 $y_5^*(1;1,m) = 0$, 所以, $y_1^*(1;1,m)$ 可以确定. 关于 $n=0,1$ 的更多讨论参见 Farrell (1972)、Okubo 和 Endo (1986).

### 5.1.4 积分 $F^j(\delta\rho,\delta\mu,\delta\lambda)$ 的处理

上述讨论表明, $F^j(\delta\rho,\delta\mu,\delta\lambda)$ 的处理是关键, 它必须转换为容易操作的形式. 通过球函数展开, 表达式 $F^j(\delta\rho,\delta\mu,\delta\lambda)$ 可以分解成关于 $\delta\lambda$、$\delta\mu$ 和 $\delta\rho$ 的三部分:

$$F^j(\delta\rho,\delta\mu,\delta\lambda) = F^j(\delta\lambda) + F^j(\delta\mu) + F^j(\delta\rho) \tag{5.1.27}$$

为了用球函数表示 $F^j(\delta\rho,\delta\mu,\delta\lambda)$, $\delta\lambda$、$\delta\mu$ 和 $\delta\rho$ 必须首先展开为

$$\delta\lambda(\theta,\varphi,r) = \sum_{l=0}^{N_e} \sum_{p=-l}^{l} \lambda_{lp}(r)Y_l^p(\theta,\varphi) \tag{5.1.28}$$

$$\delta\mu(\theta,\varphi,r) = \sum_{l=0}^{N_e} \sum_{p=-l}^{l} \mu_{lp}(r)Y_l^p(\theta,\varphi) \tag{5.1.29}$$

$$\delta\rho(\theta, \varphi, r) = \sum_{l=0}^{N_e} \sum_{p=-l}^{l} \rho_{lp}(r) Y_l^p(\theta, \varphi) \tag{5.1.30}$$

式中,

$$\begin{cases} Y_l^p(\theta, \varphi) = P_l^p(\cos\theta) \cos p\varphi \\ Y_l^{-p}(\theta, \varphi) = P_l^p(\cos\theta) \sin p\varphi \end{cases} \tag{5.1.31}$$

求和上标 $N_e$ 表示地球模型的最大阶数. 于是, 按照 Molodenskiy (1980) 的方法, $F^j(\delta\lambda)$ 和 $F^j(\delta\mu)$ 可以写成

$$F_{nm}^j(\delta\lambda) = -\sum_{l=0}^{N_e} \sum_{p=-l}^{l} A_{lpnmn_0m_0} \int_0^1 \lambda_{lp}(r) x_{nn_0}^{(1)(j)}(r) \mathrm{d}r \tag{5.1.32}$$

$$\begin{aligned} F_{nm}^j(\delta\mu) = &-\sum_{l=0}^{N_e} \sum_{p=-l}^{l} A_{lpnmn_0m_0} \int_0^1 r^{n+n_0} \mu_{lp}(r) [x_{nn_0}^{(2)(j)}(r) \\ &+ \frac{1}{2}(l+n+n_0+1)(n+n_0-l) x_{nn_0}^{(3)(j)}(r) \\ &+ \frac{1}{4}(l+n+n_0-1)(l+n+n_0+1)(n+n_0-l) \\ &\cdot (n+n_0-l-2) x_{nn_0}^{(4)(j)}(r)] \mathrm{d}r \end{aligned} \tag{5.1.33}$$

$$A_{lpnmn_0m_0} = \iint\limits_S Y_l^p(\theta, \varphi) Y_n^m(\theta, \varphi) Y_{n_0}^{m_0}(\theta, \varphi) \mathrm{d}S \tag{5.1.34}$$

在式 (5.1.32) 和式 (5.1.33) 中有

$$\begin{aligned} x_{nn_0}^{(1)(j)}(r) = &r^2 \left[ \dot{y}_1^0(r) + \frac{2}{r} y_1^0(r) - \frac{n_0(n_0+1)}{r} y_3^0(r) \right] \\ &\cdot \left[ \dot{y}_1^j(r) + \frac{2}{r} y_1^j(r) - \frac{n(n+1)}{r} y_3^j(r) \right] \end{aligned} \tag{5.1.35}$$

$$\begin{aligned} x_{nn_0}^{(2)(j)}(r) = 2r^2 \Bigg\{ &r^2 \dot{h}_n^j \dot{h}_{n_0} + r\dot{h}_n^j h_{n_0} + rh_n^j \dot{h}_{n_0} + nr\dot{h}_{n_0} \left( h_n^j + \frac{t_n^j}{r} \right) \\ &+ n_0 r\dot{h}_n^j \left( h_{n_0} + \frac{t_{n_0}}{r} \right) + \frac{n(n-1)}{r} \dot{h}_{n_0} t_n^j + \frac{n_0(n_0-1)}{r} \dot{h}_n^j t_{n_0} + 3h_n^j h_{n_0} \\ &+ nh_{n_0} \left( h_n^j + \frac{t_n^j}{r} \right) + n_0 h_n^j \left( h_{n_0} + \frac{t_{n_0}}{r} \right) \\ &+ \frac{nn_0}{2} \left( h_{n_0} + \frac{t_{n_0}}{r} \right) \left( h_n^j + \frac{t_n^j}{r} \right) \Bigg\} \end{aligned} \tag{5.1.36}$$

$$\begin{aligned} x_{nn_0}^{(3)(j)}(r) = \Bigg\{ &\left( h_{n_0} + \frac{t_{n_0}}{r} \right) \left( h_n^j + \frac{t_n^j}{r} \right) r^2 + 2(n-1) t_n^j \left( h_{n_0} + \frac{t_{n_0}}{r} \right) \\ &+ 2(n_0-1) t_{n_0} \left( h_n^j + \frac{t_n^j}{r} \right) \Bigg\} \end{aligned} \tag{5.1.37}$$

$$x_{nn_0}^{(4)(j)}(r) = \frac{2}{r^2} t_n^j t_{n_0} \tag{5.1.38}$$

式 (5.1.35)~ 式 (5.1.38) 中, 符号 "·" 代表对于半径 $r$ 的导数. 另外还有如下定义:

$$h_n^j = \frac{y_1^j(r)}{r^{n+1}} - \frac{n y_3^j(r)}{r^{n+1}}, \quad t_n^j = \frac{y_3^j(r)}{r^{n-1}}, \quad h_{n_0} = \frac{y_1^0(r)}{r^{n+1}} - \frac{n y_3^0(r)}{r^{n+1}}, \quad t_{n_0} = \frac{y_3^0(r)}{r^{n-1}} \tag{5.1.39}$$

关于 $A_{lpnmn_0m_0}$ 的处理见附录 D.

### 5.1.5　关于密度效应的公式

本研究结果表明, 密度 $\delta\rho$ 效应和弹性介质 $\delta\lambda$、$\delta\mu$ 效应是同一量级, 不能被忽视. 对于一个自重地球, 密度效应应该包括密度模型 $\delta\rho$、重力模型 $\delta g$ 以及重力导数 $\dot{\delta g}$ 三个部分, 尽管本质上它们是一致的. 方便起见, 我们用 $\gamma^1 = \delta\rho/\rho$, $\gamma^2 = \delta g/g$, $\gamma^3 = \dot{\delta g}/\dot{g}$ 表示三维不均匀地球模型. 这里, $\rho$、$g$ 和 $\dot{g}$ 是球对称地球模型的参数. 由式 (5.1.20) 和 (5.1.21) 可知, 密度效应项可以写成

$$F_{nm}^j(\delta\rho) = \iiint\limits_V u_i^j \delta L_{i\rho}(\boldsymbol{u}^0, \psi^0) - \delta\rho(\boldsymbol{u}^0, \nabla\psi^j)\mathrm{d}\tau \tag{5.1.40}$$

$$\delta L_{i\rho}(\boldsymbol{u}^0, \psi^0) = \delta\rho\{g\boldsymbol{e}_r(\nabla\cdot\boldsymbol{u}^0) - \nabla_i(\psi^0 + gu_r^0)\} \\ + \rho[\delta g\boldsymbol{e}_r(\nabla\cdot\boldsymbol{u}^0) - \nabla_i(\delta gu_r^0)] \tag{5.1.41}$$

经过适当的数学处理, 式 (5.1.40) 可以进一步写成

$$F_{nm}^j(\delta\rho) = -\iiint\limits_V [\delta\rho(\boldsymbol{u}^0, \nabla\psi^j) + u_i^j\{\delta\rho[\nabla_i\psi^0 + g\nabla_iu_r^0] \\ + \rho[\delta g(r)\nabla_iu_r^0 + u_r^0\nabla_i\delta g]\}]\mathrm{d}\tau \\ + \iiint\limits_V \{\delta\rho u_i^j g\boldsymbol{e}_r(\nabla\cdot\boldsymbol{u}^0) + \rho u_i^j \delta g(r)\boldsymbol{e}_r(\nabla\cdot\boldsymbol{u}^0)\}\mathrm{d}\tau \tag{5.1.42}$$

式 (5.1.42) 显示, 密度效应来自密度变化 $\delta\rho$ 和重力变化 $\delta g$, 而这两项是相关的, 因为重力变化 $\delta g$ 是密度变化 $\delta\rho$ 的全球积分. 密度变化 $\delta\rho$ 已经在式 (5.1.30) 中展开, 而重力变化可以相应的展开为球函数

$$\delta g(\theta, \varphi, r) = \sum_{l=0}^{N_e} \sum_{p=-l}^{l} g_{lp}(r) Y_l^p(\theta, \varphi) \tag{5.1.43}$$

$$\dot{\delta g}(\theta, \varphi, r) = \sum_{l=0}^{N_e} \sum_{p=-l}^{l} \dot{g}_{lp}(r) Y_l^p(\theta, \varphi) \tag{5.1.44}$$

把式 (5.1.30)、式 (5.1.43) 和式 (5.1.44) 代入式 (5.1.41) 中, $F_{nm}^j(\delta\rho)$ 的最后一项变为

$$\iiint\limits_V \{\delta\rho u_i^j g\boldsymbol{e}_r(\nabla\cdot\boldsymbol{u}^0) + \rho u_i^j \delta g(r)\boldsymbol{e}_r(\nabla\cdot\boldsymbol{u}^0)\}\mathrm{d}\tau$$

$$= \iiint\limits_V \left[\sum_{l=0}^{N_e} \sum_{p=-l}^{l} \left[g\rho_{lp}(r)y_1^j(r)D_{n_0}(r) + \rho y_1^j(r)g_{lp}(r)D_{n_0}(r)\right]\right.$$

$$\cdot Y_l^p(\theta, \varphi) Y_{n_0}^{m_0}(\theta, \varphi) Y_n^m(\theta, \varphi) \Big] \mathrm{d}\tau$$

$$= \sum_{l=0}^{N_e} \sum_{p=-l}^{l} A_{lpnmn_0m_0} \int_0^1 r^2 y_1^j(r) D_{n_0}(r) \left[ g\rho_{lp}(r) + \rho g_{lp}(r) \right] \mathrm{d}r \tag{5.1.45}$$

式中,

$$D_{n_0}(r) = \dot{y}_1^0(r) + \frac{2}{r} y_1^0(r) - \frac{n_0(n_0+1)}{r} y_3^0(r) \tag{5.1.46}$$

$$A_{lpnmn_0m_0} = \iint\limits_S Y_l^p(\theta, \varphi) Y_n^m(\theta, \varphi) Y_{n_0}^{m_0}(\theta, \varphi) \mathrm{d}S \tag{5.1.47}$$

式 (5.1.41) 右边第一部分用到了如下定义:

$$u^0 = y_1^0(r) Y_{n_0}^{m_0}(\theta, \varphi) \boldsymbol{e}_r + y_3^0(r) r \nabla Y_{n_0}^{m_0}(\theta, \varphi) \tag{5.1.48}$$

$$u^j = y_1^j(r) Y_n^m(\theta, \varphi) \boldsymbol{e}_r + y_3^j(r) r \nabla Y_n^m(\theta, \varphi) \tag{5.1.49}$$

$$\nabla\psi^j = \dot{y}_5^j(r) Y_n^m(\theta, \varphi) \boldsymbol{e}_r + y_5^j(r) \nabla Y_n^m(\theta, \varphi) \tag{5.1.50}$$

$$\nabla u_r^0 = \dot{y}_1^0(r) Y_{n_0}^{m_0}(\theta, \varphi) \boldsymbol{e}_r + y_1^0(r) \nabla Y_{n_0}^{m_0}(\theta, \varphi) \tag{5.1.51}$$

$$\nabla\delta g = \sum_{l=0}^{N_e} \sum_{p=-l}^{l} \left[ \dot{g}_{lp}(r) Y_l^p(\theta, \varphi) \boldsymbol{e}_r + g_{lp}(r) \nabla Y_l^p(\theta, \varphi) \right] \tag{5.1.52}$$

下面引入一个新变量 $\omega_n^m = r^n Y_n^m(\theta, \phi)$, 使式 (5.1.48)~ 式 (5.1.52) 中的变量变为

$$u^0 = h_{n_0}^0(r) \omega_{n_0}^{m_0} \boldsymbol{e}_r + t_{n_0}^0(r) \nabla\omega_{n_0}^{m_0} \tag{5.1.53}$$

$$u^j = h_n^j(r) \omega_n^m \boldsymbol{e}_r + t_n^j(r) \nabla\omega_n^m \tag{5.1.54}$$

$$\nabla\psi^j = h_n^1(r) \omega_n^m \boldsymbol{e}_r + t_n^1(r) \nabla\omega_n^m \tag{5.1.55}$$

$$\nabla u_r^0 = h_{n_0}^2(r) \omega_{n_0}^{m_0} \boldsymbol{e}_r + t_{n_0}^2(r) \nabla\omega_{n_0}^{m_0} \tag{5.1.56}$$

$$\nabla\delta g = \sum_{l=0}^{N_e} \sum_{p=-l}^{l} \left[ h_l^3(r) \omega_l^p \boldsymbol{e}_r + t_l^3(r) \nabla\omega_l^p \right] \tag{5.1.57}$$

$$\nabla\psi^0 = h_{n_0}^4(r) \omega_{n_0}^{m_0} \boldsymbol{e}_r + t_{n_0}^4(r) \nabla\omega_{n_0}^{m_0} \tag{5.1.58}$$

在这些方程中, 如下关系式成立:

$$h_{n_0}^0 = \frac{y_1^0(r)}{r^{n_0}} - \frac{n_0 y_3^0(r)}{r^{n_0}}, \quad t_{n_0}^0 = \frac{y_3^0(r)}{r^{n_0-1}} \tag{5.1.59}$$

$$h_n^j = \frac{y_1^j(r)}{r^n} - \frac{n y_3^j(r)}{r^n}, \quad t_n^j = \frac{y_3^j(r)}{r^{n-1}} \tag{5.1.60}$$

$$h_n^1 = \frac{\dot{y}_5^j(r)}{r^n} - \frac{n y_5^j(r)}{r^{n+1}}, \quad t_n^1 = \frac{y_5^j(r)}{r^n} \tag{5.1.61}$$

$$h_{n_0}^2 = \frac{\dot{y}_1^0(r)}{r^{n_0}} - \frac{n_0 y_1^0(r)}{r^{n_0+1}}, \quad t_{n_0}^2 = \frac{y_1^0(r)}{r^{n_0}} \tag{5.1.62}$$

$$h_l^3 = \frac{\dot{g}_{lp}(r)}{r^l} - l \frac{g_{lp}(r)}{r^{l+1}}, \quad t_l^3 = \frac{g_{lp}(r)}{r^l} \tag{5.1.63}$$

$$h_{n_0}^4 = \frac{\dot{y}_5^0(r)}{r^{n_0}} - \frac{n_0 y_5^0(r)}{r^{n_0+1}}, \quad t_{n_0}^4 = \frac{y_5^0(r)}{r^{n_0}} \tag{5.1.64}$$

把式 (5.1.53)～ 式 (5.1.58) 代入式 (5.1.41), 则其中积分的第一部分变为

$$
\iiint\limits_V \delta\rho(\boldsymbol{u}^0, \nabla\psi^j)\mathrm{d}\tau = \iiint\limits_V \sum_{l=0}^{N_e} \sum_{p=-l}^{l} \left[\rho_{lp}(r)h_{n_0}^0(r)h_n^1(r)\omega_{n_0}^{m_0}Y_l^p(\theta,\varphi)\omega_n^m \right.
$$
$$
\left. +\rho_{lp}(r)t_{n_0}^0(r)t_n^1(r)\nabla_i\omega_{n_0}^{m_0}Y_l^p(\theta,\varphi)\nabla_i\omega_n^m\right]\mathrm{d}\tau
$$
$$
= \sum_{l=0}^{N_e} \sum_{p=-l}^{l} \iiint\limits_V \frac{1}{r^l}\left[\rho_{lp}(r)h_{n_0}^0(r)h_n^1(r)\omega_{n_0}^{m_0}\omega_l^p\omega_n^m\right.
$$
$$
\left. +\rho_{lp}(r)t_{n_0}^0(r)t_n^1(r)\omega_l^p\nabla_i\omega_{n_0}^{m_0}\nabla_i\omega_n^m\right]\mathrm{d}\tau \tag{5.1.65}
$$

再利用如下关系式 (Molodenskiy, 1980):

$$
\iiint f(r)\omega_n^m\omega_l^p\omega_{n_0}^{m_0}\mathrm{d}\tau = A_{lpnmn_0m_0}\int_0^1 r^{l+n+n_0+2}f(r)\mathrm{d}r \tag{5.1.66}
$$

$$
\iiint f(r)\omega_l^p(\nabla\omega_n^m,\nabla\omega_{n_0}^{m_0})\mathrm{d}\tau = \frac{1}{2}(l+n+n_0+1)(n+n_0-l)
$$
$$
\cdot A_{lpnmn_0m_0}\int_0^1 r^{l+n+n_0}f(r)\mathrm{d}r \tag{5.1.67}
$$

最后得到下列表达式:

$$
\iiint\limits_V \delta\rho(\boldsymbol{u}^0, \nabla\psi^j)\mathrm{d}\tau = \sum_{l=0}^{N_e}\sum_{p=-l}^{l} A_{lpnmn_0m_0}\int_0^1 r^{n+n_0+2}\rho_{lp}(r)h_{n_0}^0(r)h_n^1(r)\mathrm{d}r
$$
$$
+ \sum_{l=0}^{N_e}\sum_{p=-l}^{l} \frac{1}{2}(l+n+n_0+1)(n+n_0-l)
$$
$$
\cdot A_{lpnmn_0m_0}\int_0^1 r^{n+n_0}\rho_{lp}(r)t_{n_0}^0(r)t_n^1(r)\mathrm{d}r \tag{5.1.68}
$$

同样, 我们也可以把式 (5.1.41) 中的其他几项积分展开为球函数, 经过整理后, 我们得到下列最后公式:

$$
F_{nm}^j(\delta\rho) = -\sum_{l=0}^{N_e}\sum_{p=-l}^{l} A_{lpnmn_0m_0}\int_0^1 \rho(r)\left\{\gamma_{lp}^1(r)\left[x_{nn_0}^{(5)(j)}(r)\right.\right.
$$
$$
\left.+\frac{1}{2}(l+n+n_0+1)(n+n_0-l)x_{nn_0}^{(6)(j)}(r)\right]
$$
$$
+\gamma_{lp}^2(r)\left[x_{nn_0}^{(7)(j)}(r) - lx_{nn_0}^{(8)(j)}(r)\right.
$$
$$
+\frac{1}{2}(l+n+n_0+1)(n+n_0-l)x_{nn_0}^{(9)(j)}(r)
$$
$$
\left.\left.+(n+l-n_0)x_{nn_0}^{(10)(j)}(r)\right] + \gamma_{lp}^3(r)x_{nn_0}^{(11)(j)}(r)\right\}\mathrm{d}r \tag{5.1.69}
$$

在式 (5.1.69) 中, 其系数定义为

$$x_{nn_0}^{(5)(j)}(r) = r^{n+n_0+2}\left[h_{n_0}^0(r)h_n^1(r) + h_n^j(r)h_{n_0}^4(r) + gh_n^j(r)h_{n_0}^2(r)\right]$$
$$- gr^2 y_1^j(r)D_{n_0}(r) \tag{5.1.70}$$

$$x_{nn_0}^{(6)(j)}(r) = r^{n+n_0}[t_{n_0}^0(r)t_n^1(r) + t_n^j(r)t_{n_0}^4(r) + gt_n^j(r)t_{n_0}^2(r)] \tag{5.1.71}$$

$$x_{nn_0}^{(7)(j)}(r) = r^{n+n_0+2}gh_n^j(r)h_{n_0}^2(r) \quad gr^2 y_1^j(r)D_{n_0}(r) \tag{5.1.72}$$

$$x_{nn_0}^{(8)(j)}(r) = r^{n+1}g(r)h_n^j(r)y_1^0(r) \tag{5.1.73}$$

$$x_{nn_0}^{(9)(j)}(r) = r^{n+n_0}g(r)t_n^j t_{n_0}^2(r) \tag{5.1.74}$$

$$x_{nn_0}^{(10)(j)}(r) = r^n t_n^j y_1^0(r)g(r) \tag{5.1.75}$$

$$x_{nn_0}^{(11)(j)}(r) = r^{n+2}h_n^j(r)y_1^0(r)\dot{g}(r) \tag{5.1.76}$$

### 5.1.6 计算横向不均匀构造对重力影响的一般公式

有时, 用地震波速度模型表示三维地球模型比较方便. 需要把变量 $\lambda$ 和 $\mu$ 转换成 $V_P$、$V_S$ 和 $\rho$. 注意, $V_P$、$V_S$ 和 $\rho$ 是球对称地球模型的平均值, $\delta V_P$ 和 $\delta V_S$ 表示非球对称的小量; 另外, 令 $\alpha = \delta V_P/V_P$、$\beta = \delta V_S/V_S$ 和 $\gamma^1 = \delta\rho/\rho$, 那么, 可得 $\delta\lambda$ 和 $\delta\mu$ 的表达式为

$$\delta\lambda = 2(\lambda + 2\mu)\alpha - 4\mu\beta + \lambda\gamma^1 \tag{5.1.77}$$

$$\delta\mu = 2\mu\beta + \mu\gamma^1 \tag{5.1.78}$$

因为计算 $F_{nm}^j(\delta\lambda)$、$F_{nm}^j(\delta\mu)$ 和 $F_{nm}^j(\delta\rho)$ 的处理方法原则上是一致的, 简单起见, 下面仅讨论 $F_{nm}^j(\delta\lambda)$ 项的计算. 利用下面重力定义 (附录 C):

$$\Delta g(\theta,\varphi) = \sum_{n=0}^{\infty}\sum_{m=-n}^{n}\left[(n+1)y_5^*(1;n,m) - 2y_1^*(1;n,m)\right]Y_n^m(\theta,\varphi) \tag{5.1.79}$$

把式 (5.1.23) 代入式 (5.1.79), 得到横向不均匀地球模型 $\delta\lambda$ 分量产生的重力变化

$$\Delta g_\lambda(\theta,\varphi) = \sum_{n=0}^{\infty}\sum_{m=-n}^{n}\frac{1}{c(n,m)}\left[(n+1)F_{nm}^{j=3}(\delta\lambda) - 2F_{nm}^{j=1}(\delta\lambda)\right]Y_n^m(\theta,\varphi) \tag{5.1.80}$$

再把式 (5.1.41) 关于 $F_{nm}^j(\delta\lambda)$ 的表达式代入式 (5.1.80) 给出

$$\Delta g_\lambda(\theta,\varphi) = -\sum_{n=0}^{\infty}\sum_{m=-n}^{n}\sum_{l=0}^{N_e}\sum_{p=-l}^{l}\frac{A_{lpnmn_0m_0}}{c(n,m)}Y_n^m(\theta,\varphi)$$
$$\times \int_0^1 \lambda_{lp}(r)\left[(n+1)x_{nn_0}^{(1)(j=3)}(r) - 2x_{nn_0}^{(1)(j=1)}(r)\right]\mathrm{d}r$$
$$= \sum_{n=0}^{\infty}\sum_{m=-n}^{n}\sum_{l=0}^{N_e}\sum_{p=-l}^{l}\frac{E_{lpnmn_0m_0}}{c(n,m)}I(m_0,p,m)Y_n^m(\theta,\varphi)\int_0^1 \lambda_{lp}(r)y_n(r)\mathrm{d}r \tag{5.1.81}$$

式中,

$$E_{lpnmn_0m_0} = \int_{-\frac{\pi}{2}}^{\frac{\pi}{2}}P_l^p(\cos\theta)P_n^m(\cos\theta)P_{n_0}^{m_0}(\cos\theta)\mathrm{d}\theta \tag{5.1.82}$$

$$I(m_0, p, p \pm m_0) = \int_0^{2\pi} \left\{ \begin{array}{c} \cos m_0 \varphi \\ \sin m_0 \varphi \end{array} \right\} \left\{ \begin{array}{c} \cos p\varphi \\ \sin p\varphi \end{array} \right\} \left\{ \begin{array}{c} \cos(p \pm m_0)\varphi \\ \sin(p \pm m_0)\varphi \end{array} \right\} \mathrm{d}\varphi \tag{5.1.83}$$

$$y_n(r) = 2x_{nn_0}^{(1)(j=1)}(r) - (n+1)x_{nn_0}^{(1)(j=3)}(r) \tag{5.1.84}$$

Molodenskiy 和 Kramer (1980) 发现只有当 $p$ 等于 $m \pm m_0$ 时, $I(m_0, m, p) \neq 0$ 成立. 还有, 当引数 $l$、$n$ 和 $n_0$ 不满足三角不等式时, $E_{lpnmn_0m_0}$ 等于零 (Molodenskiy, 1980). 所以, 式 (5.1.81) 最后可以化为有限球谐函数的求和形式:

$$\Delta g_\lambda(\theta, \varphi) = \sum_{l=0}^{N_e} \sum_{p=-l}^{l} \sum_{n=|l-n_0|}^{l+n_0} \frac{E_{lpn_0m_0n(p\pm m_0)}}{c(n, p \pm m_0)} I(m_0, p, p \pm m_0) Y_n^{p\pm m_0}(\theta, \varphi)$$
$$\times \int_0^1 \lambda_{lp}(r) y_n(r) \mathrm{d}r \tag{5.1.85}$$

或者利用式 (5.1.77) 而使上式变为

$$\Delta g_\lambda(\theta, \varphi) = \sum_{l=0}^{N_e} \sum_{p=-l}^{l} \sum_{n=|l-n_0|}^{l+n_0} \frac{E_{lpn_0m_0n(p\pm m_0)}}{c(n, p \pm m_0)} I(m_0, p, p \pm m_0) Y_n^{p\pm m_0}(\theta, \varphi)$$
$$\times \int_0^1 y_n(r)[2(\lambda + 2\mu)\alpha_l^p(r) - 4\mu\beta_l^p(r) + \lambda\gamma_{lp}^1(r)] \mathrm{d}r \tag{5.1.86}$$

类似地, 可以得到关于 $\Delta g_\mu(\theta, \varphi)$ 和 $\Delta g_\rho(\theta, \varphi)$ 的表达式为

$$\Delta g_\mu(\theta, \varphi) = \sum_{l=0}^{N_e} \sum_{p=-l}^{l} \sum_{n=|l-n_0|}^{l+n_0} \frac{E_{lpn_0m_0n(p\pm m_0)}}{c(n, p \pm m_0)} I(m_0, p, p \pm m_0) Y_n^{p\pm m_0}(\theta, \varphi)$$
$$\times \int_b^1 z_n(r)[2\mu\beta_l^p(r) + \mu\gamma_{lp}^1(r)] \mathrm{d}r \tag{5.1.87}$$

$$\Delta g_\rho(\theta, \varphi) = \sum_{l=0}^{N_e} \sum_{p=-l}^{l} \sum_{n=|l-n_0|}^{l+n_0} \frac{E_{lpn_0m_0n(p\pm m_0)}}{c(n, p \pm m_0)} I(m_0, p, p \pm m_0) Y_n^{p\pm m_0}(\theta, \varphi)$$
$$\times \int_b^1 \rho(r) \left[ q_n^1(r)\gamma_{lp}^1(r) + q_n^2(r)\gamma_{lp}^2(r) + q_n^3(r)\gamma_{lp}^3(r) \right] \mathrm{d}r \tag{5.1.88}$$

式中, $c(n, m)$ 已经在上面定义, 并且下面的式子成立:

$$y_n(r) = 2x_{nn_0}^{(1)(j=1)}(r) - (n+1)x_{nn_0}^{(1)(j=3)}(r) \tag{5.1.89}$$

$$z_n(r) = r^{n+n_0} \left[ 2x_{nn_0}^{(2)(j=1)}(r) - (n+1)x_{nn_0}^{(2)(j=3)}(r) \right.$$
$$+ \frac{1}{2}(l+n+n_0+1)(n+n_0-l) \left( 2x_{nn_0}^{(3)(j=1)}(r) - (n+1)x_{nn_0}^{(3)(j=3)} \right)$$
$$+ \frac{1}{4}(l+n+n_0-1)(l+n+n_0+1)(n+n_0-l)(n+n_0-l-2)$$
$$\left. \times \left( 2x_{nn_0}^{(4)(j=1)}(r) - (n+1)x_{nn_0}^{(4)(j=3)}(r) \right) \right] \tag{5.1.90}$$

$$q_n^1(r) = 2x_{nn_0}^{(5)(j=1)}(r) - (n+1)x_{nn_0}^{(5)(j=3)}(r)$$

$$+ \frac{1}{2}(l + n + n_0 + 1)(n + n_0 - l)\left(2x_{nn_0}^{(6)(j=1)}(r) - (n+1)x_{nn_0}^{(6)(j=3)}(r)\right) \quad (5.1.91)$$

$$q_n^2(r) = 2x_{nn_0}^{(7)(j=1)}(r) - (n+1)x_{nn_0}^{(7)(j=3)}(r) - l\left(2x_{nn_0}^{(8)(j=1)}(r) - (n+1)x_{nn_0}^{(8)(j=3)}(r)\right)$$

$$+ \frac{1}{2}(l + n + n_0 + 1)(n + n_0 - l)\left(2x_{nn_0}^{(9)(j=1)}(r) - (n+1)x_{nn_0}^{(9)(j=3)}(r)\right)$$

$$+ \frac{1}{2}(l + n + n_0 + 1)(n + l - n_0)\left(2x_{nn_0}^{(10)(j=1)}(r) - (n+1)x_{nn_0}^{(10)(j=3)}(r)\right) \quad (5.1.92)$$

$$q_n^3(r) = 2x_{nn_0}^{(11)(j=1)}(r) - (n+1)x_{nn_0}^{(11)(j=3)}(r) \quad (5.1.93)$$

$$Y_n^{p \pm m_0}(\theta, \varphi) = P_n^{p \pm m_0}(\cos\theta)\begin{cases} \cos(p \pm m_0)\varphi \\ \sin(p \pm m_0)\varphi \end{cases} \quad (5.1.94)$$

最后, 将三个分别得到的关于 $\delta\lambda$、$\delta\mu$ 和 $\delta\rho$ 的结果加起来, 就可以得到由于地球横向不均匀构造对重力影响的完全表达式为

$$\Delta g(\theta, \varphi) = \Delta g_\lambda(\theta, \varphi) + \Delta g_\mu(\theta, \varphi) + \Delta g_\rho(\theta, \varphi) \quad (5.1.95)$$

## 5.2 地震位错产生的重力变化

本节根据 5.1 节里给出的基本变形理论具体推导出由六个独立震源产生的同震重力变化计算公式: 一个垂直断层走滑、两个 (断层面互相垂直) 垂直断层倾滑、一个水平断层垂直引张、两个垂直断层水平引张. 另外, 横向不均匀效应分为两部分: 震源处介质的不均匀构造和全球不均匀构造分布, 两部分效应可以分别讨论.

### 5.2.1 球对称地球模型的同震重力变化

同第 2 章中球坐标系下断层模型的定义一样 (见图 2.3.1), 在球坐标系 $(e_1, e_2, e_3)$ 中球心距 $r_s$ 处考虑一个点震源, 即无穷小断层面 $\mathrm{d}S$, 其单位法向矢量为 $n$, 滑动矢量为 $\nu$, 滑动角和断层倾角分别为 $\lambda_d$ 和 $\delta$. 对于一个层状构造地球模型来说, 位错产生的同震变形已经由第 2 章给出, 满足基本微分方程组 (2.1.33). 在地表处 $(r = 1)$ 满足自由边界条件 (Takeuchi and Saito, 1972; Okubo, 1993)

$$y_2(1; n_0, m_0) = y_4(1; n_0, m_0) = y_6(1; n_0, m_0) = 0 \quad (5.2.1)$$

并且在震源处 $(r = r_s)$ 满足如下条件:

$$y_i(r_s^+; n_0, m_0) - y_i(r_s^-; n_0, m_0) = s_i(r_s; n_0, m_0) \quad (5.2.2)$$

式中, $r_s^\pm = r_s \pm 0$, $s_i(r_s; n_0, m_0)$ 为源函数 (Saito, 1967; Takeuchi and Saito, 1972) (见式 (2.3.6)~(2.3.13)). 关于基本方程组的解法已经在前几章中充分讨论, 这里不再赘述.

然而, 为了计算三维不均匀地球模型的横向不均匀性效应, 利用上述关于 SNREI 地球模型的计算思路和方法, 因为它可以直接给出地球内部的变形结果, 并且作为下面计算的初值.

### 5.2.2 地球横向不均匀构造对同震重力变化的影响

根据 2.5.3 节的讨论, 球对称模型 (SNREI) 内 $n_0$ 阶同震重力变化可以表示为

$$\Delta g^0(\theta, \varphi) = [(n_0 + 1)y_5(r) - 2y_1(r)] Y_{n_0}^{m_0}(\theta, \varphi) \tag{5.2.3}$$

而横向不均匀构造地球模型的同震重力变化也可以写成相同的形式:

$$\Delta g(\theta, \varphi) = \sum_{n=0}^{\infty} \sum_{m=-n}^{n} [(n+1) y_5^*(1; n, m) - 2y_1^*(1; n, m)] Y_n^m(\theta, \varphi) \tag{5.2.4}$$

式中, $y_1^*$ 和 $y_5^*$ 已经在 5.1 节中定义.

横向不均匀效应可以分为两部分, 即震源处介质的不均匀构造产生的影响和全球不均匀构造分布的影响. 前者可以简单地由前几章中关于 SNREI 地球模型的计算方法得到, 只要在源函数中分别取两组弹性参数 $(\mu + \delta\mu, \lambda + \delta\lambda)$ 和 $(\mu, \lambda)$, 计算出同震重力变化后取其差即可; 而后者需要利用上述扰动理论来计算.

### 5.2.3 六组独立震源的同震重力变化

一般而言, 同震重力变化 $\Delta g$ 可以表示为九个独立解的线性组合 (Sun, 1992; Sun and Okubo, 1993):

$$\Delta g = \Delta g^{ij} v_i n_j dS, \quad i, j = 1, 2, 3 \tag{5.2.5}$$

由于源函数的对称性 (Takeuchi and Saito, 1972), 式 (5.2.5) 中 $\Delta g^{ij}$ 关于 $i$ 和 $j$ 也具有对称性, 即

$$\Delta g^{ij}(r, \theta, \varphi) = \Delta g^{ji}(r, \theta, \varphi) \tag{5.2.6}$$

因此, 独立解 $\Delta g^{ij}$ 的数量变为六个. 为了方便, 我们取如下六个解: 一个垂直断层走滑位错 $\Delta g^{12}$、两个 (断层面互相垂直) 垂直断层倾滑 $\Delta g^{31}$ 和 $\Delta g^{32}$、一个水平断层垂直引张 $\Delta g^{33}$、两个垂直断层水平引张 $\Delta g^{11}$ 和 $\Delta g^{22}$. 任意位错所产生的变形可以由这六个独立解的线性组合而得到. 球对称模型的情况, $\Delta g^{11}$ 和 $\Delta g^{31}$ 与 $\Delta g^{22}$ 和 $\Delta g^{32}$ 不再独立, 此时的独立解变为四个 (Sun, 1992; Sun and Okubo, 1993).

下面, 利用 5.1 节的理论来具体讨论横向不均匀构造的影响. 5.1 节讨论中, $n_0$ 和 $m_0$ 都是任意的. 实际上, 对于这六个独立解, $m_0$ 仅取 0、1 或者 2. 所以, 根据具体源函数和边界条件, 可以推导出计算六个独立解的具体公式.

#### 5.2.3.1 垂直断层走滑位错的解 $\Delta g^{12}$

由源函数定义可知, 当 $\boldsymbol{\nu} = \boldsymbol{e}_1$, $\boldsymbol{n} = -\boldsymbol{e}_2$, $m_0 = 2$, 此时的源函数为

$$s_j^{12}(n_0, m_0) = -\mathrm{i} \frac{(2n_0 + 1)\mu}{8\pi n_0(n_0 + 1)r_s^3} \delta_{j4}(\delta_{m_0 2} - \delta_{m_0, -2}) \tag{5.2.7}$$

此时, 根据 5.1 节的讨论, 相应的三维地球模型横向不均匀所产生的重力扰动可以表示为

$$\Delta g^{12}(\theta, \varphi) = 2 \sum_{n_0=2}^{N} \left[\Delta g_{n_0, \lambda}^{12}(\theta, \varphi) + \Delta g_{n_0, \mu}^{12}(\theta, \varphi) + \Delta g_{n_0, \rho}^{12}(\theta, \varphi)\right] \tag{5.2.8}$$

而其中各项的计算表达式为

$$\Delta g_{n_0,\lambda}^{12}(\theta,\varphi) = \sum_{l=0}^{N_e} \sum_{p=-l}^{l} \sum_{n=|l-n_0|}^{l+n_0} \frac{E_{lpn_0 2n(p\pm 2)}}{c(n,p\pm 2)} I(2,p,p\pm 2) Y_n^{p\pm 2}(\theta,\varphi)$$

$$\times \int_0^1 y_n(r)[2(\lambda+2\mu)\alpha_l^p(r) - 4\mu\beta_l^p(r) + \lambda\gamma_{lp}^1(r)]\mathrm{d}r \tag{5.2.9}$$

$$\Delta g_{n_0,\mu}^{12}(\theta,\varphi) = \sum_{l=0}^{N_e} \sum_{p=-l}^{l} \sum_{n=|l-n_0|}^{l+n_0} \frac{E_{lpn_0 2n(p\pm 2)}}{c(n,p\pm 2)} I(2,p,p\pm 2) Y_n^{p\pm 2}(\theta,\varphi)$$

$$\times \int_b^1 z_n(r)[2\mu\beta_l^p(r) + \mu\gamma_{lp}^1(r)]\mathrm{d}r \tag{5.2.10}$$

$$\Delta g_{n_0,\rho}^{12}(\theta,\varphi) = \sum_{l=0}^{N_e} \sum_{p=-l}^{l} \sum_{n=|l-n_0|}^{l+n_0} \frac{E_{lpn_0 2n(p\pm 2)}}{c(n,p\pm 2)} I(2,p,p\pm 2) Y_n^{p\pm 2}(\theta,\varphi)$$

$$\times \int_b^1 \rho(r) \left[ q_n^1(r)\gamma_{lp}^1(r) + q_n^2(r)\gamma_{lp}^2(r) + q_n^3(r)\gamma_{lp}^3(r) \right] \mathrm{d}r \tag{5.2.11}$$

计算式 (5.2.9)~ 式 (5.2.11) 中的变量已经在 5.1 节末尾定义. 此时, $I(2,p,p\pm 2)$ 的表达式变为

$$I(2,p,p\pm 2) = \int_0^{2\pi} \sin 2\varphi \left\{ \begin{array}{c} \cos p\varphi \\ \sin p\varphi \end{array} \right\} \left\{ \begin{array}{c} \cos(p\pm 2)\varphi \\ \sin(p\pm 2)\varphi \end{array} \right\} \mathrm{d}\varphi \tag{5.2.12}$$

因为球对称解仅与 $\sin 2\varphi$ 有关. 球对称解 $y_i^{12}$ 是扰动解 $\Delta g_{n_0,\lambda}^{12}(\theta,\varphi)$, $\Delta g_{n_0,\mu}^{12}(\theta,\varphi)$ 和 $\Delta g_{n_0,\rho}^{12}(\theta,\varphi)$ 的计算初值. $n_0$ 表示球对称解的阶数. 下标 $\lambda,\mu,\rho$ 分别代表横向不均匀介质参数和密度的相应贡献.

### 5.2.3.2　垂直断层倾滑位错的解 $\Delta g^{32}$

该位错的源函数是

$$s_j^{32}(n_0,m_0) = -\mathrm{i}\frac{2n_0+1}{8\pi n_0(n_0+1)r_s^2}\delta_{j3}\delta_{|m_0|1} \tag{5.2.13}$$

在这种情况下, $m_0 = 1$. 此时的球对称模型的重力变化为

$$\Delta g_0^{32}(r;\theta,\varphi) = 2\sum_{n_0=1}^{N} \left[ (n_0+1) y_5^{32}(r;n_0,1) - 2y_1^{32}(r;n_0,1) \right] P_{n_0}^1(\cos\theta)\sin\varphi \tag{5.2.14}$$

相应地, 扰动解 $\Delta g^{32}$ 变成

$$\Delta g^{32}(\theta,\varphi) = 2\sum_{n_0=1}^{N} \left[ \Delta g_{n_0,\lambda}^{32}(\theta,\varphi) + \Delta g_{n_0,\mu}^{32}(\theta,\varphi) + \Delta g_{n_0,\rho}^{32}(\theta,\varphi) \right] \tag{5.2.15}$$

同样, $\Delta g_{n_0,\lambda}^{32}(\theta,\varphi)$, $\Delta g_{n_0,\mu}^{32}(\theta,\varphi)$, $\Delta g_{n_0,\rho}^{32}(\theta,\varphi)$ 的定义在 5.1 节中给出, 只要取倾滑位错即可. 注意, $y_i^{32}$ 是计算初值.

### 5.2.3.3　垂直断层面水平引张位错的解 $\Delta g^{22}$

一个垂直断层面上的水平引张位错, 其源函数可以分为两部分: $m_0 = 0$ 和 $m_0 = \pm 2$. $m_0 = \pm 2$ 的源函数与 $\Delta g^{12}$ 基本相同, 只相差 $(-\mathrm{i})$, 因此, $\Delta y^{22,2}$ 的解可以由 $\Delta g^{12}$ 计算而得. 而 $m_0 = 0$ 的原函数为

$$
\begin{aligned}
s_j^{22}(n_0, 0) = {} & \frac{2n_0 + 1}{4\pi r_{\mathrm{s}}^2} \frac{\lambda}{\lambda + 2\mu} \delta_{j1} - \frac{2n_0 + 1}{2\pi r_{\mathrm{s}}^3} \frac{\mu(3\lambda + 2\mu)}{\lambda + 2\mu} \delta_{j2} \\
& + \frac{2n_0 + 1}{4\pi r_{\mathrm{s}}^3} \frac{\mu(3\lambda + 2\mu)}{\lambda + 2\mu} \delta_{j4}
\end{aligned} \tag{5.2.16}
$$

未扰动 (球对称) 解为

$$
\Delta g_0^{220}(r; \theta, \varphi) = \sum_{n_0 = 0}^{N} \left[ (n_0 + 1) y_5^{220}(r; n_0, 0) - 2y_1^{220}(r; n_0, 0) \right] P_{n_0}(\cos\theta) \tag{5.2.17}
$$

$$
\begin{aligned}
\Delta g_0^{222}(r; \theta, \varphi) = {} & 2 \sum_{n_0 = 2}^{N} \left[ (n_0 + 1) y_5^{222}(r; n_0, 2) - 2y_1^{222}(r; n_0, 2) \right] \\
& \cdot P_{n_0}^2(\cos\theta) \cos 2\varphi
\end{aligned} \tag{5.2.18}
$$

相应的扰动解分别为

$$
\Delta g^{220}(\theta, \varphi) = \sum_{n_0 = 0}^{N} \left[ \Delta g_{n_0, \lambda}^{220}(\theta, \varphi) + \Delta g_{n_0, \mu}^{220}(\theta, \varphi) + \Delta g_{n_0, \rho}^{220}(\theta, \varphi) \right] \tag{5.2.19}
$$

$$
\Delta g^{222}(\theta, \varphi) = \sum_{n_0 = 2}^{N} \left[ \Delta g_{n_0, \lambda}^{222}(\theta, \varphi) + \Delta g_{n_0, \mu}^{222}(\theta, \varphi) + \Delta g_{n_0, \rho}^{222}(\theta, \varphi) \right] \tag{5.2.20}
$$

为了计算式 (5.2.19) 和 (5.2.20) 中右边各项, 球对称解 $y_i^{220}$ 和 $y_i^{222}$ 应该事先计算出来作为计算初值. 由于球对称解仅对 $\cos m_0 \varphi$ $(m_0 = 0, 2)$ 存在, 下列计算式是必要的:

$$
\begin{aligned}
I(0, p, p) &= \int_0^{2\pi} \left\{ \begin{array}{c} \cos p\varphi \\ \sin p\varphi \end{array} \right\} \left\{ \begin{array}{c} \cos p\varphi \\ \sin p\varphi \end{array} \right\} \mathrm{d}\varphi \\
I(2, p, p \pm 2) &= \int_0^{2\pi} \cos 2\varphi \left\{ \begin{array}{c} \cos p\varphi \\ \sin p\varphi \end{array} \right\} \left\{ \begin{array}{c} \cos(p \pm 2)\varphi \\ \sin(p \pm 2)\varphi \end{array} \right\} \mathrm{d}\varphi
\end{aligned} \tag{5.2.21}
$$

### 5.2.3.4　水平断层面垂直引张位错的解 $\Delta g^{33}$

水平断层面上垂直引张位错的原函数可以表示为 $(m_0 = 0)$

$$
s_j^{33}(n_0, m_0) = \frac{2n_0 + 1}{4\pi r_{\mathrm{s}}^2} \delta_{j1} \delta_{m_0 0} \tag{5.2.22}
$$

于是, 球对称解为

$$
\Delta g_0^{33}(r; \theta, \varphi) = \sum_{n_0 = 0}^{N} \left[ (n_0 + 1) y_5^{33}(r; n_0, 0) - 2y_1^{33}(r; n_0, 0) \right] P_{n_0}(\cos\theta) \tag{5.2.23}
$$

相应地, 横向不均匀构造对应的扰动解变成

$$\Delta g^{33}(\theta,\varphi) = \sum_{n_0=0}^{N} \left[ \Delta g_{n_0,\lambda}^{33}(\theta,\varphi) + \Delta g_{n_0,\mu}^{33}(\theta,\varphi) + \Delta g_{n_0,\rho}^{33}(\theta,\varphi) \right] \tag{5.2.24}$$

类似地, $y_i^{33}$ 是计算 $\Delta g_{n_0,\lambda}^{33}(\theta,\varphi)$, $\Delta g_{n_0,\mu}^{33}(\theta,\varphi)$, $\Delta g_{n_0,\rho}^{33}(\theta,\varphi)$ 的初值. $I(m_0, p, p \pm m_0)$ 由 (5.2.21) 的第一个式子给出.

### 5.2.3.5 另外两个独立解 $\Delta g^{31}$ 和 $\Delta g^{11}$

这两个独立震源的解 $(\Delta g^{31}, \Delta g^{11})$ 稍有点特殊, 因为它们可以用类似其他震源的方法来处理. 由于源函数的对称性, 球对称解 $\Delta g^{31}$ 可以由 $\Delta g^{32}$ 旋转 $\frac{\pi}{2}$ 而得到. 所以, 是要把坐标系旋转 90°, 用类似于计算 $\Delta g^{32}$ 的方法, 就可以计算出 $\Delta g^{31}$; 类似地, 用计算 $\Delta g^{22}$ 的方法, 将坐标旋转 90°, 就可以计算出 $\Delta g^{11}$. 值得注意的是, 球对称解是把计算结果旋转 90°; 而扰动解是先将坐标系旋转 90°, 并重复计算过程.

本节中讨论了六种独立解的计算方法和相应的计算公式. 一旦得到这些独立解, 按照 2.7 节和 2.8 节的方法, 就可以通过六个独立解的线性组合, 来计算任意断层在地球表面任意点所产生的扰动同震变形, 这里不再赘述.

## 5.3 位错产生的重力变化 —— 数值结果

### 5.3.1 三维不均匀地球模型

为了进行三维不均匀地球模型的数值计算, 需要有合适的模型参数. 目前我们只有 SNREI 地球模型, 如 PREM 模型, 并没有较好的三维构造模型. 为此, 我们可以利用地震波层析成像结果来构造地球模型的介质参数. Zhao (2001) 给出了全球三维 P 波数值模型, 该模型利用地震波层析成像方法, 反演了全地幔的 P 波构造结果, 空间分辨率为横向 5°、径向 15~300km. 由于地震波数据空间分布的原因, 大陆下的上地幔分辨率比较好, 但是海洋下的上地幔分辨率较差; 下地幔总体上空间分辨率较好, 但是南半球部分不是太好. 该模型 P 波横向不均匀性相对于 PREM 模型一般在 1%以内. 我们在计算时采用 PREM 模型作为基本 SNREI 模型, 该模型是由大约 1000 个简正模周期、大约 500 走时观测数据、约 100 个简正模 $Q$ 值等资料反演而得到. 所以, 它比其他的地球模型精度高.

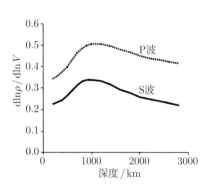

图 5.3.1　地幔内密度和地震波的比值关系 (Karato, 1993). 一旦 $\rho$、$V_S$ 和 $V_P$ 中的一个参数给定, 其他两个参数便可以确定

尽管也有一些 S 波构造和密度构造模型, 但是它们的分辨率和精度较 P 波模型差. 所以我们利用 $\rho$、$V_S$ 和 $V_P$ 的试验关系式来构造介质参数 (Karato, 1993). Karato (1993) 给出了地幔内部各参数的比值关系 $\ln\rho/\ln V_S$ 和 $\ln\rho/\ln V_P$, 如图 5.3.1 所示.

一旦 $\rho$、$V_S$ 和 $V_P$ 中的一个参数给定, 其他两个参数便可以确定. 因此, 利用这个关系式和 P 波模型 (Zhao, 2001), 便可以导出地幔内三维 S 波和密度构造模型. 利用这个方法得到的 S 波模型相对于 PREM 模型变化大约 ±2%; 而密度模型相对于 PREM 模型变化约 0.5%.

除了上述 $\rho$、$V_S$ 和 $V_P$ 模型之外, 三维重力扰动模型以及重力扰动导数模型在计算密度效应时也是必要的. 实际上, 重力参数并不是独立的, 它可以由三维密度模型积分而得到.

作为计算实例, 下面考虑震源位于日本南部的海洋地区 (30°N, 135°E)(图 5.3.2), 那里靠近太平洋俯冲带而横向不均匀性比较大, 便于研究横向不均匀构造的影响. 对于地球内任意位置的震源的计算方法都是类似的. 根据上述理论, 计算六种独立震源产生的重力变化. 在下面的计算中分别考虑三个震源深度, 即 637km、300km 和 100km, 以便观察其横向不均匀构造的同震重力响应随深度的变化.

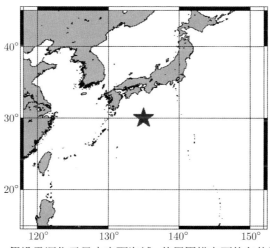

图 5.3.2 假设震源位于日本南面海域, 其周围横向不均匀构造比较大

## 5.3.2 三维构造对同震重力变化的扰动

为了便于比较, 首先利用第 2 章关于球对称地球模型的位错理论计算出球对称地球模型对应的同震重力变化, 其结果在图 5.3.3 中给出. 图中六个解只有四个解是独立的, 给出六个解是为了和后面的六个独立扰动解作比较, 震源位置为 30°N, 135°E, 深度 637km. 因为我们的目的是研究横向不均匀构造相对于球对称地球模型的扰动效应, 图中颜色标尺数值表示在 $g_0 U dS/a^3 = 1$ 条件下的量纲为一的重力变化. 当然, 在实际物理问题的计算中, 其计算结果应该乘上该因子 $g_0 U dS/a^3$, 其中, $a = 6371$km, $g_0 = 9.8$m/s$^2$. 当 $M_0 = 3.22 \times 10^{22}$N·m 时, 图中结果的单位便是微伽 (µGal). 这些球对称解的基本特性已经在第 3 章中给予了详细讨论, 这里不再赘述.

接下来我们计算在三维地球模型下的这些震源所产生的扰动同震重力变化, 即地球横向不均匀构造的同震重力响应, 结果绘于图 5.3.4. 震源位置同上 (即 30°N, 135°E, 深度 637km). 图中六个解都是独立的. 相应的全球重力变化结果在图 5.3.5 中给出. 扰动

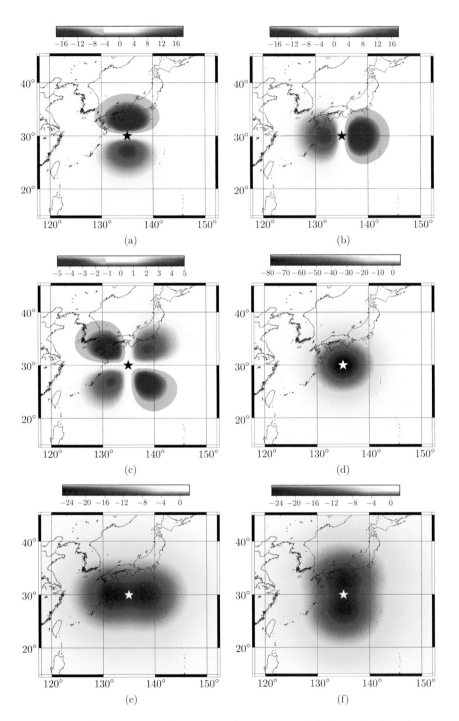

图 5.3.3　球对称地球模型位错理论计算出的球对称解 (同震重力变化). 震源位置为 $30°$N, $135°$E, 深度 637km. 图中六个解只有四个解是独立的, 给出六个解是为了和后面的六个独立扰动解作比较. (a) 垂直断层倾滑位错 $\Delta g^{31}$; (b) 垂直断层倾滑位错 $\Delta g^{32}$; (c) 垂直断层走滑位错 $\Delta g^{12}$; (d) 水平断层上下引张位错 $\Delta g^{33}$; (e) 垂直断层水平引张位错 $\Delta g^{11}$; (f) 垂直断层水平引张位错 $\Delta g^{22}$. 图中颜色标尺数值表示在 $g_0 U \mathrm{d}S/a^3 = 1$ 条件下的量纲为一的重力变化

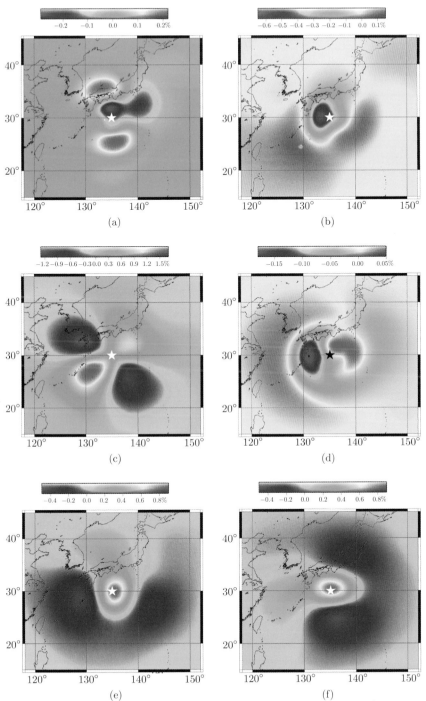

图 5.3.4 三维地球模型的扰动同震重力变化结果. 震源位置为 30°N, 135°E, 深度 637km. 图中六个解都是独立的. (a) 垂直断层倾滑位错 $\Delta g^{31}$; (b) 垂直断层倾滑位错 $\Delta g^{32}$; (c) 垂直断层走滑位错 $\Delta g^{12}$; (d) 水平断层上下引张位错 $\Delta g^{33}$; (e) 垂直断层水平引张位错 $\Delta g^{11}$; (f) 垂直断层水平引张位错 $\Delta g^{22}$. 注意: 图中的结果是量纲为一的, 是相对于最大球对称解的比值 (%)

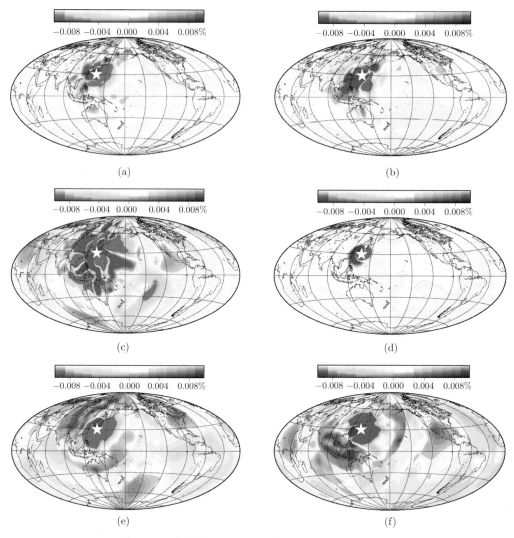

图 5.3.5　全球扰动同震重力变化结果, 其他同图 5.3.4

解是相对于最大球对称解的比值 (百分比). 例如, 垂直断层走滑位错的球对称解的最大值是 5, 那么, 相应的扰动解便是相对于 5 的变化百分比. 图 5.3.4 中的坐标区域为纬度 $15° \sim 45°$, 经度 $118° \sim 152°$. 由于横向不均匀构造的影响, 扰动解的分布是不规则的. 所以, 扰动解无法像球对称解那样用格林函数来表示, 必须针对具体地震事件进行具体计算.

　　比较图 5.3.4 和图 5.3.3 的结果可见, 垂直断层倾滑位错的扰动解为 0.4%~0.5%; 垂直断层引张位错的结果为 1.0%~1.3%; 而水平断层上下引张位错的结果大约为 0.2%; 垂直断层走滑位错的结果约为 1.3%. 大体上这些扰动解大约在同一个量级上.

### 5.3.3　横向不均匀介质参数 $\delta\lambda$、$\delta\mu$ 和 $\delta\rho$ 对同震重力变化的响应

　　下面分别讨论三个介质参数 $\delta\lambda$、$\delta\mu$ 和 $\delta\rho$ 对同震重力变化的贡献. 三个参数的影响

的计算和上面的计算方法完全相同, 其结果分别在图 5.3.6∼ 图 5.3.8 中给出. 结果比较可知, 参数 $\delta\mu$ 的影响似乎大于其他两个参数 $\delta\lambda$ 和 $\delta\rho$ 的影响, 约大一个量级.

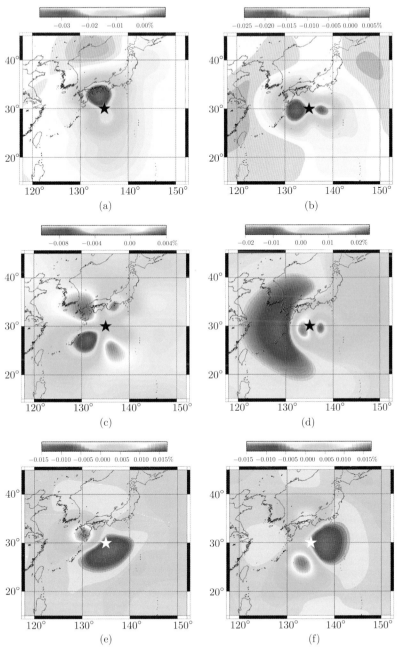

图 5.3.6　地球模型参数 $\delta\lambda$ 所产生的扰动同震重力变化结果. 震源位置为 30°N, 135°E, 深度 637km. 图中六个解都是独立的. (a) 垂直断层倾滑位错 $\Delta g^{31}$; (b) 垂直断层倾滑位错 $\Delta g^{32}$; (c) 垂直断层走滑位错 $\Delta g^{12}$; (d) 水平断层上下引张位错 $\Delta g^{33}$; (e) 垂直断层水平引张位错 $\Delta g^{11}$; (f) 垂直断层水平引张位错 $\Delta g^{22}$. 图中的结果是量纲为一的, 是相对于最大球对称解的比值 (%)

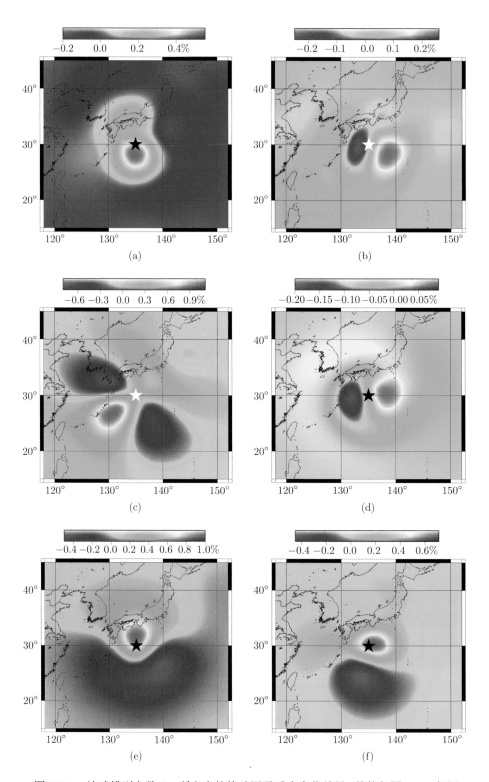

图 5.3.7　地球模型参数 $\delta\mu$ 所产生的扰动同震重力变化结果. 其他与图 5.3.6 相同

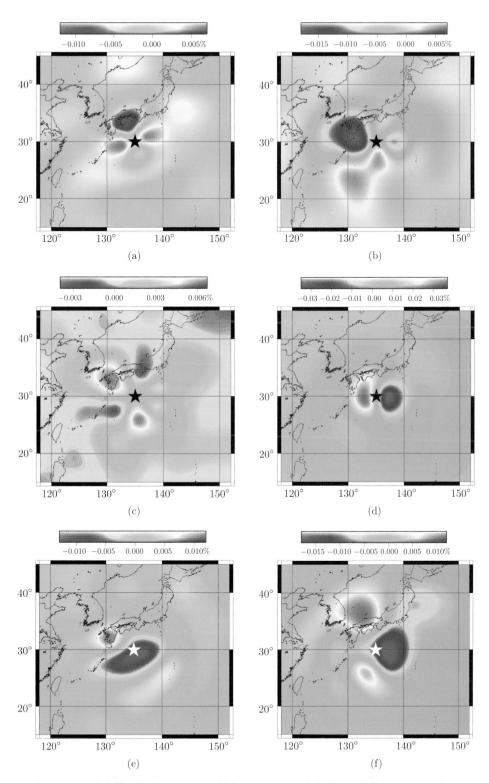

图 5.3.8　地球模型参数 $\delta\rho$ 所产生的扰动同震重力变化结果. 其他与图 5.3.6 相同

### 5.3.4 震源处三维介质参数对同震重力变化的扰动

上面已经指出, 扰动重力变化可以分为两部分: 地球介质分布和震源处参数介质的变化. 前者通过对平衡方程的变分求解 (如 5.3.3 小节所示); 而后者可以直接通过改变震源参数解算球对称方程即可, 称为震源效应. 实际上, 我们可以在震源函数中考虑两组地球模型介质参数: 一是球对称模型的介质参数, 二是三维地球模型介质参数. 把两组介质参数分别代入源函数, 并利用第 2 章的球对称位错理论分别计算其扰动重力变化, 然后取其差, 便得震源效应. 或者更简单地直接取三维地球模型与球对称模型的介质参数的差值直接计算即可.

作为例子, 下面是垂直断层走滑位错的源函数:

$$s_j^{12}(n,m) = -\mathrm{i}\frac{(2n+1)\mu}{8\pi n(n+1)r_\mathrm{s}^3}\delta_{j4}(\delta_{m2}-\delta_{m,-2}) \tag{5.3.1}$$

注意, 式中包含弹性介质参数 $\mu$, 三维地球模型会改变参数 $\mu$, 因而源函数也会改变, 从而产生震源效应. 值得注意的是, 不是所有的源函数分量都含有弹性介质参数. 例如, 垂直断层倾滑位错的源函数中就与介质参数无关:

$$s_j^{32}(n,m) = -\mathrm{i}\frac{2n+1}{8\pi n(n+1)r_\mathrm{s}^2}\delta_{j3}\delta_{|m|1} \tag{5.3.2}$$

它意味着三维地球模型不改变源函数, 因而也就不存在震源效应. 总之, 三个震源函数分量存在震源效应, 而另外三个震源则不存在. 震源效应的有无情况列在表 5.3.1 中. 进一步, 介质效应与震源效应总结在表 5.3.2 中. 三个具有震源效应的重力变化分量 $\Delta g^{11}$、$\Delta g^{22}$ 和 $\Delta g^{12}$ 同时也绘于图 5.3.9 中, 为了比较, 三种解的介质效应也同时给出. 图 5.3.9 表明, 介质效应和震源效应几乎在一个量级上.

#### 表 5.3.1　震源效应一览表

| $\Delta g^{12}$ | $\Delta g^{22}$ | $\Delta g^{11}$ | $\Delta g^{32}$ | $\Delta g^{31}$ | $\Delta g^{33}$ |
|---|---|---|---|---|---|
| Yes | Yes | Yes | No | No | No |

注: "Yes" 表示存在震源效应; "No" 表示不存在.

#### 表 5.3.2　地球介质横向不均匀效应和震源效应的总结表(震源: $30°$ N, $135°$ E, $637\mathrm{km}$ 深)

| | $g^{31}$ | $g^{32}$ | $g^{12}$ | $g^{33}$ | $g^{11}$ | $g^{22}$ |
|---|---|---|---|---|---|---|
| 震源效应 | 0 | 0 | 0.5% | 0 | 0.4% | 0.4% |
| 介质效应 | 0.4% | 0.4% | 0.9% | 0.2% | 1.0% | 0.6% |
| 总效应 | 0.4% | 0.4% | 1.3% | 0.2% | 1.3% | 1.0% |

注: 总效应并不是两个效应的简单加和, 因为两个效应不一定在一个地方达到最大.

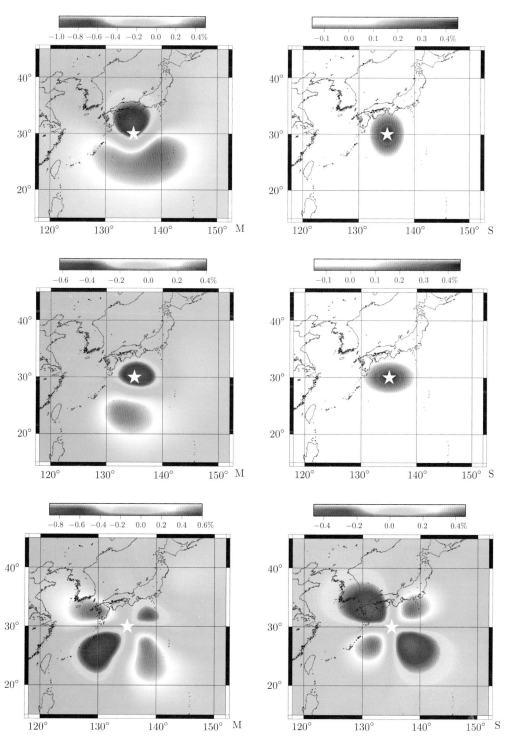

图 5.3.9 地球模型介质效应与震源效应的比较 (扰动同震重力变化).
震源深度 637km. 从上至下: 水平引张分量 $\Delta g^{11}$、水平引张分量 $\Delta g^{22}$
和垂直断层走滑分量 $\Delta g^{12}$; S 为震源效应; M 为介质效应

## 5.4　地球模型的影响

上述计算与讨论是基于 $5° \times 5°$ 的三维地球模型, 对应于最大球函数阶数为 36 阶. 相应的结论也都是在这个地球模型基础上得到的. 那么对于更细致的地球模型, 扰动解的大小仍然是一个未知问题. 为了定性的回答这个问题, 基于目前仅有的地球模型进行一些数值模拟. 首先把上述三维 P 波速度模型在 190km 深处分别展开为 6 阶和 30 阶, 然后将其结果分别绘于图 5.4.1(a) 和 (b) 中. 比较这两个不同波速构造可知, 30 阶模型比 6 阶模型更细致, 能反映更多详细构造, 同时, 其扰动振幅也更大, 大一倍以上. 可以推测, 一个比 36 阶更细致的三维地球模型, 其横向扰动将会更大, 相应的横向不均匀效应也会更大.

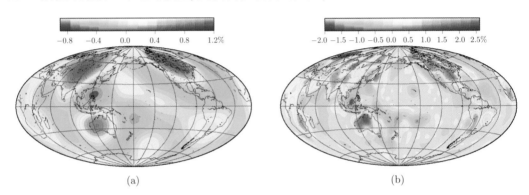

(a)　　　　　　　　　　　　　　　　(b)

图 5.4.1　地球内部 190km 深处 P 波速度构造, 分别求和至 6 阶 (a) 和 30 阶 (b)

为了证明上述结论, 下面把已有的 36 阶模型分别分为 6 阶、12 阶、18 阶、24 阶、30阶和 36 阶. 然后利用这些模型分别计算它们的横向不均匀效应, 并作比较, 观察地球模型的影响. 计算中, 我们考虑三种位错震源产生的同震重力变化: 垂直断层走滑位错、垂直断层倾滑位错和水平断层上下引张位错. 图 5.4.2 给出这些不同地球模型阶数对同震重力变化的影响. 结果表明, 无论多少阶的模型, 它们的解均随着球函数阶数的增加而收敛, 并且三维模型效应随地球模型的阶数增加而增加. 这个事实意味着, 目前由 36 阶地球模型而得到的结论不是最终结论, 它将随着地球模型的更加精细而变大. 所以, 我们期望在未来的研究中会有更精密的三维地球构造模型.

图 5.4.2 还表明, 当球函数阶数大于 20 阶以后最大三维效应增加不明显, 例如, 30 阶和 36 阶模型的结果之间差别不大. 这个现象可能来自于原始三维 P 波速度模型 (Zhao, 2001) 的性质. 由于该波速模型是一个 $5° \times 5°$ 的模型, 而在 $5°$ 的截断会产生相应的截断误差, 因而在靠近 36 阶的模型都会受到截断误差的影响. 当考虑更详细三维构造模型时, 目前 20 阶至 36 阶之间的较小差异可能会变大, 这有待实际验证.

## 5.5　地震震源深度的影响

为了考察震源深度对同震重力变化的影响, 本节中进一步考虑两个不同的震源深度, 300km和100km. 同样我们分别计算这两个深度六个独立震源所产生的同震重力变化.

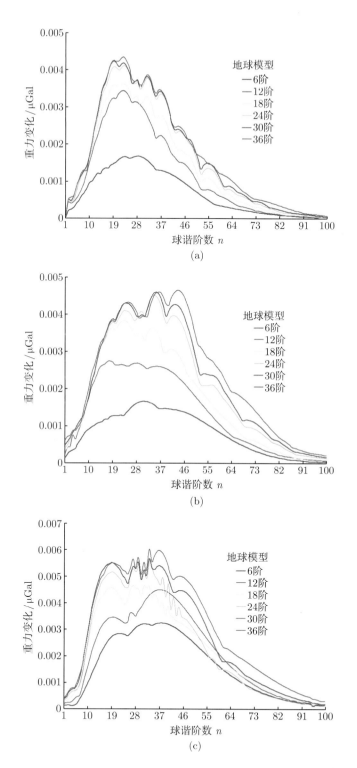

图 5.4.2 不同地球模型阶数对同震重力变化的影响. (a) 垂直断层走滑位错; (b) 垂直断层倾滑位错; (c) 水平断层上下引张位错. 横轴表示球谐函数阶数; 纵轴给出最大重力变化. 三维地球模型分别为 6 阶、12 阶、18 阶、24 阶、30 阶和 36 阶 (用不同颜色区分)

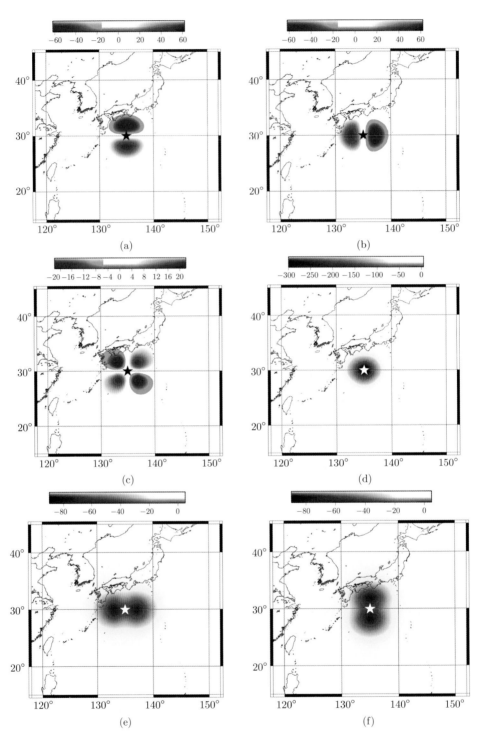

图 5.5.1　球对称地球模型内震源深度 300km 的六个独立震源所产的同震重力变化球对称解 (30°N, 135°E). 图中六个解只有四个解是独立的, 给出六个解是为了和后面的六个独立扰动解作比较. (a) 垂直断层倾滑位错 $\Delta g^{31}$; (b) 垂直断层倾滑位错 $\Delta g^{32}$; (c) 垂直断层走滑位错 $\Delta g^{12}$; (d) 水平断层上下引张位错 $\Delta g^{33}$; (e) 垂直断层水平引张位错 $\Delta g^{11}$; (f) 垂直断层水平引张位错 $\Delta g^{22}$

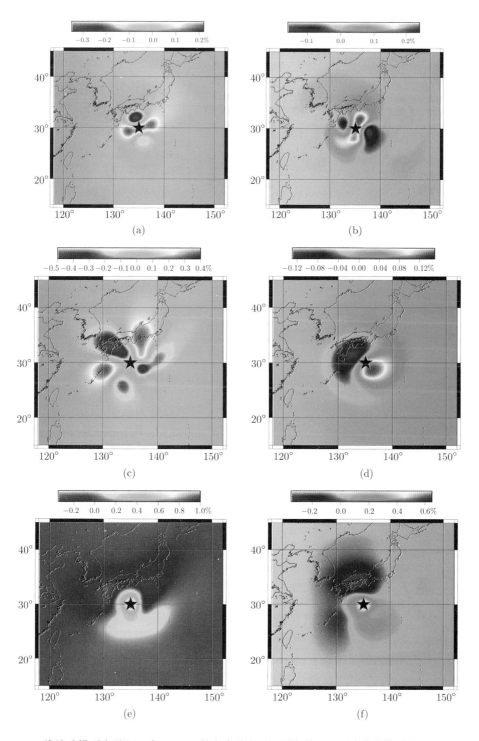

图 5.5.2　三维地球模型内震源深度 300km 的六个独立震源所产的同震重力变化扰动解 (30°N, 135°E), 即地球横向不均匀构造的响应. (a) 垂直断层倾滑位错 $\Delta g^{31}$; (b) 垂直断层倾滑位错 $\Delta g^{32}$; (c) 垂直断层走滑位错 $\Delta g^{12}$; (d) 水平断层上下引张位错 $\Delta g^{33}$; (e) 垂直断层水平引张位错 $\Delta g^{11}$; (f) 垂直断层水平引张位错 $\Delta g^{22}$

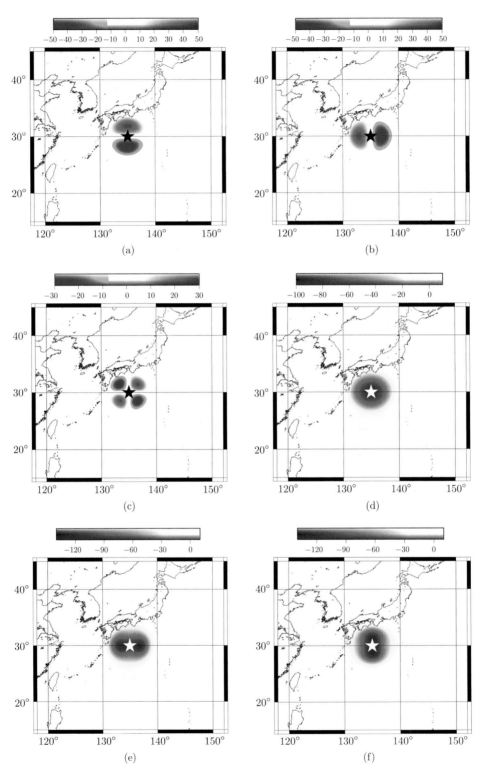

图 5.5.3　球对称地球模型内震源深度 100km 的六个独立震源所产的同震重力变化球对称解
(30°N, 135°E). 其他与图 5.5.1 相同

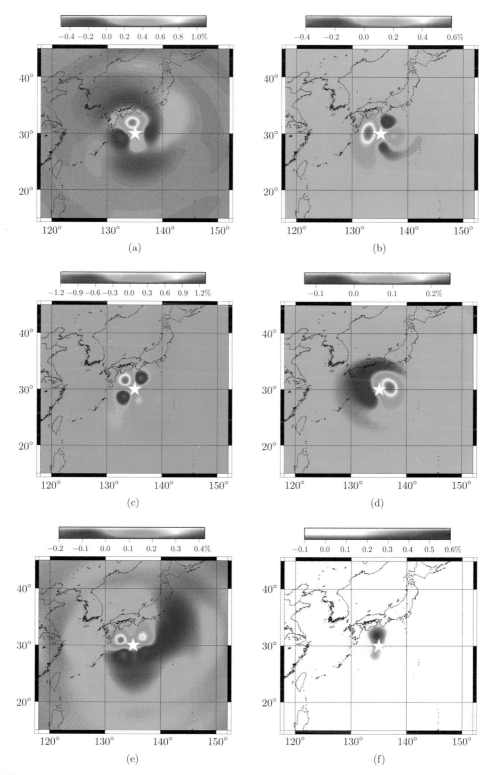

图 5.5.4 三维不均匀地球模型内震源深度 100km 的六个独立震源所产的同震重力变化扰动解
(30°N, 135°E). 其他与图 5.5.2 相同

为了便于比较, 分别计算球对称解和扰动解. 震源深度300km的解分别绘于图 5.5.1 和图 5.5.2 中. 震源位置为 30°N, 135°E. 图中六个解只有四个解是独立的, 给出六个解是为了和后面的六个独立扰动解作比较. 把300km深的结果与上述637km深的结果相比较可知, 重力变化的球对称解在震中附近出现最大值, 而全球变化较小; 垂直倾滑断层产生 0.2%∼0.3%的扰动重力变化; 垂直断层水平引张断层产生 0.7%∼1.0%的扰动重力变化. 大体上, 300km 深的扰动解似乎比 637km 深的扰动解小一些.

同样, 球对称地球模型和三维不均匀地球模型内震源深度为100km的六个独立震源所产的同震重力变化 (30°N, 135°E) 的球对称解和扰动解分别绘于图 5.5.3 和图 5.5.4 中. 震源类型和各子图的意义与图 5.5.1 和图 5.5.2 相同. 结果表明, 垂直倾滑断层产生 0.6%∼1.1%的扰动重力变化; 垂直断层水平引张断层产生 0.4%∼0.6%的扰动重力变化; 垂直走滑断层则产生 1.3%的扰动重力变化. 总体上, 100km深的扰动解和637km深的扰动解似乎在一个量级上.

# 附录 A    实域和复域球函数的关系式

球函数在实域里可以表示为

$$Y_n(\theta, \varphi) = \sum_{m=0}^{n} \left[ A_n^m \cos m\varphi + B_n^m \sin m\varphi \right] P_n^m(\cos \theta) \tag{5.A.1}$$

或者

$$Y_n(\theta, \varphi) = \sum_{m=-n}^{n} A_n^m S_n^m(\theta, \varphi) \tag{5.A.2}$$

式中, $A_n^m$ 和 $B_n^m$ 是实系数, 并且

$$S_n^m(\theta, \varphi) = \begin{cases} P_n^{|m|}(\cos \theta) \cos |m| \varphi, & m \geqslant 0 \\ P_n^{|m|}(\cos \theta) \sin |m| \varphi, & m < 0 \end{cases} \tag{5.A.3}$$

式中, $m < 0$, 式 (5.A.2) 中的 $A_n^m$ 等于式 (5.A.1) 中的 $B_n^{|m|}$.

复域球函数则定义为

$$Y_n^m(\theta, \varphi) = P_n^m(\cos \theta) \mathrm{e}^{\mathrm{i}m\varphi} \tag{5.A.4}$$

式中,

$$\mathrm{e}^{\mathrm{i}m\varphi} = \cos m\varphi + \mathrm{i} \sin \varphi \tag{5.A.5}$$

它也可以写成

$$Y_n(\theta, \varphi) = \sum_{m=-n}^{n} C_n^m Y_n^m(\theta, \varphi) \tag{5.A.6}$$

式中, $C_n^m$ 是复系数.

根据郭俊义 (2001) 研究, 式 (5.A.1) 和式 (5.A.6) 中的两组系数有如下关系:

$$\begin{cases} A_n = R(C_n), & m = 0 \\ A_n^m = 2R(C_n^m), & m \geqslant 1 \\ B_n^m = -2I(C_n^m), & m \geqslant 1 \end{cases} \tag{5.A.7}$$

式中, $R(C_n^m)$ 和 $I(C_n^m)$ 分别表示取 $C_n^m$ 的实部和虚部. 当球函数次数为负号时, 系数关系式则变为

$$\begin{cases} -I(C_n) = 0 \\ I(C_n^m) + (-1)^m \dfrac{(n-m)!}{(n+m)!} I(C_n^{-m}) = 0 \\ R(C_n^m) - (-1)^m \dfrac{(n-m)!}{(n+m)!} R(C_n^{-m}) = 0 \end{cases} \tag{5.A.8}$$

## 附录 B  球函数正规化

在实际数值计算中使用了正规化球函数, 以免数值溢出. 正规化球函数 $\overline{Y_n^m}(\theta, \phi)$ 与非正规化球函数 $Y_n^m(\theta, \varphi)$ 之间的关系式为

$$Y_n^m(\theta, \varphi) = d(n, m) \overline{Y_n^m}(\theta, \varphi) \tag{5.B.1}$$

式中,

$$d(n, m) = \begin{cases} \dfrac{1}{\sqrt{2n+1}}, & m = 0 \\ \sqrt{\dfrac{1}{2(2n+1)} \dfrac{(n+m)!}{(n-m)!}}, & m \neq 0 \end{cases} \tag{5.B.2}$$

此处给出的正规化因子 $d(n, m)$ 与 Jones (1985)、Wu 和 Wahr (1997) 的定义一致, 其正规化因子 $d(n, m)$ 与式 (5.1.24) 定义的正规化因子 $c(n, m)$ 稍有不同, 它们满足如下关系: $c(n, m) = 4\pi \times (d(n, m))^2$. 为了直接利用 Jones (1985)、Wu 和 Wahr (1997) 定义中的 Wigner 3-j 符号进行计算, 必须把我们的计算公式进行相应的转化. 作为例子, 关于 $\delta g_\lambda(\theta, \phi)$ 的计算公式则变为

$$\begin{aligned} \delta g_\lambda(\theta, \varphi) &= \sum_{l=0}^{N_e} \sum_{p=-l}^{l} \sum_{n=|l-n_0|}^{l+n_0} \frac{E_{lpn_0 m_0 n(p \pm m_0)}}{c(n, \pm m_0)} I(m_0, p, p \pm m_0) Y_n^{p \pm m_0}(\theta, \varphi) \\ &\quad \times \int_0^1 y_n(r) [2(\lambda + 2\mu) \alpha_l^p(r) - 4\mu \beta_l^p(r) + \lambda \gamma_{lp}^1(r)] \mathrm{d}r \\ &= \sum_{l=0}^{N_e} \sum_{p=-l}^{l} \sum_{n=|l-n_0|}^{l+n_0} \frac{\bar{E}_{lpn_0 m_0 n(p \pm m_0)} d(l, p) d(n_0, m_0) d(n, -p-m_0)}{c(n, p \pm m_0)} \\ &\quad \times \overline{Y_n^{p \pm m_0}}(\theta, \varphi) \frac{d(n, -p-m_0)}{d(l, p)} I(m_0, p, p \pm m_0) \end{aligned}$$

$$\times \int_0^1 y_n(r)[2(\lambda+2\mu)\,\overline{\alpha_l^p}(r) - 4\mu\,\overline{\beta}_l^p(r) + \lambda\,\overline{\gamma}_{lp}^1(r)]\mathrm{d}r \qquad (5.\mathrm{B}.3)$$

注意关系式 $\alpha_l^p(r) = \overline{\alpha_l^p}(r)/d(l.p)$，则上式变为

$$\delta g_\lambda(\theta,\varphi) = \frac{d(n_0,m_0)}{4\pi}\sum_{l=0}^{N_e}\sum_{p=-l}^{l}\sum_{n=|l-n_0|}^{l+n_0}\bar{E}_{lpn_0m_0n(p\pm m_0)}$$

$$\times I(m_0,p,p\pm m_0)\overline{Y_n^{p+m_0}}(\theta,\varphi)$$

$$\times \int_0^1 y_n(r)[2(\lambda+2\mu)\bar{\alpha}_l^p(r) - 4\mu\bar{\beta}_l^p(r) + \lambda\bar{\gamma}_{lp}^1(r)]\mathrm{d}r \qquad (5.\mathrm{B}.4)$$

关于 $\delta g_\mu(\theta,\varphi)$ 和 $\delta g_\rho(\theta,\varphi)$ 的计算也有类似的变换，在此省略.

# 附录 C  关于 $A_{lpmnn_0m_0}$ 的计算

实际数值计算中，需要大量的关于 $A_{lpmnn_0m_0}$ 的计算，它是三个球函数乘积在球面上的积分，可以表示为

$$A_{lpmnn_0m_0} = \iint_S Y_l^p(\theta,\varphi)Y_n^m(\theta,\varphi)Y_{n_0}^{m_0}(\theta,\varphi)\mathrm{d}S = E_{lpmnn_0m_0}I(p,m,m_0) \qquad (5.\mathrm{C}.1)$$

式中，

$$E_{lpmnn_0m_0} = \int_{-\frac{\pi}{2}}^{\frac{\pi}{2}} P_l^p(\cos\theta)p_n^m(\cos\theta)p_{n_0}^{m_0}(\cos\theta)\mathrm{d}\theta \qquad (5.\mathrm{C}.2)$$

$$I(m_0,m,p) = \int_0^{2\pi}\left\{\begin{array}{c}\cos m_0\varphi \\ \sin m_0\varphi\end{array}\right\}\left\{\begin{array}{c}\cos m\varphi \\ \sin m\varphi\end{array}\right\}\left\{\begin{array}{c}\cos p\varphi \\ \sin p\varphi\end{array}\right\}\mathrm{d}\varphi \qquad (5.\mathrm{C}.3)$$

对于 $I(m_0,m,p)$ 的计算存在下列基本关系式：

$$\int_0^{2\pi}\sin m_1\varphi\cos m_2\varphi\cos m_3\varphi\mathrm{d}\varphi = 0 \qquad (5.\mathrm{C}.4)$$

$$\int_0^{2\pi}\sin m_1\varphi\sin m_2\varphi\sin m_3\varphi\mathrm{d}\varphi = 0 \qquad (5.\mathrm{C}.5)$$

$$\int_0^{2\pi}\cos m_1\varphi\cos m_2\varphi\cos m_3\varphi\mathrm{d}\varphi$$

$$= \frac{\pi}{2}[\delta_{m_1+m_2,m_3} + \delta_{m_2+m_3,m_1} + \delta_{m_1+m_3,m_2} + \delta_{m_1+m_2,-m_3}] \qquad (5.\mathrm{C}.6)$$

$$\int_0^{2\pi}\sin m_1\varphi\cos m_2\varphi\sin m_3\varphi\mathrm{d}\varphi$$

$$= \frac{\pi}{2}[\delta_{m_2+m_3,m_1} - \delta_{m_1+m_3,m_2} + \delta_{m_1+m_2,m_3} - \delta_{m_1+m_2,-m_3}] \qquad (5.\mathrm{C}.7)$$

关于 $E_{lpmnn_0m_0}$，Molodenskiy 和 Kramer (1980) 给出了 $n_0 = 2$ 时的解析表达式. 关于 $E_{lpmnn_0m_0}$ 的一般情况下的计算可以参照 Jones (1985)、Wu 和 Wahr (1997) 所给出的方

法而导出解析表达式：

$$A_{lpnmn_0m_0}^{\mathrm{Jones}} = \iint\limits_{S} Y_l^{p*}(\theta,\varphi) Y_n^m(\theta,\varphi) Y_{n_0}^{m_0}(\theta,\varphi)\mathrm{d}S \tag{5.C.8}$$

$$Y_n^m(\theta,\varphi) = (-1)^m N(n,m) P_n^m(\cos\theta)\mathrm{e}^{\mathrm{i}m\varphi} \tag{5.C.9}$$

$$N(n,m) = \sqrt{\frac{2n+1}{4\pi}\frac{(n-m)!}{(n+m)!}} \tag{5.C.10}$$

$$A_{lpnmn_0m_0}^{\mathrm{Jones}} = \frac{(-1)^p}{\sqrt{4\pi}}(2l+1)^{1/2}(2n+1)^{1/2}(2n_0+1)^{1/2}$$
$$\times \begin{pmatrix} l & n & n_0 \\ -p & m & m_0 \end{pmatrix}\begin{pmatrix} l & n & n_0 \\ 0 & 0 & 0 \end{pmatrix} \tag{5.C.11}$$

式中, $Y_l^{|p|*}(\theta,\varphi) = Y_l^{-|p|}(\theta,\varphi)$. 最后计算公式中 Wigner 3-j 符号由下式定义:

$$\begin{pmatrix} a & b & c \\ \alpha & \beta & \gamma \end{pmatrix} = (-1)^{a-b-\gamma}[(a+b-c)!(a-b+c)!(-a+b+c)!/(a+b+c+1)!]^{1/2}$$

$$\times [(a+\alpha)!(a-\alpha)!(b+\beta)!(b-\beta)!(c+\gamma)!(c-\gamma)!]^{1/2}$$
$$\times \sum_k (-1)^k [k!(a+b-c-k)!(a-\alpha-k)!(b+\beta-k)!$$
$$\times (c-a-\beta+k)(c-b+\alpha+k)!]^{-1} \tag{5.C.12}$$

式中, 当变量小于零时, 其阶乘为零. 参数 $k$ 的取值范围限于分母所有阶乘的变量为非负. 注意, 式 (5.C.8)~(5.C.12) 都是以复数的形式给出的. 为了用实数进行计算, 需要把它们转换为实域的表达式, 即, 用 $A_{lpnmn_0m_0}^{\mathrm{Jones}}$ 来表示 $E_{lpnmn_0m_0}$, 使得它可以解析计算.

由 (5.C.8)~(5.C.10), 有

$$A_{lpnmn_0m_0}^{\mathrm{Jones}} = (-1)^{-p+m+m_0} N(l,-p)N(n,m)N(n_0,m_0)$$
$$\times \int_0^{2\pi} \mathrm{e}^{-\mathrm{i}p\varphi}\mathrm{e}^{\mathrm{i}m\varphi}\mathrm{e}^{\mathrm{i}m_0\varphi}\mathrm{d}\varphi \int_{-\frac{\pi}{2}}^{\frac{\pi}{2}} P_l^p(\cos\theta)p_n^m(\cos\theta)p_{n_0}^{m_0}(\cos\theta)\mathrm{d}\theta$$
$$= (-1)^{-p+m+m_0} N(l,-p)N(n,m)N(n_0,m_0)$$
$$\times \int_0^{2\pi} \mathrm{e}^{-\mathrm{i}p\varphi}\mathrm{e}^{\mathrm{i}m\phi}\mathrm{e}^{\mathrm{i}m_0\varphi}\mathrm{d}\varphi \times E_{lpnmn_0m_0} \tag{5.C.13}$$

因为

$$\int_0^{2\pi} \mathrm{e}^{-\mathrm{i}p\varphi}\mathrm{e}^{\mathrm{i}m\varphi}\mathrm{e}^{\mathrm{i}m_0\varphi}\mathrm{d}\varphi = \begin{cases} 2\pi, & p = m + m_0 \\ 0, & p \neq m + m_0 \end{cases} \tag{5.C.14}$$

仅当 $p = m + m_0$ 时, $A_{lpnmn_0m_0}^{\mathrm{Jones}}$ 是非零的. 所以, 下列关系式成立:

$$A_{lpnmn_0m_0}^{\mathrm{Jones}} = 2\pi \times N(l,-p)N(n,m)N(n_0,m_0)E_{lpnmn_0m_0} \tag{5.C.15}$$

利用附录 B 中的一般正规化因子, 当 $m \neq 0$, $d(n,m) = 1/\sqrt{8\pi}N(n,m)$, 所以 $E_{lpnmn_0m_0}$ 的正规化形式为

$$\overline{E}_{lpnmn_0m_0} = 8\sqrt{2\pi}A_{lpnmn_0m_0}^{\mathrm{Jones}} \tag{5.C.16}$$

然后, 考虑 (5.C.11), 我们得到

$$
\begin{aligned}
\overline{E}_{lpnmn_0m_0} = {} & 4\sqrt{2}(-1)^p(2l+1)^{1/2}(2n+1)^{1/2}(2n_0+1)^{1/2} \\
& \times \begin{pmatrix} l & n & n_0 \\ -p & m & m_0 \end{pmatrix} \begin{pmatrix} l & n & n_0 \\ 0 & 0 & 0 \end{pmatrix}
\end{aligned}
\tag{5.C.17}
$$

式中, $p$, $m$ 和 $m_0$ 不等于零; 如果它们当中任意一个等于零, 由式 (5.C.17) 计算的值应该乘上 $\sqrt{2}/2$.

如果下列情况之一不满足时, 式 (5.C.11) 中的 Wigner 3-j 符号为零:

(1) $\alpha = \beta + \gamma$ \hfill (5.C.18)

(2) 三角关系: 其中 $a$、$b$ 和 $c$ 为三角形的三条边, 即

$$
|b - c| < a < b + c
\tag{5.C.19}
$$

(3) $(a + b + c)$ 为偶数. \hfill (5.C.20)

# 附录 D 环型变形对重力变化无贡献的证明

尽管地球模型由三个参数构成, 即 $\delta\lambda$、$\delta\mu$ 和 $\delta\rho$, 但不失一般性, 这里仅以 $\delta\lambda$ 为例, 讨论环型变形对同震重力变化不产生影响. 本章中已经导出, 关于 $\delta\lambda$ 的影响的计算公式为

$$
F_{nm}^j(\delta\lambda) = -\sum_{l=0}^{N_e} \sum_{p=-l}^{l} A_{lpnmn_0m_0} \int_0^1 \lambda_{lp}(r) \operatorname{div}\boldsymbol{u}^0 \operatorname{div}u^j \mathrm{d}r
\tag{5.D.1}
$$

把位移矢量代入该式中的核函数, 得到

$$
\begin{aligned}
\operatorname{div}\boldsymbol{u}^0 = {} & \frac{1}{r^2\sin\theta}\left(\sin\theta\frac{\partial}{\partial r}(r^2 u_r^0) + r\frac{\partial}{\partial\theta}(\sin\theta u_\theta^0) + r\frac{\partial u_\varphi^0}{\partial\varphi}\right) \\
= {} & \frac{1}{r^2\sin\theta}\sin\theta\frac{\partial}{\partial r}\left(r^2 y_1(r;n_0)Y_{n_0}^{m_0}(\theta,\varphi)\right) \\
& + \frac{1}{r^2\sin\theta}r\frac{\partial}{\partial\theta}\left(\sin\theta\left[y_3(r;n_0)\frac{\partial}{\partial\theta}\right.\right. \\
& \left.\left. + y_1^t(r;n_0)\frac{1}{\sin\theta}\frac{\partial}{\partial\varphi}\right]Y_{n_0}^{m_0}(\theta,\varphi)\right) \\
& + \frac{1}{r^2\sin\theta}r\frac{\partial}{\partial\varphi}\left[y_3(r;n_0)\frac{1}{\sin\theta}\frac{\partial}{\partial\varphi} - y_1^t(r;n_0)\frac{\partial}{\partial\theta}\right]Y_{n_0}^{m_0}(\theta,\varphi)
\end{aligned}
\tag{5.D.2}
$$

由于其中包括环型变形 $y_1^t(r;n_0)$ 的两项互相消掉, 变成

$$
\operatorname{div}\boldsymbol{u}^0 = \left[\dot{y}_1(r;n_0) + \frac{2}{r}y_1(r;n_0) - n_0(n_0+1)\frac{y_3(r;n_0)}{r}\right]Y_{n_0}^{m_0}(\theta,\varphi)
\tag{5.D.3}
$$

由此可见, 环型变形已经不存在, 即球型变形和环型变形是解耦的. 也就是说, 环型变形对同震重力变化 $F^j(\delta\lambda)$ 没有影响.

# 第6章 地震位错理论的应用研究

本章介绍位错理论的应用研究, 特别是在重力观测数据解释中的应用. 通过一些典型实例, 介绍地震火山活动所产生重力变化研究的进展和位错理论所发挥的作用. 不可否认, 位错理论还在发展中, 一些物理问题应该进一步加以考虑, 例如, 更详细的三维构造模型、地形的影响等. 另外, 重力观测技术的研究将会更加深入并得到更广泛应用, 特别是重力卫星 GRACE 观测技术的进一步发展 (GRACE-Follow on 以及未来更高精度和分辨率的重力卫星). 这些理论的发展与观测技术的进步也将促进地球内部构造、地震断层反演, 以及各种大地测量数据解释等物理问题的研究.

## 6.1 重力卫星及其在地球科学中的应用

### 6.1.1 重力卫星 CHAMP、GRACE 和 GOCE 简介

传统的地表重力场测量方法具有固有的局限性, 其任何改进都依赖于空间技术, 因为它可以提供全球的、规则的、稠密的和高质量的测量数据. 而这样的空间技术应当满足以下三个基本准则: 连续跟踪卫星的三维空间分量; 测量与补偿非重力效应; 轨道高度尽量低. 最新技术 SST 可以满足所有这三个准则. 其基本思想是发射低轨道卫星, 其上装备有 GPS/GLONASS 接收仪, 在任何一个时间内, 接收仪可以 "看" 到至少 12 颗 GPS 和 GLONASS 卫星. 这样, 低轨道卫星的轨道就可以以 cm 精度被连续测定. 三颗重力卫星 CHAMP、GRACE、GOCE 就是基于这个思想来设计的. 可以说, 这三颗卫星是历史上首次专门为测量地球重力场而开发研制的, 每颗卫星在采用具体技术上又有所差别. 下面分别介绍其基本原理和主要目的.

CHAMP (Reigber et al., 1996) 是由德国 GFZ 独自研制的也是世界上首先采用 SST 技术的卫星, 2000 年 7 月 15 日成功发射, 2010 年 9 月 19 日完成使命. 具体地说, 它应用 SST-hl (satellite-to-satellite tracking in the high-low mode) 技术, 并结合三轴加速度仪 (three-axis accelerometer). 这里的 hl (high-low) 是高–低轨道的意思, 就是用高轨道卫星来决定低轨道卫星的轨道坐标. 低轨道卫星的定位采用最新开发的 Turbo-Rogue 接收仪. 高轨道卫星主要是指 GPS, 低轨道卫星便是 CHAMP. 它计划飞行 5 年, 实际上飞行了 10 年零两个月. 该卫星可以观测重力随时间变化. 另外, 安放在卫星质量中心的加速度仪测量非重力力 (如空气阻力等), 这个力的影响可以计算出来, 或者利用无阻力 (drag-free) 控制装置来补偿. 然而, 尽管它具有较低的轨道高度 (300~400km), 但是在轨道高处重力场衰减是 CHAMP 的一个主要弱点, 因为重力场衰减而影响了重力观测结果的空间分辨率. 这个弱点在后来设计 GRACE 和 GOCE 时得到较好的解决, 其基本思想是采用在物

理中描述小尺度特性的经典微分方法. 据此可以构想出两种实用技术: 或者应用 SST-ll (satellite-to-satellite tracking in the low-low mode), 或者应用卫星重力梯度测量. GRACE 采用 SST-ll, GOCE 采用重力梯度测量, 当然, 两者都结合 SST-hl 技术. CHAMP 的目的是完成如下三项任务: ① 通过卫星轨道扰动分析得到中、长期地球重力场的静态和动态模型 (至 $l = 50$, $m = 50$; 或者 400~1000km 的空间分辨率), 该模型可以应用于地球物理学、大地测量学和海洋学; ② 全球电磁场分布图及其在地球物理学和日地物理学中的应用; ③ 大气层和电离层探测及其在全球气候研究、天气预报、灾害研究和导航中的应用.

GRACE (Dickey et al., 1997; GRACE, 1998) 是美国 (NASA) 和德国 (GFZ) 共同开发研制的, 该卫星于 2002 年 3 月成功发射, 计划飞行期也是 5 年, 实际上可能超过 10 年, 预期飞行至 2015 年. 它采用 SST-ll 技术, 即同时发射两颗低轨道卫星在同一个轨道上, 彼此相距 100~400km 的距离, 一个 "追踪另一个". 两者之间的相对运动, 即卫星间的距离变化用微波干涉仪进行精密测量, 用其一阶微分便可求得重力加速度. 同样两个飞行器上的非重力影响可以被测量或者被补偿. 结果表明, 它所得到的静态和动态重力场的精度比 CHAMP 高一个数量级. 空间分辨率 (半波长) 为 200~1000km. GRACE 的目的是提供一个前所未有的地球重力场模型, 它将主要应用于固体地球物理学、海洋学和气象学问题, 使人们对于海洋面流和海洋热传输等问题有更好的理解. 另外, GRACE 主要是用来研究重力场的时间变化. 由于 CHAMP 和 GRACE 具有不同的轨道高度和由此产生的不同的轨道扰动波谱, 两个卫星可以互相取长补短, 它们将给出一个非常可靠的高精度重力场模型, 该模型将是 GOCE 重力梯度测量的基础. 后者着重于观测高阶重力场.

GOCE (ESA, 1999) 是欧洲宇航局 ESA 研制的重力卫星, 于 2009 年发射. 它的主要技术特点是装载有卫星重力梯度仪 (gradiometer), 简称 SGG. 同时采取 SST-hl 技术, 即利用 GPS/GLONASS 精密测定轨道位置. 基本原理是利用一个卫星内一个或多个固定基线 (大约 70cm) 上的微分加速度仪来测定三个互相垂直方向的重力分量, 即测出加速度仪三向重力加速度差值, 测量到的信号反映了重力加速度分量的梯度, 或者说, 重力位的二阶导数. 飞行器的非引力加速度 (如空气阻力) 以同样的方式影响卫星内所有加速度仪, 当取差分时可以理想地被消除掉. GOCE 是第一个重力梯度测量卫星, 特别适合于测定高精度和高空间分辨率静态重力场. GOCE 的主要目的是提供具有高空间分辨率和高精度的全球重力场和大地水准面模型 (其球谐系数将达到 $l = 200$, $m = 200$, 或者更高). 其空间分辨率 (半波长) 将达到 80~200km, 最短可达 65km. 这些模型有助于人们更深入地理解地球内部构造. 重力产生于地球的引力, 包括山脉、峡谷、海脊、板块俯冲带、地幔非均匀性以及核幔边界起伏. 这个技术可以解答所有这些特性, 因为它们都反映在重力场里. 因此, 它将在固体地球物理学、海洋学以及大地测量学等领域具有广泛的应用.

上述 CHAMP、GRACE 和 GOCE 工作在不同波谱内, 有不同的科学应用. 所以, 就应用而言它们是完全互补的. CHAMP 可以看成是一次概念证明, 因为它是第一次非间断三维高-低跟踪技术结合三维重力加速度测量. 这个技术在精度和分辨率上不会改进多少现有重力场模型, 但是, 它将大大提高球谐系数 $\overline{C}_{lm}$ 和 $\overline{S}_{lm}$ 的精度, 并使目前模型更加可靠. GRACE 是第一个 SST-ll 卫星, 它将改进中低阶球谐系数精度大约 3 个量级. 可以测量重力场的时间变化, 例如, 地下水和土壤含水层底部压力变化、季节和周年变化、南极和格陵兰岛冰盖层质量的变化, 或者大气压变化引起的重力场变化. 而 GOCE 主要适合于静态重力场的确定. 另外必须指出, 过去、现在和将来的测高卫星等在海洋学和冰层研究上都是上述 3 个重力卫星的补充. 例如, GEOSAT、TOPEX/POSEIDON、ERS-1、ERS-2、Envisat、Jason、ICESAT、CRYOSAT 和 SAR. 例如, 在海洋地区, 准静态海平面和大地水准面之间的差给出稳态海洋环流; 在冰层上, 用类似于通过卫星测高决定海床测深的方法, 结合冰层表面起伏和卫星测量的重力异常, 就可以确定岩床的地形, 并为研究陆地冰层动力学提供重要的新数据.

一般来讲, 上述三种情况 (SST-hl, SST-ll, SGG) 中基本观测量是重力加速度. 由于 GPS/GLONASS 卫星的轨道可以高精度地知道, SST-hl 相应于测定低轨道卫星的三维位置、速度和加速度, SST-ll 相应于测定两个低轨道卫星之间的距离、距离变化或者加速度差值, 而 SGG 则是测量重力加速度仪短基线上的三维重力加速度差值. 从数学上讲, 它们分别是重力位的一阶导数 (SST-hl)、长基线上一阶导数的差分 (SST-ll) 和二阶导数 (SGG).

## 6.1.2    重力卫星在地球科学中的应用

由于重力卫星的独特能力, 它可以提供精确的全球重力场和大地水准面模型. 此模型具有如下多重科学目的: 对于地球内部物理, 包括结合岩石圈、地幔构成及流变、上升和俯冲过程的地球动力学提供新的理解; 第一次给出精确的海洋大地水准面, 为研究绝对海洋环流及其热传送等服务; 用来估计极地冰层的厚度; 提供一个更好的全球统一高程参考系统. 本小节将简述高精密重力场和大地水准面模型在固体地球、海洋、冰层研究以及大地测量应用中的重要性.

### 6.1.2.1    固体地球物理学

我们知道, 经过地形改正的重力异常, 即布格异常, 是地球岩石圈和地幔质量异常的反映. 它与固体地球大尺度变化过程有关, 目前其变化过程还不是很清楚. 地球重力场是研究内部结构及其在各种环境 (例如, 内部热流、固体和液体之间质量的再分布、表面负荷) 下的动力学特性的不可缺少的基本量. 然而从重力异常转变为质量异常是一个反演问题, 地震学对于地幔和一些选定地区给出了非常漂亮的三维地震波速异常结果. 同样, 从波速异常转变为质量密度异常也并不容易 (Ricard and Froidevaux, 1990). 但是, 结合这两者, 即布格重力异常和三维地震波层析成像结果, 同时考虑地表面位移和形变测量结果、地幔物质的物理化学特性的实验结果以及地壳和岩石圈的磁场异常, 将大大地改进我们对岩石圈以及上地幔和岩石圈相互作用的理解. 主要目的不是重力异常场本身, 而是由其导出的质量密度异常构造. 因此, 当今地球物理学者最需要的是大陆地区的重力场, 特别是那些还没有覆盖地区的新结果、均匀的数据质量和改进的空间分辨率. 考虑到改进尚未覆盖地区的重力场地表测量的困难性、使用经典技术所带来的花费和时间, 只有用全球空间技术才能在合理的时间内加以实现. 在那些较稠密测量的地区, 它将提供一个统一的参考系统, 把所有现有数据统一起来, 缺少统一的参考系统严重地影响了很多数据在全球甚至局部重力模型中的合理使用. 下面就重力卫星及高精度重力场对固体物理学所产生的影响举例说明.

最精确的全球重力场模型及重力场变化: 实测重力值和理想椭球体所产生的重力场之间的差定义为重力异常, 其变化范围是 $\pm 300 \times 10^{-3} \mathrm{cm/s}^2$. 它是地学中非常重要的研究对象, 同时又是重要的研究手段. 重力异常是地表地形质量和其地下质量密度反差之间不平衡的反映. 它直接和固体地球内质量异常有关, 也与地球内部应力和运动相联系. 一个精确的高分辨率的重力场分布是过去和现在正在进行的地质过程的印记. 地球表面的全球重力场模型到目前为止是通过卫星数据得到的, 由于不充分的数据覆盖和非最佳轨道配置, 人们只好合并几十颗卫星的轨道数据来得到一个全球重力场模型. 由于在轨道高度处信号的衰减, 仅由卫星得到的模型只能表达全球场的低频结构. 加上地表重力测量和海洋卫星测高数据可以得到给定区域的局部重力场. 随着上述 SST 技术的发展, 因其独特的轨道设计、在极轨道上的前所未有的低轨道高度、连续的 GPS SST 能力以及直接的非重力轨道扰动测量, CHAMP、GRACE 和 GOCE 可以使现有地球重力场精度提高两个数量级. 这个巨大突破将在地球动力学、大地测量学、固体物理学和海洋学等研究上给人们开创新的视野和应用领域, 特别是一个改善的重力场信息可以提高对地球演变过程的估计. 为了得到精密地球重力场和因大气、流体及地球内部质量重新分布所产生的时变重力场, 多年连续观测是必要的.

冰后期反弹产生的慢变形: 对于陆地岩石圈, 人们感兴趣的是在过去几百万年内发生冰川和冰消作用的地方. 最近一次冰川融化结束于大约 7000 年前, 冰层融化相当于岩石圈去掉负荷, 而去掉负荷后的均衡过程至今仍在进行. 地球对于这些冰融的响应以及所关联的重力异常取决于地壳和地幔的流变性和岩石圈的厚度. 这个过程叫做冰后期反弹 (Post-Glacial Rebound) 和均衡调整 (Glacial Isostatic Adjustment). 在最后的更新世冰期中, 北欧、欧亚北极和加拿大的大部分地区都覆盖有巨大冰层, 从海洋到陆地冰层造成的水的再分布产生了地球形状和重力位的明显变化, 主要效应是地球表面的下沉. 在加拿大和 Fennoscandian 的中心部分大约下沉 1km, 海平面则相应下落了 130m, 结果海底略微上升. 而冰川的融化使这些效应相反变化. 然而, 由于地球内部的黏性滞后响应, 地球表面的运动至今仍在进行, 这些冰后期陆地上升为一系列相对于当今海平面的不同高度的古海岸线记录所证明, 冰川的消失使得地壳和地幔中的物质重新分布, 如陆地上升、海平面变化、湖岸的倾斜等. 冰川融化所产生的地球变形可以把上一个冰期的融化看成是一个反负荷问题, 用黏弹模型来解释. 由重力卫星观测到的高精度重力位和大地水准面信息将会得到更好的地幔黏弹模型, 同时促进冰后期反弹的研究.

全球密度模型: 对于地球科学而言, 一个全球三维密度模型是非常重要的, 因为它有利于更好地解释地幔构造、均衡补偿、大地水准面起伏等. 地幔中密度不均匀性主要产生长周期重力异常, 并推动地幔的流动, 其结果是板块和地壳运动. 所以, 为了反演密度异常, 有关的地球物理观测数据是必需的, 如重力异常、板块运动、地壳位移等. 这些数据都可以作为密度反演的重要边界条件. 由于这些物理量几乎都可以从重力卫星观测而得到, 再加上地震波数据和地磁场异常, 反演一个三维全球密度模型是完全有可能的, 这将是得到岩石圈和地幔动力学性质详细图像的有效途径. 重力和地震层析成像数据联合反演的研究 (Zerbini et al., 1992) 表明这两种数据的结合使用 (相对于仅用地震层析成像数据) 明显改进了地球内部的图像. 另一方面, 由重力卫星得到的比目前精度高一两个数量级的长周期重力异常将使地球内部的很多研究得到空前的加强,例如,在核幔边界和上地幔不连续处的构造和静态及动态质量补偿等.

动态地壳均衡: 地壳均衡是大地测量学和地球物理学的一个经典课题. 然而, 经典的 Airy 和 Pratt 均衡模型在地球很大范围内并不能与大地水准面相吻合, 大部分长周期大地水准面波动可以用地幔密度异常和核幔起伏给予解释. 地壳均衡可以理解为质量守恒, 最小应变能和力学平衡, 是各种物理机制的综合体现, 如地壳的增厚或变薄、地幔密度的热膨胀、冰后期反弹、地幔对流、地壳形变、潮汐、大气/海洋负荷以及板块弯曲. 这些效应导致动态补偿, 与静态补偿相对应. 为了得到一个更合理的均衡模型, 这些效应都必须加以考虑.

陆地岩石圈: 由于洋脊的推动和俯冲带的拉伸, 海洋岩石圈动力性活动比较明显. 和海洋岩石圈相比, 陆地岩石圈似乎是无源的, 也具有重要地球动力过程, 例如, 与其他陆地和海洋板块的碰撞, 与软流圈和上地幔之间的相互作用. 与软流圈和上地幔之间的耦合是由于岩石圈热流变或者小尺度对流非稳定性的作用所产生的. 陆地岩石圈也受到构造力的支配. 另外, 重力卫星测量在研究沉积盆地的形成中也将起关键作用. 因为软流圈和上地幔中的热非稳定性通过相关的密度异常将是可视的, 只要测量到的重力场具有 $(1\sim2)\times10^{-3}\mathrm{cm/s}^2$ 的精度和 $50\sim100\mathrm{km}$ 的解析度. 同样, 也可以增强对于断裂带的形成及演变的理解. 大地构造变化过程导致地表的垂直运动, 并且影响沿大陆边缘的海平面趋势的变化. 构造运动可以产生板块之间的活动性收敛和上地幔中的密度异常. 根据重力与地震层析成像数据的模拟反演计算可以有效反演岩石圈和上地幔的密度构造.

地震灾害: 地震根据时间尺度至少可以分为两类: 一类是短期的, 与断层破裂和弹性波传播有关; 一类是长期的, 与地球动力学过程慢性积累应力场和地壳地幔的黏弹性流动产生的应力释放有关. 尽管短期地震已有广泛的研究, 但由于构造负荷产生的应力积累的研究还非常少. 为了强调 GOCE 对于揭示 (对于地震灾害研究具有决定性的) 上地幔密度构造的影响, Negredo 等 (1999) 模拟了意大利中部的偏应力积累, 该处曾受到地震灾害的影响. 其模拟结果表明在地震地区的应力分布中, 岩石圈和上地幔的密度构造的横向变化具有主要影响. 众所周知, 根据历史地震记录的统计办法对于减轻地震灾害是不充分的, 因为由于构造原因的地震应力积累过程往往需要几百年的时间, 而这个时间超过了历史地震记录的范围. 那么预报地震灾害场的一个新途径是通过模拟构造负荷产生的应力慢积累模型, 并与 GPS 测量所得到的形变分布相比较. 这样的模拟需要知道岩石圈和上地幔的密度异常. 只有利用重力卫星所得到的重力场进行反演才可以得到具有足够精度和分辨率的全球密度构造分布.

### 6.1.2.2 海洋学

如上所述, 卫星测高结合卫星重力测量将为海洋动力学带来巨大影响, 称其为一场革命绝不为过. 下面仅对几个方面加以说明.

高精度大地水准面的决定: 大地水准面是一个接近海平面的等重力位面, 相对于理想椭球体面有大约 $\pm100\mathrm{m}$ 的起伏. 特别重要的是它的形状定义了地方水平面, 并在陆地上提供了地形的参考面. 对于研究固体地球内部质量分布、海平面变化解释、海流及海洋热传送, 以及与此相关联的气象研究和预报等都是非常重要的. GPS 测量地心高度, 或者相对于一个理想椭球面上的高度. 为了把椭球高转换成地形高, 必须减去大地水准面起伏. 目前大地水准面的精度仅在 1m 左右. 为了与 GPS 测量精度 (cm 水平) 相匹配, 大地水准面也必须达到相同的精度. 上述几个重力卫星的模拟计算表明新大地水准面可以在空间分辨率 100km 达到 1cm 的精度, 即提高两个数量级. 海洋面和大地水准面之间的几何差 (海洋面起伏) 对于得到绝对平均海洋环流模型和流体静态压力场是非常重要的信息. 绝对海洋环流反映了海洋深处的流动. 绝对海洋环流和其热传导是研究全球气象模型和解释全球长期海平面变化的先决条件. 大地水准面反映了由于非均匀质量和地球内部密度分布所产生的地表面重力场的非规则性. 由这些重力卫星所得到的长波大地水准面可以作为高解析度全球或者局部重力场模型的参考面, 同时也为统一全球高程系统提供基准.

海平面变化和相应的全球形变: 对海平面变化进化研究是利用重力卫星进行全球气象研究的最重要的目的之一. 由于冰融或者全球变暖所产生的任何海平面上升, 都将会对人类许多方面带来严重影响. 过去 100 年全球平均海平面升高了 10~25cm. 预计 21 世纪将再升高半米左右 (Warrick et al., 1996). 于是它要求人们对绝对海平面的趋势以及局部构造变化如何造成全球海平面变化等要有准确的科学理解. 为此, 许多国家都开展了使用 GPS 和新的 SST 技术的空间大地测量研究项目. 通过观测数据分析, 由于冰融和海洋扩张所产生的海平面长期变化趋势就可以与冰后期反弹和活动构造影响造成的海平面变化区分开来. 海岸线位置的数据分析可以从验潮仪和上述重力卫星的数据分析得到支持. 另外, 利用三个重力卫星可以监测全球海平面的变化, 同时计算由海平面变化所产生的全球形变.

冰盖 (ice sheets): 正确理解冰盖质量平衡机制对于海平面和海洋环流长期变化的研究是非常重要的. IPCC (Intergovernmental Panel on Climate Change) (Warrick et al., 1996) 明确地指出: 格陵兰岛和南极冰盖质量平衡的知识贫乏是过去观测到的海平面解释和预测其将来变化的不定性的主要因素. 格陵兰岛和南极的精密重力场以及现地测量得到的有关冰层厚度的大量信息将加深对冰层质量流动和相关的动态特性以及长期海平面变化的更深刻地理解. 重力数据反映了冰层下面岩床的形状, 而岩床的几何形状是控制冰层质量流动的主要因素. ERS 测高仪和 SAR 干涉仪正在提供关于格陵兰岛和南极冰盖表面速度的详细观测, 同时提供这些冰层在海域地区的短空间尺度的地形, 这些数据给冰层流动模型提供了完整的表面条件. 然而由于缺乏冰层厚度的信息阻碍了利用这些数据估计冰层崩解流动的意图, 特别是在南极. 重力卫星所得到的高分辨率重力模型将通过重力反演估计岩床几何形状. 模拟计算表明岩冰界面能以小于 10m 的精度测定, 冰层质量的总量估计因此将更加准确.

海洋环流: 长期以来, 人们对于海洋与气候关系的认识是不充分的, 主要是对海洋环流知之甚少, 很难对气候变化给出准确的预报. 为此, 1990 年 WCRP (World Climate Research Programme) 下设了一个专门研究项目 WOCE (World Ocean Circulation Experiment). 其野外工作已经完成, 分析工作正在进行. 然而一些战略性现场观测 (如全球验潮网) 则部分属于 WCRP CLIVAR (Climate Variability 和 Predictability) 和 IOC/WMO

全球海洋观测系统. 另外, 监测全球海洋变化依靠遥感技术, 特别是卫星雷达测高, 如 TOPEX/Poseidon、ERS-1/2、Jason-1、Envisat 等卫星, 卫星测高测量高精度的、规则的准全球海平面高. 由于海平面流动的大部分变化与地球旋转相平衡, 海面压力 (或者海洋动态起伏, 即大地水准面之上的海平面) 的梯度几乎可以直接作为海洋流动信息. 不像现场测量, 测高数据是全球的, 可以在几年内反复收集. 也不像其他空间测量得到的表面量, 测高数据可以与海洋变化过程和全部水体流动相联系, 同时它们也简单地与海洋计量相关联, 后者直接关系到海洋和气象数字模型. 虽然海平面变化及其流动可以由卫星测高数据得到, 但海洋动态起伏和其绝对表面环流的绝对值估计则需要一个独立确定的海洋静止高度, 即大地水准面. 海洋动态起伏的范围是 $\pm 1\text{m}$, 而目前大地水准面模型的精度在大部分海洋环流尺度上也只有几十厘米, 因此大地水准面的改善将有赖于上述重力卫星. 其实, 很多年以来, 海洋学界就一直要求由一个空间重力卫星来提供高精度的地球重力场和大地水准面, 独立于由卫星测高得到的准大地水准面. 其想法最早可以追溯到 Wunsch 和 Gapeoshkin (1980). 关于海洋环流动力学的一个最重要的信息是海洋面和大地水准面的形状之间的差, 这个差一般叫做海面动态形状. 一旦给出了 GOCE 的重力场观测结果, 径向海洋大地水准面形状就可以在 $100 \sim 200\text{km}$ 尺度以 1cm 精度精确决定. 卫星雷达测高可以以同样的精度测定实际海洋面的形状. 而两者的差就是海洋静态时的动态形状 (dynamic topography), 它可以直接被转换成海洋面环流. 如果采用过去、现在和将来卫星测高数据, 这个方法就可以测定全球大尺度的绝对海洋面环流. 进一步, 绝对海洋面环流可以给出海洋的热和质量的平均传输量, 它是研究全球气候的重要因素.

大地震产生海平面变化的检出可能性: 由于重力卫星可以给出非常高精度的大地水准面, 其应用十分广泛. 其中之一就是通过重复观测来监测海平面的季节性变化和长周期变化. 另外, 由于这些卫星, 如 GRACE 每隔 30 天一次的海洋平面的连续观测, 它们可以被用来观测由于地震的原因所产生的海平面的静态变化. Sun 和 Okubo (1998) 研究了球对称地球内位错产生的重力、位移和大地水准面的变化. 其结果表明 1964 年阿拉斯加大地震在 5000km 远的地方也可以产生足以被观测到的重力变化, 在震中附近可以产生大约 1.5cm 的大地水准面变化. 所以利用重力卫星 (达到 cm 精度) 有可能检测出这个变化.

### 6.1.2.3  大地测量学

大地测量学是关于地球形状、地球旋转及潮汐等问题的学问, 它的结果广泛地应用于地球科学的所有分支. 另外它们也用于工程测量、勘探和地籍等领域, 是所有地理信息系统的基础. 由于地球表面上的二、三维坐标的定位是基于纯几何技术, 高程测量需要地球重力场的知识. 测定高程的传统技术 (非常烦琐和低效率) 是大地水准测量和重力测量的结合. 在短距离上可达毫米的精度, 但是在大尺度上具有系统奇变的缺点, 正是由于这个缺点严重地限制了邻近国家的高程系统的比较和联结.

由重力卫星所得到的全球大地水准面 (100km 空间分辨率和 1cm 精度) 和重力场 ($(1 \sim 2) \times 10^{-3}\text{cm/s}^2$ 精度) 可为大地测量学提供如下服务.

GPS 水准: 如上所述, 用卫星测高结合大地水准面可以决定动态海平面起伏. 同样, 用 GPS 结合大地水准面可以决定陆地的地形和地形高程. 换句话说, 借助于椭球面上的大地水准面高程, 椭球面上的几何高 (由 GPS 测量得到) 就可以转换成海平面上的高, 即正高. 在发达国家, 由于技术的原因, 高程参考系统的精度已经很高. 在 GOCE (低阶) 大地水准面的基础上, 加上用局部地区地表重力数据得到的高阶大地水准面, 就可以得到一个高精度的更加实用的大地水准面模型, 其精度和空间分辨率可以分别达到 1cm 和 5km. 即使是在发展中国家, 即没有局部地表重力测量的地方, GOCE 大地水准面也可以使 GPS 高直接转换成水平高, 不存在任何长周期偏差, 只是由于缺少地表面重力测量将产生 10~20cm 的误差. 因此可以说这个技术对于测高具有革命性的影响, 因为它省时、高效.

统一高程系统: 世界上仍有很多高程系统尚未联结到一起. 每个系统都有一个参考点, 通常是在靠近海边的一个基石上, 该基石由水准联测到 (验潮测量得到的) 平均海平面上. 如果不需要比较不同的高程系统的高程值时, 各系统的不连续是不重要的. 但是很多地学研究都需要一个统一的高程系统, 如研究板块位移、大型工程等. 由于 GOCE 大地水准面的精度, 已有可能使所有高程系统以 cm 精度联结在一起, 只要每个高程系统中至少有一个基准点上进行过 GPS 定位.

惯性导航中惯性加速度和重力加速度的分离: 惯性导航中最核心的传感器是一组陀螺仪和加速度仪. 一般安装在空间固定的平台上或者固定在飞行器上, 一般用于汽车、飞机及导弹制导或者潜艇导航. 其原理很简单: 加速度仪测量飞行器的运动, 其一重和二重积分分别给出速度和位置差量. 而加速度仪的方向是由陀螺仪控制的. 然而最基本的误差源是, 加速度仪测量的不仅仅是飞行器的运动, 而是飞行器的运动和重力加速度的和. 目前重力部分仅是考虑了简单的椭球体重力模型, 结果是所有与椭球体重力模型相关的误差都错误地解释为飞行器加速度. 由重力卫星提供的精密重力场模型可以大大减少这个误差源.

轨道决定: 上面已经强调了过去和将来卫星测高数据在应用于海洋学和气象学中的重要性. 反过来, 一个高精度重力模型可以改善卫星轨道计算. 这将会使对轨道扰动的物理意义有更好的理解. 尤其是低轨道卫星, 这样的模型有可能把由静态重力场和其他扰动源所产生的扰动相分离. 后者不仅包括了大气阻力和太阳辐射等非守恒力, 而且包括了固体潮和海潮等产生的扰动. 可以预见, 这些扰动模型将得以改善.

总之, 低轨道卫星 CHAMP、GRACE 和 GOCE, 和 GPS、卫星测高一样对地球科学带来的影响是巨大的, 使传统大地测量学发生了巨大变化. 新的卫星大地测量学已经和地球系统科学 (包括固体、海洋和大气等) 更紧密地联系在一起. 自 2002 年 3 月以来, GRACE 卫星已经积累了多年的观测资料. 美国得克萨斯大学空间研究中心 (CSR)、美国喷气动力实验室 (Jet Propulsion Laboratory, JPL) 和德国地学中心 (Geo Forschungs Zentrum, GFZ) 每月对外公布全球重力位的球谐函数展开式表达的全球卫星重力场模型.

上述重力卫星已经在地球科学中发挥了重要作用, 取得了很多重要成果 (Tapley et al., 2004; Chen, 2007; Wahr et al., 2004; Wang et al., 2008; 等).

# 6.2　重力卫星 GRACE 能否观测到同震重力变化?

大地震可以引起全球质量再分布从而改变重力场. Sun 和 Okubo (1998) 的研究表

明, 1964 年阿拉斯加地震 ($M_w$9.2) 在全球表面产生了非常明显的重力变化, 即使在震中距 5000km 之外其重力变化也可能被超导重力仪观测到, 该地震产生了大约 1.5cm 的大地水准面变化. 然而, 问题是这样的大地水准面变化和重力变化能否被现代重力卫星观测到. 由于卫星观测的空间分辨率的限制, 该问题很难用地表面的重力观测经验来简单回答. 另一方面, 同震大地水准面变化和重力变化与其他高频重力场扰动不同, 如重力固体潮. Gross 和 Chao (2001) 基于 Chao 和 Gross (1987) 的简正模方法研究了这个问题, 认为 1960 年智利大地震和 1964 年阿拉斯加大地震产生的较大的同震变形信号, 均可被 GRACE 观测到.

在 2004 年苏门答腊地震 ($M_w$9.3) 发生前, Sun 和 Okubo (2004a; 2004b) 根据球对称位错理论对于重力卫星能否检测到同震变化的问题进行了独立研究, 通过计算位错 Love 数的谱强以及和 GRACE 模拟误差的比较, 研究了 GRACE 可以检测出的最小地震震级. 所得结论与 Gross 和 Chao (2001) 的基本一致.

### 6.2.1 位错理论及位错 Love 数

假设在可压缩自重弹性球体内存在一个任意点位错, 并假设断层位于北极轴, 且断层线与格林尼治子午线 ($\varphi = 0$) 相重合. 根据第 2 章中的位错理论, 观测点 $(a, \theta, \varphi)$ 处的同震大地水准面变化和重力变化可以表示为 (Sun and Okubo, 1993)

$$\zeta^{ij}(a, \theta, \varphi) = \sum_{n,m} k_{nm}^{ij} Y_n^m(\theta, \varphi) \cdot \nu_i n_j \frac{U \mathrm{d}S}{a^2} \tag{6.2.1}$$

$$\delta g^{ij}(a, \theta, \varphi) = \sum_{n,m} \left[ (n+1) k_{nm}^{ij} - 2 h_{nm}^{ij} \right] \cdot Y_n^m(\theta, \varphi) \nu_i n_j \frac{g_0 U \mathrm{d}S}{a^3} \tag{6.2.2}$$

式中, 位错 Love 数 $h_{nm}^{ij}$ 和 $k_{nm}^{ij}$ 已经在第 2 章里定义, 它们是地球模型、球函数阶次、源函数或震源类型的函数. 其他参数或者变量均在前几章中定义. 位错因子 $U \mathrm{d}S/a^2$ 和 $g_0 U \mathrm{d}S/a^3$ 定义了地震的大小和重力/大地水准面变化的单位.

注意, 式 (6.2.2) 适于变形地表面上的重力变化, 其中与位错 Love 数相关的项是因位移所伴随的自由空气改正项, 在计算空间固定点重力变化时该项应该去掉. 另一方面, 引力位部分是基于内部位导出的, 含有 $(n+1)$ 因子. 如果我们对地球介质外的重力变化感兴趣, 应该用外部引力位, 于是地球外部空间固定点同震重力变化计算公式变为

$$\delta g^{ij}(a, \theta, \varphi) = \sum_{n,m} (n-1) k_{nm}^{ij} \cdot Y_n^m(\theta, \varphi) \nu_i n_j \frac{g_0 U \mathrm{d}S}{a^3} \tag{6.2.3}$$

位错 Love 数 $k_{nm}^{ij}$ 可以由地球模型 1066A (Gilbert and Dziewonski, 1975) 或者 PREM (Dziewonski and Anderson, 1981) 通过数值计算而得到. 然后利用式 (6.2.1) 和式 (6.2.3) 就可计算出相应的同震大地水准面变化和重力变化.

### 6.2.2 同震大地水准面和重力变化的谱分布

对于极轴上任意一个剪切位错, 根据式 (6.2.1) 和式 (6.2.3), 同震大地水准面和重力

变化可以进一步写成

$$\zeta^{\text{Shear}}(a,\theta,\varphi) = \sum_{n=2}^{\infty} \left\{ \cos\lambda \left[ -k_{n2}^{12} \sin\delta Y_n^2(\theta,\varphi) + k_{n1}^{13} \cos\delta Y_n^1(\theta,\varphi) \right] \right.$$
$$+ \sin\lambda \left[ \frac{1}{2} \left( k_{n0}^{33} - k_{n0}^{22} \right) \sin 2\delta Y_n^0(\theta,\varphi) \right.$$
$$\left. \left. + k_{n1}^{32} \cos 2\delta Y_n^1(\theta,\varphi) \right] \right\} \frac{U\mathrm{d}S}{a^2} \tag{6.2.4}$$

$$\delta g^{\text{Shear}}(a,\theta,\varphi) = \sum_{i=1}^{3} \sum_{j=1}^{3} \delta g^{ij}(a,\theta,\varphi)$$
$$= \sum_{n=2}^{\infty} \left\{ \cos\lambda \left[ -(n-1)k_{n2}^{12} \sin\delta Y_n^2(\theta,\varphi) \right. \right.$$
$$\left. + (n-1)k_{n1}^{13} \cos\delta Y_n^1(\theta,\varphi) \right]$$
$$+ \sin\lambda \left[ \frac{1}{2}(n-1) \left( k_{n0}^{33} - k_{n0}^{22} \right) \sin 2\delta Y_n^0(\theta,\varphi) \right.$$
$$\left. \left. + (n-1)k_{n1}^{32} \cos 2\delta Y_n^1(\theta,\varphi) \right] \right\} \frac{g_0 U\mathrm{d}S}{a^3} \tag{6.2.5}$$

公式中系数 $k_{nm}^{ij}$ 为位错 Love 数, $\lambda, \delta$ 分别为位错滑动角和断层倾角, $Y_n^m$ 为球谐函数, $U$ 为位错量, $\mathrm{d}S$ 为断层面积.

类似地, 引张位错的同震大地水准面和重力变化可以表达为

$$\zeta^{\text{Tensile}}(a,\theta,\varphi) = \sum_{i=1}^{3} \sum_{j=1}^{3} \zeta^{ij}(a,\theta,\varphi)$$
$$= \sum_{n=2}^{\infty} \left[ \left( k_{n0}^{33} \cos^2\delta + k_{n0}^{22} \sin^2\delta \right) Y_n^0(\theta,\varphi) \right.$$
$$\left. - k_{n1}^{32} \sin 2\delta Y_n^1(\theta,\varphi) \right] \frac{U\mathrm{d}S}{a^2} \tag{6.2.6}$$

$$\delta g^{\text{Tensile}}(a,\theta,\varphi) = \sum_{i=1}^{3} \sum_{j=1}^{3} \delta g^{ij}(a,\theta,\varphi)$$
$$= \sum_{n=2}^{\infty} \left[ \left( k_{n0}^{33} \cos^2\delta + k_{n0}^{22} \sin^2\delta \right)(n-1)Y_n^0(\theta,\varphi) \right.$$
$$\left. - k_{n1}^{32} \sin 2\delta(n-1)Y_n^1(\theta,\varphi) \right] \frac{g_0 U\mathrm{d}S}{a^3} \tag{6.2.7}$$

我们来观察每一个球函数阶数 $n$ 的同震变形, 因为如 Chao 和 Gross (1987) 所指出, 重力卫星 GRACE 可以提供球函数谱域的重力测量, 并且高阶成分观测不了, 那么直接研究各个球函数阶数就很方便. 为此目的, 我们对公式 (6.2.6) 和 (6.2.7) 当 $n$ 在 2~100 时的同震大地水准面和重力变化的谱强分布计算中, $n=0$ 和 $n=1$ 不予考虑, 因为地球总质量守恒, 并且坐标系原点保持不变.

另一方面, 用球函数级数表达的位扰动可以表示为 (Heiskanen and Moritz, 1967)

$$V(r, \theta, \varphi) = \frac{GM}{a} \sum_{n=0}^{\infty} \left( \frac{a}{r} \right)^{n+1} \sum_{m=-n}^{n} K_{nm} Y_n^m(\theta, \varphi)$$

$$= \frac{GM}{a} \sum_{n=0}^{\infty} \left( \frac{a}{r} \right)^{n+1} \sum_{m=-n}^{n} \left( C_{nm} \cos m\varphi + S_{nm} \sin m\varphi \right) P_n^m(\sin\theta) \quad (6.2.8)$$

而相应的 $n$ 阶引力位谱强 $c_n^2$ (或者均方根值) 可以定义为 (ESA, 1999)

$$c_n^2 = \sum_{m=0}^{n} \left( C_{nm}^2 + S_{nm}^2 \right) = \sum_{m=-n}^{n} |K_{nm}|^2 \quad (6.2.9)$$

把式 (6.2.6)~(6.2.7) 和式 (6.2.8) 比较可知, 式 (6.2.6)~(6.2.7) 中 $Y_n^m(\theta, \varphi)$ 的系数 (位错 Love 数和断层几何参数) 正是斯托克斯 (Stokes) 系数. 因为震源选在极轴上以及源函数的对称性, 球函数次数除了 $m = 0, 1, 2$ 以外均为零. 所以, 对于位错问题, 其 $n$ 阶谱强的计算更为简单. 因此, 剪切源和引张源的 $n$ 阶大地水准面和重力变化谱强可以直接写成

$$\left( c_n^{\text{Shear}} \right)_\varsigma^2 = \left[ \left( k_{n2}^{12} \sin\delta \cos\lambda \right)^2 + \left( k_{n1}^{13} \cos\delta \cos\lambda \right)^2 + \left( \frac{1}{2} k_{n0}^{22} \sin 2\delta \sin\lambda \right)^2 \right.$$
$$\left. + \left( \frac{1}{2} k_{n0}^{33} \sin 2\delta \sin\lambda \right)^2 + \left( k_{n1}^{32} \cos 2\delta \sin\lambda \right)^2 \right] \cdot \left( \frac{U \mathrm{d}S}{a^2} \right)^2 \quad (6.2.10)$$

$$\left( c_n^{\text{Shear}} \right)_{\delta g}^2 = \left[ \left( k_{n2}^{12} \sin\delta \cos\lambda \right)^2 + \left( k_{n1}^{13} \cos\delta \cos\lambda \right)^2 + \left( \frac{1}{2} k_{n0}^{22} \sin 2\delta \sin\lambda \right)^2 \right.$$
$$\left. + \left( \frac{1}{2} k_{n0}^{33} \sin 2\delta \sin\lambda \right)^2 + \left( k_{n1}^{32} \cos 2\delta \sin\lambda \right)^2 \right]$$
$$\cdot (n-1)^2 \left( \frac{g_0 U \mathrm{d}S}{a^3} \right)^2 \quad (6.2.11)$$

$$\left( c_n^{\text{Tensile}} \right)_\varsigma^2 = \left[ \left( k_{n0}^{33} \cos^2\delta \right)^2 + \left( k_{n0}^{22} \sin^2\delta \right)^2 + \left( k_{n1}^{32} \sin 2\delta \right)^2 \right] \cdot \left( \frac{U \mathrm{d}S}{a^2} \right)^2 \quad (6.2.12)$$

$$\left( c_n^{\text{Tensile}} \right)_{\delta g}^2 = \left[ \left( k_{n0}^{33} \cos^2\delta \right)^2 + \left( k_{n0}^{22} \sin^2\delta \right)^2 + \left( k_{n1}^{32} \sin 2\delta \right)^2 \right]$$
$$\cdot (n-1)^2 \left( \frac{g_0 U \mathrm{d}S}{a^3} \right)^2 \quad (6.2.13)$$

可见, $n$ 阶谱强不仅与位错 Love 数有关, 而且还与断层几何参数 $\delta$、$\lambda$ 和位错因子有关. 另外, 一个剪切位错谱中包括剪切和引张两种独立解分量; 同样, 一个引张位错谱中包括两种独立解分量.

实际计算时, 随着具体震源的确定, 式 (6.2.10)~(6.2.13) 中的所有参数便确定. 所以, 四个独立震源的 $n$ 阶谱强可以简单地写为

$$\left( c_n^{12} \right)_\varsigma = \left| k_{n2}^{12} \right| \frac{U \mathrm{d}S}{a^2} \quad (6.2.14)$$

$$\left( c_n^{32} \right)_\varsigma = \left| k_{n1}^{32} \right| \frac{U \mathrm{d}S}{a^2} \quad (6.2.15)$$

$$\left(c_n^{22}\right)_\varsigma = \left|k_{n0}^{22}\right|\frac{U\mathrm{d}S}{a^2} \tag{6.2.16}$$

$$\left(c_n^{33}\right)_\varsigma = \left|k_{n0}^{33}\right|\frac{U\mathrm{d}S}{a^2} \tag{6.2.17}$$

$$\left(c_n^{12}\right)_{\delta g} = (n-1)\left|k_{n2}^{12}\right|\frac{g_0 U\mathrm{d}S}{a^3} \tag{6.2.18}$$

$$\left(c_n^{32}\right)_{\delta g} = (n-1)\left|k_{n1}^{32}\right|\frac{g_0 U\mathrm{d}S}{a^3} \tag{6.2.19}$$

$$\left(c_n^{22}\right)_{\delta g} = (n-1)\left|k_{n0}^{22}\right|\frac{g_0 U\mathrm{d}S}{a^3} \tag{6.2.20}$$

$$\left(c_n^{33}\right)_{\delta g} = (n-1)\left|k_{n0}^{33}\right|\frac{g_0 U\mathrm{d}S}{a^3} \tag{6.2.21}$$

式 (6.2.14)~(6.2.21) 表明这些 $n$ 阶谱强与位错 Love 数的绝对值成正比. 对于每一个球函数阶数 $n$, 唯一的变量就是位错 Love 数, 即, 位错 Love 数的方根就是它的绝对值. 所以, 位错 Love 数本身就给出了谱强, 只是乘上表示地震大小的位错因子即可.

### 6.2.3　四个独立解的谱强分布

首先考虑一个假想大地震, 其断层参数与 1964 年阿拉斯加大地震 ($M_\mathrm{w}9.2$) 相同: 断层长和宽分别为 600km 和 200km, 深度为 20km, 位错为 10m (Savage and Hastie, 1966). 那么对于四种独立震源的谱强就可简单的计算, 并观察它们的特性. 式 (6.2.14)~(6.2.21) 中的位错因子可以首先计算出来, $U\mathrm{d}S/a^2 = 29.56\mathrm{mm}$ 以及 $g_0 U\mathrm{d}S/a^3 = 4.556\times10^{-6}\mathrm{cm/s^2}$. 因此式 (6.2.14)~(6.2.21) 的谱强可以进一步变成

$$\left(c_n^{12}\right)_\varsigma = 29.56\left|k_{n2}^{12}\right|$$

$$\left(c_n^{32}\right)_\varsigma = 29.56\left|k_{n1}^{32}\right|$$

$$\left(c_n^{22}\right)_\varsigma = 29.56\left|k_{n0}^{22}\right|$$

$$\left(c_n^{33}\right)_\varsigma = 29.56\left|k_{n0}^{33}\right|$$

$$\left(c_n^{12}\right)_{\delta g} = 4.556(n-1)\left|k_{n2}^{12}\right|$$

$$\left(c_n^{32}\right)_{\delta g} = 4.556(n-1)\left|k_{n1}^{32}\right|$$

$$\left(c_n^{22}\right)_{\delta g} = 4.556(n-1)\left|k_{n0}^{22}\right|$$

$$\left(c_n^{33}\right)_{\delta g} = 4.556(n-1)\left|k_{n0}^{33}\right|$$

接下来, 把四个独立震源的大地水准面谱强和重力变化谱强分别计算并绘于图 6.2.1 和图 6.2.2 中. 地球模型为 1066A; 震源深度为 20km. GRACE 模拟误差分布用绿线给出 (Gross and Chao, 2001).

由图 6.2.1 和图 6.2.2 可见, 大地水准面和重力变化的每个独立解的相对谱强分布具有明显的不同, 一个重要的特性是两个引张震源的谱强远大于剪切震源谱强. 它意味着引张位错要比剪切位错产生更大的同震变形, 即, 即使是相同大小的断层或地震矩, 它们

产生的同震大地水准面和重力变化的大小是不同的. 比较各阶谱强和 GRACE 模拟误差可知, 在球函数 70 阶以内, 两个引张位错的谱强大于 GRACE 误差约两个量级, 也就是说 GRACE 可以检测出同震信号. 然而两个剪切震源的谱强等于或小于 GRACE 误差, 所以它们的同震信号很难被检测到. 图 6.2.1 和图 6.2.2 还表明不同球函数阶数的谱强具有不同的贡献, 垂直断层走滑位错的谱强随着 $n$ 增加而快速衰减, 其他位错分量则不变或增加.

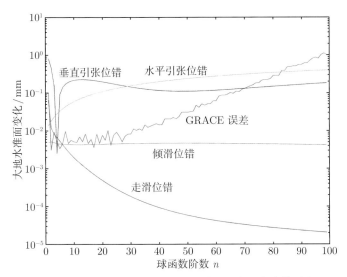

图 6.2.1　四个独立震源的同震大地水准面变化的谱强分布. 地球模型为 1066A; 震源深度为 20km. 地震断层大小与 1964 年阿拉斯加地震 $(M_w 9.2)$ 相同: 断层长和宽分别为 600km 和 200km, 深度为 20km, 位错为 10m. 大地水准面变化位错因子为 $UdS/a^2 = 29.56\text{mm}$. GRACE 模拟误差分布用绿线给出

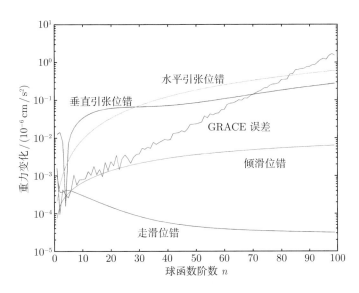

图 6.2.2　四个独立震源的同震重力变化的谱强分布. 其他与图 6.2.1 相同

总结上述讨论, 把最后结论列于表 6.2.1, 即 GRACE 可能检测到的四种独立震源的最小地震震级. 该表表明, 对于 $M9.0$ 级以上的剪切位错或者 $M7.5$ 级以上的引张位错, GRACE 可能检测出相应的同震大地水准面和重力变化信号. 由于 GRACE follow-on 重力卫星精度更高, 它将更具有能力检测出较小的地震信号. 如果 GRACE follow-on 比 GRACE 提高两个数量级的精度 (Watkins et al., 2000; NRC, 1997), 那么它有望检测出 $M7.5$ 级的剪切位错和 $M6.0$ 级的引张位错的同震变形信号.

**表 6.2.1  GRACE 可能检测到的四个独立震源的最小地震震级**

| 震源类型 $ij$ | 最小震级 $(M)$ |
|---|---|
| 12 | 9.0 |
| 32 | 9.0 |
| 22 | 7.5 |
| 33 | 7.5 |

应该指出的是, 表 6.2.1 给出的是四个独立震源的特殊情况的结论, 实际上, 几乎任何地震都是具有任意断层倾角和破裂滑动角, 从而其同震变形应该是四个独立解的组合. 即使是剪切型震源, 其解也包含引张位错分量; 即使是引张型震源, 其解也包含有剪切位错分量. 所以, 对于一个实际的地震, GRACE 的检测能力应该是表 6.2.1 关于四个独立震源的结论的组合. 因此, 对于一个大约 $M8.0$ 以上的任意剪切型地震, GRACE 有可能检测出其同震变形信号.

## 6.2.4  实例研究——1964 年和 2002 年阿拉斯加地震以及 2003 年北海道地震

作为实例, 我们考虑三个地震: 1964 年阿拉斯加地震 ($M_w9.2$)、2002 年阿拉斯加地震 ($M7.9$) 和 2003 年北海道地震 ($M8.0$), 表 6.2.2 列出这三个地震的震源参数. 通过比较三个地震的同震大地水准面和重力变化的谱强和 GRACE 观测误差, 可知 GRACE 能否检测到它们的同震信号. 为此, 我们给出计算三个地震谱强的具体计算式.

**表 6.2.2  三个地震的震源参数**

| 地震名称 | 长/km | 宽/km | 位错/m | 深度/km | 滑动角/(°) | 倾角/(°) |
|---|---|---|---|---|---|---|
| 阿拉斯加地震 (1964 年) | 600 | 200 | 10 | 20 | 90 | 9 |
| 阿拉斯加地震 (2002 年) | 200 | 30 | 4.3 | 15 | 0 | 90 |
| 北海道地震 (2003 年) | 80 | 80 | 2.6 | 15 | 90 | 20 |

**震例 1**  1964 年阿拉斯加地震. 根据表 6.2.2 的参数, 可知 $\delta = 9°, \lambda = 90°, U\mathrm{d}S/a^2 = 29.56\mathrm{mm}$ 和 $g_0 U\mathrm{d}S/a^3 = 4.556 \times 10^{-6}\mathrm{cm/s}^2$. 因为该地震是剪切型地震, 由式 (6.2.4) 和式 (6.2.5) 可以得该地震的同震大地水准面和重力变化的谱强为

$$\left(c_n^{\mathrm{Shear}}\right)_\varsigma^2 = \left[\left(\frac{1}{2}k_{n0}^{22}\sin 18°\right)^2 + \left(\frac{1}{2}k_{n0}^{33}\sin 18°\right)^2 + \left(k_{n1}^{32}\cos 18°\right)^2\right]$$
$$\cdot (29.56\mathrm{mm})^2 \tag{6.2.22}$$

$$\left(c_n^{\mathrm{Shear}}\right)_{\delta g}^2 = \left[\left(\frac{1}{2}k_{n0}^{22}\sin 18°\right)^2 + \left(\frac{1}{2}k_{n0}^{33}\sin 18°\right)^2 + \left(k_{n1}^{32}\cos 18°\right)^2\right]$$
$$\cdot (n-1)^2 \left(4.556 \times 10^{-6}\mathrm{cm/s}^2\right)^2 \tag{6.2.23}$$

**震例 2**　2002 年阿拉斯加地震. 根据表 6.2.2 的参数, $\delta = 90°$, $\lambda = 0°$, $U\mathrm{d}S/a^2 = 0.6356\mathrm{mm}$ 和 $g_0 U\mathrm{d}S/a^3 = 0.0980 \times 10^{-6}\mathrm{cm/s^2}$. 所以, 相应的大地水准面和重力变化谱强分别为

$$\left(c_n^{\mathrm{Shear}}\right)_\varsigma^2 = \left(k_{n2}^{12}\right)^2 \cdot (0.6356\mathrm{mm})^2 \tag{6.2.24}$$

$$\left(c_n^{\mathrm{Shear}}\right)_{\delta g}^2 = \left(k_{n2}^{12}\right)^2 (n-1)^2 \left(0.0980 \times 10^{-6}\mathrm{cm/s^2}\right)^2 \tag{6.2.25}$$

**震例 3**　2003 年北海道地震. 此时, $U\mathrm{d}S/a^2 = 0.4100\mathrm{mm}$ 和 $g_0 U\mathrm{d}S/a^3 = 0.0630 \times 10^{-6}\mathrm{cm/s^2}$, 并且 $\delta = 20°$ 和 $\lambda = 90°$. 所以得大地水准面和重力变化的谱强为

$$\begin{aligned}\left(c_n^{\mathrm{Shear}}\right)_\varsigma^2 &= \left[\left(\frac{1}{2}k_{n0}^{22}\sin 40°\right)^2 + \left(\frac{1}{2}k_{n0}^{33}\sin 40°\right)^2 + \left(k_{n1}^{32}\cos 40°\right)^2\right] \\ &\quad \cdot (0.4100\mathrm{mm})^2\end{aligned} \tag{6.2.26}$$

$$\begin{aligned}\left(c_n^{\mathrm{Shear}}\right)_{\delta g}^2 &= \left[\left(\frac{1}{2}k_{n0}^{22}\sin 40°\right)^2 + \left(\frac{1}{2}k_{n0}^{33}\sin 40°\right)^2 + \left(k_{n1}^{32}\cos 40°\right)^2\right] \\ &\quad \cdot (n-1)^2 \left(0.0630 \times 10^{-6}\mathrm{cm/s^2}\right)^2\end{aligned} \tag{6.2.27}$$

然后把三个地震的同震大地水准面和重力变化的谱强按照式 (6.2.22)~(6.2.27) 计算出来, 并分别在图 6.2.3 和图 6.2.4 中给出. 为了比较, GRACE 误差也相应地给出.

结果表明, 1964 年阿拉斯加地震的谱强大于 GRACE 的误差, 即 GRACE 可以观测到该地震所产生的同震重力和大地水准面变化. 该分析方法与 Gross 和 Chao (2001) 用地球自由振荡简正模解所得到的结论一致. 上述结论被随后发生的 2004 年苏门答腊地震 ($M_\mathrm{w}9.3$) 所证实 (参见 Han et al., 2006; Ogawa and Heki, 2007). 图 6.2.3 和图 6.2.4 还表明, 2002 年阿拉斯加地震和 2003 北海道地震的谱分布小于 GRACE 观测误差, 因而它们

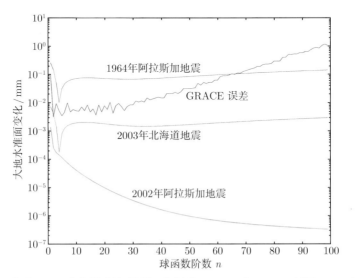

图 6.2.3　1964 年和 2002 年阿拉斯加地震 (分别为 $M_\mathrm{w}9.2$ 和 $M7.9$) 以及 2003 年北海道地震 ($M8.0$) 所产生大地水准面变化的谱强分布 (Sun and Okubo, 2004a)

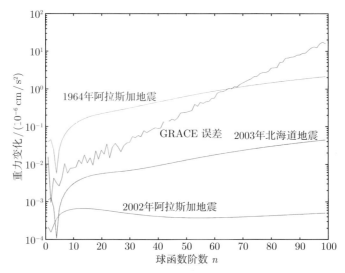

图 6.2.4　1964 年和 2002 年阿拉斯加地震 (分别为 $M_\mathrm{w}9.2$ 和 $M7.9$) 以及 2003 年北海道地震 $(M8.0)$ 所产生重力变化的谱强分布 (Sun and Okubo, 2004a)

很难被 GRACE 观测到. 进一步, 尽管两个地震的断层大小基本一样, 2003 年北海道地震的谱强比 2002 年阿拉斯加地震的谱强大很多, 并且在所有的球函数阶数上都是如此. 这表明, 地震断层的几何参数, 特别是断层倾角, 在这些地球物理效应中起着重要作用.

上述讨论结果都是针对点震源进行的, 在实际应用中, 如果断层尺寸非常大, 或者与卫星至震源的距离相当的话, 应该考虑断层的几何形状. 如果断层尺寸足够小该地震可以作为点源来计算. 震源深度也是影响变形振幅的另一个因素, 然而, 相对于断层几何形状而言, 深度的影响相对小一些 (Sun and Okubo, 1998). 对于 GRACE follow-on 重力卫星, 即使是小地震也许应该考虑断层的尺寸. 然而本研究仅是观察同震变形的振幅, 近似计算是可以接受的.

### 6.2.5　谱域–空间域考察 GRACE 检测同震变形能力

上面通过位错 Love 数的谱强讨论了重力卫星 GRACE 的检测能力. 下面将通过不同球函数阶数的空间域讨论同样问题. 因为我们的目的是研究 GRACE 检测同震变形的能力, 可以仅观察其最大变形振幅. 这意味着对走滑位错可以取 $\sin 2\varphi = 1$, 对倾滑位错可以取 $\sin \varphi = 1$. 为了观察同震变形振幅, 必须考虑一个具体的地震断层. 为此, 考虑 1964 年阿拉斯加地震 $(M_\mathrm{w}9.2)$, 其断层模型为 (Savage and Hastie, 1966): 断层长 600km、宽 200km、位错 10m. 相应的大地水准面和重力位错因子分别为 $U\mathrm{d}S/a^2 = 2.956\mathrm{cm}$ 和 $g_0 U\mathrm{d}S/a^3 = 4.556 \times 10^{-6}\mathrm{cm/s^2}$. 为了讨论一般性, 我们考虑 32km 深处所有四种独立震源的情况.

首先计算位错 Love 数, 然后就可计算相应的同震大地水准面变化和重力变化. 由于同震大地水准面变化和重力变化的计算与讨论完全一样, 其结果也应该一样, 下面仅以同震大地水准面变化为例进行讨论. 因为同震变形依赖于震中距, 我们分别计算震中距分别为 $0.01°$、$1°$、$10°$ 和 $20°$ 以及 $\sin 2\varphi = 1$ 时的同震大地水准面变化, 结果在图 6.2.5 中给出. 四个震中距的结果分别在四个子图中给出：(a) 0.01°, (b) 1°, (c) 10°, (d) 20°. 每个子图从上至下分别给出四个独立震源的同震大地水准面变化. 横轴表示球函数阶数至 200 阶; 纵轴表示每个球函数阶数的大地水准面变化的贡献, 单位为 cm. 结果显示, 不同的震中距每阶的贡献是不同的. 例如, 震中距为 1° 时, 垂直断层走滑位错的最大同震大地水准面变化出现在 $n = 180$ 处, 约为 0.04mm; 倾滑断层的最大同震大地水准面变化为 0.6mm, 对应于 120 阶; 水平引张位错的最大大地水准面变化为 1.0mm, 出现在 $n = 2$; 而

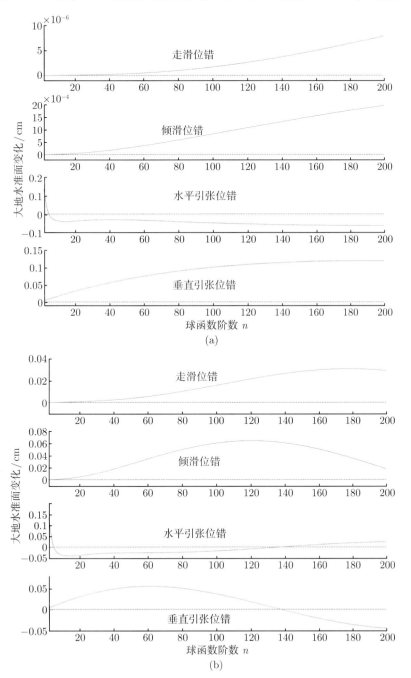

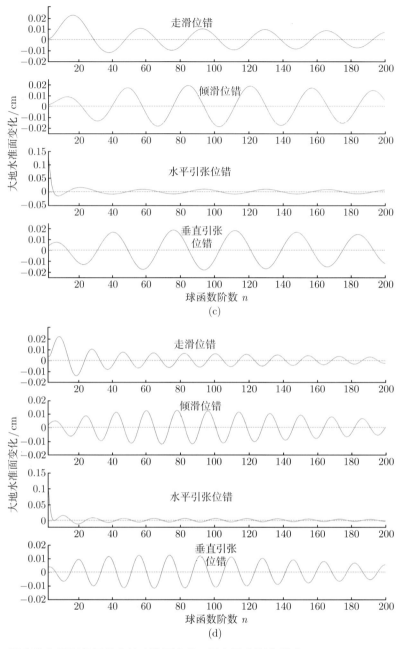

图 6.2.5　四个独立震源的同震大地水准面变化; 四个震中距分别为: (a) 0.01°, (b) 1°, (c) 10°, (d) 20°; 震源深度为 32km

上下引张位错的最大大地水准面变化为 $n = 60$ 处的 0.6mm. 然而, 在震中距为 10° (和 20°) 的各阶大地水准面变化则表现不同, 好像随 $n$ 增加而波动.

一般而言, 同震变形看上去比较复杂, 因为它们是震源类型、震源深度以及观测点位置的函数. 为了方便, 仅把最大变化值总结在表 6.2.3 中, 是对于不同球函数阶数的最大同震大地水准面变化的绝对值, 四列结果分别为不同的震中距; 四行分别为四个独立震源的结果; 单位为 mm. 它表明垂直断层走滑位错, 当 $n > 200$ 时在震中距为 $0.01°$ 处大地水准面变化为 $0.0001$mm, 当 $n > 100$ 时, 震中距为 $1°$ 的变化为 $0.3$mm. 两个引张型位

表 6.2.3　不同震中距的最大同震大地水准面变化　　　　　　　(单位: mm)

| 震源 $ij$ | $0.01°$ | $1°$ | $10°$ | $20°$ |
|---|---|---|---|---|
| 12 | $0.0001\ (n > 200)$ | $0.3\ (n > 100)$ | $0.2\ (n = 18)$ | $0.2\ (8 < n < 20)$ |
| 32 | $0.002\ (n > 200)$ | $0.7\ (n = 120)$ | $0.2\ (30 < n < 180)$ | $0.2\ (60 < n < 120)$ |
| 22 | $1.5\ (n = 2)$ | $1.1\ (n = 2)$ | $1.0\ (n = 2)$ | $1.0\ (n = 2)$ |
| 33 | $1.2\ (n > 140) > 0.5\ (n > 30)$ | $0.6\ (n = 60)$ | $0.2\ (40 < n < 120)$ | $0.15\ (50 < n < 120)$ |

错的同震大地水准面变化比剪切型位错的结果大. 另一方面, 根据 GRACE 模拟结果, 表6.2.4 列出其预期大地水准面观测误差. 该表显示, 例如, 对于球函数阶数 $3\sim10$, 大地水准面的误差小于 $0.01$mm. 因此, 比较表 6.2.3 和表 6.2.4 可知, 1964 年阿拉斯加大地震产生的大地水准面变化远大于 GRACE 误差, 约两个量级, 表明同震大地水准面变化可以被 GRACE 检测出来.

表 6.2.4　GRACE 观测的大地水准面误差

| 球函数阶数 | 大地水准面误差/mm (每个 $n$) |
|---|---|
| $n = 2$ | $< 0.10$ |
| $3 \leqslant n \leqslant 10$ | $< 0.01$ |
| $10 \leqslant n \leqslant 70$ | $< 0.15$ |
| $70 \leqslant n \leqslant 100$ | $< 1.50$ |
| $100 \leqslant n \leqslant 150$ | $< 65.0$ |

根据上述结果和讨论, 我们很容易得到预期被 GRACE 观测到的最小地震震级. 其结论和 6.2.4 节的谱强分析方法得到的结论基本一致.

### 6.2.6　单阶同震大地水准面随震源距的变化

现在看一下每个球函数阶数的同震大地水准面随震源距变化的分布特性, 仅以大地水准面为例进行计算和讨论. 为此, 取一定的球函数阶数 $(n = N)$, 考虑同震大地失准面随震中距的变化, 其计算公式变为

$$\zeta^{ij}(a, \theta, \varphi) = k_{Nm}^{ij} Y_N^m(\theta, \varphi) \cdot \nu_i n_j \frac{U \mathrm{d}S}{a^2} \tag{6.2.28}$$

例如, 当 $n = N = 20$ 时, 垂直断层走滑位错的同震大地水准面可以写成

$$\zeta^{12}(a, \theta, \varphi) = 2 \sin 2\varphi k_{20,2}^{12} P_{20}^2(\cos \theta) \cdot \frac{U \mathrm{d}S}{a^2} \tag{6.2.29}$$

其他震源类型也有类似的计算公式. 利用上面相同的震源参数计算了球函数阶数 $n = 20$ 和 $n = 200$ (分别相当于波长 1000km 和 100km) 的同震大地水准面变化, 结果在图 6.2.6 给出. 震源深度为 32km; 位错因子为 $U \mathrm{d}S/a^2 = 2.956$cm, 相当于 1964 年阿拉斯加地震 $(M_w 9.2)$. 结果显示, 同震大地水准面变化达 $0.2\sim1.0$mm. 长周期波 $n = 20$ 的大地水准面在全地球表面有较均匀的分布; 但是高阶球函数阶数 $n = 200$ 的变形显示在靠近震中处变形较大, 且随震源距增加而快速衰减. 然而两种情况的变形幅度几乎相同, 大约比 GRACE 观测精度大两个量级 (ESA, 1999), 应该能被 GRACE 检测到.

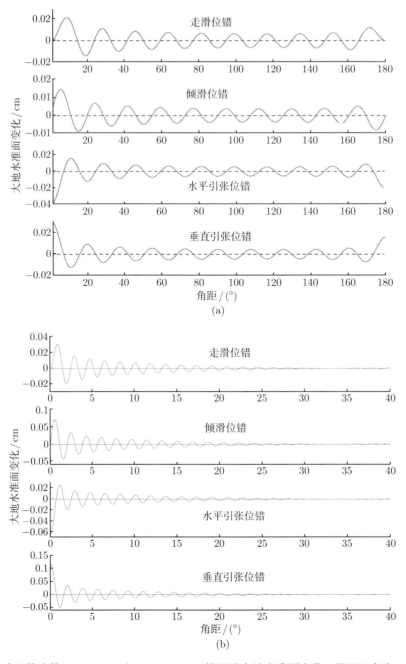

图 6.2.6　球函数阶数 $n = 20$ (a) 和 $n = 200$ (b) 的同震大地水准面变化. 震源深度为 $32$km; 位错因子为 $U\mathrm{d}S/a^2 = 2.956$cm, 相当于 1964 年阿拉斯加地震 ($M_{\mathrm{w}}9.2$)

作为例子, 我们考虑 2002 年阿拉斯加地震 ($M7.9$), 该地震为垂直走滑型破裂, 断层尺寸为 $200$km×$30$km, 平均位错为 $4.3$m, 于是, 大地水准面的位错因子为

$$\frac{U\mathrm{d}S}{a^2} = 0.64\mathrm{mm}$$

$$\frac{g_0 U \mathrm{d}S}{a^3} = 0.098 \times 10^{-6} \mathrm{cm/s}^2$$

把这些因子和位错 Love 数代入式 (6.2.29),分别计算球函数阶数为 2、10 和 20 的同震大地水准面变化,结果见图 6.2.7. 由图可见,$n=2$ 的大地水准面变化几乎在全球面分布;而 $n=10$ 和 $n=20$ 的结果则表现为相对高频特性. 三者在变形振幅上几乎相同,最大大地水准面变化分别为 0.008mm ($n=2$)、0.006mm ($n=10$) 和 0.005mm ($n=20$). 把这些结果和 GRACE 模拟误差比较可知,该地震产生的大地水准面变化和 GRACE 误差在一个量级上,但是稍小一些,也就是说,这个地震的信号很难被 GRACE 观测到.

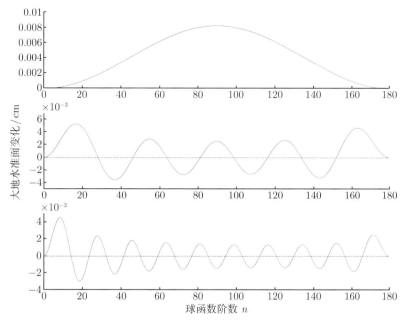

图 6.2.7　2002 年阿拉斯加地震 ($M7.9$) 产生的同震大地水准面变化. 从上至下分别为球函数阶数 2、10 和 20

### 6.2.7　截断同震大地水准面变化

第 2 章的位错格林函数是通过对全部位错 Love 数求和计算而得. 另外, 6.2.6 小节中讨论了每个球函数阶数的同震变形. 然而, 有时我们也许需要计算一定频谱内的同震变形, 因为重力卫星具有一定的空间分辨率而无法观测到所有球函数阶数相对应的信号. 为了将理论和观测相比较, 相对应的理论计算也需要截断. 所以, 这里定义截断同震大地水准面和重力变化的概念, 即, 仅对一定的球函数阶数求和来计算格林函数. 使得大地水准面的求和变为从 $N_1$ 到 $N_2$, 于是 (重力变化的计算也类似)

$$\zeta^{ij}(a, \theta, \varphi) = \sum_{n=N_1}^{n=N_2} \sum_m k_{nm}^{ij} Y_n^m(\theta, \varphi) \cdot \nu_i n_j \frac{U \mathrm{d}S}{a^2} \tag{6.2.30}$$

作为具体例子,垂直断层走滑位错的截断同震大地水准面变化可以写为

$$\zeta^{12}(a, \theta, \varphi) = 2 \sin 2\varphi \sum_{n=N_1}^{n=N_2} k_{n2}^{12} P_n^2(\cos\theta) \cdot \frac{U\mathrm{d}S}{a^2} \tag{6.2.31}$$

利用公式 (6.2.31) 我们分别计算了前 20 阶和 200 阶的同震大地水准面变化, 级数求和分别取从 $N_1 = 2$ 到 $N_2 = 20$ 和从 $N_1 = 2$ 到 $N_2 = 200$. 结果绘于图 6.2.8(a) 和 (b). 结果显

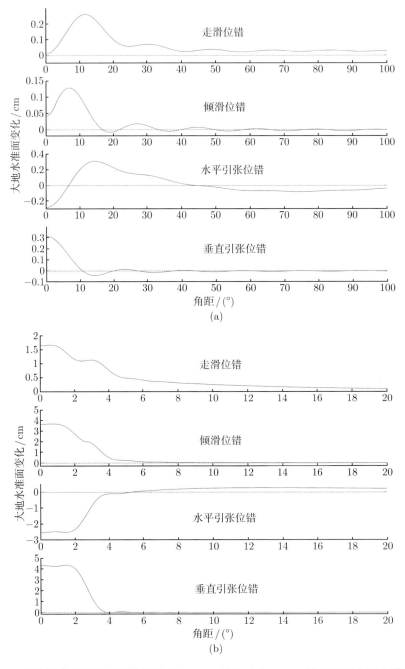

图 6.2.8 四个独立震源的球函数阶数 (a) 2~20 阶和 (b) 2~200 阶的同震大地水准面变化

示大地水准面可达 2~200mm. 可见球函数阶数考虑的越多, 同震变形的幅度越大. 与前面章节中的讨论结果一样, 引张型位错的剪切型位错产生更大的同震变形. 另外, $N_2 = 20$ 求和的结果表现为较低频特性, 而 $N_2 = 200$ 的结果则呈现高频波动.

## 6.3  用重力卫星观测数据反演位错 Love 数的方法

如上所述, 重力卫星 GRACE 可以提供非常精确、高分辨率的全球时变重力场模型 (NRC, 1997; Wahr et al., 1998), 并在地球科学研究上具有广泛的应用, 如大气、海洋质量再分布、冰川融化、同震变化等 (Chao et al., 2000; Chao, 2003). 根据 Chao 和 Gross (1987) 的理论, Gross 和 Chao (2001) 利用简正模方法研究了地震对重力场的扰动, 认为 GRACE 可以检测到 1960 年智利、1964 年阿拉斯加等大地震产生的同震效应. Sun 和 Okubo (2004a; 2004b) 从另一个途径, 即球形地球模型位错理论的同震大地水准面和重力变化的球函数阶数谱强分析得到了类似的结论, 认为大于 $M9.0$ 级的剪切型位错和大于 $M7.5$ 级的引张型位错所产生的同震变形均可以被 GRACE 检测出来. 应该指出的是, Sun 和 Okubo (2004a; 2004b) 的研究中使用的位错 Love 数是根据球对称地球模型计算出来的, 如 1066A 模型 (Gilbert and Dziewonski, 1975) 或 PREM 模型 (Dziewonski and Anderson, 1981). 然而, 这些位错 Love 数与真实地球的响应是不同的; 另一方面, Okubo 等 (2002) 的研究表明如果调整地球模型参数, 会产生不同的同震变形. 这个事实意味着位错 Love 数的精度直接依赖于所采用地球模型的精确与否. 那么如果可能的话, 通过实际大地测量观测数据来确定位错 Love 数将会更合理, 因为实际大地测量观测数据包含地球内部构造的更真实信息, 而重力卫星技术便为此提供了可能性.

所以, 把位错 Love 数作为未知量, Sun 等 (2006) 提出了一种利用重力卫星观测数据反演位错 Love 数的方法. 根据 Sun 和 Okubo (1993) 的位错理论, 震源位于北极的位错在观测点 $(a, \theta, \varphi)$ 产生的同震引力位变化可以表示为

$$\psi^{ij}(a, \theta, \varphi) = \sum_{n,m} k_{nm}^{ij} Y_n^m(\theta, \varphi) \cdot \nu_i n_j \frac{g_0 U \mathrm{d}S}{a^2} \tag{6.3.1}$$

式中, $k_{nm}^{ij}$ 即为引力位位错 Love 数, $\nu_i$ 和 $n_j$ 是位错滑动矢量和法矢量分量, $Y_n^m(\theta, \varphi)$ 是 $n$ 阶 $m$ 次球函数, 位错因子 $g_0 U \mathrm{d}S / a^2$ 则定义了地震的大小, 同时也给定了引力位变化的单位. 前面已经指出, 对于球对称地球模型, 一共有四个独立解, 即, 只要在九个 $\psi^{ij}$ 中能确定任意四个独立解, 任意位错源产生的引力位变化便可以通过四个独立解的适当组合而简单求得. 这里我们取和前述完全相同的四个独立解. 于是, 这四个独立解的引力位变化表达式为 (Sun and Okubo, 1993)

$$\psi^{12}(a, \theta, \varphi) = 2 \sum_{n=2}^{\infty} k_{n2}^{12} P_n^2(\cos\theta) \sin 2\varphi \frac{g_0 U \mathrm{d}S}{a^2} \tag{6.3.2}$$

$$\psi^{32}(a, \theta, \varphi) = 2 \sum_{n=1}^{\infty} k_{n1}^{32} P_n^1(\cos\theta) \sin\varphi \frac{g_0 U \mathrm{d}S}{a^2} \tag{6.3.3}$$

$$\psi^{22}(a, \theta, \varphi) = \left[ \sum_{n=0}^{\infty} k_{n0}^{22} P_n(\cos\theta) - 2 \sum_{n=2}^{\infty} k_{n2}^{12} P_n^2(\cos\theta) \cos 2\varphi \right] \frac{g_0 U \mathrm{d}S}{a^2} \tag{6.3.4}$$

$$\psi^{33}(a, \theta, \varphi) = \sum_{n=0}^{\infty} k_{n0}^{33} P_n(\cos\theta) \frac{g_0 U \mathrm{d}S}{a^2} \tag{6.3.5}$$

那么根据断层的几何参数, 任意剪切型位错源的同震引力位变化可以表示为

$$\psi^{\mathrm{Shear}}(a, \theta, \varphi) = \sum_{n=2}^{\infty} \left\{ (\sin\lambda \sin 2\delta \cos 2\varphi - 2\cos\lambda \sin\delta \sin 2\varphi) \cdot P_n^2(\cos\theta) k_{n2}^{12} \right.$$
$$+ 2(\sin\lambda \cos 2\delta \sin\varphi + \cos\lambda \cos\delta \cos\varphi) P_n^1(\cos\theta) k_{n1}^{32}$$
$$\left. + \frac{1}{2}\sin\lambda \sin 2\delta P_n(\cos\theta) \left(k_{n0}^{33} - k_{n0}^{22}\right) \right\} \cdot \frac{g_0 U \mathrm{d}S}{a^2} \tag{6.3.6}$$

同样, 任意引张型断层的同震引力位可以表达为

$$\psi^{\mathrm{Tensile}}(a, \theta, \varphi) = \sum_{n=2}^{\infty} \left[ \cos^2\delta P_n(\cos\theta) k_{n0}^{33} + \sin^2\delta P_n(\cos\theta) k_{n0}^{22} \right.$$
$$- 2\sin^2\delta \cos 2\varphi P_n^2(\cos\theta) k_{n2}^{12}$$
$$\left. - 2\sin 2\delta \sin\varphi P_n^1(\cos\theta) k_{n1}^{32} \right] \frac{g_0 U \mathrm{d}S}{a^2} \tag{6.3.7}$$

另一方面, 重力卫星给出下列引力位扰动观测式 (Heiskanen and Moritz, 1967)

$$T(a, \theta', \varphi') = a \sum_{n=0}^{\infty} \sum_{m=-n}^{n} (\Delta C_{nm} \cos m\varphi' + \Delta S_{nm} \sin m\varphi') P_n^m(\cos\theta') \tag{6.3.8}$$

式中, $\Delta C_{nm}$ 和 $\Delta S_{nm}$ 是重力卫星 GRACE 观测得到的两组球函数系数 $(C_{nm}^1, S_{nm}^1)$ 和 $(C_{nm}^2, S_{nm}^2)$ 的差值, 即

$$\Delta C_{nm} = C_{nm}^2 - C_{nm}^1 \tag{6.3.9}$$

$$\Delta S_{nm} = S_{nm}^2 - S_{nm}^1 \tag{6.3.10}$$

注意, 一个实际位错可以位于地球的任意位置, 而重力卫星提供的位模型总是以北极为原点的, 因此理论引力位表达式 (6.3.6) 和 (6.3.7) 与卫星提供的引力位 (6.3.8) 是两个不同的球坐标系 $(a, \theta, \varphi)$ 和 $(a, \theta', \varphi')$. 为了把它们进行比较, 必须把其中一个转换到另一个坐标系下. 由于球对称性, 无论转换哪一个其结果只一样的. 不过, 引力位表达式 (6.3.6) 和 (6.3.7) 中的位错 Love 数是未知量, 需要从观测值导出, 因此可以保持不变. 另外, 如果震源选在极轴上, 同震引力位变化仅包含球函数次数 $m = 0, 1, 2$, 否则, 所有球函数次数都需要考虑. 所以, 我们把观测引力位 (6.3.8) 转换到理论引力位 (6.3.6) 和 (6.3.7) 的系统中:

$$T(a, \theta, \varphi) = a \sum_{n=0}^{\infty} \sum_{k=-n}^{n} (\Delta c_{nk} \cos k\varphi + \Delta c_{nk} \sin k\varphi) P_n^k(\cos\theta) \tag{6.3.11}$$

式中,

$$\Delta c_{nk} = \sum_{m=0}^{n} a_{nm}^k \Delta C_{nm} \tag{6.3.12}$$

$$\Delta s_{nk} = \sum_{m=0}^{n} b_{nm}^{k} \Delta S_{nm} \tag{6.3.13}$$

而系数 $a_{nm}^{k}$ 和 $b_{nm}^{k}$ 可以由递推公式来计算. 根据 Xu 和 Jiang (1964) 研究, 式 (6.3.12) 和 (6.3.13) 中的转换系数 $a_{nm}^{k}$ 和 $b_{nm}^{k}$ 可以由下面递推公式得到, 假设 $(\theta_0, \varphi_0)$ 为震源原点, 则

$$a_{nm}^{0} = P_{nm}(\cos\theta_0), \quad b_{nm}^{0} = 0 \tag{6.3.14}$$

对 $k = 1$,

$$(n-m+1)a_{n+1,m}^{1} = n\cos\theta_0 a_{nm}^{1} + \sin\theta_0 a_{nm}^{0} - \frac{1}{2}(n-1)n\sin\theta_0 a_{nm}^{2} \tag{6.3.15}$$

$$(n-m+1)b_{n+1,m}^{1} = n\cos\theta_0 b_{nm}^{1} + \sin\theta_0 b_{nm}^{0} - \frac{1}{2}(n-1)n\sin\theta_0 b_{nm}^{2} \tag{6.3.16}$$

$$a_{n,n}^{1} = (n-1)\sin\theta_0 a_{n-1,n-1}^{1} + \left(b_{n-1,n-1}^{0} - \cos\theta_0 a_{n-1,n-1}^{0}\right)$$
$$+ \frac{1}{2}(n-1)(n-2)\left(b_{n-1,n-1}^{2} + \cos\theta_0 a_{n-1,n-1}^{2}\right) \tag{6.3.17}$$

$$b_{n,n}^{1} = (n-1)\sin\theta_0 b_{n-1,n-1}^{1} + \left(a_{n-1,n-1}^{0} - \cos\theta_0 b_{n-1,n-1}^{0}\right)$$
$$+ \frac{1}{2}(n-1)(n-2)\left(a_{n-1,n-1}^{2} + \cos\theta_0 b_{n-1,n-1}^{2}\right) \tag{6.3.18}$$

对 $k \geqslant 2$,

$$(n-m+1)a_{n+1,m}^{k} = (n-k+1)\cos\theta_0 a_{nm}^{k} + \frac{1}{2}\sin\theta_0 a_{nm}^{k-1}$$
$$- \frac{1}{2}(n-k)(n-k+1)\sin\theta_0 a_{nm}^{k+1} \tag{6.3.19}$$

$$(n-m+1)b_{n+1,m}^{k} = (n-k+1)\cos\theta_0 b_{nm}^{k} + \frac{1}{2}\sin\theta_0 b_{nm}^{k-1}$$
$$- \frac{1}{2}(n-k)(n-k+1)\sin\theta_0 b_{nm}^{k+1} \tag{6.3.20}$$

$$a_{n,n}^{k} = (n-k)\sin\theta_0 a_{n-1,n-1}^{k} + \frac{1}{2}\left(b_{n-1,n-1}^{k-1} - \cos\theta_0 a_{n-1,n-1}^{k-1}\right)$$
$$+ \frac{1}{2}(n-k)(n-k-1)\left(b_{n-1,n-1}^{k+1} + \cos\theta_0 a_{n-1,n-1}^{k+1}\right) \tag{6.3.21}$$

$$b_{n,n}^{k} = (n-k)\sin\theta_0 b_{n-1,n-1}^{k} + \frac{1}{2}\left(a_{n-1,n-1}^{k-1} - \cos\theta_0 b_{n-1,n-1}^{k-1}\right)$$
$$+ \frac{1}{2}(n-k)(n-k-1)\left(a_{n-1,n-1}^{k+1} + \cos\theta_0 b_{n-1,n-1}^{k+1}\right) \tag{6.3.22}$$

理论上, 同震引力位变化 $\psi^{\text{Shear}}(a,\theta,\varphi)$ (或 $\psi^{\text{Tensile}}(a,\theta,\varphi)$) 应该和重力卫星观测到的重力位 $T(a,\theta,\varphi)$ 相等, 即

$$\psi(a,\theta,\varphi) \equiv T(a,\theta,\varphi) \tag{6.3.23}$$

实际上, 使用 $\psi^{\text{Shear}}(a,\theta,\varphi)$ 或者 $\psi^{\text{Tensile}}(a,\theta,\varphi)$ 将取决于实际地震震源类型 —— 剪切型还是引张型. 另一方面, 关系式 (6.2.23) 对任何球函数阶数都成立, 下面仅讨论球函数

阶数 $n$ 的情况. 假设一个剪切震源, 把卫星观测数据作为约束条件, 把位错 Love 数 $k_{nm}^{ij}$ 作为未知量, 把式 (6.3.6) 和式 (6.3.11) 代入式 (6.3.23), 可得如下方程:

$$f_1(\theta, \varphi) k_{n2}^{12} + f_2(\theta, \varphi) k_{n1}^{32} + f_3(\theta, \varphi) k_{n0}^{22} + f_4(\theta, \varphi) k_{n0}^{33} = g(\theta, \varphi) \tag{6.3.24}$$

式中,

$$f_1(\theta, \varphi) = (\sin\lambda \sin 2\delta \cos 2\varphi - 2\cos\lambda \sin\delta \sin 2\varphi) P_n^2(\cos\theta) \frac{g_0 U \mathrm{d}S}{a^2} \tag{6.3.25}$$

$$f_2(\theta, \varphi) = 2(\sin\lambda \cos 2\delta \sin\varphi + \cos\lambda \cos\delta \cos\varphi) P_n^1(\cos\theta) \frac{g_0 U \mathrm{d}S}{a^2} \tag{6.3.26}$$

$$f_3(\theta, \varphi) = \frac{1}{2}\sin\lambda \sin 2\delta P_n(\cos\theta) \frac{g_0 U \mathrm{d}S}{a^2} \tag{6.3.27}$$

$$g(\theta, \varphi) = a \sum_{k=-n}^{n} (\Delta c_{nk} \cos k\varphi + \Delta c_{nk} \sin k\varphi) P_n^k(\cos\theta) \tag{6.3.28}$$

是与计算点和断层参数有关的函数, 而函数 $g(\theta, \varphi)$ 则是与卫星观测有关的量. 其中 $\Delta c_{nk}$ 和 $\Delta s_{nk}$ 是地震前后两期重力位模型系数的差, 含有地震产生的重力变化信息. 上述方程式只有 4 个未知数, 且观测值布满地球表面. 将其离散化后, 可以得到一个 4 阶线性方程组

$$\boldsymbol{F}\boldsymbol{K} = \boldsymbol{G} \tag{6.3.29}$$

式中,

$$\boldsymbol{K} = \left(k_{n2}^{12}, k_{n1}^{32}, k_{n0}^{33} - k_{n0}^{22}\right)^{\mathrm{T}} \tag{6.3.30}$$

$$\boldsymbol{G} = (g(\theta_1, \varphi_1), g(\theta_2, \varphi_2), \cdots, g(\theta_N, \varphi_N))^{\mathrm{T}} \tag{6.3.31}$$

$$\boldsymbol{F} = \begin{pmatrix} f_1(\theta_1, \varphi_1) & f_2(\theta_1, \varphi_1) & f_3(\theta_1, \varphi_1) \\ f_1(\theta_2, \varphi_2) & f_2(\theta_2, \varphi_2) & f_3(\theta_2, \varphi_2) \\ \vdots & \vdots & \vdots \\ f_1(\theta_N, \varphi_N) & f_2(\theta_N, \varphi_N) & f_3(\theta_N, \varphi_N) \end{pmatrix} \tag{6.3.32}$$

所以, 未知量 $\boldsymbol{K}$ 可以容易解出

$$\boldsymbol{K} = \boldsymbol{F}^{-1}\boldsymbol{G} \tag{6.3.33}$$

如果震源偶然为一个特殊类型, 即四个独立解其中的一个, 那么位错 Love 数值间解耦, 计算变为更简单. 例如, 如果震源是一个垂直断层走滑位错, 式 (6.3.24) 就简化为

$$f_1(\theta, \varphi) k_{n2}^{12} = g(\theta, \varphi) \tag{6.3.34}$$

因而, 便可以直接得到位错 Love 数为

$$k_{n2}^{12} = g(\theta, \varphi)/f_1(\theta, \varphi) \tag{6.3.35}$$

同理可以得到其他震源类型的位错 Love 数为

$$k_{n1}^{32} = g(\theta, \varphi)/f_2(\theta, \varphi) \tag{6.3.36}$$

$$k_{n0}^{22} = -g(\theta,\varphi)/f_3(\theta,\varphi) \tag{6.3.37}$$

$$k_{n0}^{33} = g(\theta,\varphi)/f_3(\theta,\varphi) \tag{6.3.38}$$

应该指出, 对于这些特殊情况, 一次地震只能确定一个相关的位错 Love 数, 而不是全部. 另外, 对于引张型位错, 计算方法是一样的, 只是 $f_i(\theta,\varphi)\,(i=1,2,3,4)$ 的计算略有不同.

为了证明上述理论的正确性, 下面以 2004 年苏门答腊地震为例作一个模拟计算. 该地震发生在北苏门答腊海岸以西约 100km 处, 产生了巨大的灾害性海啸 (Khan and Gudmundsson, 2005; Ammon et al., 2005). 该地震的震源参数列在表 6.3.1 (Yamanaka, 2004).

首先假设 GRACE 没有观测误差, 即, 地震前后两组引力位模型的差值 $(\Delta C_{nm},\ \Delta S_{nm})$ 仅含同震变形信息. 另一方面, 利用已知位错 Love 数产生一组模拟数据, 例如, 2 阶位错 Love 数

**表 6.3.1　2004 年苏门答腊地震震源参数**

| 参数 | 断层 |
|---|---|
| 走滑角 | $340°$ |
| 倾角 | $8°$ |
| 滑动角 | $112°$ |
| $L \times W \times U$ | $1130\text{km} \times 40\text{km} \times 0.02\text{km}$ |
| 纬度 | $3.251°\text{N}$ |
| 经度 | $95.799°\text{E}$ |
| 深度 | $10\text{km}$ |

$$k_{22}^{12} = 0.00437720437$$
$$k_{21}^{32} = 0.0002946987178$$
$$k_{20}^{33} - k_{20}^{22} = -0.0268207390418$$

模拟同震变形数据产生后, 可以利用式 (6.3.28) 计算函数 $g(\theta,\varphi)$. 注意为了方便取震中为坐标原点. 然后, 我们把 $f_i(\theta,\varphi)\,(i=1,2,3)$ 和 $g(\theta,\varphi)$ 在 $1° \times 1°$ 的网格上作数值离散, 于是得到了方程 (6.3.29) 或者 (6.3.33) 中的 $\boldsymbol{G},\boldsymbol{F}$ 矩阵. 那么由式 (6.3.33) 就可以简单的求出位错 Love 数 $\boldsymbol{K}$. 为了考察数值计算的收敛性, 我们先考虑以震中为中心的半径为 $10°$ 计算范围, 将计算区域离散化后形成 3600 个线性方程组. 利用上述方法反演位错 Love 数, 其结果在表 6.3.2 中第二行给出. 结果表明反演的位错 Love 数和理论值符合得非常好, 相对误差仅为 $2.49 \times 10^{-9}$. 如果增大计算区域的范围, 即把半径 $10°$ 分别扩大至 $30°$、$60°$、$100°$ 等, 计算精度便随之变高 (表 6.3.2), 而相对误差便随之变小 (图 6.3.1).

**表 6.3.2　理论位错 Love 数和反演位错 Love 数的比较 $(n=2)$. 计算圆盖面积从 $10°$ 变化至 $179°$, 括号中的数值给出相对于理论值的相对误差**

| | $k_{22}^{12}$ | $k_{31}^{32}$ | $k_{20}^{33} - k_{20}^{22}$ |
|---|---|---|---|
| 理论值 | $0.00437720437000000$ | $0.00029469871780000$ | $-0.02682073904180000$ |
| $\theta = 1° \sim 10°$ | $0.00437720436991047$ $(2.04 \times 10^{-9})$ | $0.00029469871779842$ $(5.35 \times 10^{-10})$ | $-0.02682073904179054$ $(3.52 \times 10^{-11})$ |
| $\theta = 1° \sim 30°$ | $0.00437720437002778$ $(6.34 \times 10^{-10})$ | $0.00029469871779875$ $(4.23 \times 10^{-10})$ | $-0.02682073904180265$ $(9.88 \times 10^{-12})$ |
| $\theta = 1° \sim 60°$ | $0.00437720437000351$ $(8.01 \times 10^{-11})$ | $0.00029469871779984$ $(5.27 \times 10^{-11})$ | $-0.02682073904180550$ $(2.04 \times 10^{-11})$ |
| $\theta = 1° \sim 100°$ | $0.00437720437000321$ $(7.32 \times 10^{-11})$ | $0.00029469871779984$ $(5.40 \times 10^{-11})$ | $-0.02682073904181473$ $(5.49 \times 10^{-11})$ |
| $\theta = 1° \sim 179°$ | $0.00437720437000325$ $(7.42 \times 10^{-11})$ | $0.00029469871779983$ $(5.87 \times 10^{-11})$ | $-0.02682073904180870$ $(3.24 \times 10^{-11})$ |

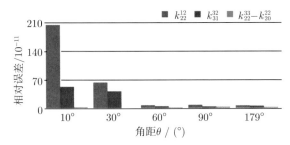

图 6.3.1　反演位错 Love 数随计算圆盖面积增加 $(10° \sim 179°)$ 而相对误差减小 $(n = 2$ 时)

同样, 我们可以对 $n = 2 \sim 100$ 进行反演, 计算位错 Love 数. 计算结果的相对误差在图 6.3.2 中给出. 可见, 所有球函数阶数的反演结果的相对误差都小于 $10^{-12}$. 所以说, 上述由重力卫星观测数据反演地震位错 Love 数在数值计算技术上是可行的, 只要卫星观测精度足够高即可.

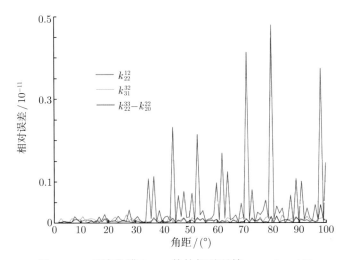

图 6.3.2　反演位错 Love 数的相对误差, $n = 2 \sim 100$

假设重力卫星具有一定的观测误差, 即在 $n = 100$ 时所有观测数据具有 1% 的随机误差, 下面验证上述反演方法的可靠性. 其相应的理论位错 Love 数和反演结果在表 6.3.3 给出. 结果表明, 反演位错 Love 数的精度也是 1%. 它说明如果地震足够大, 可以被重力

表 6.3.3　当位错 Love 数具有 1% 观测误差时 $(n = 100)$, 反演方法可以保证计算精度. 圆盖半径分别为 $10°$, $30°$ 和 $60°$

| | $k_{22}^{12}$ | $k_{31}^{32}$ | $k_{20}^{33} - k_{20}^{22}$ |
|---|---|---|---|
| 理论值 | $1.66875077200000 \times 10^{-4}$ | $3.28713649800000 \times 10^{-4}$ | $9.50572394700000 \times 10^{-4}$ |
| $\theta = 10°$ | $1.67996570262265 \times 10^{-4}$ <br> (0.67%) | $3.30348613882692 \times 10^{-4}$ <br> (0.49%) | $9.55049795206746 \times 10^{-4}$ <br> (0.47%) |
| $\theta = 30°$ | $1.67733609659271 \times 10^{-4}$ <br> (0.51%) | $3.30324454394680 \times 10^{-4}$ <br> (0.49%) | $9.55141835750042 \times 10^{-4}$ <br> (0.48%) |
| $\theta = 60°$ | $1.67838920786571 \times 10^{-4}$ <br> (0.57%) | $3.30344969817822 \times 10^{-4}$ <br> (0.49%) | $9.55151237245961 \times 10^{-4}$ <br> (0.48%) |

卫星观测到, 则由卫星观测数据就可以反演出位错 Love 数, 并且该反演方法可以保证数值计算精度.

## 6.4  关于 2004 年苏门答腊地震的研究

发生于 2004 年 12 月 26 日的苏门答腊地震 ($M_w$9.3) 是人类百年不遇的巨大灾害, 引发了破坏力极强的海啸, 造成近 30 万人死亡. 该地震发生在印度–澳大利亚板块和欧亚板块的俯冲型边界带上, 为浅源逆冲型地震; 地震破裂带的西南侧为分割印度板块和澳大利亚板块的弥散型边界带; 破裂带东侧为欧亚板块南部的巽他板块及缅甸小板块. 它是由于印度洋板块沿着巽他海沟向缅甸小板块下俯冲过程中积累的应变能突然释放和同时伴生的海底快速下陷所造成 (马宗晋、叶洪, 2005). 根据美国国家地震信息中心 (NEIC) 的结果, 地震起始位置为 3.30°N, 95.98°E, 深度约为 9km. 地震为单侧破裂, 余震都分布在主震以北, 余震区规模巨大, 长 1200~1300km, 宽约 260km. 而 2005 年 3 月 28 日发生在该地震以南的 $M_w$8.7 尼阿斯 (Nias) 地震, 震中位置为 2.09°N, 97.11°E, 深度约为 8.6km, 同样为俯冲型板块边界大地震, 可以认为是苏门答腊大地震的余震. 苏门答腊 $M_w$9.3 地震序列产生了巨大的同震及震后变形, 影响区域非常之大, 为实际应用球形地球模型位错理论, 以及探索卫星重力观测在地震研究中的应用提供了研究机会.

该地震产生了诸多地球物理变化, 如位移、应变、重力等. 这些物理变化大多可以被现代大地测量技术观测到, 如 GPS 观测到的地壳形变 (Ammon et al., 2005; Banerjee et al., 2005; 2007; Fu and Sun, 2006). 在震中距约 6000km 的日本神岗用激光应变仪记录到了明显的 $10^{-9}$ 量级的应变变化 (Araya et al., 2001; 2006). 另外, 如上所述, 重力卫星 GRACE 从空中也监测到了低阶重力变化 (Han et al., 2006). Sun 等 (2009) 用球形地球位错理论计算了 2004 年苏门答腊地震 ($M_w$9.3) 产生的全球同震变形, 包括位移、应变、大地水准面和重力变化等. 结果表明, 该地震产生了全球范围可观测到的变形. 震源附近最大垂直和水平位移分别达到 3m 和 11m 多, 最大重力变化达 $1 \times 10^{-5}$cm/s$^2$ 以上, 大地水准面变化了 2.4cm.

Han 等 (2006) 给出了世界上第一个由重力卫星观测到的同震重力变化结果. 这个结果是利用 GRACE level-1B 数据进行处理而得到的. 其后很多研究者利用不同版本的 GRACE 卫星数据获得了苏门答腊地震的同震及震后变形, 并进行了解释. Ogawa 和 Heki (2007) 利用 GRACE level-2 (Release-1) 数据展示了由苏门答腊 $M_w$9.3 级地震形成的大地水准面下沉的震后缓慢恢复, 认为这是上地幔超临界的水扩散的结果. Chen 等 (2007) 利用 GRACE level-2 (Release-4) 数据, 采用去相关和高斯滤波结合的滤波方法, 以等效水厚度变化的形式获取了苏门答腊地震的同震和震后质量变化. Panet 等 (2007) 利用球体上的连续小波分析方法分析了 GRACE 卫星数据, 研究了 2004 年苏门答腊地震 ($M_w$9.3) 引起的大地水准面变化, 发现震后松弛有两个时间尺度, 讨论认为同震变化由地壳、上地幔岩石密度变化和垂直位移引起; 震后变化与地幔的黏弹性响应和热的存在有关.

2004 年苏门答腊 $M_w$9.3 地震发生前, Sun 和 Okubo (2004a) 对于重力卫星能否检测到同震变化的问题进行过研究; 认为大于 $M$9.0 的剪切型或者大于 $M$7.5 的引张型地震所产生的同震变形 (重力或大地水准面变化) 可以被 GRACE 观测到. 这个结论被随后发生的 2004 年苏门答腊 $M_w$9.3 地震所证实. Pollitz 等 (2006; 2008) 建立了黏弹性分层模型模拟了苏门答腊 $M_w$9.3 级地震的震后松弛过程, 并且将模拟的同震及震后的变形效应与 GPS 时间序列进行比较, 理论模拟与观测值符合较好. 其模型为球对称、可压缩、自重模型; 弹性地壳下的岩流圈为 Burgers 体, 剩余的上、下地幔为 Maxwell 体. De Linage 等 (2009) 利用 Groupe de Recherche en Géodésie Spatiale (GRGS) 和 Center for Space Research (CSR) Release-04 的数据分别获得了苏门答腊地震的同震及震后重力和大地水准面变化, 并利用自重力、弹性球状分层地球模型模拟了同震变化, 利用全球水的模型和通用海洋环流模型调查了它们对同震及震后变形的影响, 认为这两个因素仅在马来西亚半岛区域引起几个 $10^{-6} cm/s^2$ 的重力偏差.

### 6.4.1 2004 年苏门答腊地震断层模型

为了计算同震变形, 合适的断层模型是必要的. 该地震发生后, 一些研究者利用不同的数据和方法提出了不同的断层滑动模型, 如 Ammon 等 (2005)、Stein 和 Okal (2005)、Vigny 等 (2005) 和 Tsai 等 (2005) 计算的断层滑动模型, 以及 Han 等 (2006) 用到的由 Chen Ji 提供的地震模型. 这些模型都是利用地震仪记录的地震波形数据反演获得. 然而, 这些模型之间的差别非常大 (Banerjee et al., 2005; Vigny et al., 2005; Ammon et al., 2005; Tsai et al., 2005). Ammon 等 (2005) 利用 100~3000s 周期的区域长周期和 80~300s 的远震地震波数据的最小二乘反演方法给出了 3 个断层模型. Tsai 等 (2005) 利用 CMT 方法给出了 5 个点源模型. 由于该模型是以点源形式给出的, 在计算近场同震变形时很不方便. 在下面的计算中, 我们使用 Han 等 (2006) 论文中的断层滑动模型 (图 6.4.1). 该模型包括两个地震事件: 2004 年 12 月 26 日的苏门答腊 (Sumatra) 地震和 2005 年 3 月 28 日的尼阿斯地震, 并由 7 块子断层组成, 由 Chen Ji 提供. 为了比较有时也用到了 Hoechner 等 (2008) 利用 GPS 观测资料和 IASP91 地球分层模型反演获得的地震断

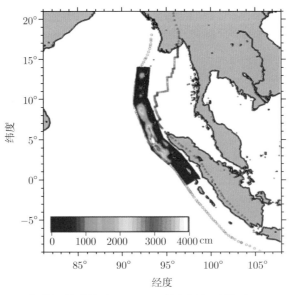

图 6.4.1 2004 年苏门答腊地震 ($M_w$9.3) 的断层滑动模型 (Han et al., 2006)

层滑动模型 (图 6.4.2). 该模型模拟的同震位移与地震破裂远、近场的 GPS 观测结果符合较好; 模型显示, 地震断层滑动量最大约 23.9m, 分布在北纬 4° 和 6° ∼9° 位置, 沿破裂带其他区域的滑动量也非常明显.

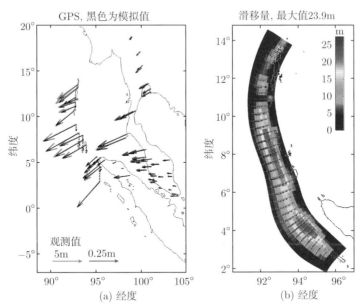

图 6.4.2　2004 年苏门答腊地震 ($M_{\mathrm{w}}$9.3) 的同震位移 (a) 与断层
滑动模型 (b) (Hoechner et al., 2008)

### 6.4.2　变形地球表面和空间固定点的同震重力变化

2004 年苏门答腊 ($M_{\mathrm{w}}$9.3) 产生的同震重力变化已经被重力卫星 GRACE 观测到. 很多学者对 GRACE 所观测到的数据进行了分析和解释. Han 等 (2006) 处理了覆盖震区的 GRACE Level-1B 星间距离和距离变化率数据, 利用滤波技术有效地避免了 Level-2 球谐系数的南北条带现象, 得到了 $15\times10^{-6}$cm/s$^2$ 的同震重力变化, 并利用均匀半无限空间的地壳扩张模型解释了 Adaman 海域的重力减小. 随后, 许多学者利用 GRACE 对该地震进行了同震和震后重力场变化的研究, 例如, De Linage 等总结了上述几位学者的工作后, 利用 GRGS (Groupe de Recherche en Geodesie Spatiale) 的重力场反演解, 在同震和震后多项式拟合中考虑 $S_2$ 波的影响, 成功将重力场的同震和震后信号分离, 且与 SNREI (非自转、球型分层、各向同性、理想弹性) 地球模型下简正模解求和得到的同震变化一致.

然而, 虽然 Han 等 (2006) 利用 GRACE 观测数据给出了同震重力变化结果, 但遗憾的是他们所用的地震位错模型极为简单, 原因可能是没有适当的理论可用. 实际上, 为了解释重力卫星观测数据, 目前为止用于地表面同震变形的计算公式 (无论半无限介质理论还是球体理论) 只要做出适当修改即可. 因为卫星观测数据不包括地球表面变形所产生的自由空气重力改正部分. 这部分应该从公式中除去. 例如, 在球形地球模型的位错理论中, 适用于变形地球表面的同震重力变化公式为 (Sun and Okubo, 1993)

$$\delta g(a,\theta,\varphi) = \Delta g(a,\theta,\varphi) - \beta u_r(a,\theta,\varphi) \tag{6.4.1}$$

公式中最后一项对应于地表位移的自由空气改正 ($\beta$ 为自由空气改正系数). 去掉该项后便是适用于重力卫星观测数据的 (计算空间固定点) 同震重力变化公式:

$$\delta g(a, \theta, \varphi) = \Delta g(a, \theta, \varphi) = \frac{\partial \psi}{\partial r} \tag{6.4.2}$$

式中, $\psi$ 为同震重力位变化. 为了说明问题, 图 6.4.3 给出了 2004 年苏门答腊 ($M_\mathrm{w}9.3$) 所产生的变形地球表面和空间固定点的同震重力变化分布. 比较两种情况的结果表明两者是截然不同的. 除了数量级有所不同外, 符号基本相反. 所以, 针对不同研究对象, 必须选用相应的计算公式.

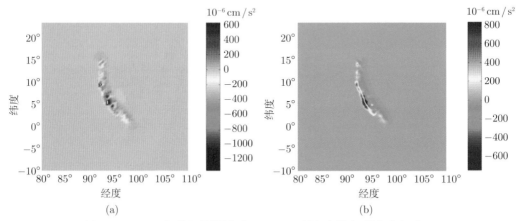

(a)          (b)

图 6.4.3   2004 年苏门答腊地震 ($M_\mathrm{w}9.3$) 所产生的变形地球表面 (a)
和空间固定点 (b) 的同震重力变化分布

应该指出, 由于重力卫星轨道高度的原因, 重力信号有一定的衰减. 高阶信号精度较低. 所以在数据处理时通常作滤波 (或平滑). 相应地用位错理论计算同震重力变化时也必须做相应的平滑处理. 作为例子, 把图 6.4.3(b) 结果作 300km 平滑后方可以用来解释卫星观测数据. 图 6.4.4 结果显示重力变化信号变得非常平滑, 但是振幅量级较小. 它似乎更接近卫星 (GRACE) 观测结果 (参见 Han et al., 2006).

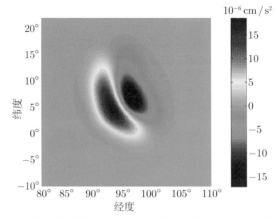

图 6.4.4   2004 年苏门答腊地震 ($M_\mathrm{w}9.3$) 所产生的空间固定点的同震重力变化
(对图 6.4.3(b) 进行 300km 平滑后)

### 6.4.3  2004 年苏门答腊地震 $(M_w 9.3)$ 的全球同震变形

利用图 6.4.1 中 2004 年苏门答腊地震 $(M_w 9.3)$ 的断层滑动模型 (Han et al., 2006),我们采用上述球形地球模型的位错理论计算了全球同震变形, 包括位移、重力、大地水准面和应变变化. 计算结果包含了地球的曲率影响和地球的层状构造, 在全球表面有效. 计算中使用了地球介质模型 1066A 的格林函数. 这些格林函数直接应用于上述断层模型的每一个子块上, 即, 假设每个断层子块为一个地震点源. 然后利用分块–求和方案 (Fu and Sun, 2004) 计算该地震的同震变形. 具体地说, 先把断层分为有限的较小子断层, 假设每个子断层为一个点震源, 然后分别计算每个子断层的同震变形, 最后把所有子断层的结果相加即可. 实际计算时, 如果果子断层的中心点至计算点的距离小于子断层的边长的十分之一, 该子断层将进一步划分为更小的子块, 以保证计算精度.

全球同震位移的水平分量和垂直分量的结果绘于图 6.4.5 中. 在东北和西南区域, 同震水平位移表现出正变化, 同时振幅也比较大. 震源距大于 6000km 处, 其同震水平位移也达到了 mm 量级, 同时位移矢量方向变化平缓. 蓝色等值线比较集中的地方是同震变形的节线, 靠近它的地方位移的方向非常敏感. 观测点位置的微小移动会产生为方向的较大变化. 全球同震垂直位移变化 (图 6.4.5(b)) 表明, 全地球表面均发生较大的法向位移. 另一方面, 它相对水平位移振幅衰减更快.

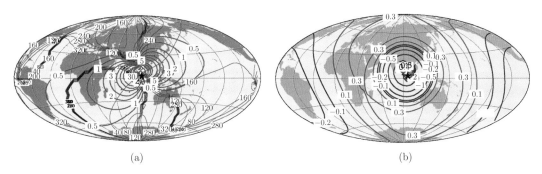

(a)            (b)

图 6.4.5  2004 年苏门答腊地震 $(M_w 9.3)$ 产生的全球同震位移的水平分量 (a) 和垂直分量 (b). 红色线表示水平位移的振幅和垂直位移的正变化; 蓝色线表示水平位移矢量的方向和垂直位移的负变化; 黑色星代表震中; 单位为 mm. 位移方向的单位为相对于北极的方位角 (°)

我们也计算了该地震产生的同震重力变化和大地水准面变化, 其结果绘于图 6.4.6 中. 图 6.4.6 表明全球同震重力变化至少达到 $0.01 \times 10^{-6}$cm/s$^2$, 同震大地水准面变化在大部分地区达到 0.02~0.1mm. 这些同震重力和大地水准面变化很难在地表面上观测得到, 然而由于全球变化主要是低阶成分为主, 有望被空间大地测量技术 (如 GRACE) 检测出来. Gross 和 Chao (2001)、Sun 和 Okubo (2004a) 的理论研究表明 GRACE 具有检测出大地震同震变形的能力. 注意, 图 6.4.6 给出的是变形地表面的同震重力变化, 而适于卫星观测的重力变化结果将另行讨论.

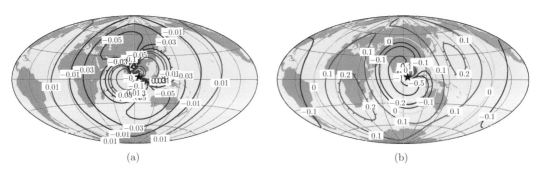

图 6.4.6  2004 年苏门答腊地震 ($M_w$9.3) 产生的全球同震重力变化 (a) 和大地水准面变化 (b). 红色线表示正变化; 蓝色线表示负变化; 黑色星代表震中; 重力单位为 $10^{-6}$cm/s$^2$; 大地水准面单位是 mm

同样, 我们也计算了该地震产生的同震应变变化, 四个独立分量的结果绘于图 6.4.7 中.

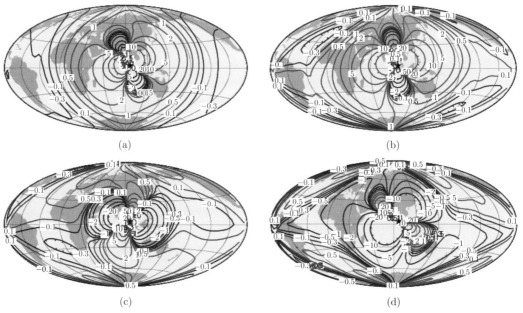

图 6.4.7  2004 年苏门答腊地震 ($M_w$9.3) 产生的全球同震应变变化.
(a) 体积变化; (b) 东西分量; (c) 南北分量; (d) 剪切分量. 单位为 $10^{-8}$

### 6.4.4  2004 年苏门答腊地震 ($M_w$9.3) 的近场同震变形

近场的计算与前一节中的远场计算完全相同, 只是近场计算时每个子断层应该划分得足够小以保证计算精度. 由于近场位移随震中距而快速衰减, 图 6.4.8 给出三个比例尺的近场同震水平位移矢量. 由图可见, 最大水平位移达 11m.

图 6.4.9 给出 2004 年苏门答腊地震 ($M_w$9.3) 产生的近场同震垂直位移. 图 (b) 可见最大垂直位移达到 3m. 与远场的结果不同, 两个地球模型的近场结果基本上符合得很好, 仅在内端能看到一点点差异. 这个小差异可能来自计算误差, 以及地球曲率和层状构造误差.

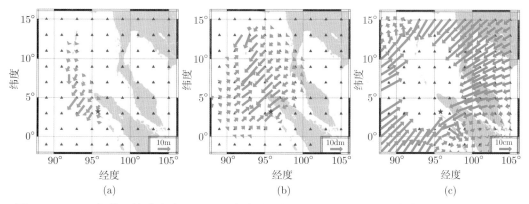

图 6.4.8 2004 年苏门答腊地震 ($M_\mathrm{w}9.3$) 产生的近场同震水平位移矢量. 每个子图分别以不同的比例尺给出: (a) 10m; (b) 10dm; (c) 10cm. 红星表示震中; 紫色三角形仅表示计算点位置

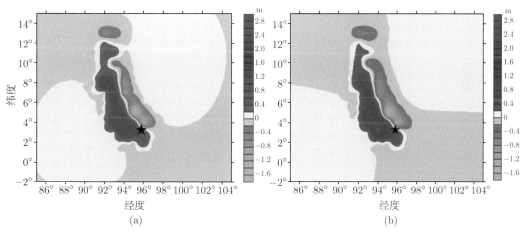

图 6.4.9 2004 年苏门答腊地震 ($M_\mathrm{w}9.3$) 产生的近场同震垂直位移. (a) 1066A 地球模型计算的结果; (b) 用 Okada (1985) 理论计算的半无限空间模型的同震位移. 单位是 m; 黑星为震中

同样近场同震重力变化和大地水准面变化的结果在图 6.4.10 中. 同震重力变化的范围为 $-1300 \times 10^{-6}\mathrm{cm/s^2}$ 至 $+600 \times 10^{-6}\mathrm{cm/s^2}$; 同震大地水准面变化的范围达 $-1.5 \sim 3.0\mathrm{cm}$. 这些同震变化可以被重力卫星 GRACE 观测到, 为此, 应该作适当的滤波. 由图可见, 在陆地上 (上盘, 断层东北方向) 表现为正重力变化, 而海洋上 (下盘, 断层西南方向) 则为负重力变化. 值得注意的是, 正负重力变化的边界咬合在一起, 不是很清楚, 该现象是因为地表面计算网格偏少所致. 地表面计算网格的间距为 50km×50km, 即, 图 6.4.10(a) 的区间内共计算了 3840 个点的重力变化. 实际上, 对于一个较小地震且断层模型较为简单时, 这样密度的计算点网格是足够多了. 但是, 由于该地震很大且断层模型很复杂, 50km×50km 的计算网格就显得过少了. 这不仅对球形模型位错理论如此, 对于半无限空间位错理论 (Okubo, 1992) 也同样. 在下面我们将进一步讨论如何选取地面计算网格的大小. 此处给出图 6.4.10(a) 较为粗略计算网格结果的目的有两个: 减少计算时间和便于后面的比较.

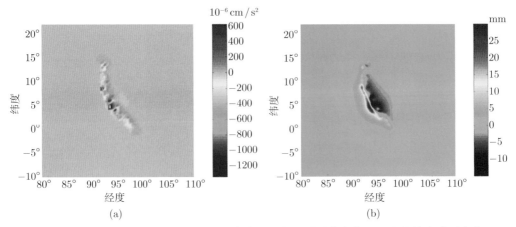

图 6.4.10　2004 年苏门答腊地震 ($M_w$9.3) 产生的近场同震重力变化 (a) 和大地水准面变化 (b). 重力单位为 $10^{-6}$cm/s$^2$; 大地水准面单位为 mm

## 6.4.5　地球曲率和层状构造的影响

在第 3 章中已经在理论上探讨了地球曲率和层状构造的影响, 本小节通过苏门答腊地震的实例用球形模型位错理论和半无限空间位错理论分别计算该地震的同震位移, 进一步考察两个影响的综合效应. 前面已经得知在近场两个理论的结果看上去基本吻合, 实际上仔细观察其差别仍然不小, 只是相对于后面看到的符号上出现差别相比暂时可以忽略不计而已. 另一方面, 在远场两者的差异非常明显以至于无法比较. 因此下面计算和比较中等区域, 即震中距 80°×80° 范围的同震垂直位移的结果, 相应的结果绘于图 6.4.11

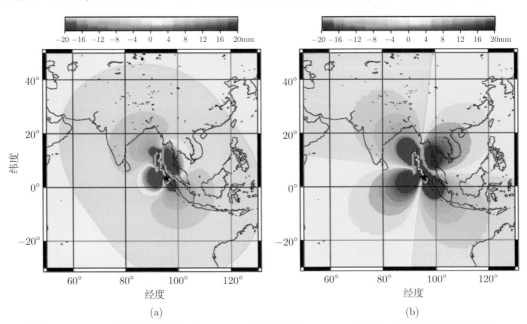

图 6.4.11　2004 年苏门答腊地震 ($M_w$9.3) 在震中距 80°×80° 范围内产生的同震垂直位移. (a) 球形地球模型的结果; (b) 半无限空间模型的结果. 黑星代表震中

中. 注意, 在最靠近震中处大于 2cm 的位移均以 2cm 代替以便于大部分地区的比较, 因此非常近场的结果并不是真实的位移, 这不影响我们进行中场区域的比较. 图 6.4.11 表明两个模型的结果在人约 1000km 处出现明显的差异, 两者的分布形态也明显不同. 例如, 在东北方向球形模型的同震位移在大约 1500km 处由正变为负, 在约 3000km 处再由负变为正; 然而, 半无限空间模型的结果则一直保持正号. 这意味着在中国、越南等大部分地区两个模型计算的结果具有非常明显的差异, 甚至符号都是相反的; 可想而知, 如果利用半无限空间理论以及这个区域的 GPS 位移结果反演断层模型和参数将会带来较大的误差. 所以, 在利用远场大地测量观测数据进行震源反演研究时, 选用合适的位错理论是十分必要的.

### 6.4.6　与 GPS 观测数据的比较

为了验证上面的理论结果, 这里将其与 GPS 观测的远场水平位移进行比较, 为了便于比较, 同时计算了球形模型的结果和半无限空间模型的结果, 结果绘于图 6.4.12. 图中没有考虑近场的结果, 因为近场结果非常大, 如果远近场结果放在一起, 很难对远场结果进行比较和评价. 所以, 图 6.4.12 给出的仅是 Banerjee 等 (2005) 论文中 24 个远场 GPS 观测结果.

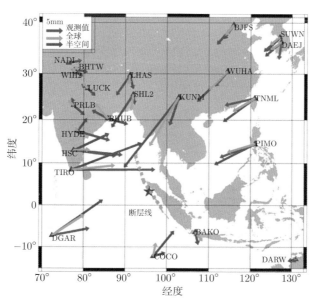

图 6.4.12　2004 年苏门答腊地震 ($M_w$9.3) 产生的同震水平位移的比较, 图中红色矢量为观测结果; 绿色矢量表示球形地球模型的结果; 蓝色矢量则为半无限空间模型的结果. 红星代表震中. 绿色虚线表示断层线

比较图 6.4.12 中计算位移和观测结果可见, 球形模型和半无限空间模型的结果都基本上与观测结果相符合. 然而, 观测和理论结果之间在一些点上仍然有较明显的差异, 如 BHUB 和 LUCK、NADI 等. 这些点上的差异是可以理解的, 因为它们大都位于位移的节线上, 对断层的精度非常敏感, 断层模型的微小误差都会改变这些点上的位移大小和方

向. 另一方面, 这些点上的位移都比较小 (mm 量级), 并且基本上在 GPS 观测误差之内. 所以可以认为计算和观测同震位移基本上吻合.

为了评价球形模型和半无限空间模型之间的差异, 这里按照下面公式计算它们之间差异的均方根 (RMS):

$$\hat{\sigma} = \sqrt{\sum_{i=1}^{N} \left| \boldsymbol{u}_{\text{obs}}^{i} - \boldsymbol{u}_{\text{cal}}^{i} \right|^2 / n} \tag{6.4.3}$$

式中, $\boldsymbol{u}_{\text{obs}}^{i}$ 表示 GPS 观测水平位移矢量, 而 $\boldsymbol{u}_{\text{cal}}^{i}$ 代表理论计算结果. 把所有 24 点 GPS 位移与分别由两个地球模型计算的结果的差按照上式计算得到的 RMS 值在表 6.4.1 中列出. 比较得知, 球形模型与观测位移之间差值的 RMS 为 6.9mm; 半无限空间模型的 RMS 为 8.6mm. 这意味着球形地球模型的理论值比半无限空间模型改善约 20%. 这个结论与第 3 章的理论结果相一致 (Sun and Okubo, 2002).

**表 6.4.1    计算位移与观测结果之间差值的 RMS 比较**

| 位移分量 | 球形模型 | 半无限空间模型 |
| --- | --- | --- |
| 水平位移 | 6.9mm | 8.6mm |

最后指出, 目前关于该地震的不同断层滑动模型, 如 Banerjee 等 (2005)、Ammon 等 (2005)、Vigny 等 (2005) 以及 Tsai 等 (2005) 有的是由地震波数据得到的, 有的是由 GPS 数据反演得到的, 地震矩也有所不同, 从 $M9.1$ 到 $M9.3$ 不等. 不同地震模型给出不同的同震变形. 理想而言, 综合利用地震波数据并结合大地测量数据反演而得到的断层模型也许更合理. 为此目的, 球形地球模型的位错理论提供了相应的理论根据和方法, 据此得到的断层模型更为合理.

## 6.4.7    2004 年苏门答腊地震的同震应变变化

2004 年苏门答腊地震 ($M9.3$) 在震中距约 6000km 的日本神冈 (36.43°N, 137.31°E) 产生了较大的同震应变变化. 图 6.4.13 给出日本神冈应变观测点与该地震震中的地理位置. 该台站 1000m 深的坑道内装有世界上最为精确的激光应变仪 (Araya et al., 2001), 沿东西和南北方向分别设有两个 100m 长的应变基线, 应变仪精度为 $10^{-11}$. 苏门答腊地震前后, 该应变仪状态良好, 记录到了明显的 $10^{-9}$ 量级的应变变化 (Araya et al., 2006). 图 6.4.14 给出了东西和南北分量的应变记录结果 (经过 300 秒的低通滤波). 记录曲线在主震后显现一些波动, 特别是南北分量. 这些波动可以认为是断层动态破裂过程的自然反应. 依据地震后记录数据的选用长度不同, 所得到的应变阶跃也有较大不同. 为了确定比较合理的同震变化, 取用足够长的震后观测数据是必要的. 所以, 我们取震后 3 个小时的数据长度, 使得震后数据波动现象用最小二乘拟合而消除掉. 图 6.4.14 中的结果表明, 东西应变分量发生了 0.55nano-strain 的变化, 而南北应变分量比较小, 约为 –0.09nano-strain. 这也许是世界上观测到的最小应变变化. 这些结果总结在表 6.4.2 中. 同时, 利用上述球形地球模型的位错理论我们也计算了相应的理论应变变化, 结果也列在表 6.4.2 中. 结果表明, 观测的应变变化与理论结果基本一致, 特别是东西分量. 它说明上述关于同震应变变化的计算公式是正确的. 至于南北分量的应变符合不太好可能基于如下原因: 因为应变是位移的导数, 理论上它对地球介质模型非常敏感, 所以理论上应变要比其他物理量 (位移、重力等) 难于观测和解释; 另外, 如上所述, 应变仪被安置在山下的坑洞内, 该坑洞原为产矿用, 其洞体几何形状不规整, 可能因其空腔变形效应而影响应变记录结果, 使得应变被放大或缩小, 图中南北分量曲线在震后表现为趋势的改变, 这也许是洞体空腔效应的反映; 另一种可能的原因是, 神岗观测点的南面是菲律宾–太平洋板块, 而另一面是日本海, 东西分量基本上沿着日本的本岛方向, 这个大尺度的地理分布不均匀性可能对应变变化起了一定的调控作用. 如上解释有待在理论上和数值模拟上进一步证实.

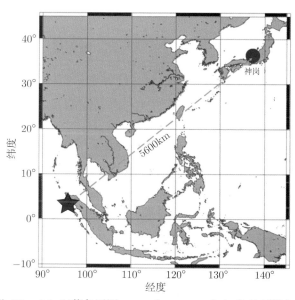

图 6.4.13 日本神岗 (Kamioka)(蓝色圆圈: 36.43°N, 137.31°E) 应变观测点与 2004 年苏门答腊地震震中 (黑五星) 的地理位置图, 距离约为 5600km

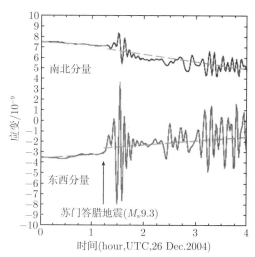

图 6.4.14 在日本神岗观测到的由 2004 年苏门答腊地震 ($M_w$9.3) 产生的同震应变结果 (Araya et al., 2006)

**表 6.4.2**　观测和计算的 2004 年苏门答腊地震 ($M_w9.3$) 在日本神岗产生的应变变化

| | 观测值 (nano-strain) | 计算值 (nano-strain) |
|---|---|---|
| 东西分量 | $0.55\pm0.1$ | 0.59 |
| 南北分量 | $-0.09\pm0.1$ | $-0.014$ |

### 6.4.8　地表面计算网格密度对同震变形的影响

由于重力卫星具有一定的轨道高度, 以及同震变形信号的衰减, 重力卫星 GRACE 仅能观测到低波 (长周期) 成分的同震重力变化信号; 另一方面, 高阶信号的精度较低. 在实际处理 GRACE 观测数据时, 利用滤波来压低高频成分的误差. 例如, 在研究苏门答腊地震时, 人们通常使用 300km 平滑的高斯滤波 (Han et al., 2006). 为了和观测值进行比较, 利用位错理论进行计算时, 也必须使用同样的数值滤波. 此时, 在地表面 50km×50km 的网格上计算可能被认为已经足够小, 因为高频的贡献最终会被滤波掉, 更小网格上的计算可能不必要. 然而, 下面的计算表明 50km×50km 的网格是不够的. 我们考虑更详细的计算网格, 即, 在 1km×1km 的网格上计算同震重力变化, 以观察网格密度对计算结果的影响. 图 6.4.15 中给出根据 2004 年苏门答腊地震断层模型计算的空间固定点同震重力变化. 比较图 6.4.15(a) 和 (b) 的结果可见, 网格密度 1km×1km 的同震重力变化结果分布光滑自然, 正负边界清楚, 比网格密度 50km×50km 的结果看上去更加合理, 表明足够小的网格密度在实际数值计算中是必要的. 同时较密网格的最大同震变化比稀疏网格的结果大一些. 当然, 高密度网格的计算需要较多的计算时间, 可是为了保证计算精度是必要的.

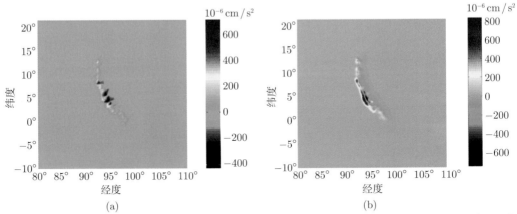

图 6.4.15　根据 2004 年苏门答腊地震断层模型计算的空间固定点同震重力变化, 单位 $10^{-6}\mathrm{cm/s}^2$.
(a) 网格密度为 50km×50km; (b) 网格密度为 1km×1km

如上所述, 为了和 GRACE 观测结果进行比较, 理论计算结果也要进行同样滤波. 因此, 对图 6.4.15 的空间固定点同震重力变化采用 300km 平滑的高斯滤波进行处理, 其结果绘于图 6.4.16 中. 由图可见, 滤波后的重力变化仅含低频成分, 其振幅变得非常小. 更重要的是, 不同网格密度计算的重力变化经滤波后其分布形态有很大不同. 较密网格 (1km×1km) 的结果与 GRACE 观测结果更符合, 看上去更合理.

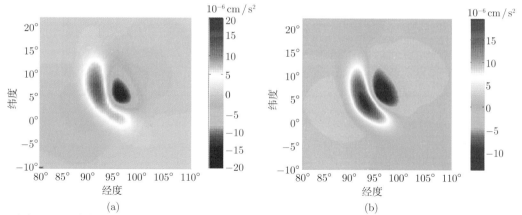

图 6.4.16　根据 2004 年苏门答腊地震断层模型计算的空间固定点同震重力变化 (经过 300km 高斯滤波), 单位 $10^{-6}$cm/s$^2$. (a) 网格密度为 50km×50km; (b) 1km×1km

关于 2004 年苏门答腊地震还有大量的研究, 如 Chao 和 Gross (2005) 讨论了该地震是否产生了地球旋转的变化; Boschi 等 (2006) 研究了该地震产生的同震变形, 等等, 不再一一介绍.

### 6.4.9　$M8.0$ 地震的同震重力变化能否被 GRACE 观测到?

如上所述, 2004 年苏门答腊地震 ($M_w$9.3) 的同震重力变化已经证明可以被重力卫星 GRACE 观测到 (Han et al., 2006), 这也是人类第一次利用现代大地测量技术从空间直接观测到同震重力变化. 经过 300km 高斯滤波后重力变化振幅约为 $\pm15\times10^{-6}$cm/s$^2$. 那么对于小一点的地震, GRACE 是否还能观测到其同震变化信号, 这也是人们感兴趣的问题.

我们曾计算了 8 级地震产生的重力变化. 采用上述空间固定点的重力计算公式, 以 2007 年 8 月苏门答腊连续发生的 $M7.9$ 和 $M8.4$ 两个地震进行了计算. 两个地震共同产生的重力变化达到 $(-80 \sim 120) \times 10^{-6}$cm/s$^2$ (图 6.4.17(a)). 300km 平滑处理后为大约正负 $2\times10^{-6}$cm/s$^2$. 从量级上看这个变化不算太大. 但是它主要是低阶部分而且空间分布光滑. 如果对 GRACE 数据处理得当, 有可能得到相应的结果. 其结论有待验证, 至少待 GRACE-Follow on 重力卫星发射后应该无疑, 因为其精度将高于 GRACE 大约 2 个量级.

其后, 人们一直在探索 GRACE 能否检测出比苏门答腊地震更小的地震所产生的重力变化信号. Gross 和 Chao (2001) 用地球自由震荡简正模解证明了 GRACE 能够检测出地震. 根据 Sun 和 Okubo (2004a) 的研究结果, 理论上大于 $M9.0$ 的剪切源或大于 $M7.5$ 的张裂源地震的同震重力变化应该被 GRACE 探测到. 由于任何地震 (无论剪切型或者张裂型) 均包含剪切型和张裂型震源的独立解成分 (Sun and Okubo, 2004a), 理论上, 一个 $M8$ 以上的地震均有可能被 GRACE 检测出来. 然而, 除了 2004 年苏门答腊 $M_w$9.3 地震以外, 目前还没有报道 GRACE 观测到了更小的地震. 尽管人们对汶川地震等进行过尝试, 但都没有得到很明显的结果. 2010 年智利 $M_w$8.8 地震是 GRACE 观测记录以来在量级上仅次于 2004 年苏门答腊地震的一次地震, 其同样发生在大洋俯冲带上, 为人们进一步探索 GRACE 的观测能力, 即其能否检测到该地震所伴随的重力变化信号, 提供了一个难得的研究机会.

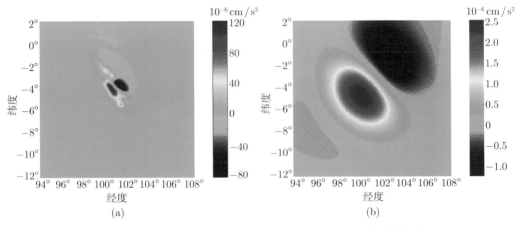

图 6.4.17　2007 年苏门答腊地震 ($M$7.9 和 $M$8.4) 产生的重力变化 (a)
以及 300km 平滑后的结果 (b)

## 6.4.10　重力卫星 GRACE 检测出 2010 年智利 $M_w$8.8 地震的同震重力变化

2010 年 2 月 27 日发生在智利中南部的 $M_w$8.8 地震, 是现代地震记录以来智利自 1960 年 $M_w$9.5 地震后的第二大地震, 也是全球第五大地震 (Farias et al., 2010). 该地震发生在太平洋板块俯冲带上, 破裂面长达约 600km, 宽度约 200km. 智利地震虽然比 2010 年海地地震强烈很多 (约 100 倍), 但由于发生在人口密度相对较低的地区, 其产生的伤亡没有海地地震惨重. 地震产生的海啸达到 2.6m, 对智利海岸破裂带造成了永久形变. Farias 等 (2010) 在现场观测到同震垂直位移最大达到 2.5m. 该地震所产生的重力变化能否被现代大地测量技术 (GRACE) 观测到是人们感兴趣的问题之一.

最近, 周新等 (2011) 对这个问题进行了探讨. 我们采用 CSR 发布的 Level2 RL04 GSM 数据, 该数据每月给出了完全规格化后的球谐系数, 最大阶数为 60 (Bettadpur, 2007a; 2007b). RL04 在 RL01 的基础上对重力背景场、海洋潮汐、极潮等模型进行了改进, 还去除了大气和海洋的非潮汐部分影响, 除了计算误差和无法用模型扣除的物理信息外, 其时变重力场模型主要反映了地球的质量变化 (Chen et al., 2007). 由于 GRACE 的轨道形状对系数 $C_{20}$ 项不敏感, 该项精度相对较低, 我们用人卫激光测距得到的 $C_{20}$ 项作为替代.

需要指出的是, 由于重力卫星具有一定的轨道高度, 该处的重力信号随轨道高度而衰减, 所以重力卫星获得的仅仅是同震引力位或者重力变化的中长波长分量, 其高频分量因衰减而变得非常弱, 以至于小于观测误差. 再由于 GRACE 卫星重力场的球谐系数解中高阶部分的噪声影响, 在时变重力场图像上表现为经度方向的条带现象. 为了有效地提取重力场信息, 需要对 GRACE 时变重力场作平滑处理、提高信噪比. 鉴于球谐系数奇偶阶的相关性与条带存在的关系 (Swenson and Wahr, 2006), 我们采用了 Chen 等 (2007) 的滤波方法, 即对 6 次以上的球谐系数将奇偶阶分别用三次多项式进行最小二乘拟合, 然后将拟合多项式从原始数据中去除 (P3M6), 再对新的球谐系数作 300km 半径的高斯平滑处理得到重力场变化. 值得注意的是, 因为把 GRACE 卫星重力场的高频部分作了有效压制, 突出中长波部分信号提高信噪比, 这样计算的同震重力变化信号就比地表面的重力变化信号要小很多.

我们利用 GRACE RL04 数据及上述方法在 1°×1° 的网格计算了 2003~2010 年每月 (2003 年 6 月数据缺失) 扣除平均重力场 (2003 年 1 月 ~ 2009 年 12 月作为背景场) 后的智利地区重力变化. 为了压制重力场的季节性变化, 并突出同震信号, 震前数据取 2003~2009 年每年 3~6 月重力变化的平均值, 震后数据取 2010 年 3~6 月的平均值, 取震后与震前平均值的差值得到同震重力变化. 图 6.4.18 给出了经过 300km 半径的高斯平滑处理的同震重力变化空间分布结果, 黑色五星符号代表震中, 黑色线框表示断层. 与苏门答腊地震相似, 该地震在断层的俯冲区域 (断层面上方地表, 陆地部分) 与隆起区域 (断层面下方, 海洋部分) 分别产生两个明显的符号相反的重力变化, 俯冲区为负, 隆起区为正.

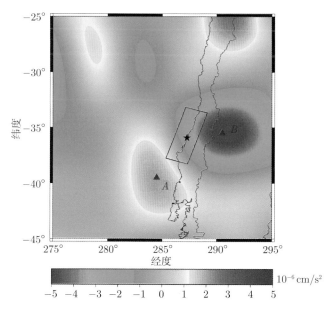

图 6.4.18　GRACE 检测出的 2010 年 2 月 27 日智利 $M_{\rm w}$ 8.8 地震的同震重力变化空间分布

为了观察重力变化的时间特征, 在图 6.4.18 中重力变化最大和最小区域分别选取两个点 $A$($-39.5°$N, $284.5°$E) 和 $B$($-35.5°$N, $290.5°$E) (标记为三角形), 并计算在 2003 年 1 月至 2010 年 6 月的每月重力相对平均重力场变化的时间序列, 其中 2010 年 2 月 (即地震发生当月) 数据排除在外. 我们用多项式模型对固定点的时间序列通过线性最小二乘拟合剔除季节变化, 模型中包括常数项、线性项、年变化、半年变化, 对于震后加上同震形变项和震后指数衰减项. 考虑到与苏门答腊地震的相似性, 假定震后松弛时间常数为 0.7 年. 计算的重力变化时间序列结果绘于图 6.4.19. 结果表明, 与 2004 年苏门答腊地震一样, 在智利地震前后表现出了明显的同震重力变化, 振幅范围达到 8μGal, 其中, 处于隆起区 $A$ 点的同震重力变化约为 2μGal, 而俯冲区 $B$ 点的同震重力变化为 −5μGal. 表明俯冲区的重力变化 (或者质量再分布) 较隆起区更为显著, 这与 2004 年苏门答腊地震的结果基本一致 (De Linage et al., 2009). 从时间上看, 在震后的重力变化有明显增强的现象: $A$ 点重力继续增加, $B$ 点则继续减小, 这可能与震后断层的余滑作用以及震后黏滞调整有关 (De Linage et al., 2009). 由于震后 GRACE 观测数据较少, 目前还无法准确的体现出震后时间变化特征.

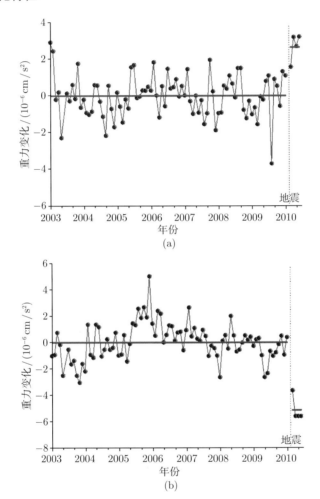

图 6.4.19　2010 年 2 月 27 日智利 $M_{\rm w}$ 8.8 地震所产生同震重力变化的时间序列: (a) 图 6.4.18 中点 $A\,(−39.5°\mathrm{N}, 284.5°\mathrm{E})$ 处的重力变化; (b) 图 6.4.18 中点 $B\,(−35.5°\mathrm{N}, 290.5°\mathrm{E})$ 处的重力变化. 单位: $10^{−6}\mathrm{cm/s^2}$

为了说明上述 GRACE 观测结果的可靠性, 采用 Sun 和 Okubo (1993) 的关于 SNREI 地球模型的位错理论, 计算了地球表面空间固定点的同震重力变化. 该理论定义了位错 Love 数, 给出 4 个独立点源的格林函数, 通过对有限断层进行数值积分 (Sun and Okubo, 1993) 得到同震重力变化. 计算中采用了 USGS 在 2010 年智利地震后公布的有限断层模型作为断层参数. 在该模型中断层面积为 540km×200km, 由 180 个等间距不同位错量和滑移方向的点源位错来描述. GRACE 卫星在地球外部, 观测到的重力位变化部分, 与地表需要考虑地表面形变效应有所不同, 它不包括地表面形变重力效应, 但是包括了因形变产生质量重新分布的重力效应. 因此应采用空间固定点的同震重力变化计算方法, 即在变形地表面重力变化结果的基础上, 减去因地球表面垂直位移产生的自由空气改正部分. 特别指出的是, 海洋部分需要进一步考虑因海底位移产生海水扰动的重力作用, 即将这部分海水扰动看作厚度为垂直位移的不可压缩的 Burger 层, 计算其重力扰动并加以改正即可. 海水负荷形变影响量级小于海水扰动, 可以忽略不计. 为了与 GRACE 比较, 我们对位错理论计算结果在空间域中也进行 300km 高斯平滑. 由此计算而得到的同震重力变化结果绘于图 6.4.20.

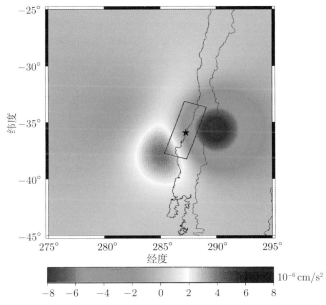

图 6.4.20 利用位错理论计算的 2010 年 2 月 27 日智利 $M_w$ 8.8 地震
所产生的同震重力变化. 单位: $10^{-6}$cm/s$^2$ (微伽)

图 6.4.20 表明, 在断层西南隆起区重力表现为正变化, 最大幅度为 3.9μGal, 位于 −37.5°N, 284.5°E; 在断层俯冲区出现负同震重力变化, 为 −8.9μGal, 位于 −35°N, 289°E. 比较图 6.4.18 和图 6.4.20 可知, 理论计算的同震重力变化与 GRACE 观测结果无论在分布形态上还是在量级上都具有较好的一致性. 实际观测结果表明, 最大变化幅度约为 7μGal; 理论模型计算结果表明, 最大变化幅度约为 13μGal; 理论模型值与实际观测值的差异是 6μGal. 这个差异可以认为主要来自于以下几个原因: 一是震后 GRACE 数据资料较短, 目前的资料长度还无法将同震信号与震后信号有效分离; 二是地震断层模型不精确; 三是和 2004 年苏门答腊 $M_w$9.3 地震相比震级和同震变化信号均相对较小 (Han et al., 2006; Panet et al., 2007; Chen et al., 2007; De Linage et al., 2009), 相应的海洋和大气扰动所产生的噪声背景相对较大, 因而误差也相对较大. 需要指出的是, GRACE 观测数据中同震和震后有很强的相关性 (De Linage et al., 2009), 因受到 GRACE 震后数据长度

的限制, 我们无法更精确地确定震后变化和同震变化信号的相关性. 图 6.4.18 结果是震前震后同期数据平均取差而得到的, 能够消除季节性因素, 却无法精确地去除长期影响和震后余滑效应 (包括余滑、震后黏弹性松弛和孔隙弹性回弹). 我们在图 6.4.19 中 A、B 点的时间序列拟合模型中加入了震后指数衰减项, 限于震后的数据时间长度我们假设松弛时间与苏门答腊相同为 0.7 年, 这与实际震后效应或有偏离, 却并不妨碍与理论同震变化的一致性. 若要更精确地提取同震和震后重力变化, 还需更长时间的震后观测数据. 另外, 如果利用诸如 GPS、INSAR 和地震等数据资料反演可以得到更精细的断层模型, 将有助于位错理论的结果与 GRACE 观测结果更加接近.

总之, 利用先进的滤波技术对重力卫星 GRACE 观测数据进行了有效的处理, 成功地提取了 2010 年智利 $M_w 8.8$ 地震所产生的重力变化信号. 通过与位错理论计算结果的比较, 证明了观测结果与理论结果具有较好的一致性. 这是继 GRACE 检测出 2004 年苏门答腊 $M_w 9.3$ 地震重力变化 (Han et al., 2006) 后的又一个卫星观测地震的例证, 表明 GRACE 具有检测出 $M < 9$ 地震量级的能力, 为利用 GRACE 研究地震以及其更广泛的应用提供了可靠的依据, 对重力卫星探测地震具有重要意义. 同时也进一步验证了孙和大久保关于 GRACE 检测同震重力变化能力的论点 (Sun and Okubo, 2004a). 随着 GRACE 观测数据的累积, 我们可以期待从 GRACE 数据中提取可靠的震后重力变化信号, 为研究震源机制, 解释 GPS、地表面重力测量数据, 以及反演该地震区域的黏滞性构造等提供可靠的现代大地测量学证据.

## 6.4.11　利用 GRACE 观测数据研究苏门答腊区域的黏滞性结构

对于地震引起的震后形变, 其物理机制一直备受地球物理学家所关注, 随着对震后过程研究的不断深入, 人们发现震后的调整可能由多种机制共同作用引起. 就震后形变理论而言有震后余滑、黏弹性松弛和孔隙中流体调整等理论.

Scholz 等 (1972) 利用日本的资料给出了余滑随时间衰减所满足的关系式. Sheu 和 Shieh (2004) 在模拟集集地震震后 3 个月地表形变时考虑了地震所引起的断裂上 2% 的同震位错. 但到目前, 震后余滑理论尚未统一, 例如 Sheu 和 Shieh (2004)、Deng 等 (1998)、Thora 等 (2005) 的模型在震后余滑位置分布上都有所区别; 而且余滑持续时间长短也没有定论, 如果所发生时间与余震类似, 余震势必对其有很大影响, 况且一些地震由于余震等的影响, 震后最初的测量不是很稳定. 所以目前震后形变研究中单独考虑震后余滑的情况越来越少. Melosh 和 Raefsky (1980) 认为地震带下方软弱层内震后黏弹性松弛引起的物质流动会引起较大的地表形变. 震后模拟中比较合理的地球模型是上地壳为弹性介质, 下地壳和地幔为黏弹介质, Deng 等 (1998) 用有限元模拟分析认为黏弹松弛比震后余滑更好地解释了 1992 年兰德斯地震后 3.4 年内 GPS 观测到的震后地表形变, 通过网格搜索认为下地壳黏滞系数为 $1.0 \times 10^{18} Pa \cdot s$. 此外, 很多研究人员都利用形变资料和震后黏弹性理论解释震后变形并反演了下地壳的黏滞性系数. 例如: Sheu 和 Shieh (2004) 用 1999 年集集地震震后 3 个月的 GPS 观测数据反演认为下地壳最佳黏滞系数为 $5.0 \times 10^{17} Pa \cdot s$; Pollitz 等 (2006; 2008) 用 2004 年苏门答腊震后一年的 GPS 观测数据反演了区域黏滞性结构; Lorenzo 等 (2006) 用 1994 年至 1996 年观测资料分析 1960 年智利大地震震后形变, 所得下地壳和地幔的最佳黏滞系数为 $1.0 \times 10^{20}$Pa·s. 震后变形除了震后余滑和黏弹性松弛机制外, 空隙流体调整也不容忽视. 最典型的震例为 2000 年冰岛地震, 震后两个月内的地壳形变用震后余滑和黏弹松弛都不能解释, 模拟和观测结果差别很大. 只有用孔隙介质模拟流体调整引起的地表位移和 InSAR 观测结果相吻合, 而且所模拟的同震和震后孔隙压力可以很好地解释这一地区的水位变化 (Jonsson, 2003). 此外, Masterlark 和 Wang (2003) 认为 1992 年 Landers 震后 4 个月内的震后形变中流体的调整起了重要作用; Ogawa 和 Heki (2007) 也利用上地幔超临界的水扩散来解释 2004 年苏门答腊 $M_\mathrm{w}9.3$ 级地震引起的大地水准面变化. 实际上, 震后变形大都同时含有这三种机制的共同作用.

王武星等 (2010) 利用大时空尺度的重力数据难以区分讨论这三种震后变形机制, 因而仅限于利用震后黏弹性松弛理论讨论了苏门答腊 $M_\mathrm{w}9.3$ 地震的震后变形, 并利用模拟值和卫星重力观测值来反演区域黏滞性结构. 流变结构对岩石圈的变形有很大的影响, 在地球动力学数值模拟研究中, 对黏滞系数合理的估计是取得可靠科学结果的基础. 经典的估计岩石流变结构的方法是通过岩石实验与计算来实现, 也有研究者试图利用其他方法, 特别是野外观测资料来直接反演地壳深部的等效黏滞系数. 由 GRACE 卫星获得的重力时变场为研究岩石流变结构提供了新的观测途径. 本书利用 GRACE 卫星 Release-04 数据获取大尺度的苏门答腊 $M_\mathrm{w}9.3$ 地震的同震和震后重力变化, 并利用自重力、黏弹性平面分层地球模型模拟同震及震后重力变化, 依据模拟值与 GRACE 观测值的符合程度, 探讨苏门答腊区域的黏滞性系数, 并结合区域构造特点讨论黏滞性系数的影响因素.

### 6.4.11.1 GRACE 观测数据处理

该研究使用 CSR 发布的 Release-04 数据解, 为 60 阶次的正则化每月球谐系数. 该版本使用了新的背景重力模型 GIF22a, 新的日、半日周期的海洋潮汐模型 FES2004 (Lyard et al., 2006), 以及更新后的基于 IERS2003 (McCarthy and Petit, 2003) 的固体地球极潮模型; 并用基于卫星测高数据的自洽均衡模型 SCEQ (Desai, 2002) 来模拟海洋极潮的影响. 详细的 Release-04 数据处理标准见 Bettadpur (2007a; 2007b). 大气和海洋效应没有被加回 GRACE 重力场, 因此它们的影响大都被从 GRACE 重力场中去除.

由重力位函数的导数可确定全球一定密度网格点的每月地球重力, 在此基础上分析卫星重力的时变. 地球重力位的精度与球谐系数 $(C_{lm}, S_{lm})$ 的精度和空间分辨率有关, $l, m$ 分别为球谐系数的阶和次; 而空间分辨率与最大阶数 $l_\mathrm{max}$ 有关, $l_\mathrm{max}$ 越大分辨率越高. 目前高阶项的系数 $(C_{lm}, S_{lm})$ 通常噪声水平较高, 重力场模型中的高频噪声信号很多, 主要有与卫星轨道有关的条纹信号. 由于信号的减弱, GRACE 卫星观测的仅仅是低频重力变化, 高频信号的精确性是非常低的. 在实际应用当中, 需要利用滤波器来减弱信号中高频部分的误差, 高斯滤波 (Wahr et al., 1998; Jekeli, 1981) 是分析卫星重力数据简单实用且应用最普遍的滤波方法. 除此之外, 还有一些其他滤波方法, 例如: 非各向同性高斯滤波器 (Han et al., 2005), 最优化滤波 (Chen et al., 2006), 去相关滤波器 + 高斯滤波 (Swenson and Wahr, 2006), 维纳最优滤波 (Sasgen et al., 2006), Fan 滤波 (Zhang et al., 2009) 以及小波分析方法. 随着方法的改进, 滤波结果的空间分辨率获得提高, 可以区分出一些局部的变形信号, 也就是获得的高频变形信号增多; 同时, 不同滤波方法平滑结果的大小和空

间分布会有所区别 (Chen et al., 2007).

本研究的目标是利用大尺度的 GRACE 卫星重力时变场和自重力、黏弹性平面分层地球模型来估计并讨论苏门答腊–安达曼地区的黏滞性结构. 由于 CSR Release-04 数据仅含小于 60 阶次的位模型, 它所含有的最有效地球物理信息是空间半径为 500km 以上的范围, 去掉地表面的高频扰动之后, 正好对应于地幔的深度. 一般说来, 滤波半径越小, 其结果越反映局部变形的高频信息; 滤波半径越大, 其结果越反映大范围、地球深部的构造信息 (Chen et al., 2005). 我们的目的是讨论深度大于 60km 的地幔黏滞性结构, 因此, 采用平滑半径为 500km 的高斯滤波是恰当的. 在理论计算中, 将计算结果与观测值比较时, 也需要应用同样的滤波器获得相同空间分辨率的平滑结果.

### 6.4.11.2 2004 年苏门答腊 $M_w 9.3$ 地震的同震及震后重力变化

2004 年 $M_w 9.3$ 地震发生以来, 积累了多年的 GRACE 卫星重力资料. 为了观测其同震及震后重力场演化, 选取 2004 年 1~11 月的平均重力场作为比较的基准, 将 2005~2008 年的平均重力场与其进行差分获得相对重力变化, 计算时不采用地震发生的 2004 年 12 月份的数据. 这种平均重力场可以有效地压制降水等周期性季节变化引起的重力变化信号. 图 6.4.21 为经纬度范围为 $-10° \sim 20°N, 80° \sim 110°E$ 的地球重力场变化, 为与模拟值一致, 计算网格为 $0.1° \times 0.1°$.

图 6.4.21 显示, 地震破裂东侧巽他海沟以东的安达曼海区域的重力下降显著, 最大幅度达到 $-9 \times 10^{-6} \text{cm/s}^2$, 而在地震破裂西侧巽他海沟以西有一个范围较窄的重力上升带, 上升最大幅度为 $6 \times 10^{-6} \text{cm/s}^2$. 上升带西侧有一个重力下降幅度最大为 $-2 \times 10^{-6} \text{cm/s}^2$ 的重力下降区域.

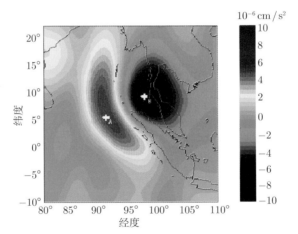

图 6.4.21 2004 年苏门答腊 $M_w 9.3$ 地震前后重力场变化 (2005~2008 年平均重力场
相对于 2004 年平均重力场变化, 500km 高斯滤波)

为了更清楚地了解该地震引起的同震和震后重力变化, 在断层上下两盘重力变化较大的区域各选取一个点 $A$ (4.5°N, 91.5°E) 和 $B$ (7.5°N, 97.0°E), 利用 2003 年 1 月至 2008 年 12 月 (缺少 2003 年 6 月, 去除 2004 年 12 月的资料) 的 70 个月的 GRACE 卫星重力模型, 在经 500km 的高斯滤波器滤波后, 获取这两个点的重力变化时间序列.

在变形较大的主震附近选取有代表性的点来研究区域震后变形是目前通用的方法 (Ogawa and Heki, 2007; Chen et al., 2007; Panet et al., 2007). 这是因为这个区域的震后变形信号最强, 而背景噪声与地点关系不大, 因此, 选取这些点能获得信噪比最高的变形信息. 另外, 点位的变形信号本身是利用半径为 500km 的高斯滤波器平滑后的结果, 已经能代表一定区域的变形状态及其变化. 苏门答腊地震为俯冲型板块边界大地震, 其地震变形在断层两侧形成正负分区, 而不同于走滑型地震的四象限分布. 在物理机制上, 由于为同一震源模型引起, 所以同侧不同位置的变形趋势是属于同一模式的.

时间序列 (图 6.4.22) 显示苏门答腊地震在破裂带两侧产生的上升和下降重力阶变非常明显, 尤其是在下沉区域 ($B$ 点) 达到约 $-9 \times 10^{-6}$cm/s$^2$, 比上升区域 ($A$ 点) 的约 $2 \times 10^{-6}$cm/s$^2$ 要大很多. $B$ 点重力变化的趋势在地震前和地震后一直到 2008 年 12 月是基本一致的, 而 $A$ 点的变化趋势在地震前后有着较大的差异, 由震前的趋势下降变为以较快速率上升, 但在 2007 年 9 至 10 月份后其变化趋势又发生改变.

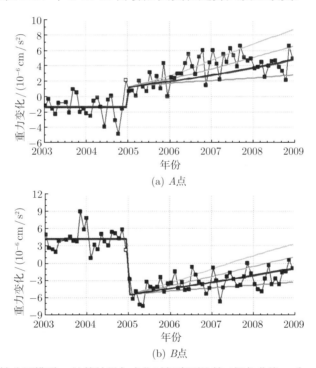

(a) $A$点

(b) $B$点

图 6.4.22 黏弹性分层模型 1 计算结果与点位时间序列比较 (绿色曲线 $\eta$ 为 $2.0 \times 10^{18}$ Pa·s, 紫色和红色为 $1.0 \times 10^{18}$Pa·s, 淡蓝色为 $7.0 \times 10^{17}$Pa·s, 黄色为 $5.0 \times 10^{17}$Pa·s; 紫色为加入 $M_\mathrm{w}8.7$ 地震模型后的结果)

### 6.4.11.3 同震及震后重力变化模拟

本小节使用 Wang 等 (2006) 的 PSRGRN/PSCMP 程序来模拟 2004 年苏门答腊 $M_\mathrm{w}9.3$ 地震的同震及震后的变形. 该程序使用传播算法来计算谱格林函数, 并通过在快速 FFT 变换中使用反混淆技术来获取空间域的格林函数, 计算黏弹性岩体震后变形. 该程序把地震的破裂面离散成许多离散的点位错, 通过线性叠加的方法计算同震及震后变

形 (Wang et al., 2006). PSRGRN/PSCMP 程序可以对 Burgers 体、Maxwell 体和弹性体等介质本构关系进行计算. 本计算中的黏性层采用 Maxwell 体, 地球分层及参数选取 (表 6.4.3) 参考 IASP91 标准模型 (Kennett and Engdahl, 1991) 和 Pollitz 等 (2006; 2008) 所采用的模型 (简称为模型 1).

表 6.4.3　苏门答腊–安达曼地区地球分层模型 (模型 1)

| 分层数 | 分层厚度/km | 每层 P 波速度/(km/s) | 每层 S 波速度/(km/s) | 地壳密度/(kg/m$^3$) | 介质 |
|---|---|---|---|---|---|
| 1 | 0~30 | 6.35 | 3.66 | 2820.0 | 弹性体 |
| 2 | 30~60 | 8.00 | 4.47 | 3350.0 | |
| 3 | 60~200 | 8.17 | 4.51 | 3400.0 | Maxwell 体 |
| 4 | 200~∞ | 11.00 | 6.00 | 4400.0 | |

PSRGRN/PSCMP 程序计算的是海底或地表的同震及震后变形, 计算海底变形时考虑了海水的影响, 为了和 GRACE 观测到的空间固定点的重力进行比较, 利用地面重力变化和空间固定点重力变化的关系 (Sun et al., 2009), 将模拟的重力变化转换到空间固定点, 而后与观测值一样采用 500km 的高斯滤波器进行平滑处理, 获得可以与 GRACE 观测值相比较的重力变化模拟值.

模拟计算最初尝试了 Han 等 (2006) 研究中用到的由 Chen Ji 提供的地震模型和 Hoechner 等 (2008) 利用 GPS 反演获得的模型. 从模拟的同震重力变化来看, 两个模型计算结果的大小和空间分布非常一致, 但是利用 Chen Ji 模型计算的重力变化值要略小于用 Hoechner 等模型获得的结果, 与 GRACE 观测值偏离略大一些. 震后的调整可能由多种机制共同作用引起, 并且震后一段时期内地震断层持续余滑在震后变形过程中起主导作用, 尤其是震后前 3 个月影响较大, 尔后快速衰减 (Sheu and Shieh, 2004). 地震波形反演的断层滑动模型, 由于波形数据的筛选和截取会舍去含有的部分信息, 而且属于瞬时的地震同震断层活动模型. GPS 反演的模型所使用的是地震前后各几天至十几天的 GPS 观测数据 (Hoechner et al., 2008; Banerjee et al., 2007), 包含有更长时间的震后余滑影响, 当然它包含的震后黏弹性松弛以外的其他震后变形机制的影响也是有限的. 正是因为考虑到这些, 研究中最终选取了 Hoechner 等 (2008) 利用 GPS 反演获得的模型.

图 6.4.22 为利用黏弹性分层模型计算的 $A$ 和 $B$ 点的卫星重力变化时间序列模拟值与实测值的比较. 模拟的同震重力变化与 GRACE 观测值非常一致, 下盘重力上升最大幅度约为 $2 \times 10^{-6} \text{cm/s}^2$, 东侧的上盘重力下降最大达到 $-9.1 \times 10^{-6} \text{cm/s}^2$. 震后重力变化的模拟显示, 该区域的黏滞性系数为 $5.0 \times 10^{17} \sim 2.0 \times 10^{18} \text{Pa·s}$. 海洋侧的下盘 $A$ 点的重力变化与用较小的黏滞性系数计算的模拟值符合较好, 尤其是在 2007 年 9 月以前符合很好; 陆地侧的上盘的 GRACE 观测值在前一年多的变化与用较小一点的黏滞性系数模拟的结果也较为符合, 但从时间为 4 年的总体重力变化的符合上, 还是利用黏滞性系数较大的模拟为好.

为了定量判断不同黏滞性系数模拟的理论重力变化值与 GRACE 观测值的符合程度, 计算震后重力变化的模拟值与 GRACE 观测值的均方根 (RMS) 来检验:

$$\hat{\sigma} = \sqrt{\sum_{i=1}^{N} \left| \Delta g_{\text{obs}}^i - \Delta g_{\text{cal}}^i \right|^2 / N} \tag{6.4.4}$$

表 6.4.4 是利用公式 (6.4.3) 计算的理论模拟值与 GREACE 观测值之间比较的均方根 RMS, 结果与对图 6.4.22 的直观认识是一致的. 下盘 $A$ 点当 $\eta$ 为 $7.0\times10^{17}$Pa·s 时, RMS 值最小, 为 $8.73\times10^{-6}$cm/s²; 而上盘 $B$ 点当 $\eta$ 为 $1.0\times10^{18}$Pa·s 时, RMS 值最小, 为 $8.78\times10^{-6}$cm/s². 当综合考虑 $A$ 点和 $B$ 点时, 符合得最好的是黏滞性系数为 $1.0\times10^{18}$Pa·s 时的结果, 此时的 RMS 值最小, 为 $12.50\times10^{-6}$cm/s².

表 6.4.4　模拟值与 GRACE 观测值的比较 (RMS)

| $\eta$ 值/Pa·s | $A$ 点/($10^{-6}$cm/s²) | $B$ 点/($10^{-6}$cm/s²) | $A$ 点 $+B$ 点/($10^{-6}$cm/s²) |
|---|---|---|---|
| $5.0\times10^{17}$ | 12.12 | 18.51 | 21.66 |
| $7.0\times10^{17}$ | 8.73 | 11.84 | 14.54 |
| $1.0\times10^{18}$ | 8.90 | 8.78 | 12.50 |
| $2.0\times10^{18}$ | 12.33 | 10.14 | 15.90 |

上面用到的 Hoechner 等 (2008) 利用 GPS 反演获得的模型不包括 2005 年 3 月 28 日的 $M_{\mathrm{w}}8.7$ 地震的断层滑动, 考虑到这个地震对模拟计算结果可能会产生影响, 我们把 USGS 公布的 $M_{\mathrm{w}}8.7$ 地震的滑动分布叠加到所用的计算模型中, 由于两次地震相隔仅约 3 个月, 所以把它们统一归到 2004 年 12 月 26 日. 模拟结果显示, 加入 $M_{\mathrm{w}}8.7$ 地震模型后震后的重力变化没有大的改变, 仅仅对断层两侧的同震重力变化产生较小的影响, 使得西侧重力变化增大 $0.1\times10^{-6}$cm/s²、东侧减小 $0.2\times10^{-6}$cm/s². 图 6.4.22 中的紫色曲线是加入 $M_{\mathrm{w}}8.7$ 地震模型后黏滞性系数为 $1.0\times10^{18}$Pa·s 的结果, 可以看出与加入该模型前的结果 (红色曲线) 差别很小, 两条曲线几乎重合. 而这两个大地震以南 2007 年 9 月 12 日发生的 $M_{\mathrm{w}}7.9$ 和 $M_{\mathrm{w}}8.4$ 两次强余震的影响则要更小.

参考 Pollitz 等 (2006; 2008) 的研究结果, 模拟选取弹性层厚度为 60km, 为了探测弹性层厚度的选取对反演结果的影响, 把表 6.4.3 中的弹性层厚度改为 50km, 弹性的第 2 层深度变为 30~50km, 其他所有的参数不变, 该地球分层模型简称为模型 2, 利用加入 $M_{\mathrm{w}}8.7$ 地震模型后的断层滑动模型获得了同震及震后重力变化. 图 6.4.23 为利用模型 1 和模型 2 计算的同震及震后重力变化, 及它们与实际观测值的比较, 空间分辨率仍然是 500km. 弹性层厚度改变后对同震重力变化产生了一些影响, 50km 厚度时 $A$、$B$ 点的同震重力绝对变化量相对 60km 时分别增大约 $0.2\times10^{-6}$cm/s² 和 $0.1\times10^{-6}$cm/s². 对于震后重力变化, 当选取的黏滞性系数相同时, 弹性层较浅时其震后变化速率相应的增大; 而且随着选取的黏滞性系数减小, 这种变化速率的增加越大. 尽管如此, 从图 6.4.23 可以看出, 反演的黏滞性系数仍然在 $1.0\times10^{18}$Pa·s 的量级. 40km 厚的弹性层结果也证实了上述认识, 为使图形清晰, 我们没有在图 6.4.23 中绘制其模拟结果.

利用黏滞性系数为 $1.0\times10^{18}$Pa·s 时的地球模型 1 和 Hoechner 等的模型加入 $M_{\mathrm{w}}8.7$ 地震模型后的断层滑动分布, 模拟得到苏门答腊 $M_{\mathrm{w}}9.3$ 地震 (包含 $M_{\mathrm{w}}8.7$ 地震) 的同震及震后重力场变化 (图 6.4.24), 采用 500km 高斯滤波. 图 6.4.24(a) 为模拟的苏门答腊 $M_{\mathrm{w}}9.3$ 同震空间固定点的重力变化, 断层东侧下降最大值约为 $-9.5\times10^{-6}$cm/s², 西侧上升最大值约为 $2.1\times10^{-6}$cm/s²; 与 GRACE 观测到的结果基本一致. 在重力上升的西南侧区域的重力变化也是下降的, 但量值比观测值要小一些. 图 6.4.24(b)~(e) 分别为震后第 1 年至第 4 年的重力变化, 其中包含同震重力变化. 可以看出震后的黏滞性松弛使得这一地区

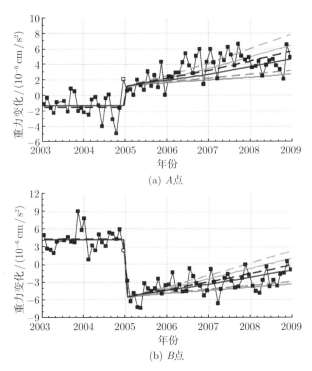

(a) A点

(b) B点

图 6.4.23　模型 1、模型 2 计算结果、重力时间序列比较 (绿色曲线 $\eta$ 为 $2.0\times10^{18}\,\mathrm{Pa\cdot s}$, 红色和紫色为 $1.0\times10^{18}\,\mathrm{Pa\cdot s}$, 淡蓝色为 $7.0\times10^{17}\,\mathrm{Pa\cdot s}$, 实线和虚线分别为模型 1 和模型 2 结果)

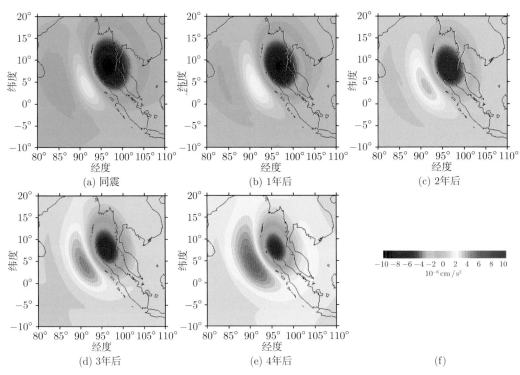

(a) 同震　　　　　　　(b) 1年后　　　　　　　(c) 2年后

(d) 3年后　　　　　　　(e) 4年后　　　　　　　(f)

图 6.4.24　模型 1 模拟的苏门答腊 $M_\mathrm{w}9.3$ 地震同震及震后空间固定点重力变化 $(\eta = 1.0\times10^{18}\,\mathrm{Pa\cdot s})$

的重力处于上升的过程中, 这与 GRACE 观测到的结果在变化趋势上是一致的, 只是模拟量变化的速率要小于观测值. 在震后第 4 年时的断层下盘重力上升最大达 $6\times10^{-6}\mathrm{cm/s^2}$, 断层上盘重力下降最大为 $-6\times10^{-6}\mathrm{cm/s^2}$, 从时间序列上看这个结果和观测值是符合的. 但 2006 年和 2007 年的模拟重力变化与 GRACE 观测相比下盘的重力上升幅度是偏小的.

GRACE 卫星观测到的同震重力变化约为 $(-9\sim2)\times10^{-6}\mathrm{cm/s^2}$, 平面、自重力、黏弹性分层模型计算的同震卫星重力变化为 $(-9.5\sim2)\times10^{-6}\mathrm{cm/s^2}$, 模拟值与观测值的最大、最小值和空间分布是基本一致. 虽然采用的是 500km 的高斯滤波器, 但观测结果的最大、最小值及重力变化空间上的分布特点与其他学者 (de Linage et al., 2009) 的结果是一致的, 模拟的同震变化与 de Linage 等 (2009) 用自重力、弹性球状分层地球模型模拟的结果在分布形态和最大、最小值的位置等方面是非常一致的. 海洋侧下盘的同震重力上升幅度较小, 主要是受海水的影响, 这一点由利用黏弹性分层模型模拟的空间固定点同震重力变化得到证实. 模拟的震后重力变化与 GRACE 观测值在变化趋势上是一致的, 震后变形基本上由震后的黏弹性松弛获得解释.

在 2006 年初至 2007 年底的时段, 断层下盘的重力上升幅度与观测值比是偏小的, 这可能与这一地区在 2004 年 $M_{\mathrm{w}}9.3$ 和 2005 年 $M_{\mathrm{w}}8.7$ 地震后断层持续破裂滑动有关, 该地区的强余震、特别是 7 级以上强余震频发也表明主震后该地区断层仍持续破裂. 2005 年 3 月 28 日的 $M_{\mathrm{w}}8.7$ 地震如果作为一个独立的事件考虑, 其引起的同震及震后变形是非常之大的, 虽然与主震相比其影响要小很多, 但理论上应该仍比较显著. 而利用位错理论计算的结果 (图 6.4.22) 表明 $M_{\mathrm{w}}8.7$ 地震对 $A$ 和 $B$ 点的影响是非常小的, 小于 5% 的量值. 其原因在于, $M_{\mathrm{w}}8.7$ 级地震与主震在能量释放上相差约 8 倍, 其发震位置和主震之间有一定的空间距离, 发震时间离主震较近, 由于 GRACE 观测的为中长波地球重力场部分, 本书获得的是经过半径为 500km 的高斯滤波器平滑后的结果, 故此 $M_{\mathrm{w}}8.7$ 地震引起的低频变形信息淹没在主震产生的变形中, 难以区分开来, 而且影响较小. 2007 年的 $M_{\mathrm{w}}7.9$ 和 $M_{\mathrm{w}}8.4$ 地震从能量上均较小, 与 $M_{\mathrm{w}}9.3$ 地震的距离也更远, 理论计算上其影响也应该较 $M_{\mathrm{w}}8.7$ 地震的小很多. 而且 2007 年两次地震发生的时间在 $M_{\mathrm{w}}9.3$ 地震后的 2 至 3 年间, 处于黏滞性衰减已经达到信噪比较低的时间段. 总之, 从位错理论上计算这些余震难以对结果产生数量级上的影响. 但如引言中所述, 震后变形的作用机制主要有三种, 除黏弹性松弛外, 还有震后余滑和孔隙流体调整, 本书研究的为大时空尺度的卫星重力资料, 难以讨论这三种机制所起的作用, 而且现有的震后变形理论模型也难以同时考虑加入余滑和空隙流体调整的作用. 同时, 卫星观测的重力除了受地震活动影响外, 还有海洋、大气及全球构造运动的扰动影响. 上面得到的是一个较为初步的结果, 随着观测资料的积累以及震后变形理论的发展, 有望更加深入地研究本书的问题, 这也是我们今后将要开展的工作.

Hirth 和 Kohlstedt (2003) 指出, 根据实验室的资料计算, 在海洋上地幔温压条件下, 黏滞性系数应该在 $1\times10^{19}\mathrm{Pa\cdot s}$ 量级左右, 在俯冲带附近甚至会更低, 本书利用 GRACE 重力资料拟合得到的结果为 $1\times10^{18}\mathrm{Pa\cdot s}$ 量级, 与之大体吻合. 小尺度的实验室岩石流变实验难以全面考虑构造的多样性和影响流变结构的复杂因素, 其计算方法中包含多种不确定性, 包括岩性、温度、应变速率、从实验室速率外推到地质变形速率等诸多因素对确定等效黏滞系数的影响, 其不确定性可以达到一个数量级 (石耀霖、曹建玲, 2008; 张晁军等, 2008), 因此往往需要多种方法旁证. Tanaka 等 (2009) 从谱元法模拟认为苏门答腊地区软流层黏滞系数为 $10^{19}$Pa·s 量级, 而 Cannelli 等 (2008) 根据重力研究则认为该区软流层黏滞系数低于 $10^{18}$Pa·s. 我们的结果介于二者之间. 因此本研究的结果与实验室岩石流变实验结果考虑温度和应变速率的影响后是基本符合的, 与其他研究者根据 Sumatra 同震效应得到的结果也是吻合的. 从模拟的重力变化与 GRACE 观测值的比较中 (图 6.4.22) 不难看出应变速率对黏滞性系数的影响, 在地震破裂较短的时间内, 因为应变速率较大, 所以等效黏滞性系数较小才能模拟符合观测值, 而随着时间的积累, 则较大的黏滞性系数计算的模拟值与观测值符合得更好 (石耀霖、曹建玲, 2008; 张晁军等, 2008).

断层破裂的两侧存在壳幔结构的横向不均匀性, 西侧为较薄、形成年代较新的海洋地壳, 东边的陆地侧形成年代较老, 地壳较厚. 由于温度、岩性、承受压力上的差异, 海洋板块地幔的黏滞性系数一般较大陆地幔的黏滞性系数要小 (Čdek and Fleitout, 2003). 本书结果显示的断层两侧重力变化速率的不一致, 也体现了两侧流变结构的差异, 海洋侧需要较小的黏滞性系数才能使得模拟的重力震后变化与 GRACE 观测值一致, 而陆地侧需要的黏滞性系数则稍大一些. 本书的地球分层模型中黏滞性层为 60km 以下, 这个深度应该接近该区域的海洋岩流圈的顶部 (Gaherty et al., 1996), 模型模拟的震后重力变化表现的主要是震后中、上地幔强烈的黏滞性松弛, 断层两侧流变参数的差异体现的主要是地幔内热存在的影响. 而对于由中、上地幔物质密度变化引起的地表重力及空间固定点重力变化, 利用 500km 的滤波器来获取大空间尺度的结果是非常合适的 (傅容珊等, 1994).

估计岩石流变结构的方法除了理论方法和经典的岩石流变实验外, 利用野外观测资料来直接反演地壳深部的等效黏滞系数是重要的方法. 利用变形资料, 尤其是 GPS 观测的位移时间序列来反演区域的黏滞性系数是其中的一种途径. GRACE 卫星提供的时变重力场为讨论岩石的流变结构提供了新的观测途径, 相对于位移等其他观测量, 只有重力是直接反映地球内部物质质量分布的物理量, 重力变化也是地震等事件后地球内部物质密度重新分布的最直接观测量. 苏门答腊 $M_w$9.3 地震带来的强烈变形及震后黏滞性松弛, 为利用大空间尺度的 GRACE 卫星时变重力场反演区域黏滞性系数提供了宝贵的观测资料. 基于这一点, 我们尝试了利用卫星重力变化时间序列来反演苏门答腊区域的黏滞性结构, 并得到了合理的结果, 显示了这一途径可以在未来得到更多的应用.

我们利用 GRACE 卫星观测资料计算了苏门答腊地震引起的重力变化, 在 500km 高斯滤波的空间分辨率下同震重力变化约为 $(-9 \sim 2) \times 10^{-6}$cm/s$^2$. 初次尝试了基于 GRACE 卫星重力时间序列对区域黏滞性系数的反演. 利用大空间尺度的 GRACE 卫星重力时间序列和自重力、黏弹性、平面分层模型粗略地反演了苏门答腊–安达曼地区的黏滞性系数, 认为该区域的黏滞性系数在 $1.0 \times 10^{18}$Pa·s 的量级, 并且断层两侧岩流圈存在流变参数的差异, 海洋一侧低于大陆一侧, 震后高应变率时黏滞系数偏低, 一两年后应变速率降低而等效黏滞系数偏高. 我们认为应用大的逆掩地震同震和震后重力观测资料推断地幔黏滞系数是一种可行的方法, 有望今后得到更多的应用.

# 6.5 关于 2008 年汶川地震 ($M_s8.0$) 的研究

2008 年 5 月 12 日, 四川龙门山中央断裂发生了汶川地震 ($M_s8.0$)(31.0°N, 103.4°E), 震源深度约为 14km, 余震主要分布在从映秀镇到青川县的龙门山断裂带的中北段, 形成长达 300 多千米的余震带 (Zhang et al., 2008a). 震后的地震地质考察表明龙门山断裂带的映秀–北川断裂带和灌县–江油断裂同时发生破裂, 分别形成了 240 多千米和 70 多千米长的地表破裂, 最大垂直错距和水平错距分别达到 6m 和 4.9m (Xu et al., 2008; Zhang et al., 2008a).

汶川地震发生后, Ji 和 Hayes (2008)、Zhang 等 (2008b) 很快利用全球数字地震台网记录到的地震波反演了这次地震的破裂过程和断层面上的破裂滑动分布. Wang 等 (2008) 在利用地震波的基础上, 结合了近场 GPS 同震位移数据和地震地表破裂资料也做了同样的工作. 三个地震模型的模拟结果都显示了汶川地震 ($M_s8.0$) 具有逆冲兼右旋走滑破裂的特点, 模拟的最大垂直和水平位移与野外地震地质考察的结果基本吻合, 然而, 三个模型反映的断层构造及滑动细节均有不同. 可想而知它们不是唯一可靠地反应了实际断层.

伴随地震所发生的各种地球物理变化以及地震波记录数据、GPS 等大地测量资料可用来研究震源机制、地球内部构造、地震预测、断层反演、大地测量结果解释以及确定震源参数等. 其中把震源断层破裂与地表各种观测数据相联系的是地震位错理论. 位错理论被 Steketee (1958) 引入地震学领域以来已得到长足的进展, 所使用的地球模型越来越精细. Okada (1985) 给出了半无限空间模型地震位错的计算同震位移的解析表达式, 但是对于实际应用该模型过于简单. 对于广域性或者全球性地壳变动, 则不能忽略地球的曲率和层状构造. Sun 和 Okubo (1993)、Sun 等 (1996; 2009) 以球对称、自重、层状、完全弹性和各向同性地球模型为基础, 提出了准静态球体位错理论, 用以计算地球表面任何地方因地震引起的同震位移、应变、重力变化和大地水准面变化.

下面分别利用半无限空间模型位错理论 (Okada, 1985) 和球形地球模型位错理论 (Sun et al., 1996) 对上述不同的三个地震断层滑动模型计算同震位移, 并与由 GPS 获得的同震位移比较、分析, 其目的是研究不同断层模型对同震变形的影响. 然后择优选择最佳位错理论和断层滑动模型, 计算模拟 2008 年汶川地震 ($M_s8.0$) 的同震位移、重力、大地水准面和应变分布, 进而讨论这次地震的同震变形特征和可能的动力学机制.

## 6.5.1 由 GPS 观测得到的同震位移

2008 年汶川地震 ($M_s8.0$) 发生前后, 在中国西部围绕龙门山断裂开展了大量 GPS 观测, 取得了大量高精度可靠的位移结果. 图 6.5.1 给出 2008 年汶川地震的位置 (红点) 以及地震前后进行 GPS 测量的观测点位置. 之后不久, 中国地壳运动观测网络项目组处理了 GPS 观测资料并公布了获得的同震位移场, 利用这些资料绘制的同震位移结果见图 6.5.2, 其中水平位移场有 122 个 GPS 测点, 垂直位移场有 44 个测点 (Zhang et al., 2008a).

图 6.5.2 显示 GPS 同震位移场以映秀–北川断裂为中心, 两侧发生相向运动和强烈的水平缩短, 断层挤压使两端产生滑动; 映秀一带南段的右旋水平位移较小, 北川县城以北的北段具有明显的右旋位移, 但是幅度小于水平缩短幅度. 垂直同震位移在龙门山断裂带东侧的成都平原以下降为主, 断裂上盘只在距断裂很近处观测到向上的运动, 很快又转为下降运动, 但上盘观测点很少, 难以全面认识上盘的运动. 这些 GPS 观测的同震变形和地震地质考察为认识汶川大地震的发生机理提供了基础资料.

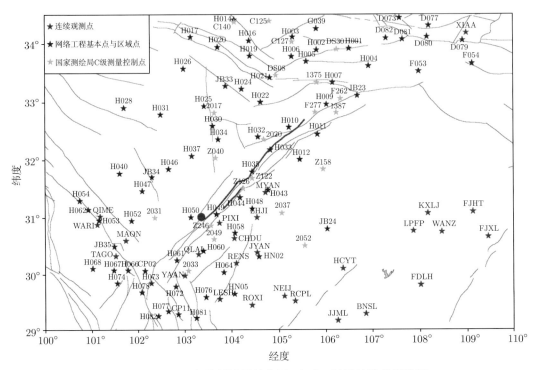

图 6.5.1  2008 年汶川地震的位置 (红点) 以及地震前后进行
GPS 测量的观测点位置 (Zhang et al., 2008a)

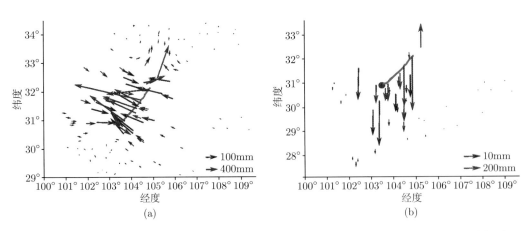

图 6.5.2  GPS 观测到的 2008 年汶川地震 ($M_s$8.0) 同震位移场. (a) 水平位移; (b) 垂直位移
(Zhang et al., 2008a)

## 6.5.2 汶川地震断层滑动模型

如上所述, 汶川大地震发生后, 已经发表了多个地震滑动模型. 在计算中我们选择以下三个地震模型:

(1) 美国地质调查局 (USGS) 震后 7 小时发布了由 Ji 和 Hays 反演的地震模型. 该模型的断层参数为: 走向 229°, 倾角 33°, 滑动角由反演确定, 分别沿走向方向和倾向方向均匀地分成 21×8 块子断层, 每条子断层的尺度为 15km×5km.

(2) Zhang 等 (2008b) 利用全球地震台网 (GSN) 记录的长周期数字地震资料, 采用单一机制的有限断层模型反演得出汶川地震的发震断层走向为 225°、倾角为 39°、滑动角为 120°, 其断层分别沿走向和倾向方向均匀地分成 31×5 块子断层, 每个子断层的尺度为 20km×10km.

(3) Wang 等 (2008) 利用远场体波波形记录结合近场同震 GPS 位移数据, 根据地质资料和地震形成的地表破裂轨迹, 构造了一个双 "铲状" 有限地震断层模型. 模拟龙门山主断裂的断层长 308km, 断层面宽 40km, 剖分成 14km×8km 的 110 个子断层; 模拟龙门山山前断裂带的断层长 84km, 断层面宽 32km, 剖分成 14km×8km 的 24 个子断层.

三个断层模型的滑动分布在图 6.5.3 中给出.

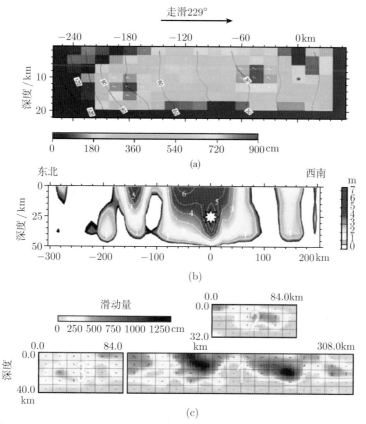

图 6.5.3　2008 年汶川地震 ($M_s$8.0) 的断层模型. (a) Ji 和 Hayes (2008);
(b) Zhang 等 (2008b); (c) Wang 等 (2008)

### 6.5.3　同震位移的模拟计算与比较

应用半无限空间模型位错理论 (Okada, 1985) 和球形地球模型位错理论 (Sun et al., 1996) 分别用上述三个断层模型模拟计算了 2008 年汶川地震 ($M_s$8.0) 的同震地表位移. 为了便于比较, 在计算过程中对球体理论使用的 PREM 地球模型进行了适当修改, 最终用修改后的 PREM 模型和相应参数的半空间模型获得理论计算结果, 其同震水平位移结果在图 6.5.4 中给出, 同震垂直位移的结果在图 6.5.5 中给出.

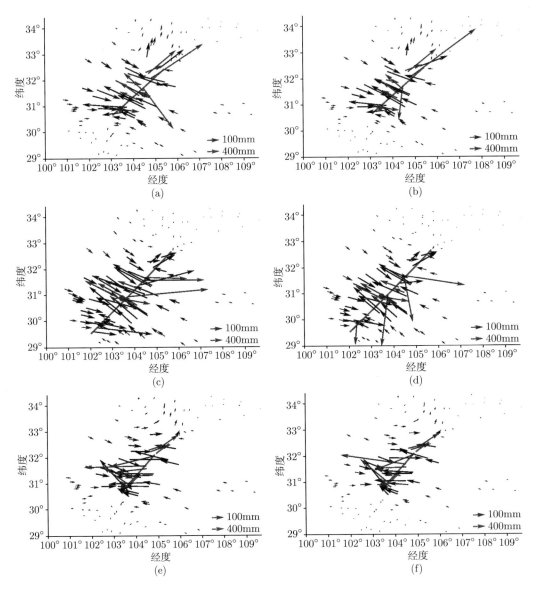

图 6.5.4　利用位错理论计算的 2008 年汶川地震 ($M_s$8.0) 同震水平位移. ((a) 和 (b)、(c) 和 (d)、(e) 和 (f) 分别为 Ji 和 Hays、Zhang 等和 Wang 等的地震模型, 反映在弹性半空间位错模型理论和球体地球模型理论下的同震水平位移模拟理论值)

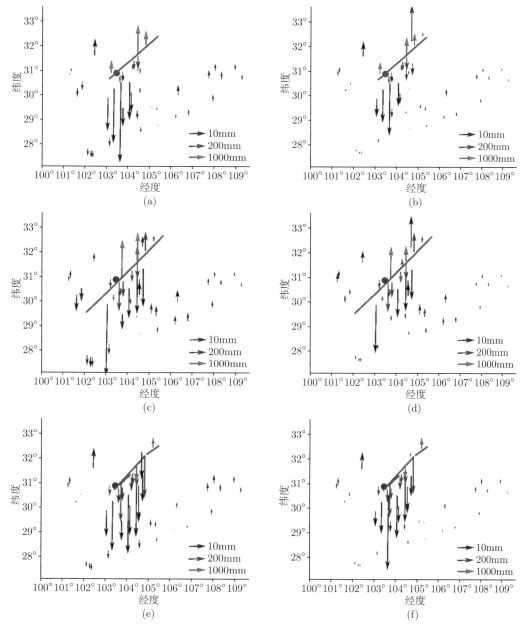

图 6.5.5　利用位错理论计算的汶川地震 ($M_s$8.0) 同震垂直位移. ((a) 和 (b)、(c) 和 (d)、(e) 和 (f) 分别为 Ji 和 Hays、Zhang 等和 Wang 等的地震模型, 反映在弹性半空间位错模型理论和球体地球模型理论下的同震垂直位移模拟理论值)

　　利用三个地震断层参数及滑动分布模型计算的同震水平位移 (图 6.5.4) 都显示震源破裂的逆冲兼走滑的性质. 除了位于破裂面上的观测点外, 半空间模型理论和球形地球模型理论计算的同震水平位移基本一致, 后者的计算值总体上小于前者的结果. 从三个地震模型的计算结果的比较可以看出用 Wang 等 (2008) 模型计算的理论值与 GPS 观测值的符合程度总体上要优于用其他两个模型计算的结果.

模拟计算的同震垂直位移 (图 6.5.5) 的特点是在龙门山断裂带的邻近位置, 尤其是断裂西南侧以下沉为主; 断裂带东侧随着距断层距离变大而变为向上运动. 断裂上盘为垂直向上的运动, 与观测值相反; 这可能是由于上盘 GPS 观测点很少, 垂直位移解算精度低, 使得其本身也难以全面体现上盘的同震运动. 与水平位移相同, 球体位错理论模型的计算值与半空间位错理论的模拟值基本一致, 量值稍小. 直观上三个地震模型中, Ji 和 Hays 模型的结果与 GPS 测量值符合得最好, 两个位错模型的模拟值也相差最小.

对于不同的地震模型和位错理论模型, 紧邻或处于地震破裂面的 GPS 站点, 其理论计算的位移值相差很大, 这主要是由其所处的位置决定. 断层两侧的同震位移变化随距离断层距离的增大而迅速衰减.

在模拟计算的过程中, 我们对球形地球位错的地球模型 (PREM) 进行了修改, 使得修改后的 PREM 模型的最浅深度层的泊松比为 0.32; 与修改后 PREM 模型对应的半空间模型中泊松比也调整为 0.33. 于是我们有四个地球模型: 两个半无限空间模型, 其泊松比分别为 0.33 和 0.32; 两个球形地球模型, PREM (地表层 $\nu = 0.33$) 和修改 PREM (地表层 $\nu = 0.32$). 对上述所有模拟计算同震位移, 并与 GPS 位移进行比较.

为了定量判断理论模拟的位移值与 GPS 观测值的符合程度, 利用下列计算模拟值与 GPS 观测值的差值均方根 (RMS) 来检验:

$$\hat{\sigma} = \sqrt{\sum_{i=1}^{N} \left| \boldsymbol{u}_{\mathrm{obs}}^i - \boldsymbol{u}_{\mathrm{cal}}^i \right|^2 / n} \tag{6.5.1}$$

最后把所有计算与比较结果列于表 6.5.1 中.

表 6.5.1 中的水平和垂直位移与 GPS 观测位移的差值均方根显示, 修改后 PREM 模型的理论计算值与 GPS 观测值符合得都较好, 尤其是球体模型模拟的垂直位移更符合 GPS 观测的垂直位移. 所用的三个断层模型中, Wang 等 (2008) 的断层模型计算的结果与 GPS 观测值符合得最好, 尤其是垂直位移.

表 6.5.1 模拟值与 GPS 测量值的比较 (RMS)

| 模型 | 水平位移 | | | | 垂直位移 | | | |
|---|---|---|---|---|---|---|---|---|
| | 半空间模型/cm | | 球体模型/cm | | 半空间模型/cm | | 球体模型/cm | |
| | $\nu = 0.33$ | $\nu = 0.32$ | PREM | PREM(修) | $\nu = 0.33$ | $\nu = 0.32$ | PREM | PREM(修) |
| Ji 和 Hays | 51.1 | 51.1 | 51.1 | 48.8 | 45.3 | 45.4 | 36.4 | 36.4 |
| Zhang 等 | 65.4 | 65.3 | 59.0 | 59.1 | 58.4 | 58.6 | 46.8 | 44.3 |
| Wang 等 | 13.8 | 13.8 | 13.7 | 13.1 | 8.7 | 9.0 | 9.1 | 8.4 |

## 6.5.4 2008 年汶川地震 ($M_s8.0$) 的同震变形

根据上面的讨论和结果, 选取球形地球模型位错理论和 Wang 等 (2008) 的地震断层参数及滑动模型来模拟计算 2008 年汶川地震 ($M_s8.0$) 的同震变形, 包括位移、重力、大地水准面和应变变化, 计算结果分别在图 6.5.6~ 图 6.5.8 中给出.

图 6.5.6 表明, 同震位移表现得非常复杂, 东西向位移以映秀–北川断裂为中心, 两侧发生相向运动和强烈的水平缩短, 上盘的东向位移最大位移达到 7m, 约为下盘向西位移

最大值的一倍 (图 6.5.6(a)). 南北向位移在破裂东段以向北运动为主, 西段则以向南运动为主; 而破裂附近位移变化很复杂, 在映秀、汶川、北川以及青川等破裂段下盘为南向运动, 最大值约 1m, 上盘向北运动, 最大值约 2.6m (图 6.5.6(b)). 垂直位移在断层下盘往南逐渐由近破裂处下沉、变为下沉减小、而后上升, 上盘往北表现为近破裂处上升、而后下沉, 再变为上升; 破裂两端往东北和西南方向表现为下沉运动 (图 6.5.6(c)). 水平位移表

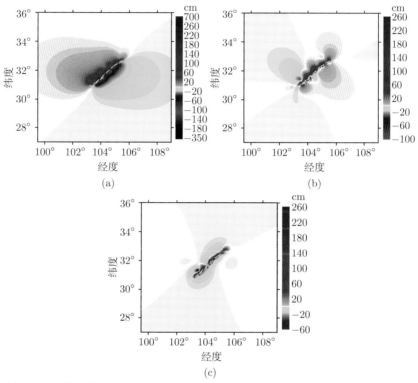

(a)　　　　　　　　　　　　(b)

(c)

图 6.5.6　利用球形地球位错理论计算的汶川地震 ($M_s$8.0) 产生的同震位移场.
(a) 东西向位移, 向东为正; (b) 南北向位移, 向北为正; (c) 垂直位移, 地面向上为正

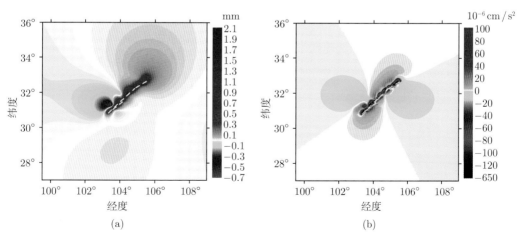

(a)　　　　　　　　　　　　(b)

图 6.5.7　利用球形地球位错理论计算的汶川地震 ($M_s$8.0) 产生的同震大地水准面和重力变化.
(a) 大地水准面变化; (b) 重力变化

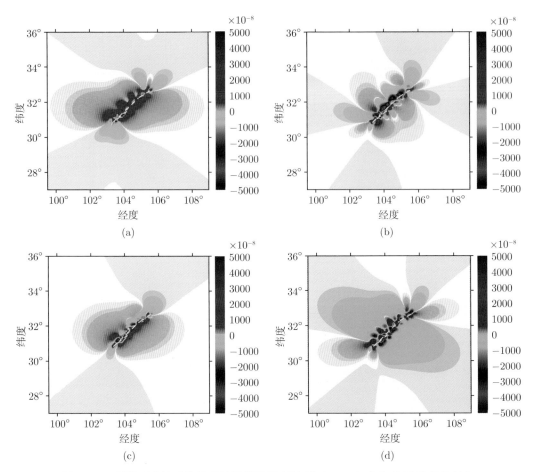

图 6.5.8　利用球形地球位错理论计算的汶川地震 ($M_s$8.0) 产生的同震应变变化.
(a) 东西方向应变; (b) 南北方向应变; (c) 体应变; (d) 剪切应变 (单位: $10^{-8}$)

现为以映秀–汶川为中心的高挤压, 及其北端和南段的挤压兼右旋运动; 破裂带中部水平位移最大的断裂段, 其垂直位移相对较小, 而其紧邻两侧垂直位移较大, 最大值达 2.6m.

在距离断层破裂较近的区域用弹性半空间模型位错理论计算的理论值和利用球形地球模型位错理论计算的理论值都与 GPS 观测值大小较为接近, 而在远离断层破裂的区域球体模型的理论值与观测值大小更为接近. 其中用 Wang 等 (2008) 的断层参数及滑动模型计算的理论值与观测值更为接近, 这可能与其模型结合了近场 GPS 测量的位移数据和地质调查的地震破裂资料有关.

同震垂直位移模拟结果与 GPS 观测值符合较差, 这可能和同震垂直位移的可靠性不高有关. 由于非构造影响因素很多且很复杂, GPS 解算时垂直位移的精度要低于水平位移, 更主要的是同震垂直位移是由流动观测点获得, 这更使其缺乏可靠性. 同震水平位移里体现的半空间模型理论和球体模型理论的模拟结果在地震破裂远、近场与 GPS 观测符合好坏的差异, 在同震垂直位移中也很明显. 总体上, 球体位错理论的模拟结果与观测值符合较好, 尤其是利用 Wang 等 (2008) 的地震模型模拟的结果与 GPS 观测值更为接近.

图 6.5.7 显示 2008 年汶川地震产生的同震大地水准面变化在破裂带上为上升, 最大

达 2.1mm, 在破裂的两段及两侧为正、负相间的四象限分布, 大体上南北向为正变化, 而东西向为负变化. 同震重力变化也表现为四象限分布, 但是, 断层线南侧显示最大正变化, 达 $100 \times 10^{-6}$cm/s$^2$; 而靠断层线的上盘出现较大的负变化, 最大值达 $650 \times 10^{-6}$cm/s$^2$.

同震应变变化结果 (图 6.5.8) 在断层线附近出现最大变化. 应变变化范围达 $-50000 \times 10^{-8} \sim 50000 \times 10^{-8}$. 由于应变是位移的微分, 随着震中距的增加应变迅速衰减. 这些应变理论值可以用来解释应变观测结果. 它们还可以用来计算应力分布. 根据 Toda 等 (2008) 研究, 2008 年汶川地震 ($M_s8.0$) 可能在鲜水河、昆仑以及岷江断层触发大于 7 级的地震, 这些断层距汶川主破裂仅有 $100 \sim 140$km, 其中一部分断层虽然积累应力, 但是一百多年来一直没有破裂.

最后, 应该指出, 所有上述理论同震变形都是基于变形地表面的, 因为传统大地测量都是在地表面进行的. 然而, 现代大地测量技术, 如重力卫星 GRACE, 可以从空间进行观测. 如 6.5.3 节中讨论的那样, GRACE 已经成功地检测出了 2004 年苏门答腊地震 ($M_w9.3$) 的同震和震后重力场变化, 其结果表明高斯滤波 (300km) 重力变化达到 $\pm 15 \times 10^{-6}$cm/s$^2$. 人们很自然考虑 2008 年汶川地震 ($M_s8.0$) 能否被 GRACE 检测到. 为此, 利用 Sun 等 (2009) 理论计算了空间固定点的同震重力变化, 结果在图 6.5.9(a) 中给出. 由图可见, 同震重力变化达到 $(-100 \sim 300) \times 10^{-6}$cm/s$^2$, 如预期, 最大变化主要出现在断层附近. 由于 GRACE 仅能观测到低频同震信号, 适当的滤波是必要的. 于是对理论计算结果分别采用 100km 和 300km 半径的高斯滤波, 结果分别在图 6.5.9(b) 和 (c) 中给

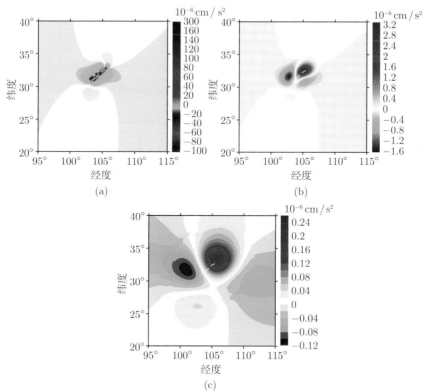

图 6.5.9  2008 年汶川地震 ($M_s8.0$) 产生的空间固定点的重力变化.
(a) 空间固定点同震重力变化; (b) 100km 平滑后结果; (c) 300km 平滑后结果

出. 100km 滤波的结果表明重力变化变为 $(-1.6 \sim +3.2) \times 10^{-6}\text{cm/s}^2$, 而 300km 滤波的结果为 $(-0.12 \sim +0.24) \times 10^{-6}\text{cm/s}^2$. 根据 GRACE 检测能力的理论研究结果 (Sun and Okubo, 2004a) 可知, 这样的同震变化信号似乎很难被 GRACE 检测出来. 然而, 它有可能被将来的 GRACE follow-on 观测到.

## 6.6 位错理论应用于其他火山地震的研究

### 6.6.1 断层滑动分布的影响: 1999 年集集地震 ($M_\text{w}7.6$) 与 2001 年昆仑地震 ($M_\text{w}7.8$)

位错理论 (如 Okada, 1985) 通常是基于有限矩形断层的假设, 实际应用中也是常常把断层面破裂简化为该矩形断层面上存在一个平均滑动量. 对于比较小的地震断层, 这样的假设往往是可以接受的, 其理论计算结果与大地测量观测值也符合得比较好. 然而, 对于非常巨大的几何断层而言, 这样的假设将会带来较大的计算误差. 而该影响究竟有多大, 目前并不是很清楚. 所以, 为了研究把具有滑动分布的断层简化为平均滑动的断层模型所带来的影响, Fu 和 Sun (2004) 针对实际地震, 即以 1999 年集集地震 ($M_\text{w}7.6$) 与 2001 年昆仑地震 ($M_\text{w}7.8$) 作为例子, 利用 Okada (1985) 的半无限空间位错理论, 进行了数值模拟研究并提出了利用滑动分布模型分段求和的计算方案. 通过这两个地震的计算和比较得知, 简化为平均滑动断层会产生非常大 (超过 50%) 的误差.

我们首先考虑 1999 年 9 月 21 日发生的台湾集集大地震 ($M_\text{w}7.6$), 该地震发生前后在断层周围大约有 60 多个 GPS 观测点观测并检测到了同震变形 (Shin et al., 1999; Yang et al., 2000; Wu et al., 2001). 由于该地震显示了显著的破裂滑动不均匀性, 对于本研究非常合适. Wu 等 (2001) 利用地震波强震数据和 GPS 位移数据联合反演了该地震的震源破裂过程, 给出了断层滑动空间分布模型 (图 6.6.1). 另一方面, 如果把滑动分布取平均便可得有限矩形断层的平均滑动模型, 其平均滑动量为 2.84m. 如上所述, 这个平均滑动模型常常用来计算和解释大地测量观测结果. 下面我们利用实际滑动分布模型和简化的平均滑动模型分别计算其同震位移, 并与观测值进行比较, 以观察其影响.

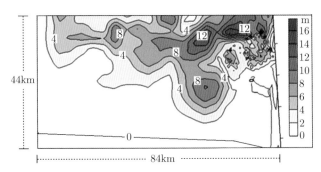

图 6.6.1　1999 年集集地震 ($M_\text{w}7.6$) 的断层滑动分布 (Wu et al., 2001)

首先利用平均滑动模型和 Okada (1985) 的位错理论计算同震位移的垂直分量和水平分量, 其垂直位移分量在图 6.6.2(b) 中给出. 为了便于比较, 在图 6.6.2(a) 中给出 GPS 观测的同震位移垂直分量. 然后我们再根据图 6.6.1 中的滑动分布模型以及分段求和计算方案计算同震位移的垂直分量, 其结果绘于图 6.6.2(c). 计算中整个断层面分为 84×44 个子断层, 其边长为 1km. 比较图 6.6.2 中的 3 个子图可见, 考虑实际滑动分布模型的计算结果与 GPS 观测值符合得最好, 而平均滑动模型的结果在量级上非常小, 且与观测值存在非常大的差异. 这表明断层破裂的滑动分布在计算同震变形时具有非常重要的影响, 特别是近场的计算.

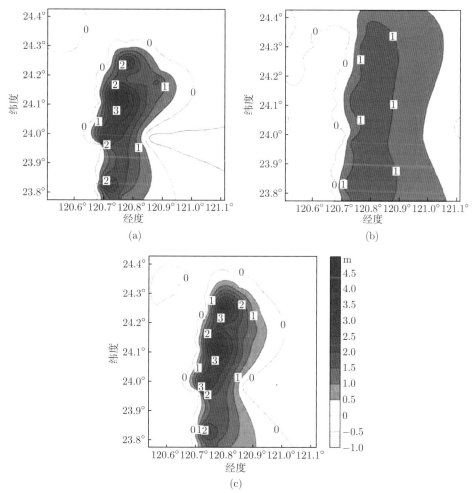

图 6.6.2　1999 年集集地震产生的同震垂直位移分布. (a) GPS 观测结果;
(b) 矩形断层均匀滑动模型的计算结果; (c) 矩形断层滑动分布模型的计算结果

　　同理, 把两个滑动模型的水平位移结果绘于图 6.6.3(a) 和 (b) 中 (蓝色矢量). 为了比较把 GPS 观测结果也在图 6.6.3(a) 和 (b) 中给出 (红色矢量). 结果表明, 尽管平均滑动模型的结果与观测值在趋势上大体一致, 但是两者的差异非常大; 而滑动分布模型的结果与观测值符合得非常好. 这说明考虑滑动分布的模型比平均滑动模型更为合理. 为了进一步定量地说明两者的差异, 分别计算两个模型与观测值差值的均方根 (RMS), 其结果表明, 同震位移分量的 RMS 误差达到 40%, 而水平位移分量的 RMS 误差则达到 30%, 即,滑动分布模型远好于平均滑动模型.

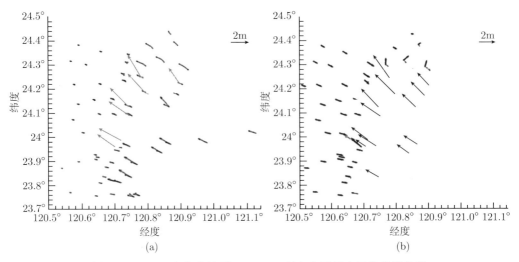

图 6.6.3　1999 年集集地震 ($M_\mathrm{w}7.6$) 所产生同震水平位移的比较.

(a) 矩形均匀滑动模型的计算结果与 GPS 观测结果的比较;

(b) 矩形断层滑动分布模型的计算结果与 GPS 观测结果的比较

下面再以 2001 年昆仑地震 ($M_\mathrm{w}7.8$) 为例, 进一步观察平均滑动模型的影响. 该地震发生于 2001 年 11 月 12 日, 发生在中国西北部的中央昆仑山地区 (China Seismological Bureau, 2002; Lin et al., 2002), 为 400km 长的走滑型破裂, 最大滑动量为 16.3m. 断层面的破裂分布见 Lin 等 (2003). 另一方面, 断层面可以简化为 400km×40km 的矩形断层面, 平均滑动量为 3.0m, 该断层面的长度大约是集集地震的 5 倍. 为了考察其简化断层所产生的影响, 我们计算和观察两个模型结果的差异. 为此, 滑动分布断层模型和平均滑动模型的计算结果分别绘于图 6.6.4(a) 和 (b) 中. 比较两者之间的差异表明, 两者的空间分布

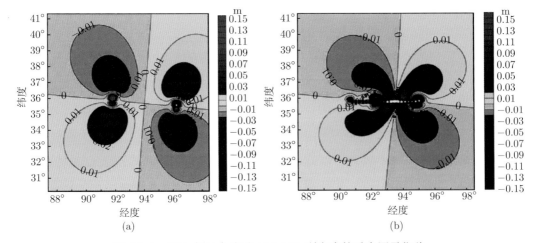

图 6.6.4　2001 年昆仑地震 ($M_\mathrm{w}7.8$) 所产生的垂直同震位移.

(a) 均匀滑动断层模型的计算结果; (b) 滑动分布断层模型的计算结果

具有较大的差异, 最大值的空间分布位置完全不同. 特别是在断层中心地区, 一个表现出最大值, 另一个则为零. 所以, 两者之间的差异是显而易见的, 在应用位错理论计算同震变形时, 断层的滑动分布必须加以考虑.

## 6.6.2 世界首次检测出同震绝对重力变化

根据 Tanaka 等 (2001) 报道, 自从绝对重力仪应用于地震观测以来首次检测出了同震重力变化. 1998 年日本岩手县地震 ($M6.1$)(图 6.6.5), 其最大断层滑动量 (位错) 仅仅 1m, 所产生的重力变化小于 $10 \times 10^{-6} \mathrm{cm/s}^2$. 但是由于绝对重力观测点的位置较好, 清楚地记录到了同震重力变化的时间序列. 数据处理后的结果显示同震重力变化大约为 $-6 \times 10^{-6} \mathrm{cm/s}^2$ (Tanaka et al., 2001; 图 6.6.6). 同时, 相对重力测量结果以及 GPS 观测到的位移也都印证了该重力变化的可靠性. 另外, Tanaka 等 (2001) 也用平面位错理论建立了断层模型并且较好地解释了这些观测结果 (图 6.6.7).

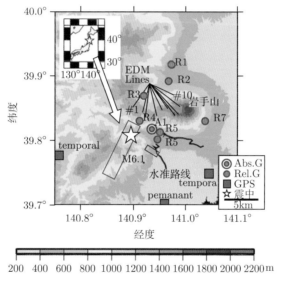

图 6.6.5 岩手山周围的大地测量观测与地震波确定的岩手县地震 ($M6.1$) 震中位置 (五星). 断层面用矩形表示

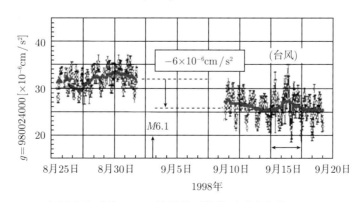

图 6.6.6 1998 年日本岩手县 $M6.1$ 地震前后的绝对重力变化 (Tanaka et al., 2001)

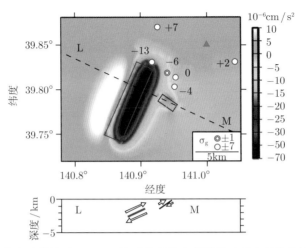

图 6.6.7　1998 年日本岩手县地震 (M6.1) 前后的理论和观测绝对重力变化的比较 (Tanaka et al., 2001). 单位为 $10^{-6}\text{cm/s}^2$. $\sigma_g$ 表示测量误差. 两个矩形表示两个断层面在地表面的投影, 下方表示 L-W 剖面. 两个断层面的滑动量分别为 1m 和 0.4m

### 6.6.3　世界首次观测到次微伽级同震重力变化

另一个重要的观测结果是超导重力仪检测出小于 $1\times10^{-6}\text{cm/s}^2$ 的重力变化. 超导重力仪是精度最高的重力仪, 精度大约为 $(1\sim10)\times10^{-9}\text{cm/s}^2$. 日本拥有多台超导重力仪. 其中 3 台布设在江刺、松代和京都, 构成一个超导重力观测网, 常年观测. 2003 年日本十胜冲地震 (M8.0) 发生前后, 重力仪都工作正常, 并且记录到了该地震所产生的重力变化 (Imanishi et al., 2004). 经过数值滤波以及各种地球物理改正, 最后的重力变化曲线如图 6.6.8 所示. 这个重力变化与 Sun 和 Okubo (1993) 的位错理论值相吻合. 这是世界上首次观测到如此小的同震重力变化.

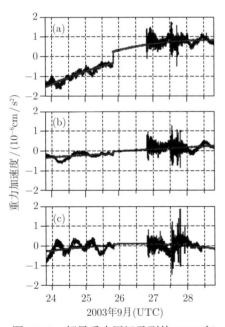

图 6.6.8　超导重力网记录到的 2003 年日本十胜冲地震 (M8.0) 产生的重力变化. (a) 江刺, (b) 松代, (c) 京都. 红线表示拟合曲线 (Imanishi et al., 2004)

### 6.6.4　2000 年三宅岛火山喷发产生的重力变化

火山活动的主要特征是质量移动, 即岩浆的上升与喷出. 质量变化自然产生重力场的改变. 多次实际观测结果表明, 火山活动产生的重力场变化非常大, 足以被常规重力测量观测得到, 包括绝对和相对重力测量. 下面以日本三宅岛火山 (岛直径约为 10km) 为例. 该火山 2000 年大规模喷发. 两个月内火山活动产生了 4 个大于 6 级的地震以及 2 万多个有感地震. 喷发初期岩浆不是喷出, 而是贯入岛旁地下约 20km 的张裂断层内. GPS 结果显示该断层水平方向扩张了 6m. 活动后期, 火山口塌陷, 其直径为 1.5km, 深为 300m 多. 东京大学地震研究所重力组从火山活动第二天开始在岛内实施持续 2 年多的重力观测. 绝对和相对重力结果分别在图 6.6.9 和图 6.6.10 给出. 重力变化结果表明了岩浆迁移与山顶塌陷的地形效应. 绝对重力变化达到 $80 \times 10^{-6} \text{cm/s}^2$. 全岛的重力变化可以从图 6.6.10 看出. 从左至右给出各地点随时间推移的重力变化: ① 1998 年 6 月至 2000 年 7 月 6 日. 西面的正变化表明岩浆向西面海域流动, 同时山顶上负的变化显示山顶底下形成空洞. ② 2000 年 7 月 6 日至 7 月 11 日. 山顶开始塌陷, 约 1.5 亿立方米. ③ 2000 年 7 月 11 日至 7 月 31 日. 山顶喷发, 塌陷量约为 3 亿立方米. ④ 2000 年 7 月 31 日至 8 月 12 日. 山顶再喷发, 塌陷量达 3.5 亿立方米. 岛中央的重力减少主要产生于山顶塌陷的地形效应.

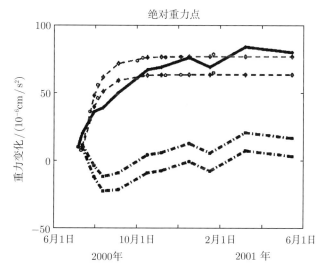

图 6.6.9　2000 年三宅岛火山喷发产生的绝对重力变化.
观测点位于山脚下的北端海岸处 (Furuya et al., 2001; 2003)

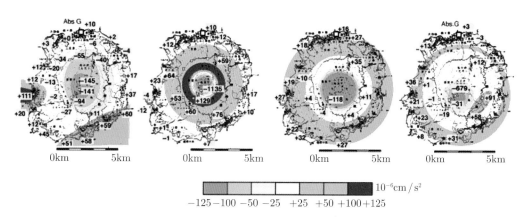

图 6.6.10　2000 年三宅岛火山喷发产生的重力变化 (以 1998 年 6 月为基准的时间差分值).
从左至右给出各地点随时间推移的重力变化 (Furuya et al., 2001; 2003)

### 6.6.5　2004 年浅间山火山喷发产生的重力变化

在 2004 年 9 月浅间山火山的喷发中也观测到了重力变化. 这次火山活动包括一次较大和两次较小的喷发. 东京大学地震研究所在该火山设有观测所, 观测所位于距火山口 4.5km 的半山腰. 喷发前后进行了连续绝对重力观测. 数据处理后的重力变化由图 6.6.11 给出. 图中红色表示喷发期间. 重力变化显示一个变化规律, 即图中的 1 至 4 的反复阶段. 每次喷发都是发生在重力开始减小之后. 这些阶段对应于岩浆上端面相对于重力仪位置的运动过程 (图 6.6.11(b)).

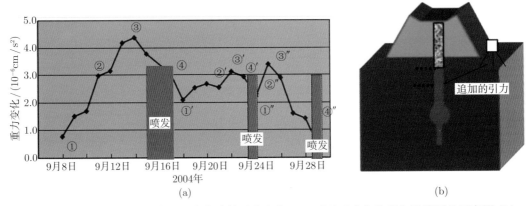

图 6.6.11　2004 年浅间山火山喷发伴随的重力变化 (a), 以及重力仪位置和岩浆活动示意图 (b)
(见大久保修平网页 http://www.eri.u-tokyo.ac.jp/okubo/)

位错理论应用于地震和火山的研究还有很多, 例如, Barrientos 等 (1992) 研究了智利地震的震后变形; Bock 等 (1993) 报告了利用连续大地测量检测地震序列产生的地壳变形; Boschi 等 (1997) 研究了 1994 年玻利维亚地震所产生形变的时间依赖性, 以及深震产生的全球震后变形 (Boschi et al., 2000); Chao 等 (1996) 研究了地震激发极移变化问题; Heki 和 Tamura (1997) 讨论了 1994 年日本三陆冲地震的震后滑动问题; Kawasaki 等 (1995) 研究了日本三陆冲非常慢地震的变形问题; Matsu'ura (1977)、Matsu'ura 和 Sato (1989)、Matsu'ura 等 (1981; 1998)) 对地震同震和震后变形问题进行了大量研究. 还有许多学者对震后变形问题也进行了研究 (Pollitz et al., 2001; Melbourne et al., 2002; Zweck et al., 2002; Shen et al., 2003; Ueda et al., 2003; Melini et al., 2004; Ozawa et al., 2004; Ryder et al., 2007); Melini 等 (2004) 讨论了地震产生海平面变化问题; Miyazaki 等 (2004) 利用 GPS 研究了 2003 年十胜冲地震的震后滑动的时空分布问题; Okubo 等 (1991) 研究了 1989 年伊豆半岛群发地震所伴随的重力变化问题; Sasai (1986; 1988) 研究了张裂群模型的体积变化、地表变形、重力变化以及地磁场变化问题; Savage (1984) 讨论了位错源产生的局部重力变化问题; Tsuji 等 (1995) 利用日本 GPS 观测网数据研究了 1994 年北海道十胜冲地震产生的同震地壳变形问题; 等等. 感兴趣的读者可以自己阅读相关论文.

# 参 考 文 献

陈运泰等 (1975), 根据地表形变的观测研究 1966 年邢台地震的震源过程, *地球物理学报*, 18(3), 164–181.

陈运泰, 黄立人, 林邦慧, 刘妙龙, 王新华 (1979), 用大地测量资料反演的 1976 年唐山地震的位错模式, *地球物理学报*, 22(3), 201–215.

傅容珊, 常筱华, 黄建华 (1994), 区域重力异常与上地幔小尺度对流模型, *地球物理学报*, 37(增刊), 249–258.

郭俊义 (2001), 地球物理学基础, 测绘出版社.

马宗晋, 叶洪 (2005), 2004 年 12 月 26 日苏门答腊–安达曼大地震构造特征及地震海啸灾害, *地学前缘*, 12(1), 281–287.

石耀霖, 曹建玲 (2008), 中国大陆岩石圈等效黏滞系数的计算和讨论, *地学前缘*, 15(3), 82–95.

王武星, 石耀霖, 孙文科, 张晶 (2011), 利用 GRACE 观测数据研究苏门答腊区域的黏滞性构造, *中国科学*, 地球科学, 41(6), 773–783.

徐锡伟, 闻学泽, 叶建青, 马保起, 陈杰, 周荣军, 何宏林, 田勤俭, 何玉林, 王志才, 孙昭民, 冯希杰, 于贵华, 陈立春, 陈桂华, 于慎鄂, 冉勇康, 李细光, 李陈侠, 安艳芬 (2008), 汶川 $M_s$8.0 地震地表破裂带及其发震构造, *地震地质*, 30(3), 597–629.

张晁军, 曹建玲, 石耀霖 (2008), 从震后形变探讨青藏高原下地壳黏滞系数, *中国科学*, D 辑, 38(10), 1250.

周新, 孙文科, 付广裕 (2011), 重力卫星 GRACE 检测出 2010 年智利 $M_w$8.8 地震的同震重力变化, *地球物理学报*, 54(7), 1745–1749, doi: 103969/j.issn.0001-5733.201.07.007.

Aki, K. and P. G. Richards (1980), Quantitative Seismology, Freeman.

Alterman, Z., H. Jarosch and C. L. Pekris (1959), Oscillation of the Earth, *Proc. R. Soc. Lond.*, A252, 80–95.

Altamimi Z., C. Boucher and P. Sillard (2002), ITRF2000: A new release of the International Terrestrial Reference Frame for earth science applications, *J. Geophys. Res.*, 107(B10), 2214, doi: 10.1029/2001JB000561.

Amelung, F. and D. Wolf (1994), Viscoelastic perturbations of the Earth: significance of the incremental gravitational force in models of glacial isostasy, *Geophys. J. Int.*, 117, 864–879.

Ammon, J. C., C. Ji, H. Thio et al. (2005), Rupture process of the 2004 Sumatra-Andaman earthquake, *Science*, 308, 1133–1139.

Antonioli, A., A. Piersanti, and G. Spada (1998), Stress diffusion following large strike-slip earthquakes: a comparison between spherical and flat-earth models, *Geophys. J. Int.*, 133, 85–90.

Araya, A., T. Kunugi, Y. Fukao, I. Yamada, N. Suda, S. Maruyama, N. Mio and S. Moriwaki (2001), Iodine-stabilized Nd:YAG laser applied to a long-baseline interferometer for wideband earth strain observations, *Rev. Sci. Instrum.*, 73, 2434–2439.

Araya, A., W. Mori, H. Hayakawa, S. Takemoto, T. Uchiyama, M. Ohashi, W. Sun and Y. Yamanaka (2006), A strain step observed by a laser strainmeter in Kamioka, *Chikyu Monthly (Supplement)*, 56, 104–110. (in Japanese)

Banerjee, P., F. F. Pollitz and R. Burgmann (2005), The size and duration of the Sumatra-Andaman earthquake from far-field static offsets, *Science*, 308, 1769–1772.

Banerjee, P., F. F. Pollitz, B. Nagarajan and R. Burgmann (2007), Coseismic slip distributions of the 26 December 2004 Sumatra-Andaman and 28 March 2005 Nias earthquakes from GPS static offsets, *Bull. Seism. Soc. Am.*, 97, S86–S102.

Barnes, D. F. (1966), Gravity changes during the Alaska earthquake, *J. Geophys. Res.*, 71, 451–456.

Barrientos, S. E., G. Plafker and E. Lorca (1992), Postseismic coastal uplift in southern Chile, *Geophy. Res. Lett.*, 19, 701–704.

Berry, D. S. and T. W. Sales (1962), An elastic treatment of ground movement due to mining. III. Three dimensional problem, transversely isotropic ground, *J. Mech. Phys. Solids*, 10, 73–83.

Ben-Menahem, A. and S. J. Singh (1968), Eigenvector expansions of Green's dyads with applications to geophysical theory, *Geophys. J. R. astr. Soc.*, 16, 417–452.

Ben-Menahem, A. and M. Israel (1970), Effects of major seismic events on the rotation of the Earth, *Geophys. J. R. astr. Soc.*, 19, 367–393.

Ben-Menahem, A., S. J. Singh and F. Solomon (1969), Static deformation of a spherical earth model by internal dislocations, *Bull. Seism. Soc. Am.*, 59, 813–853.

Bettadpur S. (2007a), Gravity Recovery and Climate Experiment Level-2 gravity field product user handbook, Rep. GRACE 327-734, Cent. for Space Res., Austin, Tex.

Bettadpur S. (2007b), CSR Level-2 processing standards document for product release 04, Rep. GRACE 327–742, Cent. for Space Res., Austin, Tex.

Beutler, G., M. Rothacher, S. Schaer, T. A. Springer, J. Kouba and R. E. Neilan (1999), The International GPS Service (IGS): An interdisciplinary service in support of Earth sciences, *Adv. Space Res.*, 23(4), 631–635.

Bock, Y., D. C. Agnew, P. Fang, J. F. Genrich, B. H. Hager, T. Herring, K. Hudnut, R. King, S. Larsen, J. B. Minster, K. Stark, S. Wdowinski and F. Wyatt (1993), Detection of crustal deformation from the Landers earthquake sequence using continuous geodetic measurements, *Nature*, 361, 337–340.

Boschi, L., A. Piersanti and G. Spada (1997), Time-dependent residual deformations associated with the June 9, 1994 Bolivia earthquake, *Geophys. Res. Lett.*, 24, 2849–2852.

Boschi, L., J. Tromp and R. O'Connell (1999), On maxwell singularities in postglacial rebound, *Geophys. J. Int.*, 136, 492–498.

Boschi, L., A. Piersanti and G. Spada (2000), Global postseismic deformation: Deep earthquakes, *J. Geophys. Res.*, 105(B1), 631–652, 10.1029/1999JB900278.

Boschi, E., E. Casarotti, R. Devoti, D. Melini, A. Piersanti, G. Pietrantonio and F. Riguzzi (2006), Coseismic deformation induced by the Sumatra earthquake, *Journal of Geodynamics*, 42, 52–62.

Čdek O. and L. Fleitout (2003), Effect of lateral viscosity variations in the top 300 km on the geoid and dynamic topography, *Geophys. J. Int.*, 152(3), 566–580.

Cannelli V., D. Melini, A. Piersanti et al. (2008), Postseismic signature of the 2004 Sumatra earthquake on low-degree gravity harmonics, *J. Geophys. Res.*, 113, B12414, doi:10.1029/2007JB005296.

China Seismological Bureau (2002), The Great Earthquake with $M_s$8.1 in the West to Kunlun Mountain Pass in 2001, Beijing, China, Seismic Press.

Chao, B. F. (2003), Geodesy is not just for static measurements any more, *Eos, Transactions, American Geophysical Union*, 84, 145–156.

Chao, B. F. and R. S. Gross (1987), Changes in the Earth's rotation and low-degree gravitational field induced by earthquakes, *Geophys. J. R. astr. Soc.*, 91, 569–596.

Chao, B. F. and R. S. Gross (2005), Did the 26 December 2004 Sumatra, Indonesia, earthquake disrupt the Earth's rotation as the mass media have said? *Eos*, 86(1), 4 January.

Chao, B. F., R. S. Gross and Y. Han (1996), Seismic excitation of the polar motion, 1977–1993, PAGEOPH, 146, 407–419.

Chao, B. F., V. Dehant, R. S. Gross, R. D. Ray, D. A. Salstein, M. M. Watkins and C. R. Wilson (2000), Space geodesy monitors mass transports in global geophysical fluids, *Eos, Transactions, American Geophysical Union*, 81, 247–250.

Chen, J. (2007), Preliminary result of the Sep. 12, 2007 Sumatra earthquake, http://earthquake.usgs.gov/eqcenter/eqinthenews/

Chen J. L., C. R. Wilson, J. S. Famiglietti et al. (2005), Spatial sensitivity of the Gravity Recovery and Climate Experiment (GRACE) time-variable gravity observations, *J. Geophys. Res.*, 110, B08408, doi:10.1029/2004JB003536.

Chen J. L., C. R. Wilson and K. W. Seo (2006), Optimized smoothing of Gravity Recovery and Climate Experiment (GRACE) time-variable gravity observations, *J. Geophys. Res.*, 111, B06408, doi:10.1029/2005JB004064.

Chen, J. L., C. R. Wilson, B. D. Tapley and S. Grand (2007), GRACE detects coseismic and postseismic deformation from the Sumatra-Andaman earthquake, *Geophys. Res. Lett.*, 34, L13302, doi:10.1029/2007GL030356.

Chinnery, M. A. (1961), The deformation of ground around surface faults, *Bull. Seism. Soc. Am.* 51, 355–372.

Chinnery, M. A. (1963), The stress changes that accompany strike-slip faulting, *Bull. Seism. Soc. Am.*, 53, 921–932.

Cox, C. and B. F. Chao (2002), Detection of large-scale mass redistribution in the terrestrial system since 1998, *Science*, 297, 831–832.

Dahlen, F. A. (1968), The normal modes of a rotating, elliptical Earth, *Geophys. J. R. astr. Soc.*, 16, 329–367.

Dahlen, F. A. (1971), The excitation of the Chandler wobble by earthquakes, *Geophys. J. R. astr. Soc.*, 26, 157–206.

Dahlen, F. A. (1973), A correction to the excitation of the Chandler wobble by earthquakes, *Geophys. J. R. astr. Soc.*, 32, 203–217.

Dahlen, F. A. (1974), Inference of the lateral heterogenicity of the earth from the eigenfrequency spectrum: a linear inverse problem, *Geophys. J. R. astr. Soc.*, 38, 143–167.

Dahlen, F. A. (1976), Models of the lateral heterogeneity of the Earth consistent with eigenfrequency splitting data, *Geophys. J. R. astr. Soc.*, 44, 77–105.

Dahlen, F. A. and J. Tromp (1998), Theoretical Global Seismology, Princeton University Press.

Dahlen, F. A., S. F. Hung and G. Nolet (2000), Frechet kernels for finite-frequency travel times. I. Theory, *Geophys. J. Int.*, 141, 157–174.

Davis, P. M. (1983), Surface deformation associated with a dipping hydrofracture, *J. Geophys. Res.*, 88, 5826–5834.

Dehant, V. (1987a), Tidal parameters for an inelastic Earth, *Phys. Earth Planet. Inter.*, 49, 97–116.

Dehant, V. (1987b), Integration of the gravitational motion equations for an elliptical uniformly rotating Earth with an inelastic mantle, *Phys. Earth Planet. Inter.*, 49, 242–258.

Dehant, V. (1995), Report of the working group on theoretical tidal model, *Proceedings of the 12$^{th}$ Int. Symp. Earth Tides*, 17–18, Beijing, Sino Press.

Dehant, V., P. Defraigne and J. M. Wahr (1999), Tides for a convective Earth, *J. Geophys. Res.*, 104, 1035–1058.

De Linage C., L. Rivera, J. Hinderer et al. (2009), Separation of coseismic and postseismic gravity changes for the 2004 Sumatra–Andaman earthquake from 4.6 yr of GRACE observations and modelling of the coseismic change by normal–modes summation, *Geophys. J. Int.*, 176 (3), 695–714.

Deng, J., M. Gurnis, H. Kanamori and E. Hauksson (1998), Viscoelastic flow in the lower crust after the 1992 Landers, California, earthquake, *Science*, 282, 1689–1692.

Desai S. D. (2002), Observing the pole tide with satellite altimetry, *J. Geophys. Res.*, 107(C11), 3186, doi:10.1029/2001JC00122.

Dickey, J. O. et al. (1997), Satellite Gravity and the Geosphere, *National Research Council Report*, 112, Nat. Acad. Washington, D C.

Dragert, G, K. Wang and T. S. James (2001), A silent slip event on the deeper Cascadia subduction interface. *Science*, 292 (5521), 1525–1528.

Dziewonski, A. M. and D. L. Anderson (1981), Preliminary reference earth model, *Phys. Earth Planet. Inter.*, 25, 297–356.

ESA (1999), Gravity field and steady-state ocean circulation mission, Reports for mission selection: The four candidates earth explorer core missions, SP-1233 (1).

Fang, M. and B. H. Hager (1994), A singularity free approach to postglacial rebound calculations, *Geophys. Res. Lett.*, 21, 2131–2134.

Fang, M. and B. H. Hager (1995), The singularity mystery associated with a radially continuous Maxwell viscoelastic structure, *Geophys. J. Int.*, 123, 849–865.

Fantino, E. and S. Casotto (2009), Methods of harmonic synthesis for global geopotential models and their first-, second-, and third-order gradients, *J. Geod.*, 83(7), 595–619, DOI 10.1007/s00190-008-0275-0.

Fari'as M, G. Vargas, A. Tassara et al. (2010), Land-Level changes produced by the $M_w$ 8.8 2010 Chilean earthquake, *Science*, 329(5994), 916, DOI: 10.1126/science.1192094.

Farrell, W. E. (1972), Deformation of the earth by surface loads, *Reviews of Geophysics and Space Physics*, 10, 761 797.

Franz, B. (2009), Definition of functionals of the geopotential and their calculation from spherical harmonic models. Technical Report 09/02, 2009, Deutsches GeoForschungsZentrum GFZ.

Friederich, W. (2003), The S-velocity structure of the eastern Asia mantle from inversion of shear and surface waveforms, *Geophys. J. Int.*, 153, 88–102.

Fu, G. (2007), Surface gravity changes caused by tide-generating potential and by internal dislocation in a 3-D heterogeneous Earth, Ph.D. Thesis, Univ. of Tokyo, Japan.

Fu, G. and W. Sun (2004), Effects of spatial distribution of fault slip on calculating co-seismic displacements–Case studies of the Chi-Chi earthquake ($m = 7.6$) and the Kunlun earthquake ($m = 7.8$), *Geophys. Res. Lett.*, 31, L21601, doi:10.1029/2004GL020841.

Fu, G. and W. Sun (2006), Global co-seismic displacements caused by the 2004 Sumatra-Andaman earthquake ($M_w 9.1$), *Earth Planets Space*, 58, 149–152.

Fu, G. and W. Sun (2007), Effects of the lateral inhomogeneity in a spherical Earth on gravity Earth tides, *J. Geophys. Res.*, 112, B06409, doi:10.1029/2006JB004512.

Fu, G. and W. Sun (2008), Surface coseismic gravity changes caused by dislocations in a 3-D heterogeneous earth, *Geophy. J. Int.*, 172 (2), 479–503. doi:10.1111/j.1365-246X.2007.03684.x.

Fu, G. and W. Sun (2009), Effects of Earth's lateral inhomogeneous structures on co-seismic gravity changes, *Pure Appl. Geophys.*, 166, 1343–1368.

Fu, G.,W. Sun, Y. Fukuda and S. Gao (2010), Surface co-seismic displacements caused by point dislocations in a three dimensional heterogeneous, spherically earth model, *Geophys. J. Int.*, 183, 706–726, doi: 10.1111/j.1365-246X.2010.04757.x.

Fujii, Y. and K. Nakane (1983), Horizontal crustal movements in the Kanto-Tokai district, Japan, as deduced from geodetic data, *Tectonophys.*, 97, 115–140.

Fukuda, Y. (2000), Satellite altimetry and satellite gravity missions, *Journal of the Geodetic Society of Japan*, 46, 53–67.

Furuya, M., S. Okubo, Y. Tanaka, W. Sun, H. Watanabe, J. Oikawa and T. Maekawa (2001), Caldera formation process during the Miyakejima 2000 volcanic activity detected by spatio-temporal gravity changes, *Journal of Geography*, 110, 217–225. (in Japanese)

Furuya, M., S. Okubo, W. Sun, Y. Tanaka, J. Oikawa, H. Watanabe and T. Maekawa (2003), Spatiotemporal gravity changes at Miyakejima Volcano, Japan: Caldera collapse, explosive eruptions and magma movement, *J. Geophys. Res.*, 108 (B4), 2219, doi:10.1029/2002JB001989.

Gaherty, J., T. Jordan and L. Gee (1996), Seismic structure of the upper mantle in a central Pacific corridor, *J. Geophys. Res.*, 101, 22291–22309.

Geller, R. J. (1988), Elastodynamics in a laterally heterogeneous, self-gravitating body, *Geophys. J. R. astr. Soc.*, 94, 271–283.

Geller, R. J. (1991), Comment on 'The gravito-elastodynamics of a pre-stressed elastic earth' by L. L. A. Vermeersen and N. J. Vlaar, *Geophys. J. Int.*, 106, 499–503.

Geller, R. J. and T. Ohmininato (1994), Computation of synthetic seismograms and their partial derivatives for heterogeneous media with arbitrary natural boundary conditions using the Direct Solutions Method, *Geophys. J. Int.*, 116, 421–446.

Gilbert F. (1970), Excitation of the normal modes of the earth by earthquake sources, *Geophys. J. R. astr. Soc.*, 22, 223–226.

Gilbert F. and A. M. Dziewonski (1975), An application of normal mode theory to the retrieval of structural parameters and source mechanisms from seismic spectra, *Phil. Trans. R. Soc. London, A*, 278, 187–269.

GRACE (1998), Gravity Recovery and Climate Experiment: Science and mission requirements document, revision A, JPLD-15928, NADA's Earth System Science Pathfinder Program.

Gross, R. S. and B. F. Chao (2001), The gravitational signature of earthquakes, in Gravity, Geoid, and Geodynamics 2000, edited by M.G. Sideris, pp. 205–210, IAG Symposia, Vol. 123, Springer-Verlag, New York.

Hagiwara, Y. (1977), The Mogi models as a possible cause of the crustal uplift in the eastern parts of Izu Peninsula and the related gravity changes, *Bull. Earthq. Res. Inst. Univ. Tokyo*, 52, 301–309.

Hagiwara, Y., H. Tajima, S. Izutsuya, K. Nagasawa, I. Murata, S. Okubo and T. Endo (1985), Gravity change in the Izu Peninsula in the last decade, *J. Geod. Soc. Jpn.*, 31, 220–235.

Han, D. and J. Wahr (1995), The viscoelastic relaxation of a realistically stratified earth, and a further analysis of postglacial rebound, *Geophys. J. Int.*, 120, 287–311.

Han, S. C., C. K. Shum, C. Jekeli, C. Y. Kuo, C. Wilson and K. W. Seo (2005), Non-isotropic filtering of GRACE temporal gravity for geophysical signal enhancement, *Geophys. J. Int.*, 163, 18–25, doi:10.1111/ 345 j.1365-246X.2005.02756.x.

Han, S C., C. K. Shum, M. Bevis, C. Ji and C. Y Kuo (2006), Crustal dilatation observed by GRACE after the 2004 Sumatra-Andaman earthquake, *Science*, 313, 658–662.

Hanyk, L., J. Moser, D. A. Yuen and C. Matyska (1995), Time-domain approch for the transient responses in stratified viscoelastic Earth models, *Geophys. Res. Lett.*, 22, 1285–1288.

Haskell, N. A. (1935), The motion of a fluid under the surface load, *Physics*, 6, 265–269.

Hatanaka, Y., T. Iizuka, M. Sawada, A. Yamagiwa, Y. Kikuta, J. M. Johnson and C. Rocken (2003), Improvement of the analysis strategy of GEONET, *Bull. Geogr. Surv. Inst.*, 49, 11–38.

Hetland, E. A. and B. H. Hager (2003), Postseismic relaxation across the Central Nevada Seismic Belt, *J. Geophys. Res.*, 108(B8), 2394, doi:10.1029/2002JB002257.

Hearn, E. and R. Burgmann (2005), The effect of elastic layering on inversions of GPS data for earthquake slip and stress changes, *BSSA*, 95, 1637–1653.

Heiskanen, W. H. and Z. Moritz (1967), Physical Geodesy, Freeman, San Francisco.

Heki, K. and Y. Tamura (1997), Short term afterslip in the 1994 Sanriku-Haruka-Oki earthquake, *Geophys. Res. Lett.*, 24, 3285–3288.

Hirth, G. and D. L. Kohlstedt (2003), Rheology of the upper mantle and the mantle wedge: a view from the experimentalists. In: J. Eiler, Editor, Inside the Subduction Factory, AGU Monograph, 138.

Hoechner, A., A. Y. Babeyko and S. V. Sobolev (2008), Enhanced GPS inversion technique applied to the 2004 Sumatra earthquake and tsunami, *Geophys. Res. Lett.*, 35, L08310, doi:10.1029/2007GL033133.

Hung, S. H., F. A. Dahlen and G. Nolet (2000), Frechet kernels for finite-frequency travel times. II Examples, *Geophys. J. Int.*, 141, 175–203.

Imanishi, Y., T. Sato, T. Higashi, W. Sun and S. Okubo (2004), A network of superconducting gravimeters detects submicrogal coseismic gravity changes, *Science*, 306, 476–478.

Iwasaki, T. and R. Sato (1979), Strain field in a semi-infinite medium due to an inclined rectangular fault, *J. Phys. Earth*, 27, 285–314.

Jefferys, H. and R. O. Vincente (1966), Comparison of forms of the elastic equations for the earth, *Mem. Acad. R. Belgique*, 37, 5–31.

Jekeli, C. (1981), Alternative methods to smooth the Earth's gravity field, *Tech. Rep.*, 327, Dep. of Geod. Sci. and Surv., Ohio State Univ., Columbus, Ohio.

Ji, C. and G. Hayes (2008), Preliminary result of the May 12, 2008 Mw 7.9 eastern Sichuan, China earthquake. http://earthquake.usgs.gov/eqcenter/eqinthenews/2008/us2008ryan/finite_fault.php.

Jones, M. N. (1985), Spherical harmonics and tensors for classical field theory, *Research studies LTD*,

England.

Jonsson, S., P. Segall, R. Pedersen and G. Bjornsson (2003), Post-earthquake ground movements correlated to pore-pressure transients, *Nature*, 424, 179–183.

Jovanovich, D. B., M. I. Husseini and M. A. Chinnery (1974a), Elastic dislocations in a layered half-space, I, Basic theory and numerical methods, *Geophys. J. R. astr. Soc.*, 39, 205–217.

Jovanovich, D. B., M. I. Husseini and M. A. Chinnery (1974b), Elastic dislocations in a laycred half-space, II, The point source, *Geophys. J. R. astr. Soc.*, 39, 219–239.

Kagan, Y. Y. (1987a), Point sources of elastic deformation, elementary sources, static displacements, *Geophys. J. R. astr. Soc.*, 90, 1–34.

Kagan, Y. Y. (1987b), Point sources of elastic deformation, elementary sources, dynamic displacements, *Geophys. J. R. astr. Soc.*, 91, 891–912.

Kaidzu, M., T. Nishimura, M. Murakami, S. Ozawa, T. Sagiya, H. Yarai and T. Imakiire (2000), Crustal deformation associated with crustal activities in the northern Izu-islands area during summer, 2000, *Earth Planets Space*, 52, ix-xviii.

Kanamori, H. (1970), The Alaska earthquake of 1964, radiation of long period surface waves and source mechanism, *J. Geophys. Res.*, 75, 5029–5040.

Karato, S.-I. (1993), Importance of inelasticity in the interpretation of seismic tomography, *Geophys. Res. Lett.*, 20, 1623–1626.

Kawasaki, I., Y. Asai, Y. Tamura, T. Sagiya, N. Mikami, Y. Okada, M. Sakata and M. Kasahara (1995), The 1992 Sanriku-Oki, Japan, ultra-slow earthquake, *Journal of Physics of the Earth*, 43 (2), 105–116.

Kennett, B. L. N. and E. R. Engdahl (1991), Traveltimes for global earthquake location and phase identification, *Geophys. J. Int.*, 105, 429–465.

Khan, S. A. and O. Gudmundsson (2005), GPS analyses of the Sumatra-Andaman earthquake, *EOS, Transactions, American Geophysical Union*, 86(9).

Kikuchi, M., Y. Yamanaka and K. Koketsu (2001), Volcanic pulses associated with the 2000 eruption of Miyakejima volcano and its implications, *Journal of Geography*, 110, 204–216.

Larsen, C. F., K. A. Echelmeyer, J. T. Freymueller and R. J. Motyka (2003), Tide gauge records of uplift along the northern Pacific-North American plate boundary, 1937 to 2001, *J. Geophys. Res.*, 108 (B4), 2216, doi:10.1029/2001JB001685.

Lee, W. H. K. and W. M. Kaula (1972), A spherical harmonic analysis of the Earth's tomography, *J. Geophys. Res.*, 72, 753–758.

Lemoine, F. G. et al. (1998), The development of the joint NASA GSFC and the National Imagery and Mapping Agency (NIMA) geopotential model EGM96, NASA/TP 1998-206861.

Lin, A., B. Fu, J. Guo, Q. Zeng, G. Dang, W. He and Y. Zhao (2002), Co-seismic strike-slip and rupture length produced by the 2001 Ms8.1 central Kunlun Earthquake, *Science*, 296, 1917–2088.

Lin, A., M. Kikuchi and B. Fu (2003), Rupture segmentation and process of the 2001 $M_w$7.8 central Kunlun, China, earthquake, *Bull. Seismol. Soc. Am.*, 93, 2477–2492.

Longman, I. M. (1962), A Green's function for determining the deformation of the earth under surface mass loads, 1. Theory, *J. Geophys. Res.*, 67, 845–850.

Longman, I. M. (1963), A Green's function for determining the deformation of the earth under surface mass loads, 2. Computations and numerical results, *J. Geophys. Res.*, 68, 485–495.

Lorenzo, M. F., F. Roth and R. Wang (2006), Inversion for rheological parameters from post-seismic surface deformation associated with the 1960 Valdivia earthquake, Chile. *Geophys. J. Int.*, 164: 75–87

Love, A. E. H. (1911), Some Problems of Geodynamics, Cambridge University Press.

Lyard, F., F. Lefevre T. Letellier et al. (2006), Modelling the global ocean tides: Insights from FES2004, *Ocean Dyn.*, 56, 394–415.

Ma, X. Q. and N. J. Kusznir (1994), Effects of rigidity layering, gravity and stress relaxation on 3-D subsurface fault displacement fields, *Geophys. J. Int.*, 118, 201–220.

MacMillan, D. S. and J. M. Gipson (1994), Atmospheric pressure loading parameters from very long baseline interferometry observations, *J. Geophys. Res.*, 99, 18081–18087.

Maruyama, T. (1964), Static elastic dislocations in an infinite and semi-infinite medium, *Bull. Earthquake Res. Inst. Univ. Tokyo*, 42, 289–368.

Massonnet, D., M. Rossi, C. Carmona, F. Adragna, G. Peltzer, K. Feigl and T. Rabaute (1993), The displacement field of the Landers earthquake mapped by radar interferometry, *Nature*, 364, 138–142.

Masterlark, T. and H. F. Wang (2003), Transient stress-coupling between the 1992 landers and 1999 Hector Mine, California, earthquakes, *Bull. Seism. Soc. Am.*, 92(4), 1470–1486.

Matsu'ura, M. (1977), Inversion of geodetic data. II: Optimal model of conjugate fault system for the 1927 Computing global postseismic deformation without artificial assumptions 55 Tango earthquake, *J. Phys. Earth*, 25, 233–255.

Matsu'ura, M. and T. Iwasaki (1983), Study on coseismic and postseismic crustal movements associated with the 1923 Kanto earthquake, *Tectonophysics*, 97, 201–215.

Matsu'ura, M. and T. Sato (1989), A dislocation model for the earthquake cycle at convergent plate boundaries, *Geophys. J. Int.*, 96, 23–32.

Matsu'ura, M., T. Tanimoto and T. Iwasaki (1981), Quasi-static displacements due to faulting in a layered half-space with an intervenient viscoelastic layer, *J. Phys. Earth*, 29, 23–54.

Matsu'ura, M., A. Nishitani and Y. Fukahata (1998), Slip history during one earthquake cycle at the Nankai subduction zone, inferred from the inversion analysis of levelling data with a viscoelastic slip response function, *Eos Trans. AGU*, 79(45), Fall Meet. Suppl., F891.

Melbourne, T. I., F. H. Webb, J. M. Stock and C. Reigber (2002), Rapid postseismic transients in subduction zones from continuous GPS, *J. Geophys. Res.*, 107 (B10), 2241, doi:10.1029/2001JB000555.

Melini, D., A. Piersanti, G. Spada, G. Soldati, E. Casarotti and E. Boschi (2004), Earthquakes and relative sealevel changes, *Geophys. Res. Lett.*, 31, L09601, doi:10.1029/2003GL019347.

Melini, D., V. Cannelli, A. Piersanti and G. Spada (2008), Post-seismic rebound of a spherical Earth: new insights from the application of the Post–Widder inversion formula, *Geophys. J. Int.*, 174(2), 672–695.

McGinley, J. R. (1969), A comparison of observed permanent tilts and strains due to earthquakes with those calculated from displacement dislocations in elastic earth models, Ph.D. Thesis, California Institute of Technology, Pasadena, California.

McCarthy, D. D. and G. Petit (eds.) (2003), IERS Conventions, *IERS Tech. Note*, 32, Bundesamts fuär Kartogr. und Geod., Frankfurt, Germany.

Melchior, P. (1978), The Tide of the Planet Earth, Pergamon Press.

Melosh, H. and A. Raefsky (1980), The dynamic origin of subduction zone topography, *Geophys. J. R. astr. Soc.*, 60, 8441–8451.

Metivier, L., M. Greff-Lefftz and M. Diament (2005), A new approach to computing accurate gravity time variations for a realistic earth model with lateral heterogeneities, *Geophys. J. Int.*, 162(2), 570–574. doi: 10.1111/j.1365-246X.2005.02692.x.

Mitrovica, J. X. and A. M. Forte (1997), Radial profile of mantle viscosity: Results from the joint inversion of convection and postglacial rebound observable, *J. Geophys. Res.*, 102, 2751–2769.

Miyazaki, S., P. Segall, J. Fukuda and T. Kato (2004), Space time distribution of afterslip following the 2003 Tokachi-oki earthquake: Implications for variations in fault zone frictional properties, *Geophys. Res. Lett.*, 31(6), L06623, doi:10.1029/2003GL019410.

Molodenskiy, S. M. (1977), The influence of horizontal inhomogeneities in the mantle on the amplitude of tidal oscillations, *Physics of the Solid Earth*, 13(2), 77–80.

Molodenskiy, S. M. (1980), The effect of lateral heterogeneities upon the tides, *B.I.M. Fevrier*, 80, 4833–4850.

Molodenskiy, S. M. and M. V. Kramer (1980), The influence of large-scale horizontal inhomogeneities in the Mantle on Earth tides, *Izv. Earth Physics*, 16(1), 1–11.

Montelli, R., G. Nolet, F. A. Dahlen, G. Masters, E. R. Engdahl and S. H. Hung (2004), Finite-frequency tomography reveals various plumes in the mantle, *Science*, 303, 338–343.

Nakada, S., M. Nagai, A. Yasuda, T. Shimano, N. Geshi, M. Ohno, T. Akimasa, T. Kaneko and T. Fujii (2001), Chronology of the Miyakejima 2000 eruption: Characteristics of summit collapsed crater and eruption products, *Journal of Geography*, 110, 168–180.

National Research Council (NRC) (1997), NAS, Satellite Gravity and the Geosphere, Dickey J. O. (ed.), Washington, D. C.

Negredo, A. M. et al. (1999), Dynamic modeling of stress accumulation in central Italy, *Geophys. Res. Lett.*, 26(13), 1945–1948.

Nerem, R. S., R. J. Eanes, P. F. Thompson and J. L. Chen (2000), Observations of annual variations of the Earth's gravitational field using satellite laser ranging and geophysical models, *Geophys. Res. Lett.*, 27, 1783–1786.

Nishimura, T., T. Imakiire, H. Yarai, T. Ozawa, M. Murakami and M. Kaidzu (2003), A preliminary fault model of the 2003 July 26, $M$6.4 northern Miyagi earthquake, northeastern Japan, estimated from joint inversion of GPS, leveling, and InSAR data, *Earth Planets Space*, 55, 751–757.

Nostro, C., A. Piersanti, A. Antonioli and G. Spada (1999), Spherical versus flat models of coseismic and postseismic deformations, *J. Geophys. Res.*, 104, 13115–13134.

Nostro, C., A. Piersanti and M. Cocco (2001), Normal fault interaction caused by coseismic and postseismic stress changes, *J. Geophys. Res.*, 106, 19391–19410.

Ogawa, R. and K. Heki (2007), Slow postseismic recovery of geoid depression formed by the 2004 Sumatra-Andaman earthquake by mantle water diffusion, *Geophys. Res. Lett.*, 34, L06313, doi:10. 1029/ 2007GL029340.

Okada, Y. (1985), Surface deformation due to shear and tensile faults in a half-space, *Bull. Seism. Soc. Am.*, 75, 1135–1154.

Okada, Y. (1992), Internal deformation due to shear and tensile faults in a half-space, *Bull. Seismol. Soc. Am.*, 82, 1018–1040.

Okubo, S. (1988), Asymptotic solutions to the static deformation of the Earth, 1, Spheroidal mode, *Geophys. J. Int.*, 92, 39–51.

Okubo, S. (1989), Gravity change caused by fault motion on a finite rectangular plane, *J. Geod. Soc. Jpn.*, 35, 159–164.

Okubo, S. (1991), Potential and gravity changes raised by point dislocations, *Geophys. J. Int.*, 105, 573–586.

Okubo, S. (1992), Potential gravity changes due to shear and tensile faults, *J. Geophys. Res.*, 97, 7137–7144.

Okubo, S. (1993), Reciprocity theorem to compute the static deformation due to a point dislocation buried in a spherically symmetric Earth, *Geophys. J. Int.*, 115, 921–928.

Okubo, S. and T. Endo (1986), Static spheroidal deformation of degree 1-consistency relation, stress solution and partials, *Geophys. J. R. astr. Soc.*, 86, 91–102.

Okubo, S. and M. Saito (1983), Partial derivative of Love numbers, *Bull. Geod.*, 57, 167–179.

Okubo, S. and H. Watanabe (1989), Gravity change caused by a fissure eruption, *Geophys. Res. Lett.*, 16, 445–448.

Okubo, S., H. Watanabe, H. Tajima, M. Sawada, S. Sakashita, I. Yokoyama and T. Maekawa (1988), Gravity change caused by the 1986 eruption of Izu-Oshima volcano, *Bull. Earthq. Res. Inst., Univ. Tokyo*, 63, 131–144.

Okubo, S., Y. Hirata, M. Sawada and K. Nagasawa (1991), Gravity change caused by the 1989 earthquake swarm and submarine eruption off Ito, Japan, –Test on the magma intrusion hypothesis, *J. Phys. Earth*, 39, 219–230.

Okubo, S., W. Sun, T. Yoshino, T. Kondo, J. Amagai, H. Kiuchi, Y. Koyama, R. Ichikawa and M. Sekido (2002), Far-field deformation due to volcanic activity and earthquake swarm, Vistas for Geodesy in the New Millennium, Adam, J. and K.P. Schwarz (eds.), International Association of Geodesy Symposia,

Volume 125, 518–522.

Ozawa, S., M. Murakami, M. Kaidzu, T. Tada, T. Sagiya, H. Yarai and T. Nishimura (2002), Detection and monitoring of ongoing aseismic slip in the Tokai region, central Japan, *Science*, 298, 1009–1012.

Ozawa, S., M. Kaidzu, M. Murakami, T. Imakiire and Y. Hatanaka (2004), Coseismic and postseismic crustal deformation after the M8 Tokachi-oki earthquake in Japan, *Earth Planets Space*, 56 (7), 675–680.

Panet, I, V. Mikhailov, M. Diament, F. Pollitz, G. King, O. Viron, M. Holschneider, R. Biancale and J. Lemoine (2007), Coseismic and post-seismic signatures of the Sumatra 2004 December and 2005 March earthquakes in GRACE satellite gravity, *Geophys. J. Int.*, 171(1), 177–190.

Parsons, B. E. (1972), Changes in the earth's shape, PhD thesis, Cambridge University, London.

Paulson, A., S. Zhong and J. Wahr (2005), Modelling post-glacial rebound with lateral viscosity variations, *Geophys. J. Int.*, 163 (1), 357–371. doi: 10.1111/j.1365-246X.2005.02645.x.

Pekeris, C. L. and H. Jarosch (1958), The Free Oscillations of the Earth, in Contributions in Geophysics, pp. 171, Pergamon Press, London, New York, Paris, Los Angeles.

Peltier, W. R. (1974), The impulse response of a Maxwell Earth, *Rev. Geophys. Spac e. Phys.*, 12, 649–669.

Piersanti, A., G. Spada, R. Sabadini and M. Bonafede (1995), Global post-seismic deformation, *Geophys. J. Int.*, 120, 544–566.

Piersanti, A., G. Spada and R. Sabadini (1997), Global postseismic rebound of a viscoelastic Earth: Theory for finite faults and application to the 1964 Alaska earthquake, *J. Geophys. Res.*, 102, 477–492.

Plafker, G. (1965), Tectonics of the March 27, 1964 Alaska earthquake, *Science*, 148, 1675–1687.

Plag, H. P. and H. U. Juttner (1995), Rayleigh-Taylor instabilities of a self-gravitating earth, *J. Geody.*, 20, 267–288.

Pollitz, F. F. (1992), Postseismic relaxation theory on the spherical Earth, *Bull. Seismol. Soc. Am.*, 82, 422–453.

Pollitz, F. F. (1996), Coseismic deformation from earthquake faulting in a layered spherical Earth, *Geophys. J. Int.*, 125, 1–14.

Pollitz, F. F. (1997), Gravity anomaly from faulting on a layered spherical earth with application to central Japan, *Phys. Earth. Planet. Int.*, 99, 259–271.

Pollitz, F. F. (2003a), Transient rheology of the uppermost mantle beneath the Majove Desert, California, *Earth and Planetary Science Letters*, 215(1-2), 89–104.

Pollitz, F. F. (2003b), Post-seismic relaxation theory on a laterally heterogeneous viscoelastic model, *Geophys. J. Int.*, 155, 57–78.

Pollitz, F. F. (2006), A new class of earthquake observations, *Science*, 313(5787), 619–620.

Pollitz F. F., C. Wicks and W. Thatcher (2001), Mantle flow beneath a continental strike-slip fault: postseismic deformation after the 1999 Hector Mine earthquake, *Science*, 293, 1814–1818.

Pollitz, F., W. H. Bakun and M. Nyst (2004), A physical model for strain accumulation in the San Francisco Bay region: Stress evolution since 1838, *J. Geophys. Res.*, 109, B11408, doi:10.1029/2004JB003003.

Pollitz, F. F., P. Banerjee and R. Burgmann (2006), Postseismic relaxation following the great 2004 Sumatra-Andaman earthquake on a compressible self-gravitating Earth, *Geophys. J. Int.*, 167, 397–420.

Pollitz, F. F., P. Banerjee, K. Grijalva, B. Nagarajan and R. Burgmann (2008), Effect of 3-D viscoelastic structure on post-seismic relaxation from the 2004 M=9.2 Sumatra earthquake, *Geophys. J. Int.*, 173, ISSuel, P189–204. John Wiley Sans, Inc 10.1111/j.1365-246X. 2007.03666.x.

Press, F. (1965), Displacements, strains and tilts at teleseismic distances, *J. Geophys. Res.*, 70, 2395–2412.

Reigber, C. et al. (1996). CHAMP phase-B excutive summary, G. F. Z., STR96/13.

Ricard, S. R. and C. Froidevaux (1990), Seismic imaging, plate velocities and geoid: the direct and inverse problem, in: Glacial Isostasy and Mantle Rheology, R. Sabadini, K. Lambeck and E. Boschi (eds.), 533–569, Kluwer, Dordrecht.

Ricard, Y. and B. Wuming (1991), Inferring the viscosity and 3-D den-sity structure of the mantle from geoid, topography and platevelocities, *Geophys. J. Int.*, 105, 561–571.

Richter, F. M. and B. Parson (1975), On th interaction of two scales of convection in the mantle, *J. Geophys. Res.*, 80, 2529–2541.

Ryder, I, B. Parsons, T. J. Wrright et al. (2007), Post-seismic motion following the 1997 Manyi (Tibet) earthquake; InSAR observations and modeling, *Geophys. J. Int.*, 169, 1009–1027.

Rundle, J. B. (1982), Viscoelastic gravitational deformation by a rectangular thrust fault in a layered Earth, *J. Geophys. Res.*, 87, 7787–7796.

Sabadini, R. and L. L. A. Vermeersen (1997), Influence of lithospheric and mantle stratification on global post-seismic deformation, *Geophys. Res. Lett.*, 24, 2075–2078.

Sabadini. R. and D. A. Yuen (1989), Mantle stratification and long-term polar wander, *Nature*, 339, 373–375.

Sabadini, R., A. Piersanti and G. Spada (1995), Toroidal-poloidal partitioning of global post-seismic deformation, *Geophys. Res. Lett.*, 21, 985–988.

Sagiya, T. (2004), Interplate coupling in the Kanto District, central Japan, and the Boso Silent earthquake in May 1996, *PAGEOPH*, 161, 11–12, 2601–2616.

Saito, M. (1967), Excitation of free oscillations and surface waves by a point source in a vertically heterogeneous Earth, *J. Geophys. Res.*, 72, 3689–3699.

Saito, M. (1974), Some problems of static deformation of the earth, *J. Phys. Earth*, 22, 123–140.

Saito, M. (1978), Relationship between tidal and load Love numbers, *J. Phys. Earth*, 26, 13–16.

Sandwell, D. T. and W. H. F. Smith (1997), Marine gravity anomaly from Geosat and ERS-1 satellite data — Geoid around Antarctic, *J. Geod. Soc. Jpn*, 28, 162–171.

Sasai, Y. (1986), Multiple tension crack model for dilatacy, surface displacement, gravity and magnetic change, *Bull. Earthq. Res. Inst., Univ. Tokyo*, 61, 429–473.

Sasai, Y. (1988), Correction to the paper' Multiple tension crack model for dilatancy, surface displacement, gravity and magnetic change', *Bull. Earthq. Res. Inst., Univ. Tokyo*, 63, 323–326.

Sasai, Y., M. Uyeshima, H. Utada, T. Kagiyama, J. Zlotnicki, T. Hashimoto and Y. Takahashi (2001), The 2000 activity of Miyakejima volcano as inferred from electric and magnetic field observations, *Journal of Geography*, 110, 226–244.

Sasgen, I., Z. Martinec and K. Fleming (2006), Wiener optimal filtering of GRACE data, *Stud. Geophys. Geod.*, 50, 499–508, doi:10.1007/s11200-006-0031-y.

Sato, R. and M. Matsu'ura (1973), Static deformations due to the fault spreading over several layers in a multi-layered medium. I: Displacement, *J. Phys. Earth*, 21, 227–249.

Sato, R. and M. Matsu'ura (1974), Strains and tilts on the surface of a semi-infinite medium, *J. Phys. Earth*, 22, 213–221.

Sato, T. and M. Matsu'ura (1988), A kinematic model for deformation of the lithosphere at subduction zones, *J. Geophys. Res.*, 93, 6410–6418.

Savage, J. C. (1983), A dislocation model of strain accumulation and release at a subduction zone, *J. Geophys. Res.*, 88, 4984–4996.

Savage, J. C. (1984), Local gravity anomalies produced by dislocation sources, *J. Geophys. Res.*, 89, 1945–1952.

Savage J. C. and L. M. Hastie (1966), Surface deformation associated with dip-slip faulting, *J. Geophys. Res.*, 71, 4897–4904.

Scholz, C. H., P. Molnar and T. Johnson (1972), Detailed studies of the frictional sliding of granite and implications for the earthquake mechanisms, *J. Geophys. Res.*, 77(32), 6392–6406.

Schwintzer, P. et al. (1997), Long-wavelength global gravity field models: GRIM4-S4, GRIM-C4, *Journal of Geodesy*, 71, 189–208.

Seeber, G. (2003), Satellite Geodesy, 2nd edition, Walter de Gruyter, Berlin, New York.

Soldati, G., A. Piersanti and E. Boschi (1998), Global postseismic gravity changes of a viscoelastic Earth, *J. Geophys. Res.*, 103(B12), 29867–29886, 10.1029/98JB02793.

Soldati, G., L. Boschi, A. Piersanti and G. Spada (2001), The effect of global seismicity on the polar motion of a viscoelastic Earth, *J. Geophys. Res.*, 106, 6761–6767.

Suito, H. and K. Hirahara (1999), Simulation of postseismic deformations caused by the 1896 Riku-u earthquake, northeast Japan: Re-evalution of the viscosity in the upper mantle, *Geophys. Res. Lett.*, 26, 25612564.

Shen, Z. K, Y. Zeng, M. Wang et al. (2003), Postseismic deformation modeling of the 2001 Kokoxili earthquake, western China, *Geophys. Res. Abs.*, 5, 07840.

Sheu, S. Y. and C. F. Shieh (2004), Viscoelastic-afterslip concurrence: a possible mechanism in the early post-seismic deformation of the Mw 7.6, Chi-Chi (Taiwan) earthquake, *Geophys. J. Int.*, 159, 1112–1124.

Shin, T. C., W. Kuo, W. H. K. Lee, T. L. Teng and Y. B. Tsai (1999), A preliminary report on the 1999 Chi-Chi (Taiwan) earthquake, *Seismol. Res. Lett.*, 71, 23–29.

Singh, S. J. and A. Ben-Menahem (1969), Deformation of a homogeneous gravitating sphere by internal dislocations, *Pageoph*, 76, 17–39.

Smylie, D. S. and L. Mansinha (1971), The elasticity theory of dislocation in real Earth models and changes in the rotation of the Earth, *Geophys. J. R. astr. Soc.*, 23, 329–354.

Stauder, W. and G. A. Bollinger (1966), The focal mechanism of the Alaska earthquake of March 28, 1964, and of its aftershock sequence, *J. Geophys. Res.*, 71, 5283–5296.

Stein, S. And E. A. Okal (2005), Speed and size of the Sumatra earthquake, *Nature*, 434, 581–582.

Steketee, J. A. (1958), On Volterra's dislocations in a semi-infinite elastic medium, *Can. J. Phys.*, 36, 192–205.

Sun, W. (1992a), Potential and gravity changes raised by dislocations in spherically symmetric Earth models, Ph.D. thesis, Univ. of Tokyo, Japan.

Sun, W. (1992b), Potential and gravity changes caused by dislocations in spherically symmetric Earth models, *Bull. Earthquake Res. Inst. Univ. Tokyo*, 67, 89–238.

Sun, W. (2003), Asymptotic theory for calculating deformations caused by dislocations buried in a spherical earth–geoid change, *Journal of Geodesy*, 77, 381–387.

Sun, W. (2004a), Asymptotic solution of static displacements caused by dislocations in a spherically symmetric Earth, *J. Geophys. Res.*, 109(B5), B05402, doi:10.1029/2003JB002793.

Sun, W. (2004b), Short Note: Asymptotic theory for calculating deformations caused by dislocations buried in a spherical earth – gravity change, *Journal of Geodesy*, 78, 76–81, DOI 10.1007/s00190-004-0384-3.

Sun, W. and S. Okubo (1993), Surface potential and gravity changes due to internal dislocations in a spherical Earth – I. Theory for a point dislocation, *Geophys. J. Int.*, 114, 569–592.

Sun, W. and S. Okubo (1994), Spheroidal displacement due to point dislocations in a spherical Earth, 1, Theory, *Acta Geophys. Sin.*, 37, 298–310.

Sun, W. and S. Okubo (1995), Spheroidal displacement due to point dislocations in a spherical Earth, 2, Dislocation Love numbers, *Acta Geophys. Sin.*, 38, 89–101.

Sun, W. and S. Okubo (1998), Surface potential and gravity changes due to internal dislocations in a spherical Earth – II. Application to a finite fault, *Geophys. J. Int.*, 132, 79–88.

Sun, W. and S. Okubo (2002), Effects of the Earth's spherical curvature and radial heterogeneity in dislocation studies – For a point dislocation, *Geophys. R.L.*, 29(12), 46 (1–4).

Sun, W. and S. Okubo (2004a), Co-seismic deformations detectable by satellite gravity missions–a case study of Alaska (1964, 2002) and Hokkaido (2003) earthquakes in the spectral domain, *J. Geophys. Res.*, 109(B4), B04405, doi:10.1029/2003JB002554.

Sun, W. and S. Okubo (2004b), Truncated co-seismic geoid and gravity changes in the domain of spherical harmonic degree, *Earth Planets Space*, 56, 881–892.

Sun, W., S Okubo. and P. Vanicek (1996), Global displacement caused by dislocations in a realistic Earth model, *J. Geophys. Res.*, 101, 8561–8577.

Sun, W., S. Okubo and G. Fu (2006a), Green's functions of coseismic strain changes and investigation of effects of Earth's spherical curvature and radial heterogeneity, *Geophys. J. Int.*, 167(3), 1273–1291. doi:10.1111/j.1365-246X.2006.03089.x.

Sun, W., S. Okubo and T. Sugano (2006b), Determining dislocation Love numbers using satellite gravity mission observations, *Earth Planets Space*, 58, 497–503.

Sun, W, S. Okubo, G. Fu et al. (2009), General formulations of global co-seismic deformations caused by an arbitrary dislocation in a spherically symmetric Earth model–Applicable to deformed earth surface and space-fixed point, *Geophys. J. Int.*, 177, 817–833, doi: 10.1111/j.1365-246X.2009.04113.x.

Swenson, S. and J. Wahr (2006), Post-processing removal of correlated errors in GRACE data, *Geophys. Res. Lett.*, 33, L08402, doi:10.1029/2005GL025285.

Takeuchi, H. (1950), On the earth tide of the compressible earth of variable density and elasticity, *Trans, Amer. Geophys. Union*, 31, 651–689.

Takeuchi, H. and M. Saito (1972), Seismic surface waves, *Methods Comput. Phys.*, 11, 217–295.

Tanaka, Y., S. Okubo, M. Machida, I. Kimura and T. Kosuge (2001), First detection of absolute gravity change caused by earthquake, *Geophys. Res. Lett.*, 28(15), 2979–2981.

Tanaka, Y., V. Klemann, K. Fleming et al. (2009), Spectral finite element approach to postseismic deformation in a viscoelastic self-gravitating spherical Earth, *Geophys. J. Int.*, 176(3), 715–739.

Tanaka, T., J. Okuno and S. Okubo (2006), A new method for the computation of global viscoelastic post-seismic deformation in a realistic earth model (I)—vertical displacement and gravity variation, *Geophys. J. Int.*, 164, 273–289, doi:10.1111/j.1365-246X.2005.02821.x.

Tapley, B. D., S. Bettadpur, M. Watkins and C. Reigber (2004), The gravity recovery and climate experiment: Mission overview and early results, *Geophys. Res. Lett., 31*, L09607, doi:10.1029/2004GL019920.

Thatcher, W. (1984), The earthquake deformation cycle on the Nankai Trough, southwest Japan, *J. Geohys. Res.*, 89, 3087–3101.

Thatcher, W. and J. B. Rundle (1979), A model for the earthquake cycle in underthrust zones, *J. Geophys. Res.*, 84, 5540–5556.

Thora, A., J. Sigurjon, F. Pollitz et al. (2005), Postseismic deformation following the June 2000 earthquake sequence in the south Iceland seismic zone, *J. Geophys. Res.*, 110, doi:10.1029/2005JB003701.

Toda, S., J. Lin, M. Meghraoui and R. S. Stein (2008), 12 May 2008 M=7.9 Wenchuan, China, earthquake calculated to increase failure stress and seismicity rate on three major fault systems, *Geophys. Res. Lett.*, 35, L17305. doi:10.1029/2008GL034903.

Tromp, J. and J. X. Mitrovica (1999a), Surface loading of a viscoelastic earth -I. General theory, *Geophys. J. Int.*, 137, 847–855.

Tromp, J. and J. X. Mitrovica (1999b), Surface loading of a viscoelastic earth -II. Spherical models, *Geophys. J. Int.*, 137, 856–872.

Tsai, V. C., M. Nettles, G. Ekström and A. M. Dziewonski (2005), Multiple CMT source analysis of the 2004 Sumatra earthquake, *Geophys. Res. Lett.*, 32, L17304, doi:10.1029/2005GL023813.

Tse, S. T. and J. R. Rice (1986), Crustal earthquake instability in relation to the depth variation of frictional slip properties, *J. Geophys. Res.*, 91, 9452–9472.

Tsuji, H., Y. Hatanaka, T. Sagiya and M. Hashimoto (1995), Coseismic crustal deformation from the 1994 Hokkaido-Toho-Oki earthquake monitored by a nationwide continuous GPS array in Japan, *Geophys. Res. Lett.*, 22, 1669-1672.

Ueda, H., M. Ohtake and H. Sato (2003), Postseismic crustal deformation following the 1993 Hokkaido Nanseioki earthquake, northern Japan: Evidence for a low-viscosity zone in the uppermost mantle, *J. Geophys. Res.*, 108(B3), 2151, doi:10.1029/2002JB002067.

Ueki, S, S. Okubo, H. Oshima, T. Maekawa, W. Sun, S. Matsumoto and E. Koyama (2005), Gravity change preceding the 2004 eruption of Asama volcano, central Japan, *Bulletin of the Volcanological Society of Japan, Special Issue*, 50, 377–386.

Van Dam, T. M. and J. M. Wahr (1987), Displacements of the Earth's surface due to atmospheric loading: effects on gravity and baseline measurements, *J. Geophys. Res.*, 92, 1281–1286.

Vergnolle, M., F. Pollitz and E. Calais (2003), Constraints on the viscosity of the continental crust and mantle from GPS measurements and postseismic deformation models in western Mongolia Mathilde Vergnolle, *J. Geophys. Res.*, 108(B10), 2502, doi:10.1029/2002JB002374.

Vermeersen, L. L. A. and J. X. Mitrovica (2000), Gravitational stability of spherical self-gravitating relaxation models, *Geophys. J. Int.*, 142, 351–360.

Vermeersen, L. L. A. and R. Sabadini (1996), Compressible rotational deformation, *Geophys. J. Int.*, 126, 735–761.

Vermeersen, L. L. A. and R. Sabadini (1997), A new class of stratified viscoelastic models by analytical techniques, *Geophys. J. Int.*, 129, 531–570.

Vermeersen, L. L. A. and N. J. Vlaar (1991), The gravito-elastodynamics of a pre-stressed elastic earth, *Geophys. J. Int.*, 104, 555–563.

Vigny, C., W. J. F. Simons, S. Abu et al. (2005), Insight into the 2004 Sumatra-Andaman earthquake from GPS measurements in Southeast Asia, *Nature*, 436, 201–206.

Wahr, J. M. (1981), Body tides on an elliptical, rotating, elastic and oceanless Earth, *Geophys. J. R. astr. Soc.*, 64, 677–703.

Wahr, J., M. Molenaar and F. Bryan (1998), Time variability of the Earth's gravity field: Hydrological and oceanic effects and their possible detection using GRACE, *J. Geophys. Res.*, 103, 30205–30230.

Wahr, J., S. Swenson, V. Zlotnicki et al. (2004), Time-variable gravity from GRACE: first results, *Geophys. Res. Lett.*, 31, L11501, doi:10.1029/2004GL019779.

Wang, H. (1999), Surface vertical displacements, potential perturbations and gravity changes of a viscoelastic earth model induced by internal point dislocations, *Geophys. J. Int.*, 137(2), 429–440.

Wang, L., C. K. Shum, H. Lee, C. Kuo and W. Sun (2008), On the observability of coseismic gravity variations from undersea earthquakes by spaceborne gravimetry, *Joint Assembly AGU, Fort Lauderdale, May* 27–30, 2008.

Wang, Q. et al. (2001), Present-day crustal deformation in China constrained by global positioning system measurements, *Science*, 294, 574–577.

Wang, R. (1991), Tidal deformations on a rotating, spherically asymmetric, viscoelastic and laterally heterogeneous earth, European University Studies, Series XVII, *Earth Sciences*, 5, Peter Lang, Frankfurt am Main, ISBN 3-631-43991-1.

Wang, R., F. Lorenzo-Martin and F. Roth (2006), PSGRN/PSCMP—A new code for calculating co- and post-seismic deformation, geoid and gravity changes based on the viscoelastic-gravitational dislocation theory, *Comput Geosci*, 32(4), 527–541.

Wang, W. M., L. F. Zhao et al. (2008), Rupture process of the $M_s$8.0 Wenchuan earthquake of Sichuan, China, *Chin. J. Geophys.*, 51(5), 1403–1410 (in Chinese).

Wang W., W. Sun and Z. Jiang (2010), Comparison of fault models of the 2008 Wenchuan earthquake (Ms8.0) and spatial distributions of co-seismic deformations, *Tectonophysics*, 491, 85–95.

Warrick, R. A. et al. (1996), Climate Change 1995: The science of climate change. Contribution of working group I to the second assessment report of the Intergovernmental Panel on Climate Change, J.T. Houghton, et al. (eds.), Cambridge University Press.

Watkins, M. M., W. M. Folkner, B. F. Chao and B. D. Tapley (2000), The NASA EX-5 Mission: A laser interferometer follow-on to GRACE, *IAG Symp. GGG2000*, Banff, July, 2000.

Wessel, P. and W. H. F. Smith (1991), Free software helps map anddisplay data, *EOS Trans. Amer. Geophys. U.*, 72, 445–446.

Wunsch, C. and E. M. Gaposchkin (1980), On using satellite altimetry to determine the general circulation of the oceans with application to geoid improvement, *Rev. of Geophys. and Space Phys.*, 18, 725–745.

Wu, C., M. Takeo and S. Ide (2001), Source process of the Chi-Chi earthquake: A joint inversion of strong motion data and global positioning data with a multifault model, *Bull. Seismol. Soc. Am.*, 91, 1128–1143.

Wu, P. and W. R. Peltier (1982), Viscous gravitational relaxation, *Geophys. J. R. astr. Soc.*, 70, 435–485.

Wu, X. and J. M. Wahr (1997), Effects of non-hydrostatic core-mantle boundary tomography and core dynamics on Earth rotation, *Geophys. J. Int.*, 128, 18–42.

Xu, H. and F. Jiang (1964), Transformation of spherical harmonic expressions of gravity anomaly, *ACTA Geodetica et Cartographica Sinica*, 7, 252–260.

Yamanaka, Y. (2004), Off west coast of northern Sumatra, Earthquake information centre seismological note No. 161, Earthquake Res. Instit., Univ. Tokyo. (http://www.eri.u-tokyo.ac.jp /sanchu/Seis.Note/2004 /EIC161e.html).

Yamazaki, K. (1978), Theory of crustal deformation due to dilatancy and quantitative evaluaton of earthquake precursors, *Sci. Rep. Tohoku Univ., Ser. 5, Geophys.*, 25, 115–167.

Yang, M., R. Juin, J. Yu, J. Y Yu and T. T Yu (2000), Geodetically observed surface displacements of the 1999 Chi-Chi, Taiwan earthquake, *Earth Planets Space*, 52, 403–413.

Yoder, C. F., J. G. Williams, J. O. Dickey, B. E. Schutz, R. J. Eanes and B. D. Tapley (1983), Secular-variation of Earth's gravitational harmonic coefficient from Lageos and nontidal acceleration of Earth rotation, *Nature*, 303, 757–762.

Zerbini, S. et al. (1992), Study of the geophysical impact of high-resolution Earth potentia; fields information, ESA study, Final Report.

Zhang, P. et al. (2008a), China Crustal Observation Network Project, Co-seismic displacements of the 2008 Wenchuan earthquake (Ms8.0) observed by GPS, *Sci. China*, 38 (10), 1195–1206.

Zhang, Y. et al. (2008b), Spatial–temporal rupture process of the 2008 Wenchuan earthquake, *Sci. China*, 38 (10), 1186–1194.

Zhang Z. Z., B. F. Chao, Y. Lu and H. T. Hsu (2009), An effective filtering for GRACE time-variable gravity: Fan filter, *Geophys. Res. Lett.*, 36, L17311, doi:10.1029/2009GL039459.

Zhao, D. (2001), Seismic structure and origin of hotspots and mantle plumes, *Earth Planet. Sci. Lett.*, 192, 251–265.

Zweck, C., J. T. Freymueller and S. C. Cohen (2002), The 1964 great Alaska earthquake: present day and cumulative postseismic deformation in the Western Kenai Peninsula, *Phys. Earth Planet. Int.*, 132, 5–20.